BASTEI
LÜBBE
TASCHENBUCH

Weitere Titel der Autorin:

Im Schatten der Stürme
Sterne über Schottland

Titel in der Regel auch als E-Book erhältlich

Über die Autorin:

Jessica Stirling wurde in Glasgow geboren und hat zahlreiche Romane geschrieben, die im historischen Schottland spielen und stets zu großen Erfolgen wurden. Der Glasgow Herald schreibt über ihre Bücher: »Stirling erzählt mit kühnen, souveränen Schwüngen in leuchtenden Farben.«

Jessica Stirling

WIEDERSEHEN IN DEN HIGHLANDS

Roman

Aus dem Englischen von
Veronika Dünninger

BASTEI LÜBBE
TASCHENBUCH

BASTEI LÜBBE TASCHENBUCH
Band 16 695

1. + 2. Auflage: Mai 2012

Dieser Titel ist auch als E-Book erschienen

Vollständige Taschenbuchausgabe

Bastei Lübbe Taschenbuch in der Bastei Lübbe GmbH & Co. KG

Deutsche Erstausgabe

Titel der englischen Originalausgabe: »A Kiss and a Promise«
Originalverlag: Hodder & Stoughton Ltd., London

Textredaktion: Dorothee Cabras, Grevenbroich
Titelillustration: © getty-images/Brand X Pictures
Umschlaggestaltung: Gisela Kullowatz
Satz: Urban SatzKonzept, Düsseldorf
Gesetzt aus der Adobe Garamond
Druck und Verarbeitung: GGP Media GmbH, Pößneck
Printed in Germany
ISBN 978-3-404-16695-4

Für Lyn,

in Liebe

ERSTER TEIL

EIN KUSS UND
EIN VERSPRECHEN

1

Die meisten Mädchen in Hayes betrachteten Tom Brodie als einen lohnenswerten Fang, auch wenn einige wohlerzogene junge Damen entschieden erklärten, er sei für ihren Geschmack viel zu derb, und seine zuckersüßen Komplimente seien regelrecht vulgär. Auf solch üble Nachrede gab Betsy McBride gar nichts; sie fühlte sich genauso berechtigt wie jedes andere Mädchen in Ayrshire, eine Schwärmerei für den Farmerssohn zu hegen.

Was ihr an Tom Brodie so gut gefiel, das war nicht seine Wortgewandtheit, sondern wie er in einer Mischung aus Schüchternheit und Arroganz umherstolzierte; und sein dunkler Haarschopf, der von einem blauen Band zusammengehalten wurde und unter seiner Mütze hervorschaute, wenn er am Sonntag zur Kirche schlenderte. Betsy hatte jedoch noch kein Wort mit ihm gewechselt bis zu dem Tag, als Mr. Rankine sie zu Matthew Brodies Farm hochschickte, um dem alten Mann aus seinen Nöten zu helfen.

Betsy war von Natur aus nicht schüchtern, und es mangelte ihr nicht an Erfahrung. Noch bevor sie fünfzehn gewesen war, hatte Mr. Johnny Rankine seine Hand unter ihre Röcke geschoben, und als sie ein bisschen älter wurde, weit mehr als nur seine Hand. Falls ihre Mutter ahnte, was der alte Lustmolch im Schilde führte, dann behielt sie es für sich, denn Mr. Rankine war ein Mann von Einfluss und verschaffte ihnen Arbeit. Außerdem schlüpfte er so schnell wie ein Spatz in Betsy hinein und wieder heraus und steckte ihr einen Kuss und ein paar braune Pennys zu, und trotz seines dicken Bauches und seiner geröteten Wangen hatte sie ihn durchaus gern.

Als Mr. Rankine sie wissen ließ, er hätte sie für einen Teil des Winters als Magd an die Brodies ausgeliehen, beklagte sie sich nicht. Sie lief nach Hause, um ihre Habseligkeiten zu packen und ihrer Mutter und ihrem Vater zu sagen, dass sie endlich ihr Elternhaus verlassen würde.

Mitten am Nachmittag war sie auf der alten Zollstraße unterwegs zu dem Feldweg, der nach Hawkshill hochführte. Sie hatte bis dahin noch nie einen Fuß auf den Hügelweg gesetzt, obwohl die Farm des alten Mr. Brodie nur eine Meile entfernt von dem Haus lag, in dem sie geboren und aufgewachsen war, und nicht viel weiter von Mr. Rankines Hof, in dessen Dienste sie als Tagesmagd getreten war, sobald sie alt genug gewesen war, einen Milcheimer zu schleppen.

Die Abenddämmerung senkte sich bereits allmählich. Schwarze Wolken kündigten mehr Regen an, und der Feldweg war schlammig. Mr. Brodies Gerätschaften lagen hinter ansteigendem Gelände versteckt, und die Farmgebäude duckten sich in eine Senke nahe einem stehenden Hügelsee. Im trüben Nachmittagslicht wirkte der Ort düster und abgeschieden. Bis weit in den April hinein hatte Schnee gelegen, und Gewitter im August hatten die Ernte nahezu vernichtet. Eine schlechte Aussaat und Missernten hatten schon so manchen Pachtfarmer in Ayrshire in den Ruin getrieben, denn die Grundbesitzer kannten keine Gnade, wenn es darum ging, die Pacht einzutreiben. Betsy fragte sich, ob das schlechte Wetter der Grund für die Nöte des alten Mr. Brodie war, und sie erinnerte sich an den Klatsch auf dem Markt, er hätte eine Vorladung wegen Schulden erhalten.

Vor drei Jahren hatten ihre Brüder ein Kalb von Mr. Brodie gekauft, und im Frühjahr 1780 war ihre Schwester Effie hingeschickt worden, um ein kleines Paket mit Stoff zu überbringen, den ihr Vater an seinem Handwebstuhl gewebt hatte. Effie war auf der Stelle bezahlt worden und hatte von der Dame des Hauses eine Schale warme Milch bekommen, und der alte Mr. Brodie selbst hatte ihr den Kopf getätschelt. Er hatte sie gefragt, ob sie ihre Bibel studiert habe, eine Frage, die zu beantworten Effie zu schüchtern oder zu einfältig gewesen war.

Ich hätte ihm forsch genug geantwortet, dachte Betsy. Ich kann lesen und ein bisschen schreiben und einen Psalm genauso laut singen wie jeder von Mr. Brodies Brut, die in der Kirche alle, bis auf Tom, mit eingezogenen Schultern, eingeschüchtert und griesgrämig dasaßen, als hätten sie vor der Missbilligung ihres Vaters mehr Angst als vor der Verdammnis, mit der der Prediger drohte.

Betsy war noch immer ein gutes Stück entfernt von der Hügelkuppe, als die ersten Regentropfen auf ihre Wangen klatschten. Hastig raffte sie die Röcke und erreichte den Hof in dem Augenblick, als die ersten schweren Regengüsse über den Damm peitschten.

Sie hielt inne, nicht sicher, welche Richtung sie nehmen sollte. Dann rief eine Stimme: »Komm hier herein, du dummes Ding, bevor du ertrinkst!«

Mit ihrem schaukelnden Bündel auf dem Kopf huschte sie in den Schutz der Scheune.

Tom Brodie sah anders aus in Arbeitskleidung, kleiner, dünner, weniger selbstgefällig. Das Haar klebte ihm an der Stirn, sein Hemd war am Hals offen und hing ihm lose um die Taille. Er hatte letzte Getreidegarben gedroschen und schwitzte stark. Der Farmerssohn grinste, wobei er eine Reihe weißer Zähne entblößte. Er zerknautschte den Hemdenstoff, als er seine Handgelenke und Unterarme daran abwischte.

»Du bist Rankines Mädchen, nehme ich an?«

»Aye, Sir, die bin ich.«

»Die Tochter des Webers McBride?«

»Aye.«

Sie spürte seinen abschätzenden Blick auf sich.

»Ich habe dich in der Kirche gesehen, habe ich recht?«, fragte er.

»Aye, Mr. Brodie«, erwiderte sie. »Auf der Empore.«

»Habe ich dich nicht auch in der Tanzschule getroffen?«

»Nein, nein. Die Tanzschule ist nichts für Mädchen wie mich.«

»Warum denn nicht?«, sagte er. »Nach allem, was ich sehen kann, hast du die Beine dafür.«

»Aber nicht die Manieren, Mr. Brodie, und nicht das Aussehen.«

Er warf den Dreschflegel hin, und bevor sie ihn aufhalten konnte, berührte er die Narbe, die von einer weichen, blonden Locke nicht ganz verborgen wurde. Es war keine große Narbe, ein kleiner, halbmondförmiger Wulst nur, der sich ein paar Zentimeter über ihre Schläfe zog, aber er machte sie verlegen, und sie glaubte fälschlicherweise, dass er sie von anderen Mädchen unterschied. Sie zuckte zusammen und versuchte, sich Tom Brodie zu entziehen, doch er war zu schnell für sie. Trotz der schwarzen, abgebrochenen Nägel waren seine Finger so weich wie Distelwolle, als er ihr das regennasse Haar aus dem Gesicht strich.

»Wer hat dir das angetan?«, fragte er. »Irgendein Rüpel?«

»Kein Rüpel, nein.«

»Ist es von Geburt an?«

»Nein, Mr. Brodie. Ich wurde getreten.«

»Von einem Pferd oder einer Kuh?«

»Einem Pferd – als ich ein Kind war.«

»Bei Gott, es hätte dich töten können.«

»Vielleicht wäre es besser, wenn es so wäre.«

»Warum sagst du das?«, fragte Tom Brodie.

»Es ist zu hässlich, um es ein Leben lang mit sich herumzutragen.«

Er bückte sich und hob ihr Bündel auf. »Nun, für mich siehst du nicht hässlich aus, und es ist ein großes Glück für uns, dass du überlebt hast. Wenn es stimmt, was ich von Johnny Rankine gehört habe, dann wäre die Welt schlechter dran ohne dich. Wie soll ich dich nennen?«

»Manche nennen mich Lizzie«, sagte sie, »manche Betsy.«

»Welchen Namen ziehst du vor?«

Sie war bis jetzt noch nie vor diese Wahl gestellt worden und zuckte mit den Schultern.

»Ich werde dich Betsy nennen«, entschied er. »Betsy klingt für mich gut.«

»Und Sie, Mr. Brodie, soll ich Sie ›Herr‹ nennen?«

»Thomas genügt. Oder Tom. Nun, Regen hin oder her, ich schlage vor, wir laufen rasch hinüber. Meine Schwester wird ein Bett für dich finden und dir zeigen, was zu tun ist.« Und dann hakte er sie bei sich unter und führte sie über den Hof zur Tür des Cottage, wo seine Schwester Janet mit finsterer Miene zusah, wie ihr Bruder und die stämmige junge Magd aus dem Regen ins Haus huschten.

Der alte Mann war an jenem Nachmittag auf den Beinen und schlurfte durch das verräucherte Zimmer. Er hatte im Beet hinter dem Haus Rüben gezogen, und die harte Arbeit hatte an seinen Kräften gezehrt und war ihm auf die Stimmung geschlagen.

Tom schob Betsy ins Zimmer. »Das ist das Mädchen, Dad«, sagte er. »Das Mädchen, von dem wir dir erzählt haben.«

Matthew Brodie wusste weniger über sie, als man sie hatte glauben machen. Vielleicht hatte er früher einmal ihrer kleinen Schwester den Kopf getätschelt, aber jetzt ließ er sich schon lange nicht mehr zu solch freundlichen Gesten hinreißen. Er bestand fast nur noch aus Haut und Knochen.

Das Kinn auf die Brust gesenkt, musterte er Betsy mit glasigem Blick eingehend und sagte dann: »Ist das wieder eine deiner Dirnen, Thomas? Genügt es dir nicht, sie im Dunkel der Nacht zu nehmen? Musst du sie uns jetzt auch noch bei helllichtem Tag vorführen?«

»Ich wäre dir sehr verbunden, wenn du das Mädchen nicht mit deinen Beleidigungen beschämen würdest. Sie ist hier, weil wir eine zusätzliche Hilfe brauchen, die uns in den Wintermonaten zur Hand geht«, sagte Tom leise. »Sie ist Jock McBrides Tochter.«

»Aye, und Rankines Dirne.«

»Das bin ich gewiss nicht, Sir«, meldete sich Betsy zu Wort. »Und wenn Sie vorhaben, mich zu beleidigen, dann werde ich mich gleich wieder auf den Weg nach Hause machen. Ich bin Ihnen nicht verpflichtet.«

Ihre Empörung schien den alten Brodie zu verblüffen. »Du hast ein forsches Mundwerk, das muss ich dir lassen«, sagte er zu ihr. »Und du hast das Recht auf deiner Seite. Ich war vorschnell in meinem Urteil. Aber mir ist durchaus bewusst, was für eine Art Mann dein Herr ist und dass er und mein verkommener Sohn andere Dinge im Kopf haben, als dem Willen Gottes zu gehorchen.«

»Es ist nicht der Wille Gottes, der mich hierhergeführt hat, Mr. Brodie«, erwiderte Betsy, »es sei denn, Sie haben um ein Paar kräftige Schultern gebetet, die Ihnen helfen, die Getreideernte einzubringen. Wenn das der Fall ist, dann sind Ihre Gebete erhört worden.«

»Vielleicht sind sie das, Mädchen. Aye, vielleicht sind sie das. Bin ich dir Dank dafür schuldig, Thomas? Hast du dir Rankines Freundschaft wieder einmal zunutze gemacht?«

»Ich habe vor zwei Wochen bei der Loge mit ihm gesprochen«, räumte Tom ein. »Johnnys Ernte ist auf gutem Wege, und seine

Kälber sind so gut wie entwöhnt. Miss McBride ist für ihn entbehrlich – zumindest bis zum Frühjahr.«

»Ums Frühjahr werden wir uns nach Martini Gedanken machen«, sagte Matthew Brodie. Er hielt sich an Toms Arm fest, wandte sich langsam um und bewegte sich aufs Bett zu. »Janet wird dir zeigen, was zu tun ist, Mädchen. Und du, Thomas, gehst am besten wieder an die Arbeit.«

»Es fehlt nur noch eine halbe Stunde, bis es dunkel wird, Vater«, bemerkte Janet.

»Dann sollte er das Licht, das ihm noch bleibt, besser nutzen«, brummte der alte Mann, »denn ihm bleibt immer noch mehr Licht als mir.« Und mit diesen Worten setzte er sich stöhnend auf das Bett an der Wand und zog den sackleinenen Vorhang zu.

Das Cottage der Brodies war kleiner als das Haus von Betsys Vater in Hayes und weitaus beengter als Mr. Rankines geräumiges, zweistöckiges Farmhaus mit den weiß getünchten Wänden, schwarz gestrichenen Fenstersimsen und der schönen großen Küche. Es hatte kein eigenes Wohnzimmer, der Kamin war so tief wie eine Höhle und der Rauchfang so breit, dass er nicht nur den Rauch abzog, sondern auch den Regen hereinließ. In einer Kammer links neben der Feuerstelle schlief Janet auf einem schmalen Bett, das Betsy sich mit ihr teilen sollte.

Auf der anderen Seite des Kamins führte eine steile Holzleiter hinauf zum Dachboden, wo die Jungen schliefen. Mr. Brodies Krankenbett nahm einen Alkoven ein, der durch einen Vorhang abgeschirmt war, und eine schmale senkrechte Öffnung in der Gipswand gab den Blick in den Pferdestall frei. Wie in alten Zeiten lebten die Brodies auf engstem Raum mit ihren Gäulen zusammen.

Als die Brüder, durchnässt von ihrem Tagewerk, nach Hause

kamen, wurde es im Cottage so eng, dass man sich gegenseitig auf die Füße trat. Betsy stolperte über Toms Beine und stieß gegen Henrys Knie. Janet gab sich abweisend. Sie nörgelte und krittelte und warf finstere Blicke in Betsys Richtung, bis Tom ihr befahl, ihre spitze Zunge im Zaum zu halten und das Abendessen aufzutragen.

Er zog eine knorrige alte Truhe unter dem Tisch hervor, die als Stuhl herhalten sollte. Betsy setzte sich rittlings darauf, als wäre sie ein Sattel. Janet, die sich von Toms Tadel nicht einschüchtern ließ, kicherte. Es gab weder Tee noch ein kleines Bier, um die salzige Suppe hinunterzuspülen, und nicht einmal ein Stück Butter, um das trockene Brot schmackhaft zu machen, aber Betsy war hungrig, und sie aß ohne ein Wort der Klage.

Tom und Henry beobachteten sie interessiert.

Die Brüder ähnelten sich weder im Wesen noch im Aussehen. Tom war dunkel und grüblerisch, ganz anders als der unbekümmerte Kampfhahn, als der er durchs Dorf stolzierte. Henry hingegen war höflich und zurückhaltend. Er hatte ein längliches, ovales Gesicht, flaumiges helles Haar, durchdringende blaue Augen und, wie Betsy fand, eine Haltung, die einem Gentleman gut zu Gesicht stünde.

»Es muss nicht gespart werden, Miss McBride«, sagte er. »Die Auswahl ist nicht groß, aber es herrscht kein Mangel. Graupensuppe und Erbsbrei sind nahrhaft und sättigend.«

»Ich hatte beides oft genug zum Nachtmahl, Mr. Brodie.«

»Dann iss auf, Mädchen«, sagte Toms Mutter, Agnes Brodie. »Du wirst morgen deine ganze Kraft brauchen, um unser letztes Getreide zu ernten.«

»Und wenn die Ernte eingebracht ist, was dann?«, fragte Betsy.

»Dann ist das Stoppelfeld zu rechen«, antwortete Tom.

»Und das Vieh zu versorgen«, bemerkte Agnes Brodie.

»Bringen Sie Ihre Tiere im Stall über den Winter?«, wollte Betsy wissen.

»Nur wenn es ausreichend Futter gibt«, sagte Henry. »Wir werden vielleicht die Hälfte der Herde verkaufen müssen, nur um die Pacht zu bezahlen, wenn der Winter frühen Schnee bringt.«

»Wir leben ohnehin schon von der Hand in den Mund«, brauste Tom auf. »Willst du uns etwa ohne ein Schaf oder Rind hier sitzen lassen, während jeder verdammte, kärgliche Acre kahl ist?« Er schlug mit dem Löffel auf den Tisch, als riefe er eine Logen-Versammlung zur Ordnung. »Wir wissen, dass du eine Schlichtung befürwortest, aber ich sage dir, Henry, wenn der Fall gegen Daddy entschieden wird, dann wird eine Schlichtung den Hungertod bedeuten. Uns trennt nur noch so viel«, er hob eine Hand, um mit Daumen und Zeigefinger einen halben Zoll anzudeuten, »vom Armenhaus.«

Matthew Brodie zog den Vorhang zurück und schwang die Beine auf den Boden. »In Gottes Namen, Thomas«, fauchte er, »was soll dieses Gerede vom Armenhaus? Solange ich noch einen Atemzug tue, will ich nichts davon hören. Ich werde mich Neville Hewitt nicht beugen. Der Mann ist ein Schuft, ein Dieb und ein Lügner. Ich werde nicht zulassen, dass du mit ihm einen Vergleich schließt.«

»Alles oder nichts, Daddy«, erwiderte Henry. »Ist es nicht so?«

»Aye, alles oder nichts«, sagte Matthew Brodie. »Das Recht ist auf unserer Seite.«

»Und wann waren Recht und Gerechtigkeit je dasselbe?«, wandte Tom ein.

Janet ergriff das Wort. »Warum verlassen wir diesen Misthaufen nicht einfach, bevor der Gerichtsdiener mit einem Befehl kommt?«

»Jeder Farthing, den wir haben, steckt in Hawkshill«, sagte

Tom. »Willst du etwa, dass wir irgendwo anders eine neue Pacht übernehmen, Janet, nur um uns ein noch tieferes Loch zu schaufeln?«

Betsy hatte in Mr. Rankines Melkschuppen genug Gerede gehört, um zu wissen, dass Mr. Brodies Farm Neville Hewitt gehörte, einem Flachsfabrikanten aus der Stadt Drennan, drei Meilen weiter die Straße nach Ayr hinunter. Und sie hatte mitbekommen, wie Mr. Rankine gesagt hatte, Hawkshill sei von Anfang an ein schlechtes Geschäft gewesen und Brodie ein Narr, die Pacht mit einem bloßen Handschlag zu übernehmen.

»Wenn wir Hewitt nur dazu bewegen könnten, uns ein paar Fuhren Kalk zu liefern! Dann könnten wir die Wiese düngen und so ein frühes Futter für das Vieh bekommen.«

»Hewitt wird uns für nichts Geld geben, bis wir ihn bezahlen«, sagte Tom. »Außerdem, wenn wir Verbesserungen vornehmen, wird er die Pacht nur erhöhen.«

»Das kann er nicht vor dem ersten November«, entgegnete Matthew Brodie. »Wir haben eine verbindliche Abmachung.«

»Eine verbindliche Abmachung«, warf Tom ein, »ohne einen Fetzen Papier, um sie zu stützen.«

»Er hat mir seine Hand darauf gegeben«, entgegnete Matthew Brodie.

»Ein Handschlag wird nichts gelten vor Gericht«, gab Tom zurück. »Hewitt hat in Saus und Braus gelebt, als er uns diese Farm verpachtet hat, doch wenn man den Gerüchten Glauben schenken kann, dann arbeitet seine Flachsmühle nur noch mit halber Kraft, und er steckt mittlerweile selbst in finanziellen Nöten.«

»Aber ich möchte wetten, Mr. Hewitt setzt sich abends nicht zu Graupensuppe und Erbsbrei«, bemerkte Janet, »egal, wie arm er zu sein behauptet.«

»Ich fürchte mich nicht vor Neville Hewitt«, sagte Matthew Brodie. »Wenn ich noch etwas Luft in den Lungen und mehr

Fleisch auf den Knochen hätte, dann würde ich ihn mir persönlich vorknöpfen.«

»Er droht damit, unseren Viehbestand zu beschlagnahmen und dich in der Gemeinde als Schuldner anprangern zu lassen, wenn wir ihn nicht bis zum Fälligkeitstag im November für das ganze Jahr bezahlen«, sagte Henry. »Wenn er seine Drohung wahr macht, dann ist es hier auf Hawkshill mit uns zu Ende, und kein Grundbesitzer bei klarem Verstand wird uns noch eine andere Pacht gewähren.«

Matthew Brodie kroch wieder ins Bett. »Ich habe für einen Abend genug Streit gehört. Wenn Hewitt nicht lockerlässt, dann werden wir die Angelegenheit vor Gericht bringen, und das wird uns noch ein paar Monate Aufschub gewähren.« Er zog sich die Decke bis zur Brust hoch. »Aber noch nicht. Hast du mich verstanden, Henry? Keine Schlichtung. Noch nicht.«

»Ich habe dich verstanden, Daddy«, antwortete Henry leise.

»Und du, Thomas, hast du mich auch verstanden?«

»Das habe ich, Dad«, sagte Tom. »Das habe ich.«

Betsy war es nicht gewohnt, früh zu Bett zu gehen. Ihr Vater beendete die Arbeit an seinem Webstuhl selten vor neun Uhr, und danach setzte sich die Familie am Küchentisch zusammen, um gemeinsam zu Abend zu essen. Als sie klein gewesen war, hatten ihre Brüder und ihr Daddy sich immer irgendwelchen albernen Unsinn ausgedacht, um sie alle zu unterhalten, während Mammy in die Hände geklatscht und gelacht hatte, bis ihr die Tränen in die Augen getreten waren. Ihre Mammy passte so gut zu ihrem Vater; sie war eine aufgeweckte, zierliche Person, deren Lebenseinstellung ebenso rosig war wie ihre Wangen. Aber vor dreißig Monaten hatten ihre Brüder die Weberei aufgegeben und eine kleine Farm im Grenzland gepachtet, und nur Effie war zu

Hause geblieben, um ihrem Daddy am Handwebstuhl zur Hand zu gehen.

Ein Ellenbogen bohrte sich in Betsys Rücken.

»Schniefst du etwa?«, fragte Janet Brodie.

»Ich bin nur ein bisschen erkältet, das ist alles.«

»Schmachtest du vielleicht nach irgendeinem Mann?«

»Ich schmachte nach niemandem.«

»Dann war es kein Mann, der dir diese Narbe verpasst hat?«

Betsy wischte die Tränen weg, schüttelte ihr Haar, um die beschämende Narbe zu verbergen, und rutschte vom Rand der Matratze weiter zur Mitte hin. »Nein.« Sie zögerte, dann sagte sie: »Ich wurde mit einem Messer angegriffen.«

Janet setzte sich auf. »Mit einem Messer?«

»Ja«, erklärte Betsy. »Bei einem Kampf.«

»Wer hat denn gekämpft?«

»Ich«, sagte Betsy. »In Souter Gordons Taverne.«

»Im *Souter Gordon's?*«, fragte Janet. »Nur schlechte Mädchen gehen dorthin.«

»Und wie kommst du darauf, dass ich kein schlechtes Mädchen bin?«, gab Betsy zurück.

»Du bist eine Weberstochter, und ich habe dich in der Kirche gesehen«, erwiderte Janet skeptisch. »Du wurdest nie mit einem Messer angegriffen.«

»Oh, hast du die Geschichte denn nicht gehört? Obwohl, ich nehme an, das hast du nicht, denn das wurde damals ja alles vertuscht.« Betsy rutschte bis zur Mitte des Bettes vor, und Janet zog sich an die Wand zurück. »Vor drei Jahren, da bin ich nach der Ernte mit den irischen Zigeunern einen Schluck trinken gegangen. Einer der Männer – ein gut aussehender Teufel, ja, das war er – fand Gefallen an mir. Sein Mädchen nahm es ihm übel und ist in einem Anfall von Eifersucht mit einem gezückten Messer auf mich losgegangen.«

»Du hast dich mit einer Zigeunerin wegen eines Kerls gezankt?«

»Aye.« Betsy nahm das halbe Kopfkissen für sich in Anspruch, schlug mit der Faust darauf und legte seufzend den Kopf in die Einbuchtung.

Schließlich sagte Janet: »Was ist aus dem Zigeunermädchen geworden?«

»Ich habe sie erwürgt«, antwortete Betsy.

Einen Augenblick lang herrschte Schweigen, und dann fragte Janet: »Wie denn?«

»Mit bloßen Händen.«

»Und – und die Leiche?«

»Im Boot meines Vetters Connor weggeschafft.«

»Weggeschafft wohin?«

»Zur Isle of Man«, sagte Betsy, »im Dunkel der Nacht. Die Zigeuner wollten keinen Ärger. Die Leiche wurde in der tiefen Fahrrinne über Bord geworfen, und nichts deutete noch auf den Mord hin bis auf meine Narbe.«

»Das glaube ich dir nicht«, sagte Janet Brodie.

»Glaub, was du willst!« Betsy schlug noch einmal auf das Kissen. »Mein Vetter Connor kennt die Wahrheit. Frag ihn, wenn du ihn das nächste Mal siehst.«

»Und wann wird das sein?«

»Wenn er kommt, um mich als seine Braut heimzuführen«, antwortete Betsy, und mit einem düsteren leisen Lachen, bei dem es Janet Brodie eiskalt über den Rücken lief, zog sie sich die Decke über die Schultern und machte es sich zum Schlafen bequem.

2

Zuerst dachte sie, der Regen, der von dem Dachvorsprung über ihrem Schlafzimmerfenster tröpfelte, hätte sie geweckt, und dann, als das Kratzen lauter wurde, eine Ratte sei in ihr Zimmer geschlichen, um die Zähne in ihre Kehle zu schlagen, und dass Blut – ihr Blut – auf ihre Brust spritzen und sie tot sein würde, bevor sie aufschreien konnte.

Mit hämmerndem Herzen setzte Rose sich auf und starrte auf das Fenster, das vom Licht der Laterne schwach erhellt war, die vor der Praxis des Doktors auf der anderen Straßenseite hing.

Rose wollte sich lieber nicht vorstellen, was genau Dr. Glendinning zu dieser nächtlichen Stunde dort treiben mochte – und ob das Geräusch, das sie geweckt hatte, im Zusammenhang mit den gruseligen Geheimnissen stand, die Dr. Glendinning mit seiner Säge und seinen scharfen Messern aufdeckte. Mrs. Prole hatte ihr erzählt, Dr. Glendinning und sein buckliger Gehilfe würden in dem langen Raum hinter dem Haus gern Leichen aufschneiden, mit Vorliebe die Leichen schlechter junger Mädchen, die von ihren Familien verstoßen worden waren, weil sie sich mit Jungen eingelassen hatten.

»Wer – wer ist da? Wer ist da?«, flüsterte Rose.

Feuerstein und Kerze standen auf ihrem Nachttisch in der Ecke. Sie wagte es nicht, aus dem Bett zu steigen, um sie zu holen. Doch da rief eine gedämpfte Stimme:

»Rose, Rose, meine Liebe, ich bin es, Tom.«

»Tom?« Sie runzelte die Stirn. »Welcher Tom?«

»Tom Brodie natürlich.«

Sie stand auf und schlurfte durch das Zimmer ans Fenster, das unten einen Spalt offen stand, eine Lücke, offenbar breit genug für die Fingerspitzen des jungen Mr. Brodie, der, so vermutete Rose, genügend Hebelkraft gewonnen hatte, um sich mit einem Bein auf den schmalen Sims hochzustemmen.

Fröstelnd in ihrem dünnen Nachthemd, warf sie einen Blick zurück zur Tür.

Bald nachdem Mama verstorben war, hatte Papa Mrs. Prole ins Schlafzimmer hinter der Küche umquartiert und »aus praktischen Gründen« – so Papas Worte – Rose auf den Dachboden verbannt.

Mit angehaltenem Atem wartete sie darauf, dass ihr Vater ins Zimmer stürzen und nach Blut schreien würde, aber als er nicht erschien, kniete sie sich ans Fenster und flüsterte: »Was tun Sie denn hier, Thomas Brodie? Was wollen Sie?«

Die Wange an die Scheibe gepresst, flehte er sie an, das Fenster zu öffnen.

»Das werde ich nicht tun«, sagte Rose.

»Bitte, meine Liebe, bitte!«

Sie warf noch einmal einen Blick über die Schulter, dann hob sie das Fenster um ein paar Zoll an. Ächzend und keuchend zwängte Tom Brodie die Arme durch die Öffnung und kauerte sich, die Knie bis zur Brust angezogen, auf den Sims wie eine riesige Krähe.

»Mehr«, drängte er.

»Nein«, entgegnete Rose. »Das ist weit genug.«

»Wollen Sie mich nicht in Ihr Heiligtum einlassen?«

»Das will ich ganz gewiss nicht«, sagte Rose. »Wenn Sie nicht weggehen, werde ich meinen Vater rufen – und Sie wissen, was Ihnen dann blüht.«

»Haben Sie etwa Angst vor mir, Rose?«, fragte Tom Brodie.

»Haben Sie Angst, Sie könnten der Leidenschaft erliegen, die in Ihrer Brust lauert?«

»Was faseln Sie denn da?«

»Gegenseitige Leidenschaft.«

»Wie bitte?«

Regenwasser tropfte ihm aus Haaren, Nase und Ohren. Sein Mantel war schwarz vom Regen, und Wassertropfen klatschten von seinen Ärmeln auf die Dielen. »Gegenseitige«, sagte er mit einer Spur Ungeduld in der Stimme. »Erwiderte. Geteilte. Oder ist es das Wort ›Leidenschaft‹, das Sie nicht verstehen, meine süße, unschuldige Rose?«

Er sprach in einem abgehackten Ton, wie ein Pfarrer, der aus der Bibel las. Rose war nicht geschmeichelt von dem gespreizten Ton.

Sie hatte erst ein einziges Mal mit ihm geredet; und es war nur ein kurzer, kaum denkwürdiger Wortwechsel über das Wetter gewesen, als Thomas Brodie ihr auf dem Anger begegnet war. Sie hatte nicht einmal mit ihm geflirtet, wie sie mit dem fremden Gentleman geflirtet hatte, der ihren Vater aufgesucht hatte, um ihm eine Maschine zu verkaufen, die die Flachsstängel sauber und schnell brechen würde. Papa hatte die Maschine nicht erworben, aber er hatte die Aufmerksamkeit bemerkt, mit der der gut aussehende junge Mann sie, Rose, beim Abendessen überhäuft hatte, und wie eifrig sie darauf eingegangen war. Ihr Vater hatte sie früh ins Bett gesteckt und ihre Tür mit einem eisernen Schlüssel abgesperrt. Am nächsten Morgen, nachdem der fremde Gentleman abgereist war, hatte Papa sie mit einer Weidenrute ausgepeitscht als Bestrafung dafür, dass sie einem Fremden schöne Augen gemacht hatte.

»Ich weiß, was Leidenschaft heißt«, sagte sie.

»Wirklich?«, fragte Tom Brodie. »Wissen Sie, was für ein Feuer Sie in mir entfacht haben, liebe Rose? Wie dieses Feuer wütet, wenn ich Ihrer Schönheit ansichtig werde? Lassen Sie mich herein!«

»*Nein!*«

»Dann einen Kuss, einen einzigen Kuss nur, ein Schweben auf den Flügeln der Ekstase, und ich werde fort sein.«

»Versprochen?«

»Mein Ehrenwort, versprochen.«

Sie presste die Knie zusammen, bedeckte ihre Brüste, beugte sich vor und stützte das Kinn auf den Fensterrahmen.

»Ich kann nicht.« Tom Brodie kletterte noch etwas höher. »Ich kann Sie nicht erreichen.«

»Dann versuchen Sie doch, mit den Flügeln der Ekstase zu schlagen«, schlug Rose vor.

Und auf einmal war Tom Brodie verschwunden.

Sie wartete auf das knirschende Geräusch von Knochen, wenn er auf dem Kopfsteinpflaster aufschlug, aber dann tauchte sein Kopf wieder über dem Fenstersims auf, und unter großer Anstrengung stemmte er sein Gesicht erneut zu der Öffnung hoch. »Sie«, keuchte er, »haben es versprochen.«

»Oh, nun gut.« Rose schürzte die Lippen.

Die Stoppeln auf seiner Oberlippe waren rau. Sein Atem, süß vom Wein, vermischte sich mit ihrem. Er glitt mit seiner Zunge leicht über ihre Lippen. Und dann, mit einem leisen, verblüfften Jauchzer, war er wieder verschwunden.

Rose riss das Fenster hoch und beugte sich eben noch rechtzeitig hinaus, um zu sehen, wie er auf einem Haufen alten Strohs landete, das offenbar eigens dorthin geschafft worden war, um Brodies Fall abzufedern. Der junge Mann war auf den Beinen und lief los, fast bevor er den Boden berührt hatte.

Ein Pferd kam mit klappernden Hufen aus der Gasse neben Dr. Glendinnings Haus. Sein Reiter war in einen Umhang gehüllt, das Gesicht von einem Hut mit weicher Krempe verdeckt.

Er streckte eine Hand nach unten aus und zog Tom hinter sich in den Sattel, und in dem Augenblick, als Rose' Vater die Haustür aufriss, spornte er das Pferd zu einem Galopp an und ritt in einem Gischtnebel die Thimble Row hinunter.

Ihr Vater, in Nachthemd und Schlafmütze, sah hoch.

Rose schaute hinunter. »Wer ist das, Papa?«, hörte sie sich fragen. »Wer ist da?«

»Betrunkene Rüpel«, knurrte Neville Hewitt. »Haben ihre Tollheiten dich geweckt?«

»Ja«, log Rose. »Ich habe tief und fest geschlafen.«

»Hast du ihre Gesichter gesehen?«

»Nein.«

»Nun ja, jetzt sind sie fort«, sagte ihr Vater. »Geh wieder schlafen!« Er zog sich ins Haus zurück und schloss die Tür.

Und Rose ging fröstelnd wieder zu Bett, während sie über die Bedeutung von Tom Brodies albernen Komplimenten und natürlich seinen Kuss nachdachte.

Das Feuer war fast erloschen. Janet hatte die Glut mit grünen Zweigen und feuchtem Stroh bedeckt und so ungestüm mit dem Blasebalg bearbeitet, dass die Küche nun von einem beißenden Rauch erfüllt war, der, so Betsys Vermutung, Mr. Brodies Lungen gewiss nicht guttun konnte. Der Vorhang vor dem Bett des alten Mannes blieb zugezogen, aber sie konnte ihn husten hören. Das keuchende, krächzende Geräusch ging ihr durch Mark und Bein.

Das Frühstück war, wie schon das Nachtmahl, karg: wässerige Hafergrütze und trockenes Brot. Sie sehnte sich nach einer herzhaften Scheibe Speck und einem Becher Tee, um sich aufzuwärmen, bevor sie aufs Feld hinausmusste. Wieder an der Feuerstelle, löffelte sie ihre Hafergrütze und lauschte auf Janets Versuche, Tom Antworten zu entlocken.

»Sie sagt, sie hat ein Zigeunermädchen erdrosselt. Hast du die Geschichte nicht gehört?«

»Nein«, knurrte Tom.

»Sie sagt, ihr irischer Vetter hätte die Leiche von einem Boot geworfen.«

»Dummes Zeug!«

»Hör mir zu, wenn ich mit dir rede, Tom Brodie«, beharrte Janet.

»Ich höre zu«, erwiderte Tom, »aber du redest nur Unsinn.«

»Ist es Unsinn, dass ich mir das Bett mit einer Mörderin teilen muss?«

»Du wirst das Bett in deinem Leben vielleicht mit noch Schlimmerem teilen müssen«, warf Henry ein. »Wer hat dir diese blutrünstige Geschichte denn erzählt?«

»Sie.« Janet deutete auf Betsy. »Und sie hat das ganze Bettzeug an sich gerissen.«

»Oh, ja, eine Tat, für die man am Galgen endet«, bemerkte Henry.

»Du hast gut reden«, entgegnete Janet. »Du teilst nicht das Bett mit ihr.«

»Noch nicht«, kicherte Tom.

Nach dem Frühstück warf sich Betsy ihr Tuch über die Schultern, steckte die Enden in ihren breiten Gürtel und folgte Tom in den Hof. Er hatte den kleineren Erntewagen bereits vorgefahren und das Pferd angeschirrt. Tom kletterte auf den Wagen und zog sie hoch.

»Bringen wir die Ernte nur zu zweit ein?«, fragte Betsy.

»Ja«, antwortete Tom. »Mammy hat alle Hände voll damit zu tun, meinen Vater zu versorgen. Janet wird sich um die Kühe kümmern, und Henry treibt die Schafe zusammen.«

Er schlug den Kragen hoch, zog sich die Mütze ins Gesicht und knallte mit den Zügeln, um das Pferd anzutreiben. Der Wagen bog auf den Feldweg ein.

»Warum haben Sie nach mir geschickt?«, wollte Betsy wissen.

»Ich habe nicht nach dir geschickt«, erwiderte Tom. »Johnny hat deine Dienste angeboten.«

»Was hat Mr. Rankine über mich gesagt?«

»Er hat gesagt, du würdest gern Zigeuner erdrosseln.«

Betsy lachte. »Irgendetwas musste ich Ihrer Schwester ja erzählen.«

»Sie ist ein neugieriges Weibsbild«, meinte Tom. »Aber man kann es ihr kaum verdenken. Hier auf Hawkshill gibt es herzlich wenig zu ihrer Unterhaltung.«

»Und Sie, Mr. Brodie?«, fragte Betsy. »Wie unterhalten Sie sich?«

»Ich lese«, sagte er schulterzuckend.

»Und tanzen in der Schule?«

»Wenn ich Sixpence erübrigen kann.«

»Und trinken bei *Souter Gordon's?*«

»In Maßen, in Maßen.«

»Und besuchen mit Mr. Rankine Logen-Versammlungen?«

»Ein Mann hat die Pflicht, am Leben der Gemeinde teilzunehmen – im Rahmen seines Geldbeutels«, sagte Tom. »Machst du mir etwa Vorhaltungen, Betsy McBride?«

»Das würde ich nicht wagen.«

»Warum hast du meiner wissbegierigen Schwester nicht die Wahrheit erzählt?«

»Messer und Zigeuner geben eine bessere Geschichte ab«, antwortete Betsy.

»Und jetzt hat sie Angst vor dir. Ging es darum?«

»Vielleicht wird sie mich von nun an mit ein bisschen mehr Respekt behandeln.«

»Ich glaube nicht, dass Angst und Respekt Hand in Hand gehen«, bemerkte Tom.

»Sagen *Sie* denn immer die Wahrheit, Mr. Brodie?«

»Ja, oder zumindest versuche ich es. Ich betrachte mich als einen aufrichtigen Mann.«

»Wie kommt es dann«, hakte Betsy nach, »dass Sie über Nacht auf einmal humpeln?«

»Ich bin gestolpert, als ich aus dem Bett gestiegen bin«, sagte Tom, lenkte das Pferd zum Rand des Getreidefelds und zog dann, wie Betsy fand, allzu straff die Zügel an, um das arme Tier zum Stehen zu bringen.

Anders als der Salon hinter *Souter Gordon's* besaß der Saal über der Sattlerei eine gewisse ärmliche Würde. Gedruckte Plakate kündigten Vorträge zu verschiedenen landwirtschaftlichen Themen an, und eine große Tafel verzeichnete die Namen der ehemaligen Vorsitzenden der Agrargesellschaft von Hayes. Matthew Brodie war einmal Mitglied gewesen, jedoch nie in den Vorsitz erhoben worden und hatte seine Verbindungen gelöst, als der jährliche Mitgliedsbeitrag auf fünf Schilling angehoben wurde. Matthew Brodie hatte jedoch nie einer Versammlung des Junggesellen-Clubs beigewohnt, denn dieses Privileg war denen vorbehalten, die nicht durch die Fesseln der Ehe gebunden waren.

Das Verfahren war formlos; und die Regeln, vorgeschlagen und ausgearbeitet von niemand anderem als Mr. Thomas Brodie, zu hochtrabend, um ernst genommen zu werden. Die Versammlungen wurden an jedem zweiten Freitag im Monat abgehalten, mit je einer Unterbrechung für die Frühjahrssaat und die Herbsternte. Das Oktober-Treffen war das erste der Wintersaison, und es gab viel zu besprechen, nicht zuletzt die amourösen Abenteuer des Sommers.

Die erste mehrerer Flaschen machte die Runde um den Tisch.

Im Saal saßen etwa ein Dutzend überwiegend junger Männer.

Muskeln, abgekämpft von der harten Arbeit auf den Feldern, entspannten sich, Rücken, gebeugt von zu vielen Stunden an Schreibtischen oder Werkbänken, richteten sich auf, und die Unterhaltung wurde laut und lebhaft.

Tom schlug mit der Faust auf den Tisch. »Gentlemen, Gentlemen, zur Ordnung, zur Ordnung, wenn ich bitten darf!« Das Stimmengewirr verstummte. »Das für heute Abend vorgeschlagene Diskussionsthema lautet: Ist es besser, geliebt und verloren zu haben, oder niemals ...«

Das Thema war alles andere als originell. Es war vor nicht einmal einem Jahr bereits zur Genüge erörtert worden. Stöhnen wurde laut.

»Sir, Sir, Herr Vorsitzender, Sir«, rief der Bürogehilfe eines Teehändlers aus Drennan. »Bei allem Respekt, Sir, ist es nicht ein wenig hastig von Ihnen, uns ein solch abgedroschenes Thema aufzwingen zu wollen?«

»Hastig?«, fragte Tom. »Bei Gott, Hast ist nichts, wessen ich oft beschuldigt werde, zumindest nicht seitens der Damen.«

»Was uns bei genauerer Betrachtung«, bemerkte ein anderer junger Mann, » näher zum Kern der Angelegenheit bringt.«

»Ist das so?«, sagte Tom. »Und was soll das für ein Kern sein, von dem hier die Rede ist?«

Mehrere der anwesenden Männer riefen einstimmig: »Im Protokoll. Lies das Protokoll.«

Es gelang dem Vorsitzenden, eine verwirrte Miene aufzusetzen.

Peter Frye, der Sekretär des Clubs, beugte sich über den Tisch, flüsterte Tom etwas ins Ohr und wies mit einem Zeigefinger auf eine Passage im Protokollheft.

»Ah!«, nickte Tom. »Ah ja. Die Wette.«

»Die Wette gilt, Tom, die Wette gilt«, sagte Mr. Ogilvy, das älteste Mitglied. »Sollen wir etwa nicht erfahren, ob die Bedingungen der Wette erfüllt wurden oder nicht?«

»Das können sie nicht sein«, bemerkte der Bürogehilfe, »sonst hätte er sich längst seine Guinee aus der Clubkasse gegriffen.«

»Eine Guinee, war es das?«, fragte Tom scheinbar arglos. »Aye, ich denke doch, das war es – und die Bedingungen der Wette?«

»Ho! Du Schlingel!«, meinte Mr. Ogilvy. »Solch schamhaftes Benehmen steht dir schlecht zu Gesicht. Hör auf, den Narren zu spielen, und sag uns – hast du oder hast du nicht die Bedingungen erfüllt, die auf Treu und Glauben und mit allgemeiner Zustimmung im letzten Juli festgelegt wurden?«

Tom legte die Stirn in Falten. »Wird eine Guinee für den Rotwein reichen?«

»Aye, und ein Schilling oder zwei werden noch übrig bleiben«, informierte ihn Peter Frye.

»In dem Fall«, sagte Tom, »werde ich den Rotwein übernehmen.«

»Du hattest sie!«, rief Mr. Ogilvy. »Bei Gott, du hattest sie!«

»Hast du sie gemäht?«, fragte der Bürogehilfe.

»Nein, nein«, erwiderte Tom. »Die Bedingungen der Wette waren ein Kuss, ein einziger Kuss auf die Lippen. Nicht mehr und nicht weniger. Ich muss jedoch gestehen, dass ich mich nur mit großer Mühe beherrschen konnte, meine Sense zu zücken.«

»Ein geraubter Kuss ist keine Guinee wert«, beschwerte sich jemand.

»Der Kuss wurde freiwillig gegeben«, warf Peter Frye ein.

»Wie kannst du dir da so sicher sein, Peter?«, wandte Mr. Ogilvy ein.

»Ich habe es mit eigenen Augen gesehen«, sagte Peter Frye. »Ich werde es unter Eid bezeugen, wenn ihr darauf besteht. Tom hat sie aufgefordert, ihn zu küssen, und sie ist der Bitte nachgekommen.«

»Auf die Lippen?«

»Auf die Lippen.«

»Neville Hewitts Tochter?«

»Neville Hewitts Tochter.«

»Die jungfräuliche Rose?«

»Die einzige Tochter des Scheusals aus der Thimble Row, bekleidet, wie ich ergänzen möchte, mit einem kurzen Nachthemd, das der Fantasie nur wenig Raum ließ«, erklärte Peter. »Nun, Gentlemen, halten Sie sich dieses Bild vor Augen, während ich Toms wohlverdiente Guinee aus der Kasse entnehme und uns – was? – noch ein halbes Dutzend Flaschen bestelle.«

»Wo hat dieses weltbewegende Ereignis denn stattgefunden?«, erkundigte sich Mr. Ogilvy.

»Bei ihr zu Hause«, antwortete Tom.

»War ihr Daddy nicht da, oder diese Hexe, die er sich hält?«, fragte der Bürogehilfe.

»Oh, durchaus!«, sagte Tom. »Sie waren beide zu Hause, zweifellos mit ihren eigenen ... äh ... Angelegenheiten beschäftigt, denn es war mitten in der Nacht und regnete wie aus Eimern.«

»Bist du etwa in ihr Zimmer eingedrungen, während Hewitt unten schlief?«, staunte Mr. Ogilvy. »Gott, du bist ein beherzter Bursche, Tom Brodie!«

»Ganz so beherzt bin ich nicht«, räumte Tom ein. »Ich muss gestehen, ich gab den Romeo und kletterte zum Fenster der jungen Dame hoch. Peter wartete zu Pferd nicht weit entfernt, und sosehr es mich auch nach dem Geschmack ihrer rosigen Lippen gelüsten mag, hatte ich doch nicht vor, mein Leben dafür zu geben.«

Ogilvy nickte. »Hewitt hätte dich erschossen, ohne mit der Wimper zu zucken.«

»Aye«, sagte Tom, »und mein Gemächt an seinen Türsturz genagelt.«

»Aber sie hat dich geküsst?«, kam eine Stimme vom anderen Ende des Tisches.

»Hat auf meine Bitten das Fenster geöffnet, ihre Lippen geteilt, an meiner Zunge gesaugt und geseufzt wie ein Zephir.«

»Entspricht das alles auch der Wahrheit, Peter?«, erkundigte sich Mr. Ogilvy.

»Jedes Wort«, antwortete Peter Frye.

»Was hast du sonst noch mit ihr gemacht?«, wollte jemand anders verschlagen wissen.

»Sir«, entgegnete Tom von oben herab, »wie können Sie es wagen, meine Ehrenhaftigkeit in Zweifel zu ziehen? Nun, ich frage euch, würde ich eine unschuldige Maid ausnutzen, die nur mit ihrem Nachthemd bekleidet ist?«

»Aye«, kam die Antwort von allen Seiten. »Aye, verdammt, das würdest du.«

Tom stand auf und hob das Glas, das Peter ihm zuvorkommend eingeschenkt hatte. »Aye, verdammt, und das *werde* ich, Gentlemen. Auf mein Ehrenwort als Gentleman und Junggeselle, ich werde Miss Hewitt das Nachthemd abstreifen, bevor die Gerste das erste Grün zeigt.«

»Und sie mähen?«, rief der Bürogehilfe.

»Und sie heiraten«, sagte Tom so nüchtern, dass niemand ihn ernst nahm.

Betsy lehnte sich mit ihrem Stuhl gegen das Gemäuer des Kamins und streckte die Beine aus. Janet war zu Bett gegangen. Agnes lag schnarchend an der Seite ihres Mannes. Das Feuer glühte rot. Der große, schwarze Kessel stieß kleine Dampfwolken aus. Auf einem Regal nahe der Tür tickte eine verbeulte alte Stutzuhr träge vor sich hin.

»Ins Bett mit dir, Mädchen!«, sagte Henry. »Es ist fast elf, und wir müssen morgen früh raus.«

»Ich brauche nicht viel Schlaf.« Betsy kippelte ein wenig auf dem knarrenden Stuhl. »Sie warten noch auf Tom, habe ich recht?«

Henry schwieg kurz. »Und wenn es so wäre?«

»Ist heute Abend eine besondere Logen-Versammlung?«

»Der Junggesellen-Club, glaube ich.«

Betsy hatte von den Mädchen auf Rankines Farm gehört, was im Junggesellen-Club vor sich ging, und es war weniger beleidigend für weibliche Empfindlichkeiten als das, was im Hinterzimmer von *Souter Gordon's* passierte, und weitaus weniger geheimnisvoll als die Initiationsriten der Freimaurer.

»Steht Ihnen der Sinn nicht danach, sich ihm anzuschließen, Mr. Brodie?«, fragte sie.

»Ich bin nicht Mr. Brodie. Mr. Brodie ist mein Vater. Ich bin Henry, schlicht und ergreifend«, sagte er. »Aber um deine Frage zu beantworten, Betsy: Nein, mir steht der Sinn nicht danach, die Mitgliedschaft in dieser Gesellschaft anzustreben. Das sind Toms Kumpel, nicht meine.«

»Aber Sie sind doch Junggeselle, oder?«

»Natürlich bin ich das«, antwortete Henry. »Denkst du etwa, ich habe dort oben eine Ehefrau versteckt? Sieh dich doch um, Betsy! Was für ein Mädchen würde mich denn nehmen, wenn alles, was ich zu bieten habe, ein Leben in Knechtschaft und ein Misthaufen an Schulden ist?«

»Sie meinen, keine richtige junge Dame. Alle Männer sind doch gleich, wenn es darum geht, eine Ehefrau zu wählen. Pflugburschen werfen ein Auge auf Hausmädchen, Farmer auf Töchter von Grundbesitzern. Das ist der Lauf der Welt.«

»Und worauf werfen Milchmädchen ein Auge?«, fragte Henry.

»Auf alles, was sie in die Finger kriegen können«, lachte Betsy.

»Kommt Liebe dabei nicht ins Spiel?«

»Liebe?«, sagte Betsy. »Liebe ist, was man draus macht, Mr. Brodie.«

»Henry.«

»Nun gut, Henry«, erwiderte Betsy. »Liebe ist nur ein weiteres Arrangement.«

»Hast du denn nicht die Absicht zu heiraten?«

»Aye, ich würde im Handumdrehen heiraten«, sagte Betsy. »Aber wer würde so eine wie mich schon nehmen? Nein, nein. Die hübschen Mädchen werden hofiert, und der Rest von uns wird einfach . . .« Sie zuckte die Schultern.

»Betsy, wie alt bist du?«

»Neunzehn nach Neujahr.«

»Hattest du nie einen Kavalier?«

»Einen Kavalier?«

»Einen Verehrer?«, sagte Henry. »Einen Liebhaber?«

Sie dachte an Johnny Rankine, der seinen dicken Bauch gegen ihren geklatscht hatte, bevor er seine Hose wieder hochgezogen hatte und davongestapft war, um mit seiner Frau zu Abend zu essen. »Nein, ich hatte noch nie einen Liebhaber.«

»Hat dir denn nie jemand gefallen?«

»Connor«, beeilte sie sich zu antworten. »Mein Vetter, Connor McCaskie.«

»Würde er nicht einen guten Ehemann abgeben?«

»Connor – einen Ehemann?«, sagte Betsy. »Gott, nein! Er ist Ire.«

Tom achtete darauf, nie so viel zu trinken, dass er sich nicht mehr am Sattel seiner getreuen alten Stute festhalten konnte, während sie von selbst den Weg nach Hause fand. Er führte das Tier in den Stall und sattelte es ab. Rasch füllte er noch ihre Schütte mit Heu und ihren Eimer mit Wasser und erhaschte dann durch den Spalt in der Gipswand einen Blick auf seinen Bruder und Betsy, die Knie an Knie in der Küche saßen. Seine Ankunft hatte ihre

Unterhaltung unterbrochen und, wie Tom mit einem leisen Lachen dachte, bei Henry vermutlich jede Hoffnung zerstört, er könnte sich vielleicht einen Kuss oder noch mehr von Rankines gut aussehender Magd stehlen.

Noch immer kichernd, legte er eine Wange an das Gesäß der Stute und betrachtete das Mädchen, das im Schoß seiner Familie gelandet war. Zu dieser späten Stunde erschien sie ihm fast so begehrenswert wie Rose Hewitt oder, um genau zu sein, jedes andere hübsche Mädchen, in das er sich je verliebt hatte.

»Heda!«, rief er laut. »Heda!«

Er taumelte aus dem Stall, knöpfte sich dabei die Hose auf und erleichterte sich an der Wand. Als dieses Bedürfnis befriedigt war, torkelte er zur Cottagetür und ließ sich theatralisch in Betsys Arme fallen, während Henry ängstlich auf und ab tänzelte und Tom zuzischelte, er solle keinen Krach schlagen, um nicht den Vater zu wecken und eine hässliche Szene heraufzubeschwören.

Tom klammerte sich an die dralle Miss McBride, den Kopf an ihren Busen gelegt, umfasste mit den Händen ihr Gesäß und ließ sich von ihr tiefer ins Zimmer lotsen. »Oh, jetzt aber«, säuselte er, »du liegst so wunderbar in meinen Armen, Betsy, meine Liebe.«

»Achte nicht auf ihn«, sagte Henry. »Er ist betrunken.«

»Ich bin nicht betrunken«, empörte sich Tom. »Ich hatte schon am Abendmahl-Tisch schwerer geladen. Oh, Betsy, lass dich liebkosen.«

»Hier.« Henry packte seinen Bruder an der Schulter. »Komm her, und ich werde dich liebkosen. Ich werde dich hoch in dein Bett liebkosen.«

»Die Jakobsleiter wird mich nicht in den Himmel führen.« Tom massierte Betsys Seiten. »Aber bei diesem entzückenden Geschöpf zu liegen, das würde mich mit Sicherheit in den ...«

Er schrie auf, als eine kleine, harte Faust ihn seitlich am Kopf traf, und wurde, noch immer schreiend, von der Magd weggezerrt. »Mam«, rief er. »Mammy, du tust mir weh.«

»Ich würde dir mit einem Stock zu Leibe rücken, wenn ich einen zur Hand hätte«, sagte Agnes Brodie. »Genügt dir das Trinken denn nicht? Musst du jetzt auch noch Schande über uns bringen, indem du dich an einem jungen Mädchen vergreifst, das uns geschickt wurde, um uns zu helfen? Ein Glück, dass dein Daddy nicht mehr genug bei Kräften ist, um dir eine Tracht Prügel zu verpassen, Thomas, selbst wenn du erwachsen bist. Henry, schaff ihn mir aus den Augen!«

»Jawohl, Mutter.« Henry schnappte sich Toms Arm, führte den Bruder zur Leiter und stellte seine Füße auf die hölzernen Sprossen. »Er wird morgen dafür büßen«, versprach Henry. »Gute Nacht, Betsy.«

»Gute Nacht, Mr. Brodie«, sagte Betsy.

Sie wäre unverzüglich auf ihr Zimmer gegangen, wenn Agnes Brodie ihr nicht den Weg versperrt hätte. »Du darfst nicht schlecht von ihm denken, Betsy«, meinte sie. »Unser Tom ist vom Teufel besessen. Manchmal denke ich, da ist nicht nur ein Mann, sondern zwei, die in seinem Kopf miteinander ringen. Er meint es nicht böse.«

»Ja, Mrs. Brodie.«

»Bei alldem«, mahnte die Frau, »darfst du ihn nicht ermuntern.«

»Ja, Mrs. Brodie«, sagte Betsy. Mit einem keuschen kleinen Knicks und nicht dem Anflug eines Lächelns ging sie zu Bett.

3

Auch wenn Betsy McBrides Eintreffen auf Hawkshill das Geschick der Brodies nicht auf einen Schlag wendete, ging es zumindest mit einer ruhigeren Wetterlage einher, die es ihnen ermöglichte, den letzten Rest der Getreideernte einzubringen.

Betsy erfuhr bald, dass sie die siebzig Acres von Hawkshill mit einer Zwölf-Jahres-Pacht von Neville Hewitt übernommen hatten, mit einer Ausstiegsklausel nach der Sechs-Jahres-Frist – einer Frist, die am ersten November ablaufen würde. Wenn der Gerichtsdiener vor diesem Tag mit einer Anordnung zur Beschlagnahme vor ihrer Tür stehen sollte, dann würde es verdammt wenig geben, worauf er Anspruch erheben konnte. Der Viehbestand des alten Mr. Brodie belief sich auf vier Pferde, zwei Ponys, dreizehn Kühe, sechs Kälber, zwei einjährige Ochsen und vierzehn Schafe. Dazu kamen ein Pflug, zwei Wagen und eine Egge. Die Ochsen und vier fette Lämmer sollten auf dem Markt von Drennan verkauft werden, und Betsy war aufgefordert mitzukommen, um den jungen Brodies beim Viehtrieb zu helfen.

Sie hatte die Familie bereits zur Kirche begleitet und ihre Mutter und ihren Vater getroffen und ihnen versichert, dass sie auf Hawkshill gut behandelt wurde. Und sie war Mr. Rankine über den Weg gelaufen, der ihr zum Gruß nur zugezwinkert hatte.

Der Kirchgang in Hayes war eine Sache, der Markttag in Drennan hingegen eine völlig andere. Die Stadt verfügte über einen Marktplatz, eine Schule, zwei Kirchen, drei Getreidemühlen, zwei Walkmühlen und eine Mühle, um Flachs zu dreschen.

Außerdem gab es ein stattliches, aus Backstein errichtetes Armenhaus, ein Wirtshaus, drei Tavernen, eine Freimaurer-Loge und einen langen, flachen Holzbau, der eine bescheidene Bibliothek mit erbaulicher Literatur und, wann immer Mr. Arbuthnot in die Stadt kam, die Tanzschule beherbergte.

Der Viehmarkt wurde auf einem Feld eine Viertelmeile außerhalb des Stadtzentrums abgehalten. Ausnahmsweise einmal war der Boden nicht von Schlamm überschwemmt. Jeder Händler, Züchter und Schlachter in der Grafschaft hatte sich eingefunden, um ein Schnäppchen zu machen, denn durch einen späten Frühling und einen nassen Sommer war gutes Weideland knapp geworden, und viele Pachtfarmer, die es sich nicht leisten konnten, ihre Tiere über den Winter zu bringen, waren gezwungen, sie zu verkaufen, bevor sie verhungerten.

Die Hawkshill-Ochsen waren bereits groß und kräftig. Tom und Henry hatten ihre liebe Not damit, sie an dem Pflock ihres angemieteten Verkaufsplatzes festzubinden. Schafe ließen sich leichter handhaben, und Janet hatte die fetten Lämmer bald in einem dreieckigen Weidenpferch zusammengetrieben, wo die armen, verwirrten Tiere kaum Platz hatten, um mit den Hufen zu stampfen oder Wasser zu lassen.

Auf dem ganzen Feld waren Farmtiere auf ähnliche Weise eingepfercht und angepflockt. Der Tumult war ohrenbetäubend. Staubwolken bauschten sich über den Cottages und senkten sich wie feiner Sand über den Planen der Marktstände in der Market Street, sodass die Händler und ihre Kunden niesen und spucken mussten und die Zecher, die schon früh dem Trinken frönten, ihre Humpen mit ihren Hüten bedeckten.

Der Viehmarkt von Drennan war kein Großereignis wie die alljährliche Zusammenkunft in Falkirk. Käufer und Verkäufer kannten einander, und Geschäfte wurden mit einem Nicken und einem Handschlag abgeschlossen. Die Hawkshill-Ochsen waren kaum angepflockt, da kam schon ein Kaufinteressent angeschlendert, um sie zu begutachten.

»Aye, Brodie, ist das das Beste, was ihr zu bieten habt?«

»Das ist es, Mr. Fergusson, das Allerbeste.«

»An eurem fauligen Tümpel getränkt, den ihr einen See nennt?«

»Nein, nein«, antwortete Tom. »In den Nasenlöchern meines Viehs werden Sie keine Blutegel finden. Schauen Sie ihnen in die Augen, Sir, und sehen Sie das Gold darin glänzen! Sie werden schneller wachsen, als Sie ihnen Heu in die Schütte werfen können.«

»Gezeugt von Braystocks altem Bullen, nehme ich an?«

»Braystocks Bulle ist vielleicht alt, aber er ist zuverlässig«, warf Henry ein.

»Warum gebt ihr ihnen nicht noch einen Sommer auf der Weide?«, sagte Fergusson. »Wenn sie so kräftig sind, wie ihr behauptet, dann werden sie in einem Jahr das Zehnfache des Preises erzielen.«

»Wir hatten einen guten Kälberwurf im Frühjahr«, log Tom. »Wir haben nicht genug Platz im Stall, um sie alle aufzuziehen.«

»Mit anderen Worten, Hewitt sitzt euch im Nacken mit seiner Pacht?«

»Hewitt sitzt jedem im Nacken, Mr. Fergusson«, sagte Tom.

»Das mag schon sein, doch ihr gebt euer junges Vieh schließlich nicht aus Herzensgüte weg. Besser ein paar Schillinge in der Tasche, als sie dem Gerichtsdiener zur Verlosung zu übergeben. Habe ich nicht recht?«

»Was ist mit unseren Lämmern, Sir?«, schaltete sich Janet ein.

»Ich will kein gutes Gras an Schafe verschwenden, Mädchen«, antwortete der Viehzüchter. »Hör zu, Brodie, ich gebe dir eine Guinee für die Jungochsen, bar auf die Hand.«

Betsy sah, wie sich Henrys Hand zur Faust ballte.

Tom betrachtete lässig den Horizont und schüttelte den Kopf.

»Tom?«, sagte Janet. Und dann noch einmal: »Tom?«

»Ah!«, murmelte Tom. »Was für ein milder Tag ist es doch für Oktober. Ich habe ein Stück Brot und etwas Käse in meiner Tasche, und meine Schwester wird mir einen Krug Ale von *Caddy Crawford's* bringen. Ich denke, ich werde mich einfach zurücklehnen und warten, bis jemand mit etwas mehr Verstand daherkommt. Einen schönen Tag noch, Mr. Fergusson.«

»Eine Guinee wird deine Rechnung beim Doktor begleichen«, fuhr der Viehzüchter fort, »oder deinem Daddy ein anständiges Totenhemd kaufen, wenn seine Zeit gekommen ist – es sei denn, ihr habt vor, ihn nackt in eurem Misthaufen zu begraben.«

Tom trat vor den dickbäuchigen Viehzüchter hin und legte ihm eine Hand an den Kragen. Der Viehzüchter hatte zu viele Jahre auf dem Buckel, um sich einschüchtern zu lassen. Er streckte den Bauch vor und wich nicht von der Stelle.

Tom grinste und bürstete ein Staubkorn von der Jacke des Viehzüchters. »Ist es die Gier, die Sie dazu treibt, meinen alten Daddy in den Schmutz zu ziehen, Mr. Fergusson? Nun, ich sage Ihnen, mein alter Daddy wird Sie überleben, Sir. Er ist ein Mann aus Eisen, und er wird nicht vor seinen Schöpfer treten, bevor er und sein Schöpfer bereit zu der Begegnung sind.«

»Ich habe unüberlegt gesprochen«, erwiderte Fergusson. »Ich wollte niemanden beleidigen.«

»Das haben Sie auch nicht«, warf Henry ein.

»Ich gehe hoch auf vierundzwanzig Schilling«, sagte der Viehzüchter.

»Sie können bis auf die Turmspitze von St. Giles hochgehen«, gab Tom zurück. »Ich würde Ihnen die Tiere meines Daddys jetzt nicht mehr verkaufen, und wenn Sie mir zwanzig Guineen bieten würden. Nennen Sie es Stolz, wenn Sie wollen, aber ich würde diese Ochsen lieber selbst schlachten, als Ihrer Unterstellung beizupflichten, dass mein Vater einen Armentod sterben wird, wenn wir bei Ihrem erbärmlichen Angebot nicht zugreifen.«

»Sechsundzwanzig das Paar«, sagte Fergusson.

»Nein«, entgegnete Tom. »Nein, verdammt, nein.«

»Tom, bitte«, murmelte Henry. »Sei nicht vorschnell!«

Ein Ring von acht oder zehn Männern hatte sich um den Hawkshill-Stand gebildet. Walter Fergusson hatte tiefe Taschen und einhundertsechzig Acres bestes Weideland in der Grafschaft. Er kaufte immer nur billig, und er wusste auf den Penny genau, wie viel jeder verzweifelte Pächter seinem Grundbesitzer schuldete.

Betsy sah, wie Henry den Kopf schüttelte und vortrat, um dazwischenzugehen, als sich auf einmal eine riesige braune Klaue auf ihre Schulter legte.

»Connor«, sagte sie und wandte sich um. »Was tust du denn hier?«

Es war nicht leicht für Rose, der wachsamen Mrs. Prole zu entkommen. Ihr war durchaus bewusst, welche Art Bestrafung sie erwartete, wenn sie von der Seite dieser Frau weichen sollte, um ein paar, wenn auch noch so beiläufige, Worte mit irgendeinem Mann unter achtzig Jahren zu wechseln.

Ihre erste Begegnung mit Thomas Brodie hatte sie einem der seltenen Anlässe zu verdanken, zu denen sie das Haus allein verlassen durfte. Mrs. Prole hatte sich an jenem Morgen nach dem Frühstück wieder zu Bett gelegt, und sie, nicht Dorothy, das Hausmädchen, war über den Anger geschickt worden, um in der Stadtbäckerei Brot zu kaufen.

Warum sich Tom Brodie an einem Dienstagvormittag in Drennan herumgetrieben hatte, war ein Rätsel, über das sich Rose damals keine Gedanken gemacht hatte. Doch angesichts der Ereignisse der jüngsten Zeit war sie zu dem Schluss gekommen, dass Mr. Brodie die Meilen von Hawkshill einzig und allein auf sich genommen hatte, um sie anzusprechen. Aber sosehr sie sich auch das Gehirn zermarterte, konnte sie sich doch an nichts in dem Gespräch erinnern, was den Burschen ermuntert haben könnte, mitten in der Nacht zu ihrem Fenster hochzuklettern und um einen Kuss zu betteln, einen Kuss, der ein Fenster zu allen möglichen Empfindungen geöffnet hatte, die sie sich mit dem Verstand nicht erklären konnte.

»*Rose? Rose Hewitt?*«

Sie drückte sich gegen den Musselinbehang, der den Käse abschirmte, den die Inhaberin des Standes auf kleinen, handbemalten Tellern feilbot, weichen weißen Käse, zu zart für bäuerliche Gaumen, auch wenn, wie Rose gehört hatte, Gutsherren und ihre Damen das Zeug zu schätzen wussten und kübelweise kauften. Die Standinhaberin war eine gut aussehende Frau, kaum älter als Papa. Mit dem Rücken zu dem Stoffbehang hinter ihrem Stand sah sie auf die Biegung der Market Street und hielt Ausschau nach Gutsverwaltern oder Haushälterinnen, die Bestellzettel für ihre Leckerbissen schwenkten.

Als Mrs. Prole sich aufgeregt und wütend näherte, wagte Rose kaum zu atmen vor Angst, die Frau des Käsemachers könnte sie verraten.

»Käse«, sagte die Standinhaberin. »Reif und vollmundig im Geschmack.«

»Ich suche nach meinem ... meinem Schützling«, erklärte Mrs. Prole eisig. »Mr. Hewitts Tochter. Ist sie zufällig hier vorbeigekommen?«

»Sie ist mir nicht unter die Augen gekommen«, erwiderte die Frau. »Vielleicht ist sie bei ihrem Daddy?«

»Sie ist nicht bei ihrem Vater; sie ist bei mir«, erwiderte Mrs. Prole.

»Aber sie ist nicht bei Ihnen«, stellte die Frau des Käsemachers fest. »Haben Sie sie geschickt, etwas von meinem köstlichen Käse zu kaufen?«

»Nein, das habe ich nicht«, antwortete Mrs. Prole. »Dieses eigensinnige Kind ist weggelaufen. Wenn ich sie in die Hände bekomme, dann werde ich ihr eine Lektion erteilen, die sie nicht vergessen wird.«

»Wie werden Sie das denn anstellen, Mrs. Prole?«, fragte die Frau.

»Ich ... ich werde sie entsprechend zurechtweisen.«

»So ist's recht! Ich habe selbst Töchter, daher weiß ich, wie übermütig junge Mädchen sein können.«

»Haben Sie Rose Hewitt nicht gesehen?«

»Nein.«

»*Rose? Rose Hewitt?*« Mrs. Prole entfernte sich. »*Komm augenblicklich her, sonst wird es dir umso schlimmer ergehen!*«

Rose, die in dem schmalen Gang zwischen der Rückseite des Käsestandes und dem Giebel einer Taverne kauerte, stieß einen Seufzer der Erleichterung aus.

»Sind Sie noch da?«, flüsterte die Käsefrau.

Rose antwortete: »Ja.«

»Sie ist fort. Jetzt sind Sie in Sicherheit. Weshalb verstecken Sie sich?«

»Es gibt da etwas, was ich allein erledigen muss.«

»Ah!«, sagte die Frau des Käsemachers. »Geht es um einen Mann?«

»Was?«, entfuhr es Rose. »Gewiss nicht. Ich bin auf der Suche nach Tassie Landles. Wissen Sie zufällig, wo ich sie finden könnte?«

Die Frau des Käsemachers lachte. »Verstehe«, sagte sie. »Wollen Sie sich Ihr Schicksal weissagen lassen, Miss Hewitt, oder sind Sie auf der Suche nach einem Liebestrank? Nun, Tassie Landles wird Ihre Sixpence nehmen und Ihnen dafür geben, was immer

Sie brauchen. Aber ich muss Sie warnen, die alte Hexe wird ihrem Ruf nicht immer gerecht.«

»Wo kann ich sie finden?«

»An Markttagen ist sie im Allgemeinen in ihrem Laden am Ende der Brücke.« Rose zuckte zusammen, als der Musselinstoff zur Seite gezogen wurde und die Frau auf sie hinuntersah. »Aber seien Sie bloß vorsichtig, Miss Hewitt! Mit der alten Tassie ist nicht zu spaßen. Wer hat Ihnen von ihr erzählt?«

»Unser Hausmädchen, Dorothy.«

»Ich hoffe Ihnen zuliebe, dass das, was Sie von Tassie Landles bekommen, die Tracht Prügel wert sein wird, die Sie erwartet, wenn Sie nach Hause kommen.«

»Das hoffe ich auch«, seufzte Rose, und mit einem matten kleinen Lächeln zum Dank schlüpfte sie hinter dem Käsestand hervor und eilte den Hügel hinunter zur Brücke.

Der lockige braune Bart war verschwunden, und mit ihm annähernd zehn Jahre. Connor sah weitaus jünger aus ohne den Backenbart, fand Betsy. Und er hatte den großen silbernen Ring abgelegt, der im Allgemeinen an seinem Ohr baumelte, und das getupfte Seidentuch, das seine wilden Locken bändigte. Er trug noch immer die blau karierten Flanellhosen, die ihre Mutter ihm genäht hatte, und anstelle eines Mantels die haarende Ziegenlederweste, die ihm seinen typischen Geruch verlieh. Selbst ohne den Bart und den Ohrring war er unverwechselbar ihr irischer Vetter, Connor McCaskie, mit kräftigen Schultern, einem breiten Brustkorb und groß wie ein Baum.

»Sechsundzwanzig Schilling«, bemerkte Connor. »Ist das das Gebot?«

»Das hier ist keine Auktion, Sir, wer immer Sie sein mögen«, sagte Mr. Fergusson zu ihm.

»Ich bin Connor McCaskie, Sir, wer immer *Sie* sein mögen. Und wenn das hier ein privater Handel zwischen Ihnen und dem Besitzer dieser herrlichen Tiere ist, dann werde ich zur Seite treten und zusehen, wie Sie ihn mit einem Kuss besiegeln.«

»Keine Küsse, Connor«, schaltete sich Betsy ein. »Und auch kein Handschlag.«

»Ist das so?« Ihr Vetter steckte die Daumen in seinen breiten Ledergürtel, ein Gegenstück zu ihrem eigenen. »Das heißt, man wurde noch nicht handelseinig?«

»Nein«, antwortete Tom.

»Ausdrücklich nicht«, erklärte Henry.

»Ich erhöhe auf dreißig«, sagte Mr. Fergusson allzu hastig.

»Dreißig Schilling für diese Schönheiten«, bemerkte Connor. »Gott, Mann, selbst ein Blinder mit Krückstock kann sehen, dass sie in ein, zwei Jahren einhundert gute Mahlzeiten liefern werden.«

»Sind Sie ein Händler, Sir?«, erkundigte sich Fergusson.

»Ich bin ein Kenner guten Rindfleischs, Sir, und geduldig genug, um mit dem Vergnügen zu warten, meine Zähne in ein, zwei Scheiben dieser jungen Burschen zu schlagen, bis sie groß genug sind, um mit dem Schlachtbeil Bekanntschaft zu schließen.« Ihr Vetter, dachte Betsy voller Bewunderung, war sogar noch wortgewandter als Tom Brodie. »Mir scheint, ein gerissener Händler wie Sie würde kein Angebot von dreißig Schilling unterbreiten, wenn die Tiere nicht die doppelte Summe wert wären. Mr. Brodie – Sie sind doch Mr. Brodie, oder ...?«

»So ist es«, sagten Tom und Henry einstimmig.

»Mr. Brodie, wären fünfzig Schilling pro Kopf akzeptabel?«

»Fünfzig Schilling wären allerdings akzeptabel«, sagte Henry. »Bei Gott, das wären sie.«

Connor McCaskie spuckte in seine Hand und streckte sie aus. »Dann sind wir uns einig?«, sagte er und schüttelte Toms Rechte.

Und dann griff er tief in seinen Beutel und zückte eine Hand voll Silbermünzen und zählte fünf Pfund ab.

»Werden Sie die jungen Ochsen gleich mitnehmen, Mr. McCaskie?«, fragte Tom.

»Nein, nein.« Connor wandte sich an Betsy. »Sind sie ehrlich, deine Freunde, diese Farmer?«

»So ehrlich, wie der Tag lang ist«, sagte Betsy.

»Ich werde noch eine Guinee drauflegen, Mr. Brodie, und meine Tiere in Ihrer Obhut lassen, bis sie ein geeignetes Alter erreicht haben, um geschlachtet zu werden. Wird eine Guinee genügen für das Futter eines Winters und einen Sommer auf der Weide?«

»Eine Guinee«, antwortete Henry, »wird gut sein.«

»Dann«, meinte Connor, »lassen Sie uns das nächste Wirtshaus aufsuchen, um unser Geschäft mit einem Schluck Whisky zu besiegeln. Möchten Sie sich uns anschließen, Sir?«

»Den Teufel werde ich tun«, knurrte Walter Fergusson und stapfte, gründlich geschlagen, durch die Menge davon, um sich ein anderes Opfer zu suchen.

Der Drennan war ein quirliger kleiner Fluss, der den Carrick Hills entsprang, sich aber aufgrund irgendeiner Laune der Natur einmal um sich selbst schlängelte, bevor er an Tiefe und Breite gewann und sich schließlich in der Nähe von Port Cedric, vier Meilen weiter, ins Meer ergoss.

Der Laden an seinen Ufern unterhalb der Ramshead-Brücke war eigentlich gar kein richtiges Geschäft, nur ein Ein-Zimmer-Cottage, so klein und düster, dass es Rose noch nie aufgefallen war, obwohl sie die Brücke in Papas Ponykutsche oft überquert hatte, wenn er Mama und sie nach Ayr gefahren hatte, um die Predigt in der Kirche von St. Quivox zu hören oder an der Hafenmauer Fisch zu kaufen. Nachdem Mama gestorben und Mrs. Prole zur Haushälterin aufgestiegen war, waren die Ausflüge nach Ayr eingestellt worden, denn, so Rose' Vermutung, Mrs. Prole war keine Witwe und hatte noch immer eine Art Ehemann, der in Ayr lebte, und wünschte keine »Peinlichkeiten« herbeizuführen, indem sie seinen Weg kreuzte.

Rose schlich auf Zehenspitzen den Weg zum Cottage hinunter, ein Auge auf den Fluss, als hätte sie Angst, irgendetwas könnte aus dem strudelnden braunen Gewässer hervorspringen und sie verschlingen wie eine Forelle eine Eintagsfliege.

Ein gemaltes, stark verwittertes Schild hing über der halb geöffneten Tür. Rose äugte ein paar Sekunden lang zu den schiefen Buchstaben und dem verblassten Bild irgendeines seltsamen Geschöpfes hoch, bis sie begriff, dass die Buchstaben nichts Unheilvolleres als *Eier zu verkaufen* bedeuteten und das seltsame Geschöpf eine Henne darstellen sollte.

»Immer herein mit Ihnen, meine Liebe, haben Sie keine Angst!«, erklang eine Stimme von drinnen.

Rose war versucht, auf dem Absatz kehrtzumachen und wegzulaufen, aber sie befürchtete, die Frau zu beleidigen.

»Einen Fuß«, riet ihr die Stimme, »und dann den anderen. So wird es gehen.«

Mrs. Proles Worten zufolge war Tassie Landles die Ururenkelin einer berüchtigten Hexe aus Renfrew, die wie eine Krähe über die Grafschaft geflogen war und die Geister der Toten befehligt hatte. In einer Schimpfkanonade hatte Mrs. Prole ihrer Ansicht Luft gemacht, die alte Tassie Landles sei um keinen Deut besser als ihre Vorfahrin, und wenn das Gesetz in den letzten Jahren nicht milder geworden wäre, dann wäre sie im Drennan ertränkt oder, noch besser, auf dem Scheiterhaufen auf dem Pendicle Hill verbrannt worden.

Rose holte einmal tief Luft und trat über die Schwelle.

»Aha«, sagte die Stimme, »es ist eine Dame, eine hübsche junge Dame, die Tassie an diesem herrlichen Herbstmorgen besucht. Für einen Korb Eier werden Sie nicht gekommen sein, möchte ich wetten, vielmehr für einen kleinen Blick in die Zukunft oder vielleicht ein Stück von meinem besonderen Marzipan, um das harte Herz eines Mannes zu erweichen.«

»Sein Herz«, sagte Rose mit mehr Selbstvertrauen, als sie empfand, »ist bereits weich – das behauptet er zumindest –, auch wenn ich den Verdacht habe, dass sein Kopf hart genug ist.«

Tassie Landles kauerte auf einem Hocker bei der Feuerstelle. Das Zimmer quoll über von allem möglichen Tand und einigen seltsamen Möbelstücken. Licht drang durch ein kleines Fenster in der hinteren Wand. Durch dieses Fenster sah Rose kristallklar ein Stück Garten, bunt gefärbt vom Herbst, den Rand eines Brunnens und eine Ecke eines Holzgestänges, auf dem mehrere Tauben hockten.

Tassie Landles kicherte. »Ein falscher Liebhaber, ja?«

»Er ist nicht mein Liebhaber.«

»Aber er wünscht es zu sein, habe ich recht?«, sagte Tassie. Die Frau trug ein Schultertuch mit tropfenförmigen Troddeln, eine makellose Leinenhaube bedeckte ihr ergrauendes Haar, und ihr Gesicht hatte einen dunklen Teint, der Rose an Zimtgebäck erinnerte. Sie war nicht viel älter als Mrs. Prole und sah kein bisschen so aus, als stünde sie mit dem Teufel im Bunde.

»Ja, ich nehme es an«, erwiderte Rose.

»Hat er sich dahingehend geäußert?«

»Das hat er.«

»Viele Male?«

»Einmal nur«, antwortete Rose. »Sehr überschwänglich.«

»Glauben Sie ihm?«

»Ich bin mir nicht sicher«, sagte Rose. »Ich hoffe, Sie werden mir einen Rat dazu geben können, wie ich die Avancen dieses Burschen erwidern soll – und wie das Ergebnis aussehen könnte.«

»Bursche?«, fragte Tassie Landles. »Mir fällt auf, dass Sie ihn nicht einen ›Gentleman‹ nennen?«

»Er ist kein Gentleman, weder von Geburt noch durch Erziehung.«

»Aber Sie, Miss Hewitt, sind eine Dame, habe ich recht?«

»Oh!«, murmelte Rose. »Sie wissen meinen Namen?«

»Neville Hewitts Tochter, aye«, meinte die Frau. »Nun, treten Sie näher! Setzen Sie sich hier auf den Stuhl neben mich, und wir werden sehen, was die Katze zu sagen hat.«

»Die Katze?«

»Pussy ist sehr erfahren in Herzensangelegenheiten.« Tassie griff mit einer Hand nach unten und holte eine irdene braune Katze unter dem Hocker hervor. Ihre Pose war aufrecht, wachsam und wissbegierig, die Figur gut achtzehn Zoll hoch. Tassie reichte sie Rose, und sie lag so schwer in ihren Händen, dass sie sie auf ihrem Knie abstützen musste.

»Soll ich ihn streicheln?«

»Es ist eine Sie«, sagte Tassie.

»Woher wissen Sie das?«

»Das Geschlecht zu bestimmen ist eine meiner vielen Gaben«, kicherte Tassie schelmisch. »Aber da Sie Tom Brodies Balg nicht in sich tragen, werden wir darauf heute verzichten können.«

»Was?«, entfuhr es Rose verwundert. »Was haben Sie da gesagt?«

»Ich habe kein Wort gesagt«, erwiderte Tassie Landles. »Sie war es, der es herausgerutscht ist.«

»Sie meinen unser Hausmädchen, Dorothy?«

»Nein, nein, nicht Dorothy. Sie.«

Rose' Augen weiteten sich. »Die Katze hat Ihnen von Tom Brodie erzählt?«

»Vor Pussy ist kein Geheimnis sicher«, erklärte die Frau. »Sie hat mir erzählt, dass Rose Hewitt heute vorbeikommen würde und dass ein junger Tom Brodie nicht fern ist.«

»Ist Mr. Brodie hier?«

»Ich habe schon genug Ärger damit, die Geister der Toten heraufzubeschwören, auch ohne den Zauber bei den noch Lebenden anzuwenden«, entgegnete Tassie.

»Die Geister der Toten?« Rose umklammerte die Katze mit beiden Händen. »Meine – meine Mama ist tot. Können Sie ...«

»Genug davon«, sagte Tassie streng. »Sie haben schon genug Ärger auf dieser Welt, auch ohne sich noch mehr aus der nächsten zu suchen. Legen Sie Pussy Ihre linke Hand auf den Kopf und stellen Sie Ihre Frage!«

Zögernd umfasste Rose den Katzenkopf mit einer Hand und sprach sie an, wobei sie sich nur ein klein wenig albern vorkam. »Liebt Mr. Brodie mich? Wenn ich mich ihm hingebe, wird er mich dann heiraten?«

»Ihm hingeben?«, fragte Tassie. »Was meinen Sie denn damit?«

»Ihn mit mir tun lassen, was immer es ist, das Männer mit Frauen tun.«

»Und was ist es, das Männer mit Frauen tun?«

»Ich meine«, Rose errötete, »ihn in meinen ... meinen Körper eindringen lassen.«

»Sie sind noch nie mit einem Mann zusammen gewesen, habe ich recht?«

Rose schüttelte den Kopf. Sie war gründlich verwirrt davon, dass Tassie Landles so viel über sie wusste. Sie hatte niemandem von Tom Brodies mitternächtlichem Besuch erzählt, nicht einmal Dorothy. »Nein, ich bin noch nie mit einem Mann zusammen gewesen«, erwiderte sie schnippisch. »Würden Sie jetzt bitte meine Frage beantworten? Ich habe Geld hier;

sehen Sie – ein Sixpencestück. Und sollten Sie eine größere Summe benötigen, habe ich noch einen Schilling mehr in meiner Tasche.«

»Gestohlen aus der Geldkassette Ihres Daddys?«

»Nein«, log Rose. »Er hat es mir gegeben, um es auf dem Markt auszugeben.«

»Wie immer Sie dazu gekommen sind, geben Sie mir Ihre Sixpence«, erwiderte Tassie, »und Pussy wird Ihnen Antworten geben.«

Rose fischte in ihrer Rocktasche, holte eine Münze hervor, legte sie in die offene Hand der Frau und sah zu, wie die Münze verschwand. »Und nun«, sagte sie, »meine Antwort, wenn ich bitten darf.«

»Nicht meine Antwort, sondern Ihre Antwort«, entgegnete Tassie zu ihr. »Die Antwort liegt in Ihnen, Rose Hewitt, wenn Sie sie nur wüssten.«

»Das ist doch Unsinn!« Rose wollte schon aufspringen. »Sie sind nichts als eine Schwindlerin.« Die irdene Katze schien unter ihrer Hand weghuschen zu wollen, und Rose nahm rasch wieder Platz. »Wie haben Sie das gemacht?«

»Was gemacht?«, entgegnete Tassie Landles. »Fragen Sie nur!«

»Wird Thomas Brodie mich heiraten?«

Tassie schloss die Augen und legte eine Hand an ihr Ohr, als lauschte sie ferner Musik. In dieser Pose verharrte sie mehrere Sekunden lang, und auch Rose spitzte unwillkürlich die Ohren, ihrer Skepsis zum Trotz. Aber es war nichts zu hören bis auf das Gurgeln des Flusses und in weiter Ferne das ganz leise Hämmern einer Trommel irgendwo im Herzen der Stadt.

»Heirat«, sagte Tassie. »Es wird eine Heirat geben. Ich sehe Sie unter Tränen an Tom Brodies Seite stehen.«

»Unter Tränen?«

»Sie vergießen Tränen der Freude«, fuhr Tassie fort. »Und ich sehe eine Truhe, die von Silber überquillt, und ein prächtiges großes Haus mit vielen Fenstern.«

»Mein Haus? Unser Haus?«

»Kinder. Drei, vier ... fünf Bälger.«

»Fünf!«, rief Rose aus. »Fünf Kinder!«

»Und auch Leid, etwas Düsterkeit, einen Schatten, der sich nicht lichten will.«

»Wollen Sie etwa sagen, dass ich meinen Ehemann nicht glücklich machen werde, dass er enttäuscht von mir sein wird?«

Tassie Landles schlug ein Auge auf. »Das hier ist Ihre Weissagung, nicht Tom Brodies.«

»Oh, ja! Natürlich!«, murmelte Rose zerknirscht. »Wie bald werde ich heiraten?«

»Bald«, antwortete Tassie. »Aber vielleicht nicht bald genug.« Und dann, bevor das Mädchen mit noch einer Frage herausplatzen konnte, schlug sie beide Augen auf.

»Warten Sie!«, sagte Rose. »Bitte. Ich werde Ihnen noch einen Schilling geben, um fortzufahren.«

»Nein, nein«, entgegnete Tassie Landles. »Die arme Pussy ist müde.«

Rose sah hinunter auf die irdene Katze, doch Tassie riss sie ihr schon aus den Händen, rieb sie mit einem Zipfel ihres Schultertuchs ab und verstaute sie wieder unter ihrem Hocker. »So«, meinte sie. »Das war's mit uns beiden.«

»Nein. Bitte. Nein.«

Tassie erhob sich von ihrem Hocker. Sie war größer, als Rose angenommen hatte; ihre Leinenhaube streifte beinahe den rußgeschwärzten Balken über der Feuerstelle.

»Und nun, Rose Hewitt, müssen Sie gehen und Ihre Medizin nehmen.«

»Medizin?«

»Gehen Sie nach Hause!«

Rose erhob sich schwankend, machte einen höflichen kleinen Knicks, murmelte einen Dank und trat hinaus ins Sonnenlicht.

Sie lehnte sich gegen das Mauerwerk der Brücke, und als sie noch einmal einen Blick zurückwarf, sah sie, dass die Tür des Cottage noch immer angelehnt war und das *Eier zu verkaufen*-Schild nach wie vor in einer nicht vorhandenen Brise knarrte.

Rose wusste nicht, ob sie der Hexe Glauben schenken sollte oder nicht. Hatte Tassie ihr soeben einen flüchtigen Blick in die Zukunft gewährt, oder war die Zukunft tatsächlich nur auf Wasser geschrieben wie ein Gekritzel von Schaumkronen? Und dann, als zwei junge Bauernmädchen kichernd Arm in Arm den Weg hinuntersprangen, schlüpfte Rose davon und eilte zurück in die Stadt, um sich Mrs. Prole und der Tracht Prügel, die sie vermutlich verdiente, zu stellen.

4

Als sich herumsprach, dass Tom Brodie und ein Ire mit mehr Geld als Verstand im Garten hinter Caddy Crawfords Taverne tranken, bekamen sie bald Gesellschaft von Peter Frye und Mr. Ogilvy, zwei von Toms Junggesellen-Freunden, die sich an jenem Tag zufällig in Drennan aufhielten.

Henry und Janet waren auf dem Feld geblieben, in der Hoffnung, die Schafe zu verkaufen, und um, wie Connor es ausgedrückt hatte, seine schönen behaarten Babys zu bewachen. Aber Betsy hatte keine Bedenken, mit vier Gentlemen einen Happen zu essen, und an Connors Schulter gelehnt fühlte sie sich so sicher wie ein Schiff in einem Hafen.

Caddy Crawfords Kellnerjungen liefen sich die Füße wund, während sie Speisen und Getränke an die Tische im Garten schleppten, und die Männer unterhielten sich über Missernten, die erdrückend hohen Steuern und darüber, was in Frankreich vor sich ging und was in Amerika geschehen war. Betsy fiel auf, dass ihr Vetter seine Begegnungen mit den Kuttern des Königs oder seine Flucht vor den Zollbeamten mit keinem Wort erwähnte und sich selbst als nichts Schillernderes darstellte als einen kleinen Seehändler, der bescheidene Frachten zwischen Irland, Schottland und der Isle of Man beförderte. Sie hatte das Gefühl, dass Peter Frye, der Anwaltssohn, vielleicht ahnte, womit Connor wirklich seinen Lebensunterhalt verdiente, doch wenn dem so war, dann hielt Peter darüber den Mund.

Peter Fryes Vater war ein Rechtsanwalt, der ein bescheidenes Anwesen auf der dem Meer zugewandten Seite von Hayes besaß, nicht weit entfernt von Port Cedric. Peter war, wie Betsy erfuhr, derzeit als Sekretär bei seinem Vater beschäftigt, würde aber letztendlich nach Edinburgh geschickt werden, um an der dortigen Universität zu studieren. Er war höher gebildet und besser gekleidet als alle anderen im Garten und von einer Schlagfertigkeit, mit der es nur Tom aufnehmen konnte, wenn Beleidigungen hin- und herflogen und Auseinandersetzungen hitzig wurden.

Es war Peter Frye, der Rose Hewitt als Erster entdeckte. Ein Glas in der Hand, die Mütze über ein Auge gezogen, schien er in eine Debatte über Grundsteuern und Verluste vertieft zu sein. Als er den Kopf auf die Seite legte und über die niedrige Mauer spähte, die die Taverne von der Gasse trennte, sagte er: »Bei Gott, sie ist es, Thomas. Das ist die hübsche Maid aus der Thimble Row.«

Tom knallte sein Glas auf den Tisch und sprang auf. »Ist Hewitt bei ihr?«

»Nein, sie ist allein.«

»Allein?«, sagte Tom. »Ohne diese verdammte Medusa im Schlepptau?«

»Mutterseelenallein.«

»Oh-oh!«, murmelte Mr. Ogilvy. »Siehst du, was du angerichtet hast, Brodie? Sie wird auf der Pirsch sein, um noch einen Nachschlag von dir zu bekommen.«

Connor runzelte die Stirn und sah Betsy fragend an, die den Kopf schüttelte.

»Miss Hewitt«, rief Peter Frye. »Miss Hewitt, auf ein Wort, wenn ich bitten darf.«

»Nein«, sagte Tom. »Nein, Peter, nicht doch.«

»Zu spät«, raunte Peter ihm über die Schulter zu und begrüßte dann, mit einem Lächeln, das die Vögel von den Bäumen geholt hätte, eine hübsche junge Frau, die Betsy nie zuvor gesehen hatte. »Miss Hewitt, was für ein Zufall! Mein Freund Mr. Brodie hat eben Ihr Loblied gesungen und würde sich gewiss sehr freuen, ein Wort mit Ihnen zu wechseln.«

»Mr. ... Mr. Brodie?«, fragte die junge Frau schrill.

»Tom Brodie«, sagte Peter Frye. »Haben Sie Ihre letzte Begegnung mit dem Gentleman aus Hayes vergessen?«

Die junge Frau trat an die Mauer und äugte darüber hinweg in den Garten.

Unter anderen Umständen hätte es komisch sein können, der Farmer und die Dame, beide sprachlos und verlegen und auf der Hut, aber Betsy konnte nichts Lustiges an der Situation finden.

»M-m-m ... Mr. Brodie.«

»M-m-m ... Miss Hewitt.«

»Wenn Sie nichts Besseres vorhaben, gesellen Sie sich doch bitte zu uns«, sagte Peter Frye. »Sehen Sie, wir sind eine bunt gemischte Gesellschaft, und man wird Sie nicht für forsch halten.«

Rose Hewitt antwortete: »Wenn es Ihr Wunsch ist.«

»Das ist es, das ist es«, sagte Tom Brodie. »Mein glühendster Wunsch.« Dann sprang er mit einem eleganten Satz über die Mauer, nahm das Mädchen fest beim Arm und geleitete es durch die kleine Schwingpforte in den Garten.

Rose dachte: Wie sagt Mr. Fergusson doch so gern? »Wenn schon, denn schon!« Die alte Frau hat mich gewarnt, Mr. Brodie sei zum Greifen nah. Ich kann meinem Schicksal nicht entkommen, scheint es, selbst wenn ich später dafür büßen muss.

Als Tom Brodie ihren Arm berührte, hatte sie das Gefühl, über sich zu schweben, mehr Geist als Fleisch.

»Tom«, sagte Peter Frye, »mach Platz für die Dame.«

»Setzen Sie sich hierher zu mir, Miss Hewitt«, bat Mr. Ogilvy.

»Sie wird bei mir sitzen«, erklärte Tom. »Miss Hewitt ist mein

Gast, Gentlemen, und Sie tun gut daran, das nicht zu vergessen. Betsy, rutsch auf und mach Platz.«

Tom führte Rose zu dem schmalen Platz und setzte sich neben sie. Die junge Frau mit Namen Betsy, schien fast, wenn nicht sogar genauso kräftig gebaut wie der Mann am Ende der Bank zu sein. Rose steckte ihre Röcke fest, zog die Ellenbogen ein und sah Tom an, der in diesem Augenblick einem der Kellnerjungen ein Zeichen gab, frische Teller und Gläser zu bringen. Sie richtete den Blick auf das Roastbeef und das kalte Hammelfleisch auf der Platte auf dem Tisch, aber sie war zu sehr Dame und zu nervös, um sich selbst zu bedienen.

»Hier.« Betsy klatschte ihr ein Stück Fleisch auf einen nicht allzu sauberen Teller. »Essen Sie!«

Rose sah sich nach einer Gabel um.

Betsy stieß sie in die Rippen, nahm ein Stück Hammelfleisch zwischen Daumen und Zeigefinger und hielt es hoch, ließ es in ihren Mund fallen und sagte kauend: »So.«

Rose verspürte einen kleinen Anflug von Ekel, als sie sah, was man von ihr erwartete, dann gab sie ihr vornehmes Gehabe kurzerhand auf. Sie streifte die Handschuhe ab und warf sie hinter sich aufs Gras.

Dann nahm sie eine Scheibe Rindfleisch, riss sie in kleine Stücke und steckte sie sich in den Mund. Sie lugte kurz zu Tom hinüber, um zu sehen, ob ihre schlechten Manieren ihn schockiert hatten, aber bis auf eine hochgezogene Augenbraue ließ er keine Missbilligung erkennen. Er hob ein Glas, wischte den Rand mit seinem Hemdsärmel ab, schenkte Wein aus einer der Flaschen ein und reichte es Rose.

Sie nahm es entgegen, hob das Kinn und kippte das warme, berauschende Getränk mit einem Schluck. Sie versuchte, nicht zu husten, während sie ihr Glas hinhielt, um sich nachschenken zu lassen.

»Eine Frau ganz nach deinem Geschmack, Tom«, bemerkte Mr. Ogilvy.

»Aye, eine Frau mit einem gesunden Appetit.« Der Ire lachte schallend auf. »Mehr von diesem Rotwein soll uns recht sein, nehme ich an, da wir das Zeug zu einer anständigen Zecherei haben und der Tag noch jung ist.«

Tom schenkte ein.

Rose trank.

Ihr Vater und Mrs. Prole waren ein, zwei Gläsern nach dem Abendessen nicht abgeneigt, aber ihr selbst hatte man stets nur einen Schluck süßen Sherry oder einen Fingerhut voll des sauren deutschen Weines gestattet, den Papa billig in Ayr kaufte. Schon als Rose das zweite Glas leerte, spürte sie, dass diese schwere, rote Flüssigkeit stark genug war, um ihre Hemmungen so rasch dahinschmelzen zu lassen, wie Feuer Eis zum Schmelzen bringt. Sie stellte das geleerte Glas auf den Tisch und nahm sich noch eine Scheibe Rindfleisch.

Ein paar Einheimische saßen auf den Bänken im Garten, und noch einige mehr hockten um die Hintertür der verräucherten kleinen Taverne. Die Frauen waren keine Huren oder Dirnen, wie Mrs. Prole behaupten würde. Rose erkannte die Frau des Müllers und Zwillingsschwestern, die in der Manufaktur ihres Vaters gearbeitet hatten, bis der Niedergang seiner Geschäfte ihn veranlasst hatte, sie zu entlassen. Auf einem Stuhl neben der Tür, einen Humpen Ale und eine Tonpfeife in der Hand, saß eine steinalte Frau, Witwe des berüchtigten Barden von Copplestone, der vor fast vierzig Jahren der Vergessenheit und einem frühen Grab anheimgefallen war.

Rose war für diese Männer und Frauen nicht mehr eine Fremde als umgekehrt. Selbst ein flüchtiger Blick auf den Gehilfen des Doktors, der mit seinem krummen Rücken an der Wand der Taverne lehnte und an einem, wie es aussah, Schweinefuß kaute, ließ sie nicht besorgt innehalten. Sie lächelte, hob das Glas, das Tom ihr nachgeschenkt hatte, und rief: »Ho, Archie!«, ein Gruß, den der Bucklige entweder nicht hörte oder absichtlich überhörte.

»Miss Hewitt«, sagte Betsy, »ich glaube, Sie hatten genug.«

»Unsinn!« Trotzig hielt sie Tom das geleerte Glas hin. »Thomas, wenn ich Sie bitten darf.« Als Mr. Brodie einen Arm um ihre Taille legte, wiegte sie die Hüften und stieß ihn unter dem Tisch verstohlen mit dem Knie an. Einen Augenblick lang schien er verdutzt über ihre freundschaftliche Geste zu sein, und dann kippte er, mit beachtlicher Gelassenheit, wie sie fand, einen großzügigen Schuss der köstlichen roten Flüssigkeit in ihr Glas, ohne einen Tropfen zu verschütten. Er wischte den Hals der Flasche ab und bot ihr, mit einem flüchtigen Blick auf Mr. Frye, seine Hand.

Unbeirrt von dem Schweigen, das sich über den Tisch gesenkt hatte, sah sie Tom genau in die Augen und leckte dann mit der Zungenspitze die Weintropfen von seinen schwieligen Fingern.

»Großer Gott!«, rief Mr. Ogilvy.

»Na, na, na!«, sagte Peter Frye.

Rose warf den Kopf zurück. »Das haben Sie wohl nicht erwartet, was, Mr. Brodie? Wenn Sie schon Ihren Spott mit mir treiben wollen, werden Sie es dann wenigstens offen und ehrlich tun?« Sie packte ihn am Handgelenk und führte seine Hand erneut an ihren Mund. »Ihre Finger, Sir, sind weitaus weniger behaart als Ihr Kinn und, wie ich gestehe, weitaus weniger wohlschmeckend als Ihre Zunge. Würden Sie mir einen Kuss gewähren, Tom, oder sind Sie so schüchtern, dass Sie eine Dame nur im Dunkel der Nacht küssen, mit einem Reiter in der Nähe?« Sie legte eine Hand auf ihre Brust und blähte die Wangen, und bevor irgendjemand ein Wort sagen konnte, schnellte sie herum. »Guter Ire, wo bleibt der Wein, den Sie mir versprochen haben? Ist keiner mehr zu bekommen?« Bevor der Ire antworten konnte, schwenkte sie erneut herum. »Nun, Tom, werden Sie mich vor Zeugen nicht küssen, oder fürchten Sie sich davor, sich bei helllichtem Tag zu erklären, wenn Sie den Konsequenzen nicht entkommen können?«

Der Ire beugte sich vor. Peter Frye und Mr. Ogilvy richteten sich kerzengerade auf. Rose' kleine Rede hatte die Aufmerksamkeit der Farmer an der Tür der Taverne erregt und die eines Kellnerjungen, der, ein beladenes Tablett in den Händen, unvermittelt stehen blieb.

»Nun, Tom?«, sagte Betsy leise. »Antworten Sie dem Mädchen!«

Tom schwieg einen Augenblick, dann neigte er sein Gesicht vor und küsste Rose auf den Mund. Er zog sich nicht sofort zurück, sondern verharrte mit seinen Lippen auf ihren; sein Atem streifte ihre Wange. Rose schloss die Augen, und während um sie herum Jubel und Beifall aufbrandeten, spürte sie, wie sich die Welt drehte. Vor Angst, in Ohnmacht zu fallen, ließ sie den Kopf sinken, bis ihre Stirn an Tom Brodies Brust ruhte.

»*Du dreckiges Schwein, nimm deine Pfoten von ihr!*« Mrs. Prole beugte sich über die Mauer, gekrümmt wie die Klinge eines Klappmessers. Sie kreischte Rose' Namen und versuchte, den Iren an den Haaren zu zerren, als wäre er und nicht Brodie in flagranti dabei ertappt worden, wie er ihren Schützling entehrte. »Lass sie los, lass sie los, du – du ...«, brüllte Mrs. Prole. »Rose, komm auf der Stelle her zu mir, sonst werde ich bei allem, was mir heilig ist, nach den Soldaten schicken!«

»Den Soldaten?«, fragte Connor McCaskie. »Was denn für Soldaten?«

Rose wischte sich ihre fettigen Finger an den Ärmeln ab, strich die Röcke glatt, rückte ihr Häubchen zurecht und sagte mit einer schwankenden kleinen Verbeugung vor der versammelten Gesellschaft: »Ich danke Ihnen für Ihre Gastfreundschaft. Es scheint, meine Anwesenheit wird zu Hause verlangt.«

Sie drückte Tom Brodie einen Kuss auf die Stirn und trippelte mit so viel Würde, wie sie in ihrem beschwipsten Zustand aufbringen konnte, zu der Schwingpforte und ließ sich wie ein schmollendes Kind wegzerren.

Am Vorabend des amerikanischen Krieges war die Caledonian Bank mit Schulden von über einhundertvierzigtausend Pfund ins Straucheln gekommen. Der Zusammenbruch hatte nicht nur einige der wohlhabendsten Tabakhändler Glasgows an den Rand des Ruins gebracht, sondern auch eine Handvoll schottischer Gutsherren, unter ihnen Sir Adam Pendicle. Der Alte hatte es irgendwie geschafft, an ein paar Hundert Acres Waldland und seinem verfallenden herrschaftlichen Schloss an der Westseite des Pendicle Hill festzuhalten, aber all sein Grund und Boden in und um Drennan war in kleinen Parzellen an ortsansässige Händler verkauft worden, die das Geld übrig und den Ehrgeiz hatten, in der Gesellschaft aufzusteigen.

Walter Fergusson hatte einhundertsechzig Acres besten Weidelands zu einem Spottpreis erworben. Neville Hewitt hatte, angestachelt von seinem Freund, seine Manufaktur beliehen, um drei kleine Farmen zu kaufen. Er hatte die alteingesessenen Pächter umgehend gegen Familien ausgetauscht, die gewillt waren, Pachtverträge knapp unter Wucher zu unterzeichnen. Zwei von Mr. Hewitts neuen Pächtern waren bereits in den Ruin getrieben worden, ihr Viehbestand und Hab und Gut verkauft und ihre Farmen an einen neuen Schwung Optimisten verpachtet worden, an denen in Ayrshire kein Mangel zu herrschen schien.

Nur Hawkshill war im Besitz der ursprünglichen Pächter verblieben; siebzig saure Acres, bewirtschaftet von Brodie und seinem

Clan, deren ärmliche Existenz Mr. Hewitt als persönliche Beleidigung ansah. Die hartnäckige Weigerung der Brodies, sich den Rücken brechen zu lassen, während sie seinen Grundbesitz verbesserten, fraß wie ein Krebsgeschwür an seiner Seele.

Der Tod seiner Ehefrau hatte Hewitt weniger hart getroffen als der Niedergang seiner Geschäfte, denn die Flachsmühle war nicht mehr die Goldgrube, die sie ein Jahrzehnt zuvor gewesen war. Abgelenkt von dem schwächelnden Markt und den nicht unwillkommenen Forderungen seiner Haushälterin, war ihm entgangen, dass sein größter Vermögenswert nicht die geleerten Rottegruben in seinem Flachsschuppen waren, sondern seine schöne Tochter Rose.

»Nun«, sagte Mr. Fergusson, »ich würde sie ja selbst heiraten, wenn sie mit einer Mitgift daherkäme. Fürwahr, Neville, ich könnte sogar gewillt sein, auf eine Mitgift zu verzichten. Deine Tochter ist ein Juwel unter den Frauen und, wie ich annehme, unberührt?«

»Für ihre Unschuld kann ich mich verbürgen«, antwortete Mr. Hewitt unbehaglich.

»Sie kann lesen und schreiben, nehme ich an?«

»Natürlich kann sie lesen und schreiben«, sagte Mr. Hewitt. »Ich habe im Laufe der Jahre etliche Privatlehrer beschäftigt. Sie kann sich zudem, bei Bedarf, auf Französisch verständigen und spielt recht gut Harfe.«

»Harfe?« Mr. Fergusson zog eine Augenbraue hoch. »Nun, ist das nicht ein Talent, das einen Mann erfreut, wenn ein solcher Engel Harfe für ihn spielt, wenn er an einem Winterabend erschöpft nach Hause kommt? Wie groß ist ihr Instrument?«

»Recht klein«, erklärte Neville Hewitt.

»Zweckmäßig für ihre anmutigen Finger, nehme ich an.«

»Walter«, sagte Neville Hewitt, »ich würde mich ja sehr glücklich schätzen, wenn wir bezüglich meiner Tochter zu einer Übereinkunft kämen. Es gibt jedoch ein Haar in der Suppe, das wir dabei nicht außer Acht lassen können.«

»Meine Frau, meinst du?«, fragte Walter Fergusson. »Aye, das ist allerdings ein Hindernis, das alles Wünschen nicht aus dem Weg räumen kann. Ohnehin nehme ich an, dass du bereits einen Ehemann für Rose ins Auge gefasst hast, einen Gentleman von feinem Geschmack, der über die notwendigen Mittel verfügt, für ihren Lebensunterhalt aufzukommen.«

»Ehrlich gesagt«, erwiderte Hewitt, »nein.«

»Nein?« Fergusson zog erneut die Augenbrauen hoch. »Mein Lieber, du erstaunst mich! Ist das Mädchen nicht geneigt zu heiraten?«

»Sie wird heiraten, wenn sie es gesagt bekommt, und keinen Tag früher.«

»In dem Fall«, erklärte Walter Fergusson, »solltest du besser Eile walten lassen.«

»Sollte ich das? Warum das denn?«

»Es gibt etliche junge Männer in dieser Grafschaft, die sich nichts dabei denken würden, deine Tochter ihrer Keuschheit zu berauben.«

Neville Hewitt warf einen Blick auf die Rüpel aller Art, die an den langen Tischen des Wirtshauses tranken oder verstohlen in Ecknischen lauerten. Er schauderte bei dem Gedanken, dass solch derbe Hände über den Körper seiner Tochter streichen könnten.

Mr. Fergusson schenkte Mr. Hewitt nach. »Junge Männer wie Tom Brodie«, sagte er.

»Brodie?«, entfuhr es Neville Hewitt. »Meine Tochter ist mit Brodie nicht bekannt, ebenso wenig wie er mit ihr. Das ist nur deine gehässige Zunge, Walter, weil Brodie sein Vieh an einen Fremden verkauft hat.« Er schwieg einen Augenblick. »Es sei denn, du hast etwas gehört, was mir noch nicht zu Ohren gekommen ist?«

»Nichts, was erwähnenswert wäre.«

»Nein, nein, falls es Gerüchte gibt, dann sind es falsche Gerüchte. Meine Rose lasse ich selten aus den Augen. Wenn ich in Geschäften bin, dann sorgt Eunice dafür, dass ihr nichts zustößt.« Er schüttelte den Kopf. »Rose und Tom Brodie? Niemals!«

»Ach, Neville, Neville«, sagte der Viehzüchter, »wie vergesslich wir doch geworden sind, jetzt, da wir allmählich in die Jahre kommen! Erinnerst du dich nicht mehr an das alles verzehrende Feuer, das in unseren Lenden loderte, als wir in Brodies Alter waren? Es gibt nicht einen Junggesellen in Drennan, ganz zu schweigen von Hayes, der nicht seine Seele verkaufen würde, um mit einem Juwel wie deiner Tochter das Bett zu teilen. Glaubst du etwa, sie geben sich nicht schmutzigen Fantasien hin, wenn der Brandy in Strömen fließt? Meinst du denn, sie liegen nachts nicht auf ihren Strohsäcken, voller Gedanken an wunderschöne Geschöpfe, und in den Händen ...«

»Genug, genug«, schnitt ihm Neville Hewitt das Wort ab. »Du hast natürlich recht. Vermutlich ist es an der Zeit, dass ich einen Ehemann für Rose auswähle, bevor sie allzu eigensinnig wird.«

»Wie alt ist sie jetzt?«

»Sechzehn.«

Walter Fergusson seufzte. »Nun, wenn du meinen Rat befolgen willst, Neville, dann suchst du besser einen passenden Gentleman für sie aus und verheiratest sie, bevor sie ihren – sagen wir – Charme verliert.«

»Dazu wird es nicht kommen.«

»Da wäre ich mir an deiner Stelle nicht so sicher«, sagte der Viehzüchter.

Die vier fetten Lämmer erzielten nicht viel, aber ein schlechter Verkauf schlug den Brodies nicht auf die Stimmung. Tom und

Betsy kehrten rechtzeitig von *Caddy Crawford's* zurück, um auf die Ochsen aufzupassen, damit Henry und seine Schwester rasch auf den Markt springen konnten. Mit leichtem Herzen und einem Schilling in der Tasche lief Janet los, um Pasteten und Ingwerbier zu kaufen und sich an den Ständen umzusehen, die Schleifen, Spitzenborten und billigen Schmuck feilboten, und, nicht ganz zufällig, jedem gut aussehenden Mann schöne Augen zu machen, der ihr über den Weg laufen sollte. Sie war enttäuscht gewesen, als sie erfahren hatte, dass Betsys strammer Vetter Drennan bereits wieder in Richtung Ayr verlassen hatte, wo sein Boot eine Fracht erwartete. Aber sie würde noch Zeit genug haben, dachte sie, um Betsy nach den »Absichten« des Iren zu befragen, um herauszufinden, ob irgendwelche festen Versprechen gegeben worden waren und ob es eine vage Hoffnung für sie gab, ihn sich selbst zu angeln.

Henry hatte dringendere Angelegenheiten zu erledigen. Er aß, nach seinem eigenen, auch Toms Stück Käse und Haferkekse, leerte rasch einen Krug Ale an der Tür eines der Wirtshäuser und begab sich dann unverzüglich auf die Suche nach Dr. Glendinning, der zufälligerweise eben von einem Patientenbesuch zurückgekehrt war und sich zu einem verspäteten Abendessen setzen wollte. Die Unterredung fand auf der Türschwelle des Doktorhauses in der Thimble Row statt.

»Eine Guinee?«, sagte der alte Doktor. »Haben Sie eine Guinee, junger Mann?«

»Die habe ich, Sir. Sehen Sie, hier ist sie«, antwortete Henry.

»Es geht wieder um Ihren Vater, habe ich recht?«, fragte der Doktor. »Geht es ihm schlechter?«

»Viel schlechter.«

Der Doktor seufzte. »Ich befürchte, Mr. Brodie, Sie könnten gutes Geld schlechtem hinterherwerfen. Ihrem Vater konnte ich schon im letzten Winter kaum noch helfen.«

»Werden Sie für eine Guinee kommen?«, bat Henry. »Das ist alles, was ich habe.«

Der Doktor zögerte, dann nahm er mit einem weiteren leisen Seufzer die Münzen entgegen, die der junge Brodie ihm hinhielt. »Natürlich werde ich kommen.«

»Wann, Sir?«

»Morgen, am Vormittag.«

»Dann sehen wir uns morgen«, sagte Henry, und nachdem er dem Doktor die Hand gegeben hatte, kehrte er zurück auf den Markt, um seine Leute zusammenzutrommeln und McCaskies gut bezahlte Ochsen sicher zurück nach Hawkshill auf die Weide zu treiben.

Das Licht im Westen ging bereits in die Abenddämmerung über, aber bald würde der Mond aufgehen, um ihnen den Weg zu leuchten. Bedacht auf das Wohl seiner Schützlinge, trieb Tom die Ochsen von der Zollschranke hinunter, um sie am kiesigen Ufer eines Flüsschens zu tränken, der aus Johnny Rankines Feld sickerte. Gras war knapp, aber Unkraut gedieh noch immer, und die Tiere waren jung genug, um alles Grünzeug zu fressen, das sie finden konnten.

Es war ein windstiller Abend, und die Insekten, die über dem Flüsschen schwirrten, wurden nicht lästig. Betsy saß nah bei Tom und knabberte an der Zuckerstange, die Henry ihr gekauft hatte. Janet lag auf der grasigen Böschung, zu erschöpft von der ganzen Aufregung, um zu plappern, und Henry, der über ihr stand, starrte durch eine Lücke zwischen den Bäumen auf das ferne Meer.

Aus dem Augenwinkel bemerkte Betsy, wie Tom irgendetwas aus seiner Tasche zog und es sich an die Nase hielt. Sie wandte den Kopf ein wenig, und mit einer Stimme, die kaum mehr als ein Flüstern war, fragte sie: »Was haben Sie denn da?«

Tom zeigte ihr die Handschuhe.

»Oh, Sie Schlingel!«, sagte Betsy. »Sie haben ihr die Handschuhe gestohlen.«

»Das habe ich nicht«, widersprach Tom. »Ich habe sie im Gras hinter dem Tisch entdeckt.«

»Und Sie werden zweifellos eine Gelegenheit finden, sie ihr zurückzugeben«, sagte Betsy.

»Das mag schon sein.«

»Hewitts Tochter wird kein leichter Fang sein, nicht einmal für jemanden wie Sie.«

Tom steckte die Handschuhe in seinen Mantel und stützte sich auf einen Ellenbogen auf. »Jemanden wie mich?«

»Selbst ein Blinder mit Krückstock kann sehen, was Sie im Schilde führen.«

»Und was soll das sein?«

»Dieses junge Mädchen zu heiraten, um Ihre Schulden bei Hewitt vom Hals zu haben.«

»Jetzt redest du aber Unsinn«, entgegnete Tom. »Sie ist eingesperrt wie eine Gefangene.«

»Und doch haben Sie es geschafft, sie zu küssen – und das nicht zum ersten Mal.«

»Ein Kuss ist kein Heiratsantrag«, sagte Tom. »Außerdem bin ich viel zu jung, um den Bund der Ehe einzugehen.«

»Aber nicht zu jung, um sie zu mähen.«

»Das ist sehr derb ausgedrückt.«

»Ich bin ja auch eine derbe Person«, erwiderte Betsy, bevor sie hinzufügte: »Doch ich würde niemals einen Mann bei helllichtem Tag auf die Lippen küssen.«

»Und im Dunkeln, Betsy? Würdest du dich von deinem irischen Vetter nicht im Dunkeln küssen lassen, wenn er dich darum bitten würde?«

»Connor würde mich nie darum bitten.«

»Dann ist er nicht dein Verehrer?«

»Nein«, sagte Betsy. »Und das wird er auch niemals sein.«

»Ein Jammer«, meinte Tom. »Ich finde, er ist ein gut aussehender, strammer Bursche, und nur ein gut aussehender, strammer Bursche wird dich halten können. Und was ist mit mir? Würdest du dich von mir küssen lassen, wenn ich höflich darum bitten würde?«

»Nicht einmal, wenn Sie sich auf ein Knie fallen lassen würden«, antwortete Betsy, und dann, außerstande, ihre Verärgerung über ihren arroganten Herrn zu verbergen, rief sie Henry, um das Vieh wieder auf die Straße zu treiben.

Er hatte einen Handel mit einem Flachsbauern und einen anderen mit einem Leinenhändler abgeschlossen, aber keines der beiden Geschäfte war befriedigend gewesen. Walter Fergussons warnende Worte noch immer im Ohr, war Neville Hewitt nicht in Stimmung für die Neuigkeit, die ihn erwartete, als er nach Hause kam.

»Brodie?«, bellte er. »Willst du mir etwa sagen, sie ist weggelaufen, um sich mit Tom Brodie zu treffen?«

»Ich habe sie dabei ertappt«, berichtete Eunice Prole, »wie sie mit Brodie und seinesgleichen vor einer Taverne getrunken hat. Nicht auszudenken, was geschehen wäre, wenn ich sie nicht gefunden hätte!«

»Wie konntest du sie überhaupt erst verlieren?«

»Ich habe ihr nur eine Sekunde den Rücken zugewandt, und schon war sie davongehuscht wie ein Hase.«

»Wie lange war sie verschwunden?«

»Eine Stunde oder zwei, nicht länger.«

»Nicht länger!« Papa Hewitt schlug sich mit einer Hand an die Stirn. »Wo ist sie jetzt?«

»Auf ihrem Zimmer.«

»Sie muss bestraft werden.«

»Sie ... äh ... sie ist bereits bestraft worden.«

»Dann muss sie noch einmal bestraft werden.«

»Nein.« Eunice Prole legte Neville eine Hand auf die Schulter. »Lass sie schmoren!«

Er hielt inne, einen Fuß auf der Treppe. »Hast du sie ausgepeitscht?«

»Das habe ich.«

»Gründlich?«

»Ich habe ihr nicht mehr gegeben, als sie verdient hat. Sie hat kein Wort der Entschuldigung vorgebracht und zeigt keine Anzeichen von Reue. Ich sage dir, Neville, sie ist sogar stolz darauf, mich an der Nase herumgeführt zu haben.« Eunice hielt ihn noch immer an der Schulter fest und verstärkte nun mit ihren knochigen Fingern ihren Griff. »Du glaubst vielleicht, es ist alles nur die Schuld dieses Farmers, dass er ihr irgendwie den Kopf verdreht hat, aber woher wusste Rose denn, dass er heute in der Stadt sein würde?«

»Hast du sie gefragt?«

»Sie will es mir nicht verraten.«

»Nun, bei Gott, mir wird sie es sagen.« Und Papa Hewitt riss sich von der Umklammerung der Haushälterin los und stürmte die Treppe hoch.

Brandy trank Tassie Landles am liebsten. Als Peter ihr die Flasche auf den Tisch stellte, bedankte sie sich bei ihm mit einem Kuss auf die Wange. Sie hatte an diesem Markttag gute Geschäfte gemacht. Die kleine Emaildose, die sie unter ihrem Lehnstuhl aufbewahrte, war halb gefüllt mit braunen Pennys und silbernen Sixpencestücken. Tassie hatte das letzte junge Ding, ein Milchmädchen, mit einer aufmunternden Weissagung und einer Hand voll Kräuter weggeschickt, um es von dem Jucken zu befreien, das es quälte. Danach hatte sie die Hühner auf die Stange gescheucht, Wasser geschöpft, ein Feuer entfacht und eine Art Fischeintopf mit reichlich Zwiebeln aufgesetzt. Und dann, kurz vor Einbruch der Nacht, hatte ihr »Neffe« vor der Tür gestanden, mit einer Flasche Brandy als Lohn für einen Auftrag, den sie gut ausgeführt hatte.

»Die Katze«, sagte Peter Frye, »du hast wieder die Katze verwendet, nehme ich an.«

»Auf Pussy ist fast immer Verlass«, meinte Tassie. »Wie konntest du dir sicher sein, dass das Mädchen mich aufsuchen würde?«

Peter kauerte sich vorsichtig auf den dreibeinigen Hocker. »Nachdem du Hewitts kleinem Hausmädchen gegenüber eine Anspielung hast fallen lassen, war ich mir sicher, dass die Neugier den Rest erledigen würde.«

»Ein billiger Trick«, sagte Tassie, »und einer, der letztendlich nur Leid bringen wird.«

»Ist das eine Prophezeiung, Tantchen, oder nur geraten?«, wollte Peter wissen. »Mir scheint, deine keineswegs göttliche Hand hat Miss Hewitt einen kleinen Schubs in Brodies Richtung gegeben. Sie hat uns im Garten hinter Caddy Crawfords Taverne gefunden und sich bereitwillig zu einem Happen Essen und einem Glas Wein zu uns gesellt.«

»Sie wird für ihr Vergnügen bezahlen, weißt du.«

»Davon bin ich überzeugt«, sagte Peter, »aber wir müssen alle auf die eine oder andere Weise für unser Vergnügen bezahlen.«

Tassie beugte sich über den Topf auf dem Feuer und rührte den Eintopf um. »Hast du schon gegessen?«

»Nein, trotzdem schönen Dank«, antwortete Peter. »Ich sollte mich heute Abend besser zu Hause am Essenstisch blicken lassen. Ich bin den ganzen Tag fort gewesen, und du weißt ja, wie besorgt meine Mutter werden kann, wenn ich abends spät ausbleibe.«

»Wie geht es ihr in letzter Zeit?«

»Gut«, sagte Peter. »Sie fragt nach dir.«

»Das tut sie nicht«, stellte Tassie fest.

»Nein«, gestand Peter. »Das tut sie nicht.«

Tatsächlich erwähnten weder seine Mutter noch sein Vater je Tassie Landles' Namen. Tassie war das schwarze Schaf der Familie, ein Makel, der selbst im Verlauf vieler Jahre nicht ausgelöscht worden war. Nur Peter und sein Bruder David hatten Verbindung mit ihr. Man hatte ihnen die Vermittlerrolle zugewiesen, sobald sie alt genug gewesen waren, um ein Pony zu satteln und von Copplestone nach Drennan zu reiten.

Es waren nicht nur Tassies seltsame Gaben oder ihre Lebensweise, durch die sie sich von den Fryes unterschied. Sie war die Folge einer unehelichen Verbindung zwischen Peters Großvater und einer wilden jungen Frau aus der Grafschaft Renfrew gewesen, die, wie es hieß, den Mann mit einem solch mächtigen Bann belegt hatte, dass er willens gewesen war, seine Ehe aufzugeben, um sich mit ihr einzulassen. Tassie war das Ergebnis dieser längst vergangenen Affäre. Ausgesetzt auf der Schwelle von Copplestone, war sie als kleines Kind einer Frau in Drennan in Pflege gegeben und fast, wenn nicht sogar völlig vergessen worden.

Im Laufe der Jahre war immer wieder ein bisschen Geld an die Pflegemutter, Alice Landles, geflossen, die drei eigene Söhne, aber keinen Ehemann gehabt hatte. Peters Mutter und sein »Tantchen« Tassie hatten einander nie kennengelernt. Bei den wenigen Malen, die sie sich auf der Straße begegnet waren, hatte es nicht einmal ein Kopfnicken zwischen ihnen gegeben. Aber nachdem die Landles-Söhne erwachsen und ausgezogen waren und Alice gestorben war, hatte Margaret Frye darauf bestanden, die familiäre Verbindung zu Tassie über David und Peter aufrechtzuerhalten, wenn auch nur, um die Frau davon abzuhalten, eine verspätete Rache zu üben – eine Vorstellung, die in Tassies Augen grotesk war.

Sie hielt ihrem »Neffen« den Löffel hin.

Peter leckte einen Klacks bläulich graue Sauce von der Spitze, schloss die Augen und sagte, wie von ihm erwartet wurde: »Köstlich!«

»Dann bleib«, forderte Tassie ihn auf. »Ich habe auch noch einen Walnusskuchen da, schön warm und würzig.«

»Nein, Tante Tassie.« Peter erhob sich. »Führ mich nicht in Versuchung! Ich muss wirklich nach Hause, bevor Mutter Zustände bekommt.«

»Wo ist dein Pferd?«

»In Caddys Stall.«

»Ist Brodie auch nach Hause gegangen?«

»Er hat Vieh nach Hause zu treiben – und seine Schwester ist bei ihm.«

»Das heißt, er wird heute Abend keinen Unfug im Schilde führen?«

»Nicht heute Abend, nein.« Peter sah zur Tür.

»Dann sag mir eines noch, bevor du davongaloppierst: Was will Tom Brodie von Hewitts Mädchen?«

»Was jeder Mann von einem hübschen Mädchen will.«

»Ist er in sie verliebt?«

»Tom verliebt sich in jedes Mädchen, das ihm gefällt. Bedauerlicherweise ist er unfähig, Liebe von Lust zu trennen.«

»Rose Hewitt wird ihm nur Kummer bereiten.«

»Ihr Vater, meinst du?«, sagte Peter.

»Nein, das Mädchen«, antwortete Tassie. »Ich meine das Mädchen.«

»Rose Hewitt ist nur ein kleines schwaches Ding.«

»Umso gefährlicher«, entgegnete Tassie und küsste Peter ein letztes Mal auf die Wange.

Mit nichts als einem Unterhemd bekleidet, kniete sie neben dem Bett. Er konnte ihre Konturen unter dem Leinen sehen, die weiblichen Formen von Hüfte und Gesäß, ihre Brüste, eingedrückt von ihrem Arm, üppig und prall. Ihr Unterrock, ihre Strümpfe und ihr Kleid lagen im Zimmer verstreut wie von einer wilden Windböe erfasst. Die Scherben des Wasserkrugs bedeckten die Dielen. Über das Kopfkissen, das vom vielen Klopfen unförmig war, stolperte Hewitt fast, als er ins Zimmer trat. Er stieg darüber, und sein Zorn verrauchte beim Anblick seiner Tochter, die gebeugt und still wie eine Nymphe bei ihrem Nachtgebet war.

Im ersten Augenblick dachte er, das Muster auf ihrem Unterhemd wäre eine kunstvolle Stickarbeit, doch dann, als er näher trat, sah er, dass es Blut war.

Er fragte sich, was sie sich angetan hatte, ob der Verdruss in Gewalt umgeschlagen war oder ob – und dieser Gedanke traf ihn wie ein Blitzschlag – Brodie und seine Bande ihr vielleicht die Kleider vom Leib gerissen und sie geschändet hatten, bei helllichtem Tag oder in diesem schmutzigen Hinterzimmer, das Caddy Crawford an Liebespaare vermietete.

»Rose?«, sagte er leise. »Rose, was haben sie mit dir gemacht?«

Sie regte sich nicht, kein Muskel, kein Haar bewegte sich.

Einen entsetzlichen Augenblick lang dachte er, sie könnte tot sein.

Er stürzte auf sie zu, packte sie bei den Haaren und riss ihren Kopf hoch. Ihre Augen waren weit aufgerissen, starr und ausdruckslos, und dann wandte sie beiläufig, fast zaghaft den Kopf und spie einen kleinen Schwall Blut auf sein Hosenbein.

»Bist jetzt du an der Reihe, Papa?«, sagte sie.

Zu Betsys Erstaunen war der alte Mr. Brodie aufgestanden und angekleidet und saß auf dem Holzstuhl neben dem Kamin. Ein klarer Himmel kündigte eine kalte Nacht an, und ein Hauch Frost lag bereits in der Luft. Eine Decke war über die Schultern des alten Mannes gebreitet. Seine Füße, die in dicken Strümpfen steckten, waren so dicht vor dem Feuer, dass es die Wolle zu versengen drohte. Er sah nicht blass aus, sondern gerötet, allzu gerötet. Schweiß lief ihm übers Gesicht, und sein Kopf bebte, als er sich erhob und fragte: »Hast du einen Verkauf getätigt, Henry? Sind die jungen Ochsen weggegangen?«

»Nein, Daddy, sie stehen wieder auf der Weide.«

»Und die Schafe?«

»Für Pennys verkauft«, sagte Janet, »nur für Pennys.«

Der alte Mann ließ sich wieder auf den Stuhl sinken. Er schien nur noch aus schlaffen Gesichtszügen und großen, langen, hageren Händen zu bestehen, Händen, die Henrys ähnelten, wie Betsy fand.

Agnes Brodie, die hinter dem Stuhl ihres Mannes stand, legte Matthew die Decke wieder um die Schultern. »Er hat mit dem Geld von den Ochsen gerechnet«, sagte sie.

Brodies Kinder stellten sich um den Stuhl. Sie feixten und wirkten sehr selbstgefällig. Es ist grausam, einem alten kranken Mann einen solchen Streich zu spielen, dachte Betsy, aber vielleicht der Lohn für all die gemeinen Streiche, die er selbst ihnen im Laufe der Jahre gespielt hat.

»Aye, Daddy«, sagte Tom, »die Ochsen sind wieder dort, wo sie hingehören, und zupfen trockenes Gras auf dem Feld am See.« Er warf seinen Hut auf den Boden und griff mit einer Hand in seine Manteltasche. »Aber jetzt sind es nicht mehr unsere Tiere. Nein, nein. Wir lassen sie für ein kleines Entgelt grasen, bis sie ganz ausgewachsen sind.«

Die Nasenlöcher des alten Mannes flackerten, als schnupperte er nach Alkohol an Toms Atem oder Parfüm an Henrys Taschentüchern.

»An einen Seemann verkauft, einen irischen Seemann«, erzählte Henry.

»Ihren Vetter.« Janet wies mit dem Daumen auf Betsy.

»Wie viel haben sie erzielt?«

Tom breitete die Decke über den Knien seines Vaters aus und ließ die Silbermünzen in seinen Schoß fallen. »Vier Pfund, Daddy, vier Pfund – und noch eins obendrauf fürs Futter.«

Das, wusste Betsy, war eine Lüge. Sie hatte zugesehen, wie Connor das Geld hingezählt hatte, und fragte sich, wohin die restliche Summe verschwunden war, nicht die wenigen Schillinge, die Henry, Tom und Janet für kleine Luxusdinge ausgegeben hatten, sondern fast zwei ganze Guineen.

»Ha!«, sagte Matthew Brodie. »Das habt ihr gut gemacht, ausnahmsweise einmal.«

»Wir haben Betsy dafür zu danken«, meinte Henry. »Hätte sie ihrem Vetter nicht erzählt, dass wir heute auf dem Viehmarkt sein würden ...«

»Ich habe Connor nichts erzählt«, widersprach Betsy.

»Irgendjemand muss es getan haben«, entgegnete Henry. »Deine Mutter vielleicht?«

»Aye«, sagte Betsy. »Vielleicht.«

Connor war schon immer eine Art Schachtelteufel gewesen, der urplötzlich aus dem Nichts auftauchte. Aber jetzt, da sie darüber nachdachte, fand sie es doch seltsam, dass er auf einem Viehmarkt meilenweit entfernt vom Hafen von Ayr genau im rechten Augenblick erschienen war, um den Brodies Geld nachzuwerfen.

»Wie auch immer er dorthin gekommen ist«, sagte Tom, »er hat unsere Haut gerettet. Früher oder später hätte Fergusson die Tiere für die Hälfte ihres Werts bekommen.«

Janet hatte für ihre Mutter ein Stück Weichkäse gekauft. Nachdem dieses Mitbringsel überreicht und gebührend gewürdigt worden war, ging Janet ins Hinterzimmer, um sich an ihren eigenen Käufen zu erfreuen, während der alte Mr. Brodie, durch den Erfolg seiner Söhne offenbar zu Kräften gekommen, die Jungen drängte, ihm alles über die Ereignisse des Tages zu berichten und zu erörtern, wie der unerwartete Geldsegen am besten ausgegeben werden sollte, bevor der Grundbesitzer ihn in die Finger bekommen konnte.

Es war ein Segen, fand Eunice Prole, dass sie das gebärfähige Alter inzwischen hinter sich gelassen hatte. Tatsächlich war sie nie fruchtbar gewesen. Trotz unzähliger Versuche ihres Ehemanns, sie zu schwängern, war sie nicht imstande gewesen, ein Kind zu empfangen. Ihr Mann, der Fischhändler, konnte es nicht ahnen, doch Eunice war insgeheim froh, dass die Jahre verstrichen, ohne dass ihr Bauch je anschwoll. Es mangelte ihr an jeglichen mütterlichen Instinkten, und sie empfand nichts als Verachtung für jene Ehefrauen, die sich in unterwürfige Gebärmaschinen verwandelten.

Während sie über die »Sündhaftigkeit« anderer lautstark ihre Abscheu bekundete, hatte Eunice die Zeit ihrer Ehe genutzt, um einer zügellosen Neigung zum Beischlaf zu frönen. Daher war es ein Schock gewesen, als ihr Mann vor neun Jahren nicht nur eine, sondern gleich zwei der blutjungen Fischmädchen geschwängert hatte, die an den Kais Heringe ausnahmen, und sie und ihre kreischende Brut angeschleppt hatte, damit sie sich Unterkunft und Verpflegung künftig mit ihm und Eunice teilten.

Bald darauf – um genau zu sein, sehr bald darauf – hatte Eunice ihren Ehemann und seine fruchtbaren Fischmädchen verlassen, um die Missbilligung der Kirche und die Schmähungen der Gemeinde über sich ergehen zu lassen, und sich um eine Anstellung im Haushalt von Mr. Neville Hewitt beworben. Mit einer kränkelnden Ehefrau und einem kleinen Kind, die es zu versorgen galt, hatte der wohlhabende Flachskaufmann per Anzeige nach einer fähigen Haushälterin gesucht, die sich um seine häuslichen Angelegenheiten kümmerte. Mrs. Eunice Prole, nach einer Witwe das Zweitbeste, was zu haben war, hatte die Stellung auf bewundernswerte Weise ausgefüllt, und schon lange bevor die gebrechliche Mrs. Hewitt vor ihren Schöpfer getreten war, war Mrs. Proles Können in der Küche nur noch von ihrem Talent im Schlafzimmer übertroffen worden.

Das Alter hatte Eunice' Reizen nichts anhaben können, jedenfalls nicht viel. Sie verstand es noch immer geschickt, ihren Arbeitgeber um den kleinen Finger zu wickeln und seine hübsche Tochter Rose im Zaum zu halten. Ihre Autorität war bis jetzt selten infrage gestellt worden.

Das Letzte, was Mrs. Prole brauchte, um rank und schlank zu erscheinen, war ein Korsett. Sie besaß dieses Kleidungsstück seit ihrer Brautnacht und benutzte es heutzutage nicht, um irgendwelche fleischigen Wülste einzuschnüren, sondern um sicherzustellen, dass sie hervortraten, eine Funktion, die die verblasste Seide des Korsetts durchaus erfolgreich ausfüllte, vor allem in Kombination mit einem ärmellosen Untermieder und einem Kleid, das kaum mehr als ein Dekolleté war.

Trotz seiner köchelnden Wut konnte Neville Hewitt die Augen von diesem weichen und nur leicht faltigen Anblick nicht abwenden.

Während sie auf Hewitts Schoß saß und ein Glas Wein an seine Lippen führte, sagte Eunice Prole: »Hat sie denn etwas von dem Abendbrot gegessen, das ich ihr hochgeschickt habe?«

»Nicht einen Bissen.«

»Hat sie gebadet?«

»Sie hat sich das Blut abgewaschen – hat ihre Arme und Beine gebadet und die Salbe aufgetragen.«

»Eine sehr gute Salbe«, bemerkte Eunice Prole. »Ich habe sie selbst schon benutzt.«

»Tatsächlich?«, fragte Neville. »Brennt sie?«

»Nur wenn sie achtlos an empfindlichen weiblichen Körperstellen aufgetragen wird.«

»Verstehe!«, sagte Neville. »Wird sie Narbenbildung verhindern, was meinst du?«

»Narben?« Eunice wand sich schuldbewusst. »Sie wird doch keine Narben davontragen?«

»Eunice«, sagte Neville Hewitt, »du hättest sie um ein Haar getötet.«

»Ich muss gestehen, ich habe die Beherrschung verloren.«

»Nun, meine Liebe, du darfst die Beherrschung nicht noch einmal verlieren. Du darfst sie nicht mehr bestrafen, jedenfalls nicht mit der Weidenrute. Wenn ich's mir recht überlege, verbiete ich dir von jetzt an, Rose auch nur ein Haar zu krümmen.«

»Aber Neville! Nach dem, was sie getan hat ...«

»Was Brodie getan hat, meinst du wohl.«

»Brodie, aye. Zweifellos hat Thomas Brodie sie aufgestachelt. Doch Rose trifft zumindest ein Teil der Schuld. Wie soll sie denn diszipliniert – ich meine, geschützt – werden, wenn ich sie nicht bestrafen darf?«

»Sie ist zu kostbar, um bestraft zu werden.«

»Kostbar?«

Der Flachsfabrikant schob die Haushälterin von seinen Knien und erhob sich. Er war ein ganzes Stück kleiner als Mrs. Prole und hätte, wenn er es gewollt hätte, seine Nasenspitze leicht in dem Spalt zwischen ihren Brüsten vergraben können.

Stattdessen trat er ein paar Schritte beiseite, brachte den ovalen Tisch zwischen sie beide und stützte sich darauf. »Meine Tochter ist sechzehn Jahre alt, Eunice, und das schönste Geschöpf auf dieser Seite des Paradieses.«

»Sie ist hübsch genug, nehme ich an«, räumte Eunice ein.

»Sie ist eine Schönheit, eine Perle, ein Juwel unter den Frauen.«

»Neville, was sagst du denn da?«

»Ich sage, dass Rose ein Vermögenswert ist, ein kostbarer Vermögenswert«, fuhr Neville Hewitt fort. »Mein Freund Walter Fergusson hat mir die Augen geöffnet. Hat ihr rebellisches Verhalten in den letzten Monaten denn nicht gezeigt, dass Rose keinen Gefängnisaufseher braucht, sondern einen Ehemann?«

»Fergusson? Ist der nicht schon verheiratet?«

»Natürlich ist er das. Nicht Fergusson.«

»Wer denn dann? Brodie?«

»Verschone mich mit deinen Scherzen, Frau!«, sagte Neville Hewitt. »Ich will sie lieber tot sehen, bevor ich sie zu Tom Brodie gehen lasse. Nein, wir müssen für Rose einen Ehemann finden, einen Mann mit gutem Geschmack und ... hm ... einem feurigen Geist.«

»Und Geld?«, warf Eunice ein.

»Und Geld«, gab Neville ihr recht.

Eunice setzte sich, nahm einen Schluck Wein aus dem Glas ihres Hausherrn, legte den Kopf erst auf die eine, dann auf die andere Seite und zupfte ungeniert an ihrem Busen, um ihn ein wenig zu lüften. »Erstklassige Partien wachsen nicht auf Bäumen«, bemerkte sie.

»Dessen bin ich mir durchaus bewusst«, sagte Neville. »Wir müssen alle Hebel in Bewegung setzen, um einen solchen Mann zu finden, und in der Zwischenzeit dafür sorgen, dass Rose keine Narben davonträgt.«

Eunice nickte. »Aber da sie schon einmal mit Tom Brodie zusammen war, wird es sie vielleicht wieder zu ihm ziehen. Gott wird mich vielleicht nicht wieder so glücklich zu ihr führen.«

»Brodie und seine Brut müssen ausgemerzt werden. Das wird Gott nicht für uns tun.«

»Aber du wirst es selbst in die Hand nehmen, Liebster, habe ich recht?«

»Oh, aye«, sagte Papa Hewitt. »Das werde ich.«

»Während ich mich um Rose kümmere.«

»Ohne die Peitsche«, erinnerte Neville sie.

»Ohne die Peitsche«, pflichtete Eunice Prole ihm bei, und um ihm dafür zu danken, dass er ihr verziehen hatte, beugte sie sich über den Tisch und küsste seinen feuchten kleinen Mund.

5

Als Betsy zehn Jahre alt war, starb ihre Großmutter McBride. Nicht etwa der Anblick des Leichnams der alten Frau hatte Betsy sehr schockiert, sondern vielmehr die Unmengen an Whisky, Kuchen und Tabak, die die Trauernden während der Totenwache verzehrt hatten. Am Abend nach der Beerdigung hatte Betsy ihren Daddy an seinem Webstuhl angetroffen, schluchzend, als bräche ihm das Herz. Er hatte ihr übers Haar gestrichen und unter Tränen gesagt, kein Mensch bei klarem Verstand würde je um Sterbegeld vom Kirchenrat betteln oder um Unterstützung aus der Armenkasse bitten, und er hatte Betsy das Versprechen abgenommen, ihn »anständig« zu verabschieden, wenn seine Zeit einmal gekommen sei, egal, zu welchem Preis. Sie war damals noch zu jung gewesen, um das Wesen von Familienstolz zu verstehen, und sie war sich nicht ganz sicher, ob sie es heute verstand.

Betsy war gewiss nicht vorbereitet auf Agnes Brodies salbungsvolles Händeringen, als Dr. Glendinning und sein Gehilfe am Morgen nach dem Markttag mit einem Ponywagen eintrafen.

Henry wurde vom Hügel gerufen und Tom vom langen Feld, aber bis die beiden Jungen das Cottage erreichten, hatte der Doktor seine Untersuchung bereits abgeschlossen, und der alte Mr. Brodie lag ausgestreckt und mit entblößter Brust auf seinem Bett. Die Arme an seinen Seiten, atmete er so flach, dass er gar nicht mehr zu atmen schien. Er schlug die Augen nicht auf, als der Chirurg eine Ader in seinem Arm aufschnitt und mehrere Unzen Blut in eine Porzellanschale abzapfte, die der bucklige Gehilfe anschließend hinaustrug und ausleerte. Aus einem zerkratzten Köfferchen entnahm der Doktor dann drei blaue Gefäße, eine kleine Flasche und ein Messglas. Er stellte die Glaswaren auf den Tisch, und während alle gebannt zusahen, maß er aus jedem der drei Gefäße eine kleine Menge Flüssigkeit in die Flasche ab, die er anschließend mit einem Stück Kork verschloss und kräftig schüttelte, bevor er sie Tom überreichte.

»Sechs Tropfen in frischem Wasser«, sagte Glendinning. »Vier- bis fünfmal täglich verabreicht, nach Bedarf.«

Tom sah auf. »Wird diese Mixtur ihn heilen?«

»Sie wird seine Schmerzen lindern und seine Erregung besänftigen.«

»Ihn wieder gesund machen, meinen Sie?«, fragte Agnes hoffnungsvoll.

»Sie wird ihn nicht heilen, Mrs. Brodie«, antwortete Glendinning. »Es gibt keine Heilung.«

»Keine Heilung?«, entfuhr es Tom. »Wird mein Daddy für immer ein Invalide sein?«

»Er wird ...« Glendinning zögerte. »Er wird nicht lange ein Invalide sein. Ich kann nichts mehr für ihn tun.«

»Warum haben Sie ihn denn dann zur Ader gelassen?«, wollte Janet wissen.

»Um den Druck des Blutes auf seine Lungen zu verringern«, erklärte der Doktor.

»Und das hier?« Tom hielt die Flasche hoch. »Ist diese Medizin nur zur Beruhigung?«

»Es ist eine Tinktur mit einem starken Narkotikum, um die Schmerzen erträglich ...«

»Um ihm beim Sterben zu helfen, meinen Sie?«, sagte Tom.

»Ein friedlicher Tod ist alles, worauf man hoffen darf«, erwiderte der Doktor. »Sie müssen mit dem Schlimmsten rechnen.«

»Nein«, rief Tom, »nein!« Damit stürzte er in den Hof hinaus.

Die Harfe war kaum mehr als ein Spielzeug. Sie war wie die keltische Harfe geformt, die das Grabmal eines vergessenen Barden aus Ayrshire auf der Rückseite des Pendicle Hill schmückte, und wie die Harfen, die sich die Engel an die Brust drückten, die auf den Stichen in dem großen, schwarz gebundenen Buch der *Gebete und Predigten* dargestellt waren, das ihr Vater bei einer Versteigerung als Ersatz für eine Familienbibel erworben hatte. Er hatte seinen Namen, den ihrer Mutter und ihren eigenen auf das gesprenkelte Deckblatt geschrieben, das Buch jedoch, soweit Rose wusste, danach nie wieder aufgeschlagen.

Sie selbst hingegen hatte sich die Illustrationen immer wieder genau angesehen, wenn sich die Gelegenheit dazu geboten hatte. Rose war fasziniert von der Darstellung von Engeln in Nachtgewändern, die würdige Seelen im Himmelsgewölbe willkommen hießen. Sie hatte Mrs. Prole einmal gefragt, ob es im Himmel denn nie regne, und sich ein paar Ohrfeigen eingehandelt für ihre Frechheit, die nach Mrs. Proles Ansicht an Gotteslästerung grenzte.

Die Harfe stammte ebenfalls aus einem Verkauf, aus einem der großen Häuser südlich von Girvan. Ihr Vater hatte ihr gesagt, sie habe einmal der kleinen Tochter eines vornehmen Gentlemans gehört, bevor das Mädchen zu den Engeln ins Paradies abberufen worden war. Rose hatte sich gefragt, weshalb die Tochter eines vornehmen Gentlemans ihre Harfe nicht hatte mitnehmen müssen, doch sie hatte es für besser gehalten, unwissend zu bleiben, als noch mehr Prügel dafür zu riskieren, dass sie die Wege des Herrn hinterfragte.

Die Harfe hatte eine einzige Reihe mit Saiten. Der Rahmen war aus lackiertem Holz, das sich in der feuchten Luft des Dachbodens in letzter Zeit verzogen hatte. Mr. Cameron, der eingestellt worden war, um Rose im Französischen zu unterrichten, hatte ihr erklärt, es sei eine Nachahmung einer Lyra oder vielleicht einer Clarsach, jenes Instruments, auf dem Tristan seine Isolde in der Musik unterwiesen hatte.

Mr. Cameron, mit seinen buschigen Brauen, abgetragenen Kleidern und nicht einen Tag jünger als sechzig, war so töricht gewesen, Rose die tragische Geschichte von Tristans Leidenschaft für die Ehefrau seines Onkels zu erzählen, und da er ein kleiner Pedant war, hatte er auch die Ursprünge der Erzählung in der Geschichte der Pikten und ihre Entwicklung als mittelalterliche Romanze umrissen. Er hatte Rose sogar einen kostbaren Band der Erzählung in französischer Sprache geliehen, um sie zum Lesen zu ermuntern, aber Papa hatte ihr das Buch aus den Händen gerissen, es Mr. Cameron an den Kopf geschleudert und den alten Burschen auf der Stelle dafür entlassen, dass er einem unschuldigen Kind solchen Schmutz in den Kopf setzte.

Auch wenn Rose' Französisch-Unterricht damit beendet gewesen war, besaß sie noch immer die Harfe und konnte ihr, ob verzogen oder nicht, ein paar einfache, melancholische Melodien entlocken, die vielleicht sogar den Liedern ähnelten, die Tristan seiner entzückenden Isolde vorgesungen hatte. Sie dachte sich selbst Worte dazu aus und summte sie leise vor sich hin, während die Saiten unter ihren Fingerspitzen erklangen und den Gestank von einweichendem Flachs und das wilde Gejohle von den Tavernen der Stadt übertönten.

Trotz der Salbe, die Mrs. Prole ihr gegeben hatte, sickerte noch immer Blut aus ihren Wunden. Sie badete sie in dem warmen Salzwasser, das Dorothy in einer Schüssel aus der Küche hochbrachte.

»Sind Sie für das ausgepeitscht worden, was Tassie zu Ihnen gesagt hat?«, fragte Dorothy.

»Tassie hat mir nichts gesagt, was von Bedeutung wäre«, antwortete Rose.

»Sie ist sehr böse auf Sie«, flüsterte Dorothy. »Die alte Prole, meine ich.«

»Ich habe ihr einen guten Grund gegeben, nehme ich an.«

»Haben Sie ihn denn getroffen, Ihren Kerl?«

Rose tauchte einen Leinenbausch in die Schüssel ein und tupfte ihre Oberschenkel mit Salzwasser ab, wobei sie leicht zusammenzuckte. Sie war argwöhnisch gegenüber diesem kleinen Hausmädchen, das nicht so einfältig war, wie es vorgab zu sein. Aber sie hatte niemand anderen zum Reden, und Dorothy erweckte zumindest den Anschein, eine Verbündete zu sein. »Ja, ich habe ihn getroffen.«

»Tassie hat ihn Ihnen gebracht?«

»Nun«, meinte Rose, »vielleicht hat sie das.«

»Sie hat es getan, das weiß ich genau«, sagte Dorothy. »Tassie kann alles mögliche Übernatürliche. Sie hat mir Loon Leach geschickt.«

»Wer ist denn Loon Leach?«

»Der Sohn des Misthaufenmanns. Er fängt die Ratten, und er bekommt einen Farthing für jeden Schwanz. Er hat eine Menge Geld.«

»Und Tassie hat dich zu ihm geschickt, ja?«, fragte Rose.

»Eher hat sie ihn zu *mir* geschickt.«

»Hat er dich schon geküsst?«

»Aye.« Dorothy nickte. »Und er liebkost mich.«

»Du liebes bisschen!«, murmelte Rose. »Gefällt es dir, wenn er dich liebkost?«

»Aye, das gefällt mir. Und es wird noch besser kommen, sagt Loon, wenn wir erst verheiratet sind.«

Dorothy war ein Findelkind, das von der Gemeinde großgezogen worden war, ein stupsnasiges Mädchen mit braunen Augen, das durch den Mund atmete. Mr. Fergusson hatte ihr eine Anstellung im Haus der Hewitts verschafft, auch wenn sie, da sie noch kaum zwölf war, jeden Abend ins Waisenhaus zurückkehrte. Sie hatte Rose anvertraut, sie habe vor, eines Tages in einem großen

Herrenhaus zu dienen und einen Gutsherrensohn zu heiraten, ein ehrgeiziges Ziel, das Rose für schwer durchführbar hielt.

»Würdest du denn lieber Loon heiraten als einen Gutsherrensohn?«, fragte Rose.

»Tassie sagt, dass Loon in meine Zukunft verstrickt ist und dass es kein Entkommen gibt.«

»Kein Entkommen!«, rief Rose aus. »Hat dich diese Aussicht nicht erschreckt?«

»Nein, nein«, antwortete Dorothy nüchtern. »Wenn Loon für mich ist, dann passt er mir schon.«

Rose kratzte an den Rändern der Wunden, die ihre glatten Schenkel entstellten. Sie hatte blaue Flecken an den Rippen und am Gesäß, und sie konnte weder richtig sitzen noch eine bequeme Lage zum Schlafen finden. Die letzte Nacht hatte sie kniend am Fenster verbracht, mit einer Decke um die Schultern. Nun neigte sie den Kopf und murmelte: »Wenn Tom für mich ist, dann passt er mir schon.«

Sie nahm die Harfe von ihrem Nachttisch, stützte sie behutsam auf ihr Knie, schlug einen Akkord an und rief laut: »*Wenn Tom für mich ist, dann passt er mir schon!*« Und sie lachte, als sie hörte, wie Eunice Prole von der Tür des Dachbodens weghuschte und nach unten schlich, zweifellos, um es Papa zu melden.

Das lange Feld war ungünstig geformt und die letzten vier Jahre als Weideland genutzt worden. Es war ein schwieriger Boden, überwuchert von Disteln, auf dem es von Drahtwürmern wimmelte und der schlecht entwässert war. Tom hatte vor, es mit dem schweren Pflug in Angriff zu nehmen. Aber da sie im kommenden Frühjahr vielleicht gar nicht mehr die Pächter von Hawkshill sein würden, sah Henry keinen Sinn darin, Verbesserungen vorzunehmen. Tom war die vernünftigen Argumente seines Bruders leid. Ein Teil des Geldes des Iren konnte für anständiges Saatgut ausgegeben werden, und das lange Feld war der natürliche Ort, um es zu säen.

An diesem Morgen hatte er in aller Frühe die Pferde angeschirrt, den Pflug mit dem Wagen zum oberen Ende des Feldes gefahren und die Kühe auf den Acker hinter dem Haus getrieben, wo sie leicht erreichbar für Janet waren, um sie zu melken. Es war noch kaum hell gewesen, als er die Sterze umklammert, das Pflugmesser in die Erde gedrückt und einmal mit den Zugriemen geknallt hatte. Die Pferde hatten keine weitere Anweisung benötigt. Zugketten hatten gerasselt, Ortscheite sich quer gelegt, und die Pflugschar hatte sich in die Erde gegraben, und während die erste Furche hinter dem Pflug entstand, hatten sich Farmer und Pferde gemeinsam den Hügel hochgearbeitet.

Pflügen hieß mehr, als nur alte Erde aufzubrechen. Die Kontrolle über die Tiere hatte Tom abgelenkt von der Krankheit seines Vaters, der drohenden Zwangsräumung und seiner Sehnsucht danach, Rose Hewitt in seinen Armen zu halten.

Eroberung schien für die jungen Burschen im Junggesellen-Club vielleicht das Einzige zu sein, was zählte, doch es gab nicht einen unter ihnen, der sich nicht insgeheim danach sehnte, ein Mädchen zu finden, das alle Tugenden in sich vereinte, eine Dame, mit der die Unterhaltung nie fad wurde, die nicht nur seine Fahne hisste, sondern auch sein Herz höher schlagen ließ und ihm den Kopf verdrehte – und wenn sie mit einer Mitgift daherkam, umso besser.

Tom war auf seiner Suche nach der wahren Liebe viel herumgekommen, und er hatte sich hohe Ziele gesteckt. Im vorletzten Sommer hatte er Mrs. Cravens mittlerer Tochter den Hof gemacht – zugegeben, hauptsächlich in Form von Briefen –, bis Mrs. Cravens Verwalter sich an ihn gewandt hatte, um ihm eine brandneue Fußangel zu zeigen und ihn leise zu warnen, auf seine

Schritte zu achten. Tom, keineswegs heillos vernarrt, hatte einen letzten blumigen Brief an die junge Dame zu Papier gebracht und seinen Federkiel danach weggelegt.

Um sich zu trösten, hatte er mit einem Küchenmädchen aus Pendicle angebandelt, das, wie er feststellte, nicht nur gewillt war, sich umwerben zu lassen. Sie war vor allem darauf aus, mit Tom das Bett zu teilen. Nur ein falscher Alarm bezüglich einer möglichen Mutterschaft hatte seinen Entschluss ins Wanken gebracht, das gerissene kleine Biest zu heiraten, und ihn leicht ernüchtert zur Tanzschule zurückkehren lassen, um eine andere wahre Liebe zu suchen.

Die Verführung von Rose Hewitt war eine Herausforderung gewesen, eine Mutprobe, doch nachdem er Rose geküsst und sie diesen Gefallen im Garten der Taverne erwidert hatte, hatten sich seine Absichten geändert, denn Miss Rose Hewitt hatte ihm ein Halfter ums Herz gelegt.

Jetzt war er wieder auf dem langen Feld. Heller Sonnenschein glänzte auf den Furchen, die Möwen kreisten kreischend über ihm und Glendinnings Worte klangen ihm noch in den Ohren. Keine Gedanken an Rose Hewitt, keine aufwallenden Fantasien konnten ihn vor dem sicheren Wissen schützen, dass sein Daddy dem Tode nahe war.

»Tom«, sagte Betsy. »Oh, Tom!«

Die Pferde hatten den Pflug aus der Furche gezogen und zupften am Rande des Feldes Unkraut. Die Möwen waren kreischend aufgeflogen, als Betsy sich genähert hatte, aber die umsichtigeren und verschlageneren Saat- und Rabenkrähen waren nur kurz weggehüpft und pickten bald wieder gefräßig weiter.

Tom saß am oberen Ende des Feldes auf dem feuchten Gras, die Knie angezogen, den Kopf in die Hände gestützt. Er sah düster, aber trockenen Auges zu ihr hoch. »Ist Glendinning schon gegangen, er und sein buckliger Schlächter?«

»Sie sind zum Tee geblieben«, antwortete Betsy. »Ihre Mutter hat darauf bestanden.«

»Aye, das sieht ihr ähnlich«, murmelte Tom. »Sie würde selbst den Satan gastfreundlich empfangen, wenn er mit einem Lächeln vor ihrer Tür stehen würde. Hat man dich geschickt, mich zu holen?«

»Niemand hat mich geschickt. Ich bin gekommen, um ...« Betsy zuckte die Schultern.

»Nun, du wirst mich nicht dabei ertappen, wie ich wegen der Lügen eines stinkenden alten Mannes weine. Du wirst noch an meine Worte denken, im Sommer wird mein Daddy zwischen den Getreidegarben umhertollen, gesund wie ein Fisch im Wasser.« Alles Leugnen half nichts. Er schluchzte leise auf. »Gott! Gott! Was soll ich bloß tun, Betsy, was soll ich bloß tun ohne seinen Rat? Was *kann* ich tun, Betsy? Sag mir, was kann ich jetzt noch für ihn tun?«

Anfangs wusste sie keinen Rat, hatte keinen Trost, den sie ihm bieten konnte, bis sie irgendwo in ihrem Hinterkopf die schwache und tränenerstickte Stimme ihres Vaters hörte.

»Begraben Sie ihn anständig, Tom«, sagte sie.

Er schuftete den ganzen Tag auf dem langen Feld. Bei Einbruch der Nacht war er mit seinen Kräften am Ende, und er war hungrig, aber es erschien ihm nicht richtig, beim Essen zu sitzen und sich den Bauch vollzuschlagen, während sein Vater hinter dem Vorhang im Sterben lag.

Henry versorgte die Pferde, und die Frauen hielten auf einem Hocker am Bett des alten Mannes abwechselnd Wache. Matthew Brodie war zu schwach, um zu sprechen, aber Glendinnings Arznei hatte seine Erregung gelindert, und Henry sagte, der Doktor sei jeden Penny seines Honorars wert gewesen.

Tom widersprach ihm nicht.

Beim Abendessen wurde kein Wort geredet. Es war so still, dass das Klirren der Messer und das Klappern der Löffel so laut wie Musketenfeuer klangen. Ausnahmsweise einmal stand Fleisch auf dem Essenstisch, ein gekochtes Bruststück. Agnes hatte Janet nach Hayes zum Schlachter geschickt, um etwas Besonderes zu kaufen, auch wenn niemand zu fragen wagte, was es eigentlich zu feiern gebe. Das beste Stück, in Bratensauce getunkt, nahm Agnes mit hinter den Vorhang, um den Appetit ihres Mannes anzuregen, doch es kam unangetastet zurück.

Tom fielen fast die Augen zu. Er sah aus, als könnte er am Tisch einschlafen. Henry nahm zwei rauchgeschwärzte Tonpfeifen und einen Beutel frischen Tabak von dem Regal über dem Kamin, stopfte beide Pfeifen und zündete sie mit einem Wachsspan an. Dann klopfte er Tom auf die Schulter und wies mit einem Nicken zur Tür. Tom seufzte und folgte seinem Bruder in die klare, kalte, sternenbeschienene Nacht. Sie setzten sich auf die Zugstangen des kleinen Wagens. Tom machte sich nicht viel aus Tabak, aber Henry war dem Kraut nicht abgeneigt und spürte sein Bedürfnis danach, wenn der Beutel auf dem Regal leer war, was er in den letzten Monaten die meiste Zeit gewesen war.

»Weißt du, weshalb ich mit dir vors Haus gegangen bin?«, sagte Henry.

»Um eine anständige Pfeife zu genießen.«

»Die hätten wir ja auch drinnen rauchen können, oder?«

»Aye.« Tom nickte. »Nun, wenn du dir etwas von der Seele reden willst, Henry, dann heraus mit der Sprache, denn ich muss dringend ins Bett.«

»Was werden wir tun, wenn er ... wenn Daddy stirbt?«

»Ihn begraben«, sagte Tom. »Ihn anständig begraben.«

»Ich meine, mit der Farm.«

»Sie behalten.«

»Wie können wir sie denn behalten, wenn sie so hoch verschuldet ist?«

»Wir werden schon eine Möglichkeit finden, die Schulden zu bezahlen«, sagte Tom.

»Oder erklären, dass die Schulden mit dem Tod beglichen sind, und weiterziehen?«

»Das ist es also, was so an dir nagt?«, fragte Tom. »Nun, ich ziehe nicht weiter. Ich ziehe nirgendwohin.«

»In dem Fall wird Hewitt bezahlt werden müssen.«

»Hewitt wird bezahlt werden«, erklärte Tom.

»Wie denn?«

Tom nahm die Pfeife aus dem Mund und zeigte mit dem Stiel auf seinen Bruder. »Hör zu«, sagte er, »ich weiß, was dir durch den Kopf geht, Henry, und ich will nichts davon wissen. Aye, wir können die Schulden zusammen mit Dads Leichnam zu Grabe tragen, denn die Pacht läuft auf seinen Namen, und die Schulden auch. Wir können wie zwei geprügelte Hunde davonschleichen, wenn wir das wollen.«

»Und mit einem Teil des Viehbestands«, rief ihm Henry in Erinnerung.

»Ohne Viehbestand«, erwiderte Tom. »Hewitt wird alles bekommen bis auf McCaskies Ochsen.«

»Nach dem Gesetz ...«

»Zum Teufel mit dem Gesetz!«, fuhr Tom auf. »Es stimmt, was du sagst: Wir können die Schulden mit Daddy begraben und ohne einen Makel auf unserem Namen von hier weggehen. Es steht uns frei, auf einem anderen Stück Land eine Pacht zu übernehmen und genügend Geld zusammenzukratzen, um es mit Viehbestand zu versehen.«

»Rankine könnte uns etwas leihen.«

»Das könnte er«, gab Tom seinem Bruder recht.

»Nicht weit von Port Cedric soll bald eine Pacht frei werden, habe ich gehört. Du hast Einfluss, Tom, du hast Freunde, die verstehen, dass das, was hier auf Hawkshill geschehen ist, nicht unsere Schuld war.«

»Wessen Schuld war es denn dann? Daddys?«

»Das habe ich nicht gesagt.«

»Aye, und das solltest du auch besser nicht«, entgegnete Tom. »Daddy hat diese heimtückische Pacht uns zuliebe übernommen und sich krummgearbeitet, um sie zu behalten.«

»Hawkshill lohnt sich nicht zu behalten. Wir können dieses Joch abschütteln, wenn wir einen Neuanfang wagen wollen. Daddy würde es uns nicht übel nehmen.«

»Dann werden wir ihn fragen«, schlug Tom vor. »Noch ist er nicht tot.«

»Nein«, widersprach Henry bestürzt. »Frag ihn nicht, Tom! Sag ihm nicht, was uns durch den Kopf geht. Es würde ihn nur aufregen.«

»Dann werden wir ihn eben nicht fragen. Wir werden es ihm sagen.«

»Was?«

»Dass wir uns um Hawkshill kümmern werden, wenn er nicht mehr ist.«

»Du würdest ihn auf seinem Totenbett belügen, Tom?«

»Ich würde mir eher einen Arm abhacken, bevor ich ihn belüge.«

Henry schwieg einen Augenblick. »Was ist mit dem Mädchen?«

»Was für einem Mädchen?«

»Hewitts Tochter.«

»Ach, du hast davon gehört? Wer hat es dir erzählt? Betsy?«

»Janet wusste es vom Schlachter. Es ist das Stadtgespräch«, antwortete Henry. »Was ist denn bloß in dich gefahren, im Garten der Taverne mit Rose Hewitt zu flirten? Wir haben ohnehin schon genug Ärger mit Hewitt am Hals. Hat dieser Ire dich etwa aufgestachelt?«

Tom knurrte und spie einen kleinen Tabakklumpen über die Schulter aus, als würfe er mit Salz nach dem Teufel.

»Ich muss nicht von einem anderen Mann aufgefordert werden, um einem schönen Mädchen den Hof zu machen.«

»Aber Hewitts Tochter?«, fragte Henry noch einmal. »Warst du betrunken?«

»Nüchtern«, antwortete Tom. »Stocknüchtern.«

»Großer Gott, Mann, du spielst mit dem Feuer!«

»Und wenn es so wäre?« Tom erhob sich. »Hewitt will uns loswerden, egal, was passiert. Wenn ich seiner Tochter den Hof mache, kann es auch nicht mehr viel schlimmer für uns werden. Außerdem sind meine Absichten ehrenhaft.«

»Ehrenhaft?«, wiederholte Henry. »Du weißt doch gar nicht, was dieses Wort bedeutet.«

»Ich habe die Absicht, Rose Hewitt zu heiraten«, sagte Tom, »wenn sie mich nimmt.«

»Was?!« Henry sprang auf. »Das wird sich Hewitt niemals gefallen lassen.«

»Er wird keine andere Wahl haben, als es sich gefallen zu lassen.«

»Sag mir nicht, dass sie deinen Balg erwartet.«

»Noch nicht«, antwortete Tom, »noch nicht.« Und dann reichte er seinem Bruder die Pfeife und ging mit raschen Schritten zurück ins Haus.

Kaum etwas im Leben bereitete Walter Fergusson mehr Freude, als zuzusehen, wie Kälber gefüttert wurden. So geizig er bei seinen Geschäften mit den Viehhändlern auch war, wenn es um die

Hege und Pflege seiner Herde ging, ließ er sich nicht lumpen. Er scheute keine Mühe, um sicherzustellen, dass die gewohnten Fütterungsabläufe eingehalten und die Milchbehälter auf Körpertemperatur angewärmt wurden. Er band die kleinen Tiere nicht in lichtlosen Schuppen an oder gab ihnen künstliches Futter, und er achtete bis ins kleinste Detail auf den Entwöhnungsprozess; eine Hand voll süßes Heu und ein halber Liter Heu-Tee, verrührt mit der Milch oder, am besten, einem Klacks Leinsamengelee, bildeten stets einen sanften Übergang, um sie an Roggengras und Roten Klee zu gewöhnen. Nicht weniger Aufmerksamkeit widmete er seinen »eingekauften« Tieren, und er verstand es, durch umsichtiges Wirtschaften einen hübschen Batzen Geld mit seinen Käufen zu machen.

All seine Gewinne flossen zurück in Verbesserungen seiner Herde, und seine Ställe, Scheunen und Milchschuppen, so hieß es, waren sauberer und gemütlicher als das Haus, das er mit seiner Frau Flora und seinem Sohn bewohnte, denn das Farmhaus am Rande von Drennan war kaum mehr als eine Hütte mit einem durchhängenden Dach, abblätternden Wänden und einem verräucherten Kamin.

Mr. Fergussons Sohn Lucas war ebenfalls keiner Erwähnung wert.

Für einen Mann, der sein ganzes Leben der Zucht gewidmet hatte, war Walter Fergusson kläglich dabei gescheitert, selbst einen Sieger hervorzubringen. Ein Kind nur hatte Fergussons »Stute« geworfen, danach war die Dame unfruchtbar geworden, ein Zustand, gegen den selbst noch so viele Pillen und Pülverchen nichts hatten ausrichten können. Folglich musste sich Fergusson mit einem einzigen Erben begnügen, einem Burschen, der wahrlich kein Musterbeispiel an strammer, jugendlicher Männlichkeit war, sondern die meiste Zeit ein wahrer Mühlstein am Hals.

»Luuu-cas«, riefen die Milchmädchen, wenn sie den alten

Mann außer Hörweite glaubten. »Ach, Luuu-cas, schenk uns einen Kuss! Sieh nur, die kleine Jenny hier hat ihre Brüste für dich entblößt, damit du mit ihnen spielen kannst. Wohin bist du verschwunden, Luuu-cas? Bist du wieder zu deinem Daddy petzen gelaufen?«

Vier Jahre Schulbesuch hatten dem jungen Fergusson nicht viel beibringen können. Wilde Zechereien mit Stallburschen hatten ihn nicht abhärten können. Die Hänseleien der derben Mädchen, die sein Vater beschäftigte, ließen ihn nicht seine sexuellen Fähigkeiten erkennen, sondern trieben ihm nur Tränen in die Augen. Er schluchzte ständig, Fergussons Junge. Er schluchzte, wenn er auf das erste Schneeglöckchen stieß, während er unter einer Hecke kauerte. Er schluchzte, wenn eine Taube vom Dach fiel oder einer der Hunde mit einem Kaninchen im Maul nach Hause kam. Er schluchzte, wenn sein Vater tobte oder seine Mutter schimpfte, und am allermeisten schluchzte er, wenn die Milchrechnung nicht aufging und er die Handschuhe abstreifen und mit den Fingern zählen sollte, als änderte ein Stück Wolle etwas an seiner fehlerhaften Arithmetik.

Lucas war zwölf Jahre alt gewesen, als er gelernt hatte, eine Färse von einem Bullen zu unterscheiden, und diese Erfahrung hatte er mit drei gebrochenen Rippen und einer geschwollenen Kniescheibe teuer bezahlt. Mit vierzehn war er durch die weiche Kruste des Misthaufens eingebrochen, als er ein Entenküken zu retten versucht hatte. Zum Himmel stinkend, hatte er von dem obersten Viehtreiber seines Vaters mithilfe eines Seils und eines Ponys herausgezogen werden müssen. Mit siebzehn hatte Lucas sich bei dem Versuch geschnitten, sich mit dem Rasiermesser seines Vaters zu rasieren; er hatte die Blutung mit einem Klacks Huffett stillen wollen und vierzehn Tage mit einer Blutvergiftung mit einem Fuß im Grab gestanden.

Während der Heuernte im darauffolgenden August hatte irgendein Witzbold seine Wasserflasche mit Whisky versetzt, und nur das prompte Eingreifen eines der Collies hatte verhindert, dass er von den Rädern des Heuwagens in zwei Hälften zerteilt wurde.

Mit neunzehn, fast auf den Tag genau, hatte ihn eine Schar nicht mehr ganz nüchterner Mädchen auf die Getreidegarben gesetzt, ihm die Hose ausgezogen und seine edlen Teile gestreichelt, und er war, schockiert von ihren intimen Aufmerksamkeiten, in einen Zustand der Melancholie verfallen, der sich erst nach Martini gelegt hatte.

Jetzt war er zwanzig, wagte sich selten nach Einbruch der Dunkelheit aus dem Haus und zog es selbst am helllichten Tag vor, in Dads Rufweite zu bleiben.

An jenem Morgen war Dad mit Sicherheit in Rufweite.

Vater und Sohn lehnten nebeneinander am Gatter des Rinderpferchs, während die Mädchen Eimer mit warmer Milch und die weichen Stoffzitzen anschleppten, aus denen die Kälber zu trinken lernen sollten. Mit geschlossenem Mund, die Mütze tief über den Kopf gezogen, damit seine Ohren nicht abstanden, und mit dem Sonnenlicht auf seinen langen, hellen Wimpern sah er, fand Mr. Fergusson, fast intelligent aus.

Er stieß Lucas in die Seite. »Und, welche von ihnen gefällt dir?«

»Das Galloway ist nicht sehr schön, aber es hat einen guten Umfang.«

»Das Galloway?«

»Das da.«

»Ach, das Ayrshire. Nein, nein, Lukie, ich meine nicht die Kälber, sondern die Mädchen. Hast du kein Auge für die Mädchen?«

»Gemein, das sind sie, gemeine Biester.«

»Was geschehen ist, war ein Unfall. Sie haben nur ihren Scherz mit dir getrieben. Schmollst du noch immer, weil ich sie nicht weggeschickt habe?«

Lucas hob und senkte eine Schulter.

Walter seufzte. »Gute Milchmädchen sind nicht leicht zu bekommen, mein Sohn. Außerdem sind sie nicht boshaft. Sie haben sich nur hinreißen lassen. Ist es nicht an der Zeit, das hinter dir zu lassen und dir einen Schatz zu suchen?«

Lucas runzelte die Stirn. »Einen Schatz?«

»Nun, eine Ehefrau.«

»Was soll ich denn mit einer Ehefrau?«

Walter seufzte wieder. »Eine Ehefrau, die dir dein Essen kocht ...«

»Das macht Mam doch schon.«

»Eine Ehefrau, die das Bett mit dir teilt und dir Kinder schenkt.«

Das Stirnrunzeln wurde tiefer. »Kinder?«

»Eigene Söhne«, sagte Walter. »Erben.«

»Erbsen?«

»*Erben*, Erben – Nachkommen.« Walter senkte das Kinn zur Brust und zählte bis fünf, bevor er fortfuhr. »Du bist jetzt ein erwachsener Mann, Lucas. Deine Mutter und ich sind uns einig, dass es an der Zeit ist, dass du dir eine Frau nimmst.«

»Aber warum?«

»Weil es das ist, was Männer tun.«

Lucas war der Prozess der Fortpflanzung nicht gänzlich unbekannt. Er hatte im Laufe der Jahre so vielen Begattungen und Geburten beigewohnt, dass sogar er irgendwann zwei und zwei zusammengezählt hatte und zu dem Schluss gekommen war, dass Männer und Frauen anatomisch Bullen und Kühen ähnelten und dass dieses Ding zwischen seinen Beinen noch einem anderen Zweck diente als dem, Pipi zu machen.

»Nun, das dort drüben ist McAllans Tochter. Sie ist ein feines, ansehnliches Mädchen, Lucas. Sie würde jedem Mann eine gute Ehefrau sein.«

»Hässlich.«

»Ist Jenny mehr nach deinem Geschmack?«

»Sie flucht.«

»Es sind Landmädchen, Himmel noch mal, keine vornehmen Damen. Sieh dir Biddy an. Sieh, wie nett sie sich um dieses Kalb kümmert. Sie ist ein sanftes Geschöpf, Biddy, auch wenn sie schon ein bisschen in die Jahre gekommen ist.«

»Ein bisschen sehr«, sagte Lucas.

Walter legte seinem Sohn einen väterlichen Arm um die Schultern und zog ihn so nah an sich, dass er ihm ins Ohr flüstern konnte. »Es heißt, sie hat einen Schatz zwischen ihren Beinen versteckt, und sie soll recht wählerisch sein, wer ihn zu sehen bekommt.«

»Einen Schatz?«, fragte Lucas. »Was denn für einen Schatz?«

Walter zog ihn noch näher an sich und erläuterte ihm ein, zwei Details.

Lucas riss sich los. »Das ist ja ekelhaft!«

»Oh, Herrgott noch mal, Lucas!«, entfuhr es Mr. Fergusson. »Was willst du denn von einer Frau? Es gibt keine Rose ohne Dornen.«

»Eine was?«

»Eine Rose, eine Rose, verdammt, eine ...« Walter Fergussons Augen weiteten sich, der Mund stand ihm offen, und dann ließ er Lucas stehen und stürzte los, um seine Frau zu finden.

6

Wenn Betsy an diesem Morgen im Hof gewesen wäre, dann wäre sie bestimmt auf Neville Hewitt zugetreten und hätte ihm gesagt, er habe kein Recht, in das Haus eines sterbenden Mannes zu platzen. Aber Betsy war draußen auf dem Feld, als Hewitt in den Hof geritten kam, die Zügel seines Pferdes Janet übergab und ohne Aufforderung oder Entschuldigung in die Küche stürmte.

»Wo ist er?«, rief er. »Wo ist Brodie?«

Schläfrig und benommen rappelte sich Matthew von seiner Bettstatt hoch. »Er ist hier.«

»Nicht du, du Narr«, sagte Neville Hewitt.

»Wenn Sie zu Tom wollen, er ist auf dem Feld«, antwortete Matthew, »aber wenn Sie Geschäftliches zu besprechen haben, dann besprechen Sie es mit mir. Ich stehe noch immer diesem Haushalt vor.«

»Mit einem Krüppel rede ich nicht übers Geschäft.« Hewitt sah sich im Zimmer um. »Was ist mit dem anderen – Henry, richtig? Wo steckt er?«

»Er ist nach Hayes geritten, um etwas Saatgut zu kaufen«, platzte Agnes heraus.

»Etwas Saatgut, höre ich recht?«, fragte Hewitt. »Und woher hat er, bitte schön, das Geld für Saatgut, wenn die Pacht noch geschuldet wird?«

Matthew stemmte sich von seinem Bett hoch. »Sie werden Ihre Pacht bekommen, sobald ich wieder auf den Beinen bin.«

»Sieh dich doch an, Brodie! Du wirst nie wieder auf den Beinen sein. Ich wundere mich, dass du jetzt halbwegs auf bist. Leg dich hin, Himmel noch mal«, sagte Hewitt. »Ich werde nicht zulassen, dass du vor meinen Augen stirbst.«

Matthew stützte sich mit der Hüfte am Rand der Matratze ab. Weder seine Frau noch seine Tochter kamen ihm zu Hilfe, denn sie hatten weniger Respekt vor dem Grundbesitzer als vor dem sturen Stolz des alten Mannes.

Hewitt trat näher an das Bett heran. »Am ersten November schuldest du mir ein Jahr, und das ist mehr Aufschub, als dir jeder Mann bei klarem Verstand gewähren würde. Wenn ich mich das nächste Mal hier blicken lasse, dann mit dem Gerichtsdiener oder dem Gerichtsvollzieher.« Er hob eine Hand, um Brodie einen Finger in die Brust zu bohren, doch dann besann er sich eines Besseren. »Hoffst du etwa, dass du bis dahin das Zeitliche gesegnet haben wirst? Hoffst du etwa, du wirst sterben und deine Schulden mit ins Grab nehmen und mich auf diesem schlecht bestellten Stück Land sitzen lassen, während sich deine nichtsnutzige Brut davonmacht, um den nächsten armen Grundbesitzer auszunehmen?«

»Ich werde meine Schulden begleichen, bevor ich gehe, seien Sie unbesorgt«, antwortete Matthew Brodie.

»Womit denn, mit Mist und Spucke vielleicht? Viel mehr hast du doch nicht.« Hewitt zerrte einen Hocker unter dem Tisch hervor und stellte einen Fuß darauf. »Fergusson sagt mir, du hast zwei Jungochsen mit einem dicken Gewinn verkauft. Was ist aus dem Geld geworden?«

»Es wird für Saatgut ausgegeben«, erklärte der alte Mann, »um Frühjahrsweizen zu säen und den Fruchtwechsel auf eine gute Grundlage zu stellen. Weizen, Gerste, Hafer und Erbsen und danach ...«

»Ja, ja«, brummte Hewitt.

Der alte Brodie hatte irgendetwas Unbeugsames an sich. Eine verzehrende Krankheit hatte ihn bis auf die Knochen abmagern lassen, und doch brannte noch immer ein schwaches Feuer in seinen Augen bei der Erwähnung von Land, das ihm nicht einmal gehörte. Das war auch Neville Hewitt nicht entgangen. Nachdenklich runzelte er die Stirn. Wenn Brodie vor dem ersten November starb, dann würde er seine Schulden mit ins Grab nehmen und er, Neville, leer ausgehen. Andererseits, wenn Brodie bis nach dem Monatsersten durchhielt, würde er zum Schuldner erklärt werden, und jede Gerätschaft, jedes Pferd, jedes Schaf und jedes Federvieh, das Brodie besaß, würde beschlagnahmt werden, und der alte Mann und seine Familie, einschließlich Rosies Verführer, würden auf die Gnade der Gemeinde angewiesen sein.

»Sät ruhig ein paar Scheffel Saatgut aus«, sagte Hewitt, »das wird mich nicht aufhalten.«

»Es ist nicht dazu gedacht, Sie aufzuhalten«, erwiderte Matthew Brodie. »Es ist dazu gedacht, sauren Boden anzureichern, damit er wieder trägt.«

»Erwartest du etwa, dass ich auf meine Rückstände warte, bis du Weizen verkauft hast, der noch nicht einmal gesät ist?« Hewitt kickte den Hocker von sich. »Ich war geduldig, Brodie, viel zu geduldig mit dir und deiner Brut. Du bist sechs Monate – bald zwölf – mit der Pacht im Rückstand. Ich werde mich gar nicht erst auf eine Schlichtung einlassen. Du hast vor dem Amtsrichter keine Argumente vorzubringen, und du wirst einen schweren Stand haben. Wenn ich nicht am ersten November die vollständige Summe bezahlt bekomme, dann werde ich dich zum Schuldner erklären lassen, und du wirst auf einer Krankentrage aus diesem Cottage geschafft werden.«

»Es sei denn, ich sterbe vorher«, rief ihm Matthew Brodie in Erinnerung.

»Wenn das Gottes Wille ist«, sagte Hewitt, »dann soll es eben so sein. Aber wenn du nicht stirbst, dann wirst du in einem Armengrab beerdigt werden, deine Frau und deine Tochter werden ins Armenhaus kommen, und deinen großspurigen Söhnen wird nicht einmal ein Pott bleiben, in den sie pissen können. Und ihr habt es nicht besser verdient, du und dein selbstgefälliger Sohn, der sich für gut genug hält, meiner Tochter den Hof zu machen.«

»Darum geht es also«, warf Janet ein, die dazugekommen war. »Tom soll bestraft werden.«

Hewitt schnellte herum. »Nein, darum geht es nicht, Mädchen. Ich bin hier nicht der Halunke. Ich will, was mir zusteht, nicht mehr und nicht weniger, doch ich werde nicht länger warten, um es zu bekommen.« Er wandte sich wieder an Matthew. »Zwei Wochen noch, Brodie, zwei Wochen, und dann werde ich dich und deine Brut los sein, und Hawkshill wird an einen besseren Knecht der Erde verpachtet werden, als du es je gewesen bist.«

»Sie haben uns verhungern lassen«, keuchte Matthew. »Sie haben uns Kalk versprochen, und Sie haben uns Saatgut versprochen, und wir haben keines von beidem bekommen.«

»Ausreden werden dir jetzt auch nicht mehr helfen.«

Der alte Mann versuchte vergeblich, sich höher zu stemmen, aber, gequält von einem Hustenanfall, taumelte er seitwärts aufs Bett und vergrub sein Gesicht im Kissen.

Hewitt wandte sich zur Tür und rief ohne auch nur eine Spur Mitleid für seinen Pächter: »Zwei Wochen, Brodie, vierzehn Tage.« Dann stapfte er in den Hof, um sein Pferd zu finden und den Rückzug anzutreten, bevor einer der Jungen nach Hause gelaufen kam, um ihn zur Strecke zu bringen und ihm die Schuld an ihrem ganzen Unglück zu geben.

Betsy konnte kaum glauben, dass Henry so unflätig fluchen oder sich so viele abscheuliche Strafen für den Flachsfabrikanten ausdenken konnte. Und vielleicht hätte Henry Brodie seine Drohungen sogar wahr gemacht, hätte sich eine Sense von dem Haken in der Scheune geschnappt und wäre losgeritten, um Neville Hewitt den Bauch aufzuschlitzen, wenn Tom ihn nicht aus dem Pferdestall gezerrt und an die Wand gedrückt, ihn angeschrien und mit den Fäusten auf ihn eingetrommelt hätte, während Betsy und Janet hilflos zusahen.

Henry setzte sich nicht zur Wehr, und nach etwa einer Minute ließ Tom von ihm ab und lotste ihn zurück in den Pferdestall. Als sie eine halbe Stunde später wieder zum Vorschein kamen, ging Tom wortlos zurück zum langen Feld, und Henry kam bleich und zitternd ins Cottage.

Noch immer äußerst erregt, lag der alte Mann jetzt ausgestreckt auf dem Bett. Er winkte Henry zu sich. Vater und Sohn vertieften sich in ein Gespräch. Janet richtete eine dicke Scheibe Brot mit Käse für Toms Essen her, wickelte sie in Papier und gab sie Betsy, damit sie ihm das Brot zusammen mit einer Kanne Bier aufs Feld brachte.

Es war ein stiller, grauer Tag, der Himmel von Wolken verhangen. Jetzt, da die Bäume ihre Blätter abgeworfen hatten, konnte Betsy das Meer sehen. Einen Augenblick lang schien es ihr, als wäre es gar nicht das Meer, sondern Eis, und die Gipfel der Inseln vor der Küste bereits schneebedeckt, obwohl ihr Verstand ihr sagte, dass es nichts als eine Schicht kalter, weißer Wolken war.

Als sie das Gatter des Feldes erreichte, rief sie Toms Namen.

Mit angelegten Ellenbogen und gesenktem Kopf pflügte er einfach weiter und schenkte ihr keine Beachtung. Betsy lehnte sich auf den Pfosten des Gatters, bis Tom am Ende des Feldes die Pferde schließlich zügelte. Seine Arbeitsweise war äußerst sorgfältig, und er ließ sich keine Spur von Zorn anmerken, als hätte er sich damit abgefunden, dieses Feld oder ein anderes, ähnliches bis ans Ende seiner Tage zu pflügen.

Er gab ihr ein Zeichen. Sie ging zu ihm und reichte ihm das Päckchen mit Brot und Käse und die Kanne mit Bier. Tom war mit Erde beschmiert, seine Stiefel lehmverkrustet, seine offenen Haare schauten unter der Mütze hervor wie die Stacheln eines Igels – und doch, fand Betsy, hatte er nie männlicher ausgesehen als in diesem Augenblick.

»Was starrst du denn so?«, fragte er.

Betsy wies mit einem Nicken auf die Säcke, die sie an diesem Morgen in aller Frühe hergebracht hatte. »Soll ich den Pferden ihr Heu geben?«

»Oh, aye«, sagte Tom, »die Pferde müssen gefüttert werden. Ich kümmere mich schon darum.« Schließlich sah er sie an. »Was stehst du denn noch hier herum? Hast du keine Arbeit zu erledigen?«

»Mehr als genug«, erwiderte Betsy. »Wollen Sie nicht, dass ich bleibe?«

»Hat Henry dich geschickt, damit du dich um mich kümmerst?«

»Nein.«

»Wo ist er?«

»Im Haus.«

»Redet mit meinem Vater, nehme ich an?«

»Aye«, sagte Betsy.

»Geht es ihm schlecht, meinem Daddy?«

»Aye, es geht ihm schlecht.«

»Und Henry?«

»Hat sich beruhigt.«

Tom wischte sich den Mund mit den Enden seines Schals ab. »Wenn er losgestürzt wäre, um Hewitt zu ermorden, dann wäre ich um meine Gelegenheit gebracht worden.«

»Gelegenheit?«, fragte Betsy. »Was denn für eine Gelegenheit?«

»Rose Hewitt zu heiraten«, antwortete Tom. »Rose würde sich

nicht sehr gut machen an der Seite eines Mannes, dessen Bruder ihren Vater abgeschlachtet hat, oder?« Er riss das Päckchen auf und spielte mit dem Brot. »Meinst du etwa, ich habe Henry davon abgehalten, wutschnaubend loszustürmen, weil ich ein Gewissen habe? Nein, nein! Ich würde diesem Dreckskerl Hewitt selbst den Bauch aufschlitzen, wenn er nicht Rose' Vater wäre.«

»Sind Sie in Rose Hewitt verliebt?«, wollte Betsy wissen.

Tom schürzte die Lippen und hob das Kinn. »Das bin ich allerdings«, antwortete er, »aber ich werde sie durch gutes Zureden aus den Klauen dieses Scheusals von Vater winden müssen, bevor er sie erdrückt.«

»Mit ihr durchbrennen, meinen Sie?«

»Wenn es darauf hinausläuft, aye.«

»Und Ihre Mammy, Ihre Schwester: Was wird aus ihnen werden?«

»Henry wird sich um sie kümmern.«

»Sie sind des Teufels, Tom Brodie«, sagte Betsy, »mit einem Mädchen durchzubrennen, das Sie kaum kennen, und es Ihrem Bruder zu überlassen, die Schulden Ihres Daddys zu tilgen. Ist das der Grund, weshalb Sie so versessen darauf sind, dieses Feld zu besäen – um Ihr Gewissen zu beruhigen? Aye, nun, ich denke, Ihr Daddy hat zu Recht Angst um Sie.«

»Mein Daddy wird den Monat nicht überleben«, gab Tom zurück. »Ich werde ihn anständig begraben, wie du es mir gesagt hast, aber danach«, er zuckte mit den Schultern, »danach werde ich frei sein, um in dieser elenden Welt meinen eigenen Weg zu gehen.«

»Und sie, Rose Hewitt, mitnehmen?«

»Sie ist, was ich will.«

»Ist das das Einzige, was zählt – was *Sie* wollen?«

In einem Anfall von Wut schleuderte er sein Essen auf den Boden. »Bei Gott«, fauchte er, »bist du zu dumm, um zu sehen, was vor deiner Nase vor sich geht, Betsy? Hat dieser Pferdetritt, als du klein warst, dein Gehirn denn völlig verwirrt?«

»Hören Sie auf«, sagte Betsy. »Um Himmels willen, Tom, hören Sie auf!«

»Dieser gebrochene Mann, mein Daddy, dieser verkümmerte Knochensack, ist kaum fünfzig Jahre alt – und er hat sich sein Leben lang für die Gewinne anderer abgerackert. Er hat Gott in Ehren gehalten, hat Seinen Namen gepriesen und um Vergebung für Sünden gebetet, die zu begehen er nie die Gelegenheit hatte. Und was hat es ihm eingebracht? Ein Bett in einer Hütte am Ende der Welt, wo er sich das Blut aus dem Leib hustet, während irgendein Schnösel, der sich nicht einmal selbst den Arsch abwischen kann, Geld von ihm eintreibt. Wo ist da der Dank für meinen Daddy? Wo ist sein Lohn? Sag mir das, Betsy McBride! Nun, ich werde nicht in diese Falle tappen. Was ich will, das werde ich mir nehmen.«

»Und den Preis dafür bezahlen?«, fragte Betsy, die die Tränen kaum noch zurückhalten konnte.

»Was *ist* denn der Preis? Zwanzig Schilling den Acre für einen Boden, der so sauer ist, dass er kaum Unkraut trägt? Ein Nicken von Gottes Stellvertreter in der Kirche am Sonntag? Die gute Meinung der Männer, die sich einen Dreck darum scheren, ob du lebst oder stirbst? Wo bleibt da die Würde, sag mir das! Nein, nein! Ich werde meinen Dank jetzt bekommen, ich werde mir meinen Lohn selbst schnappen.«

»Und in der Hölle dafür schmoren«, erwiderte Betsy. Damit wandte sie sich auf dem Absatz um und stolperte über die Furchen zurück zum Gatter. Sie rannte über den Acker, während Tom die Faust zum Himmel reckte und brüllte:

»*Das* hier ist die Hölle, du dummes Ding! Siehst du das denn nicht? *Das* hier ist die Hölle.«

Er brüllte noch immer, als Betsy die Kuppe des Hügels erreicht hatte, und sie hielt sich die Ohren zu, während sie den Weg nach Hayes und zum Haus ihres Vaters einschlug und Tom Brodie und Hawkshill hinter sich ließ.

Der Besuch war mit einer Karte angekündigt worden, wodurch er in Mrs. Proles Augen von Anfang an etwas Besonderes war. Nur Gentlemen benutzten Karten, und nur Gentlemen waren so aufmerksam, darauf hinzuweisen, dass sie Tee und einen Imbiss benötigen würden. Sie schickte Dorothy, um frisches Brot und ein Pfund gekochte Ochsenzunge zu kaufen – einen kalten Aufschnitt, den Mr. Fergusson, wie Eunice sich erinnerte, sehr schätzte –, dann krempelte sie die Ärmel hoch und griff nach der Mehlkiste, um Scones zu backen.

Wenn Neville zu Hause gewesen wäre, dann hätte er sie vielleicht darauf hingewiesen, dass der etwas förmliche Tee einem anderen Zweck diente als einer bloßen geselligen Zusammenkunft, aber der Herr des Hauses war hinauf nach Hawkshill geritten, und es war fast ein Uhr mittags, als er zurückkehrte. Er trat unverzüglich an den Schrank im Salon, um sich ein Glas Whisky einzuschenken, das er mit zwei Schlucken leerte, bevor er mit der Karte in der Hand in die Küche kam.

»Wann ist das gekommen?«, fragte er.

»Gegen zehn Uhr«, sagte Eunice. »Ich habe Brot und Fleisch besorgt, und ich werde Brombeergelee zu den Scones servieren. Ist bei den Brodies alles gut gegangen?«

»Gut genug«, meinte Neville grimmig. »Der alte Mann wird bald sterben.«

»Und die Söhne?«

»Den Söhnen bin ich nicht begegnet.« Er schwieg einen Augenblick. »Sieh zu, dass sie gewaschen und gekämmt ist und ihr hübschestes Kleid trägt! Und dann bring sie gegen halb vier herunter!«

»Wird sie mit uns den Tee einnehmen?«, fragte Eunice.

»Mr. Fergusson wird erwarten, dass sie anwesend ist.«

»Wird er das?« Eunice zog eine Augenbraue hoch. »Warum sollte er das erwarten?«

»Sie war lange genug dort oben eingesperrt. Es ist an der Zeit, dass sie lernt, wie man sich in Gesellschaft benimmt.« Er zückte eine Uhr aus seiner Westentasche und sah blinzelnd darauf. »Wenn wir den Tee um vier Uhr einnehmen, werde ich das Mittagessen ausfallen lassen. Ich muss zu Geschäften in die Manufaktur, aber ich werde rechtzeitig zurück sein, um unsere Gäste zu begrüßen.«

»Unsere Gäste?«, hakte Eunice nach. »Kommt Mrs. Fergusson denn auch?«

»Das bezweifle ich irgendwie«, sagte Neville, und bevor seine Haushälterin ihn weiter ausfragen konnte, stürmte er schon ins Freie, um sein Pferd zu finden und das kurze Stück zur Fabrik zu reiten.

»Mr. Fergusson!«, rief Rose. »Du liebe Güte! Wie soll ich nur meine Aufregung darüber zügeln, zum Tee mit Mr. Fergusson nach unten eingeladen zu sein?«

»Sarkasmus steht einer Dame nicht gut zu Gesicht«, sagte Mrs. Prole. »Sieh her, ich habe dir warmes Wasser gebracht, damit du dich waschen kannst, bevor du dich ankleidest. Ich werde Dorothy gleich hochschicken, damit sie dir die Haare macht. Dein Vater will, dass du hübsch aussiehst.«

»Ist es wirklich schon so lange her, seit Sie mich zuletzt gesehen haben, dass Sie ganz vergessen haben, wie hübsch ich bin? Nun, ich frage mich, was soll ich tragen? Soll ich mein kurzes Kleid anziehen, damit Mr. Fergusson die Narben an meinen Beinen bewundern kann?«

Eunice Prole ließ sich nicht provozieren.

»Oder«, fuhr Rose fort, »soll ich mich mit Schürze und einem Morgenrock ohne Brustschleife kleiden, damit Mr. Fergusson selbst beurteilen kann, wie sehr ich angeschwollen bin, seit Sie mich hier oben eingesperrt haben?«

»Ich habe dich nicht ...«

»Natürlich haben Sie das nicht, liebe Mrs. Prole«, schnitt ihr Rose das Wort ab. »Ich habe mich aus freien Stücken zurückgezogen, um mich einer Zeit stiller Einkehr hinzugeben, und sie ist mir sehr gut bekommen.« Sie nahm einen Schwamm aus der Waschschüssel und tupfte sich damit beide Wangen ab. »Ich habe mich auf meine Weise gebessert, wissen Sie. Ich werde mich nicht mehr mit derben Farmern und Dienstboten in den Gärten von Tavernen abgeben. Ich werde in aller Gelassenheit abwarten, welches Schicksal Papa für mich ausgewählt hat.«

»Bist du fertig mit deinem Mittagessen?«, erkundigte sich Mrs. Prole.

»Ja, sehen Sie, ich habe jeden Bissen aufgegessen. Sie dürfen, wenn Sie es wünschen, den Teller abtragen. Wird für unseren hohen Besuch Fleisch aufgetischt werden?«

»Ochsenzunge.«

»Ein fürstliches Mahl«, sagte Rose anerkennend.

Mrs. Prole hob einen Arm, dann senkte sie ihn wieder. Sie richtete jedoch einen Zeigefinger auf Rose und befahl der Tochter des Hausherrn in einem halb warnenden, halb gebieterischen Ton, ihre Zunge zu hüten.

»Oder was?«, lächelte Rose. »Oder was, meine liebe Mrs. Prole?«

Die Haushälterin hatte keine Antwort auf diese Frage parat, und gründlich verwirrt von Rose' wissendem Ton zog sie sich nach unten zurück, um noch einen Schwung Scones zu backen.

»Lucas, was für eine angenehme Überraschung!« Rose Hewitt hielt dem jungen Mann die Hand hin, aber er schien nicht zu wissen, was er damit anfangen sollte. Rose schenkte stattdessen Daddy Fergusson ihr einnehmendstes Lächeln. »Wie aufmerksam von Ihnen, Lucas zu diesem Besuch mitzubringen, Mr. Fergusson! Es ist viele Jahre her, seit Ihr Sohn und ich uns einander zuletzt persönlich begegnet sind – bei einer Predigt in St. Quivox, wenn ich mich recht erinnere. Wenn ich mir die Bemerkung erlauben darf, er ist zu einem überaus gut aussehenden jungen Mann herangewachsen.«

»Tatsächlich?« In der vergeblichen Hoffnung, ihn erröten zu sehen, warf Walter Fergusson einen Blick auf seinen einzigen Sohn. »Aye, Miss Hewitt, ich nehme an, da haben Sie recht.«

»Ich bitte Sie, Mr. Fergusson, lassen Sie uns auf die Förmlichkeiten verzichten! Bitte nennen Sie mich Rose, wie Sie es getan haben, seit ich ein kleines Mädchen war, als Sie Mama besuchten, wenn Papa nicht zu Hause war, und mich, wie ich mich erinnere, in die Wange kniffen und mir Naschwerk gaben.« Rose wies mit einer Hand zur Tür. »Apropos Papa, ich muss mich in seinem Namen entschuldigen. Ich nehme an, er wurde in der Manufaktur aufgehalten – oder Ihre Ankunft war vielleicht verfrüht.«

»Ein klein wenig vielleicht«, räumte Walter Fergusson ein, »eine Minute oder zwei.«

»Eine Viertelstunde, glaube ich«, sagte Rose. »Aber was spielt Zeit schon für eine Rolle, wenn alte Freunde wieder zusammengeführt werden?«

»Aye, alte Freunde«, knurrte Lucas in Erwiderung auf einen Rippenstoß seines Vaters. »Recht haben Sie, Miss ... äh ...«

Rose fragte sich, ob Lucas ihren Namen schon vergessen hatte oder ob er gar nicht wusste, in wessen Salon er gezerrt worden war, ganz zu schweigen von dem Grund dafür.

Sie hatte nicht lange gebraucht, um zu begreifen, dass ihr Vater versuchen würde, sie an den erstbesten Bewerber mit irgendeinem Stammbaum zu verheiraten, jetzt, da bereits ein zerlumpter Liebhaber in den Kulissen lauerte. Fergussons minderbemittelter Sohn war genau die Art Bursche, die Papa auswählen würde, da Zweckmäßigkeit das Gebot der Stunde und der Idiot so passend zur Hand war.

Im Ruhezustand waren Lucas Fergussons Züge unauffällig. Seine Wimpern schienen einen Ton zu hell zu sein, und sein Mund war einen Hauch zu mädchenhaft, aber Rose hatte schon hässlichere junge Männer in der Stadt und ihrer Umgebung gesehen. Erst wenn man seine Augen sah, so blass, dass sie fast durchsichtig zu sein schienen, und so leer wie ein unbewohntes Haus, begriff man, dass im Kopf des jungen Mr. Fergusson in Sachen Intelligenz nicht allzu viel los war.

»Wollen wir mit dem Tee vielleicht noch warten?«, fragte sie. »Es sind nur noch fünf Minuten bis vier Uhr, und ich rechne jeden Augenblick damit, dass Papa zur Tür hereinstürmt. Aber wenn Sie sehr großen Hunger haben, werde ich die Haushälterin anweisen, unverzüglich aufzutragen.«

»Tee?« Lucas leckte sich die Lippen. »Gibt es auch Kuchen, ja?«

»Scones mit Brombeergelee«, antwortete Rose. »Mögen Sie Scones, Lucas?«

»Ich mag Kuchen.«

»Nun, vielleicht wird es auch Kuchen geben«, erwiderte Rose. »Sagen Sie, Mr. Fergusson, welcher Art ist das Geschäft, das Sie veranlasst, uns mit einem angekündigten Besuch zu beehren? Betrifft es Flachs oder Getreide oder vielleicht Vieh?«

»Nein, es ... äh ...«

»Betrifft es mich?«

»Warum sollte es denn Sie betreffen?«, entgegnete Walter Fergusson. »Hat Ihr Daddy irgendetwas Unpassendes gesagt?«

»Mein Daddy hat gar nichts gesagt«, antwortete Rose. »Aber da Ihre Frau nicht mitgekommen ist, dachte ich, Sie hätten vielleicht selbst die Rolle des Vermittlers übernommen.«

»Um wobei zu vermitteln?«, fragte Walter vorsichtig.

»Um sicherzustellen, dass auch alles seine Ordnung hat«, sagte Rose. »Ich finde eine solche Achtsamkeit bewundernswert. Man kann gar nicht vorsichtig genug sein, wenn man den tugendhaften Verkehr zwischen jungen Leuten fördern will.«

»Verkehr?«, echote Walter.

»Ich mag nur ein einfaches Mädchen vom Lande sein, Mr. Fergusson, doch ich bin vertraut mit der Art, auf die solch heikle Angelegenheiten von ehrenwerten Gentlemen gehandhabt werden.«

Walter runzelte die Stirn. »Was denn für heikle Angelegenheiten?«

Rose legte dem Viehzüchter eine Hand aufs Knie und sah ihn mit einer Miene an, die den ohnehin schon verwirrten Händler völlig aus der Fassung brachte. Leise sagte sie: »Es wird mir ein Vergnügen sein, Lucas – unter Aufsicht einer Anstandsdame natürlich – am übernächsten Freitag zur Tanzschule zu begleiten.«

»Zur Tanzschule?«, murmelte Walter.

»Oh!« Rose lehnte sich zurück. »Ich bitte um Verzeihung. Ich nahm an, es sei Ihre Absicht, einer Freundschaft zwischen Ihrem Sohn und mir den Weg zu ebnen, indem Sie uns – unter Aufsicht einer Anstandsdame natürlich – gestatten, bei einem Unterrichtsabend in Mr. Arbuthnots Tanzschule gewissermaßen die Fühler auszustrecken.«

»Lucas ist nicht unterwiesen im Tanzen.«

»Das bin ich auch nicht«, sagte Rose. »Durchaus nicht, doch mit einem passenden Partner – unter Aufsicht einer Anstandsdame natürlich – würde ich es sehr gern erlernen.«

Inzwischen hatte Walter Fergusson begriffen, dass man ihn einzuwickeln versuchte. Unter anderen Umständen wäre er ungehalten darüber gewesen, vor allem da die Person, die es versuchte, eine Sechzehnjährige mit einer Unschuldsmiene war. Aber er konnte nicht leugnen, dass sich das Mädchen, auch wenn es sich schnell bewegt hatte, immerhin in die richtige Richtung bewegt hatte.

»Lucas.« Er stieß den Jungen wieder in die Seite. »Miss Hewitt ist bestrebt, das Tanzen zu erlernen. Ich bin sicher, wenn du sie schön bittest, würde sie dich gern als Partner nehmen.«

»Tanzen?«, wiederholte Lucas, und dann rief er in einem lauten, erbärmlichen Ton noch einmal: »Tanzen!«

In diesem Augenblick wurde zu Walters Erleichterung die Tür geöffnet, und Neville Hewitt platzte unter vielen Entschuldigungen in den Salon.

Bevor er auch nur den Hut abnehmen konnte, um sich die Stirn abzuwischen, warf sich Rose schon in seine Arme und rief aufgeregt: »Oh, Papa! Weißt du was?«

Und binnen fünf Minuten war die Angelegenheit erledigt.

Es war nach zehn Uhr, als Henry zum Haus des Webers kam. Mr. McBride war eben im Begriff gewesen, das Feuer mit Asche zu bedecken und die Kerzen zu löschen, und er war nicht schnell genug, um seine Jüngste zu warnen, die unbesonnen den Riegel zurückschob und die Tür aufriss.

Erhellt nur von der Laterne in Effies Hand, sah die Gestalt im Türrahmen bedrohlich aus, und Jock McBrides erster Gedanke war, dass es ein Räuber war. Er packte Effie bei der Schulter und zog sie zurück, dann erkannte er blinzelnd den spätabendlichen Besucher.

»Ich bin gekommen, um eine Entschuldigung vorzubringen«, begann Henry.

»Eine Entschuldigung wofür?«, fragte der Weber McBride.

»Für die Art, wie mein Bruder Ihre Tochter behandelt hat.«

»Oh!«, murmelte Mr. McBride. »Und was für eine Art war das?«

»Er hat die Beherrschung verloren und Dinge gesagt, die nicht hätten gesagt werden sollen«, erklärte Henry, »schon gar nicht zu einem Mädchen, das aus Herzensgüte zu uns gekommen ist.«

»Hat Ihr Bruder sie geschlagen?«

»Betsy? Nein, nein«, versicherte Henry. »Wenn er sie geschlagen hätte, dann hätte meine Mutter ihn mit einem Stock bewusstlos geprügelt. Außerdem ist es nicht Toms Art, die Hand gegen das schöne Geschlecht zu erheben. Schläft Betsy?«

»Sie schläft, tief und fest.«

»Ich wäre Ihnen sehr verbunden, wenn Sie sie wecken könnten.« Henry nahm den Hut ab. »Ich würde sie gern auf ein Wort sprechen, aber ich werde sie nicht lange von ihrem Schlaf abhalten.«

»Sie wollen sie wiederhaben«, stellte Mr. McBride fest.

»Das will ich«, sagte Henry. »Das wollen wir. Meine Mutter war durchaus verletzt von Toms Verhalten und hat darauf bestanden, dass ich mit einem Olivenzweig zu Ihnen komme.«

»Ist unsere Betsy Ihnen denn so von Nutzen?«

»Von großem Nutzen«, antwortete Henry, »vor allem in dieser kummervollen Zeit.«

Jock sah auf Effie hinunter, die völlig gebannt genau hinter ihm gestanden hatte. »Geh und weck deine Schwester«, sagte er, »und deine Mammy!«

Dann bat er Henry in die Küche.

Schläfrig und ein bisschen verwirrt, streifte Betsy ein altes Leinenkleid über, das ihr als Morgenrock diente, und schlurfte barfuß und blinzelnd in die Küche, wo Henry Brodie bereits am Tisch saß, in der Hand ein Glas Whisky.

Henry sah auf und schenkte ihr ein mattes, angespanntes Lächeln.

Sie war nicht gänzlich verwundert, ihn zu sehen, und keineswegs ungehalten darüber. Betsy schämte sich nicht ihres zerzausten Aussehens; sie hatte wochenlang auf engstem Raum mit den Brodies zusammengelebt und nicht viel zu verbergen. Sie nickte, zog sich einen Stuhl heran und setzte sich.

Henry kam sofort zur Sache. »Tom hätte nicht so mit dir reden sollen, Betsy. Ich bin hier, um mich für seine unbedachten Bemerkungen zu entschuldigen und dich zu bitten, mit mir nach Hawkshill zurückzukehren.«

»Will Tom mich wiederhaben?«

»Das will er.«

»Warum ist er dann nicht mit Ihnen gekommen?«

»Er schämt sich zu sehr«, erwiderte Henry.

»Das sollte er auch«, gab Betsy zurück. »Hat er Ihnen gesagt, was geredet wurde?«

Henry schüttelte den Kopf. »Nur dass er dich grob angefahren hat.«

»Ich bin schon früher grob angefahren worden«, bemerkte Betsy.

»Was war es denn?«, fragte Henry. »Womit hat er dich gekränkt?«

»Aye, Mädchen, berichte uns, was gesprochen wurde«, drängte ihre Mutter sie, die sich inzwischen ebenfalls in der Küche aufhielt.

Betsy bezweifelte, dass Henry auch nur ahnte, was in Toms Kopf vor sich ging. Welche Geheimnisse die beiden Brüder auch teilten, Toms Plan, sich vor seiner Verantwortung zu drücken und die Familie im Stich zu lassen, gehörte gewiss nicht dazu.

Wie konnte sie erklären, dass Toms Eingeständnis, er sei in Rose Hewitt verliebt, sie bis ins Mark getroffen hatte? Betsy wusste nicht, ob er von Verlangen, Habgier oder dem Wunsch nach Rache getrieben wurde – und sie bezweifelte, dass Tom selbst es wirklich wusste.

»Es geht nicht um Tom oder das, was er gesagt hat«, hörte sie sich antworten. »Es ist nur, ich habe noch nie einen Mann langsam sterben sehen.«

»Warum bin ich nur nicht von selbst darauf gekommen?«, entfuhr es Henry. »Arme kleine Betsy, sie muss unser Elend und unsere Tränen ertragen, und das ohne jede Anerkennung, die der Rede wert wäre.«

Die Wahrheit war, Betsy empfand durchaus Mitleid mit dem alten Mann, und sie war keineswegs abgestoßen von den Vorboten des Todes. Tatsächlich fühlte sie sich auf dem düsteren Hawkshill mehr am Leben, als sie sich in Johnny Rankines Kuhställen je gefühlt hatte. Der kühne Umgang der Brodies mit ihrer Niederlage besaß eine gewisse Würde, und ihre Weigerung, sich von ihrem Scheitern demütigen zu lassen, berührte Betsy mehr, als sie sich selbst eingestehen mochte.

»Mr. Rankine bezahlt sie«, sagte ihr Vater. »Sie ist noch immer John Rankines Magd, nicht Ihre, Mr. Brodie.«

»Das stimmt«, räumte Henry ein. »Wenn es in meiner Macht stünde, dann würde ich Betsy das Zweifache von dem bieten, was Rankine ihr bezahlt, doch wir sind arm, Mr. McBride. Das lässt sich nicht leugnen. Ich habe meine sieben Pfund im Jahr, Tom dasselbe. Meine Schwester arbeitet für ihren Unterhalt. Fünf Paar Hände für siebzig Acres erscheinen vielleicht übermäßig, aber bevor mein Vater von seiner Krankheit getroffen wurde, hat er für zwei gearbeitet.«

»Sie müssen mir Ihre Situation nicht erklären, Mr. Brodie«, entgegnete Jock McBride. »Für Sie ist es die Pflugschar, für mich der Webstuhl. Ich kenne den Unterschied nur zu gut, den ein zusätzliches Paar Hände ausmachen kann. Wenn Betsy willens ist, dann soll sie ruhig mit Ihnen gehen. Aber es steht mir nicht zu, ihr vorzuschreiben, was sie zu tun hat.«

Betsy sah Henry genau in die Augen. »Wenn Mr. Brodie stirbt, was dann?«, wollte sie wissen.

»Das ist eine berechtigte Frage, Betsy, aber keine, die ich beantworten kann.«

»Wenn Sie Hawkshill verlieren ...«

»Wir werden Hawkshill nicht verlieren.«

»Mr. Hewitt wird versuchen, es Ihnen wegzunehmen.«

»Das wird ihm nicht gelingen«, sagte Henry.

»Wie wollen Sie das denn verhindern?«

»Weiß der Himmel!«, fuhr Henry auf. »Aber das werden wir, Betsy, mit deiner Hilfe.«

»Was kann ich denn schon ändern?«

»Mit wem soll ich spätabends schwatzen, wenn du uns im Stich lässt?«, meinte Henry leichthin. »Auf wen soll Tom sich stützen?«

»Betsy«, mahnte ihre Mutter, »antworte dem jungen Mann!«

»Aye«, hörte Betsy sich sagen. »Ich werde morgen wiederkommen.«

Zu ihrer Verblüffung hörte sie Henry seufzen, und dann nahm er ihre Hand und küsste sie ohne jede Verlegenheit.

7

Falls Rose einen passenden Rahmen für eine himmlische Unterhaltung erwartet und Mrs. Prole eher etwas wie die letzten Tage von Gomorrha befürchtet hatte, wurden beide enttäuscht. Drennans kleine Versammlungshalle wurde nicht von glitzernden Kronleuchtern erhellt, sondern von einem Dutzend Wachskerzen, die auf einem Wagenrad steckten, das gefährlich dicht über den Köpfen der Tänzer baumelte, und es roch nicht nach Parfüm und Puder, sondern nach ranzigem Schweiß, vermischt mit dem Gestank des Schweinekobens, der bedauerlicherweise an die Außenwand der Halle angrenzte.

Auf einer kleinen, halbkreisförmigen Bühne fetteten drei Fiedler in fleckigen Hosen und Lederwesten ihre Bögen ein, während Mr. James Arbuthnot, hochgewachsen und gebeugt, die eifrigen Tanzschüler an der Tür zu seiner reisenden Akademie begrüßte und um Sixpence erleichterte.

Vor langer, langer Zeit einmal hatte der ehrwürdige Gentleman die Schritte der *Allemande* im Ballsaal von Copplestone House unterrichtet. Davor hatte er in Edinburgh als Lehrer in den Diensten mehrerer erwachsener Männer gestanden, die es hatten vermeiden wollen, bei königlichen Empfängen wie Tölpel herumzutrampeln. Seit jenen ruhmreichen Tagen war es mit Mr. Arbuthnot jedoch steil bergab gegangen. Inzwischen verdiente er seinen Lebensunterhalt, indem er durch die Lande reiste und »progressive« Tänze für eine Bauernschaft anbot, die nicht die Geduld hatte, komplizierte französische Schrittfolgen oder fade englische Formationen einzuüben, und jeden Tanz, ob Rund-

oder Reihentanz, in ein wildes schottisches Stampfen verwandelte.

Rose betrat den Saal an Lucas Fergussons Arm, dicht gefolgt von Mrs. Prole, die nur einen halben Schritt hinter ihnen ging. Lucas trennte sich bereitwillig von einem Schilling, doch gleich darauf entbrannte ein kurzes Wortgefecht um das Eintrittsgeld für Anstandsdamen.

Es war lange her, seit Mr. Arbuthnot einer Anstandsdame begegnet war, und noch viel länger, seit ihm eine die Hölle heißgemacht hatte, aber angesichts all der jungen Burschen und Mädchen, die in dem engen Gang gleich dahinter laut wurden, ließ er die Frau unentgeltlich ein, jedoch nicht ohne die gemurmelte Warnung, nicht einen Fuß auf die Tanzfläche zu setzen, sonst würde er sie persönlich zu Boden ringen, um seine Unterrichtsgebühr aus ihr herauszuquetschen.

Mrs. Prole schmunzelte bei der Vorstellung, von dem älteren Tanzmeister zu Boden gerungen zu werden, aber er sprach in einem solch leisen und gewählten Ton, dass sie entschied, seine Drohung als Scherz aufzufassen. Sie klimperte kurz mit den Wimpern und winkte dann mit ihrer behandschuhten Hand ihre Schützlinge in den voll besetzten Saal.

Sie lotste die beiden zu einer der Holzbänke, die die Tanzfläche flankierten, und stauchte einen Haufen junger Rüpel zusammen, die verstohlen Whisky aus einer Lederflasche tranken. Die Rüpel traten weise den Rückzug an, und Mrs. Prole nahm die Bank in Beschlag.

Sie war die älteste Person im Raum, mit Ausnahme des Tanzmeisters und vielleicht eines der Fiedler. Eunice erkannte zwei oder drei Gesichter, ohne Namen mit ihnen verbinden zu können, und sie war entsetzt, wie vielen Mädchen und jungen Männern es gelungen war, sich Sixpence zu erbetteln oder zu borgen, um sich in diesem sinnlosen Zeitvertreib unterweisen zu lassen.

Wo war die Armut, fragte sie sich, wo war das Elend, von dem man so viel hörte? Und warum musste Nevilles Ränke schmiedende Tochter eigentlich vor Fergussons unaufdringlichem Sohn geschützt werden?

Unaufdringlich war kein Wort, das Rose bei Lucas Fergusson in den Sinn kam. Er sah durchaus gepflegt aus, fast geschniegelt. Sein Vater hatte ihn groß herausgeputzt mit einem Frack, einer schmucken Weste und einem Paar brandneuer, sehr modischer spitzer Schuhe mit glänzenden Schnallen und mittelhohen Absätzen.

Sie konnte nicht eindeutig sagen, ob Lucas fasziniert von seinem neuen Schuhwerk war oder ob er irgendeinen unvermuteten Schaden in seinen Halsknochen hatte, denn er hatte den Kopf kaum von der Brust gehoben, seit er mit der Ponykutsche gekommen war, um sie abzuholen. Wenn Lucas keinen Blick für ihre Schönheit hatte, dann tröstete sie sich mit dem Gedanken, dass alle anderen Augen im Saal auf sie gerichtet waren, denn sie war nicht nur das hübscheste der anwesenden Mädchen, sondern auch das einzige, das ohne Einbildung von sich behaupten konnte, eine Dame zu sein.

»Miss Hewitt.« Mr. Ogilvy machte eine höfliche Verbeugung. »Was für ein unerwartetes Vergnügen, Sie bei unserer bescheidenen Zusammenkunft zu sehen!«

Mrs. Prole hatte ihn nach ihrer kurzen Begegnung im Garten der Taverne nicht vergessen. Sie legte einen Arm um Rose' Taille, als befürchtete sie, der nicht mehr ganz junge Mann könnte die Absicht haben, das Mädchen von der Bank zu zerren und über es herzufallen.

»Und wer sind Sie, bitte, Sir?«

Mr. Ogilvy rückte die Perücke zurecht, ein schlichtes Toupet mit kleinen Schläfenlocken. »Robert Ogilvy, Kohlenhändler, derzeit ansässig in Drennan.«

»Und wie sind Sie mit Miss Hewitt bekannt, wenn ich fragen darf?«

»Über einen gemeinsamen Freund«, antwortete Mr. Ogilvy nicht ganz so taktvoll, wie Rose es sich gewünscht hätte.

»Hat dieser ›gemeinsame Freund‹ auch einen Namen?«, erkundigte sich Mrs. Prole.

Es gelang Rose, recht unauffällig Mr. Ogilvys Blick einzufangen. Er räusperte sich. »Frye, Madame. Peter Frye.«

»Ist Mr. Frye heute Abend hier anwesend?«, erkundigte sich Rose.

»Er wird erwartet«, antwortete Mr. Ogilvy.

»Allein«, sagte Rose, »oder in Gesellschaft?«

»In Gesellschaft.«

»Doch nicht in Gesellschaft dieses Lumpen aus Crawfords Garten, will ich hoffen?«, fragte Mrs. Prole.

»Nein, Madame«, sagte Mr. Ogilvy. »Dieser Lump fährt wieder zur See.«

Mrs. Prole schüttelte verwirrt den Kopf. »Zur See?«

»Nach Irland«, erklärte Mr. Ogilvy. »Falls das der Lump ist, den Sie meinen?«

»Oh, für mich sind Sie alle Lumpen«, sagte Eunice Prole.

»Aber ein paar sind noch lumpiger als andere, oder?«, bemerkte Ogilvy augenzwinkernd, und dann schlenderte er davon, um an der Tür zu warten und Tom Brodie vor dem zu warnen, was ihn erwartete.

Tom sagte: »Sie hat nichts davon erwähnt, dass sie mit einem Partner daherkommt.«

»Was erwartest du denn von dem armen Mädchen?«, entgegnete Peter. »Ich nehme an, es war schon schwer genug für sie, über dieses minderbemittelte Hausmädchen eine Nachricht herauszuschmuggeln, auch ohne sich in kleinen Details zu verlieren.«

»Ich würde diese Haushälterin kein ›kleines Detail‹ nennen«, entgegnete Tom. »Und wer ist dieser Junge? Ist das Fergussons Sohn – oder irre ich mich?«

»Nein«, sagte Mr. Ogilvy, »du irrst dich nicht.«

»Gott, habt ihr seine Schuhe gesehen?«, brummte Tom. »Denkt er etwa, die Tanzschule in Drennan genießt das gleiche Prestige wie ein Ball in Edinburgh?«

»Denkt er überhaupt? Das ist doch die Frage«, warf Mr. Ogilvy ein.

Die Männer hingen an der Tür herum. Jetzt, da sie den Eintritt bezahlt hatten, konnten sie kommen und gehen, wie es ihnen beliebte.

Mr. Arbuthnot hatte die Innentür geschlossen, die Einnahmen sicher in einem Beutel in seiner Hosentasche verstaut und sich dann klimpernd in die Mitte des Saals begeben, wo er jetzt eifrig damit beschäftigt war, den ersten Tanz des Abends zu organisieren, einen langen Reihentanz für beliebig viele Teilnehmer, der alle bis auf die Schüchternsten auf die Tanzfläche locken und den ersten zahlloser Flirts des Abends auslösen würde.

Der Lehrer führte ein paar einfache Schritte vor, erst für die Herren, dann für die Damen, und während die Fiedler *The Lads o' Dunse* anstimmten, schnappte er sich ein verdutztes Mädchen und wirbelte es der Länge nach durch den Saal, während die Schüler jubelten und applaudierten. Er brach ab und löste sich äußerst elegant von der Kleinen, dann stellte er rasch vier lange Reihen zusammen und gab mit über dem Kopf erhobenen Händen den Fiedlern ein Zeichen, im Takt einzusetzen.

»Wo ist sie?«, fragte Tom, der sich auf die Zehenspitzen erhoben hatte. »Ist sie in der Reihe?«

»Nein«, sagte Mr. Ogilvy. »Sieh doch, sie sitzt noch immer auf der Bank!«

»Was ist denn los mit diesem lendenlahmen Fergusson?«, knurrte Tom. »Hat er keinen Mumm in den Knochen? Wie kann er denn stocksteif dort herumsitzen, wenn die Musik aufspielt? Nun, verdammt, wenn er nicht den ersten Schritt tut, dann werde ich es tun.«

»Warte.« Peter Frye hielt seinen Freund am Arm zurück. »Eile mit Weile, Mann! Die Medusa wird dich erschlagen, wenn du Hals über Kopf auf ihren Schützling zustürzt.«

Mit seinem Vater auf dem Sterbebett und der drohenden Zwangsräumung hatte Tom der Sinn nicht danach gestanden, zur Tanzschule zu gehen – das heißt, bis Rose ihr Hausmädchen überredet hatte, Peter Frye in der Kanzlei seines Vaters eine Nachricht zu überbringen, sie, Rose, würde bei Mr. Arbuthnot ihre ersten Unterrichtsstunden in der Kunst des Tanzens nehmen und hoffe, dort Freunde zu finden.

»Seht nur«, zischte Tom. »Seht nur, wie sie schaut! Sie wartet auf mich, wisst ihr. Dieser Schwachkopf Fergusson ist nur zur Ablenkung.« Die Reihen bewegten sich auf und ab, kamen paarweise zusammen, stellten sich neu auf, rempelten sich an, hüpften und lösten sich wieder voneinander. »Ich weiß ja nicht, wie Rose hierhergekommen ist«, fuhr er fort, »aber ich weiß, dass sie meinetwegen hier ist.«

Noch immer vor sich hin murmelnd, riss er sich auf einmal von dem Grüppchen an der Tür los und schloss sich zu Mr. Arbuthnots Leidwesen am Ende der Herrenreihe an, klatschte in die Hände und tanzte mit einer unsichtbaren Partnerin genau vor den Augen der hübschen Rose Hewitt, ihres verdrießlichen Verehrers und ihrer Anstandsdame.

Betsy klammerte sich mit beiden Armen an Henrys Hüften und presste die Oberschenkel an die Flanken des Pferdes. Sie hatte noch nie auf einem Pferderücken gesessen, und schon gar nicht mit einem Mann zusammen in einem Sattel. Sie war sich nicht sicher, ob sie das Gefühl mochte, vor allem als Henry das Tier zu einem Trab anspornte, sobald sie auf der Zollstraße waren.

Es war stockfinster, und nichts wies ihnen den Weg, bis auf eine schaukelnde Laterne, die an einem hölzernen Gestell über dem Hals des Tieres baumelte, eine Laterne, die Licht in alle Richtungen zu werfen schien, nur nicht in die richtige.

Betsy stützte das Kinn auf seine Schulter und rief: »Henry, sind Sie sich sicher, das Richtige zu tun?«

Er wandte den Kopf, sodass die Krempe seines Hutes ihre Wange streifte. »Ganz sicher.«

»Was, wenn er nicht da ist?«

»Oh, er wird da sein.«

»Hat er etwas zu Ihnen gesagt?«

»Er muss nichts sagen«, antwortete Henry. »Ich kann seine Absichten lesen wie ein Buch. Ich wette um einen Jahreslohn, dass er zum Tanzen nach Drennan geritten ist.«

»Warum überlassen Sie ihn dort nicht sich selbst?«

»Sie könnte dort sein«, erwiderte Henry. »Das Hewitt-Mädchen.«

»Das glaube ich nicht«, sagte Betsy. »Ihr Daddy wird es ihr nicht erlauben.«

»Daddy hin oder her«, Henry zog die Zügel an, »wenn sie so wahnsinnig verliebt in unseren Tom ist, wie er behauptet, dann wird sie schon einen Weg finden.«

»Ist sie denn wahnsinnig verliebt in Tom?«, fragte Betsy.

»Er sagt, sie ist es. Und ausnahmsweise einmal denke ich, er könnte recht haben.«

»Aber warum?« Betsys Zähne klapperten an Henrys Schulter.

»Warum müssen wir dorthin? Kann Tom nicht selbst auf sich aufpassen?«

»Ho!« Henry zog wieder die Zügel an. »Wenn es um Frauen geht, konnte Tom das noch nie.«

»Ist es, weil sie Rose Hewitt ist?«

»Natürlich. Bei Gott, Betsy, wenn du meinen Bruder auch nur an einem Rock schnuppern lässt, dann steht im nächsten Augenblick eine Frau mit einem Balg auf dem Arm vor der Tür, die lautstark verlangt, geheiratet zu werden.«

»Ist das denn schon einmal vorgekommen?«

»Zweimal«, sagte Henry. »Zweimal mussten die Mädchen ausbezahlt werden.«

Das Pferd beschleunigte sein Tempo. Betsy wippte auf und ab. Das Gesäß tat ihr weh, und die Innenseiten ihrer Schenkel fühlten sich an, als hätten sie Feuer gefangen.

Henry wandte den Kopf um und rief: »Kein Wunder, dass mein Daddy kein Vertrauen in ihn hat. Ich sage dir, Betsy, mein Bruder hat uns alle die letzten sieben Jahre zum Narren gehalten. In einem Augenblick zeigt er sich ganz zerknirscht, und im nächsten verärgert und stur und gibt den armen Mädchen die Schuld, dass sie ihn verführt haben.«

Betsy schluckte ein paar Mal trocken. »Das ... das heißt, Tom hat Kinder?«

»Ha!«, entfuhr es Henry. »Er sagt, nein. Tom behauptet, an den Anschuldigungen gegen ihn wäre nichts Wahres dran, und er wäre ein Opfer mehrerer Missverständnisse, obwohl er seinen Tadel vom Kirchenrat angenommen und sein Tun vor der versammelten Gemeinde bereut hat. Mein Daddy hat sich in Grund und Boden geschämt. Es hat fast ein Jahr gedauert, bis er wieder ein freundliches Wort mit Tom gewechselt hat. Wenn meine Mam sich nicht für ihn verwendet hätte, dann hätte er Tom in hohem Bogen aus dem Haus geworfen.«

»Wann hat sich das alles denn zugetragen?«

»Sieben Jahre ist das jetzt her«, antwortete Henry. »Der letzte Vorfall war, kurz bevor wir Hawkshill gepachtet haben. Tom ist der Grund, weshalb wir den Pachtbesitz unserer Familie aufgeben mussten, eine anständige, hübsche kleine Farm von fünfundfünfzig Acres in der Nähe von Ballantrae, wo mein Daddy sich nach seiner Heirat niedergelassen hat. Von dort wegzugehen, war für Dad, als risse man eine Wurzel aus der Erde – und du kannst es drehen und wenden, wie du willst, es war alles Toms Schuld.«

»Wie alt war Tom damals denn?«

»Siebzehn«, sagte Henry. »Siebzehn Jahre alt, und er musste eine Frau nur aus dem Augenwinkel anblinzeln, und schon war sie schwanger.«

»Waren sie Damen?«

»Nein, nein«, antwortete Henry. »Zigeunerinnen, die bei der Ernte helfen sollten, alle beide. Wenn sie keine Zigeunerinnen gewesen wären, dann wäre Tom niemals damit davongekommen. Bei Zigeunerinnen gibt es immer Zweifel.«

»Was ist aus den Mädchen geworden?«

»Daddy hat unser Vieh verkauft, um sie zu bezahlen, und fort waren sie.«

»Und die Babys?«

»Auch fort.« Henry wippte auf dem Sattel. »Verstehst du jetzt, warum wir nach Drennan müssen, bevor Tom noch mehr Unheil anrichten kann?«

»Aber warum haben Sie mich mitgenommen?«

»Um mir zu helfen, ihn wegzulocken.«

»Wie eine Ziege bei einem geilen Bock, meinen Sie?«, sagte Betsy.

»Aye«, gab Henry zurück, »genau so.«

Zwischen flatternden Ärmelschleifen und Taschentüchern war sie aufgesprungen und verschwunden, bevor Eunice Prole auch nur einen Finger heben konnte, um sie zurückzuhalten. Eben saß sie noch sittsam zwischen der Anstandsdame und Fergussons Burschen, und im nächsten Augenblick tanzte sie schon mit zurückgeworfenem Kopf Hand in Hand mit Tom Brodie. Er sah ihr grinsend in die Augen, drehte sie mit einer schnellen Bewegung seines Handgelenks herum, umfasste ihre schlanke Taille, und sie wirbelten völlig aus der Reihe durch den Saal, während Mr. Arbuthnot rief:

»Nein, Brodie, nein, nein, nein.«

Er packte Tom an der Schulter, doch der Farmerssohn schüttelte ihn ab.

Als Eunice Prole aufsprang und auf ihn zuschoss, vollführte er eine einfache Rückwärtsdrehung und raffte Rose hoch in seine Arme, tänzelte ans Ende der zweiten Reihe, löste sich von ihr, folgte der Reihe zum Ende der Formation und traf seine Liebe wieder, mit einer solch strahlenden und verdutzten Miene, dass der schnelle kleine Kuss, den sie unter dem Bogen aus Händen und Armen tauschten, so natürlich wie der Anbruch des Tages schien.

Tom war auf der Tanzfläche, Tom Brodie! Die Fiedler steigerten ihr Tempo, und das Klatschen wurde lauter. Die jungen Burschen jubelten, und die Mädchen kicherten, während Tom seine Partnerin hochhob und herumwirbelte. Rose' Füße berührten kaum noch den Boden, während sie sich immer weiter im Kreis drehten, hinauf und hinunter und wieder zurück ans Ende der Reihe. Dabei lief die hagere ältliche Frau ihnen vergeblich hinterher, und der Tanzmeister setzte wiederum ihr nach. Das Ganze wirkte wie die komische Parodie einer Verfolgungsjagd, die jeder schelmische Arbeiter und tollpatschige Küchenjunge im Saal begriff.

Sie kannten Tom Brodie, sie kannten ihn gut. Die Burschen beneideten ihn um das hübsche Ding aus der Thimble Row, das so unberührbar wie ein Abendmahlsteller und so kostbar wie Kristallglas war. Und die Mädchen beneideten Rose, da sie Tom erobert hatte, ihren bäuerlichen Helden, und da sie bald bekommen würde, wovon sie alle nur geträumt hatten – gut und hart genommen zu werden von dem Goldjungen, der sich ganz offensichtlich wieder einmal verliebt hatte.

»Du da.« Eunice trat den jungen Lucas gegen das Schienbein. »Steh auf und unternimm etwas!«

»Unternimm was?«, fragte Lucas.

»Schnapp sie dir! Halt ihn auf! Schlag ihn nieder!«

»Aber das ist Tom Brodie«, wandte Lucas ein.

»Das ist mir egal, und wenn es Moses ist, der vom Berg Sinai herabsteigt.« Mrs. Prole zog den jungen Mann am Ohr. »Halt ihn auf, bevor er irgendetwas Entsetzliches tut!«

»Entsetzliches?«

»Herrgott noch mal, bist du mehr Maus als Mann?« Eunice Prole zerrte ihn an seinem am weitesten vorstehenden Körperteil hoch und schleuderte ihn in den Tumult der Tänzer. Seine lauten Schmerzensschreie ignorierte sie. Dann schnellte sie herum, baute sich vor dem empörten Mr. Arbuthnot auf und brüllte: »Sixpence, Sixpence für das hier – dieses wilde Herumgehopse! Sie werden nicht einen Farthing von mir sehen, Sir.«

»Pah!«, sagte Mr. Arbuthnot. »Heißblütig sind Sie aber durchaus, Madame, habe ich recht?«

Er umfasste ihre knochigen Hände mit seinen und schlug jede Ordnung in den Wind. Entschlossen zerrte er Eunice auf die Tanzfläche und schleifte sie einmal durch den Korridor aus klatschenden Händen und wieder zurück. Dann tanzte er mit ihr, einen

Arm um ihre Taille gelegt, zu der halb offenen Tür, wo er sie mit einem fröhlichen »Hinaus, Madame? Hinaus oder hinein?« gegen die Wand drückte.

»Lassen Sie mich los, Sir!«, forderte Eunice Prole, »oder ich werde Ihren Dummschädel auf einer Schnur auffädeln lassen.«

»Mit meinem Dummschädel können Sie verfahren, wie Ihnen beliebt«, erwiderte Mr. Arbuthnot, »*nachdem* Sie mir meine Sixpence bezahlt haben. Nun, alte Dame, was darf es sein? Hinaus«, er stieß sie mit der Hüfte an, »oder hinein?«

»Ich ... ich habe keine Sixpence«, sagte Eunice seltsam gedämpft.

»Soll ich mein Eintrittsgeld dann in Naturalien einfordern?«, schlug Mr. Arbuthnot vor.

Mrs. Prole musste den Gentleman nicht erst fragen, was er mit »Naturalien«, meinte. Sie war so taktvoll, sein Angebot einen Augenblick lang in Betracht zu ziehen, bevor sie mit einem gezierten Lächeln erklärte: »Wie großzügig von Ihnen, Sir, aber wenn Sie sich umwenden, werden Sie sehen, dass ich selbst einen Galan habe – und das dort sind Sixpence in seiner Hand, wie ich glaube.«

»Hier, Mr. Arbuthnot«, sagte Robert Ogilvy. »Hier ist Ihr Eintrittsgeld.«

Eher erleichtert als enttäuscht ließ Mr. Arbuthnot die Anstandsdame los und nahm die Münze entgegen. Er kannte Ogilvy, denn der alternde Junggeselle war seit vielen Jahren ein Schüler der Tanzschule.

Mr. Arbuthnot steckte die Sixpence in den Beutel, trat von der halb offenen Tür zurück und sagte mit einer letzten tiefen Verbeugung vor der Frau: »Willkommen in Arbuthnots Tanzschule, Madame. Nachdem Sie bereits eine Kostprobe meiner Kunst unentgeltlich genossen haben, wünschen Sie vielleicht eine weitere Unterweisung, jetzt, da sie bezahlt worden ist?«

»Nein«, gab Eunice Prole knapp zurück. »Das wünsche ich nicht.«

Der Tanzmeister tippte Mr. Ogilvy leicht am Ärmel an, flüsterte »Viel Glück« und ging dann am Rand des Saales hoch, um eine neue Melodie anzukündigen.

Die Fiedler schwangen ein letztes Mal schnarrend ihre Bögen und beendeten die Runde. Sie legten die Instrumente auf den Knien ab und griffen nach ihren Taschentüchern, um sich die Stirn abzuwischen. Die Tänzer, von denen sich etliche bereits paarweise zusammengefunden hatten, warteten aufgeregt plappernd darauf, dass der nächste Tanz begann.

»Ich danke Ihnen«, sagte Mrs. Prole, »für Ihr Einschreiten zur rechten Zeit, Mr. Ogilvy.«

»Das ist das Mindeste, was ich tun konnte«, erwiderte Mr. Ogilvy. »Wir haben nicht oft das Vergnügen, eine Frau von etwas ... ein wenig reiferen Jahren bei unseren Zusammenkünften zu begrüßen. Es besteht keinerlei Verpflichtung für Sie, aber ich würde mich sehr geehrt fühlen, wenn Sie mir den nächsten Tanz gewähren würden, der, wie ich glaube, ein Strathspey ist.« Bei seinen letzten Worten hatten die Fiedler den ersten Akkord angeschlagen.

»Ich bin nicht hier, um zu tanzen, Mr. Ogilvy«, sagte Eunice Prole. »Ich bin hier, um Miss Hewitt und Mr. Fergusson Begleitschutz zu bieten und dafür zu sorgen, dass sie nicht ...«

»Dass sie was nicht?«, hakte Mr. Ogilvy nach. »Dass sie was nicht tun, Mrs. Prole?«

»Wo ist er? Wo ist Brodie?« Eine Hand auf Mr. Ogilvys Schulter, baute sich Eunice zu ihrer vollen Größe auf. »Und wo ist Rose?«

»Ich fürchte«, antwortete Mr. Ogilvy und musste sich mühsam ein Lächeln verkneifen, »sie sind gegangen.«

»Also, Peter«, sagte Henry, »wo sind sie?«

»Ich habe wirklich keine Ahnung«, erklärte Peter Frye. »Seine Stute ist noch immer am Geländer angebunden, daher können sie nicht weit gegangen sein.«

»Bedauerlicherweise muss Tom nicht weit gehen«, erwiderte Henry grimmig. Er wandte sich an Mr. Ogilvy. »Ich hatte eine bessere Meinung von dir, Robert. Hast du denn gar keinen Verstand?«

»Ich habe nur getan, worum ich gebeten wurde«, sagte Mr. Ogilvy. »Andernfalls hätte Tom einen anderen Verschwörer gefunden. Es mangelt ihm nicht an Freunden, die für einen Streich stets zu haben sind.«

»Streich!«, fuhr Henry auf. »Das hier ist kein Streich – und das weißt du sehr wohl.«

»Henry«, warf Betsy ein, »sind Sie sicher, dass er das Mädchen mitgenommen hat?«

»Natürlich hat er das«, sagte Henry. »Woher wusste er denn, dass sie heute Abend hier sein würde? Peter, hast du etwas damit zu tun?«

»Sie hat mir eine Nachricht zukommen lassen«, gab Peter zu, »die tatsächlich für Tom bestimmt war. Was hatte ich denn für eine andere Wahl, als die Information an ihn weiterzugeben?«

»Aber wie ist sie hierhergekommen?«, wollte Betsy wissen.

»Sie hat einen Schatz mitgebracht ... und die Haushälterin noch dazu«, erklärte Mr. Ogilvy. »Ein geschickter Schachzug ihrerseits, meint ihr nicht?«

»Einen Schatz?«, fragte Betsy. »Und wo ist er jetzt?«

»Er sitzt dort drüben auf der Bank.« Peter nickte in die Richtung. »Ich bezweifle, dass ihm überhaupt bewusst ist, was hier vor sich gegangen ist, geschweige denn, was es zu bedeuten hat.«

»Und die Prole?«, sagte Henry. »Wo ist sie?«

»Sie ist vermutlich hinausgestürmt, um die Straßen nach dem

weggelaufenen Kind abzusuchen«, erwiderte Peter. »Würdest du nicht einräumen, dass diese ganze Geschichte einer gewissen Komik nicht entbehrt, Henry? Tom will vielleicht Hewitt eins auswischen, aber er ist kein Narr. Er wird das Mädchen unversehrt zurückbringen.«

»Es sei denn ...« Betsy biss sich auf die Lippe.

Henry schnellte zu ihr herum. »Es sei denn, was?«

»Es sei denn, er ist mit ihr durchgebrannt«, sagte Betsy.

Sie war zu jung, um Reifröcken den Vorzug zu geben, und zu schlank, um eng eingeschnürt werden zu müssen. Rose schüttelte die Locken aus, die Dorothy so aufwendig arrangiert hatte, und als Tom sein Knie zwischen ihre Schenkel schob, neigte sie sich vor und setzte sich rittlings darauf wie ein Kind auf ein Schaukelpferd. Dabei zerknautschte sie die Röcke und Unterröcke in ihrem Schoß.

Tom glitt mit der Zunge über ihre Lippen, und sie streckte ihre Zungenspitze heraus und neckte ihn damit. Dann fasste sie zwischen ihre Beine, raffte die Röcke hoch und spürte den langen, harten Muskel seines Schenkels an ihrem Fleisch. Tom glitt mit seiner freien Hand unter sie und hob sie höher, sodass ihre Brüste an seinen Unterarm gedrückt wurden, und presste sich mit seinem ganzen Körper gegen ihren Bauch.

»*Rose, Rose?*« Die Stimme wurde lauter. »*Rose, wo bist du?*«

Sie lauschten beide auf die dröhnende Musik aus dem Saal und die schrillen Rufe der Frau.

»Hier wird sie uns doch nicht finden, oder?«

»Hier wird uns niemand finden«, sagte Tom, »nicht bis wir bereit sind, gefunden zu werden.«

»Und wann wird das sein?«, flüsterte Rose.

»Niemals«, lachte er.

In der Bibliothek gab es keine Möbel bis auf einen Tisch, einen Holzstuhl und eine nicht entfachte Lampe. Ein alter Mann von der Agrargesellschaft öffnete die Bibliothek an zwei oder drei Abenden die Woche für ein paar Stunden, aber die Tür war selten verschlossen.

»Hast du schon andere Mädchen hierhergebracht?«, fragte Rose.

»Nein«, antwortete Tom. »Ich bin nicht der Opportunist, für den du mich hältst.«

Draußen war Lärm zu hören, Pferdegeräusche und Stimmen, und das Schlagen der Saaltür, die geöffnet und wieder geschlossen wurde.

»Ich halte dich für gar nichts«, sagte Rose.

»Du hast die Verleumdungen über mich gehört, nehme ich an?«

»Ich gebe nichts auf Verleumdungen«, erwiderte Rose. »Ich liebe dich.«

»Was bist du nur für eine Närrin, Rose Hewitt!«

»Liebst du mich denn nicht?«

»Aye«, antwortete er. »Aye, Rose, genau das ist meine Zwangslage.«

»Weißt ausgerechnet du denn nicht, was du mit einem Mädchen tun sollst, das dich liebt?«

»Verdammt, Rose, ich würde es genau wissen, wenn ich dich *nicht* lieben würde.«

»Dann lass dich nicht aufhalten.«

»Das geht nicht.«

»Küss mich!« Sie kuschelte sich an ihn. »Leg deine Hände auf mich. Ich bin bereit dafür.«

»Aber das ist es nicht, was du willst, oder?«

»Doch, mein Liebster, das ist es, was ich will.«

»Nun, es ist nicht das, was du verdient hast«, entgegnete er.

»Wer bist du, das zu entscheiden?«, fragte sie.

»Ist Fergusson der Bursche, den dein Vater ausgewählt hat, damit du ihn heiratest?«

»Ich nehme es an«, sagte sie. »Aber ich werde ihn nicht heiraten, nicht um meinem Vater oder dir zu gefallen.«

»Mir würde es ganz und gar nicht gefallen. Es wäre ein Jammer zu sehen, wie du an einen solch feigen Dummkopf wie Lucas Fergusson verschwendet wirst. Er würde nicht wissen, was er mit dir tun sollte.«

»Wüsstest du es denn?«

»Ich wüsste es allerdings«, sagte Tom.

»Dann zeig es mir!«

»Ich werde es dir erst zeigen, wenn ich es verdient habe.« Er streckte eine Hand aus und zog Rose an sich. »Verstehe mich nicht falsch«, fuhr er mit belegter Stimme fort, »ich begehre dich seit dem Augenblick, da sich unsere Lippen in jener Nacht im Regen berührt haben, aber ich will dich als meine Frau, nicht als meine Geliebte. Dafür bist du zu gut.«

»Hast du Angst vor meinem Vater?«

»Nein, nicht vor deinem Vater, Rose, ich habe Angst vor dir.«

»Vor mir? Aber warum denn?«

»Weil ich weiß, dass du mir das Herz brechen wirst«, sagte Tom, und dann nahm er sie zu ihrer Verblüffung bei der Hand und führte sie zurück in den Saal.

Auch wenn Janet noch nie in der Tanzschule gewesen war, hatte sie doch Gerede im Dorf gehört, es sei ein hervorragender Ort, um sich einen Mann zu angeln. Sie konnte nicht verstehen, warum sie nicht eingeladen worden war, Henry nach Drennan zu begleiten, und warum er statt ihrer Rankines Schlampe mitgenommen hatte. Es gab vieles, was Janet nicht verstand oder lieber nicht verstehen wollte. Sie besaß ein angeborenes Talent dafür, Ursache und Wirkung voneinander zu trennen und alles zu ignorieren, was nicht zu einem Innenleben beitrug, das hauptsächlich aus Kummer und Tagträumereien bestand.

Heute Abend beispielsweise hegte sie die irrationale Vorstellung, ihr Vater würde vielleicht rechtzeitig genug dahinscheiden, dass sie die Röcke raffen, ihr Schultertuch überwerfen und die Straße nach Drennan hinuntereilen könnte, um bei den letzten ein oder zwei Reels noch mitzutanzen. Aber als sie jetzt auf ihren Daddy hinuntersah, der ausgestreckt im Bett lag, da wusste sie, dass er an diesem Abend nicht sterben würde, und sie war geneigt zu glauben, dass er überhaupt nicht sterben würde.

Sie zog sich schmollend in ihr Zimmer zurück, streifte die Kleider ab, trat auf ein Kissen ein, bis es die richtige Form hatte, und schlug mit einer Faust auf die strohgefüllte Matratze. Dann warf sie sich aufs Bett und zog sich die Decken über den Kopf.

»Agnes«, flüsterte Matthew Brodie, »hat Janet uns verlassen?«

»Aye, Liebster. Sie ist zu Bett gegangen.«

»Sind wir allein hier?«

»Aye, Matthew, das sind wir.«

»Komm näher. Ich kann dich kaum sehen.«

Agnes Brodie war zu klein, um neben dem Bett zu knien, und vor Angst, ihrem Mann in seinem gebrechlichen Zustand wehzutun, wollte sie sich nicht neben ihn legen. Die letzten vierzehn Tage hatte sie auf einem Stuhl neben der Feuerstelle geschlafen. Henry hatte ihr sein Bett angeboten, und Tom hatte gesagt, er würde ihr ein kleines Nest aus Sackleinen und Stroh bauen, doch es genügte ihr, auf dem Stuhl zu dösen oder sich, wenn Matthews Husten nachließ, sanft ans Bettende zu legen und zu seinen Füßen auszustrecken wie eine Katze.

Agnes trug einen Stuhl an sein Bett, kniete sich auf die Sitzfläche und stützte das Kinn in die Hände. Sieh dich jetzt an,

Matthew Brodie, dachte sie, sieh, wie deine Knochen unter der Haut hervortreten, deine Augen aus dem Kopf starren und dein Mund eingefallen ist wie ein Stiefelabdruck im Sand! Du warst einmal eine gute Partie, mein Lieber, aber nur eine Närrin würde dich jetzt noch nehmen. Und als er die Augen aufschlug, küsste sie ihn einmal auf die Wange und einmal auf die Stirn.

Er sprach so leise, dass sie sich vorbeugen musste, um ihn zu verstehen. »Welchen Tag haben wir heute?«

»Dienstag«, antwortete Agnes.

»Ist es draußen dunkel?«

»Das ist es.«

»Drei Tage noch«, sagte er, »bis zum Monatsende. Müssen wir es bald tun?«

»Was, Liebster?«

»Mich zu meinem Erlöser bringen.«

»Oh, Matthew, Matthew!«, entfuhr es ihr. »Jesus wird dich zu sich rufen, wenn Er so weit ist.«

»Ich kann nicht mehr warten, bis Er so weit ist«, erwiderte ihr Mann. »Ich würde es ja selbst tun, wenn ich die Kraft dazu hätte. Wie viel von der Arznei des Doktors ist noch da?«

»Nur noch ein Tropfen oder zwei. Wir werden morgen mehr kaufen.«

»Nein«, widersprach er. »Nicht mehr. Jetzt sind wir allein, nur wir beide, nimm das Kissen und drück es mir aufs Gesicht.«

»Hör auf«, sagte die Frau. »Ich will nichts mehr davon hören.«

Mit einem plötzlichen, erschreckenden Kraftschub richtete sich der alte Mann auf. Er packte sie am Nacken. »Wo ist Tom?«

»Nach Drennan geritten.«

»Tanzen?«

»Aye.«

»Henry?«

»Ist losgeritten, ihn zu holen.«

»Hawkshill ist ein kärgliches Stück Land, aber es ist alles, was ich habe, und es muss Tom als Anker dienen. Wie schön wäre es doch, wenn er dieses kräftige Mädchen heiraten würde, das Rankine uns geschickt hat. Sie ist eine gute Arbeiterin, sagst du, und sie kann es mit ihm aufnehmen?«

»Es scheint so, aye.«

»Dann gibt es doch Hoffnung für ihn, nehme ich an.« Er lockerte den Griff. »Tu es jetzt, Agnes! Nimm das Kissen und drück es mir aufs Gesicht! Meine Schulden werden mich ins Grab begleiten, und dann könnt ihr ohne Hewitts Gezeter um mich weinen.«

Agnes wich von seinem Bett zurück und stolperte in ihrer Hast über den Stuhl. Sie schnellte herum und warf einen Blick zur Zimmertür ihrer Tochter. Schon befürchtete sie, Janet könnte herausstürzen und Matthew seiner Tochter befehlen, ihm den Wunsch zu erfüllen, den sie, seine Ehefrau, ihm nicht erfüllen konnte, nicht um Hawkshill zu retten, nicht um den habgierigen Grundbesitzer zu ärgern, ja nicht einmal aus Liebe.

»Agnes«, beschwor ihr Mann sie. »Agnes, bitte!«

Sie nahm den Stuhl und stellte ihn neben den Tisch, möglichst weit entfernt von dem Vorhang, dem Kissen und dem sterbenden Mann. Und weil sie es nicht länger ertragen konnte, mit ihm allein zu sein, riss sie schließlich die Tür auf und rannte in den Hof hinaus, um dort zu warten, bis ihre Jungen nach Hause kamen.

Als Eunice Prole schließlich in den Saal zurückkam, war sie so erleichtert, Rose offenbar unversehrt anzutreffen, dass es ihr egal gewesen wäre, wenn das Mädchen mit dem Teufel getanzt hätte.

Die Tanzfläche war überfüllt, die Bänke waren leer. Lucas Fergusson war in den Fängen von Nancy Ames gelandet, einem kecken jungen Ding aus dem Kuhstall seines Vaters. Er folgte unbeholfen der Führung des Mädchens, während er zu verhindern versuchte, dass seine neuen Schuhe Schaden nahmen. Tom Brodie, sein Bruder Henry, Peter Frye, die Weberstochter und der alte Mr. Ogilvy waren alle auf der Tanzfläche und wirbelten in einem einzigen großen Tumult durcheinander, von dem Mrs. Prole ganz schwindelig wurde.

Atemlos, mit gerötetem Gesicht und gründlich demoralisiert, ließ sie sich auf die Bank sinken. Sie hatte nicht mehr genügend Groll in sich, um eine Szene zu machen, und als Mr. Arbuthnot sie aufforderte, ihn zum Reel of Tulloch zu begleiten, war sie zu schwach, um noch Widerstand zu leisten. Bald sah sie sich Tom Brodie gegenüber, der grinsend ihren Arm nahm und sie in die Luft hochwarf wie auf Sprungfedern, bis sie sich voneinander lösten, um neuen Partnern gegenüberzustehen. Eunice Prole hatte vor vielen Jahren tanzen gelernt, bevor sie alt genug gewesen war, um zu begreifen, was für eine Sünde es war, und zu ihrer Verwunderung stellte sie fest, dass ihre Füße nicht vergessen hatten, wie sie die Schritte ausführen mussten.

Eunice stürzte sich in einen Reel nach dem anderen, ohne Bedacht auf die Folgen für ihre Beine oder ihre Seele, und die Stunden vergingen wie im Flug, bis es schließlich auf Mitternacht zuging und die Fiedler mit ihren Bögen einen letzten schwungvollen Akkord anstimmten und der Tanzunterricht unter großem Jammern und Seufzen für beendet erklärt wurde und die jungen Männer und Mädchen ihre Stiefel und Schultertücher zusammenrafften und auf die Straße strömten.

»Madame«, bemerkte Tom Brodie, »ich glaube, ich habe hier Ihre junge Dame.«

Rose klammerte sich an seinen Arm. Ihre Augen glänzten, ihr Gesicht war feucht von Schweiß.

Eunice Prole sah von ihren luftigen Höhen hinunter auf das

Kind, dessen Gehässigkeit ihre Geduld so viele Jahre auf die Probe gestellt hatte, und mit etwas, das vielleicht oder vielleicht auch nicht ein Wimmern war, kapitulierte sie vor der Erinnerung, wie es war, jung zu sein.

»Danke«, sagte sie. »Danke, Sir.« Und als sie spürte, wie sie in Gefühlsduselei abzudriften drohte, wandte sie sich auf dem Absatz um und rief nach Lucas Fergusson, damit er die ersehnte Ponykutsche holte und zum Eingang brachte.

Betsy war davon ausgegangen, dass Henry versuchen würde, Tom von Rose Hewitt zu trennen, und dass die Brüder in Streit geraten und vielleicht sogar handgreiflich werden würden. Doch bald nachdem Tom mit dem Hewitt-Mädchen am Arm wiederaufgetaucht war, war Henrys Stimmung umgeschlagen, und er hatte die Herausforderung aufgegeben, Rose Hewitts Keuschheit und den letzten Rest Ehre der Brodies zu schützen.

Er hatte Betsy auf die Tanzfläche geführt und sie mit mehr Begeisterung als Können durch mehrere Reels und zwei Strathspeys geführt, in deren Verlauf sie auch mit Tom getanzt hatte. Sie hatte sich völlig verausgabt, hatte gejauchzt und gejohlt und die Hüften kreisen lassen, obwohl sie gewusst hatte, dass Tom mit seinen Gedanken und Augen woanders war und sie für ihn nicht mehr als ein Arm und eine Hand war und jedes pummelige Mädchen von jeder heruntergekommenen Farm hätte sein können.

Jetzt standen sie neben den Pferdegeländern und schauten zu, wie der Fergusson-Junge die Ponykutsche durch das sich lichtende Gedränge lenkte. Betsy sah, wie Rose Hewitt winkte, ihr Gesicht blass im Mondlicht, wie Tom den Arm zu einem erhabenen Gruß hob und so laut, dass es alle hören konnten, rief: *»Au revoir, au revoir!* Er blieb selbst dann noch reglos stehen, als Peter

Frye ihm auf die Schulter klopfte und gemeinsam mit Mr. Ogilvy losging, um die Pferde zu finden.

Schließlich blähte Tom die Wangen, stieß leise seufzend einen Pfiff aus, sah sich um und fragte fröhlich: »Betsy, wirst du mit mir nach Hause reiten?«

»Nichts da«, widersprach Henry. »Sie wird mit mir reiten.«

Und ein paar Minuten später waren sie unterwegs auf der Straße nach Hayes. Tom folgte ihnen auf seiner Stute, und Betsy klammerte sich an Henrys Taille, während der Schweiß unter ihren Röcken trocknete und die Nachtluft ihre Wangen kühlte.

Eine Wolke schob sich vor den Mond und warf seltsame Schatten auf das Kopfsteinpflaster. Betsy konnte die Erde von den Feldern in der Dunkelheit riechen und das Gelächter der Arbeiter und Mädchen hinter sich hören, die nach Hause schlenderten oder, so dachte sie wehmütig, im Schatten Schutz fanden, um sich zu küssen und zu liebkosen. Sie verlagerte die Haltung, umklammerte Henrys schmale Hüften mit ihren Schenkeln und legte den Kopf an seine Schulter. Betsy war nicht ganz wach und nicht ganz eingeschlafen, als sie durch Hayes kamen, nicht ganz eingeschlafen und nicht ganz wach, als das Pferd auf den steilen Feldweg einbog. Bald, dachte sie, bald werde ich gemütlich im Bett liegen.

Dann hörte sie Henry rufen: »Mammy, was ist los?« Und sie spürte einen plötzlichen Luftzug neben sich, als Tom auf der Stute vorbeigaloppierte.

»Was denn?«, sagte Rose. »Sind Sie gekommen, um mich auszupeitschen?«

»Nein«, erwiderte Eunice Prole. »Ich möchte mit dir reden.«

»Schläft Vater?«

»Wie ein Stein.« Die Frau stellte den Kerzenhalter auf dem

Nachttisch ab. Rose, die bereits entkleidet war, bedeckte ihre Brüste mit den Händen, als hätte sie etwas zu verbergen.

»Ich hoffe, Sie werden mir keine Vorträge halten«, sagte sie. »Ich bin sehr müde.«

»Das habe ich nicht vor«, antwortete Mrs. Prole in einem erstickten Ton. »Ich bin hier, um dir zu helfen.« Sie schob Rose aufs Bett und drückte ihre Hand. »Wenn du Kleider hast, die gewaschen werden müssen, dann gib sie mir jetzt. Er wird nichts davon erfahren. Ob zum Guten oder zum Schlechten, wir stecken hier gemeinsam drin.«

»Worin? Ich verstehe nicht.«

»Ist Blut auf deinen Kleidern?«

»Blut? Nein, nein.«

»Neville ... dein Vater darf nichts erfahren von irgendwelchen ... irgendwelchen Veränderungen an dir«, sagte Eunice Prole in einem heiseren Flüsterton. »Er darf nicht herausfinden, dass Brodie heute Abend dort war – oder dass du mit ihm fortgegangen bist. Was immer Tom Brodie dir angetan hat ...«

»Er hat mir nichts angetan, nicht ein bisschen.«

»Du bist eine aalglatte Lügnerin, Rose Hewitt«, zischte Eunice Prole, »aber ich muss jetzt die Wahrheit von dir hören, die ganze Wahrheit, so schmutzig sie auch ist.«

»Wenn ich mich nicht irre, meine liebe Mrs. Prole, dann sind Sie nicht besorgt darum, was Tom Brodie mir ›angetan‹ haben könnte; Sie sind nur besorgt, dass man Sie dafür verantwortlich machen und mein Vater Ihnen den Laufpass geben könnte.«

»Aye, ich befürchte, das könnte er«, räumte Eunice Prole ein. »Er schätzt dich über alles, er stellt dich selbst über meine ... meine Dienste. Wenn du nicht mehr rein bist, dann musst du es mir sagen. Du wirst eine Frau an deiner Seite brauchen, wenn deine Zeit kommt.«

»Meine Zeit, was denn für eine Zeit?«

»Wenn deine Blutung aufhört.«

»Oh!« Rose erhob sich. »Sie glauben, Tom Brodie hat mich *genommen?* Das hat er nicht. Er hat es nicht einmal versucht. Um genau zu sein – wenn wir schon aufrichtig zueinander sind –, kann ich Ihnen sagen, dass er sich *geweigert* hat, mich zu nehmen. Zu meinem Leidwesen scheint Tom Brodie ein größerer Gentleman zu sein, als wir alle von ihm gedacht haben.«

»Gott behüte uns!«, rief Eunice Prole aus. »Er liebt dich.«

Rose nickte selbstgefällig. »Das tut er. Und ich liebe ihn.«

»Aaaah«, stöhnte Mrs. Prole, während sie hin und her wippte. »Aaaah, das ist schlimm, so schlimm, schlimmer, als ich vermutet hatte. Kein Wort jetzt, kein Wort zu deinem Vater.«

»Ich werde schweigen wie ein Grab«, versprach Rose, »aber was, wenn Lucas Fergusson es seinem Vater erzählt und der es Papa zuträgt?«

»Lucas Fergusson ist der Mann, den du heiraten sollst.«

»Dessen bin ich mir durchaus bewusst«, sagte Rose. »Andererseits, je länger sich die Brautwerbung des jungen Mr. Fergusson hinzieht, desto mehr Zeit werde ich haben, um einen Plan zu entwickeln, wie ich Mr. Tom Brodie heiraten kann.«

Eunice Prole schniefte. »Nun, wenn du so erpicht darauf bist, dein Leben an diesen nichtsnutzigen Farmer wegzuwerfen, dann werde ich dich nicht davon abhalten. In der Zwischenzeit ...«

»Ich weiß«, seufzte Rose, »kein Wort an meinen lieben Papa.«

8

Das lange Feld war endlich fertig gepflügt. Mit Betsys Hilfe begann Tom, den Graben am unteren Ende des Abhangs zu säubern. Es war eine schweißtreibende, schmutzige Arbeit, und da beide nicht viel Schlaf bekommen hatten, waren weder Tom noch die Weberstochter zu einer Unterhaltung aufgelegt. Betsy arbeitete barfuß und mit nackten Beinen, die Röcke bis zur Taille hochgerafft. Der Schlamm war von verrottenden Blättern verklumpt und mit einem öligen Film überzogen. Und er war kalt, so kalt, dass Betsy der Atem stockte, als sie einen Fuß hineinsetzte.

»Du hast keinen Grund, das zu tun«, sagte Tom schroff zu ihr.

»Ach, nein?«, entgegnete Betsy ebenso schroff. »Geht es so nicht am besten?«

»Aye, das muss ich dir lassen.«

»Und da Sie der Mann sind, sollten Sie dorthinein waten, habe ich recht, selbst in dem Zustand, in dem Sie sind?«

»Ich würde Janet nicht bitten hineinzutreten.«

»Ich bin nicht Janet«, sagte Betsy und fügte im Stillen hinzu: Gott sei Dank!

Als sie gestern Nacht Agnes Brodie fröstelnd auf der windgeschützten Seite der Hecke angetroffen hatten, da hatten sie angenommen, Matthew sei gestorben. Tom und Henry hatten ihre Mutter ins Haus verfrachtet. Betsy hatte die Stute und Henrys Pferd abgesattelt, hatte sie abgerieben und den Tieren Hafer und Wasser gegeben. Als sie das Cottage betreten hatte, war der Vorhang vor dem Bett des alten Mannes zugezogen gewesen, und

Tom und Henry hatten neben dem Stuhl ihrer Mutter gekniet. Mit kreidebleicher Miene hatte Henry Betsy gesagt, Mr. Brodie würde noch atmen, die Nacht aber vielleicht nicht überleben. Danach hatte er sie zu Bett geschickt. Aber an diesem Morgen hatte der alte Mann dagesessen und Hafergrütze gelöffelt, so lebhaft wie schon seit Tagen nicht mehr.

Betsy krempelte die Ärmel hoch und stach mit der Mistgabel in den Morast. Sie holte schlammigen Dreck vom Grund des Grabens hoch und warf ihn auf die Böschung. Tom verteilte ihn mit der Rückseite eines Spatens. Betsy arbeitete sich mit der Mistgabel weiter vor und kämpfte dabei gegen den Widerstand des Schlammes an.

Vor zehn Stunden war sie schwitzend und glücklich in Drennan über die Tanzfläche gewirbelt und hatte sich frei von allen Sorgen gefühlt. Wenn sie zu Hause gewesen wäre, hätte sie sich auf Halloween gefreut, das in ein paar Tagen gefeiert wurde. Halloween, jene Nacht, in der sich die Mädchen mit Spiegeln und Kerzen zum Spaß eine Heidenangst einjagten oder sich in den Küchengarten hinausstahlen, um Wurzeln zu ziehen und daran abzulesen, wie potent der Ehemann war, den das Schicksal für sie bereithielt. Am Kamin wurden Äpfel gebraten und Nüsse geröstet, und Mr. Rankine kam, heulend wie eine Eule, in den Stall geschlichen und schnappte sich die Milchmädchen, die in gespieltem Entsetzen davonstieben. Nichts dergleichen würde es auf Hawkshill geben. Matthew Brodie missbilligte Halloween, wie Henry ihr erklärt hatte. Außerdem war der alte Mann sehr krank, und der Schatten, den der Tod über die Farm warf, war weitaus erschreckender als jede Prophezeiung von Hexen oder Zauberern, die in ihren Köpfen spukten.

Betsy wollte eben eine weitere Mistgabel Schlamm auf die Böschung werfen, als Tom ihre Gabel mit der Spitze seines Spatens berührte und auf den Boden drückte.

»Du bist bis zum Hintern durchnässt, Betsy. Macht dir das gar nichts aus?«

»Aye, schon«, sagte sie, »aber jetzt bin ich schon nass, und ich werde noch nasser werden, wenn der Regen kommt. Wollen Sie, dass diese Arbeit erledigt wird oder nicht?«

»Es ist nicht dein Land, Betsy, und wir sind nicht mit dir verwandt«, erwiderte Tom. »Was kümmert es dich, wenn sie nicht erledigt ist?«

»Müssen Sie denn nicht die Saat aussäen, die Henry gekauft hat?«

»Es gibt keine Saat, Betsy.«

»Das heißt, Ihre Mutter hat Mr. Hewitt belogen?«

»Aye, das hat sie«, sagte Tom, »aber nach diesem Samstag wird es keinen Platz mehr für Lügen geben, jedenfalls keine, um Hewitt zufriedenzustellen.«

Obwohl sie allein in der weiten, menschenleeren Landschaft waren, dämpfte Betsy die Stimme. »Kann sie nichts für Sie tun? Rose Hewitt, meine ich?«

»Rose?« Er wirkte verblüfft. »Was könnte sie denn tun?«

»Mit ihrem Daddy reden?«

»Sie hat keinen Einfluss auf ihren Dad.«

»Haben Sie ... haben Sie sie genommen?«

»Das war nie meine Absicht.«

»Absicht oder nicht – haben Sie?«

»Meinst du etwa, ich würde aus Bosheit ein junges Mädchen nehmen, Betsy, oder um damit vielleicht ein Druckmittel gegen den Vater zu haben? Nein, ich beabsichtige, Rose zu heiraten.«

»Aber die Schulden, Tom? Was ist mit den Schulden, die Sie bei Hewitt haben?«

»Die Schulden werden bezahlt werden«, sagte er, und als die ersten Regentropfen fielen, griff er nach seinem Spaten und machte sich verbissen wieder an die Arbeit.

Er lag auf der Seite, mit dem Gesicht zur Wand, und wirkte eher schmollend als krank, fand Betsy. Agnes Brodie zog den Vorhang mit einem Ruck zu. Ein großer Holzbottich war aus der Scheune ins Cottage geschafft und mit warmem Wasser aus dem Maischkessel im Pferdestall gefüllt worden. Ein paar kostbare Brocken Seife waren in ein Käsetuch gedrückt und zwei zerschlissene Handtücher über den Stuhl neben dem Feuer gehängt worden. Betsy wusste, dass sie verhätschelt wurde, doch sie konnte sich keinen Grund dafür denken. Sie hatte vorgehabt, sich wie üblich an der Pumpe zu waschen, und wunderte sich, als sie ins Cottage gerufen wurde, einen Becher Tee mit einem Schuss Whisky in die Hand gedrückt bekam und aufgefordert wurde, ihre Kleider abzulegen.

An diesem düsteren Oktobernachmittag hatte die Dämmerung früh eingesetzt, und gegen halb vier hatte Tom Betsy nach Hause gescheucht. Er selbst war noch immer dort draußen und hackte Furchen in den gepflügten Boden, während der Regen fein wie Spinnweben niederging.

Der Tee sickerte in Betsys Magen, und der Whisky wärmte sie. Das Wasser im Bottich dampfte, und die Holzscheite im Kamin knisterten. Zu erschöpft, um auf Sittsamkeit Wert zu legen, streifte sie ihr Hemd und ihr Mieder ab und schnürte die Röcke auf.

»Henry? Ist er ...«

»Aye«, grinste Janet. »Er späht durch den Spalt in der Wand. Nur zu, McBride, lass ihn deine Kostbarkeiten sehen! Ich möchte wetten, so etwas ist ihm noch nicht unter die Augen gekommen.«

»Achte nicht auf sie!«, meinte Agnes Brodie. »Steig in den Bottich!«

Betsy kletterte in den großen Holzbottich. Sie bedeckte die Brüste mit den Händen, während sie sich in das warme Wasser gleiten ließ. Die Knie bis zur Brust angezogen, versuchte sie vergeblich, sich klein zu machen. Sie zuckte zusammen, als das Seifensäckchen ihre Schulterblätter berührte. Ihr ging der Gedanke durch den Kopf, dass das die Art war, auf die junge Mädchen auf ihre Hochzeit vorbereitet wurden: Sie wurden vom Gestank des Kuhstalls befreit, um schön sauber und rosig für die Hochzeitsnacht zu sein. Agnes drückte etwas Seifenwasser auf Betsys breitem Rücken aus, dann beugte sie sich vor und warf ihr das Seifensäckchen in den Schoß.

Seufzend hob Betsy ein Bein an und begann, sich den Schlamm abzuschrubben.

Mit einem missbilligenden Glucksen äugten drei brütende Hennen aus dem Stroh, und als Henry die Scheune betrat, huschte eine der großen schwarzen Ratten, die sich von den Misthaufen ernährten, an ihm vorbei und schoss in die Dunkelheit davon. Eine Laterne an einem Haken neben der Tür warf einen rauchigen Schatten über die Scheune. Tom hatte sich splitternackt ausgezogen. Anders als die meisten Männer im Adamskostüm schaffte er es, selbst ohne seine Kleider arrogant auszusehen. Nicht zum ersten Mal verspürte Henry einen hässlichen kleinen Stich von Eifersucht, als er die Größe der edlen Teile seines Bruders betrachtete, die zumindest in Henrys Augen gewaltig aussahen.

Tom hatte zwei Kübel und einen eisernen Eimer an der Pumpe gefüllt und eine Hand voll Stroh aus einem Ballen gezogen, die ihm als Waschlappen diente. Jetzt stand er breitbeinig in einer Pfütze schmutzigen Wassers, während er sich schwer keuchend seine behaarten Schenkel abrubbelte, denn in der Scheune war es selbst zu den besten Zeiten zugig. Henry hatte sich den ganzen Nachmittag um seine Herde gekümmert und roch streng nach Schafen, aber um nichts in der Welt würde er bei diesem Wetter nackt baden.

»Wasch mich ab, Henry, und beeil dich!«, sagte Tom.

Henry nahm einen Eimer, und als er seinem Bruder das Wasser über die Brust schüttete, hörte er ihn vor Schreck aufstöhnen. Er nahm Toms Hemd und warf es ihm anstelle eines Handtuchs zu. Henry sah zu, wie sein Bruder sich die Beine und den Bauch abtrocknete.

»Hast du dich schon entschieden?«, fragte er.

Tom stieg in seine Hose. »Die Entscheidung liegt nicht bei mir.«

»Nein«, sagte Henry. »Es ist Vaters Entscheidung.«

»Er weiß nicht, was er von uns verlangt.«

»Oh, ich denke, das weiß er durchaus«, widersprach Henry.

»Nun, ich werde nicht derjenige sein, der es tut.«

»Du würdest ihm seinen letzten Wunsch verweigern?«

Tom legte sich den Mantel um die Schultern. »Ich bin vieles, Henry, aber ich bin kein Mörder.«

»Es wäre kein Mord«, entgegnete Henry. »Es wäre Gnade.«

»Willst du ihn tot sehen?«

»Er ist schon tot«, sagte Henry. »Ihm ist durchaus bewusst, dass er nie wieder einen Fuß aus dem Bett setzen wird. Es ist keine Frage von Monaten oder Wochen, sondern von Tagen und Stunden.«

»Es ist ein Verbrechen gegen die Natur, Henry. Ich will damit nichts zu schaffen haben.«

»Willst du mit Hawkshill etwas zu schaffen haben?«

»Ein verdammt fauliger Boden«, rief Tom. »Sollen wir etwa unser Lebensblut in dieses Loch fließen lassen und gebrochen sterben, so wie Daddy?«

»Der Boden hat ihn nicht umgebracht«, sagte Henry.

»Was denn dann?«

»Die Sparsamkeit.«

»Sparsamkeit?«

»Armut, wenn dir das lieber ist«, meinte Henry. »Ein Laster folgt auf das andere wie Hühner aus dem Ei.«

Tom zog den Mantel fester um sich und trat auf den Bruder zu. »Gibst du etwa Daddy die Schuld daran, dass er mit den Zahlungen im Rückstand ist? Wenn das der Fall ist, dann werde ich dich mit einem Stock grün und blau ...«

»Bleib ruhig«, sagte Henry. »Ich gebe niemand anderem als Hewitt die Schuld. Als wir von Ballantrae weggegangen und nach Hayes gekommen sind, da wusste er, dass Daddy verzweifelt genug war, um einen schlechten Vertrag zu unterschreiben.«

»Und jetzt gibst du mir die Schuld, was?«

»Nein, nein«, erwiderte Henry beschwichtigend. »Was vorbei ist, ist vorbei. Nun müssen wir nach vorn blicken. Das weiß Daddy besser als jeder andere. Wenn er morgen vor Mitternacht stirbt, dann haben wir eine Chance, alles wieder einzurenken.«

»Eine schöne Chance!«

»Besser als gar keine«, entgegnete Henry. »Daddy hat schon immer praktisch gedacht. Das Geschwür hat vielleicht sein Fleisch verzehrt, aber sein Geist ist so wach wie eh und je. Er weiß, wenn er morgen stirbt, dann gibt es Hoffnung für den Rest von uns, doch wenn er bis zum Samstag überlebt, dann gibt es keine.«

»Hat er das zu dir gesagt, ja?«

»Das hat er.«

»Wann denn?«

»Gestern Nacht, nachdem du zu Bett gegangen warst.«

»Lügner!«

»Dann frag ihn, frag ihn selbst!«

»Das ... das kann ich nicht«, murmelte Tom.

»Und ich weiß auch, warum.« Henry tippte seinem Bruder auf die Brust. »Du willst ihn nicht fragen, damit er dich nicht bittet, sich seinem Willen zu beugen.«

»Mutter …«

»Mutter wird tun, was am besten für uns ist.«

»Und Janet?«

»Muss die Wahrheit nie erfahren.«

»Hast du das die ganze Zeit geplant?«

»Nicht ich«, antwortete Henry. »Er selbst hat es sich überlegt, während er um jeden verdammten Atemzug gerungen und gehört hat, wie wir uns wegen der Zukunft gezankt haben.«

»Und du würdest es tun?«

»Nein«, sagte Henry, »doch ich würde dafür sorgen, dass es getan wird.«

»Von mir?«

»Von uns beiden, Hand auf Hand.«

»Mein Gott! Mein Gott!«

»Auf diese Weise will Daddy gehen, Tom, mit seinen Söhnen an seiner Seite.«

»Oh, Gott, großer Gott!«

»Frag ihn!«, drängte Henry noch einmal. »Rede mit ihm! Er wird dich zur Vernunft bringen.«

»Das ist keine Vernunft«, widersprach Tom. »Das ist Wahnsinn.«

»Warum ist es Wahnsinn?«

»Weil wir, verdammt noch mal, dafür baumeln könnten.«

»Wenn es einen Beweis gäbe, aye, aber es wird keinen geben«, sagte Henry. »Den Tod eines sterbenden Mannes wird niemand in Zweifel ziehen.«

»Oh, Gott, Henry, du hast doch hoffentlich nicht vor, es heute Nacht zu tun?«, fragte Tom.

»Nein«, antwortete Henry. »Morgen – am frühen Nachmittag.«

Bald nach dem Abendessen waren Tom und Henry hinter den Vorhang gegangen, um sich zu dem alten Mann zu setzen. Betsy hatte kein Wort ihrer Unterhaltung verstehen können und hatte sich schließlich zu Janet ins Bett gelegt. Aber irgendetwas lag in der Luft, irgendetwas, das nicht nach Verzweiflung roch. An diesem Abend war die Stimmung der Jungen still und düster. Nur die geschwätzige Janet schien davon gar nichts mitzubekommen.

Als das Mädchen einen Arm um ihre Taille legte, ließ Betsy es anfangs geschehen, doch als Janet ihr sanft ins Ohr blies, wälzte sie sich herum und fuhr sie an: »Was ist denn los mit dir? Hast du Flöhe?«

»Ich wünschte, ich wäre mehr wie du, Betsy.« Janets Stimme klang wehmütig.

»Ach, da wünschst du dir nicht viel.«

»Wenn ich eine Figur wie du hätte, dann hätte ich längst einen Mann«, sagte Janet. »Dein Vetter ist ein großer, gut aussehender Bursche, hat er ...?«

»Nein, hat er nicht.«

»Ich frage mich, ob es wehtut.«

Betsy bohrte einen Ellenbogen ins Kissen. »Wie kommst du denn jetzt darauf, Janet?«

»Daddy glaubt, dass du Mr. Rankines Hure warst«, kicherte Janet. »Das habe ich ihn damals sagen hören, als du zu uns gekommen bist.«

»Hure, ach, ja? Nun, ich bin niemandes Hure, das kann ich dir versichern.«

»Aber Mr. Rankine hat ihn dir reingesteckt, stimmt's?«

»Das geht dich einen Dreck an«, fuhr Betsy auf. »Was für ein Recht hast du, über solche Dinge zu reden, während dein Vater im Zimmer nebenan im Sterben liegt? Hast du nichts anderes im Kopf als das, was Männer mit Mädchen so anstellen?«

»Ich weiß, was Tom mit dir anstellen würde, wenn er die Gelegenheit dazu hätte.«

»Tom ist in eine andere verliebt.«

»Aye, Rose Hewitt. Und sie wäre auch nicht die Erste«, sagte Janet. »Aber in der Zwischenzeit wird er sich nehmen, was er kriegen kann, und das ohne irgendwelche Gewissensbisse. Ich glaube, er hat dich hierhergebracht, weil Johnny Rankine ihm erzählt hat, du seist leicht zu haben.«

Betsy konnte sich nur noch mühsam beherrschen. »In zwei Tagen wird Mr. Hewitt diese Farm und dieses Cottage an sich reißen, und ihr werdet alle ins Arbeitshaus kommen. Ich werde wenigstens ein Zuhause haben, in das ich zurückkehren kann, und einen Mann, der mir einen Lohn bezahlt.«

»Wenn Daddy nicht mehr ist«, erklärte Janet selbstgefällig, »dann wird Henry eine bessere Farm für uns finden, und ich werde fort von diesem verdammten Hügel kommen und draußen in der Welt sein. Er liebt mich nicht, weißt du. Er liebt nur seine kostbaren Söhne. Egal, was für Gemeinheiten sie anstellen, er verzeiht ihnen immer. Mir verzeiht er *nie* etwas.«

»Gott, bist du herzlos!«, murmelte Betsy.

Aber sie wusste, dass ihr eigenes Leben fast ebenso armselig war wie Janets. Sosehr sie es auch beschönigte, sie *war* kaum mehr gewesen als Johnny Rankines Hure. Sie *war* mit der Hoffnung nach Hawkshill gekommen, Tom Brodie in eine Ehe zu locken. Und morgen oder übermorgen würde sie zurück zum Haus ihres Vaters und zu John Rankines Kuhstall geschickt werden, und was immer sie über die Liebe gelernt hatte, würde hinter ihr liegen wie Blätter im Staub.

»Was ist das denn?« Janet richtete sich kerzengerade auf. Schluchzen klang aus der Küche zu ihnen herüber. »Ist er von uns gegangen? Ist mein Daddy von uns gegangen?« Dann kletterte sie zu Betsys Erstaunen aus dem Bett, stürzte in die Küche und rief:

»Daddy, Daddy, geh nicht von uns, geh nicht von uns! Verlass mich nicht!«

Am nächsten Morgen ging Tom nicht aufs lange Feld hinaus. Betsy wurde losgeschickt, um Janet zu helfen, den Kuhstall auszumisten. Der alte Mann war noch immer völlig still und ruhig. Er hatte Agnes' Aufmerksamkeiten ohne Protest über sich ergehen lassen und sich von Tom sogar ein paar Schlückchen Milch mit Brot einflößen lassen. Niemand erwähnte, dass heute der letzte Oktobertag war und dass morgen früh Neville Hewitt zu ihnen kommen würde, in Begleitung eines Gerichtsdieners, der einen Zwangsräumungsbefehl schwenkte.

Es ging auf Mittag zu, als Agnes Betsy und Janet aus dem Kuhstall rief. Tom und Henry saßen bereits bei ihrer Suppe am Küchentisch. Der Vorhang vor dem Bett war zugezogen. Betsy aß ihre Suppe schweigend. Sobald die Mahlzeit beendet war, erhob sich Tom und verließ das Zimmer.

Mit gesenktem Blick sagte Henry: »Betsy, kannst du einen Wagen lenken?«

»Aye, ich habe für Mr. Rankine ein-, zweimal den Marktwagen gefahren.«

»Wärst du so lieb, Janet nach Drennan zu bringen, um Dr. Glendinning zu holen?«

Janet sah auf. »Ist es wegen Daddy? Geht es ihm schlechter?«

»Nehmt den kleinen Wagen und die Stute!«, fuhr Henry fort. »Tom richtet sie schon her. Heute geht eine leichte Brise, also leg dein Schultertuch um, Janet, und vergiss nicht, Daddy einen Kuss zu geben, bevor du gehst.«

»Wird der Doktor bezahlt werden müssen?«, fragte Betsy.

»Er wird bezahlt werden, wenn er kommt«, antwortete Henry.

Janet runzelte die Stirn. »Wenn es so dringend ist, warum reitet Tom dann nicht los, um den Doktor zu holen?«

»Tom wird hier gebraucht.«

»Aber ...«

»Keine Widerrede, Janet, nicht heute«, erwiderte Henry. »Tu, was ich dir gesagt habe, und dann mach dich auf den Weg!«

»Was, wenn der Doktor nicht zu Hause ist?«, wandte Betsy ein.

»Wartet bis fünf Uhr bei seinem Haus«, meinte Henry. »Wenn Glendinning bis dahin nicht zurück ist, kommt nach Hause, so schnell ihr könnt.«

Betsy holte ihr Tuch und legte es sich um die Schultern. Janet schlüpfte hinter den Vorhang, und Betsy hörte die sanfte und leise Stimme des alten Mannes, die sie tröstete. Sie blähte die Wangen, steckte die Enden ihres Schultertuchs in den Gürtel und ging in den grauen Tag hinaus. Tom hatte die kleinere der beiden Stuten bereits vor den Wagen gespannt. Er stand wie ein Knecht neben dem Kopf des Tieres und hielt die Zügel in einer Hand. Nur kurz sah er Betsy an und wandte den Blick dann ab. Sie wollte ihn am liebsten in den Arm nehmen, doch er war steif und förmlich, und sie wusste, dass er sie nur wegstoßen würde.

Also kletterte sie schweigend auf den Wagen und ergriff die Zügel. »Er wird die Nacht nicht überleben, habe ich recht?«, sagte sie.

»Nein«, antwortete Tom. Damit ging er wortlos zurück ins Cottage und schloss hinter sich die Tür.

Die meisten Leute waren der Ansicht, dass Tassie Landles nichts als eine Scharlatanin war, deren Weissagungen zu sehr von der Leichtgläubigkeit einfältiger junger Mädchen abhingen, um ernst genommen zu werden. Trotzdem waren es nur mutige Männer oder verzweifelte Frauen, die sich an Halloween nach Einbruch der Dunkelheit in die Nähe von Tassies Laden wagten, und ein paar Abergläubische wollten nicht einmal hinuntersehen, wenn sie die Ramshead-Brücke überquerten, damit die alte Frau nicht beleidigt war und sie mit dem bösen Blick bannte.

Peter Fryes Mutter hatte mehr Grund als die meisten, Tassies Zorn zu fürchten, aber Peter und sein Bruder waren überzeugt, dass ihr »Tantchen« kaum mehr als eine Trickbetrügerin war, die sich gut mit den heilenden Eigenschaften von Kräutern auskannte, eine Kunst, die eher mit Medizin als mit Magie zu tun hatte. Doch wenn einer der Jungen in jener stockfinsteren Oktobernacht in das Cottage unter der Brücke gestolpert wäre, wäre er vielleicht weniger skeptisch gewesen, denn die Zeremonie, mit der Tassie Landles zugange war, war nicht auf die leichte Schulter zu nehmen.

Die Gerüchte, Tassie hätte ihre Gaben von einem Haufen Hexen aus Renfrewshire geerbt, entbehrten jeder Grundlage. Sie hatte ihre Kunst von ihrer Pflegemutter, Alice Landles, erlernt, der man zufälligerweise ein aufnahmefähiges Kind übergeben hatte, um es gemeinsam mit ihren eigenen unbegabten Söhnen großzuziehen.

Nachdem sie von der Isle of Man vertrieben worden waren, hatten sich Alice' Vorfahren in Ayrshire niedergelassen, wo sie über die mütterliche Linie eine Reihe von Wahrsagerinnen, Hellseherinnen und Heilerinnen hervorgebracht hatten. Dabei hatten sie darauf geachtet, die dunkleren Seiten ihrer Berufung geschickt zu verbergen. Nur ein Einziger aus dem Landles-Clan, »Bloody« Jarvis Garvie, ein Hexenmeister mit etwas verweichlichten Zügen und einer Vorliebe für Blut, war je so töricht gewesen, sich zu offenbaren, und hatte am zehnten Dezember 1696 ein schauriges Ende am Galgen an der alten Kreuzung von Ayr genommen. Und selbst jetzt, fast ein Jahrhundert später, hatte er noch immer die Gewohnheit, lästig zu werden, indem er ungebeten erschien, um schlechte Neuigkeiten aus dem Jenseits zu überbringen.

Die Feste und Feiertage der Jahreszeiten bedeuteten Drennans apfelwangiger Eierverkäuferin nichts. Tassie war bei Weitem zu besonnen, um sich mit den Hexenzirkeln von Ayrshire abzugeben. Sie verachtete die leiernden oder kreischenden, halb wahnsinnigen Frauen, die behaupteten, mit Dämonen im Bunde zu stehen, und sie unterwarf ihren Körper gewiss nicht endlosen Paarungsritualen mit Männern, die sich in von Flöhen zerfressene Felle hüllten, in dem Glauben, mit solch blasphemischem Treiben ihre Mächte zu steigern.

Die Praxis der Totenbeschwörung war schwierig und gefährlich genug, auch ohne so zu tun, als ritte man auf Besen durch die Nacht, oder sonst irgendwelche albernen Tricks anzuwenden, die mehr auf übersteigerten Fantasien denn auf Fakten beruhten.

Die Rituale, mit denen sich Tassie auf Halloween vorbereitete, hatten mehr mit dem Katholizismus gemeinsam als mit den ausschweifenden Orgien, die die Gefolgsleute des Satans ausbrüteten. Sie versäumte es selten, den Tag mit einem Aufsagen des Vaterunsers zu beginnen, und sie griff auf Kerzen, Rosenkränze und ein Kruzifix ebenso zurück wie auf die traditionellen Elemente von Erde, Feuer und Wasser, um jene Grenze zu bestimmen, die bedrängte Seelen nicht zu überschreiten wagten.

Sie war fünfzehn gewesen, als Alice ihr zum ersten Mal einen kurzen Blick in die Welt des Unsichtbaren gestattet hatte. Und natürlich war Tassie entsetzt gewesen von den gestaltlosen Erscheinungen, die in der beengten Küche sichtbar geworden waren, und den Ausbrüchen, denen sie ganz offen Luft gemacht hatten. Sie hatte sich an den Rock ihrer Pflegemutter geklammert und hinter Schüsseln und Kerzen gekauert, während diese Wesen gekommen und gegangen waren wie Regen im Wind, und als sie fort gewesen waren, hatte sich Alice erschöpft ins Bett fallen lassen und einen halben Tag lang geschlafen. Kein Wunder, dachte Tassie, dass die meisten Frauen, die behaupteten, Hexen zu sein, es vorzogen, mit den allzu menschlichen Abgesandten des Satans herumzuhüpfen, anstatt die Leiden auf sich zu nehmen, die der Umgang mit den rastlosen Geistern der Toten ihnen abverlangte.

Tassie hatte das Pergament hervorgeholt, auf dem Alice die vier obersten Gebote niedergeschrieben hatte – in Wirklichkeit alte lateinische Gebete, die aus längst vergessenen Quellen übernommen worden waren. Sie hatte weißes Wachs in Kupferformen gegossen, um Kerzen anzufertigen, die mit langen, klaren gelben Flammen brennen und nicht flackern oder flimmern würden, egal, wie bewegt die Luft wurde. Tassie hatte ihr Leinengewand gewaschen und an einer Schlaufe aus rotem Bindfaden zum Trocknen aufgehängt. Sie hatte drei Schalen mit Brunnenwasser ausgespült und jeweils eine mit Erde aus ihrem Kräutergarten, Wasser aus dem fließenden Fluss und getrockneten Moosbrocken gefüllt, die, wenn sie entfacht waren, stundenlang schwelen würden.

Nun saß sie, in ihr Leinengewand gekleidet, in ihrem Lehnstuhl am Feuer, schlürfte Brandy und studierte das alte Pergament auf ihrem Schoß. Gegen halb elf Uhr nachts flog mit einem Mal die Tür auf, und ein Windstoß peitschte ins Zimmer. Ein gewöhnlicher Mann oder eine gewöhnliche Frau hätte vielleicht vermutet, dass eine plötzliche Böe vom Meer hereingeweht war, und erschrocken die Tür vor den Launen des Wetters verriegelt.

Aber Tassie ließ sich nicht täuschen. Sie sah zu, wie sich das behagliche kleine Feuer im Kamin zu einer gewaltigen, öligen blauen Flamme aufbäumte und ebenso rasch wieder beruhigte. Angst schnürte ihr die Kehle zu und drückte auf ihre Eingeweide. Einen entsetzlichen Augenblick lang dachte sie, dass der Tod gekommen war, um sie zu holen, dass das die Art war, wie er eintrat, nicht mit einem Stöhnen oder Schluchzen, sondern als ein plötzlicher erstickender Schwall. Doch sie besaß genügend Geistesgegenwart, um an dem kostbaren Pergament festzuhalten, einen Rosenkranz aus einer Tasche ihres Gewandes zu zücken, aufzuspringen und aus vollem Hals zu schreien: »Halte inne und bleibe stille!« Und als sich die Luft ein wenig beruhigt hatte, rief sie noch einmal: »Wer ist es, der da kommt?«

Es gab nicht viel zu sehen, nur einen hauchzarten Lichtstrahl, wie zerschlissene Spitzenborten, der in den Schatten hing. Tassie hatte den Geist nicht gerufen, hatte ihn nicht hereingebeten, aber nun wollte sie doch gern erfahren, wer er war und welche Absicht ihn zu ihr geführt hatte.

Aus einem Impuls heraus sagte sie: »Garvie? Bloody Jarvis Garvie, bist du es?«

Und eine mürrische, lispelnde leise Stimme antwortete: »Ja.«

ZWEITER TEIL

SCHMUGGLERKÜSTE

9

Um halb neun am Samstagmorgen war der Leichnam eingekleidet und in einen Kiefernsarg gebettet worden. Tom und Henry trugen ihn eben in die Scheune, als Neville Hewitt in den Hof galoppiert kam. Er schwang sich aus dem Sattel und stürmte auf die beiden zu, beugte sich über den Sarg und starrte auf das Gesicht des Verstorbenen, dessen gleichgültige Miene den Grundbesitzer erst recht in Rage brachte.

»Was zum Teufel soll das?«, brüllte er. »Was macht ihr mit diesem Mann?«

»Wir bahren ihn vor der Beerdigung auf«, sagte Henry.

»Warum? Aber warum?«

»Weil er tot ist«, antwortete Tom.

Der Schreiner und der Leichenbestatter waren gekommen, um ihre Arbeit in Angriff zu nehmen, noch bevor die Tinte auf Dr. Glendinnings Totenschein ganz getrocknet war. Henry war nach Hayes gefahren, um sie zu holen, und auf dem Weg hatte er bei *Souter Gordon's* ein kleines Fass Whisky, ein halbes Pfund Tabak und fünf neue Pfeifen bestellt. Und er hatte Mr. Turbot, den Gemeindepfarrer, verständigt, auch wenn Religion bei Toten- und Begräbnisfeiern, die als weltliche Angelegenheiten galten, streng genommen keine Rolle spielte.

Er hatte es jedoch nicht für notwendig erachtet, Neville Hewitt zu benachrichtigen.

Schlechte Neuigkeiten sprachen sich auf Landstraßen ebenso schnell herum wie in quirligen Städten, und um kurz vor elf am Freitagabend, als Neville und seine Mätresse vor dem Zubettgehen ein Glas Sherry schlürften, hatte der Gehilfe des Chirurgen vor der Tür gestanden, um die Nachricht zu überbringen, der Pächter von Hawkshill hätte seine sterbliche Hülle abgeworfen.

»Für mich sieht er nicht tot aus«, rief Neville Hewitt jetzt, während er mit einem Zeigefinger an der Nase des Leichnams zupfte. »Ich rieche hier Betrug.«

Tom stellte sein Ende des Sarges ab und zerrte Hewitt zurück, bevor er sich noch weiter an dem Toten zu schaffen machen konnte. »Was Sie riechen«, sagte er etwas zu gelassen, »ist Essig. Mein Vater wurde teilweise einbalsamiert.«

»Einbalsamiert wofür?«, fragte Neville. »Die Nachwelt?«

»Morgen ist Sonntag«, erklärte Henry. »Mein Vater kann nicht vor Montag bestattet werden, nicht wenn wir ihn stilvoll verabschieden wollen.«

»Stilvoll? Stilvoll, ach ja?«, tobte Hewitt. »Wie wollt ihr ihn denn stilvoll verabschieden, wenn ihr nicht einmal zwei Halfpennys zusammenkratzen könnt? Wo ist mein Geld?«

Henry deutete auf den Leichnam. »Dort ist Ihr Geld, Mr. Hewitt, zur Beerdigung aufgebahrt mit dem besten Mann, der je eine Furche gepflügt hat. Er wird seine Schulden mit in den Himmel nehmen, und dann soll Gott der Herr darüber entscheiden, wer wem etwas schuldet.«

»Wie praktisch!«, schnaubte Neville Hewitt. »Wie überaus praktisch von ihm, den Geist nur Stunden, bevor die Schulden fällig sind, aufzugeben! Seid ihr sicher, dass ihr ihm dabei nicht geholfen habt?«

»Mein Vater ist gestern Nachmittag friedlich eingeschlafen«, sagte Henry gleichmütig. »Wenn Sie an meinen Worten zweifeln, werde ich Ihnen Glendinnings Totenschein zeigen.«

»War Glendinning hier, als er gestorben ist?«

»Leider nein«, erwiderte Henry. »Der Doktor traf eine halbe Stunde zu spät ein.«

»Das heißt, Glendinning steckt mit euch unter einer Decke?«, sagte Hewitt. »Der Amtsrichter wird von dieser Verschwörung erfahren, seid gewiss!«

»Der Amtsrichter wurde bereits unterrichtet«, entgegnete Tom. »Mr. Frye hängt in diesem Augenblick in unserem Auftrag die Todesanzeige aus. Wenn Sie mit dem Gedanken spielen, uns vor Gericht zu bringen, Mr. Hewitt, dann muss ich Sie warnen, dass das Gesetz eindeutig auf unserer Seite ist. Henry und ich sind jetzt Pächter mit einer Zwölf-Jahres-Pacht, die Ausstiegsklausel ist mit dem Tode erloschen. Wir haben ein halbes Jahr Zeit, um die Pacht für ein halbes Jahr aufzubringen. Vor dem ersten Mai können Sie uns nicht vor die Tür setzen, und auch dann nur, wenn wir nicht bezahlen, was fällig ist.«

»Bei Gott, Brodie, ich bereue den Tag, an dem ich Mitleid mit diesem hinterlistigen Farmer aus Ballantrae hatte«, sagte Neville Hewitt. »Aber ich kann warten. Ich kann bis zum Mai warten. Ihr werdet saftige Rechnungen zu begleichen haben für diese großartige Totenwache, die ihr plant, und ohne Getreide oder Vieh, das ihr verkaufen könnt, werdet ihr tiefer als je zuvor verschuldet sein. Dann wird euch das Gesetz nicht mehr schützen, und ihr werdet niemanden mehr haben, den ihr ermorden könnt.«

»Hüten Sie Ihre Zunge, Mr. Hewitt!«, sagte Henry leise. »Wenn Sie verleumderische Gerüchte über die Art des Hinscheidens meines Vaters verbreiten, wird Ihnen ohnehin niemand glauben, aber dafür haben Sie eine Klage wegen übler Nachrede am Hals.«

»Es sei denn, es gibt einen Beweis«, erwiderte Neville Hewitt.

»Einen Beweis wofür?«, fragte Henry.

»Dass eurem Vater auf seinem Weg geholfen wurde.«

»Mein Vater ist zur ihm bestimmten Stunde gestorben«, erwiderte Henry.

»Bestimmt von wem? Das würde ich gern wissen«, knurrte Neville Hewitt.

»Von Gott natürlich«, sagte Henry. »Nun, wenn Sie hier nichts weiter zu regeln haben, dann möchte ich Sie bitten zu gehen. Wir haben noch viel zu erledigen, bevor mein Vater unter die Erde gebracht wird.«

»Eine fröhliche Feier ausrichten, nehme ich an«, sagte Neville Hewitt, »auf meine Kosten.«

Er ließ Brodies Söhnen keine Gelegenheit mehr, unangenehm zu werden, sondern eilte zu seinem Pferd und ritt schäumend vor Wut zurück nach Drennan.

Neville Hewitt war gekommen und gegangen, bevor die Mädchen aus dem Kuhstall auftauchten. Sie schleppten die Milch zu dem Verschlag mit dem schrägen Dach und gossen sie in flache Schüsseln. Nachdem sie die Kühe zurück aufs Feld getrieben hatten und Janet die Kälber füttern gegangen war, kam Betsy zurück in den Hof. Henry war eben dabei, ein Fass Whisky von Souter Gordons Wagen zu laden. Er unterhielt sich fröhlich mit dem Lieferjungen und scherzte sogar mit ihm, während sie Tonpfeifen aus einer Strohkiste auspackten und zusammen mit einem Strang schwarzen Tabak ins Cottage trugen.

Betsy sah sich nach Tom um. Das Flackern eines Wachsspans sprang ihr ins Auge, und sie ging über den Hof zu der offenen Scheunentür und spähte zögernd hinein. Tom kniete auf dem schmutzigen Boden und war dabei, das Ende einer Kerze mit einem Wachsspan zu schmelzen. Die Laterne stand halb offen neben ihm, und eine Kerze steckte bereits im Hals einer alten Weinflasche.

Sie hatten lange hin und her überlegt, ob der Leichnam im Hinterzimmer oder auf dem Bett in der Küche aufgebahrt werden sollte, aber keine der beiden Lösungen war ihnen praktisch erschienen. Das Cottage würde sich bald mit Trauergästen füllen, die erwarten würden, mit Speis und Trank und einer Pfeife Tabak bewirtet und nicht verscheucht zu werden, wenn sie noch etwas länger bleiben wollten. Sie hatten sich darauf geeinigt, dass Matthew besser draußen in der Scheune aufgebahrt wurde, wo die Familienmitglieder abwechselnd die Totenwache halten würden und Freunde und Bekannte hereinschauen konnten, um ihm die letzte Ehre zu erweisen.

Während sie jetzt auf das Gesicht des alten Mannes hinuntersah, das so zusammengesunken und still wirkte, konnte Betsy nur schwer glauben, dass Matthew Brodie nicht nur schlief. Das Stirnrunzeln war verschwunden, die Falten auf seinen Wangen geglättet. In diesem unsicheren Augenblick konnte Betsy erahnen, wie er ausgesehen haben musste, bevor die Arbeit und die Sorgen ihren Tribut gefordert hatten, und ihr wurde bewusst, dass Matt Brodie vor langer Zeit auch einmal gut aussehend gewesen war.

Tom sah auf. »Was willst du, Betsy? Du hast hier nichts verloren. Fort ins Haus mit dir, und hilf meiner Mutter!« Er drückte die Kerze in den Flaschenhals. »Was ist denn los mit dir, Mädchen? Hast du noch nie einen Toten gesehen?«

»Sehen sie immer so aus?«, fragte Betsy.

»Wie denn?«

»Friedlich.«

»Er ist friedlich gestorben – zuletzt«, antwortete Tom.

»Waren Sie an seinem Bett?«

»Aye, wir drei.«

»Hat er irgendetwas gesagt?«

»Nein, er hat nur aufgehört zu atmen.«

»Dann war seine Stunde gekommen, ja?«

Tom starrte sie einen langen Augenblick an. »Aye, seine Stunde war gekommen.«

»Was werden Sie jetzt tun?«, wollte Betsy wissen.

»Ihm eine Beerdigung zukommen lassen, die eines Lords würdig ist.«

»Und danach?«

Tom stemmte sich hoch, kam um den Sarg und legte ihr eine Hand auf die Schulter. »Wir werden unser Bestes tun.«

»Werden Sie wollen, dass ich bleibe?«

»Willst du denn bleiben?«

Sie zuckte die Schultern. »Wird Mr. Rankine meinen Lohn bezahlen?«

»Bist du nur wegen deines Lohns besorgt, Betsy?«

»Drei Pfund im Jahr und Unterhalt. Bin ich so viel wert?«

»Das und noch mehr«, sagte Tom.

»Dann werde ich bleiben«, erklärte Betsy.

Mr. Ogilvy und Peter Frye begegneten sich per Zufall eine halbe Meile hinter dem Ende der Straße. Mr. Ogilvy lenkte einen kleinen Ponywagen. Peter saß auf einem der Hengste seines Vaters. Er war hart aus Copplestone herübergeritten, sobald ihm der Verwalter die Nachricht von Matthew Brodies Tod überbracht hatte. Das Band der Freundschaft verlangte, dass er Tom in seiner Stunde der Not zur Seite stand und ihm jeden Beistand anbot, den er benötigen könnte, juristischen oder anderweitigen.

Matthew Brodie hatte nur wenige, weit verstreute Verwandte: einen Bruder in den Kolonien, eine ältere Schwester auf einer Hebriden-Insel – Peter konnte sich nicht erinnern, auf welcher – und einen entfernten Vetter in Kildare. Agnes Brodies Familie stammte aus den Highlands. Tom zufolge hatten sie Matthew für unwürdig erachtet, in ihren Clan aufgenommen zu werden, und sich von Agnes nach ihrer Heirat losgesagt. Wenn der alte Mann ein großes und würdevolles Begräbnis erhalten sollte, dann war es an Toms Freunden, dafür Sorge zu tragen.

»Ach, Peter, Peter«, rief Mr. Ogilvy. »Ein trauriger Tag, was für ein trauriger Tag!«

Peter lenkte sein Pferd neben das Pony. »Das ist es allerdings«, sagte er. »Mein ganzes Mitgefühl gilt der Familie.«

»Der Verlust eines Vaters hinterlässt eine tiefe Wunde«, fuhr Mr. Ogilvy fort. »Mir bangt vor dem Tag, an dem mein Daddy in den Schoß des Herrn abberufen wird.«

»Dein Daddy?«, fragte Peter. »Mir war gar nicht bewusst, dass du noch einen Daddy hast.«

»Ich versorge ihn in Kilmarnock.«

»Du versorgst ihn dort, ja?«

»Ich kümmere mich darum, dass es ihm an nichts mangelt, und besuche ihn von Zeit zu Zeit«, sagte Ogilvy. »Er hat natürlich eine Ehefrau. Es ist schon die zweite, seit meine Mammy gestorben ist, aber diese jetzt scheint entschlossen auszuharren. Und da sie jung ist und ich selbst keine Ehefrau habe, wird sie vermutlich einmal mein bescheidenes Vermögen erben.«

»Das ist ein düsterer Gedanke, Robert«, sagte Peter.

»Man kann nicht umhin, an die eigene Sterblichkeit zu denken, wenn ein anderer Mann vor seiner Zeit aus dem Leben gerissen wurde.«

»Vor seiner Zeit?«

»In der Blüte seiner Jahre, meine ich.«

»Ah ja, natürlich«, murmelte Peter.

»Aber jedes Unglück hat auch sein Gutes«, fuhr Mr. Ogilvy fort. »Wenn wir um Toms willen traurig sind, dann denk bloß, wie viel trauriger ein gewisser Flachsfabrikant sein muss. Er hat nicht nur zwölf Monate Pacht verloren, nein, der alte Hewitt hat jetzt auch die Brodies noch mindestens ein halbes Jahr länger am Hals.«

»Wie muss das Neville Hewitt wurmen. Er ...« Peter brach ab beim Anblick einer Frau, die am Straßenrand saß. »Wer zum Teufel ist denn das?«

»Sieht mir nach Tassie Landles aus«, meinte Mr. Ogilvy.

»Lieber Gott, du hast recht!«, sagte Peter und ritt voran, um seine Tante zu begrüßen.

Rose strich Butter auf einen Muffin und schnitt ihn in kleine Quadrate. Sie gab einen Klacks Marmelade auf eines davon und steckte es sich in den Mund.

»Armer Tom«, meinte sie. »Er muss von Gram gebeugt sein.«

»Oder einen Freudentanz aufführen«, bemerkte Eunice Prole.

»Was denn – wenn sein Vater tot ist?«

»Es ist nicht Tom Brodies Vater, um den du besorgt sein solltest«, erwiderte Eunice Prole, »sondern dein lieber Papa.«

»Oh, Papa wird bald wieder guter Dinge sein.«

»Da wäre ich mir nicht so sicher«, sagte die Frau. »Er hat damit gerechnet, Hawkshill bald wieder verpachten zu können. Ich würde an deiner Stelle kein Mitgefühl mit den Brodies bekunden, wenn dein Vater in Hörweite ist.«

»Ich würde ihm aber dennoch gern die letzte Ehre erweisen.«

»Nein«, rief Eunice Prole, »das wäre der Tropfen, der das Fass zum Überlaufen bringt.«

Rose war an jenem Samstagmorgen so lange wie möglich auf ihrem Zimmer geblieben. Ihr Vater hatte unten laut gebrüllt und fürchterlich geflucht, dann war er aus dem Haus gestürmt. Mrs. Prole war die Treppe hochgestapft, um Rose zu erzählen, dass Toms Vater gestorben war.

»Wann findet die Beerdigung denn statt?«, erkundigte sich Rose nun, da sie mit der Haushälterin am Frühstückstisch saß.

»Am Montag, nehme ich an«, sagte Eunice, »in Hayes.«

»Papa wird wohl nicht teilnehmen?«

»Ha!«, machte Eunice bissig. »Jetzt hör mir einmal gut zu: Denk nicht einmal dran, dich davonzustehlen, um Tom Brodie zu trösten! Und ohnehin haben Frauen auf den Kirchhof keinen Zutritt.«

»Ich frage mich, warum nicht?«

»Weil sie mit ihren Tränen feierliche Anlässe verderben.«

»Weinen Männer denn nicht auch?«

»Ich weiß nicht, was Männer tun.« Eunice beugte sich über den Tisch vor und legte eine Hand auf die des Mädchens. »Aber eines weiß ich, Rose Hewitt: Dies ist nicht der richtige Zeitpunkt, um deinen Vater herauszufordern. Er ist sehr wütend, und es wird umso schlimmer für dich kommen, wenn du dich ihm jetzt widersetzt.«

»Was kann er mir denn noch antun, das er mir nicht schon angetan hat?«, sagte Rose leichthin.

»Dich an Lucas Fergusson verheiraten, zum Beispiel.«

»Niemals!«, erwiderte Rose schon etwas weniger leichthin. »Er kann mich nicht gegen meinen Willen zu einer Ehe zwingen.«

»Ach, nein?«, sagte die Haushälterin. »Du hast ja keine Ahnung, zu was dein Daddy fähig ist, wenn er es sich in den Kopf setzt.« Sie beugte sich noch weiter vor und drückte die Hand des Mädchens fest. »Er wird dich lieber tot sehen, bevor er dich Tom Brodie gibt. Außerdem wird Tom jetzt, da er für die Farm verantwortlich ist, nicht mehr so schnell mit einem Eheversprechen sein.«

»Er liebt mich.«

»Sobald er seine Lust befriedigt hat, werden all diese großen Versprechungen vergessen sein. Er wird wieder seiner Wege gehen und jedes Mädchen nehmen, das ihm gefällt. Und wenn er sich eines Tages entscheidet, eines zur Frau zu nehmen«, fuhr Eunice fort, »dann wird es keine junge Dame mit einer Haut wie Alabaster und Zähnen wie Perlen sein, die bei einer Kuh nicht weiß, wo vorn und wo hinten ist. Nein, nein: Tom Brodie wird seinesgleichen heiraten, und du bist nicht seinesgleichen, Rose Hewitt, und wirst es auch niemals sein.«

»Ich werde mich zu seinesgleichen machen.«

Eunice lockerte den Griff um die Hand des Mädchens. »Du hast ja keine Ahnung, wie ›seinesgleichen‹ sind, geschweige denn, was von ihnen erwartet wird. So wenig ich dich auch leiden kann, bete ich doch, dass du niemals frierend und hungrig zu Bett gehen musst, niemals mit den Hühnern aufstehen und die Kühe melken musst mit Händen, die so aufgescheuert sind, dass sie kaum die Zitzen finden.«

Mit leiser, schüchterner Stimme sagte Rose: »Tom wird mich wenigstens nicht schlagen.«

»Warte nur, warte«, drohte Eunice Prole. »Wenn du erst einmal im achten Monat bist, dann wird dein Bauch so angeschwollen sein, dass du kaum noch Luft bekommst, und dann wird der feine Tom dich hinwerfen und dich nehmen, weil er so betrunken ist, dass ihm alles egal ist, und wenn dieser Tag gekommen ist, dann wirst du denken, dass die Peitschenhiebe deines Daddys nur Liebesbisse waren, und dir wünschen, dass ein rosiger Arsch und ein paar blaue Flecken alles wären, was du zu erdulden hast.«

»Tom ist nicht so.«

»Sie sind alle so«, sagte Eunice Prole.

»Ist Papa so?«

Die Haushälterin zögerte. »Nein, dein Papa ist ein Gentleman. Und wenn du Lucas Fergusson heiratest und ihm einen Sohn schenkst, dann wirst du wie die Königin von Saba behandelt werden und nie wieder an irgendetwas Mangel leiden.«

»Lucas Fergusson ist ein Idiot.«

»Lieber ein treu ergebener Idiot als ein Kerl, dessen Hirn in seiner Hose steckt.«

»Tom hat die Pacht für die Farm, oder?«

»Aye, wenn er sie halten kann«, antwortete Eunice. »Aber jeder Gewinn, der Tom Brodie in den Schoß fällt, wird ihm wie Sand durch die Finger rinnen. Ohne seinen Bruder – und mehr Glück als Verstand – würde er schon jetzt auf der Straße sitzen und betteln. Ist es das, was du für dich willst, Rose Hewitt: dir eine Schlafstatt im Armenhaus mit einem Taugenichts teilen?«

»Tom ist kein Taugenichts.«

»Dann muss er es beweisen.«

»Aber wie, wie kann er das denn beweisen?«

»Indem er Hawkshill mit Gewinn bewirtschaftet«, sagte Eunice, »und dafür gibt es nicht die geringste Chance. Im Mai, wenn die nächste Pacht fällig ist, wird dein Vater seinen Grund und Boden wiederbekommen, und Tom Brodie wird den Tag bereuen, an dem er versucht hat, dich in sein Bett zu kriegen.«

»Sind Sie je auf den Gedanken gekommen, meine liebe Mrs. Prole«, erwiderte Rose, »dass es vielleicht das kleinere von zwei Übeln ist, das Bett mit Tom Brodie zu teilen?«

»Zwei Übeln? Und was soll das andere sein?«, fragte die Haushälterin.

»Mit Lucas Fergusson verheiratet zu sein, natürlich«, antwortete Rose.

In all den Jahren, die Peter Tassie Landles nun schon kannte, hatte er selten erlebt, dass sie sich weiter als bis zum Marktplatz von ihrem Cottage entfernte. Daher war es ein gewisser Schock für ihn, sie am Ende des Weges, vier Meilen außerhalb von Drennan, auf dem feuchten Gras sitzen zu sehen.

Tassie war in einen geflickten Mantel gehüllt, mit halb geschnürten, schlammverschmierten Stiefeln, die unter einem zerschlissenen blauen Baumwollrock hervorschauten. Sie hatte keine Tasche, keinen Korb bei sich, nicht einmal einen Stock, um sich darauf zu stützen. Als er die Zügel anzog und von seinem Pferd stieg, sah sie auf, blähte die Wangen und stieß zum Gruß ein seltsam schnalzendes, entschuldigendes Geräusch aus.

»Tante Tassie«, sagte Peter, »was machst du denn so weit von zu Hause?«

»Aye, für alte Beine ist es allerdings ein langes und anstrengendes Stück Weg. Ich kam in der Hoffnung, dich abzupassen, bevor du den Hügel hochreitest.«

»Du hast das von Mr. Brodie gehört?«

Tassie nickte. »Aus dem Maul des Pferdes.«

Peter kauerte sich neben die Frau. »Was meinst du damit, ›aus dem Maul des Pferdes‹, Tante Tassie?«

»Er ist gestern Nacht zu mir gekommen.«

»Wer ist zu dir gekommen?«

»Er ist durch Bloody Jarvis zu mir gekommen.«

»Geht es dir gut?«, fragte Peter.

»Erinnerst du dich nicht mehr, welche Nacht das war?«

»Halloween«, antwortete Peter. »Unsere Dienstboten hatten einen Heidenspaß.«

»Jarvis kommt manchmal an Halloween«, sagte Tassie. »Er kommt durch die Tür, mit Botschaften von Seelen in Not.«

»Geistern, meinst du?«

»Sie sprechen zu mir, weißt du.«

»Was hat dieser – äh – Jarvis denn gesagt, das dich hierher nach Hayes geführt hat?«

»Er findet keinen Frieden.«

»Jarvis?«

»Der Farmer, Matthew Brodie.«

Peters Mund wurde trocken. Er sah sich um, aber Mr. Ogilvy hatte seine Hutkrempe heruntergeschlagen, sodass sein Gesicht nicht zu sehen war. Peter ergriff die Hand seiner Tante. Ihre Finger waren eingerollt, ihre Knöchel eiskalt. Er vermochte nicht zu sagen, ob sie die Wahrheit sprach oder ob ihre Wahrheit nur Selbstbetrug war.

Am vergangenen Abend hatten die Copplestone-Dienstboten

einen großen Bottich mit Wasser im Hof aufgestellt, und während er selbst von der Tür und seine Eltern vom Fenster aus zugesehen hatten, hatten sie einander immer wieder untergetaucht, als spielten sie zum Spaß einen Hexenprozess nach. Danach waren sie, das jüngste der Mädchen voran, in den Küchengarten gezogen, um Wurzeln aus der Erde zu reißen und an ihnen zu messen, wie potent ihre künftigen Ehemänner sein mochten.

Anfangs hatte Peter über ihr seltsames Gebaren gelacht, aber seine Herablassung war nach und nach einem gewissen Unbehagen gewichen, als die Mädchen und Jungen – und auch erwachsene Männer und Frauen – über das Parkgelände zur Ruine der alten Kirche von Copplestone gezogen waren. Vielleicht eine Stunde später hatte er das Pfeifen eines Dudelsacks gehört und Flammen hochschlagen sehen und vom Wind getragene Rufe und Schreie vernommen, die vielleicht, vielleicht auch nicht Fröhlichkeit bedeuteten.

An diesem Morgen waren die Hausangestellten mürrisch und bedrückt gewesen, nicht nur ernüchtert, sondern auch aufgeschürft und zerkratzt, als wäre dieses Spiel, das sie dort getrieben hatten, so grob gewesen, dass Blut geflossen war.

»Dieser Jarvis«, sagte er, »ist er lebendig oder tot?«

»Tot, lange tot.«

»Aber er kommt zurück, oder, wenn du ihn rufst?«

»Ich kann ihn nicht rufen. Er kommt und geht, wie es ihm beliebt.«

»Und dieses Wesen war es, das dir erzählt hat, dass Matthew Brodie gestorben ist?«

»Aye, Jarvis hat mir die Nachricht überbracht.«

Peters Nackenhaare stellten sich auf. »Wann ist diese Erscheinung denn zu dir gekommen?«

»Gegen zehn oder bald darauf.«

»Erwartest du von mir etwa zu glauben, dass du durch ein Gespenst von Mr. Brodies Tod erfahren hast?«

»So war es«, sagte Tassie.

»Ich hatte keine Ahnung«, erwiderte Peter, »dass du solch geheimnisvolle Gaben besitzt.«

»Ich würde nicht darüber reden, wenn ich nicht eine Botschaft erhalten hätte.«

»Eine Botschaft?« Peter verlagerte nervös sein Gewicht. »Für mich?«

»Für Tom Brodie.«

»Von wem ist die Botschaft denn?«

»Von seinem Vater«, erklärte Tassie. »Matthew Brodie findet keinen Frieden. Wegen der Umstände, die zu seinem Tod führten, sucht er noch immer nach einer Ruhestätte. Sag Tom, dass sein Daddy nach wie vor bei ihm ist und dass seine Versprechen erfüllt werden müssen.«

»Was hat das zu bedeuten, Miss Landles?«, warf Mr. Ogilvy ein.

»Tom Brodie wird wissen, was es zu bedeuten hat.«

»Wie kann ich ihm denn eine Botschaft aus dem Jenseits überbringen, wenn der Leichnam des Alten noch aufgebahrt im Haus liegt?«, fragte Peter. »Tom wird denken, dass ich den Verstand verloren habe.«

Tassie legte eine Hand auf die Schulter des jungen Mannes und stemmte sich hoch. »Er wird dir glauben. Er weiß, was sich wirklich zugetragen hat und wie sein Daddy gestorben ist.«

»Großer Gott!«, murmelte Mr. Ogilvy. »Wollen Sie etwa andeuten, der alte Brodie wurde ...«

»Schscht, Sir!« Tassie legte einen Finger an ihre Lippen. »Hier geht es um mehr, als irgendeiner von uns wissen muss. Wirst du Tom erzählen, was ich dir gesagt habe, Peter?«

»Was denn? Was muss ich ihm erzählen?«

»Dass all seine Versprechen erfüllt werden müssen, bevor der Geist Frieden finden kann.«

»Wenn Peter es ihm nicht sagt«, warf Mr. Ogilvy ein, »dann werde ich es tun.«

Peter schnellte herum. »Erzähl mir nicht, dass du ihr glaubst, Robert?«

»Ich bedauere sehr, aber das tue ich«, antwortete Mr. Ogilvy.

Dann half er Tassie auf den Wagen, um sie nach Hause nach Drennan zu fahren, und ließ einen völlig perplexen Peter zurück, der nun selbst zusehen musste, wie er mit Tom Brodie zurande kam.

10

Mr. Fergusson war fast die ganze Woche nicht in der Stadt gewesen. Er war nach Wigton gereist, um ein paar einjährige Kälber abzuholen, und einen Teil des Heimwegs mit den Viehtreibern geritten.

Nach seiner Rückkehr brauchte er nicht lange, um sich mit seinem Freund Neville Hewitt in *Caddy Crawford's* zu verabreden. Er war ganz und gar nicht auf den ungestümen Auftritt des Flachsfabrikanten vorbereitet, der beim Betreten des Wirtshauses fast die Tür aus den Angeln riss, oder auf die Hast, mit der Neville am Tresen nicht nur eines, sondern gleich zwei Gläser Brandy leerte.

»Neville, was in aller Welt ist denn in dich gefahren?«, fragte Mr. Fergusson.

»Dieser Dreckskerl ist mir weggestorben«, knurrte Neville Hewitt.

Mr. Fergusson führte seinen Freund in den Garten, setzte ihn auf eine Bank und verabreichte ihm noch einen Schluck Brandy aus der Flasche.

»Die Totenwache, der Leichenschmaus, wie immer du es nennen willst«, schäumte Neville Hewitt, »findet in diesem Augenblick statt, und zweifellos tanzen die verdammten Brodies um den verfluchten Sarg, um die Tatsache zu feiern, dass sie mich besiegt haben.«

»Je mehr sie tanzen, desto mehr werden sie trinken«, bemerkte Mr. Fergusson. »Und je mehr sie trinken, desto mehr werden sie ausgeben.«

»Mein Geld – jeder Bissen – mein Geld.«

»Nun, das mag sein, doch leisten können sie es sich nicht.«

»Leisten? Gar nichts können sie sich leisten!«

»Wenn sie auf Pump trinken, dann kaufen sie kein weiteres Saatgut, oder?«

Mr. Hewitt kippte ein viertes Glas Brandy. Die brennende Flüssigkeit schien ihn eher zu beruhigen, als noch mehr in Rage zu bringen. Er packte Mr. Fergusson am Ärmel und sagte: »Da hast du recht, Walter, da hast du recht. Sie werden vielleicht mein Geld mit dem Leichnam des alten Dreckskerls zu Grabe tragen, aber sie tragen auch ihre Zukunft zu Grabe. Ha! Ja! Du hast recht!«

»Natürlich habe ich recht«, erwiderte Mr. Fergusson bescheiden. »Die Brodies sind Leute von gewöhnlichem Schlag, die sich lieber lautstark über Ungerechtigkeit beklagen würden, als Besonnenheit an den Tag zu legen. Sie werden dir und Gott und dem Wetter die Schuld geben, ohne sich je an die eigene Nase zu fassen. Mit einem Wort, sie sind Opfer ihres eigenen primitiven Wesens.«

»Wahr, wohl wahr.«

»Du und ich, Neville, wir wissen es besser.«

»So ist es, so ist es.«

»Es ist nur eine Frage der Zeit, bis ihr primitives Wesen sie einholen wird. Die Halbjahrespacht, die im Mai fällig ist, beläuft sich auf wie viel?«

»Fünfunddreißig Pfund.«

»Nicht unbedingt viel für umsichtige Gentlemen wie uns, Neville, aber für müßige Verschwender wie die Brodies ist es ein Vermögen.«

Neville nickte. »Hm, ich kann sehen, worauf du hinauswillst, Walter.«

»Steckst du in Nöten?«

»Wie bitte?«

»Finanziellen Nöten.«

»Nein, ich ... nun ja ... es gab schon bessere Zeiten«, räumte Mr. Hewitt ein.

»Kannst du dich bis Mai über Wasser halten?«

»Aye.«

»Dann versuch das«, sagte Mr. Fergusson. »Halt dich bis Mai über Wasser, sieh zu, dass du die Brodies loswirst – und wir werden im Sommer eine Hochzeit feiern.«

»Hochzeit?«

»Deine Tochter und mein Sohn«, antwortete Mr. Fergusson. »Dachtest du etwa, ich hätte das Projekt aufgegeben, Neville?«

»Warum bis zum Mai warten?«

»Soweit ich verstanden habe, ist deine Tochter noch immer in Brodie vernarrt. Ich will nicht, dass mein Junge mit einer grollenden Ehefrau geschlagen ist. Es ist besser für uns alle – auch für Rose –, wenn sie Brodie den Laufpass gibt und Lucas so akzeptiert, wie er ist.«

»Ich bezweifle, dass das je der Fall sein wird«, sagte Neville Hewitt.

»Sie wird es tun, wenn sie Brodies wahres Gesicht sieht.«

»Und wie sollen wir das erreichen? Indem wir ihn ruinieren?«

»Nein«, antwortete Mr. Fergusson, »indem wir ihn sich selbst ruinieren lassen.«

Johnny Rankine war der erste Trauergast gewesen, der sich auf Hawkshill einfand. Er hatte es sich in der Küche gemütlich gemacht und schlürfte Whisky, knabberte Haferkekse und murmelte abgedroschene Floskeln, als Peter Frye in den Hof geritten kam. Vom Fenster aus sah Betsy zu, wie der Anwaltssohn einen Blick in den Pferde- und den Kuhstall und schließlich in die

Scheune warf, als suchte er nach jemandem, der ihm den Weg zeigte.

»Da ist Mr. Frye, Tom«, sagte sie.

»Kümmerst du dich bitte um sein Pferd, Betsy?«, bat er.

Betsy war erleichtert, das Cottage verlassen zu können. Sie hatte Mr. Rankines schwülstige Beileidsbekundungen schon jetzt satt und ging nur allzu gern in den Hof hinaus. Peter Frye hatte das Pferd halb in die Scheune gelenkt. Als Betsy von der Seite auf ihn zutrat, sah sie, dass er sich im Sattel vorgebeugt hatte und fassungslos auf den Leichnam im Sarg hinunterstarrte. Als sie sich räusperte, zuckte er im Sattel zusammen, und nur mit größtem Geschick konnte er verhindern, dass sein Pferd die Auflageböcke umtrat. Er lenkte den Hengst rückwärts aus der Scheune und stieg ab. Das Tier blieb nervös. Es tänzelte fort von der Scheune, und wenn Peter ihm die Zügel hätte schießen lassen, wäre es gewiss davongaloppiert.

»Ruhig, Cawdor.« Peter klopfte dem Pferd den Hals. »Ganz ruhig, mein Junge.«

»Was hat er denn?«, fragte Betsy.

Peter ignorierte ihre Frage. »Wo ist Tom?«

»Drinnen.«

»Wer ist bei ihm?«

»Seine Mutter, Janet, Henry – und Mr. Rankine.«

»Oh, Johnny ist auch hier?« Peter Frye schnalzte mit der Zunge. »Verdammt!«

»Hinter dem Kuhstall ist ein Geländer, Mr. Frye. Binden Sie den Hengst dort an, bis er sich beruhigt hat. Es ist vielleicht nicht ratsam, ihn im Stall unterzubringen.«

»Da hast du recht, Betsy«, sagte Peter. »Heute Morgen ist der Teufel mit ihm los. Zeig mir bitte dieses Geländer, und dann bitte Tom herauszukommen!«

»Wollen Sie denn nicht hineingehen, Mr. Frye?«

»Ich muss Tom zuerst unter vier Augen sprechen.«

Sie führte den jungen Mann hinter den Kuhstall und sah zu, wie er den Hengst anband, dann ging sie ins Cottage und folgte kurz darauf Tom in den Hof. Sie sah, wie die beiden Männer sich umarmten und dann Arm in Arm in die Scheune gingen.

Janet tauchte im Türrahmen auf. »Ist das Mr. Frye?«, erkundigte sie sich aufgeregt. »Ist das Peter?«

»Aye.«

»Will er denn nicht hereinkommen?«

»Er wird ...«

Tom kam in Sicht. Mit ausgestreckten Armen und erhobenen Fäusten zog er sich rückwärts aus der Scheune zurück. Peter folgte ihm, gebückt wie ein Ringer, der nach einem Halt sucht. Sie bewegten sich über den Hof, Tom rückwärts, Peter vorwärts, bis sie wie auf ein unsichtbares Signal hin wieder aufeinander zustürzten und sich in die Arme fielen.

»Janet«, sagte Betsy. »Geh und hol Henry, hol ihn hierher. *Auf der Stelle.*«

Rose hatte ihren Vater noch nie sinnlos betrunken gesehen. Selbst wenn er die Treppe hochgestapft war, um sie wegen irgendeines tatsächlichen oder unterstellten Vergehens zu züchtigen, war er immer noch Herr seiner Sinne gewesen. Doch an diesem Samstagnachmittag war er über gar nichts mehr Herr, weder über seinen Verstand noch über seine Beine oder seine Blase.

Vater und Sohn Fergusson hatten alle Mühe, ihn von der Ponykutsche zu zerren, die Stufen vor dem Haus hochzuschleifen und in der Diele auf den Boden zu legen, wo Mrs. Prole mit zutiefst erboster Miene darauf wartete, das Kommando zu übernehmen. Rose, die mucksmäuschenstill auf der Treppe saß, beobachtete die Szene mit einer Mischung aus Fassungslosigkeit und Belustigung.

»Was«, bellte Mrs. Prole, »haben Sie mit meinem Herrn angestellt?«

Mr. Fergusson nahm den Hut ab. Einen Augenblick lang dachte Rose, er würde ihrem Vater gleich einen Fuß auf die Brust setzen, wie ein Jäger mit einer erlegten Trophäe, doch er benutzte den Hut nur, um damit die Spur Erbrochenes abzuwischen, die an seinem Mantel klebte. »Ich habe gar nichts mit Ihrem Herrn angestellt, Madame«, sagte er, »außer ihn vor der Gosse zu retten.«

»Ich habe ihn noch nie so betrunken gesehen«, murmelte Mrs. Prole.

»Ich auch nicht. Und, meine liebe Dame, anstatt mir Vorhaltungen zu machen, sollten Sie mir lieber dankbar dafür sein, dass ich ihm behilflich war.«

»Woher kommt denn diese Kutsche?«

»Ich habe einen Jungen zu mir nach Hause geschickt, sie und Lucas zu holen.«

»Nun«, sagte Mrs. Prole, »dafür haben Sie, nehme ich an, unseren Dank verdient, aber warum haben Sie Mr. Hewitt überhaupt erst in diesen erbärmlichen Zustand gebracht?«

»An seinem Rausch bin ich nicht schuld«, widersprach Mr. Fergusson. »Wenn wir Glas um Glas gleich viel getrunken hätten, würde ich dann jetzt nüchtern und aufrecht vor Ihnen stehen?«

Die Haushälterin äugte hinunter auf den Mann auf dem Boden. »Neville hat gewiss Grund genug, sich zu vergessen«, sagte sie. »Maß zu halten war ihm ausnahmsweise nicht vergönnt.«

»Möchten Sie, dass wir ihn in sein Bett schaffen, Mrs. Prole?«

»Auf gar keinen Fall«, antwortete Eunice Prole. »Ich habe die Betten erst heute Morgen frisch bezogen, und ich werde nicht zulassen, dass er mir gleich wieder alles vollspuckt. Lassen Sie ihn liegen, wo er ist! Ich werde mich mit ihm befassen, wenn er wieder nüchtern ist.«

Walter Fergusson setzte den Hut auf. »Wenn das so ist, machen wir uns wieder auf den Weg.«

»Wollen Sie nicht auf einen Tee hereinkommen?«, fragte Mrs. Prole.

»Nein«, antwortete Mr. Fergusson. »Wir haben ...«

Aber Lucas hatte das Mädchen auf der Treppe entdeckt. Er knuffte seinen Vater ins Kreuz und meinte: »Aye, Missus, vielen Dank, wir bleiben gern noch auf ein kleines Tässchen Tee.« Dann stieg er über den Hausherrn und wartete darauf, dass Rose zu ihm herunterkam.

»Herrgott noch mal, Tom, reiß dich zusammen!«, sagte Henry. »Willst du dich von dem Gefasel irgendeines alten Weibes wirklich um den Verstand bringen lassen?«

»Er ist hier«, erwiderte Tom. »Ich weiß, dass er hier ist.«

»Aye, da ist er«, sagte Henry. »Da ist unser Daddy, mausetot. Sieh ihn dir an, Mann, sieh ihn dir an! Glaubst du etwa, er wird gleich aufstehen und mit dem Finger auf uns zeigen, wenn wir nur seinen Wunsch erfüllt haben?«

»Die Eierfrau weiß es, sie weiß es! Sie hat mit ihm gesprochen.«

»Sie hat *nicht* mit ihm gesprochen«, erklärte Henry. »Sie hat sich irgendeine Geschichte zusammengesponnen, um Eindruck bei Peter zu schinden, das ist alles. Wahrscheinlich will sie nur ein, zwei Gläser und ein Abendessen auf unsere Kosten für sich herausschlagen.«

»Bob Ogilvy hat sie gehört. Was, wenn er die Geschichte herumerzählt?«

»Es gibt keine Geschichte herumzuerzählen«, entgegnete Henry. »Niemand weiß, was sich zugetragen hat, außer uns dreien.«

»Und Daddy«, rief Tom ihm in Erinnerung.

»Nun ja«, räumte Henry widerstrebend ein, »ja, und Daddy.«

»Und wie hat Tassie Landles es dann herausgefunden?«

Henry war nicht überzeugt von einem Leben nach dem Tod. Die meisten Predigten, die er in der Kirche gehört hatte, schienen ihm darauf angelegt zu sein, die Armen in ihren Schranken zu halten. Dennoch verachtete er Wahrsager, Hellseher und Propheten. In seinen Augen beruhte die Zukunft eher auf guter Planung als auf Botschaften aus dem Jenseits.

»Woher wusste sie denn, dass Daddy tot ist«, beharrte Tom, »wenn sie vier Meilen weiter in Drennan ist? Erklär mir das, wenn du kannst, Henry! Erklär mir, warum Daddy sie ausgewählt hat, um uns zu sagen, dass er keinen Frieden findet!«

Henry verlor die Beherrschung. »Verdammt noch mal, Tom!«, brüllte er. »Vater ist tot, mausetot. Er ist jetzt nicht mehr als verwesendes Fleisch.« Er schnellte herum, griff mit beiden Händen in den Sarg und zerrte den Leichnam seines Vaters hoch. »Siehst du, siehst du? Hier ist nichts.« Er umfasste den Kopf seines Vaters mit beiden Händen und schüttelte ihn fest. »Was hast du uns zu sagen, alter Mann? Komm schon, heraus mit der Sprache! Wo ist deine Stimme jetzt? Lass sie uns hören!«

Ein kleines Knacksen war zu vernehmen, wie das Brechen eines Zweiges. Matthew Brodies Kopf sackte auf seine Brust, und sein Mund ging auf. Noch bevor Henry den Leichnam loslassen konnte, spritze ihm ein dünnes Rinnsal Konservierungsmittel über die Finger und in die Augen.

»O mein Gott!«, schrie er auf und machte einen Satz nach hinten, während er sich die Hände vors Gesicht hielt. »Das brennt!« Und dann stolperte er aus der Scheune, um zur Pumpe zu laufen, während Tom die sterblichen Überreste seines Vaters wieder in den Sarg wuchtete, Entschuldigungen murmelte und sein Bestes tat, um den misshandelten Leichnam zu beschwichtigen.

Lucas Fergusson beobachtete, wie sich ihr Busen hob und senkte. Er schielte verstohlen auf die Kurven ihrer Hüften, als sie von ihrem Stuhl aufstand, um den Tee einzuschenken, und fragte sich, was, verhüllt von Röcken und Unterröcken, wohl zwischen ihren Schenkeln liegen mochte. Inzwischen war Lucas sich sicher, dass sie unter seinem Gewicht nicht zerbrechen würde wie Porzellan oder über seine Größe kichern würde, wenn er stolz über ihr thronte. Er hatte Nancy Ames' Wort dafür, dass er normal war, nicht nur normal, sondern ebenso stattlich wie jeder andere Mann, mit dem sie je zusammen gewesen war. Er hätte es niemals gewagt, sich Nancy vorzunehmen, wenn sie nicht mit ihm getanzt hätte. Sie war stämmig und drall, und ihr Lachen erinnerte an einen wiehernden Esel, aber sie lachte nicht über ihn – oh, nein! Und wenn eines der anderen jungen Dinger sich über ihn lustig machte, dann gab sie dem Mädchen eine Ohrfeige oder kratzte es mit ihren Fingernägeln und erzählte allen, was für ein wundervoller Mann er sei und wie sie alle kreischen würden, wenn sie das Glück hätten, ihn zu haben. Aber das sei, da sie ihnen zuvorgekommen war, so unwahrscheinlich wie Schneefall im Juli.

»Lucas, du verschüttest deinen Tee.«

Er riss sich von Rose Hewitts Anblick los. »Äh?«

»Achte auf deine Manieren, mein Sohn! Du bist hier nicht zu Hause«, flüsterte sein Vater, und dann zwinkerte er der hageren Haushälterin zu und sagte: »Die meiste Zeit weiß ich wirklich nicht, wo er mit seinen Gedanken ist. Er ist in seiner eigenen kleinen Welt verloren.«

»So sind sie alle in dem Alter«, erwiderte Mrs. Prole. »*Sie* ist ganz genauso.«

»Das bin ich nicht.« Rose zog eine Augenbraue hoch. »Ich bin mit höheren Angelegenheiten befasst, wenn Sie es unbedingt wissen müssen.«

»Höheren Angelegenheiten?«, fragte Lucas' Vater. »Was mögen das für Angelegenheiten sein?«

»Musik, meine Musik.«

»Ah, die Harfe.«

»Die Harfe«, sagte Eunice Prole verächtlich. »Die Harfe ist gar kein richtiges Instrument.«

»Und ob sie das ist!«, widersprach Miss Hewitt.

»Warum spielen Sie uns nicht ein bisschen auf?«, schlug Mr. Fergusson vor. »Lassen Sie es uns selbst beurteilen!«

»Es würde sich wohl kaum ziemen, Sir, Melodien im Haus erklingen zu lassen, während mein Vater ausgestreckt auf dem Boden in der Diele liegt.«

»Er schläft tief und fest«, sagte Mrs. Prole. »Hörst du ihn nicht schnarchen?«

Tatsächlich kam ein Grunzen aus der Diele, das immer wieder von abgehenden Winden unterbrochen wurde. Lucas war geneigt zu kichern, aber dann warf er wieder einen verstohlenen Blick auf Rose Hewitt und unterdrückte diesen vulgären Impuls.

»Kommen Sie, Mädchen, spielen Sie uns eine Melodie, um uns aufzumuntern!«, drängte Walter Fergusson.

»Ich spiele ausschließlich zu meinem eigenen Vergnügen, Mr. Fergusson.«

»Lucas hat auch Freude an einer schönen Melodie, nicht wahr, mein Sohn?«

»Äh-äh.«

»Sie sollten einmal hören, wie er aus voller Kehle singt, wenn er glaubt, dass niemand ihm zuhört.« Walter streckte eine Hand über den Tisch aus und kniff seinen Sohn in die Wange. »Ich habe dich gehört, Lukie, wie du hinter der Scheune wie eine Amsel vor dich hin geträllert hast.«

Wenn Vater nur wüsste, was hinter der Scheune wirklich vor sich gegangen ist!, dachte Lucas, dann würde er nicht so gespreizt davon reden. Bis jetzt hatte er seinen Eltern gegenüber nichts davon angedeutet, dass er endlich die seidigen Hügel und Täler entdeckt hatte, mit denen Gott Eva ausgestattet hatte. Nancy war entschieden dafür gewesen, dass sie es für sich behielten, auch wenn offenbar jedes Mädchen im Umkreis mehrerer Meilen gehört hatte, was sich in der Nacht nach dem Tanz zugetragen hatte und wie Lucas Fergusson endlich seine Männlichkeit unter Beweis gestellt hatte.

Jetzt konnte er gar nicht mehr genug von Nancy kriegen und sie nicht von ihm, aber nachdem er die Freuden der Vereinigung mit dieser einen Frau entdeckt hatte, drängte es ihn, bald zu erfahren, wie es mit anderen Angehörigen des schönen Geschlechts sein mochte und wie sie sich von der stämmigen Nancy Ames unterscheiden mochten, die doch ein wenig behaart war, wie Lucas fand. Er war nicht so töricht zu glauben, dass es keinen Unterschied machen würde, ob man mit einer Dame oder mit einer Magd das Bett teilte, oder dass Rose Feuer und Flamme sein würde, sobald er die Hosen herunterließ. Aber ihr hübsches Gesicht, ihre anmutige Gestalt und ihr zarter Teint rissen ihn dennoch aus seiner üblichen Trägheit und veranlassten ihn, einen Versuch zu wagen.

»Ich werde singen, wenn Sie spielen, Miss Hewitt«, hörte er sich vorschlagen.

»Nein«, antwortete Miss Hewitt rundheraus.

»Werden Sie dann einen Spaziergang mit mir unternehmen?«

»Einen Spaziergang?«, echote Rose. »Ich gehe nicht mit Gentlemen spazieren.«

»Dann eine Ausfahrt«, beharrte Lucas, »in unserer Kutsche.«

»Großer Gott!«, sagte sein Vater. »Lucas, was ist denn in dich gefahren?«

»Wir könnten hinunter zur … zur Brücke fahren«, platzte Lucas heraus.

»Danke, Lucas«, sagte Rose. »Ich habe die Brücke gesehen und, offen gestanden, nicht das Bedürfnis, sie wiederzusehen.«

»Morgen?«

»Morgen ist Sonntag«, rief ihm Rose in Erinnerung.

»Oh, aye, ganz recht«, meinte Lucas. »Dann Montag?«

Sie zögerte. »Wie es der Zufall will, bin ich am Montag noch frei von Verpflichtungen.«

»Nein«, sagte die Frau. »Oh, nein, das bist du nicht.«

»Ich bitte Sie, Mrs. Prole«, warf Walter Fergusson ein, »was kann es denn schaden ...«

»Brodies Vater wird am Montag beigesetzt.« Eunice Prole schob den Stuhl zurück und rappelte sich hoch. »Sehen Sie denn nicht, Mr. Fergusson? Das ist nur wieder eine ihrer Finten, um sich kostenlos nach Hayes kutschieren zu lassen und Tom Brodie zu treffen.«

»Ah ja.« Sein Vater nickte. »Sehr raffiniert, Rose, wirklich sehr raffiniert.«

»Ich werde Sie nach Hayes fahren«, bot Lucas galant an.

»Das wirst du fein sein lassen«, sagte sein Vater, und bevor Lucas begriff, was eigentlich los war, zog er ihn schon am Arm hoch. »Und was Sie betrifft, Rose Hewitt, wenn Sie denken, Sie könnten das gutmütige Wesen meines Sohnes zu Ihrem Vorteil ausnutzen, wann immer es Ihnen passt, dann empfehle ich Ihnen, noch einmal nachzudenken.«

»Vorteil?«, wiederholte Lucas. »Was denn für einen Vorteil?«

»Schon gut, mein Sohn, schon gut«, sagte sein Vater und zerrte ihn durchaus unsanft, wie Lucas fand, und unter Protesten fort.

Tom und Mr. Turbot, der Gemeindepfarrer, standen seit Jahren miteinander auf dem Kriegsfuß. Der Kirchenmann hatte sich an die Beleidigungen gewöhnt, bei denen sein Angesicht und vor allem sein Körpergeruch mit dem eines Fischs verglichen wurden. Er vermied es geschickt, aus Passagen zu predigen, die einen Bezug zu dem unglückseligen Seemann Jonas hatten, und achtete genau auf seine Bemerkungen gegenüber den jüngeren Angehörigen der Gemeinde. Aber ansonsten fand er sich damit ab, das Opfer einer Reihe von Fischerwitzen zu sein, von denen nur wenige originell oder amüsant waren.

Die Ankunft der jungen Brodies in Hayes hatte diese Beleidigungen allerdings um ein boshaftes Element erweitert, denn Tom Brodie schien zu glauben, dass die Church of Scotland ausschließlich existierte, um ihn davon abzuhalten, mit jedem weiblichen Wesen Unzucht zu treiben, nach dem ihm der Sinn stand. Außerdem war Tom offenbar der Meinung, dass er, Angus Turbot, persönlich verantwortlich dafür war.

Und so beschlich Mr. Turbot ein etwas beklommenes Gefühl, als er am Samstagnachmittag nach Hawkshill hochritt, um der Witwe Trost zuzusprechen. Zu seinem Erstaunen sah er keine Pferde im Hof stehen und hörte keine Gesprächsfetzen aus dem Cottage, und als er sein Pony am Zügel zum Scheunentor führte, wunderte er sich über den Anblick, der sich ihm bot.

Der Sarg des alten Mannes war mit weißen Leintüchern ausgelegt und stand auf brusthohen Auflageböcken in einem Halbkreis von Kerzen, die man in Flaschen gesteckt hatte. Im Laufe seiner vierzig Jahre im geistlichen Stand hatte Mr. Turbot schon so manchen Leichnam gesehen, der weitaus weniger würdevoll aufgebahrt gewesen war, aber was ihn wirklich stutzen ließ, war der Anblick Tom Brodies auf den Knien; die Hände hatte er wie zum Gebet gefaltet. Die Worte des Gebets konnte Angus Turbot allerdings nicht verstehen, denn die Stimme des jungen Mannes klang lallend, als hätte er getrunken – was gut möglich war, wie Mr. Turbot fand, da er Tom Brodie seit etlichen Jahren kannte.

Henry Brodie stand mit verschränkten Armen hinter dem Sarg.

Als er den Pfarrer entdeckte, rief er: »Gott sei Dank, Mr. Turbot! Sie sind eben noch im rechten Augenblick gekommen. Treten Sie ein, Sir, treten Sie ein, und sehen Sie, ob Sie meinen Bruder wieder zu Verstand bringen können, der am Rande des Wahnsinns taumelt, wie ich befürchte.«

»Die Trauer hat ihn fest im Griff, nehme ich an«, sagte der Pfarrer.

Und Henry schüttelte den Kopf und erwiderte: »Die Schuldgefühle.«

Betsy war nicht gänzlich verwundert, Mr. Turbot in der Scheune anzutreffen. Sie war jedoch entsetzt, zu seinen Füßen Tom auf den Knien zu sehen, das Gesicht gezeichnet von irgendeiner Emotion, die Betsy nicht zu deuten wusste. Der gütige alte Pfarrer strich Tom übers Haar, als wäre er ein Kind oder ein Hütehund. Henry zog Betsy in die kleine Gasse zwischen der Scheune und dem Cottage-Giebel und wandte sich in einem krächzenden Ton an sie, der eher Wut als Schmerz zu verraten schien.

»Halt du dich da raus, Betsy!«, befahl er ihr. »Und halt auch Janet raus! Sag ihr, dass Tom krank ist!«

»Ist er denn krank?«, fragte Betsy.

»Ich befürchte, er könnte den Verstand verlieren.«

»Soll ich nach Drennan laufen und Mr. Glendinning holen?«

»Tom ist bei Mr. Turbot besser aufgehoben«, erwiderte Henry. »Es ist eine Störung des Geistes, nicht des Körpers. Ich hoffe bei Gott, dass wir heute Abend nicht allzu viele Brüder empfangen müssen. Tom ist nicht in der Verfassung, irgendjemanden zu begrüßen.«

»Was hat er denn? Ist sein Herz gebrochen?«

»Er gibt sich die Schuld an Vaters Tod. Das ist unsinnig, ich weiß, doch sein Kopf ist voller düsterer Ahnungen.« Henry schlang einen

Arm um ihre Taille und legte seufzend den Kopf an ihre Schulter. »Ich fürchte um seine geistige Gesundheit, Betsy, ich fürchte wirklich um sie.«

»Vielleicht wird er nach der Beerdigung genesen.«

»Vielleicht«, sagte Henry. »Aber bis dahin besteht er darauf, die ganze Nacht bei dem Leichnam zu sitzen. Ich wusste ja, dass Tom es sich sehr zu Herzen nehmen würde, aber ich hätte nicht gedacht, dass es so weit kommen würde.«

»Möchten Sie, dass ich bei ihm bleibe?«

»Nein, ich werde die erste Wache übernehmen«, antwortete Henry, »und meine Mutter die zweite. Janet werden wir da besser heraushalten. Sie würde Tom mit ihrem Geplapper nur aus der Fassung bringen. Meine Mutter und ich werden dafür sorgen, dass er nicht überstürzt handelt.«

»Überstürzt handelt?«

»Sich etwas antut«, sagte Henry.

Betsy lief es eiskalt über den Rücken. »Welchen Grund sollte er denn dafür haben?«

»Er ist besessen von dem Gedanken, dass er Daddy ermordet hat und Buße tun muss.«

»Wie kommt er denn nur darauf, wenn er sich gar nichts hat zuschulden kommen lassen?«

»Das weiß nur Gott!« Henry nahm Betsy beim Arm und führte sie in den Hof. »Tom ist nicht er selbst. Achte nicht auf ihn, ganz gleich, was er dir erzählt! Hast du mich verstanden, Betsy?«

»Das habe ich«, sagte sie, obwohl sie sich da alles andere als sicher war.

11

Wenn es einen Anblick gab, der Betsys Herz höherschlagen ließ, dann war es der Connor McCaskies, ihres riesigen, zerzausten Vetters, der den Weg hochgeritten kam. Er saß auf einem Pony, das zu klein für seine massige Gestalt zu sein schien, und hatte die langen Beine angezogen, damit seine Stiefel nicht auf dem Boden schleiften. Aber das Pony war kräftig genug, um nicht nur Conns Gewicht zu tragen, sondern auch zwei große, in grobes Leinen gewickelte Bündel, die über den Sattel geschnallt waren.

»Holla, mein Schatz!«, rief Conn. »Wo ist diese feierliche Totenwache, von der ich gehört habe? Gibt es dort einen Schluck zu trinken, ein warmes Feuer, um meine Knochen aufzutauen, und vielleicht auch einen Happen zu essen?« Er stemmte sich aus dem Sattel. »Ich bin am Verhungern.«

Betsy stürzte aus dem Cottage und warf sich so ungestüm in Conns Arme, dass er ins Taumeln kam. Er schlang die Arme um sie und hob sie in die Luft, und die Begrüßung entwickelte sich zu einem wilden Tanz, dessen ungebührliche Ausgelassenheit Tom schließlich aus seiner Totenwache riss.

Am Samstagabend waren ein halbes Dutzend Freimaurer den Hügel hochgestapft, zusammen mit einigen von Toms Kumpeln aus dem Junggesellen-Club. Es hatte eine Art Feier gegeben, eine zurückhaltende Angelegenheit. Tom hatte sich geweigert, die Scheune zu verlassen, und war kaum höflich zu diesen braven Seelen gewesen, die sich eingefunden hatten, um ihr Beileid zu bekunden. Nachdem die Trauergäste gegangen waren, hatte Henry den Bruder überreden können, ein paar Happen gekochten Schinken zu essen und sie mit Whisky hinunterzuspülen; und danach war Tom mit einem leisen Stöhnen umgekippt und auf dem schmutzigen Boden neben dem Sarg eingeschlafen. Ein Kissen unter dem Kopf und in eine Decke gewickelt, hatte er die ganze Nacht durchgeschlafen, und als die Familie zur Kirche aufgebrochen war, war Betsy zurückgeblieben, um auf ihn aufzupassen.

Conn streckte ihm die Hand hin.

Tom schüttelte sie schlaff.

»Das ist mein Vetter aus Irland«, sagte Betsy. »Sie erinnern sich doch sicher an ihn?«

»Aye, er hat unser Vieh gekauft.«

Conn, der grundsätzlich nichts auf Förmlichkeiten gab, legte Tom einen Arm um die Schulter. »Es muss ein sehr trauriger Tag für Sie sein, Mr. Brodie, und für Ihre Familie. Es war mir leider nie vergönnt, Ihren Vater kennenzulernen, doch nach allem, was man hört, muss er ein guter Mann gewesen sein.«

»Das war er, Mr. McCaskie.«

»Meine Freunde, von denen Sie hoffentlich einer sind, nennen mich Conn.«

»Wenn Sie mich bitte entschuldigen, Conn«, sagte Tom, »ich habe einer dringenden Pflicht nachzukommen.« Und mit diesen Worten steuerte er auf das Nebengebäude zu, das die Latrine verbarg.

»Wie hast du erfahren, dass Mr. Brodie tot ist?«, fragte Betsy.

»Deine Mutter hat es mir erzählt, sobald ich angelegt hatte.«

»In Ayr?«

»Port Cedric. In letzter Zeit schleichen zu viele Steuerbeamten über die Kais von Ayr, um dort anzulegen. Die Krone hat eine Belohnung für Informationen zu Schmuggelfrachten ausgesetzt, das heißt, jeder, der nicht einer von uns ist, könnte leicht einer von ihnen sein.«

»Ist das eine Fracht, die du da auf dem Pony hast?«

Connor lachte. »Nein, mein Schatz, da habe ich eine Kiste mit Wein, in Flaschen abgefüllt, und ein Fass mit französischem Brandy für die Brodies. Ich dachte, die Trauergäste würden von nah und fern nur so herbeiströmen. Aber in dem Punkt habe ich mich offenbar verschätzt.«

»Tom wacht über den Leichnam seines Vaters und will sich durch nichts davon abbringen lassen«, erklärte Betsy. »Er gibt sich die Schuld an dem, was geschehen ist.«

»Nach allem, was ich höre, sollte Tom erleichtert sein. Gehört die Farm jetzt nicht ihm?«

»Bedauerlicherweise gehört sie noch immer Hewitt«, sagte Betsy. »Es muss nach wie vor eine Pacht bezahlt werden, spätestens im nächsten Frühjahr.«

Tom kam vom Nebengebäude zurück und knöpfte sich auf dem Weg die Hose zu. »Betsy, wo ist meine Mutter?«

»Zur Kirche gegangen, alle drei.«

»Oh, aye, es ist ja Sonntag«, murmelte Tom. »Sorg dafür, dass Mr. McCaskie etwas zu essen bekommt! Ich muss mich wieder meinen Gebeten widmen. Morgen wird mein Vater unter die Erde gebracht – und mir bleibt nicht mehr viel Zeit.«

»Viel Zeit wofür?«, fragte Conn.

Aber Tom war schon wieder auf dem Weg in die Scheune. Den Kopf hielt er tief gesenkt.

Es gab keine Sammlung von Liebesbriefen in der Handvoll Bücher, die sich ihr Vater im Laufe der Jahre zugelegt hatte. Mangels einer Vorlage, an die sie sich halten konnte, schlug Rose ein paar Akkorde auf der Harfe an, um sich inspirieren zu lassen, und versuchte, sich vorzustellen, was für einen Brief Heloïse an Abelard geschrieben haben könnte, wenn sein Vater eben gestorben wäre.

Es war nicht leicht, Beileid und ewige Liebe zugleich auf einer einzigen Seite zum Ausdruck zu bringen, und sie benötigte vier Entwürfe, bis sie überzeugt war, den richtigen Ton getroffen zu haben. Sie verbrannte die Entwürfe und ließ die Asche zum Fenster hinauswehen, dann versiegelte Rose den Brief und versteckte ihn unter dem Fuß der Harfe, wo ihn vermutlich nicht einmal die wachsame Mrs. Prole finden würde.

Papa war nicht in der besten Stimmung, was kaum verwunderlich war.

Mrs. Prole hatte ihn auf dem Boden in der Diele liegen lassen, bis er Anzeichen von Erholung hatte erkennen lassen, und ihn dann auf die Knie hochgezerrt und mit Rose' Hilfe in sein Schlafzimmer verfrachtet. Schimpfend und fluchend hatte sie ihn entkleidet, ihm das Gesicht gewaschen, ihn in ein zerschlissenes Betttuch anstelle eines Nachthemdes gewickelt und aufs Bett gerollt. Rose hatte sich früh zurückgezogen, um mit ihrem Liebesbrief zu ringen, und sah ihren Vater erst wieder, als er am Sonntagmorgen um kurz nach neun in Morgenrock und Pantoffeln in den Salon geschlurft kam.

»Guten Morgen, Papa«, zwitscherte sie fröhlich. »Hast du gut geschlafen?«

»Er hat schlecht geschlafen«, rief Eunice Prole aus der Küche. »Er hat sich hin und her gewälzt und geschnarcht wie ein Sägewerk. Hast du ihn nicht gehört?«

»Das kann ich nicht behaupten«, antwortete Rose laut.

Ihr Vater griff nach einem Stuhl, setzte sich an den Tisch und hielt sich die Hände vors Gesicht. »Gütiger Himmel, Mädchen«, stöhnte er. »Dämpfe deine Stimme!«

»Schmerzt dich der Kopf?«

»Aye.«

»Soll ich dir einen Schnaps gegen den Kater bringen?«

»Nein, nein! Gott, nein!«

Mrs. Prole tauchte auf. Sie hielt ein Brandyglas mit einer klebrigen Flüssigkeit in der Hand. »Ich habe genau das Richtige, um seinen Magen zu beruhigen«, sagte sie. »Hier, Neville, trink das, dann wird es dir gleich besser gehen.«

»Was ist das?«

»Sahne von der Milch, rohe Eier, Zitronensaft und ein Schuss Essig.«

»Oh, Gnade! Erbarmen!«, murmelte er, erhob sich und stürzte aus dem Salon und durch die Diele zur Toilette, wo er würgend blieb, während Rose zu Ende frühstückte.

»Ich nehme an«, sagte sie schließlich, »Papa wird nicht zur Kirche gehen?«

»Nach dem Geräusch zu urteilen, ist sein Magen in einem schlimmeren Zustand als seine Seele«, erwiderte Mrs. Prole. »Nein, er wird nicht zur Kirche gehen. Wir werden ohne ihn aufbrechen.«

»Wäre es nicht besser, wenn Sie in seiner Not bei ihm blieben?«

»Und dich soll ich allein durch die Straßen laufen lassen?«

»Was soll mir im Haus des Herrn denn schon widerfahren?«

»Es ist nicht das Haus des Herrn, das mir Sorgen bereitet«, antwortete Eunice Prole. »Es ist der Unfug, den du nach dem Kirchbesuch anstellen könntest. Wenn wir die Vormittagspredigt versäumen, dann werden wir eben am Nachmittag zu der anderen Kirche gehen.«

»Ich halte nicht viel von der anderen Kirche«, sagte Rose. »Ich ziehe es vor, auf unserer eigenen Kirchenbank zu sitzen, vor allem da ich etliche Gebete zu sprechen habe.«

»Für die Seele eines Hawkshill-Farmers, den du nicht einmal gekannt hast?«

»Für meinen Seelenfrieden«, erklärte Rose, »und Ihren, meine liebe Mrs. Prole.«

»Lass meinen Seelenfrieden aus dem Spiel! Wenn du auf Teufel komm ... ich meine, unbedingt heute Vormittag zur Kirche gehen willst, dann wirst du mit mir gehen oder gar nicht.«

»Und Papa, mein armer Papa?«

»Lass ihn schmoren«, sagte Eunice.

Die Veränderung, die mit Lucas Fergusson vorgegangen war, war verblüffend. Erstens einmal hatte er sich die Haare schneiden lassen, und zwar hatte er sich nicht der üblichen Schur unterzogen, sondern sich einen anständigen, fachmännischen Schnitt von einem reisenden Barbier verpassen lassen, der Lucas' Strohmatte zu entzückenden Locken arrangiert und die Farbe mit Pomade und dicken Puderschichten hervorgehoben hatte. Außerdem hatte Lucas sich einen hohen Hut mit schicker Krempe zugelegt, eine Krawatte, ein Paar Ziegenlederhandschuhe, ein Seidentaschentuch, das wie ein Highland-Hochwasser aus seiner Tasche hervorquoll, und insbesondere einen Malacca-Gehstock mit einem silbernen Knauf.

Rose war nie näher als vierhundert Meilen an Londons Haymarket herangekommen, aber es schien ihr, als hätte Mr. Fergussons einziger Sohn den Haymarket nach Drennan gebracht, und wenn sein Aufzug nicht ganz so aufdringlich gewesen wäre, dann wäre sie vielleicht mehr davon beeindruckt und weniger amüsiert gewesen.

Die Gemeindekirche von Drennan war weitaus prächtiger als das bescheidene Gotteshaus in Hayes. Sie besaß nicht nur Pfeiler, sondern auch eine eindrucksvolle Dienstboten-Empore sowie eine Anzahl vermieteter Sitzreihen, die wie Rippen von den Seitenschiffen abgingen und an die gepolsterten Logen des Landadels angrenzten. Die Fergussons waren zwar kein Landadel, aber durchaus wohlhabend und besaßen eine lange Bank nahe dem

Sockel der Kanzel. Die etwas weniger begüterten Hewitts hatten eine Bank deutlich weiter hinten inne.

Rose und Mrs. Prole hatten bereits Platz genommen, als die Fergussons ihren Auftritt hatten. Lucas schlurfte nicht, wie sonst meist, mit hängendem Kopf das überfüllte Mittelschiff hinunter; er verharrte im Vorraum, bis Mutter und Vater Platz genommen hatten, und stolzierte dann mit mehr Selbstbewusstsein als Eleganz so gemächlich durch das Mittelschiff nach vorn, dass jeder Mann, jede Frau und jedes glupschäugige Kind ihn eingehend mustern konnte.

Natürlich hätte er den Gehstock nicht mit in die Kirche bringen sollen, und er hätte nicht sein Taschentuch schwenken sollen wie ein geschniegelter Tabakschnupfer auf einer Promenade in Brighton, aber der arme Bursche wusste es eben nicht besser, dachte Rose, und nachdem er die allgemeine Aufmerksamkeit auf sich gezogen hatte, konnte man es ihm nicht verdenken, dass er den Augenblick des Ruhmes genoss.

Rose war jedoch weniger zur Nachsicht geneigt, als er an ihrer Bank innehielt und sich mit einer schwungvollen Verbeugung, die ihn zum Glück endlich von seinem Hut befreite, über Mrs. Proles Schutzwall vorbeugte, Rose mit beiden Augen zuzwinkerte und ihr einen wunderschönen Tag wünschte. Er rundete seinen Gruß mit einer ausladenden Geste ab, die seine Verbundenheit mit der schönen Maid aus der Thimble Row zum Ausdruck brachte und scharfsinnigen Beobachtern seine Absichten klar offenlegte.

»Was war das denn eben?«, zischelte Mrs. Prole.

»Offenbar hat unser Freund Lucas Fergusson sich selbst entdeckt.«

»Dann sollte er diese Entdeckung besser wieder vergessen, bevor er sich zum Gespött der Leute macht«, sagte Mrs. Prole. »Was ist denn los mit dem Burschen?«

»Es ist ein Erwachen, glaube ich«, wisperte Rose.
»Ein Erwachen?«
»Ich nehme an, er hat sich verliebt.«
»In dich?«
»Natürlich in mich«, sagte Rose. »In wen denn sonst?«

Vier Meilen weiter nordwestlich, in Hayes' schäbiger, kleiner Kirche, war Mr. Turbot mitten bei seinem Morgengottesdienst. Obwohl er keineswegs dazu verpflichtet war, holte er bei seiner Bekanntgabe von Matthew Brodies Tod zu einer Lobeshymne aus, bei der Agnes nach ihrem Taschentuch greifen musste. Angus Turbot pries die Ausdauer des Mannes, seine Hingabe an seine Familie, seinen unerschütterlichen Glauben an Gott, einen Glauben, der ihn schweres Leid ohne Klage hatte ertragen lassen, in dem sicheren Wissen, dass er bald in die Himmelsgemeinschaft aufgenommen werden und sich ewiger Ruhe im Schoße des Herrn erfreuen würde.

Aus irgendeinem Grund trafen ausgerechnet diese Worte Henry Brodie völlig unvorbereitet. Er brach in Tränen aus und kauerte, mit dem Arm seiner Schwester um seine Schultern, zitternd und schluchzend da, sodass selbst diejenigen Männer und Frauen, die für die Brodies nichts übrighatten, tief gerührt waren. Henry hatte sich noch nicht ganz gefangen, als der Gottesdienst zu Ende war und die versammelte Gemeinde auf die Straße strömte. Heute wurde nicht geflirtet oder feixend von amourösen Angelegenheiten geredet. Die Mädchen, die sich normalerweise noch vor der Kirche herumgedrückt hätten, in der Hoffnung, Toms Blick aufzufangen, wandten sich rasch ab vom Anblick des völlig aufgelösten Henry mit dem tränenverschmierten Gesicht und den bebenden Lippen. Agnes und Janet wurden von den Damen der Gemeinde umringt.

Es war an Peter, Henry vor dem Gedränge zu schützen. Er hakte den Bruder seines Freundes bei sich unter und führte ihn in eine Seitenstraße. »Ist es wegen Tom?«, fragte er.

»Aye, es ist wegen Tom«, gab Henry zu. »Es ist immer wegen Tom, oder? Tom hier, Tom da, und leidet der arme Tom? Nun, er war auch *mein* Vater, Peter, und so stur er mitunter auch sein konnte, habe ich ihn doch geliebt.«

»Davon bin ich überzeugt.«

Henry wischte sich die Augen mit dem Ärmel und seufzte. »Hat Tom dir von dem Versprechen erzählt?«

»Nein«, murmelte Peter unbehaglich. »Nein, das hat er nicht.«

»Ganz zum Ende hin, fast mit seinem letzten Atemzug, sagte mein Daddy: ›Kümmere dich um Tom, mein Sohn! Kümmere dich um Tom!‹ Und dann haben wir ... und dann starb er.«

»Das beweist, dass dein Vater dir vertraut hat, Henry.«

»Mag sein, aber verdammt, Peter, ich wünschte, seine letzten Worte wären ein Segen gewesen, kein Fluch, denn sich um Tom zu kümmern, das ist ein Fluch«, meinte Henry. »Er wird sich verkriechen, bis irgendeine Frau ihm gefällt, und dann wird er Daddys Tod als Ausrede benutzen, um sich mit Trinken und Unzucht wieder zu erniedrigen.«

»Urteile nicht zu hart über ihn, Henry. Wir heben alle gern hin und wieder ein Glas, und wir sind alle sehr interessiert an den Damen. Das ist in unserem Alter ganz natürlich und nicht besonders erniedrigend.«

»Es wird erniedrigend sein, wenn wir die Farm verlieren«, widersprach Henry. »Ich wünschte, du hättest meinem Bruder nicht gesagt, was die alte Frau dir erzählt hat. Das hat ihn auf einen halb wahnsinnigen Pfad der Buße getrieben, und das zu einer Zeit, als ich seine Hilfe gut hätte gebrauchen können.«

»Ich nehme an, du glaubst nicht, was meine Tante mir erzählt hat?«

»Nicht ein verdammtes Wort«, sagte Henry. »Aber Tom – oh, Tom war schon immer so ›sensibel‹ gegenüber dem Unsichtbaren, was heißt, dass er abergläubischem Gefasel genauso leicht erliegt wie jedes Milchmädchen oder jeder minderbemittelte Arbeiter. Ich mache mir mehr Sorgen darum, wie wir die Beerdigung bezahlen und bis zum Frühjahr fünfunddreißig Pfund aus dem Boden kratzen sollen, als um Geisterstimmen, die uns aus dem Grab Vorwürfe entgegenschleudern.«

»Du lügst, Henry«, entgegnete Peter. »Du *machst* dir Sorgen.«

Henry sah über seine Schulter auf die Passanten auf der Hauptstraße. »Du wirst mir einfach glauben müssen, dass die alte Frau den ungünstigsten Augenblick ausgewählt hat, um ihre Nase in unsere Angelegenheiten zu stecken.«

»Um fair zu sein«, sagte Peter, »ich denke nicht, dass Tassie den Augenblick ausgewählt hat.«

»Du meinst, sie wurde ›ausgewählt‹, ja?«

»Ich nehme an, das ist gut möglich.«

»Wenn das so ist«, erwiderte Henry wütend, »dann bist du um keinen Deut besser als er, und ich wäre dir dankbar, wenn du nicht mehr nach Hawkshill kommst, bis du mir versprichst, die Angelegenheit auf sich beruhen zu lassen.«

»Tom wird sie nicht auf sich beruhen lassen.«

»Nein, er wird sie zu seinem Vorteil ausspielen«, sagte Henry, »solange es ihm passt. Sie bietet ihm eine Ausrede, um sich vor seiner Verantwortung zu drücken, bis etwas daherkommt, das es ihm ermöglicht, sein Gewissen zu entlasten und wieder durch die Gegend zu stolzieren, um mir noch mehr Ärger zu machen.«

»Da gebe ich dir nicht recht, Henry«, entgegnete Peter Frye. »Du schlägst für meinen Geschmack zu sehr nach deinem Vater.«

»Ganz gleich, ob ich nach ihm schlage oder nicht, ich habe

jetzt die Bürden meines Daddys zu schultern – einschließlich Tom«, fuhr Henry auf. »Wirst du morgen gegen Mittag zur Farm hochkommen, um den Sarg zum Kirchhof zu begleiten?«

»Natürlich werde ich das«, sagte Peter. »Tom zuliebe.«

»Das ist für mich gut genug.« Damit wandte Henry sich auf dem Absatz um und kehrte zurück zur Hauptstraße, um seine Mutter und seine Schwester zu finden und sie zurück nach Hawkshill zu scheuchen, bevor sich der Nieselregen in einen Wolkenbruch verwandelte.

Lucas war nie auf die Idee gekommen, die Angestellten seines Vaters könnten noch ein eigenes Leben haben. Er war verdutzt, als er feststellte, dass Nancy Ames nicht ganz so frei und ungebunden war, wie sie vorgab zu sein, und fünf stämmige Brüder hatte, die ihre Ehre verteidigten – dazu ein, zwei Bewunderer, die nicht gut darauf zu sprechen waren, dass ein parfümierter Grünschnabel ihren Platz einnahm.

»Luuu-cas.« Nancy trippelte auf ihn zu. »Wo hast du denn den Hut her?«

Federn und billige Rüschen konnten die niedere Herkunft des Mädchens nicht verschleiern. Lucas – der neue Lucas mit dem eleganten Gehstock, den Handschuhen und dem Taschentuch – hätte sie lieber ignoriert. Er hatte vorgehabt, Rose Hewitt abzupassen, um ihr den Hof zu machen, doch jetzt wurde ihm der Weg ausgerechnet von der Frau verstellt, die ihn überhaupt erst in die Freuden des Mannseins eingeführt hatte – von Nancy und ihren fünf breitschultrigen Brüdern. Er bereute, dass er seine Eltern mit der Ponykutsche bereits losgeschickt und es versäumt hatte, Miss Hewitt bei sich unterzuhaken, sobald sie aus der Kirche getreten war. Lucas sah sich verzweifelt nach seiner wahren Liebe um, als könnte wahre Liebe allein ihn erretten, aber Rose und die Haushälterin hatten die versammelte Gemeinde bereits verlassen und stiegen die Anhöhe hinauf zur Thimble Row.

Nancy hakte sich bei ihm unter und drehte ihn in Richtung von Caddy Crawfords Taverne. »Ihr ladet mich jetzt zu einem kleinen Happen Essen ein«, informierte sie ihn, »du und dein schicker Hut.«

»Ach ja?«, sagte Lucas.

»Du hast es versprochen.«

»Versprochen?«, echote Lucas. »Wann habe ich das versprochen?«

Sie beugte sich zu ihm vor, leckte sein Ohr und flüsterte: »Letzten Dienstag, als du ihn mir hineingesteckt hast.«

»Aye«, knurrte einer der Brüder, der leise an Lucas' Ellenbogen herangetreten war. »Sie erinnern sich doch sicher noch, wie Sie ihn ihr hineingesteckt haben, Mr. Fergusson?«

Oben auf der Anhöhe, wo die Thimble Row begann, hielten Miss Hewitt und Mrs. Prole inne, um zuzusehen, wie der junge Mr. Fergusson von einem keineswegs unattraktiven Milchmädchen und einer kleinen Armee grobschlächtig aussehender Männer zur Taverne abgeführt wurde.

»Mir scheint, meine Liebe«, bemerkte Mrs. Prole, »du hast eine Rivalin um Mr. Fergussons Zuneigung.«

»Es sieht so aus, nicht wahr?«, sagte Rose. »Ach, na ja, was soll's!«

»Wie wankelmütig du doch bist, Rose Hewitt! Wirst du denn nicht um ihn kämpfen?«

»Aber natürlich, meine liebe Mrs. Prole, natürlich werde ich das«, antwortete Rose, und kichernd wie eine Fünfjährige nahm sie Eunice beim Arm und stapfte mit ihr nach Hause.

Die Trauer – oder vielleicht die Wut – hatte Henrys Appetit angeregt. Er machte sich über die Suppe her, die Betsy ihm eingefüllt hatte, als hätte er seit einer Woche kein Essen mehr gesehen. Janet schlug sich am Herd den Bauch mit den Resten einer Kalbfleischpastete voll, während Agnes, noch immer mit Haube und Umhang, beim Feuer kniete und Tee schlürfte. Eine seltsame Erleichterung, ja fast Heiterkeit, lag in der Luft, als wäre der Leichnam bereits weggebracht worden, als wären die Brodies bereit, ihr Leben wieder aufzunehmen.

Conn saß am Tisch, ein Glas Whisky in der Hand. Janet konnte die Augen nicht von ihm abwenden. Falls Conn ihre musternden Blicke spürte, war es ihm nicht unangenehm, und hin und wieder sah er in ihre Richtung und beglückte sie mit einem Augenzwinkern.

»Ihr werdet doch sicher einen Dudelsackspieler haben, der auf dem Weg den Hügel hinunter für ihn aufspielt?«, fragte er.

»Nein«, sagte Henry und schwenkte seinen Löffel, »kein Dudelsackspieler.«

»Nein?«, sagte Conn. »Warum denn nicht?«

»Mein Vater hätte es nicht gewollt«, erklärte Janet.

»Na, so was!«, murmelte Conn. »Nur ein mürrischer Bursche würde bei seiner Beerdigung keinen Dudelsackspieler haben wollen.«

»Mein Vater«, sagte Henry, »war ein mürrischer Bursche.«

»Wenn ich meine letzte Reise antrete, beim Himmel, dann werde ich dafür sorgen, dass ein, zwei Dudelsackspieler den gütigen Herrn wissen lassen, dass ich unterwegs zu ihm bin«, bemerkte Conn. »Und Sie, Henry, werden Sie Musik haben oder nicht?«

»Was kümmert mich Musik, wenn ich tot bin?«, fragte Henry.

»Das heißt«, sagte Conn, »Sie werden nicht in körperloser Gestalt auf dem Grabhügel sitzen, um die Feierlichkeiten zu beobachten?«

»Das glaube ich kaum«, entgegnete Henry steif.

»Sie werden entschwunden sein, in den Himmel entfliehen, so schnell Ihre Flügel Sie tragen werden?«

Das Leben nach dem Tod war ein heikles Thema. Betsy hatte Tom und Henry zu später Stunde oft genug lebhaft darüber debattieren hören. Sie kam um den Tisch und berührte ihren Vetter so dezent wie möglich an der Schulter, in der Hoffnung, er möge den Wink verstehen und das Thema wechseln.

»Aye, oder durch den Boden fallen, um in der Hölle zu schmoren«, brummte Henry.

»Kein Himmel ohne Hölle«, sagte Conn. »Man kann, denke ich, zu Recht das eine gegen das andere abwägen. Aber wenn der Herr so gütig und vergebend ist, wie man uns zu glauben gelehrt hat, dann gibt es Schlechtere als uns, die das Feuer des Satans schüren.«

»Gehören Sie der Kirche Roms an, Mr. McCaskie?«, erkundigte sich Agnes.

»Ich gehöre jeder Kirche an, die mich haben will«, erwiderte Conn. »Aber nein, ich wurde in der kleinen Kirche zu Ferryford getauft, nur zehn Meilen von hier die Straße hinunter, bevor meines Vaters ... äh ... Geschäfte ihn zurück nach Irland führten.«

»Was waren das denn für Geschäfte, Mr. McCaskie?«, fragte Janet.

»Handel«, antwortete Conn prompt. »Freier Handel.«

»Freier Handel?«, echote Janet. »Was für ein Handel ist das denn?«

Henry sah von seiner Suppenschüssel auf und grinste. »Der beste Handel, den es für einen Mann gibt, der keine Skrupel kennt. Ist es nicht so, Conn?«

»Ganz recht, Henry«, pflichtete Connor McCaskie ihm bei. »Ganz recht.«

Und dann brachen die beiden Männer zu Janets Verwirrung und Betsys Erleichterung in schallendes Gelächter aus.

Es war lange nach Einbruch der Dunkelheit, als Connor McCaskie von Hawkshill aufbrach. Er sagte, er würde wiederkommen, um beim Trauerzug zum Kirchhof seinen Platz unter den Trauernden einzunehmen, wenn niemand etwas dagegen hätte, was nicht der Fall war. Er küsste Betsy, umarmte Janet, gab Agnes die Hand, murmelte Henry ein paar Worte zu und stieg dann auf sein Pony. Eine Sattellampe leuchtete ihm den Weg.

Als Betsy wenig später in die Scheune ging, sah sie, dass Tom sich rittlings auf den Holzstuhl gesetzt hatte und wieder eingeschlafen war. Es war kalt in der Scheune und entsetzlich feucht. Betsy schüttelte Tom sanft. Er brauchte eine ganze Weile, um zu sich zu kommen, und als er aufzustehen versuchte, taumelte er und wäre vielleicht sogar gestürzt, wenn Betsy ihn nicht aufgefangen hätte. Er war so durchgefroren, dass er alle Wärme aus ihrem Körper zu saugen schien, und binnen Sekunden fröstelte sie ebenfalls.

»Sie dürfen nicht länger so weitermachen, Tom«, mahnte sie. »Sonst werden Sie bald selbst bei Ihrem Vater im Grab liegen. Kommen Sie ins Haus, um Ihr Abendbrot zu essen und sich aufzuwärmen!«

»Ich kann nicht«, sagte Tom. »Er könnte wiederkommen.«

»Nein, nein«, widersprach Betsy. »Conn ist für heute Abend gegangen.«

»Conn?«, fragte Tom. »Nein, nicht McCaskie. Mein Daddy.«

»Ist es das, worauf Sie warten, Tom – dass Ihr Vater aufwacht?«

»Er ist zu dieser Frau gekommen, dieser Hexe in Drennan.«

»Zu ihr gekommen?«

»Er hat mit ihr gesprochen.«

»Wie denn das?«

»Peter hat es mir gesagt; Daddy hat durch sie zu mir gesprochen.«

»Und Sie glauben, er wird wieder zu Ihnen sprechen?«, fragte Betsy.

»Oh, ja, das glaube ich.«

Im flackernden Kerzenlicht, in dem der Sarg einen gigantischen Schatten auf das Stroh warf und das verstohlene Rascheln von Ratten und Mäusen die Scheune erfüllte, war Betsy fast versucht, Tom zu glauben. Sie sah auf die blutleeren Züge des alten Mannes, die jetzt weich und wächsern wirkten. Einen Augenblick lang erwartete sie fast, dass er die Augen aufschlagen, seine dünnen Lippen öffnen und Tom befehlen würde, ins Haus zu gehen und brav sein Abendbrot zu essen.

»Er findet keinen Frieden, Betsy.«

»Für mich sieht er friedlich aus, Tom.«

»Sein Geist findet keinen Frieden.«

»Hören Sie«, sagte sie, »wenn er ... wenn er spricht, dann werde ich Sie holen.«

Tom stützte die Ellenbogen auf den Rand des Sargs und betrachtete das Gesicht seines Vaters, so nah, fand Betsy, als wollte er vielleicht gleich versuchen, dem Leichnam wieder Leben einzuhauchen.

»Tom«, erklang eine strenge Stimme. Betsy fuhr fast aus der Haut. »Tom, tu, was Betsy dir sagt, und geh ins Haus!«

Sie schnellte herum und stieß einen Schrei aus.

»Entschuldige, Mädchen, ich wollte dich nicht erschrecken.« Henry trat aus dem Dunkel in den Kerzenschimmer und nahm sie beim Arm. »Was hat mein einfältiger Bruder gefaselt, um dich so zu erschrecken?«

»Ich habe ihr die Wahrheit gesagt«, erklärte Tom.

»Die Wahrheit?«, fragte Henry. »Und was für eine Wahrheit soll das sein, Tom?«

»Dass Daddy noch immer bei uns ist.«

»Oh, aye.« Henry versuchte, sich gleichgültig zu geben. »Er wird noch bis morgen bei uns sein, Tom, und danach nicht mehr. Es ist traurig, doch das ist der Lauf der Welt.« Er legte seinem Bruder eine Hand auf die Schulter und führte ihn weg von dem Sarg. »Mutter hat eine schöne, kräftige Hammelfleischsuppe auf dem Feuer stehen. Es gibt noch einen kleinen Rest Kalbfleischpastete und reichlich Käse. Und dann ist da das Fass Brandy, das Connor McCaskie mitgebracht hat und das darauf wartet, geöffnet zu werden. Ich werde bis Mitternacht Wache halten, und danach werden wir beide, wie es sich gehört, Daddy gemeinsam Gesellschaft leisten, nur wir zwei, bis zum Morgengrauen. Was hältst du von meinem Vorschlag?«

Betsy sah, wie Tom die Schultern sinken ließ und langsam nickte.

»Brandy«, sagte er. »McCaskie hat uns Brandy mitgebracht?«

»Und Rotwein.« Henry schob Tom sanft zur Tür. »Er ist ein großzügiger Bursche, dieser Mr. McCaskie, auch wenn ich keinen Zweifel habe, dass er morgen selbst tief genug ins Glas schauen wird.«

»Aye, morgen«, murmelte Tom. »Morgen.« Und dann schüttelte er die Hand seines Bruders ab und ging hinaus in den Hof.

Betsy wollte ihm folgen, doch Henry hielt sie auf.

»Nein, Mädchen«, sagte er, »bleib und leiste mir Gesellschaft! Meine Mutter hätte Tom gern eine Weile für sich.«

Er zog den Stuhl heran, hob die Decke vom Boden auf und schüttelte sie aus. Mit einer kleinen Handbewegung bot er Betsy den Stuhl an, und als sie Platz genommen hatte, legte er ihr die Decke um die Schultern. Er lehnte sich mit der Hüfte gegen das untere Ende des Sargs, verschränkte die Arme und sah zu ihr hinunter.

»Was genau hat Tom zu dir gesagt, Betsy?«

»Nur dass Tassie Landles von Ihrem Vater gehört hat.«

»Glaubst du ihr?«

Betsy zögerte. »Nein.«

»Was hat Tom sonst noch von sich gegeben?«

Sie sah stirnrunzelnd zu ihm hoch. »Nichts, Henry. Ich schwöre, das ist alles.«

Er entfernte sich vom Sarg, stellte sich hinter sie und legte beide Hände auf ihre Schultern. So stand er dann einen Augenblick lang da. »Du bist ein ehrliches Mädchen, Betsy McBride«, sagte er. »Wir können uns glücklich schätzen, dich zu haben.« Und dann, wie zum Segen, küsste er sie auf den Kopf.

12

Fünf Männer und zwei Frauen folgten dem Wagen die Höhen von Hawkshill hinunter. Der Regen hatte nachgelassen, aber Wolken hingen noch immer über den Hügeln. Die Hecken waren schwarz und triefend, und das Vieh auf der langen Weide war seltsam still, als der Leichenzug vorbeirollte. Der Sarg war auf der Ladefläche des Wagens festgeschnallt, doch als der Abhang über der Zollschranke steiler wurde, neigte er sich vor und wäre vielleicht sogar umgekippt, wenn Conn nicht eingegriffen, ihn mit dem Unterarm niedergedrückt und festgehalten hätte, bis der Wagen wieder auf ebener Erde rollte.

Agnes hatte von ihrem Mann Abschied genommen, bevor der Sarg zugeschraubt worden war, und war, der Tradition gemäß, zu Hause geblieben, um sich allein ihrer Trauer hinzugeben. Janet und Betsy folgten Arm in Arm vier oder fünf Schritte hinter den Männern. Sie hatten sich Schultertücher anstelle von Hauben um den Kopf gebunden und lange schwarze Baumwollstreifen lose um die Taille geknotet. Die Männer trugen Sonntagskleidung, die dunkelste Garderobe, die sie besaßen. Selbst der Ire hatte sich einen pechschwarzen Mantel geborgt, um seine Ziegenlederweste zu überdecken, und bis zum Hals zugeknöpft sah er eher wie ein Priester aus als wie ein Pirat, fand Betsy.

Die Männer trugen keine Kopfbedeckung; sie hielten die Hüte an ihren Seiten. Als der Wagen in die Straße zum Friedhof einbog, sah Betsy, dass die Trauernden, die sich an der Friedhofspforte versammelt hatten, ebenfalls barhäuptig waren, und sie dachte, wie ungewohnt sie alle ohne ihre Hüte und Mützen aussahen.

Der Sohn des Totengräbers nahm Henry die Zügel des Pferdes ab und führte den Wagen zu einer kleinen Kiesfläche zwischen der Kirche und dem Friedhof. Die zwei Brüder stellten sich zu beiden Seiten der Friedhofspforte auf und ließen die Trauernden zwischen sich vorbeiziehen, wobei sie sie nur mit einem knappen Nicken zur Kenntnis nahmen. Betsy und Janet stellten sich vor der Trockenmauer auf, die den Friedhof von der Straße trennte. Andere Frauen waren nicht anwesend – Matthew Brodie war beim schönen Geschlecht nicht allzu beliebt gewesen – und nur etwa zwanzig Männer.

Das Grab war tief ausgehoben worden und sah grob und unnatürlich aus. Der Hügel aus Erde und Gras daneben, beides durchnässt vom kürzlichen Regen, hatte die Ränder mit hellbraunem Schlamm beschmutzt. Um nicht den Halt zu verlieren, hielten sich die Männer vorsichtig im Hintergrund, bis der Sarg von Tom und Henry, John Rankine und Peter Frye vom Wagen herübergetragen wurde, während der stämmige, schwarz gekleidete Fremde, der das untere Ende mit einer Hand festhielt, um ihn zu stabilisieren, dem Anlass einen etwas geheimnisvollen Anstrich gab.

Der Sarg hatte keine Griffe und wurde mittels Seilen getragen. Die Sargträger schlurften unbeholfen über das Gras, senkten die Kiste auf Mr. Turbots Anweisung langsam über dem Rand des Grabes und ließen sie in die Tiefe hinunter. Auf den Knien ließ Tom das Seil Stück für Stück durch seine Finger gleiten, als könnte er es nicht ertragen, die Verbindung zu dem Mann zu kappen, der ihn gezeugt hatte. Schließlich erhob er sich und zog das Seil ein. Er schüttelte den Lehm ab und reichte es dem Sohn des Totengräbers, und dann übergab Mr. Talbot Matthew Brodies sterbliche Hülle der Erde und seinen Geist der Obhut des Herrn.

»Oh, Daddy, Daddy!«, murmelte Janet und schluchzte zum ersten Mal.

Einen Augenblick später knuffte ein junger Mann mit den blauen Kreuzbändern und dem braunen Lederbeutel eines amtlichen Zustellers Betsy in den Rücken. »Verzeihen Sie, Miss, ist einer der dort anwesenden Gentlemen vielleicht Mr. Brodie?« Er zog ein Briefpäckchen aus dem Beutel und sah blinzelnd darauf. »Mr. Thomas Brodie?«

»Aye.« Betsy zeigte auf ihn. »Das dort ist er.«

»Nun«, sagte der Zusteller, »ich habe hier einen Brief für ihn.«

»Einen Brief?« Janet zog schniefend die Nase hoch. »Wer schreibt unserem Tom denn Briefe?«

»Absender nicht vermerkt«, antwortete der junge Mann. »Man hat mir gesagt, Mr. Brodie würde um zwei Uhr bei der Kirche in Hayes sein.«

»Wo haben Sie diesen Brief denn entgegengenommen?«, erkundigte sich Betsy.

»In Drennan, Miss, auf dem Amt.«

»In Drennan, ja?« Janet streckte die Hand aus. »Sie können Mr. Brodie jetzt nicht stören. Geben Sie her! Ich werde dafür sorgen, dass er den Brief bekommt.«

»Und wer sind Sie, Miss?«, wollte der Zusteller misstrauisch wissen.

»Ich bin seine Schwester«, erklärte Janet und riss ihm den Brief aus der Hand.

Da nur wenige Kühe Milch gaben, hatten Betsy und Janet ihre abendlichen Aufgaben rasch erledigt. Die Kerzen in der Scheune waren gelöscht worden, aber Licht flutete vom Cottage-Fenster herüber, und die Mädchen konnten das lautstarke Gejohle von Toms Kumpeln hören, die von Hayes hochgekommen waren, um von dem alten Matt Brodie auf genau die ausschweifende Art Abschied zu nehmen, die er zutiefst missbilligt hätte.

»Hat er dir gesagt, wer den Brief geschickt hat?«, fragte Janet.

»Nicht einmal angedeutet«, antwortete Betsy.

»Wer immer es war«, bemerkte Janet, »wird sehr zufrieden mit sich sein.«

»Oh«, meinte Betsy, »ich glaube, wir können uns schon denken, von wem er ist.«

Janet nickte. »Von Rose Hewitt. Aye, von ihrem Daddy wird er kaum sein, oder? Wenigstens hatte er nicht die Frechheit, am Grab aufzukreuzen, auch wenn ich den alten Fergusson hinten in der Menge habe lauern sehen.«

Betsy hatte keinen Zweifel, dass Rose Hewitt den Brief geschickt hatte. Sie hatte beobachtet, wie sorgfältig Tom das Päckchen geöffnet hatte, wie er auf dem Weg vom Friedhof unvermittelt stehen geblieben war und den Brief mit einem leisen, verstohlenen Lächeln rasch zusammengefaltet und eingesteckt hatte, als Peter Frye neben ihm herangeritten war und angeboten hatte, ihn im Sattel mit zurück nach Hawkshill zu nehmen.

Erleichterung machte sich unter ihnen allen breit, jetzt, da die Beerdigung vorbei war. Die Unterhaltung drehte sich nicht mehr um das Leben, das vergangen war, sondern um das, das vor ihnen lag, als hätte der alte Mr. Brodie nichts Bleibendes hinterlassen, was erwähnenswert wäre, dachte Betsy.

In etwa einer Woche würde Henry mit seiner Mutter nach Hayes fahren, um den Stein zu bewundern, den der Steinmetz aufstellen würde. Die Witwe würde irgendein Zeichen des Andenkens dort ablegen, einen Zweig Immergrün vermutlich, und dann würde das Buch über den ehemaligen Pächter der Farm von Hawkshill geschlossen und das nächste Kapitel in der Geschichte der Brodies aufgeschlagen werden.

Die Mädchen gingen über den Hof, um sich an der Pumpe die Hände zu waschen.

»Ich würde eine Guinee geben, wenn ich eine hätte, um einen Blick auf diesen Brief zu werfen«, meinte Janet. »Ich würde doch zu gern wissen, ob Tom schon das Bett mit ihr geteilt hat.«

»Er redet vom Heiraten.«

»Aye«, sagte Janet. »Er wird vom Heiraten reden, bis der Mond vom Himmel fällt, aber eine Ehefrau ist nicht das, was unser Tom will.«

»Und du, Janet?«, warf Betsy ein. »Was willst du?«

»Ach!«, sagte das Mädchen. »Ich werde nehmen, was ich kriegen kann, und dankbar dafür sein. Aber mit deinem Vetter würde ich schon durchbrennen, wenn du ihn nicht zuerst an die Leine genommen hättest.«

»Um Conns Hals ist keine Leine – weder meine noch irgendeine andere«, erwiderte Betsy.

»Mag er keine Mädchen?«

»Oh, er mag Mädchen durchaus«, antwortete Betsy. »Ich habe gehört, er hätte eine ›Ehefrau‹ auf der Isle of Man versteckt und noch andere, oder auch nicht, in Irland.«

»Keine hier in Schottland?«

»Nicht, dass ich wüsste.« Kichernd stieß Betsy die junge Miss Brodie in die Seite. »Aber denk jetzt bloß nicht, du wärst die Erste. Unser Conn ist ein Herumtreiber, heute hier und morgen da.«

»Hast du wirklich eine Zigeunerin erstochen, Betsy?«

»Frag Conn!«

»Wird er mir die Wahrheit sagen?«

»Das bezweifle ich«, entgegnete Betsy, und dann trocknete sie sich, noch immer kichernd, die Hände an ihren Röcken ab und ging zurück über den Hof, um sich einen Happen Essen zu holen, bevor die Männer alles verschlangen, was ihnen unter die Augen kam.

Allem Anschein zum Trotz war Conn nüchtern genug, um sich Gedanken über seine Geschäfte zu machen. Sobald sich eine günstige Gelegenheit bot, lockte er Henry von dem Gedränge in der Küche weg und überredete ihn, Pfeife und Glas in der Hand, vor dem Haus ein bisschen frische Luft zu schnappen. Henry musste nicht lange überredet werden. Es bereitete ihm keine Freude, mit anzusehen, wie sein Bruder, angestachelt vom Alkohol, mit Betsy McBride flirtete, während Johnny Rankine eine Strophe nach der anderen der obszönen Ballade *Poor Peggy Rafferty* schmetterte und die jungen Burschen in den Refrain mit einstimmten.

»Heute Nacht auf dem Heimweg wird sich wohl manch einer übergeben«, sagte Conn.

»Geschieht ihnen ganz recht«, brummte Henry. »Ein solch geschmackloser Unsinn ist nicht für die Ohren von Damen gedacht. Mein Vater würde sich im Grab umdrehen.«

»Dann war er für feuchtfröhliche Feiern nicht zu haben?«

»Das war er nicht«, sagte Henry. »Er gab grundsätzlich nicht viel auf Geselligkeit, und schon gar nicht, wenn starke Getränke flossen.«

Conn nippte an seinem Glas. »Aber Lachen ist keine Sünde, oder?«

»Nein, nein«, räumte Henry ein. »Ich bin nicht so bieder, wie mein Vater war, Gott sei Dank, doch ich bin auch nicht so wie mein Bruder. Ich glaube an Anstand und Mäßigung.«

Conn zog an seiner Pfeife. »Aber mit Anstand und Mäßigung werden Sie sich nicht aus der Grube herausschaufeln.«

»Der Grube? Was denn für einer Grube?«

»Der Armutsfalle.«

»Was interessiert Sie denn eigentlich so an unserer Familie? Kommen Sie, Mr. McCaskie, heraus mit der Sprache! Was wollen Sie von uns?«

Conn stellte Glas und Pfeife ab. Der Lärm aus dem Cottage war lauter geworden. Er hob die Stimme, um sich Gehör zu verschaffen. »Hat Betsy Ihnen erzählt, womit ich mein Brot verdiene?«

»Sie hat mir erklärt, Sie seien Händler. Das haben Sie selbst gesagt«, antwortete Henry. »Das ist keine Schande – vorausgesetzt, Sie bezahlen Ihre Steuern.«

»Und was, wenn ich meine Steuern nicht bezahle?«

»Dann sind Sie ein Gesetzesbrecher.«

»Ein Gesetzesbrecher«, sagte Conn, »das ist eine seltsame Bezeichnung dafür. Ich bitte Sie, Henry Brodie, Sie sind doch kein Narr. Sie haben sich doch sicher schon gedacht, was ich bin.«

Henry nickte. »Ein Schmuggler.«

»Der das Grundprinzip des freien Handels mit der Muttermilch aufgesaugt hat«, räumte Conn ein. »Mein Vater – Betsys Onkel mütterlicherseits – hat in den guten alten Zeiten einen schönen Batzen für uns auf die Seite geschafft, als die Isle of Man noch dem Duke of Atholl gehörte, der seine eigenen Zolltarife festlegte. Eine Million Pfund, so schätzte man, entgingen dem Schatzmeister seiner Majestät jedes Jahr – was der Grund ist, weshalb Seine Majestät vor rund zwanzig Jahren die Hoheitsrechte über die Insel für siebzigtausend Pfund erworben hat.«

»Ich habe von dem berüchtigten *Act of Revestment* gehört«, sagte Henry. »Ich verstehe nur nicht, was das mit uns zu tun hat.«

»Mein Daddy ist zurück nach Irland gegangen«, fuhr Conn fort. »Er hat uns alle mitgenommen, alle bis auf Betsys Mutter, die sich in einen Weber aus Ayrshire verliebt hatte und ihm nach Schottland gefolgt ist. Aber seine Boote hat mein Daddy nicht aufgegeben, und er hat auch den Kontakt zu den Händlern nicht abreißen lassen, die nicht gewillt waren, Steuern zu bezahlen.«

»Ich verstehe noch immer nicht. Was ...«

»Meine Brüder sind nach Amerika gegangen, nach Virginia,

wo sie für die Patrioten gekämpft haben und dafür mit Land belohnt wurden. Als mein Vater starb, da habe ich seine Boote geerbt und die Routen, die er für die Frachten festgelegt hatte«, fuhr Conn fort. »Und was noch wichtiger ist, ich habe Händler in Glasgow, die sich nach Freihandelsgütern aller Art die Finger lecken. Bedauerlicherweise lässt die Krone mehr Steuerbeamte als je zuvor gegen uns aufmarschieren. Die besten Landungsstrände von Solway bis Ullapool werden stark patrouilliert, und selbst die Westküste ist nahezu abgeriegelt.«

Henry öffnete den Mund, um seine Frage zu wiederholen.

Conn kam ihm zuvor. »In Port Cedric kann ich in null Komma nichts Frachten anlanden und löschen. Dort gibt es die Ruine einer Mole und ein schmales Stück Strand. Woran es dort jedoch mangelt, ist irgendein Unterschlupf, um die Ware zu verstecken. Es gibt da keine Höhle, kein Waldstück, kein Farmhaus ...«

»Ah!«, rief Henry aus. »Ah-ha!«

»Ein Farmhaus wie Ihres hier auf Hawkshill.«

»Wir sind mindestens zwei Meilen entfernt vom Meer.«

»Ein halbstündiger Weg für Ponys, eine Stunde höchstens für Wagen.«

»Über die Zollschranke?«, fragte Henry. »Ist das nicht gefährlich?«

»Nachts herrscht auf der Straße kein Verkehr. Ein geschickter Mann kann einen Ponyzug in fünf Minuten über die Zollschranke bringen. Und danach«, Conn schlug mit einer Faust in seine Hand, »geht es in einem Rutsch durch bis Hawkshill.«

»Und dann?«

»Dann lagern Sie die Fracht, bis die Händler sie abholen lassen.«

»Und wo sollen wir sie lagern?«

»Dort drüben.« Conn wies mit einem Daumen auf die Scheune.

»Hinter dem Stroh, meinen Sie?«

»Perfekte Tarnung.«

»Aber da gibt es Ratten, eine wahre Plage.«

»Ratten kann man loswerden.«

»Leichter als Zollbeamte, würde ich vermuten«, bemerkte Henry. »Wie wird die Fracht abgeholt und weggebracht werden?«

»Stück für Stück.«

»Übers Moor?«

»Übers Moor, ganz recht«, erwiderte Conn. »Nun, Mr. Brodie, was sagen Sie dazu?«

Henry bückte sich und fand Conns Glas. Er wischte den Rand sorgfältig mit Daumen und Zeigefinger ab und trank den restlichen Whisky mit einem raschen Schluck. Er nahm die Tabakspfeife, schnupperte an dem Pfeifenkopf und richtete sich dann wieder auf.

»Was springt für uns dabei heraus, Mr. McCaskie?«

»Ein Vermögen«, antwortete Conn.

»Genug, um unsere Schulden zu bezahlen?«

»Zehnmal.«

»Und diese Farm auf Vordermann zu bringen?«, fragte Henry.

»Und diese Farm zu *kaufen*, wenn Sie es wünschen.«

»Wie bald brauchen Sie eine Antwort?«

»Bald«, sagte der Ire. »Vor Lochranza auf der anderen Seite von Arran liegt eine Brigg vor Anker, die etwas Schmuggelfracht an Bord hat – meine Fracht.«

»Wie bald ist ›bald‹?«, hakte Henry nach.

»Morgen«, erwiderte Connor McCaskie. »Spätestens Mittwoch.«

Und Henry pfiff leise durch die Zähne und murmelte: »Oh!«

Zusammengerollt wie eine Katze, schlief Tom am Fuß der Leiter. Irgendjemand – vermutlich Henry – hatte eine Decke über ihn geworfen. Johnny Rankine lag – vollständig bekleidet – ausgestreckt auf dem Bettrost des Verstorbenen. Er hatte den Vorhang heruntergerissen und um sich gewickelt, und wenn er nicht geschnarcht hätte, dann hätte Betsy ihn leicht für tot halten können. Conn und die anderen Zecher waren gegangen, es sei denn, so überlegte Betsy, sie lagen wie Mehlsäcke oben auf dem Dachboden.

Um halb eins, als ihr Toms Aufmerksamkeiten allmählich zu viel geworden waren, war sie zu Bett gegangen. Agnes und Janet waren ihr gefolgt, und sie hatte, eingezwängt zwischen Mutter und Tochter, eine unbequeme Nacht verbracht.

Um sechs stand sie auf, schlüpfte in ihre Kleider und ging gähnend auf den Hof, um ihr Gesicht an der Pumpe zu waschen und der Außentoilette einen Besuch abzustatten. Fröstelnd kehrte sie ins Cottage zurück, wo Henry gerade über den Resten des Feuers in einem kleinen Topf Wasser zum Kochen brachte. Der Tisch war mit Flaschen und Gläsern übersät und der Boden klebrig von verschütteten Getränken. Das Einzige, was in diesem Zimmer sauber war, war Henry, der sich gebadet, rasiert und ein frisches Hemd angezogen hatte und aussah, als wäre er nach einer erholsamen Nacht mit klarem Kopf und noch klarerem Gewissen aufgewacht.

»Gott sei Dank«, sagte er leise, »haben wir das hinter uns!«

»Sind alle gegangen?«

»Alle bis auf Rankine.«

»Conn auch?«

»Gleich als Erster«, antwortete Henry, »auch wenn das nicht viel heißt.«

»Soll ich Ihre Mutter und Janet wecken?«

»Lass sie schlafen!«, sagte Henry. »Ich werde die Tiere später selbst holen.«

Er trug den Topf an den Tisch und goss kochendes Wasser in die Teekanne. Geschnittenes Haferbrot, Butter und ein paar dünne Scheiben Käse lagen auf zwei sauberen Tellern. Betsy aß ein Stück Brot mit Käse und trank den starken, heißen Tee. Es war seltsam, so zwischen dem ganzen Unrat zu stehen. Nichts war ordentlich oder organisiert, jedenfalls nichts bis auf Henry.

»Erzähl mir ein bisschen von deinem Vetter«, bat er.

»Connor?«, fragte Betsy verblüfft. »Er ist in etwa so, wie er scheint. Er versteckt nichts.«

»Nichts – bis auf seinen wahren Beruf.«

»Aye, da kann er ein bisschen ausweichend sein.«

»Er ist ein Schmuggler, habe ich recht?«

»Er hat es Ihnen erzählt?«

»Das hat er«, sagte Henry. »War er je im Gefängnis?«

»Nicht, dass ich wüsste.«

»Wo lebt er?«

Betsy zuckte die Schultern. »Wo immer er anlandet. Ich glaube, er hat ein Cottage irgendwo auf der Isle of Man. Er ist mit seiner Mutter – meiner Tante Netta – vor ein paar Jahren von Irland dorthin gegangen. Seine Schwester und ihr Mann leben auch auf der Insel. Falls er irgendwo ein Zuhause hat, wird es auf der Isle of Man sein.«

»Ist er ein Mann von Ehre?«

»Ehre?«, wiederholte Betsy. »Nun, mit Ehre kenne ich mich nicht aus.«

»Ist er ehrlich?«

»Die Zollbeamten sind nicht der Ansicht.«

»Würde er einen Freund betrügen?«, fragte Henry.

»Nein«, sagte Betsy. »Niemals.«

»Wie kannst du dir da so sicher sein?«

»Er ist mein Vetter.«

»Natürlich ist er das«, meinte Henry. »Trink deinen Tee aus, Betsy, und dann werden wir unser Tagewerk in Angriff nehmen. Ich habe bis zum Einbruch der Nacht viel zu erledigen.«

Es war Jahre her, seit Henry Salzgischt auf den Lippen geschmeckt hatte. In fernen Kindheitstagen war er hin und wieder mitgenommen worden, um in der Brandung zu planschen, die an Ballantraes sandiger Küste leckte, und einmal, nach einem gewaltigen Sturm, um das Wrack eines Segelschiffs zu sehen, das an den Felsen zerschellt war. Aber ähnlich wie Hawkshill hatte das kleine Stück Land der Brodies hoch oben in den Hügeln gelegen, und das Meer war nichts weiter als ein Teil des Horizonts gewesen.

Als er jetzt über die Dünen stieg, Wellen an Port Cedrics winzigen Strand schlagen sah und den weichen, nachgebenden Sand unter den Absätzen spürte, war es deshalb für Henry ein seltsames Gefühl, seinen Vater hinter sich zu spüren, als wäre er noch immer ein kleiner Junge, der vor einem solch gewaltigen und rastlosen Gebilde wie dem Meer vielleicht eine beruhigende Hand brauchte, an die er sich klammern, oder ein Bein, hinter dem er sich verstecken konnte.

Port Cedric war keiner Erwähnung wert. Das steinerne Cottage, das einst den Fischern des Gutsherrn von Copplestone als Unterkunft gedient hatte, war eine abgedeckte Ruine und die Mole, wo vor einer Generation Copplestones kleine Flotte ihren Fang angelandet hatte, kaum mehr als ein Stumpf, der von Winterstürmen und hohen Nippfluten abgenagt worden war. Copplestone House, wo die Fryes lebten, lag eine halbe Meile weiter nördlich, aber sein Parkgelände reichte knapp bis an den Hafen, wo seine bescheidenen Acres in kleinen Parzellen als Weideland für Schafe und Ziegen verpachtet wurden.

Wenn Henry erwartet hatte, eine stattliche Brigg zu sehen, die vor der Küste vor Anker lag, oder eine Reihe auf den Strand gesetzter Beiboote, dann wurde er enttäuscht. Nur eine kleine Schmacke war am Ende der Mole vertäut, mit gesenktem Mast, die Ruder über dem Heck festgebunden; und auch keine fröhliche Crew trank Rum und tanzte dazu Hornpipes. Einzig Connor McCaskie, mit Wollmütze und in einem braunen Stoffmantel, kauerte vor einem Treibholzfeuer.

»Da sind Sie ja endlich«, sagte Conn. »Ich habe ein paar Kartoffeln in die Asche gelegt, falls Sie einen Happen essen wollen.«

»Nein, danke«, erwiderte Henry. »Ich habe vor einer Stunde zu Hause gegessen. Haben Sie hier die Nacht verbracht?«

»Ich habe bei Betsys Leuten in Hayes übernachtet.« Conn stemmte sich hoch. »Aber es macht mir auch nichts aus, unter den Sternen zu schlafen, wenn es sein muss. Ist Ihr Bruder inzwischen wieder zu Verstand gekommen?«

»Kaum«, sagte Henry.

»Haben Sie ihm meinen Vorschlag unterbreitet?«

»Nein.«

»Nein?« Conn runzelte die Stirn. »Haben Sie mir keine Antwort mitgebracht?«

»Zuerst habe ich ein paar Fragen zu stellen«, sagte Henry.

»Ich dachte mir schon, das könnte der Fall sein. Laden Sie Ihre Kanone und schießen Sie los!«

»Dieses Schiff, das hinter Arran vor Anker liegt, wie groß ist seine Fracht?«

»Tabak, zwei Bootsladungen, vielleicht drei. Brandyfässer, zehn insgesamt. Holland-Gin, noch einmal acht.«

»Das ist nicht viel Fracht für eine Brigg«, bemerkte Henry.

»Das ist natürlich nur die Schmuggelfracht«, sagte Conn. »Der Rest ist auf den Frachtpapieren aufgelistet, damit der Zoll in Greenock zufrieden ist.«

»Verstehe.« Henry nickte. »Und wenn ein Kutter des Königs in Sicht kommt, wird die Schmuggelfracht über Bord geworfen, und der Zollbeamte bekommt die Frachtpapiere zu sehen, damit er die rechtmäßigen Waren an Bord damit vergleichen kann.«

»Es ist nicht ganz so leicht, wie Sie es hinstellen, Henry.«

»Das glaube ich gern. Wie groß ist das Risiko, auf frischer Tat ertappt zu werden?«

»Mittelgroß bis groß«, räumte Conn ein, »doch dafür wartet ein dickes Stück vom Kuchen auf alle Beteiligten.«

Henry sah sich um. »Ist das dort Ihr Boot?«

Conn nickte. »Eines von mehreren.«

»Es ist sehr klein.«

»Das ist es«, gab ihm Conn recht.

»Wie viele Fahrten von der Brigg werden nötig sein, um die Ware an Land zu bringen?«

»Die Brigg hat auch Boote.«

»Verstehe«, sagte Henry. »Wie viele also? Drei Fahrten?«

»Drei oder vier.«

»Wie viele Ponys werden Sie brauchen?«

»Ein halbes Dutzend.«

»Wir haben zwei, nur zwei.«

»Aye, aber Sie haben auch starke Pferde und ein paar Wagen.«

»Wer besorgt die Landcrew?«, wollte Henry wissen.

»Sie.«

»In dem Fall«, überlegte Henry laut, »werden wir meinen Bruder auf unserer Seite haben müssen. Außerdem meine Mutter und meine Schwester.«

»Und Betsy«, rief ihm Conn in Erinnerung.

»Ja«, sagte Henry, »das ist noch ein Punkt, den ich gern erörtern würde. Wie lange ist Betsy schon in Ihre Pläne eingeweiht?«

»Sie weiß nichts von meinen Plänen.«

»Wenn sie nicht beteiligt ist«, wandte Henry ein, »was hat Sie dann zu uns geführt?«

»Ein Blick für gute Gelegenheiten«, antwortete Conn. »Ich war auf der Suche nach einem sicheren Strand und einem trockenen Lager. Als ich erfuhr, wo Betsy beschäftigt ist, habe ich die Lage genauer erkundet.«

»Haben Sie unser Vieh nur gekauft, damit wir in Ihrer Schuld stehen?«

»Ich habe es gekauft, um ein positives Licht auf eine, wie ich hoffe, einträgliche Partnerschaft zu werfen.«

»Schön und gut. Wann haben Sie vor anzulanden?«

»Morgen Nacht. Die Flut ist um ein Uhr.«

»Kommen Sie heute Abend zur Farm«, sagte Henry, »etwa eine Stunde nach Sonnenuntergang. Dann werde ich Ihnen eine Antwort geben.«

»Warum nicht jetzt?«, fragte Conn.

»Weil noch mehr Leute als ich den Kopf hinhalten müssen.«

Er hatte den ganzen Vormittag mit einem sauren Magen zu kämpfen und hätte Johnny Rankines Angebot, ihn auf ein heilsames Glas Ale bei *Souter Gordon's* mit nach Hayes zu nehmen, vielleicht angenommen, wenn die Frauen sich nicht gegen ihn verbündet und den alten Halunken vom Hof gejagt hätten, bevor er Toms Rückgrat, ganz zu schweigen von seinen Eingeweiden, noch mehr Schaden zufügen konnte.

Bis zum Nachmittag hatte sich Tom so weit erholt, dass er sich in den Pferdestall schleichen konnte, um Rose Hewitts Liebesbrief noch einmal zu lesen. Er war gerührt von ihren tröstlichen Worten und beschwichtigt von ihren Versprechungen künftiger Küsse. Er hatte bereits begonnen, seine Brautwerbung zu planen, als Henry nach Hause kam und die Familie in der Küche versammelte, um sie von Connor McCaskies Angebot zu unterrichten.

»Daddys Leichnam ist noch nicht einmal kalt«, fuhr Tom ihn an, »und du treibst Geschäfte mit einem irischen Schmuggler. Gott, Henry Brodie, was ist nur über dich gekommen?«

»Gesunder Menschenverstand«, sagte Henry.

»Ist es gesunder Menschenverstand, dass wir in Ketten gelegt werden sollen?«

»Willst du etwa, dass wir Neville Hewitt um noch einmal sechs Monate Kredit anbetteln? Wir haben nicht die geringste Chance, mit Hawkshill genug zu erwirtschaften, um das halbe Jahr zu bezahlen, nicht die geringste Chance, dass Hewitt uns *nicht* vertreiben wird. Hat Daddy uns nicht gezeigt, dass Sparsamkeit und Plackerei nicht ausreichen, um einen Mann aus dem Dreck zu ziehen?«

»Ich habe Pläne«, erwiderte Tom von oben herab.

»Pläne, die Hewitts Tochter betreffen?«, sagte Henry. »Das sind keine Pläne, Mann, das sind Träume. Und selbst wenn du sie beschwatzen kannst, dich zu heiraten, wird Hewitt sie enterben. Er hat schon Daddy nie leiden können, aber dich *hasst* er.«

»Tom hatte noch nie den Mumm, irgendetwas allein auf die Beine zu stellen«, warf Janet ein. »Wir haben Daddy die Schuld gegeben, doch ich denke, es war die ganze Zeit nur Toms Schwäche.«

»Halt den Mund, Mädchen«, fuhr Tom auf. »Das geht dich gar nichts an.«

»Oh, doch«, schaltete sich Henry ein. »Wenn wir McCaskies Angebot annehmen, dann stecken wir alle zusammen drin, und wenn wir geschnappt werden, werden wir alle baumeln.«

»Was ist mit Betsy?«, fragte Janet.

»Ich könnte ein bisschen Aufregung gebrauchen«, sagte Betsy. »Ich werde bleiben.«

»Schmuggelwaren, in unserer Scheune versteckt«, wandte Tom ein. »Stadtleute, die rund um die Uhr kommen und gehen: Glaubst du etwa, ein solches Treiben würde unbemerkt bleiben?«

»Wer sollte es denn schon bemerken?«, erwiderte Henry. »Auf dieser Seite des Hügels gibt es niemanden außer uns, und niemand von uns wird uns an die Steuerbeamten verpfeifen.« Er trat näher an seinen Bruder heran. »Denk bloß, Tom: Wenn wir bei genügend Anlandungen mithelfen, werden wir nicht nur die Frühjahrspacht beisammenhaben, sondern auch noch genug, um jeden erbärmlichen Acre zu entwässern, zu düngen und zu besäen. Hewitt hasst dich vielleicht, aber bei Gott, das wird ihn nicht davon abhalten, unser Geld zu nehmen. Und wenn alles gut geht, wer weiß, dann werden wir Hawkshill eines Tages vielleicht kaufen können.«

»Wenn du Hawkshill kaufst, wirst du ein Grundbesitzer sein, Tom«, ergänzte Janet, »und dann wirst du bei den Mädchen die freie Auswahl haben.«

Tom fuhr sich mit einer Hand an die Stirn. »Mein Vater war ein ehrenhafter, gottesfürchtiger Mann ...«, begann er.

»Und sieh, was es ihm eingebracht hat!«, warf Agnes Brodie ein. »Mach es, Henry! Sag dem Iren, wir sind auf seiner Seite. Sag ihm, wir sind dabei.«

13

Agnes lehnte sich kühn wie eine Kriegerkönigin auf dem Sitzbrett vor und stieß ein aufgeregtes »Ho« aus, als das Pferd den Wagen über die Zollschranke auf die lange Biegung zog, die hinunter zum Strand führte. Betsy lenkte das Tier vorsichtig den Weg hinunter, bis ein schwacher Schimmer am Himmel die Hügel hinter dem Strand umriss.

»Da«, zischelte Agnes Brodie. »Sieh nur!«

Betsy zügelte das Pferd und starrte ängstlich auf einen Mann, der auf der windgeschützten Seite der Dünen kauerte. Einen Augenblick lang dachte sie schon, das Spiel könnte aus sein, bevor es überhaupt begonnen hatte. Sie fragte sich, wie sie wohl reagieren würde, wenn Fackeln aufflammen und Musketen krachen sollten, ob sie sich kläglich ergeben oder die Witwe Brodie im Stich lassen, vom Wagen springen und wie ein Wiesel in die Nacht davonhuschen würde.

Henry ergriff das Wort. »Bleib du beim Wagen, Mammy! Der Sand ist zu weich, um sein Gewicht zu tragen. Betsy, du kommst mit mir mit.«

Das Mädchen reichte Agnes die Zügel, kletterte über das Wagenrad und folgte Henry und den Ponys durch die Dünen. Jetzt, da sie zu Fuß unterwegs waren, fühlte sie sich nicht mehr so hilflos ausgeliefert. Die Ponys, die der Anblick des Meeres beunruhigte, stampften und schnaubten, während Janet sie zum Ende der Dünen und weiter zur Mole führte.

Tom, Conn und mehrere andere Männer waren dabei, Satteltaschen auf die Pferde zu schnallen und Fässer aus einem kleinen

Boot zu laden. Betsy spürte, dass dort draußen in der Dunkelheit ein Schiff war, aber sie konnte nichts sehen als helle Schaumkronen auf den Wellen, die nicht weit vor der Küste rollten und hochschlugen. Die Fracht war bereits am Ende der Mole aufgestapelt, keine großen Ballen und Fässer, sondern winzige Fässer und kleine, mit Öltuch umwickelte Pakete, gerade so groß, dass ein Mann sie tragen konnte.

Conn hatte sich ein Fass auf jede Schulter geladen und murmelte: »Guten Abend, die Damen, eine schöne Nacht für unser Vorhaben, nicht wahr?« Er schob sich an den Ponys vorbei und stapfte den Strand hoch, gefolgt von zwei ähnlich beladenen Fremden.

Betsy staunte über das Geschick der Schmuggler und die Geschwindigkeit, mit der sie die Fracht entluden, ohne den Lichtschimmer einer Laterne oder mehr als ein, zwei gemurmelte Worte. Als die Ponys bepackt waren, führte Janet sie durch die Dünen fort. Betsy wurde angewiesen, zum Wagen zurückzukehren und den Ponys zurück nach Hawkshill zu folgen. Sie kletterte auf den Wagen, nahm Agnes die Zügel ab und wendete das Pferd mühsam in einem engen Kreis. Die Räder sanken in den Sand ein, und der beladene Wagen neigte sich schräg. Einen Augenblick lang schien es, als könnte er umkippen, aber das Gestell mit den großen Fässern schloss oben mit kleineren ab, alles war fachmännisch gesichert. Die Fracht blieb fest verankert, während sich der Wagen rumpelnd und zuckelnd vorwärtspflügte, bis er sich wieder auf festem Boden befand.

Der Anstieg war steiler, als Betsy bewusst gewesen war. Sie benötigten fast eine halbe Stunde, bis sie die Zollschranke erreichten. Janet und die Ponys hatten sie bereits überquert. Betsy zügelte das Pferd und zog die Bremse an, und sie wäre heruntergeklettert, um sich zu vergewissern, dass der Weg frei war, wenn Agnes sie nicht zurückgehalten hätte.

»Ich mache das«, sagte die Ältere. Erstaunlich gelenkig für ihr Alter sprang sie vom Wagen und schlich aus dem Schutz der Dornenhecke, die die Biegung säumte.

Betsy konnte Agnes kaum noch erkennen, wie sie da mitten auf der Straße stand, erst in die eine, dann in die andere Richtung sah und schließlich mit ihrem Schultertuch winkte, zum Zeichen, dass die Luft rein war. Betsy trieb das Pferd an, spürte, wie die Räder sich hoben und losratterten, und lenkte den Wagen dann mit einem erleichterten Seufzer auf den Weg nach Hawkshill.

Die Witwe Brodie kletterte keuchend neben ihr auf das Sitzbrett. »Sind wir jetzt in Sicherheit, Mädchen?«, fragte sie.

»So sicher, wie wir je sein werden«, antwortete Betsy. »In einer halben Stunde sind wir zu Hause.«

»Gott sei Dank«, sagte Agnes Brodie. »Ich sehne mich schon nach einer Tasse Tee.«

Conn und seine Crew begleiteten die Fracht nicht bis nach Hawkshill. Sie würden die Huf- und Wagenspuren auf dem Weg mit Ginsterreisern verwischen, sagte Henry, und dann zu der Schmacke zurückkehren, um die Brise des Gezeitenwechsels zu nutzen und bei Tagesanbruch sicher im Hafen zu sein, meilenweit entfernt von Port Cedric.

Für Betsy und die Brodies hatte die harte Arbeit erst begonnen. Sie luden die Fracht von den Pferden und Ponys und führten die Tiere in den Stall. Nachdem sie sich mit einem Schluck Whisky und einer Tasse Tee gestärkt hatten, machten sich die jungen Leute ans Werk, die Schmuggelware zu verstecken. Agnes, die sich dick gegen die Kälte eingemummt hatte, stand am Ende des Weges Schmiere.

Der Umfang der Schmuggelfracht war größer, als jeder von

ihnen erwartet hatte. Im Verlauf der Nacht keiften und knurrten Tom und Henry sich immer wieder an, und wenn sie nicht so erschöpft gewesen wären, wären sie vielleicht sogar handgreiflich geworden. Als sie Löcher ins Stroh gruben, um ein Versteck zu bauen, scheuchten sie Scharen von Ratten auf. Janet, die in solchen Dingen nicht zimperlich war, spießte so viele wie möglich mit einer Heugabel auf und warf die Kadaver auf den Misthaufen. Die Hunde, die in ihren Zwingern eingesperrt waren, waren hellwach und brachen beim Geruch des Blutes in lautes Gebell aus. Die wilden Katzen der Farm schlichen hinter den Nebengebäuden hervor und stürzten sich fauchend auf die Ratten.

Es war eine laute, schmutzige und schweißtreibende Arbeit. Nur die Angst davor, bei Tagesanbruch auf frischer Tat ertappt zu werden, machte den Brodies Beine. Der Himmel im Osten war von butterfarbenen Wolken gestreift, als das letzte Fass in sein Versteck gerollt und das allerletzte Tabakpäckchen auf den Dachboden über der Küche gehievt wurde, sicher vor den Übergriffen von Ratten und Mäusen. Inzwischen ging es auf sieben Uhr zu. Betsy und Janet brachen auf, um die Kühe zu holen, während Henry und Tom die Scheune fegten und aufräumten. Es gab keinen Grund zu der Annahme, irgendjemand aus dem Dorf würde den Hügel hochstapfen oder Zollbeamte Wind von der Ladung bekommen und auf der Farm einfallen. Und doch lag eine unheilvolle Vorahnung in der Luft, als die Familie schließlich zum Frühstück zusammenkam, und diese düstere Ahnung wurde noch bestärkt durch die Erschöpfung und das Wissen, dass sie trotz aller Müdigkeit noch einen ganzen Tag Arbeit auf der Farm vor sich hatten, bevor sie sich ausruhen konnten.

»Wie lange will der Ire uns denn auf dem Zeug sitzen lassen, bevor er es abholt?«, fragte Tom.

»Ich habe keine Ahnung«, antwortete Henry.

»Ich dachte, du wüsstest alles«, knurrte Tom. »Ich dachte, du seist der Experte für unser neues, verbrecherisches Leben.«

»Hör auf, Tom!«, schalt ihn Agnes. »Beim nächsten Mal wird es schon leichter gehen.«

»Verdammt, Mammy, es wird kein nächstes Mal geben. Ich habe genug davon.«

»Dachtest du etwa, Mr. McCaskie würde uns eine Handvoll Geld fürs Nichtstun geben?«, schaltete sich Janet ein.

»Bis jetzt haben wir noch keinen Penny von McCaskies Geld gesehen«, gab Tom zurück. »Und hier sitzen wir mit genügend unversteuertem Alkohol in der Scheune, um eine ganze Fregatte zu Wasser zu lassen, und genug Tabak, um die Hälfte der Heringe in der Irischen See zu räuchern. Und nichts davon ist gut genug versteckt, um einem Fünfjährigen etwas vorzumachen, geschweige denn einem Zollbeamten, und ihr wisst nicht einmal, wann das Zeug abgeholt wird oder wie groß unser Anteil sein wird.«

»Fünfzehn Prozent«, sagte Henry.

Tom blickte finster drein. »Fünfzehn Prozent wovon?«

»Von dem, was wir bekommen.«

»Von wem bekommen?«

»Ich habe die Preisliste da«, erwiderte Henry. »Conn hat sie mir gegeben.«

»Ich dachte, du wüsstest nichts darüber«, sagte Tom.

»Nein, nein«, antwortete Henry. »Ich weiß nur nicht, wie lange wir die Waren lagern werden oder wie sie abgeholt werden, doch ich weiß ungefähr, was sie erzielen werden. Die kleinen Fässer werden jedes ein Pfund und acht Schilling bringen. Die großen sind randvoll mit überprozentigem französischem Brandy, der kristallklar und stark genug ist, um einen Mann mit einem Schluck davon zu töten. Die Händler werden ihn mit Karamell einfärben und mit Wasser strecken.«

»Und wie viel sind die großen Fässer wert?«, erkundigte sich Janet.

»Acht Pfund und fünfzehn Schilling«, antwortete Henry.

»Jedes?«, fragte Betsy.

»Aye, jedes. Das sind sechsundzwanzig Schilling pro Fass für uns.«

»Wie viele Fässer?«, hakte Janet eifrig nach.

»Zwölf«, sagte Henry. »Und wenn wir unseren Anteil an den kleinen Fässern mit Gin und an dem Tabak mit einrechnen ...«

»Das ist eine Halbjahrespacht«, entfuhr es Janet.

Henry nickte. »Annähernd.«

»Puh!« Seine Schwester lehnte sich zurück. »Eine Halbjahrespacht für eine Nacht harte Arbeit, und du besitzt die Frechheit, dich zu beschweren, Tom Brodie.«

»Ich hätte diese Summe auf ehrliche Weise verdienen können«, murmelte er.

»Wie denn?«, wollte Janet wissen. »Sag uns das: wie denn?«

»Mit dem Schweiß auf meiner Stirn.«

»Nun, wenn du dich nach Schweiß auf der Stirn sehnst«, entgegnete Janet, »kannst du ja schon einmal anfangen, den Winterweizen zu säen.«

»Das Feld ist noch nicht bereit für die Aussaat«, erklärte Tom.

»Dann mach es bereit«, sagte seine Mutter. »Der Boden ist trocken genug für die Egge, oder nicht?«

»Die Pferde sind zu erschöpft, um heute zu arbeiten«, widersprach Tom.

»Die Pferde – oder du?«, fragte Janet. »Fauler Sack.«

Er hob die Hand, um sie zu schlagen, doch dann besann er sich eines Besseren. Er stemmte sich hoch und streckte die erschöpften Arme über den Kopf aus. »Nein«, erwiderte er. »Ich werde die Pferde nicht für unseren Gewinn bestrafen, Henry. Bringst du heute die Schafe in den Unterstand?«

»Vermutlich.«

»Dann werde ich dir dabei zur Hand gehen.«

»Wir müssen die letzten Rüben ziehen, bevor der Frost einsetzt«, sagte Henry. »Wenn die Mädchen dafür zu haben sind, dann könnten sie ...«

Betsy hob den Kopf. »Hört mal«, wisperte sie. »Da kommt ein Wagen in den Hof.«

Und auf einen Schlag waren die Brodies verstummt.

Es war ein riesiges Gefährt, ein langer, vierrädriger Planwagen im englischen Stil, wie sie auf den Weiden großer Farmen im Süden eingesetzt wurden, um die Heuernte einzubringen. Betsy hatte dergleichen noch nie gesehen, und schon gar nicht mit einer bunt bemalten Plane und einem hohen Aufbau, der mit Töpfen und Pfannen geschmückt war. Er wurde nicht von Zugpferden mit zotteligen Beinen gezogen, sondern von zarten Geschöpfen mit seidigen Mähnen und scharfen kleinen Hufen, die gut in einen Zirkusring gepasst hätten, wie Betsy fand. Hübsch mochten die Pferde ja sein, aber sie waren völlig von Schlamm verkrustet, als hätte man sie in hohem Tempo durch einen Sumpf gejagt. Die breiten Räder des Wagens waren ebenfalls schlammverschmiert, und selbst der Kutscher, ein kleiner, drahtiger Mann in einem grünen Gehrock und mit Stulpenstiefeln und einem sehr hohen Hut schien damit bespritzt zu sein. Er zügelte die Pferde und zog die Bremse an.

Die Töpfe und Pfannen, die rings um den Kutschbock von Haken baumelten, rasselten und schepperten. Er streckte eine Hand nach hinten aus, berührte jedes einzelne Stück mit der Spitze seiner Peitsche, um sie verstummen zu lassen, dann tippte er sich an den Hut und rief in einem fröhlichen, freundlichen Ton: »Endlich ist diese Straße zu Ende, und das nicht einen Augenblick zu früh.« Dann warf er die Peitsche beiseite, sprang auf den Boden und schoss um die Scheune nach hinten, um sich geräuschvoll zu erleichtern. Betsy und die Brodies gafften derweil staunend die Zirkuspferde an, und die Pferde schauten gelassen zurück.

Der kleine Mann kam wieder zum Vorschein und wischte sich die Hände an einem Taschentuch ab.

Trotz seiner Falten und knotigen Wangenknochen schien er die sechzig noch nicht überschritten zu haben. Er ignorierte Tom und Henry und ging schnurstracks auf Agnes Brodie zu. Der Mann lüftete den Hut und sagte mit einer leichten Verbeugung: »Sie müssen die Witwe sein, von der überall die Rede ist.«

»Rede?«, erwiderte Agnes. »Was denn für eine Rede?«

Der kleine Mann tippte sich mit einem Zeigefinger an die Nase. »Es kann auf dieser Seite der Falls of Clyde nur eine Witwe geben, die so hübsch ist wie Sie.« Er setzte den Hut wieder auf und klopfte ihn fest. »Nun, ich nehme an, es ist das Unkraut von Hawkshill, das ich mit meinem Duft besprengt habe, zumindest hoffe ich es. Mrs. Brodie, habe ich recht?«

»Die bin ich. Und wer sind Sie?«

»Dingle«, sagte er. »Rufus Dingle, von diesen Leuten.«

»Was für Leuten?«, fragte Agnes.

»Ich bin, durch Adoption, ein Paisley-Bursche.«

»Das hätte ich mir denken können«, sagte Agnes. »In Paisley sind sie alle etwas einfältig.«

»Ich bin kein Weber, Madame. Ich bin Lieferant für den Landadel.«

»Nun«, meinte Agnes, »wir sind der einzige Landadel auf dieser Seite des Moores, mit anderen Worten: Wenn Sie das Geld mitgebracht haben, können Sie die Ware haben. Dafür sind Sie doch gekommen, Mr. Dingle, habe ich recht – die Ware?«

»Das bin ich, und ich habe es«, erklärte Mr. Dingle.

»Sie haben nicht viel Zeit verschwendet, was?«, bemerkte Tom.

»Gewiss nicht, Sir«, sagte Mr. Dingle. »Wenn in der Stadt Glasgow Knappheit an französischem Brandy herrscht, dann muss man das Eisen schmieden, solange es heiß ist.«

»Schnapsmangel in Glasgow?«, erwiderte Tom. »Das ist schwer zu glauben.«

»Es mangelt an billigem Schnaps, Sir, vor allem Brandy«, erläuterte Rufus Dingle. »Brandy ist heutzutage das bevorzugte Getränk der Gentlemen. Mein Auftraggeber wartet mit hängender Zunge auf die Lieferung von Mr. McCaskies Ladung.«

Henry lachte. »Nun, Mr. Dingle, ich nehme an, Sie sind den Großteil der Nacht unterwegs gewesen und gewiss hungrig. Kommen Sie ins Haus und frühstücken Sie einen Happen, während wir die Fässer herausrollen.«

»Das ist sehr freundlich von Ihnen, Sir«, erwiderte Mr. Dingle, »aber wir haben letzte Nacht im Schutz der Lang Rocks kampiert, das heißt, die Pferde sind ausgeruht, und die Familie hat gut gegessen.«

Agnes runzelte die Stirn. »Die Familie?«

»Mädchen«, rief Mr. Dingle, »ihr könnt euch jetzt zeigen.«

Aus dem hinteren Teil des Wagens tauchten vier junge Mädchen auf. Ob sie Mr. Dingles Kinder oder Enkelkinder waren, vermochte Betsy nicht zu entscheiden. Sie waren zwischen zwölf und achtzehn Jahren alt, alle mit blasser Haut, dunklen Haaren und einem ebenso fröhlichen Wesen wie der alte Mann selbst.

Betsy ging der Gedanke durch den Kopf, dass sie Zigeuner sein könnten – der bemalte Wagen und das aufgehängte Blechgeschirr sprachen dafür –, doch sie war zu höflich, um danach zu fragen. Conn war offenbar ebenso Geschäftsmann wie Seemann und die Farm der Brodies nur ein Glied einer Kette, die von den Kais Europas bis zu den Wirtshäusern und Tavernen von Glasgow reichte. Als Betsy dem Lieferanten in die Scheune folgte, hörte sie Henry fragen: »Wird Ihr Wagen die ganze Ladung aufnehmen, Mr. Dingle, oder nur die Brandyfässer?«

»Nur die Fässer«, antwortete Rufus Dingle. »Der Gin und der Tabak sind für einen hiesigen Lieferanten bestimmt, glaube ich. Auf meinem Wagen kann ich bloß eine begrenzte Menge verstecken. Auch wenn wir einen weiten Bogen um die Küste machen, besteht doch immer die Gefahr, einem Beamten des Königs in die Arme zu laufen, der sich von meinen Mädchen nicht ablenken und von unserer Tarnung nicht täuschen lassen wird. Wenn alles gut geht, werden wir die Lang Rocks vor zwei Uhr erreichen und dort auf den Einbruch der Abenddämmerung warten. Unser Ziel ist Paisley. Wir werden entspannt die Nacht hindurch fahren und morgen früh zusammen mit den Marktleuten in die Stadt kommen.«

Mr. Dingles Mädchen hatten das Stroh beiseitegeworfen und rollten nun die Fässer in den Hof, wo Tom und Janet warteten, um ihnen beim Aufladen zu helfen. Betsy würde gleich zu ihnen stoßen; doch im Augenblick folgte sie Henry noch auf den Fersen, denn das Gespräch faszinierte sie.

»Wie lange kennen Sie Conn McCaskie schon?«, fragte Henry.

»Hab den Mann nie kennengelernt«, erwiderte Mr. Dingle. »Er schickt meinem Auftraggeber per Boten eine Nachricht, legt Zeit und Ort fest, und dann komme ich ins Spiel, um die Ware zu holen. Wie lange kutschiere ich jetzt schon Schmuggelware? Annähernd fünf Jahre.«

»Und in all der Zeit gab es nie Ärger?«

»Aye, Sir, Ärger gab es genug, als wir lange Strecken von und zu den Höhlen bei Ballantrae zurückgelegt haben, und erst recht, als wir die Ruine auf der anderen Seite von Ayr benutzt haben. Zwei meiner Jungen, Gott behüte sie, waren unvorsichtig mit dem Schnaps und wurden um ein Haar geschnappt. Sie mussten in einem Boot weggeschafft werden, um für eine Weile unterzutauchen.«

»Wo sind sie jetzt?«

»Dublin, habe ich zuletzt gehört. Sind durchaus zufrieden dort.«

»Sagen Sie mir, ist Hawkshill sicherer als Ayr?«

»Weitaus sicherer«, erklärte Mr. Dingle. »Es wird uns eine Weile gute Dienste leisten, wenn McCaskie die Anlandung geheim halten kann und Sie keine Feinde haben.«

»Feinde?«, hakte Henry nach.

»Hat Mr. McCaskie Ihnen nichts davon gesagt?« Rufus Dingle kniff die Lippen zusammen. »Die Agenten der Krone haben ein Kopfgeld auf jeden Schmuggler ausgesetzt, eine Belohnung für Informationen, die zu einer Anklage und Verurteilung führen.«

»Wie viel?«, fragte Betsy.

Mr. Dingle sah auf. »Eine Kiste Silber, soviel ich weiß.«

»*Was?*«

Der Lieferant lachte. »Achten Sie nicht auf mein Gefasel, Mädchen! Dreißig Guineen, das trifft es eher. Dennoch, es gibt genug Leute, die für dreißig Guineen ihre Seele verkaufen würden. Wenn Sie Feinde in der Gemeinde haben, wäre ich an Ihrer Stelle vorsichtig – protzen Sie nicht mit Ihrem Silber und lassen Sie sich vom Alkohol nicht die Zunge lösen. Ansonsten ist das hier ein guter, sicherer Ort, um McCaskies Waren zu lagern, und mit etwas Glück können wir mit einem minimalen Risiko große Gewinne einstreichen.«

Henry trat zur Seite, als zwei der jungen Mädchen das letzte Fass aus der Scheune rollten. »Apropos Gewinne, Mr. Dingle ...«

Der Lieferant lachte wieder, griff mit einer Hand in eine Tasche seines grünen Gehrocks und zückte einen schweren ledernen Geldbeutel. Er hielt ihn an den Bändern hoch und ließ ihn hin und her baumeln. »Einhundertundfünf Pfund in Münzen des Reichs, Sir«, sagte er. »Wenn Sie nachzuzählen wünschen, kann ich Ihnen zehn Minuten geben.«

»Nein, Mr. Dingle«, erwiderte Henry. »Das wird nicht nötig

sein. Wir sind vielleicht Neulinge bei diesem Spiel, doch ich habe bereits gelernt, dass Vertrauen die Regel ist, nicht die Ausnahme.«

»Dann auf gegenseitiges Vertrauen«, sagte Mr. Dingle, forderte Henry mit einem Nicken auf, die Hände aufzuhalten, und warf den Geldbeutel hinein.

Sie waren im Handumdrehen wieder verschwunden. Betsy hatte kaum eine Gelegenheit gehabt, einen Blick in den Wagen zu werfen, um zu sehen, wo die Fässer versteckt wurden – in Schrankfächern unter den Schlafkojen –, als die Mädchen schon wieder hinten aufgeladen wurden und Mr. Dingle mit der Peitsche knallte, den Planwagen wendete und mit einem Wink und einem Jauchzer den Schafweg hinauffuhr, der weiter zum Moor führte.

Es war aus Betsys Sicht ein langer Weg nach Paisley, denn sie war selbst nie weiter als bis Ayr gekommen. Seine Majestät, König George, dachte sie, hat es sich nur selbst zuzuschreiben, dass ehrbare Bürger zu Dieben werden. Was belastet er sie auch mit erdrückend hohen Steuern, um seine ausländischen Kriege und seine Vergnügungspaläste zu finanzieren?

»*Seht bloß!*«, kreischte Janet. »Habt ihr *je* so viel Geld gesehen?«

Henry krempelte die Hemdsärmel hoch, setzte sich grinsend an den Tisch und begann, die Münzen zu kleinen Türmen aufzustapeln.

»Guineen«, murmelte Tom. »Lauter Guineen. Mein Gott!«

»Einhundert Stück, wie es aussieht«, sagte Henry. »Offenbar traut unser Freund McCaskie keinen Banknoten.«

Janet nahm eine der Münzen und wog sie in der Hand. »Ich hoffe nur, sie sind echt.«

»Natürlich sind sie das«, versicherte Henry. »Wenn du ein Importeur von billigem Schnaps wärst, wärst du so töricht, deinen

Lieferanten zu betrügen?« Er sah über die Schulter zu seiner Mutter. »Es tut mir nur leid, dass Daddy diesen Tag nicht mehr erleben durfte.«

»Er wäre nicht sehr erfreut gewesen«, bemerkte Agnes.

»Und du, Mammy«, fragte Janet, »bist du denn erfreut?«

»Es gefällt mir nicht, so viel Geld im Haus zu haben«, räumte Agnes ein.

»Es wird nicht lange hier sein«, sagte Henry. »Ich muss das Geld am Freitagnachmittag bei Conn McCaskie abliefern.«

»Wo werdet ihr euch treffen?«, wollte Tom wissen.

»In Caddy Crawfords Garten«, antwortete Henry. »Ich nehme an, bis dahin wird irgendjemand auch den Gin und den Tabak abgeholt haben.«

»Denkt bloß, wie viel Geld wir dann haben werden!«, krähte Janet.

»Aye«, sagte Henry, »Geld wie Heu.«

Und alle, sogar Tom, lachten.

Inzwischen war es kalt geworden. Zwar zeichnete der Frost noch keine Muster an ihr Fenster, aber es war kalt genug, um sie ins Erdgeschoss zu treiben, um einen trostlosen Nachmittag mit den Füßen auf dem Küchenrost zu vertrödeln.

Dorothy schälte schniefend und mit geröteter Nase Kartoffeln. Mrs. Prole polierte so wie jede Woche das Silberbesteck und raunzte das Mädchen an, sein Taschentuch zu benutzen, nicht den Ärmel. Sie war ein trauriger Anblick, diese Dorothy, wie sie mit gequälter Miene und verquollenen Augen dahockte, aber die Haushälterin empfand kein bisschen Mitleid mit ihr. Eunice Prole behauptete, in ihrem Leben nicht einen Tag krank gewesen zu sein, und sie sah keinen Grund, weshalb die Wehwehchen anderer ihr Umstände bereiten sollten.

»Du liegst nicht im Sterben, Mädchen«, sagte sie. »Du hast kein Fieber.«

»Aber alles tut weh, schrecklich weh. Kann ich nicht nach Hause gehen, Mrs. Prole?«

»Glaubst du etwa, im Waisenhaus wird man sich besser um dich kümmern als hier? Nein, Kind, es ist weitaus vernünftiger, eine Erkältung mit Arbeit durchzustehen, als faul im Bett zu liegen und sich selbst zu bemitleiden.«

»Aye, Mrs. Prole«, sagte Dorothy kläglich.

Rose hatte andere Dinge im Kopf, vor allem Tom Brodie und seine ausbleibende Antwort auf ihren Brief. Es war nur logisch, nahm sie an, dass Tom noch immer um seinen Vater trauerte und weitaus anderes im Kopf hatte als Liebe. Trotzdem ärgerte sie sich über sein Schweigen, und sie war geneigt, Dorothy die Schuld zu geben, die ihr keinen Brief von der Post mitgebracht hatte, als wäre das Hausmädchen für die Gleichgültigkeit des Farmers verantwortlich.

Dorothy hustete bellend.

»Es könnte die Schwitzkrankheit sein, wissen Sie«, bemerkte Rose.

»Es ist nichts dergleichen«, sagte Mrs. Prole. »Ich habe die Schwitzkrankheit in ihrer ganzen Pracht und Herrlichkeit gesehen, und glaub mir, sie hat nichts gemein mit einer einfachen Erkältung.«

Dorothy fröstelte, ein bisschen theatralisch vielleicht, und wischte sich mit dem Handrücken über die Stirn. »Aber mir ist so heiß«, stöhnte sie. »Und ich fühle es kommen.«

»Dann geh«, sagte Mrs. Prole, »sobald du hier fertig bist, zum Doktor, und er wird dir Blutegel auf den Bauch setzen.«

»Blutegel?« Dorothy fröstelte jetzt etwas überzeugender. »Nein!«

»Tassie Landles kann dir bestimmt ein Heilmittel geben«, bemerkte Rose.

»Aber dafür habe ich kein Geld«, erwiderte Dorothy kläglich.

»Ich werde dir Sixpence leihen«, bot Rose an.

»Woher hast du denn Sixpence?«, erkundigte sich Mrs. Prole.

Rose zuckte die Schultern. »Von Lucas.«

»Lucas Fergusson hat dir Geld gegeben? Wofür, das würde ich gern wissen.«

»Nein, meine liebe Mrs. Prole, ich habe Lucas keine Küsse verkauft«, erklärte Rose. »Ich habe mir ein paar Pence aus Papas Kassette genommen, wenn Sie es unbedingt wissen müssen.«

Eunice polierte schweigend eine Gabel, doch im Stillen war sie mit dieser Antwort zufrieden, denn Unterschlagung war immerhin eine geringere Sünde als Unzucht. Außerdem war Rose nicht das einzige Mitglied des Haushalts, das sich hin und wieder ein wenig Kleingeld aus der Geldkassette des Hausherrn nahm. »Wie dem auch sei«, sagte Eunice schließlich, »ich werde nicht zulassen, dass du dieser Hexe gutes Geld hinterherwirfst. Sie steht mit dem Teufel im Bunde, das weißt du. Ihre Heilmethoden sind nichts als Satansbeschwörungen, um dich in seine bösen Klauen zu locken.«

»Aber sie helfen«, wandte Dorothy ein, und bevor die Haushälterin sie dafür schelten konnte, wurde sie von einem so heftigen Hustenanfall geschüttelt, dass der Wassereimer umzukippen drohte.

Mrs. Prole warf ihre Gabel hin und riss die Hände zum Himmel. »Oh, nun gut«, fauchte sie. »Wenn du vorhast, den Rest des Nachmittags damit zu verbringen, in unser Essen zu spucken, dann denke ich, du solltest doch besser nach Hause gehen.«

»Danke, Mrs. Prole, danke.« Dorothy stand auf, schob den Hocker zurück, legte leicht schwankend das Schultertuch um und ging in die Diele. Rose brachte sie zur Tür, drückte ihr ein silbernes Sixpencestück in die Hand und flüsterte:

»Wenn du Zeit hast, gleich morgen früh auf dem Postamt vorbeizuschauen, wäre ich dir sehr verbunden.«

»Aye, Miss Rose, das werde ich«, versprach das Waisenkind und machte sich nach einer dankbaren und leicht taumelnden Verbeugung auf den Weg durch die kalte Abendluft zu dem Cottage bei der Brücke, um sich ein Heilmittel zu kaufen.

Walter Fergusson war nicht entgangen, dass sein Sohn die Freuden der körperlichen Liebe für sich entdeckt hatte. Einerseits war er erleichtert, dass man bei Lucas nun vielleicht doch damit rechnen konnte, dass er Enkelkinder in die Welt setzen würde; andererseits war er misstrauisch, was für eine Partnerin Lucas gewählt hatte – oder vielmehr, was für eine Partnerin ihn gewählt hatte.

Nancy Ames entstammte einem Clan grobschlächtiger, grobzüngiger Tagelöhner, die berüchtigt für ihren Hang zum Trinken und zu Schlägereien waren. Auch wenn ihre Abstammung vermuten ließ, dass sie fruchtbar sein würde – ihre Mutter hatte zehn gesunde Kinder in fast ebenso vielen Jahren zur Welt gebracht –, war sie doch unfein und ungebildet.

Walter war weltgewandt genug, um sich auszurechnen, dass es nur eine Frage der Zeit war, bis sich die feurige Miss Ames für schwanger erklären würde. Ein bisschen – ein bisschen oft – ihren Rock hochzuraffen und im Heuschober zu kreischen, war eine Sache, doch Nancy Ames nach der Kirche zu *Caddy Crawford's* zu geleiten, eine völlig andere. Wenn sie dem Amtsrichter oder dem Vorstand des Kirchenrates zu Ohren kamen, würden solch öffentliche Bekundungen von »Zuneigung« gewiss als Eheversprechen gelten, das sich nur schwer widerlegen lassen würde.

»Lass ihn das Mädchen doch heiraten«, erklärte Walters Frau. »Und dann, wenn sie erst einen Ring am Finger hat, kann er so oft über sie steigen, wie er will.«

»Und die Ames-Familie bis an unser Lebensende bei uns schmarotzen lassen?«, gab Walter zurück. »Nein, Flora, meine Liebe. Lucas kann eine bessere Partie machen als Nancy Ames.«

»Irgendeine verzärtelte Dame mit einer Mitgift, nehme ich an.«

»Die Mitgift ist nicht das Thema«, widersprach Walter. »Das Thema ist ... nun ja ... das Thema.«

»Was faselst du denn da, Walter?«

»Fortpflanzung, meine Liebe, Fortpflanzung.«

»Ha!«, schnaubte Flora. »Du hast vielleicht einen untrüglichen Blick für Kühe, Walter, aber bei der Auswahl von Frauen hat sich dein Urteilsvermögen als nicht sehr sicher erwiesen.«

»Woher sollte ich denn wissen, dass du ...« Er war so klug, sich auf die Lippe zu beißen.

»Wenn du gewusst hättest, dass ich nur ein Kalb austragen konnte«, fragte Flora, »hättest du dich dann nach einer anderen Braut umgesehen?«

Walter räusperte sich. »Gewiss nicht.«

»Oh, was für ein Lügner du doch bist, Mr. Fergusson!« Flora zog ihn am Ohr und küsste ihn. »Es hat keinen Sinn, Lucas zu sagen, er soll seine Hose zulassen. Man kann nicht erwarten, dass er ein Keuschheitsgelübde ablegt, wenn Nancy Ames die Beine für ihn breit macht.«

»Ganz recht!«, stimmte Walter ihr zu. »Wir müssen geschickter dabei vorgehen.«

»Geschickter? Wie denn?«

»Indem wir Nancy Ames durch eine andere ersetzen.«

»Eine andere was?«, fragte Flora Fergusson.

»Ein anderes *Objekt*, das Lucas mit seiner ... äh ... Zuneigung überhäufen kann.«

»Wir haben schon lange genug gebraucht, um den Jungen so weit zu bringen, dass er ein williges Milchmädchen mit seiner *Zuneigung* überhäuft«, betonte Flora.

»Lucas ist nicht vernarrt in Nancy Ames«, erklärte Walter. »Jetzt, da er gewissermaßen herausgefunden hat, wie der Hase läuft, schweift sein Blick schon in andere Richtungen.«

»In Richtung der Thimble Row, meinst du?«

»Er war zu Rose Hewitt durchaus aufmerksam, als wir zum Tee dort waren«, sagte Walter. »Ich habe ihn dabei ertappt, wie er sie ansah, als würde er sie am liebsten mit Marmelade bestreichen und aufessen.«

»Sie ist ein Mädchen, kein Teekuchen«, entgegnete Flora. »Und sie hat ihren eigenen Kopf.«

»Ja – und einen Liebhaber, der im Hintergrund wartet.«

»Brodie?«

»Ebender«, bestätigte Walter. »Ich hatte gehofft, Tom Brodie würde sich selbst ins Unglück stürzen – und ich bin noch immer überzeugt, dass dies letztendlich der Fall sein wird –, aber ich kann nicht warten, bis es von selbst geschieht, nicht wenn Lucas bei jeder Gelegenheit, die sich ihm bietet, mit Nancy Ames herumschäkert.«

»Dann bring die beiden zusammen«, schlug Flora vor. »Bring sie zusammen, unseren Lukie und Hewitts Tochter. Soll er ihr zeigen, aus welchem Holz er geschnitzt ist.«

»Das ist das Problem, Flora: Aus welchem Holz ist er geschnitzt?«

»Nun ja«, sagte die Frau des Viehzüchters, »es gibt nur eine Möglichkeit, das herauszufinden.«

14

Vieh im Stall zu mästen, war nie Matthew Brodies Sache gewesen. Er hatte es als Möglichkeit angesehen, nicht als Notwendigkeit, aber als die Jungen halb herangewachsen waren, hatten sie es bereits besser gewusst. So mancher Streit war zwischen ihnen entbrannt, wenn es auf den Winter zugegangen war, Streit, den der alte Mann zwangsläufig jedes Mal gewonnen hatte, da das Vieh wie alles andere auch sein Eigentum war und unter seiner Fuchtel stand.

Selbst wenn der Heuschober zum Bersten gefüllt war und die Hafertonnen überquollen, ließ Matthew Brodie das Vieh auf dem Feld stehen, wo es von dünnen Gräsern und einer Handvoll Heu, die hier und da in den Hecken hing, am Leben erhalten wurde. Die Methode war nicht effizient genug für Tom und nicht menschlich genug für Henry, der in der Gleichgültigkeit seines Vaters gegenüber dem Wohlergehen des Viehs fast eine Spur Grausamkeit wahrnahm, als wäre es Matt Brodie zuwider, dass die Tiere überhaupt ernährt werden mussten.

An jenem Tag Anfang November durchzuckte beide Söhne der Gedanke, dass das Hinscheiden ihres Vaters bei allem Schmerz durchaus auch sein Gutes hatte. Einhundert Guineen, sicher verstaut unter Henrys Bett, änderten zweifellos ihre Aussichten, und die Erschöpfung und die Schuldgefühle versetzten ihrer Arbeitslust einen Dämpfer. Der Rest des Vormittags nach Mr. Dingles Abreise wurde mit Überlegungen verbracht, wie sie ihre Gewinne am besten ausgeben könnten. Angestachelt von Janet, berechneten sie, wie viele Anlandungen wohl nötig sein würden, um so viel zu verdienen, dass sie Hawkshills siebzig saure Acres auf einen Schlag kaufen könnten.

Betsy missgönnte den Brodies ihre Wunschträume nicht, aber als Außenstehende konnte sie erkennen, als wie zerbrechlich sich diese Luftschlösser vielleicht erweisen würden. Sie war enttäuscht von Henry, der im Allgemeinen so viel vernünftiger war als sein Bruder, doch im Verlauf jenes müßigen Vormittags wurde offenbar selbst er von der Überzeugung mitgerissen, dass das Geld ihnen Glück bringen und sie spätestens im Mai alle Sorgen los sein würden.

Das Frühstück zog sich letztendlich bis zum Mittagessen hin. Aus den Resten des Leichenschmauses vom Montag bereitete Agnes Käsetoasts und einen Früchtekuchen zu, und Tom schenkte ihnen dazu ein paar Gläser Wein ein. Der Nachmittag hätte leicht in ein beschwipstes Gelage ausarten können, wenn nicht um kurz vor eins zwei mürrische Gentlemen in wallenden Umhängen in den Hof geritten wären, die drei stämmige Ponys an einer Leine mit sich führten. Die Männer luden die Fässer mit Gin und die Päckchen mit Tabak auf, bezahlten die Brodies und ritten dann, fast ohne ein Wort zu wechseln, die Moorstraße hoch, sodass auf Hawkshill alles wieder seine Ordnung hatte.

Auf Janets Drängen hin holte Henry den Geldbeutel vom Dachboden. Er schüttete die Guineen auf den Tisch, legte die Summe dazu, die die Händler für den Gin und den Tabak bezahlt hatten, und rechnete laut eine hübsche Endsumme zusammen.

Während sie einen Becher Wein mit beiden Händen umklammerte, sprang Janet auf und ab und rief: »Dreiundzwanzig Pfund, dreiundzwanzig Pfund für uns.«

»Und achtzehn Schilling«, ergänzte Henry. Er stand auf, umfasste Betsys Taille und tanzte mit ihr durchs Zimmer, während die Möbel erbebten und die Münzen klimperten und sich wie eine Pfütze über den ganzen Tisch verteilten. »Morgen«, erklärte Henry, »werde ich nach Drennan reiten und Conn bezahlen.«

»Ich werde mitkommen«, sagte Tom.

»Vertraust du mir nicht, dass ich das Geschäft anständig abwickeln werde?«, gab Henry zurück.

»Er will nach Drennan, um seinen Schatz zu sehen«, krähte Janet.

»Und wenn es so wäre?«, erwiderte Tom. »Was kann das schon schaden?«

Henry zuckte die Schultern. »Nichts, nehme ich an.«

»Nicht, wenn er den Mund hält«, brummte Agnes.

Trauer, Schuldgefühle und Liebe hatten Tom nicht gänzlich seines Verstandes beraubt. Er hatte nie die Absicht gehabt, vor Neville Hewitts Tür zu treten und um eine Unterredung mit der Tochter des Flachsfabrikanten zu bitten. Tatsächlich hatte er einen weitaus dringlicheren Grund, Henry nach Drennan zu begleiten.

Er konnte kaum glauben, dass erst einige Tage verstrichen waren, seit er am Bett des alten Mannes gekauert und zugesehen – oder vielmehr zugehört – hatte, wie sein Vater vom Leben zum Tode überging. Dabei war er außerstande gewesen, die Hände von dem Kissen zu heben. Henry hatte ihn mit aller Kraft wegreißen müssen, und es schien Tom noch immer, als wäre ein Teil von ihm auch weggerissen worden. Rose' zärtlicher Brief hatte ihm geholfen, sich ein wenig zu fangen, doch er sehnte sich danach, wieder hinter dem Pflug zu stehen und schwarze Erde von der Pflugschar spritzen zu sehen, während ihm der frische Wind ins Gesicht schnitt; er sehnte sich danach, dass alles wieder so war wie vor einem Jahr, als keine anderen Sorgen ihn geplagt hatten als die Schulden.

»Hier«, sagte er. »Lass mich hier absteigen.«

»Was denn«, fragte Henry, »kommst du nicht mit herein?«

»Nein«, antwortete Tom. »McCaskie ist dein Mann, nicht meiner. Du kannst Pfund und Penny auch ohne meine Hilfe gut genug zusammenzählen.«

»Auf einen Drink, um deine Dankbarkeit zu zeigen?«, schlug Henry vor.

»Dankbarkeit?«

»Was ist nur los mit dir, Mann?«, sagte Henry. »Freust du dich denn nicht, Geld in den Händen zu haben?«

»Geld, für das wir baumeln könnten.«

»Moralisieren steht dir schlecht zu Gesicht«, bemerkte Henry. »Außerdem ist es scheinheilig.«

»Ich bin hier nicht der Scheinheilige, sondern du.«

»Nun, ich sehe es so: Was vorbei ist, ist vorbei«, erklärte Henry. »Wenn wir einen kühlen Kopf bewahren und zusammenhalten, dann liegt eine glänzende Zukunft vor uns.«

»Wenn wir den Steuerbeamten betrügen, meinst du?«

»Ach, zum Teufel mit dir, Tom«, gab Henry sanft zurück. »Geh und erledige, was immer du erledigen musst. Gib ihr einen Kuss von mir, wenn sich die Gelegenheit ergibt. Aber denk dran, kein Sterbenswort über das Geschäft, das uns in die Stadt geführt hat.«

»Aye, aye«, murmelte Tom matt, sprang vom Wagen und eilte dann zielstrebig die Market Street hinunter.

»Wo ist Dorothy?« Eunice Prole zupfte Rose kläglich am Ärmel. »Sag mir die Wahrheit, ist sie tot?«

»Es geht ihr natürlich nicht gut«, antwortete Rose, »aber nach allem, was ich weiß, hat sie noch nicht das Zeitliche gesegnet.«

Mrs. Prole schlug flatternd ein Auge auf. »Wer hat dir das erzählt?«

»Loon Leach, der Sohn des Rattenfängers, ist vor einer Stunde vorbeigekommen. Er ist sehr besorgt.«

Mrs. Prole runzelte die Stirn. »Warum sollte der Sohn des Rattenfängers denn besorgt sein?«

»Er hofft, Dorothy eines Tages zu heiraten.«

Mrs. Prole versuchte, sich im Bett aufzusetzen, doch es mangelte ihr an Kraft dafür, und sie ließ sich wieder in die Kissen sinken. Sie tastete nach der Hand, die Rose ihr großherzig reichte. »Es ist die Schwitzkrankheit, habe ich recht?«

»Nein, meine liebe Mrs. Prole, es ist nicht die Schwitzkrankheit. In der Stadt ist ein Wechselfieber ausgebrochen, habe ich gehört. Loon sagt, in den frühen Morgenstunden ist das Husten ohrenbetäubend laut zu hören.«

»Schick nach Dr. Glendinning!«

»Ich denke, es wäre klüger, Papa rufen zu lassen«, erwiderte Rose.

»Neville darf mich in diesem Zustand nicht sehen. Hol Glendinning!«

»Befehlen Sie mir etwa, mich unbegleitet auf die Straße zu begeben?«

Eunice Prole war viel zu sehr in Selbstmitleid versunken, um Sarkasmus aus Rose' Worten herauszuhören. Jeder Knochen tat ihr weh, und sie fühlte sich, als hätte man ihr ein Glas ätzendes Sodawasser in die Kehle gegossen. Das Fieber hatte sie am Vormittag ganz plötzlich überkommen. Gegen Mittag war es ihr so schlecht gegangen, dass sie beinahe in Ohnmacht gefallen wäre. Rose hatte ihr aus den Kleidern und in ein Flanellnachthemd geholfen und sie im Zimmer des Hausherrn zu Bett gebracht.

Rose tauchte einen Lappen in eine Schüssel mit kaltem Wasser und drückte ihn Eunice auf die Stirn. Die Frau stöhnte auf und schloss die Augen.

»Nun geh schon«, krächzte sie, »geh und hol Glendinning!«

»Ich möchte Sie nur ungern allein lassen«, flunkerte Rose. »Außerdem könnte der Doktor gar nicht zu Hause sein.«

»Dann finde ihn, finde ihn!«, sagte Eunice Prole verzweifelt. »Ich will noch nicht vor die Pforten des Himmels treten.«

»Nun gut.« Rose ließ den Lappen auf Mrs. Proles Stirn liegen. »Wünschen Sie noch irgendetwas, bevor ich gehe?«

»Meine ... meine Bibel.«

Rose holte das abgegriffene Buch von dem Tisch im Zimmer der Haushälterin und legte es neben Mrs. Proles schlaffer Hand auf die Bettdecke. Und dann schnappte sie sich mit einem leisen Freudenschrei den Winterumhang von einem Haken in der Diele und huschte hinaus in die Thimble Row.

»Sie sind es, habe ich recht?«, sagte Tassie Landles. »Nun, ich kann nicht behaupten, dass mich das wundert.«

»Haben die Teetassen Sie gewarnt, mich zu erwarten«, fragte Tom, »oder waren es die Knochen, die Sie nach Art der Zigeunerfrauen auf dem Boden verstreuen?«

»Weder Teetassen noch Fingerknöchel, Mr. Brodie«, erwiderte Tassie Landles. »Wo haben Sie Ihr Pferd angebunden?«

»Ich bin zu Fuß gekommen.«

»Von Hayes?«

»Market Street. Mein Bruder hat geschäftlich in der Stadt zu tun. Ich bin mit ihm hergekommen.«

»Weiß Ihr Bruder, dass Sie hier bei mir sind?«

Tom schüttelte den Kopf. »Nein.«

»Verstehe«, sagte Tassie. »Nun, was wollen Sie von mir, Tom Brodie?« Sie hatte vor dem Kamin gekauert und kleine Kohlebrocken ins Feuer geworfen, als Tom die Tür aufgedrückt hatte. Jetzt erhob sie sich steif, wischte sich die staubigen Finger an der Schürze ab und wandte sich zu ihm um. Tassie hatte die Familie von Hawkshill erst zwei- oder dreimal zu Gesicht bekommen, aber Peter hatte sie über das schwindende Glück der Leute auf dem Laufenden gehalten, und sie wusste mehr über Tom Brodie, als dem jungen Farmer vermutlich recht war. Aber sie fühlte sich nicht wohl mit ihm, denn sie hatte keine Erklärung für das Wesen des humpelnden, lispelnden Geistes, Jarvis Garvie, oder für die Botschaft, die er ihr aus dem Jenseits überbracht hatte.

Tom sah sich nervös im Zimmer um, als rechnete er damit, eine Schar böswilliger geisterhafter Wesen könnte hinter den Möbeln hervorspringen. »Ist mein Vater anwesend?«, fragte er.

»Hier ist niemand außer uns, Mr. Brodie.«

»Er ist nicht wieder zu Ihnen gekommen?«

»Er ist überhaupt nicht zu mir gekommen.«

»Das heißt, die Botschaft, mit der Sie Peter geschickt haben ...«

»Ich habe sie mir nicht ausgedacht, Mr. Brodie.«

»Woher wussten Sie, dass mein Vater tot ist?«

»Es war die Halloween-Nacht; die Tür stand offen.«

»Tür?«, sagte Tom Brodie. »Welche Tür?«

»Die Tür zwischen dieser Welt und der nächsten.«

»Erwarten Sie von mir, das zu glauben?«

»Glauben Sie, was Sie wollen, Mr. Brodie«, entgegnete Tassie. »Ich bin nicht verpflichtet, mich Ihnen zu erklären.«

»Es sei denn, ich drücke Ihnen ein paar Silbermünzen in die Hand, habe ich recht?«

»Ich will Ihr Blutgeld nicht.«

»Blutgeld?«

»Wie würden Sie es denn nennen?«

»Es hatte nichts mit Geld zu tun. Mein Vater ist eines natürlichen Todes gestorben. Das Geschwür hat ihn verzehrt. Wenn Sie etwas anderes denken ...«

»Was ich denke, hat nichts damit zu tun.« Tassie fand den

Stuhl und setzte sich, ohne dem Farmer den Rücken zuzuwenden. »Ich habe nicht um die Heimsuchung gebeten.«

Tom trat näher. »Neville Hewitt hat Sie darauf angesetzt, habe ich recht?«

»Neville Hewitt? Ich habe mit Hewitt noch nie auch nur ein Wort gewechselt. Ich kenne den Mann nicht.«

»Aber Sie kennen seine Tochter.« Tom beugte sich vor, bis sein Gesicht nur noch einen Zoll von ihrem entfernt war. »Sie haben vor, es ihr zu sagen, habe ich recht? Aye, jetzt kann ich es sehen. Sie haben vor, verleumderische Behauptungen über mich und meine Familie in die Welt zu setzen, verschleiert als Botschaften aus dem Jenseits – es sei denn, ich bezahle Sie dafür, dass Sie Stillschweigen bewahren.«

Sie stieß ihn mit einem Unterarm zurück und erwiderte: »Erpressung, aye, Erpressung ist eine praktische Ausrede, Mr. Brodie. Erpressung und Mitwisserschaft, das sind Dinge, von denen Sie etwas verstehen, und es würde Sie beruhigen, wenn es so wäre. Aber so ist es nicht, Mr. Brodie, und mir zu drohen wird auch nichts daran ändern. Ich habe gehört, was ich gehört habe, und ich habe weitergesagt, was man mir aufgetragen hat weiterzusagen.«

»Aufgetragen – von wem?«

»Das spielt keine Rolle.«

»Oh, doch!«

»Der Mann, der Bote, ist tot, längst tot.«

»Einer von Satans Legionen, nehme ich an.«

»Der Teufel arbeitet nicht durch mich«, sagte Tassie, »und ich nicht durch ihn.«

»Sie konnten doch mit der Geschichte gar nicht schnell genug zu Peter Frye kommen.«

»Ich habe die Botschaft weitergegeben«, erklärte Tassie, »wie man es mich geheißen hat.«

»Um Ihren Pakt mit dem Teufel zu halten?«

Sie erhob sich, legte Tom eine Hand auf die Brust und spürte zu ihrer Befriedigung, wie er zusammenzuckte. »Sie, Tom Brodie, haben mehr vom Teufel in sich als ich«, sagte sie. »Es ist die Folter des Teufels, die Sie heute hierhergeführt hat.«

Tom schwieg einen Augenblick, dann richtete er sich auf und räumte ein: »Aye, das entspricht wohl annähernd der Wahrheit.«

Tassie ging an ihm vorbei und holte zwei Gläser und eine Glasflasche aus einem Geschirrschrank. Sie schenkte aus der Flasche ein und bot Tom ein Glas an.

»Was ist das für ein Zeug?«, fragte er misstrauisch.

»Brandy«, antwortete Tassie. »Peter bringt ihn mir. Wollen Sie ihn verwässert?«

Tom schnupperte und schlürfte, verneinte und trank. Er schüttelte sich ein wenig und stellte das geleerte Glas auf den Tisch.

Tassie nahm ihr Brandyglas in die Hand und setzte sich wieder. Sie holte einmal tief Luft. »Er hat es Ihnen befohlen, habe ich recht?«

»Das hat er«, gab Tom zu.

»Und Sie haben ihm gehorcht, wie ein Sohn seinem Vater stets gehorcht?«

»Das haben wir.«

»Sie alle?«

»Alle bis auf Janet«, antwortete Tom. »Wir … wir haben ihn erstickt.«

»Hat er Widerstand geleistet?«

»Nein.«

»Aber seine Zeit war noch nicht gekommen, oder?«

»Ja, seine Zeit war noch nicht ganz gekommen«, sagte Tom. »Ist das der Grund, weshalb er keinen Frieden findet?«

»Was haben Sie ihm versprochen?«

»An Hawkshill festzuhalten.«

»Können Sie das denn?«

»Aye, das können wir«, erklärte Tom. »Gott sei Dank, das können wir.«

»War das Ihr einziges Versprechen?«

Tom zögerte kurz. »Nein.«

»Was waren die anderen?«

Tom schüttelte stur den Kopf.

»Betsy McBride zu heiraten?«, fragte Tassie.

»Hat Daddy das zu Ihnen gesagt?«

»Ihr Daddy hat keine Stimme in der unsichtbaren Welt.«

»Im Himmel, meinen Sie?«, fragte Tom.

»In einer Welt, die kurz vor dem Himmel liegt.«

»Harrt er dort aus, weil wir ihn ermordet haben?«

»Er ist dort, weil sein Geist keinen Frieden findet. So viel kann ich Ihnen sagen.«

»Wie kann ich ihm helfen?«, fragte Tom. »Was kann ich tun?«

Tassie hob die Schultern. »Ich weiß es nicht.«

»Können Sie mit diesem Geist kommunizieren, der in seinem Namen spricht?«

»Ich dachte, Sie glauben nicht an Geister?«

»Ach, verdammt«, knurrte Tom. »Können Sie ihn nun rufen oder nicht?«

»Das kann ich nicht.« Tassie zuckte wieder mit den Schultern. »Was wollen Sie von ihm?«

»Ich will, dass er Frieden findet.«

»Sie sind es, der Frieden finden will, Tom Brodie«, sagte Tassie. »Ob es ein rastloser Geist ist oder Gewissensqualen, die Sie heimsuchen – es gibt kein schlimmeres Versprechen als das, das einem Sterbenden gegeben wurde.«

»Weil man nie davon entbunden werden kann?«

»Weil es leicht gebrochen werden kann«, sagte Tassie.

»Und weil niemand es erfahren wird, meinen Sie«, fügte Tom hinzu, »weil niemand es je erfahren wird.«

»Nur Sie wissen es«, sagte Tassie. »Nur Sie.«

Es war zu kalt, um draußen zu sitzen. Mehrere alte Männer kauerten um den Kamin, zogen an Pfeifen und nippten an ihren Gläsern, während sie das Kommen und Gehen beobachteten. Sehr unterhaltsam konnte das für die Alten allerdings kaum sein, denn in der Taverne war um diese nachmittägliche Stunde nicht allzu viel los. Sie hatten bereits das Fieber erörtert, das in die Stadt gekommen war, und waren sich einig gewesen, dass Alkohol und Tabak die idealen Mittel waren, um die Seuche in Schach zu halten.

Conn stellte zwei Gläser Whisky auf den Tisch und zwängte sich auf einen Eckplatz. Sein Mantel war aufgeknöpft, und seine Ziegenlederweste stand offen. »Haben Sie das Geld?«, fragte er.

»Ja«, sagte Henry. »In einem Geldbeutel in meiner Hosentasche.«

»Lassen Sie es einstweilen dort versteckt«, raunte Conn. »Ist alles vollzählig?«

»Bis auf den letzten Penny«, antwortete Henry.

»Ist alles gut gegangen?«

»Es ist schnell gegangen«, sagte Henry. »Sie sind in null Komma nichts gekommen und waren gleich wieder fort. Ich nehme an, Sie hatten schon früher geschäftlich mit Dingle zu tun?«

»Viele Male«, erklärte Conn. »Mit ihm und seinen entzückenden Töchtern.«

»Dann sind es seine Töchter?«

»Aber natürlich. Was dachten Sie denn, wer sie waren?«

»Seine Ehefrauen vielleicht.«

Conn lachte leise. »Er ist ein Lieferant aus Paisley, Mann, kein orientalischer Potentat.«

»Wer waren die anderen?«, fragte Henry. »Die mit den Ponys?«

»Sie sind aus Kilmarnock. Mehr müssen Sie nicht wissen.«

»Will ich auch gar nicht«, entgegnete Henry. »Werden die Übergaben immer so reibungslos ablaufen?«

»Vielleicht«, sagte Conn, »vielleicht auch nicht.«

Henry nickte. »Wenn nicht, dann müssen wir uns ein besseres Lager einfallen lassen.«

»Keine schlechte Idee«, bemerkte Conn. »Was ist mit den Ratten?«

»Um die Ratten werden wir uns kümmern«, erklärte Henry. »In der Zwischenzeit werden wir die Tabakpäckchen so aufbewahren, dass sie nicht an sie herankommen.«

»Und den Tee«, sagte Conn.

»Tee?«

»Der Zoll auf Tee beträgt einhundertneunundzwanzig Prozent, auch wenn es Gerüchte gibt, dass die Regierung ihn herabsetzen will, da in England kaum eine Tasse gebrüht wird, die nicht aus Schmugglerhand stammt.«

»Wird es das nächste Mal Tee sein?«

»Vielleicht«, antwortete Conn, »vielleicht auch nicht.«

»Sie sind nicht sehr mitteilsam, was?« Henry schmunzelte ein wenig. »Das kann ich Ihnen schlecht verdenken. Wir sind Neulinge bei diesem Spiel, und je weniger wir wissen, desto besser.«

Conn leerte sein Whiskyglas und erhob sich. »Für Neulinge haben Sie gute Arbeit geleistet, Henry. Die Händler sind zufrieden mit dem neuen Arrangement. Wenn wir den Anlandeplatz geheim halten und etwas Glück haben, werden wir das Lager in Nantes noch vor dem Ende des Sommers geräumt haben.«

»Nantes?«, sagte Henry. »Ich dachte ...«

»Pst jetzt«, zischte Conn. »Pst.« Er gab Henry ein Zeichen, ihm zu folgen, und duckte sich durch die Hintertür in den leeren Garten, wo der Geldbeutel binnen Minuten den Besitzer wechselte und Henry seinen Anteil ausbezahlt bekam.

»Wie bald werden Sie uns wieder brauchen?«

»Bald«, antwortete der Ire, »sehr bald.«

»Vor dem Ende des Monats?«

»Eher vor dem Ende der Woche«, sagte Conn, und dann knöpfte er sich den Mantel über dem Geldbeutel fest zu, schlüpfte rasch durch die Pforte und verschwand.

Es war Zufall, purer Zufall, der die Möchtegernliebenden zueinanderführte. Tom war eben vom Anfang der Brückenstraße in das Ende der Market Street eingebogen, als eine Gestalt in einem blauen Wollumhang mit Kapuze ihm fast in die Arme lief. Sie war so zielstrebig unterwegs, dass sie nicht einmal aufsah, als er ihren Namen rief. Tom hielt sie an ihrem Umhang fest, fand ihren Arm und drehte sie zu sich um.

»Rose«, sagte er. »Ah, Rose, du bist es.«

»Tom?«

Als er sie küsste, waren ihre Lippen kalt. Sie seufzte, und ihr Atem bildete eine blasse Wolke zwischen ihnen. Er kuschelte sich in die Falten des Umhangs und presste sich an sie. Knöpfe, Schnallen, Stoffe, alles war kalt, bis er eine warme Stelle zwischen ihrer Taille und ihren Schultern fand und seinen Griff verstärkte.

»Tom«, flüsterte sie, »was *tust* du denn hier?«

»Ich bin mit meinem Bruder gekommen.«

»Wo ist er?«

»*Caddy Crawford's*, glaube ich. Er hat dort geschäftlich zu tun.«

»Und du?«, sagte Rose. »Bist du gekommen, um mich zu sehen?«

»Nein«, antwortete Tom, doch gleich darauf korrigierte er sich: »Ja.«

In dem trüben Novemberlicht war der Verkehr auf der Straße zum Erliegen gekommen, als wäre die Welt stehen geblieben, um dem Farmer und der Tochter des Flachsfabrikanten eine zärtliche Umarmung zu ermöglichen.

»Wo ist die Frau, deine Aufpasserin?«

»Zu Hause im Bett. Sie hat Fieber«, sagte Rose. »Ich bin auf dem Weg, ein Heilmittel bei Tassie Landles zu kaufen.«

»Wäre es nicht vernünftiger, einen Doktor zurate zu ziehen?«

»Vernünftig? Wer bist du denn, von Vernunft zu reden?«

»Das ist wahr.« Tom nickte. »Ich bin jeder Vernunft beraubt, wenn ich mit dir zusammen bin.« Er nahm ihre Hand und lotste sie fort von der Brückenstraße. »Komm, Liebste, ich werde dich bis zu Glendinnings Haus begleiten. Er wird eine bessere Medizin für sie haben als die alte Hexe.«

»Ich ... ich kann nicht mit dir gehen, Tom.«

»Warum denn nicht?« Er führte sie über den Gehsteig, der den Marktplatz säumte. »Hast du Angst, dein Vater könnte uns zusammen sehen?«

Tatsächlich war Neville Hewitt nach Glasson gefahren, acht Meilen weiter südlich, um mit einem Flachsbauern über eine Ernte zu verhandeln, die noch nicht einmal gesät war. Es war nicht anzunehmen, dass er vor Einbruch der Nacht zurückkehren würde. Aber die Fergussons konnten vom Land in die Stadt gekommen sein, und Rose wusste nicht, was passieren würde, wenn Tom und Lucas einander Auge in Auge begegnen sollten. Sie hatte Gerüchte über Tom Brodies Temperament gehört, und sie wollte nicht in eine Szene verstrickt werden.

»Hast du meinen Brief erhalten?«, fragte sie.

»Aye, und ich danke dir dafür.«

»Die Sonderzustellung hat mich einen Schilling gekostet.«

»Der Trost, den der Brief mir gespendet hat, war weitaus mehr wert.«

»Warum hast du dann nicht geantwortet?«

»Ich wusste nicht, wie.«

»Hast du keine Feder, kein Papier?«, fragte Rose.

»Ich meine, wie ich ihn sicher in deine Hände bringen sollte.«

»Das hatte ich schon arrangiert«, erwiderte Rose.

»Tatsächlich? Dann hast du meine Entschuldigung.«

»Dorothy, unser Hausmädchen, ist angewiesen, meine Briefe auf dem Postamt abzuholen. Sie ist leider ebenfalls am Fieber erkrankt. Wartet auf der Post vielleicht zufällig ein Brief auf mich?«

»Ein Brief?«

»Von dir.«

»Nein«, sagte Tom verwirrt. »Wozu brauchst du denn einen Brief, wenn du mich leibhaftig vor dir hast?«

Sie löste ihre Hand aus seiner und nahm stattdessen, um nicht gänzlich unhöflich zu sein, seinen Arm. Der Platz lag still da. Die Fischverkäufer hatten schon vor Stunden zusammengeräumt, und die drei oder vier Stände, die noch geöffnet waren, hatten keine Kunden. Mit dem anbrechenden Abend hatte die Kälte zugenommen, eine trockene Kälte, die den ersten echten Frost des Winters ankündigte.

»Bedeuten dir meine Gefühle denn nicht genug, um zu schreiben?«

»Natürlich bedeuten mir deine Gefühle etwas«, versicherte Tom. »Ist es deiner Aufmerksamkeit denn entgangen, dass ich mit der Beerdigung meines Vaters beschäftigt war?«

»Ja«, sagte sie kurz angebunden. »Dein Vater!«

Tom blieb stehen und zog sie wieder an sich. Er legte ihr die Hände auf die Schultern und zog ihre Kapuze herunter. Ihre Wangen waren gerötet, ebenso ihre Nase. Er ahnte, dass sie den Kopf wegdrehen würde, wenn er versuchen würde, sie zu küssen.

Die zufällige Begegnung gegen Ende eines kalten Novembernachmittags hatte Tom aus der Balance geworfen. Die Erwähnung seines Vaters hatte einen Zweifel in ihm geweckt, die Befürchtung, dass Tassie Landles die Wahrheit gesagt hatte und sein Vater keine Ruhe finden würde, bis das Versprechen an seinem Totenbett erfüllt war. Rose Hewitt in den Armen zu halten trug nicht dazu bei, Toms Schuldgefühle zu besänftigen. Als er hinter ihr in den stillen grauen Nebel sah, glaubte er fast, seinen Daddy halb versteckt an der Ecke lauern zu sehen, wie er sie beobachtete.

»Mein Vater war ein guter Mann, und er hat etwas Besseres verdient«, sagte er.

»Etwas Besseres?«, fragte sie. »Etwas Besseres als was?«

»Als mich.«

»Nun ja«, erklärte Rose und bereute ihre Worte schon, noch während sie sie aussprach, »in Sachen Manieren hat er dir gewiss nicht viel beigebracht.«

»Was meinst du damit?«

»Du behauptest, dass du mich liebst ...«

»Nun, ich liebe dich auch.«

»Aber nicht genug, um zu schreiben und es mir zu sagen.«

»Herrgott noch mal, Rose!«, entfuhr es Tom. »Es ist kaum eine Woche her, seit wir ihn zu Grabe getragen haben. Ich war mit Familienangelegenheiten beschäftigt.«

»Oh ja, Familienangelegenheiten«, fuhr Rose fort. Sie hasste sich dafür. »Bei dir sind es stets Familienangelegenheiten, Mr. Brodie, und ich befürchte, so wird es auch immer sein. Wenn du keine Zeit für mich erübrigen kannst und dir keine Gedanken oder Sorgen um meine Gefühle machst, dann wäre ich dir sehr verbunden, wenn du es mir sagen würdest, denn es gibt andere junge Männer, denen ich offenbar mehr bedeute als dir.«

»Was denn für junge Männer?«

»Das geht dich gar nichts an.«

»Oh, doch.«

»Mr. Fergussons Sohn, wenn du es unbedingt wissen musst.«

»Luke?«, knurrte Tom ironisch. »Lucas Fergusson ist keine Bedrohung für mich.«

»Bist du dir wirklich so sicher, dass dein Charme jede junge Frau so restlos bezaubern wird, dass kein Mann je eine Bedrohung für dich darstellt? Wenn das der Fall ist, Mr. Brodie, dann bitte ich dich, noch einmal nachzudenken.«

»Rose, bitte zank dich nicht mit mir! Ich bin nicht in der Stimmung ...«

»Oh, und das Einzige, was zählt, ist deine Stimmung, ja? Tagaus, tagein habe ich auf Nachricht von dir gewartet. Ich habe keine Bündel mit Versen oder Bände eleganter Prosa erwartet; ein Wort nur hätte genügt, ein Wort höflicher Zurkenntnisnahme.«

Er nahm die Hände von ihren Schultern, verschränkte die Arme und sah sie mit mehr Mitleid als Stolz an. »Die Interessen meiner Familie sind auch deine Interessen, Rose. Als ich sagte, ich hätte die Absicht, dich zu heiraten, da habe ich es ernst gemeint. Aber ich werde nicht als Bittsteller ohne ein eigenes Stück Land kommen.«

»Hawkshill?«, erwiderte Rose. »Du wirst niemals der Besitzer von Hawkshill sein.«

»Da wäre ich mir an deiner Stelle nicht so sicher.«

»Mein Vater wird nie und nimmer verkaufen.«

»Das wird er, wenn das Angebot hoch genug ist.«

»Du kannst doch nicht einmal die Pacht bezahlen, geschweige denn ...«

»Aye, und ob ich das kann! Ich habe jetzt Geld«, sagte Tom. »Was immer Lucas Fergusson zu bieten hat, ich werde bald mit ihm gleichziehen können.«

»Hast du getrunken?«

»Nicht einen Tropfen.«

»Mir scheint, doch, denn so spricht kein nüchterner Mann«, gab Rose zurück. »Du hältst mich vielleicht für einfältig, Mr. Brodie, aber ich habe scharfe Ohren. Ich habe gehört, wie knapp über dem Boden ihr euer Getreide mäht, und noch vor einer Woche drohte euch die Vertreibung von Hawkshill, ohne einen Farthing in euren Taschen.«

»Durch deinen Vater«, rief ihr Tom in Erinnerung.

»Ja, durch meinen Vater, der, nebenbei bemerkt, nicht allzu erfreut darüber ist, betrogen zu werden.«

»Betrogen?«

»Wie seid ihr denn zu diesem plötzlichen Geldsegen gekommen? Sag mir das, bitte schön! Wen habt ihr diesmal beschwindelt?«

Tom blähte die Wangen. »Das heißt, du hältst mich für einen Schwindler, ja? Nun, meine Liebe, ich bin nichts dergleichen. Ich dachte, du würdest mich genug lieben, um dich zu gedulden, nur ein winziges kleines bisschen zu gedulden. Du lieber Gott, wenn du nicht einmal eine Woche auf einen Brief von einem Mann in Trauer warten kannst, dann solltest du vielleicht besser deinen Mr. Fergusson heiraten und dich von ihm mit all dem überschütten lassen, was dein kleinliches Herz begehrt.«

Ihre Oberlippe bebte. »Wenn du so von mir denkst, Mr. Tom Brodie, dann wünsche ich dir einen guten Tag.« Sie wandte sich auf dem Absatz um und ging fort, nicht zur Brückenstraße, sondern quer über den Marktplatz zur Thimble Row.

»Warte!« Tom sah, wie sie zögerte. »Rose, bitte warte.«

Sie sah so klein aus – nicht zart jetzt, sondern kindlich –, dass er sich, selbst ohne sie zu begehren, danach sehnte, sie in seine Arme zu schließen und ihr zu sagen, dass er sie liebte. Aber er war sich dieser Liebe keineswegs sicher; er wusste nicht einmal, ob er Rose je geliebt hatte, denn was er tief in sich spürte, war nicht

Bedauern, sondern Erleichterung. Und als sie stehen blieb und sich umsah, riss er sich die Mütze vom Kopf und verbeugte sich, eine verächtliche, arrogante, sardonische Verbeugung, die Rose beinahe das Herz brach. Doch das ahnte er nicht.

15

»Hört ihr es klimpern?«, sagte Henry, während er sich auf die Taschen klopfte. »Jetzt müssen wir erst einmal Betsy bezahlen. Sie hat noch keinen Penny von uns gesehen, seit sie zu uns gekommen ist, und wir können uns nicht für immer auf John Rankines Nächstenliebe verlassen. Halt die Hand auf, Miss McBride!« Er zählte drei Pfund und zehn Schilling ab. »Es ist wenig genug, Mädchen, aber wir müssen auch noch Saatgut kaufen und die Pacht bezahlen.« Er griff noch einmal in seine Taschen und ließ mit lautem Poltern Guineen auf den Tisch fallen.

»Es ist mehr als genug«, widersprach Betsy.

»Genug, um dich bei uns zu halten?«, fragte Agnes Brodie.

»Aye«, antwortete Betsy. »Ich würde lieber hierbleiben, wenn Mr. Rankine mich lässt.«

Tom stand hinter ihr, mürrisch und schweigsam. Sie wandte sich zu ihm um. Ohne ein Lächeln oder ein Augenzwinkern nickte er ihr zu.

»Wann können wir mit der nächsten Fracht rechnen, Henry?«, fragte Janet.

»Nächste Woche, sagt Conn«, erwiderte Henry. »Allerdings sind wir Farmer, keine Schmuggler, und wir dürfen die Felder und das Vieh nicht vernachlässigen.«

»Vor allem da wir selbst bald die Besitzer sein werden«, betonte Janet.

»Dieser Tag wird vielleicht niemals kommen«, warf Henry ein. »Ich bezweifle, dass Hewitt Hawkshill für weniger als sieben Pfund den Acre hergeben wird, und bei aller Vorsicht kann es doch nur eine Frage der Zeit sein, bis die Zollbeamten anfangen, rund um Port Cedric herumzuschnüffeln – oder bis uns jemand für das Kopfgeld verrät.«

»Wer würde uns das denn antun?«, fragte Janet.

»Jeder ohne Ausnahme«, brummte Tom. »Gier macht alle Menschen gleich.«

»Tom hat recht«, stimmte Henry ihm zu. »Wir werden immer nur eine Ladung auf einmal abwickeln, eine Jahrespacht auf die Seite legen und den restlichen Betrag in Verbesserungen stecken. Oder, wenn wir genügend Geld verdienen«, er hielt einen Moment inne, »dann könnten wir uns nach einer anderen Farm zu einem vernünftigeren Preis umsehen.«

»Nein«, sagte Tom scharf.

»Ist es nicht eine Überlegung wert?«, wollte Henry wissen.

»Nein. Wir haben es Daddy versprochen.«

»Daddy wäre der Erste, der uns von diesem Versprechen entbinden würde, wenn er glauben würde, wir könnten etwas Besseres für uns finden«, bemerkte Henry.

»Wir können nichts Besseres finden als das, was wir hier haben«, sagte Tom.

»Das sind ja ganz neue Töne«, entfuhr es Janet.

»Ich passe mich nur an die veränderten Umstände an«, sagte Tom zu ihr.

»Und was, wenn sich die Umstände wieder ändern, mein Sohn?«, wollte seine Mutter wissen.

»Wir werden uns wie immer mit dem Wind drehen«, erwiderte Tom.

Janet schnaubte. »Und sieh, wohin uns das gebracht hat!«

»Wir wären fast verhungert«, sagte Agnes.

Die Jungen und Janet starrten ihre Mutter an, die sich, so Betsys Vermutung, selten beklagt hatte, als ihr Mann noch am Leben gewesen war.

»Gibst du etwa *mir* die Schuld daran, Mammy?«, fragte Tom.

»Ich gebe niemandem von euch die Schuld«, erwiderte Agnes Brodie.

»Daddy kannst du wohl kaum die Schuld geben«, bemerkte Tom.

»Ach, nein?«, sagte Agnes.

»Was hätte er deiner Ansicht nach denn noch tun sollen?«, wandte Henry ein. »Er hat härter gearbeitet als jeder Mann in Ayrshire, um uns vor dem Untergang zu bewahren.«

»Und trotzdem ist er verschuldet gestorben«, beharrte Agnes.

»Das wäre er nicht, wenn Hewitt sich an seinen Teil der Abmachung gehalten hätte«, widersprach Tom, »und wenn er nicht krank geworden wäre.«

»Gib Mr. Hewitt die Schuld oder der Krankheit«, sagte Agnes Brodie. »Gib dem fauligen Boden und dem schlechten Wetter die Schuld oder dem schadhaften Saatgut. Gib den hohen Preisen die Schuld und allem, was dir sonst noch einfällt. Es bleibt dabei, euer Vater hat eine schlechte Abmachung getroffen, und stur wie der alte Narr war, wollte er lieber seinen Teil einhalten als zugeben, dass er sich getäuscht hatte. Es war nicht die Krankheit, die meinen Matthew in den Ruin getrieben hat, und auch nicht Toms Unfug. Es war der Stolz eures Daddys, sein verbissener Stolz. Er dachte, sein Wille wäre Gottes Wille und dass Gott der Herr ihn irgendwie dafür belohnen würde.«

»Oh, Mammy«, protestierte Janet. »Wie kannst du so etwas sagen? Ich dachte, du hättest ihn geliebt!«

»Das habe ich ja auch«, antwortete Agnes. »Ich habe ihn geliebt, trotz seiner Schwächen. Und er hatte ja auch Tugenden, etliche Tugenden. Aber noch mehr hätte ich ihn geliebt, wenn er einmal, ein einziges Mal nur, zugegeben hätte, dass er sich vielleicht täuschte. Ich habe ihm stets jede Bitte erfüllt, doch was nützen uns diese Loyalität oder Liebe jetzt noch?«

»Hartherzig«, sagte Tom. »Gott, was bist du hartherzig!«

Agnes rutschte mit dem Stuhl vor, streckte eine Hand aus und rührte in den Guineen, die Henry auf dem Tisch hatte liegen lassen. »Seht euch bloß diese ganzen Münzen an! Jetzt geht es uns besser, als es uns je ging, als Matthew noch bei uns war.«

»Aye, es ist traurig, dass Daddy das nicht mehr erleben durfte«, sagte Janet.

»Und noch trauriger zu begreifen, dass er selbst beim Scheitern gescheitert ist«, entgegnete Agnes. »Behalte, was du für das Saatgut brauchst, Henry, und leg den Rest in die Kasse und gib sie mir!«

»Dir?«, wunderte sich Tom. »Was willst du denn damit?«

»Ich werde das Geld sicher verwahren«, versprach Agnes.

»Vor Einbrechern?«, fragte Janet.

»Vor euch allen«, sagte Agnes Brodie.

Ihr Vater kam um kurz nach acht nach Hause, durchgefroren und mit wund gelaufenen Füßen und einer fürchterlichen Laune. Der Frost hatte die Wagenspuren auf der Straße nach Glasson verhärtet und die Zollschranke mit einer dünnen Eisschicht überzogen, und seine Stute war so schlimm gestrauchelt und geschlittert, dass er gezwungen gewesen war, abzusteigen und sie die letzten paar Meilen zu Fuß bis zum Stall zu führen.

Rose öffnete die Tür und half ihm aus dem Mantel.

»Abendessen«, rief er. »Eunice, wo bleibt mein Abendessen?« Er sah seine Tochter mürrisch an, als sie sich hinkniete, um ihm die Stiefel auszuziehen. »Wo ist Eunice?«

»Es geht ihr nicht gut«, sagte Rose. »Dr. Glendinning meint, es ist ein Anflug von Fieber und wird in ein, zwei Tagen vorüber sein.«

»Was?«, rief ihr Vater. »Eunice ist krank?«

Er stieß Rose beiseite und stapfte auf die Kammer der Haushälterin zu.

»Eunice, Eunice, meine Liebe, wo bist du?«

»Im großen Bett«, sagte Rose zu ihm, »in deinem Zimmer.«

Er stürzte durch die Diele ins Schlafzimmer und warf sich so ungestüm auf das Bett, dass das Feuer im Kamin verblüfft eine Rauchwolke ausstieß und alle Gläser klirrten.

Auf ein Kissen aufgestützt, saß Eunice da, was, wie Rose fand, ein Glück war, denn sonst hätte ihr Papa sie womöglich noch erstickt. Er ließ die Beine aus dem Bett baumeln, damit die Stiefel nicht das Bettzeug verschmutzten, robbte auf dem Bauch zu der Patientin und schlang die Arme um Eunice.

»Mein allerliebster Schatz«, stöhnte er. »Verlass mich nicht! Bitte, ich flehe dich an, lass mich nicht im Stich!«

»*Lak*«, sagte Mrs. Prole und schlug die Augen auf. »*Lak, lak.*«

Der Flachsfabrikant schnellte zu seiner Tochter herum, die ihm ins Schlafzimmer gefolgt war. »Was? Was hat sie gesagt, Rose?«

»Sie hustet.«

»*Lak, lak, lak.*«

Er drückte Eunice Prole aufs Kissen zurück, nahm ihren Kopf in seine beiden Hände und musterte sie eingehend. »Blut, ist das Blut auf ihrem Mund?«

»Meerzwiebel, glaube ich«, sagte Rose.

Eunice hustete wieder und streckte in dem Versuch, Neville abzuwehren, die Zunge heraus. »Lakritze, du Narr«, brummte sie. »Ich lutsche an einem Lakritztaler.«

»Gott sei Dank«, murmelte Neville und drückte ihr ungeachtet der klebrigen Süßigkeit einen Kuss auf die Lippen. »Ich dachte schon, ich hätte dich auch noch verloren.«

Zu Rose' Bestürzung zog Mrs. Prole ihren Vater an sich und umarmte ihn zärtlich. Das Mädchen war nie auf den Gedanken gekommen, Papa und die hagere Haushälterin könnten verliebt sein. Rose war nicht so naiv zu übersehen, dass sie sich offenbar das Bett teilten, und sie konnte sich beim besten Willen den grässlichen Gedanken nicht aus dem Kopf schlagen, dass Papa und Mrs. Prole gewisse Dinge taten, die sich eher für ein Ehepaar schickten als für eine Haushälterin und ihren Arbeitgeber.

Rose räusperte sich geräuschvoll.

Das Kinn auf Nevilles Schulter gestützt, sagte Eunice: »Du wirst deinem Vater das Abendessen selbst herrichten müssen. Suppe ist im schwarzen Topf und Schmalzfleisch in der Speisekammer.« Und dann vergrub sie die Nase in Nevilles Nacken und gab sich einem erneuten Hustenanfall hin.

Rose ging in die Küche. Sie hatte bereits das Feuer geschürt, etwas Wasser zu der Hammelfleischsuppe gegeben und den Topf zum Köcheln auf den Grillrost gestellt. Sie hatte sich den ganzen Abend beschäftigt, war über die Straße gelaufen, um Dr. Glendinning von seinem Haus herüberzuzerren, war immer wieder zu Mrs. Prole geeilt, um ihr die Medizin zu verabreichen, die der Doktor für sie dagelassen hatte – und war im Grunde doch immer nur vor Tom Brodies Zurückweisung davongelaufen.

Sie öffnete die Tür zur Speisekammer und ging hinein.

Es roch wie üblich angenehm nach Käse. Auf den Regalen standen Reihen mit Krügen und Flaschen, Butterfässchen und Eierschachteln. Zum Schutz vor Mäusen deckten Drahthauben Platten mit Speck und Räucherfisch ab, aus dem Mrs. Prole Frühstücks-Kedgerees nach einem Rezept zubereitete, das sie angeblich von einem Hindu an den Kais von Ayr gelernt hatte.

Nachdenklich krauste Rose die Stirn. Eunice Prole schlug sie vielleicht, und sie schimpfte mit ihr und maßregelte sie, aber Mrs. Prole sorgte auch dafür, dass sie genug zu essen hatte, dass ihre Kleider ordentlich genäht und ihre Unterröcke gewaschen waren. Ist es die Angst, ihren Platz zu verlieren, die Mrs. Prole mitunter so gehässig und gemein sein lässt?, fragte sich Rose, oder sind es die Narben einer kinderlosen Ehe?

Vielleicht, dachte sie, sollte ich hieraus eine Lehre für mich ziehen. Sie, Rose, war schließlich nicht Heloise, und Tom Brodie nicht Abelard. Sie hatte sich eine Romanze ausgedacht, wo es keine gab. Er hatte mit ihr getanzt, sie geküsst, ihr versprochen, mit ihr durchzubrennen, aber letztendlich war er eben doch nicht mehr als ein derber Farmer mit einem schlechten Ruf und einer ungesunden Selbstgefälligkeit.

Dann dämmerte ihr, dass sie sich Tom Brodie nicht als Ehemann, sondern als Liebhaber vorgestellt hatte und dass Tassie Landles' Prophezeiung eines prächtigen Hauses und einer großen Kinderschar vielleicht weniger ein Versprechen als vielmehr eine Drohung gewesen war.

Die Tür der Speisekammer schloss sich bleischwer und leise hinter Rose, und sie war in warme, gedämpfte Dunkelheit gehüllt. Nicht sicher, was sie eigentlich wollte oder warum Toms verächtliche Geste sie so verletzt hatte, kauerte sie sich hin, machte sich klein, presste die Handballen in ihren Schoß und wippte leise schluchzend hin und her.

»Rose?«, rief ihr Vater, aber nicht sehr streng. »Wo bist du, Rose?«

Sie rappelte sich hoch, wischte sich die Augen trocken und öffnete die Tür der Speisekammer.

»Ich bin hier, Papa«, sagte sie, »ich bin hier.« Und dann ging sie mit der Platte mit Schmalzfleisch in den Händen hinaus, um ihrem Vater das Abendessen aufzutragen.

Janet lag ausgestreckt auf dem Rücken. Die Decke hatte sie bis zum Hals hochgezogen.

»Er hat sie getroffen«, sagte sie. »Ich bin sicher, er hat sie getroffen. Das konnte ich an seiner selbstgefälligen Miene ablesen.«

»Ich finde nicht, dass er selbstgefällig war«, bemerkte Betsy.

»Er war über eine Stunde fort, hat Henry erzählt. Wollte nicht sagen, wo er gewesen war. Du weißt, was das heißt.«

»Ich weiß es nicht.«

Janet stieß Betsy einen Ellenbogen in die Rippen. »In letzter Zeit hat er doch nur eine Sache im Kopf. Hat er sie getroffen, was meinst du? Und warum ist er jetzt schon wieder ausgegangen?«

»Er nimmt an einem Treffen des Junggesellen-Clubs teil.«

»Nach allem, was wir wissen, könnte er ihn ihr in genau diesem Augenblick hineinstecken.«

»Janet!«

»Wenn wir uns neun Monate gedulden, dann werden wir es wissen.« Janet kicherte. »Wenn unser Tom ihr einen Balg anhängt, dann wird Hewitt einer Hochzeit zustimmen müssen, ob es ihm gefällt oder nicht. Obwohl, es würde Toms Sache schon helfen, wenn er ihm einen klimpernden Beutel hinwerfen kann, um diese Farm zu kaufen.«

»Die Hälfte dieser Farm«, wandte Betsy ein. »Henry wird seinen Anteil haben wollen.«

»Aye«, räumte Janet ein, »das wird er wohl.«

»Fünfhundert Pfund«, meinte Betsy, »ist ein dicker Batzen Geld.«

»Henry sagt, wir können nächste Woche mit noch einer Fracht rechnen.«

»Letztes Mal war es leicht«, bemerkte Betsy, »aber jetzt steht der Winter schon vor der Tür, und selbst Conn hat keinen Einfluss auf das Wetter.«

»Nun ja«, seufzte Janet, »der Winter wird nicht ewig dauern. Wenn Mr. Arbuthnot das nächste Mal nach Drennan kommt, werde ich ein neues Kleid und neue Schleifen haben, und Tom hat versprochen, mir die Schritte für die Tänze beizubringen.«

»Ist das alles, was dir wichtig ist?«, fragte Betsy.

»Was sollte mir denn sonst wichtig sein? Geld gesellt sich zu Geld, weißt du. Wenn sich herumspricht, dass die Brodies es zu etwas gebracht haben, dann werden die Burschen die Ohren spitzen, um von der Mitgifttruhe zu hören, und vor meiner Tür Schlange stehen.«

»Und wenn sich das Falsche herumspricht«, entgegnete Betsy, »dann werden wir alle im Gefängnis landen.«

»Nein.« Janet stieß sie wieder in die Rippen. »Conn wird sich schon um uns kümmern.«

»Conn wird sich um sich selbst kümmern. Er wird sich aus dem Staub machen.«

»Er ist vielleicht dein Vetter«, sagte Janet, »aber ich glaube, er hat eine Schwäche für dich. Wenn er geht, dann wird er dich mitnehmen.«

»Ich will nicht mit ihm fortgehen«, antwortete Betsy.

»Dann bist du eine Närrin«, entgegnete Janet. »Gott, ich sage dir, wenn Conn McCaskie mir auch nur mit dem kleinen Finger winken würde, Seemann hin oder her, dann wäre ich im Nu auf und davon mit ihm. Willst du denn nicht, dass ein Mann auf dich aufpasst, Betsy?«

»Ich passe lieber selbst auf mich auf, schönen Dank.«

»Dann bist du erst recht eine Närrin!« Janet klopfte auf das Kissen und rollte sich zum Schlafen auf die Seite.

Die Junggesellen mochten am Grab zurückhaltend und bei der Totenwache rüpelhaft gewesen sein, aber als der Club zu seinem Novembertreffen zusammenkam, gab es etliche aufrichtige Mienen der Anteilnahme. Einige Gentlemen – die, die Tom Brodie am wenigsten kannten – wunderten sich, ihn im Vorsitz zu sehen. Er war schließlich noch immer in Trauer. Die, die ihn besser kannten – oder das zumindest glaubten –, waren ebenfalls überrascht, denn als sie ihn das letzte Mal gesehen hatten, war er gebeugt und zerzaust und dem Wahnsinn nahe gewesen.

Jetzt, nur ein paar Tage später, schien er seine Lebensfreude wiedergewonnen zu haben und fast wieder der Alte zu sein. Er bestellte – und bezahlte – drei zusätzliche Flaschen Rotwein, mit denen er einen Toast auf seinen lieben verstorbenen Vater ausbrachte und all den Junggesellen-Brüdern seinen Dank aussprach, die ihm in seinem Schmerz Trost gespendet hätten. Natürlich war niemand so unfein, sich zu erkundigen, ob ihm die Jungfrau aus der Thimble Row ebenfalls Trost gespendet hatte oder ob sich sein Schwur, Hewitts Tochter zu heiraten, durch die Umstände geändert hatte und nun eher zum Bett als zum Altar führen sollte.

Bevor das offizielle Programm begann, legte Peter Tom eine Hand auf die Schulter und erkundigte sich taktvoll, ob es ihm gut gehe, während Mr. Ogilvy, der nicht weit von ihnen stand, die Ohren spitzte, um die Antwort des jungen Farmers zu verstehen.

»Es ging mir nie besser, Peter, es ging mir nie besser.«

»Und das – das mit meiner Tante Tassie ...?«

»Liegt längst hinter mir.«

»Das freut mich zu hören«, sagte Peter. »Ich weiß nicht, was über sie gekommen ist.«

»Nun, das ist jetzt alles Schnee von gestern, Peter.« Tom sah grinsend auf. »Ich habe mich losgekauft.«

»Losgekauft?«, schaltete sich Mr. Ogilvy ein. »Wie das denn?«

»Bar auf die Hand.«

»Hast du sie in ihrem Laden aufgesucht?«, fragte Peter.

»Natürlich. Für mich war klar, dass die alte Hexe nur auf eine Handvoll Silber aus war, damit sie den Mund hält.« Tom sah schmunzelnd zwischen den beiden hin und her. »Wir werden nichts mehr von Tassie Landles hören, nehme ich an.«

»Nun«, sagte Peter, der offensichtlich um Worte verlegen war. »Nun, das – das ist ja wunderbar.«

»Ist er jetzt fort?«, murmelte Mr. Ogilvy. »Dein Vater, meine ich.«

»Fortgescheucht«, antwortete Tom und schlug dann mit einem etwas zu lauten Lachen mit der Faust auf den Tisch, um seine Junggesellen-Brüder zur Ordnung zu rufen.

Ob es eine unerwartete Folge des nachlassenden Fiebers oder eher der spontanen Bekundung gegenseitiger Zuneigung war, die sie am Abend zuvor mit angesehen hatte, vermochte Rose nicht zu sagen, aber jetzt wurde kein falscher Anstand mehr gewahrt. Zu ihrer Verwunderung sprang ihr Papa nicht einmal mit einem Räuspern aus dem Bett, als sie an Dorothys Stelle den Morgentee hereinbrachte. Mrs. Prole, noch immer schwach und mit verquollenen Augen, reckte lediglich den Kopf ein klein wenig unter dem Arm ihres Arbeitgebers hervor und murmelte irgendetwas Unverständliches, das ein Gruß oder, vermutlich eher, eine Anweisung bezüglich des Frühstücks sein konnte.

Papa aß Toast mit Speck an einem Kartentisch im großen Schlafzimmer und verwöhnte Eunice Prole mit kleinen Leckerbissen von seinem Teller. Offenbar ging es ihr besser, wenn auch nicht viel. Nachdem Neville zur Manufaktur aufgebrochen war und Rose ihr die Medizin verabreicht hatte, rollte Mrs. Prole sich auf die Seite und schlief wieder ein.

Rose spülte das Frühstücksgeschirr in einem Bottich mit warmem Wasser, schrubbte die Töpfe mit einer Hand voll Sand und gab noch etwas Wasser zu der Hammelfleischsuppe, die gewiss noch einen Tag länger reichen würde, auch wenn sie schon steinhart im Topf klebte. Als das erledigt war, ging sie den Inhalt der Speisekammer durch und notierte alle Lebensmittel, die zur Neige gingen. Dabei war sie durchaus zufrieden mit sich.

Sie hatte nicht das Bedürfnis, sich auf dem Dachboden zu verstecken oder auf die Straße hinauszuschlüpfen. Tatsächlich graute ihr bei dem Gedanken, sich auf den Marktplatz zu wagen und womöglich wieder Tom Brodie über den Weg zu laufen. Rose wusste nicht, wie sie reagieren würde, wenn sie ihm erneut begegnen sollte. Wahrscheinlich würde sie hochnäsig seine Entschuldigungen mit einer raschen, ruckartigen Handbewegung abtun, als bedeutete er ihr gar nichts.

Rose trank Tee und knabberte einen Haferkeks anstelle eines Mittagessens und dachte an Tom, während sie durch das schmale Küchenfenster in den grauen Novembernebel hinausstarrte. Doch bevor die Melancholie sich ihrer allzu sehr bemächtigen konnte, sprang sie auf, band sich eine Schürze um, schnappte sich den eisernen Eimer, Kehrschaufel und Handfeger und ging in Richtung Salon, um den Kamin zu reinigen.

Sie war noch nicht weiter als bis zur Diele gekommen, als ein zögerliches Klopfen an der Haustür sie innehalten ließ.

Kurz überlegte sie, dann dachte sie, es könnte Loon sein, der Neuigkeiten von Dorothy brachte. Sie stellte den Eimer an der Treppe ab und öffnete, Kehrschaufel und Handfeger noch immer umklammernd, die Tür.

Von Lucas Fergussons keineswegs schlichter Sonntagskleidung war nur noch der hohe Hut mit der schicken Krempe geblieben, den er nicht abnahm – oder nicht abnehmen konnte. In einer Hand hielt er ein großes Stück Rindfleisch, das blutig triefend und in Gaze gewickelt war, und in der anderen eine Lauch-Hafer-Pastete.

»Miss Hewitt«, sagte er steif. »Guten Tag.«

»Guten Tag, Mr. Fergusson«, antwortete Rose, während sie vergeblich versuchte, Kehrschaufel und Handfeger, die sie nicht abgelegt hatte, hinter dem Rücken zu verstecken. »Was führt Sie zu uns?«

Lucas streckte beide Arme aus, als wollte er Rose umarmen. »Das hier.«

Das Stück Rindfleisch wackelte in seiner Hand und wäre vielleicht zu Boden gefallen, wenn Rose nicht geistesgegenwärtig Kehrschaufel und Handfeger fallen gelassen und das Fleisch aufgefangen hätte.

»Was«, sagte sie, »ist das denn?«

»Geschenke.«

»Geschenke«, murmelte Rose. »Oh!«

»Ich soll sagen, dass sie Zeichen meiner Zuneigung sind«, informierte Lucas sie, »aber man kann einem Mädchen doch kein Stück Rindfleisch überreichen und erwarten, ernst genommen zu werden.«

»Nun ja, Lucas«, erwiderte Rose, »im Augenblick bin ich das Hausmädchen vom Dienst und im Begriff, den Ruß aus dem Rauchfang zu kehren, daher bin ich ohnehin nicht in der Lage, irgendjemanden ernst zu nehmen. Bitte treten Sie ein.«

»Sind Sie sicher?«

»Ganz sicher.«

Sie führte ihn durch die Diele in die Küche, wo sie ihm die Pastete abnahm und sie zusammen mit dem Fleisch in der Speisekammer verstaute. Als sie den Kopf durch die Tür der Kammer steckte, sah sie, dass Lucas sich vor das Feuer gekauert hatte, um seine Hände zu wärmen.

»Tee?«, fragte sie. »Ich habe leider kein Bier, das ich Ihnen anbieten könnte, und keinen Kuchen.«

»Tee ist mir recht.«

Sie schloss die Tür der Speisekammer, trat nah zu ihm und streckte eine Hand nach der Teedose aus, die auf dem hohen Regal rechts neben dem Feuer stand. Er erhob sich und legte ihr beide Hände leicht um die Taille.

»Mr. Fergusson! Ich muss doch sehr bitten!«

»Ich wollte Sie nur hochheben«, erklärte er, bestürzt von ihrer Empörung. »Meine Mutter ist auch eine kleine Person, und wenn sie etwas von den hohen Regalen braucht ...« Er zog sich mit erhobenen Händen zurück. »Ich wollte Sie nicht ...«

»Natürlich nicht«, sagte Rose. »Ich bin nur erschrocken, das ist alles. Ich bin es, die sich bei Ihnen entschuldigen sollte, Lucas, dafür, dass ich Sie in der Küche empfange. Aber das Kaminfeuer im Salon ist noch nicht entfacht, und das Zimmer ist sehr kalt.«

»Aye, kalt ist es allerdings«, gab Lucas ihr unsicher recht. »Vielleicht sollte ich mich wieder auf den Weg machen, nachdem ich erledigt habe, was man mir aufgetragen hat.«

»Unsinn!«, entgegnete Rose. »Setzen Sie sich, setzen Sie sich dorthin! Der Tee wird gleich so weit sein.«

Lucas nahm Hut und Mantel ab und legte beides ordentlich auf einen freien Stuhl, dann schlug er den Frackschoß hoch und wärmte sich das Gesäß am Feuer, während Rose den Tee in Angriff nahm.

»Was *hat* man Ihnen denn aufgetragen, Lucas?«, hakte sie nach.

»Das Fleisch und das andere Zeug zu überbringen«, antwortete Lucas.

»Und wer hat Sie geschickt?«

»Meine Mutter. Mein Vater hat Ihren Vater heute Vormittag auf der Straße getroffen und gehört, dass die Frau – die Haushälterin – krank ist und Sie sie ganz allein pflegen.«

Rose zog eine Augenbraue hoch. »Rindfleisch *und* eine Pastete sollten Sie bringen?«

»Zum Abendessen«, erklärte Lucas und ergänzte dann: »Sagt meine Mutter.«

»Nun, das ist sehr freundlich von ihr«, erwiderte Rose. »Und sehr freundlich von Ihnen, Lucas, sich die Zeit von der Arbeit freizunehmen, um in die Stadt zu reiten und ...«

»Ich bin zu Fuß gekommen.«

»... zu Fuß nach Drennan zu kommen, um die Geschenke Ihrer Mutter zu überbringen.«

»Ich wollte kommen.«

»Darf ich mich nach dem Grund erkundigen?«

»Um ... um Sie zu sehen, Rose.«

»Oh!«, sagte sie. »Nun, ich bin geschmeichelt.« Er wand sich etwas, auch wenn Rose lieber nicht darüber spekulieren wollte, ob es Schüchternheit oder die große Hitze war, die ihn dazu veranlasste. »Allerdings«, fuhr sie fort, »bin ich nicht gänzlich überzeugt, dass es sich für uns schickt, allein im Haus zu sein.«

»Wo ist die Frau?«

»Ah ja, die Frau ist hier, allerdings ist sie unpässlich.«

»Sie ist was?«

»Bettlägerig«, erklärte Rose ohne jede Herablassung. »Sie hat Fieber.«

»Nancy hat auch Fieber.« Lucas schlug sich mit einer Hand an den Mund. »Das hätte ich nicht sagen sollen!«

»Warum denn nicht?«

»Mam meint, ich soll nicht über ... über Nancy reden.«

»Ist sie Ihr Schatz?«

»Es steht mir nicht frei, das ... das zu sagen.«

»Oh, Lucas, ich bitte Sie.« Rose knuffte ihn in die Seite, als sie die Teekanne an den Tisch trug. »Sie können sich mir anvertrauen.«

»Sie ist nicht mein Schatz, nein.«

»Ich habe Sie nach der Kirche mit ihr gesehen, Lucas. Es hatte ganz den Anschein, als hätte diese Nancy irgendeinen Anspruch auf Sie. Wenn sie nicht Ihr Schatz ist, dann ist sie vielleicht Ihre Geliebte.«

»Ich dachte, das wäre das Gleiche.«

»Nun, das ist es nicht.«

»Ist Tom Brodie *Ihr* Geliebter?«, fragte Lucas.

»Ganz gewiss nicht.«

»Dann Ihr Schatz?«

»Hier geht es nicht um Tom Brodie«, entgegnete Rose. »Erzählen Sie mir, wie Sie zu dem Milchmädchen stehen, zu Nancy.«

Lucas entfernte sich von der Feuerstelle und setzte sich an den Tisch. Er schlang die Knöchel um die Stuhlbeine und presste die Ellenbogen an die Rippen. Lucas war völlig verknotet vor Verlegenheit, aber zugleich bestrebt, vor diesem gepflegten jungen Mädchen seine Männlichkeit unter Beweis zu stellen. »Ich habe sie genommen«, antwortete er schließlich.

»Ich bin mir nicht ganz sicher, was Sie mit ›genommen‹ meinen«, sagte Rose.

»Ich hatte sie.«

»Sie haben sich mit ihr vereinigt, meinen Sie?«

»Sie gemäht«, erklärte Lucas errötend. »Aye.«

Rose stellte die geblümte Tasse und Untertasse ab und setzte sich ihrem Gast gegenüber an den Tisch. Er wand sich wieder, krümmte sich fast, doch sie konnte an seinen kühnen, schnellen Blicken ablesen, dass er eher stolz als beschämt wegen seiner Vereinigung mit dem Milchmädchen war – und weil sie, eine Dame, ihm die Gelegenheit gegeben hatte, damit zu prahlen.

»Warum erzählen Sie mir das, Lucas?«

»Aber Sie haben mich doch gefragt.«

»Ja, das habe ich wohl«, räumte Rose ein. »Nun, nachdem Sie es sich … ähm … von der Seele geredet haben, hätten Sie vielleicht die Güte, es genauer auszuführen.«

»Hä?«

»Es zu erläutern.«

»Nancy sagt, ich bin besser als jeder Mann, den sie je gehabt hat.«

Rose spürte, wie ihre Wangen auf einmal glühten, und ein Kribbeln breitete sich in ihrer Magengegend aus. Sie schniefte, räusperte sich und hakte weiter nach. »Wie viele Männer hat Nancy denn gehabt?«

»Hä?«, sagte Lucas wieder.

Rose war sich sicher, dass der Sohn des Viehzüchters nicht ganz so dumm war, wie er sich stellte, und an diesem gewagten Frage-und-Antwort-Spiel ebenso viel Vergnügen hatte wie sie. »Was ist denn Nancys Kriterium?«

Lucas schluckte schwer. »Dasselbe wie Ihres, nehme ich an.«

»Ich meine, worauf beruht Nancys Urteil?«

»Sie hat es schon früher getan«, sagte Lucas.

»Und haben ... haben Sie?«

»Was?«

»Es schon früher getan.« Rose war noch nie mit einem jungen Mann allein gewesen, bis auf ein paar kurze Minuten mit Tom Brodie in der Bibliothek. Auch wenn sie Lucas Fergusson nicht mit Tom Brodie gleichsetzte, war doch Lucas hier und Tom nicht. Die Neuartigkeit dieser Situation und die Intimität, die ihr innewohnte, waren aufregend für Rose.

»Aber jetzt habe ich es getan«, antwortete Lucas. Er hatte eine Hand zwischen seine Schenkel geschoben und machte keine Anstalten, es zu verbergen. Selbst unter Rose' Blicken schien sein Selbstbewusstsein zu wachsen. Sie erkannte zu spät, dass er ihr Interesse an seiner Verbindung mit dem Milchmädchen fälschlicherweise als Einladung verstanden hatte, forsch zu werden.

»Haben Sie es denn schon getan, Rosie?«, wollte er wissen.

Sprachlos und mit glühenden Wangen schüttelte sie den Kopf.

»Nicht einmal mit Tom Brodie?«

»Nicht mit Tom Brodie und ... und auch mit niemandem sonst.«

»Es ist gut«, meinte er. »Aye, ich sage Ihnen, es ist gut mit Nancy Ames.« Er hob den Blick und sah sie an. »Aber mit Ihnen wäre es noch besser.«

»Warum denken Sie das?«

»Weil Sie hübsch sind.«

»Aber ich ... ich habe nicht ...«

»Ich werde es Ihnen zeigen«, sagte Lucas.

Sie versuchte, sich von ihrem Stuhl hochzurappeln, doch ihre Gliedmaßen fühlten sich an, als gehörten sie ihr nicht, und ihre Beine wollten ihr nicht gehorchen. Sie war erst halb von ihrem Stuhl aufgestanden, als Lucas sie zu fassen bekam. Sein Kinn war glatt, und er roch nach Seife. Seine Lippen waren nicht spröde, seine Zunge nicht fordernd. Einen Augenblick lang schien es, als würde die Zärtlichkeit das Verlangen besiegen, doch dann umfasste er ihre Hüften, ging in die Knie, raffte ihre Röcke hoch und legte eine Hand um ihre intimste Stelle.

»Lucas, nein«, stöhnte sie. »Nein, Lucas.«

»Sehen Sie«, sagte er. »Sehen Sie.«

Sie spürte, wie sich die Hand bewegte, ein wenig an ihr zupfte – und dann war es vorbei. Rose war völlig aufgewühlt davon, wie leicht er sie überrumpelt und wie rasch er sie wieder losgelassen hatte. Sie wartete darauf, dass er nach den Bändern seiner Hose greifen, fortfahren und die Sache vorantreiben würde, aber das tat er nicht. Zweimal war sie jetzt so nah herangeführt und dann fallen gelassen worden, aber Toms Widerstreben war berechnend gewesen und Lucas', das spürte sie, instinktiv.

»Ist ... ist es das, was Sie mit Nancy Ames machen?«, hörte sie sich fragen.

»Nein, da mache ich mehr, viel mehr.«

»Warum haben Sie aufgehört, Lucas?«

»Weil Sie eine Dame sind.«

Lucas war nicht kalt oder selbstgerecht. Er trug seine Selbstbeherrschung nicht zur Schau. Er war ebenso erschüttert wie sie, keuchte wie ein kaputter Blasebalg, und seine Wangen waren gerötet. Außerdem fühlte er sich sichtlich unbehaglich. Er schlich rückwärts um den Tisch und setzte sich wieder, beide Hände in den Schoß gepresst.

»Das hätte ich nicht tun sollen«, murmelte er, halb zu sich selbst. »Sie sind nur ein kleines Mädchen. Es war nicht recht.«

»Warum war es nicht recht, Lucas?«

»Weil ich der Mann bin«, sagte er. »Verdammt, ich bin der Mann!«

»Muss der Mann denn immer die Verantwortung übernehmen?«

»Natürlich muss er das«, erklärte Lucas. »Verdammt, natürlich muss er das.«

»Habe ich denn kein Mitspracherecht bei der Angelegenheit?«

»Aye, Sie können immer Nein sagen.«

»Sagt Nancy Ames je Nein?«

»Sie sind nicht Nancy Ames«, murmelte Lucas.

Rose strich ihre Röcke glatt, rückte die Schürze zurecht und beruhigte sich wieder. »Danke, Lucas.«

»Aber wofür?« Er seufzte. »Ich habe Sie berührt.«

»Das haben Sie«, sagte Rose leise. »Sie haben mich berührt.«

»Sie werden es doch nicht Ihrem Daddy erzählen, oder?«

»Nein, keiner Menschenseele. Das ist unser Geheimnis, Lukie.« Sie beugte sich über den Tisch vor und küsste ihn auf die Wange. »Unser Geheimnis.«

»Wen hast du denn da drinnen?«, erklang eine Stimme aus der Diele.

In einen von Papas alten Morgenröcken gewickelt, der zu kurz war, um ihre mageren Knöchel zu verbergen, schlurfte Eunice Prole ein paar Schritte auf die Küche zu. »Ist das Tom Brodie?«

»Es ist Lucas«, beeilte sich Rose zu antworten. »Lucas Fergusson. Er hat uns ein Stück Rindfleisch und eine Pastete gebracht, Geschenke von seiner Mutter.«

»Dann bedank dich höflich«, rief die Haushälterin. »Und gib dem Jungen einen Tee!«

Und damit schlurfte sie, von Rose untergehakt, wieder ins Bett.

Und Lucas sah derweil mit hämmerndem Herzen zu, dass er wegkam.

16

Das kalte Wetter hielt nicht länger als ein, zwei Tage an, dann setzte der Regen wieder ein, ein milder, sanfter, nebliger Regen, der alles durchnässte und unter dem die Schafe litten. Conns junge Ochsen, große, stämmige Tiere, wurden zum Kuhstall gebracht. Im spärlichen Licht, das durch das Cottage-Fenster hinausfiel, errichtete Henry einige Pferche in einer geschützten Ecke des Hofes, um die Jungochsen dort unterzubringen. Morgens und abends wurde im Licht der Laterne gemolken, und die Tage wurden kürzer.

Saatgut kauften Tom und Henry bei einem Händler in Drennan, gutes, trockenes Saatgut, das leicht durch die Finger rann. Die Säcke lagerten sie im Pferdestall. Es war spät im Jahr, um Sibirischen Weizen zu säen, aber Tom und Henry waren sich einig, dass drei milde Tage ausreichen würden, um das lange Feld zu besäen, und Tom ging vor Tagesanbruch mit der Egge hinaus. Die Mädchen arbeiteten den Misthaufen ab, der inzwischen fast so hoch wie das Cottage-Dach war, und Henry brachte die Fuhren mit einem Wagen zum Feld.

Die Arbeiten der Jahreszeit wurden mit Begeisterung in Angriff genommen. Die düstere Stimmung der vergangenen Wochen schien endgültig hinter ihnen zu liegen. Betsy fragte sich, ob es an der Abwesenheit des alten Mannes lag, nicht an dem Saatgut im Stall und dem Geld in der Kasse, dass die Brodies sich so ins Zeug legten. Vor allem Agnes schien bemüht zu sein, die Vergangenheit hinter sich zu lassen. Sie wusch die Bettlaken und die Decken, besserte Kleidungsstücke aus und kochte deftige Mahlzeiten. Inzwischen schlief sie wieder in dem großen Bett im Alkoven in der Küche und gab, auf das Kissen aufgestützt, Anweisungen, die ihre Söhne weitgehend ignorierten.

Agnes machte sich gerade bettfertig. Tom döste auf einem Stuhl neben dem Kamin. Janet kniete zu seinen Füßen am Boden und starrte verträumt ins Feuer. Henry saß am Tisch über der Buchhaltung. Das Kinn in die Hand gestützt, hockte Betsy ihm gegenüber und war ein wenig eingenickt. Kein warnendes Hundegebell war von draußen zu hören, kein Hufgetrappel auf dem mit Stroh bestreuten Boden. Die erste Ankündigung eines spätabendlichen Besuchers war ein plötzliches Klopfen an der Tür, und einen Augenblick später knarrten die Angeln, als die Tür aufschwang.

Tom sprang auf und schnappte sich einen dreibeinigen Hocker, um ihn als Waffe zu benutzen. Henry fuhr von seinem Stuhl hoch, spreizte die Beine und reckte die Fäuste.

»Hat man uns geschnappt?«, rief Janet.

»Ganz ruhig, ganz ruhig.« Conn hob beschwichtigend eine Hand. »Habt ihr mich denn nicht kommen hören?«

»Nein, das haben wir nicht, Sir«, erklärte ihm Janet aufgebracht. »Ist das vielleicht eine Zeit, um bei jemandem hereinzuschauen?«

»Ich dachte nicht, dass es schon so spät ist.«

Tom ließ den Hocker sinken. Henry löste sich mit leicht beschämter Miene aus seiner kampflustigen Pose, während Betsy, die jetzt hellwach war, auf ihren Vetter zulief und ihn küsste.

»Du hast uns erschreckt«, erklärte sie, »das ist alles. Hast du schon zu Abend gegessen?«

»Und wo ist Ihr Pferd?«, fragte Agnes.

»Ich habe gegessen, und ich habe kein Pferd. Ich bin zu Fuß gekommen«, antwortete Conn. »Zu einem Schluck Whisky würde ich nicht Nein sagen, wenn es einen gibt, und dann muss ich mich wieder auf den Weg machen. Mein Boot ist in Port Cedric vertäut, und ich will es dort nicht allzu lange liegen lassen.«

»In Port Cedric«, wiederholte Tom, »mit einer Fracht?«

»Keine Fracht«, antwortete Conn, »nicht heute Nacht.«

»Wann denn dann?«, fragte Janet.

»Donnerstagmorgen«, sagte Conn. »Brandy ist die Fracht, nur Brandy.«

»Um wie viel Uhr?«, erkundigte sich Henry.

»Zwei Uhr. Wir werden bei Halbtide entladen. Ein Zehn-Kanonen-Kutter patrouilliert die Gewässer des Kilbrannan Sound, und je länger unser Holländer vor Port Cedric vor Anker liegt, desto größer die Gefahr, geschnappt zu werden.«

»Jagt dieser Kutter Sie, Conn?«, fragte Tom.

»Nein«, versicherte ihm der Ire. »Es wäre einfach Pech, wenn wir entdeckt würden, aber ich bin niemand, der irgendetwas dem Zufall überlässt, wenn ich mein eigenes Geld in eine Ladung investiert habe.«

»Wie lange sollen wir das Zeug behalten?«, wollte Tom wissen.

»Einen Tag, höchstens.«

Conn trug eine kurze schwarze Öljacke und keinen Hut. Vom Regen durchnässt, sah sein Haar noch stärker gewellt aus als sonst. Es fiel ihm in Ringellocken in die Stirn, die bei jedem anderen Mann mädchenhaft ausgesehen hätten. Er trank den Whisky, aber als Betsy ihm die Flasche anbot, schüttelte er den Kopf.

Er wirkt nicht so überschwänglich wie sonst, dachte sie. »Was ist los, Conn?«, fragte sie. »Ist es gefährlich?«

»Ein bisschen«, räumte er ein. »Ich habe die Gelegenheit beim Schopf gepackt, als mir eine Fracht unverdünnten Brandys angeboten wurde, und habe sie bar auf die Hand bezahlt, ohne Partner. Ich schultere das Risiko ganz allein, und bei der Summe, um die es dabei geht, wird selbst einem alten Seebären wie mir flau im Magen.«

»Nur Brandy, ja?«, sagte Janet.

Conn nickte. »Keinen Wein oder Tabak, nur Brandy.«

»Wie viele Fässer?«, wollte Henry wissen.

»Zweiunddreißig.«

»Zweiunddreißig!«, rief Tom aus. »Wie sollen wir denn so viele Fässer bewältigen, Mann! Wir werden jedes Pferd und jedes Pony brauchen, das wir haben, mit nur vier Stunden, um das Zeug vor Tagesanbruch vom Strand zur Farm zu schaffen.«

Conn zuckte die Schultern. »Ich habe nie behauptet, dass es leicht sein würde.«

»Wirst du dabei sein, um uns zu helfen?«, fragte Betsy.

»Das kann ich nicht, mein Schatz«, sagte Conn. »Meine Leute werden vollauf damit beschäftigt sein, die Spuren zu verwischen und vor Tagesanbruch zu verschwinden.«

Tom runzelte die Stirn. »Warum bitten Sie uns, dieses zusätzliche Risiko einzugehen?«

»Für einen zusätzlichen Gewinn?«, schlug Henry vor.

Der Ire knurrte ironisch. »Nun, Henry Brodie, wie ich sehe, hat der jahrelange Viehhandel Ihren Blick für ein gutes Geschäft geschärft.«

»Zwanzig Prozent«, sagte Henry, »oder Sie suchen sich ein anderes Lager.«

Conn zögerte, dann hielt er Henry die Hand hin. »Zwanzig sollen es sein, Mr. Brodie – aber nur bei dieser Fracht.«

»Sie sollte es besser wert sein«, brummte Tom.

»Oh, das wird sie, mein Sohn«, sagte Agnes fröhlich. »Glaub mir, das wird sie.«

Tom konnte sich fürs Eggen nicht besonders begeistern. Anders als beim Pflügen regte das Tempo nicht zu stillen Betrachtungen an. Das hölzerne Gestell ruckelte und zuckelte über die Furchen, und die Arbeit musste immer wieder unterbrochen werden, weil die Pferde angehalten und Steine aus dem Weg geräumt werden mussten. Tom war nicht glücklich, nicht zufrieden. Er konnte sich weder das Mädchen noch das Versprechen, das er seinem Vater gegeben hatte, aus dem Kopf schlagen. Und die Begeisterung seiner Mutter für etwas, was letztendlich ein Verbrechen gegen die Interessen der Krone war, trug nicht dazu bei, Tom zu beruhigen. Er nahm ihr den übergroßen Eifer übel, der einer Witwe nicht gut zu Gesicht stand, wie Tom fand. Dieser Eifer verriet verborgene Abgründe, Charakterzüge, die ihm nie aufgefallen waren, als sein Daddy noch am Leben gewesen war. Wenn seine Mutter mit Betsy oder Janet plauderte, kicherte sie und fuchtelte mit den Händen wie ein flatterhaftes junges Ding. Wenn sie die Kasse hervorholte und die Ausbeute zählte, musste er an einen Geizhals in einem französischen Theaterstück denken, das er einmal gelesen hatte. Ihre Genugtuung schien hämisch, als hätte sie vor den Guineen in der Kasse mehr Achtung als vor dem Andenken seines Vaters.

Der Grabstein war inzwischen auf dem Kirchhof aufgestellt worden. Henry und er waren hingegangen, um ihn zu begutachten, aber Mammy hatte seine Einladung, sie zu begleiten, kurzerhand ausgeschlagen. Sie hatte bis zum Sonntag damit gewartet, als sie und Mr. Turbot zwischen den Grabsteinen umhergeschlendert waren, und hatte, fast im Vorbeigehen, einen flüchtigen Blick auf den Stein geworfen, der Matthew Brodies letzte Ruhestätte kennzeichnete. Es war für Tom wie ein Stich ins Herz gewesen, als er seine Mutter zu dem Pfarrer hatte sagen hören: »Ich hätte Blumen mitbringen sollen, aber es gibt keine. Im Frühjahr werde ich ihm ein paar Schneeglöckchen bringen. Ich bin sicher, bis dahin wird er geduldig warten.« Und sie hatte nicht eine Träne vergossen, um den Stein über der Stelle zu segnen, wo die Gebeine des Mannes ruhten, der gestorben war, um Hawkshill zu retten.

Der Mist roch süßlich im Nieselregen. Sie hatten keine Zeit für ein zweites Pflügen, keine Zeit, »modern« zu sein. Henry und Betsy stachen mit ihren Mistgabeln immer wieder in den reifen Dung und schleuderten ihn in hohem Bogen über das Feld, während Janet den Wagen lenkte, frisch und munter trotz des trostlosen, nassen Wetters. Möwen und Saatkrähen hatten sich wieder eingefunden und schienen über den Schlamassel zu spotten, den Tom aus seinem Leben gemacht hatte. Er beobachtete Betsy aus dem Augenwinkel. Ihr Haar, dick wie eine Getreidegarbe, war mit einem Kopftuch zusammengebunden, und sie hatte die Röcke in ihrem Gürtel festgesteckt, sodass ihr Fleisch bis zu den Oberschenkeln zu sehen war. Er schaute zu, wie sie sich auf diesen hübschen, kräftigen Beinen immer wieder bückte und streckte, sah ihre Brüste wippen, wenn sie den Dung ausstreute, ihn in hohem Bogen von der Mistgabel warf und dann eine Sekunde oder zwei auf dem Wagen verharrte, mit erhobenen Armen, das Gesicht in den fallenden Regen gereckt, als wollte sie ihn trinken.

Wenn er nicht zu jenem Fenstersims in der Thimble Row hochgeklettert wäre, wenn er Rose Hewitts weiche Lippen nicht geküsst hätte, wenn er von Natur aus weniger draufgängerisch, weniger romantisch wäre, dann hätte er Betsy McBride vielleicht genommen und sein dringendstes Verlangen zwischen ihren Beinen gestillt. Aber es war Winter, und es war nass. Es gab keine schattigen Plätze, in die man sich legen konnte, keine Blüten, die von den Zweigen hingen und sie abschirmten, während er das Mädchen streichelte und beschwatzte und sich hübsche Komplimente ausdachte, die seinen Vorstoß rechtfertigten. Es gab kein Laub an den Bäumen, das diesen Schrei dämpfte, wenn Tom sich über sie beugte und sah, dass sie die Augen geschlossen und den Mund geöffnet hatte, und ihre Beine treten spürte und der Puls ihrer weiblichen Teile ihn umklammerte und drückte.

»Tom?«

»Hm?«

»Sieh mal nach Westen!«, rief Henry. Schlammverschmiert und zerzaust stand sein Bruder grinsend neben dem Wagenrad und zeigte in die besagte Richtung.

Tom verstärkte den Griff um den Zügel, hielt die klappernde Egge aber nicht an. Er warf einen Blick hinter sich. »Was denn?«, fragte er.

»Sieh mal, der Himmel klart auf. Wir werden doch noch eine schöne Nacht dafür haben.«

»Eine schöne Nacht wofür?«

»Die Tour«, sagte Betsy zu ihm. »Die Brandy-Tour.« Sie war mit Stroh und Pferdemist bekleckert, ihre Schienbeine beschmiert mit grünlich braunem Rinderdung. Betsy fuchtelte mit der kurzen Mistgabel durch die Luft, als hätte sie wie eine Hexe über das Wetter triumphiert.

Henry sah zu ihr hoch und jauchzte auf. »Und der Himmel verspricht für morgen einen schönen Tag, Mädchen«, rief er, »einen schönen Tag oder zwei, um dieses verdammte Feld zu besäen.«

»Ein verdammtes Feld, das ist es allerdings«, murmelte Tom, und als Henry wieder auf den Wagen geklettert war, trieb er die Pferde zu noch mehr Eile an als zuvor.

Eunice Prole war noch nicht allzu munter, als sie gegen zwei Uhr von einem zögerlichen Klopfen zur Tür gerufen wurde. Dorothy war noch nicht wieder zur Arbeit erschienen. Der Sohn des Rattenfängers hatte ihnen mitgeteilt, sie sei nach wie vor sehr geschwächt. Mr. McFee, der Vorsteher des Waisenhauses, wollte Dorothy noch nicht aufstehen lassen und hatte auf Kosten der

Gemeinde sogar nach Dr. Glendinning geschickt, damit er ein zweites Mal nach ihr sah. Rose bekundete ihre Besorgnis um das Hausmädchen, doch Eunice, die noch immer kränkelte und schwach auf den Beinen war, knurrte, ein rotznasiges Waisenmädchen werde – auf Gemeindekosten – mit mehr Aufmerksamkeit überhäuft, als es verdient habe.

Die Haushälterin war auf den Beinen und angezogen, auch wenn sie eine Ewigkeit benötigte, um einfache Tätigkeiten zu verrichten, die sie so erschöpften, dass sie sich danach erst einmal hinsetzen und ausruhen musste. Rose war gern bereit, die Bürde der Haushaltsführung auf sich zu nehmen, und erwies sich als verblüffend geschickt darin. In weniger nachsichtigen Augenblicken war Eunice geneigt zu glauben, dass eine gelegentliche ordentliche Tracht Prügel das Mädchen in eine höfliche, fleißige und leidlich folgsame junge Frau verwandelt hatte, denn im Moment war sie auf die Tochter des Hausherrn zu sehr angewiesen, um ein Element von Gerissenheit in Rose' Gehorsam zu erkennen.

Nachdem sie eine Weile umständlich am Schloss herumgefummelt hatte, gelang es Eunice endlich, die Tür zu öffnen. Sie blinzelte mit matten Augen ins Tageslicht. »Ja?«

»Ist Mr. Hewitt zu Hause?«

»Nein, er ist in der Manufaktur.«

»Miss Hewitt, Miss Rose Hewitt?«

»Ausgegangen, um Einkäufe zu erledigen«, sagte Eunice. »Und wer, wenn ich fragen darf, sind Sie?« Die Frau war ihr nicht gänzlich unbekannt. Eunice glaubte, sie schon mehrmals gesehen zu haben, war ihr aber, soweit sie sich erinnern konnte, nie vorgestellt worden. Sie versuchte angestrengt, einen Namen mit dem kleinen, wettergegerbten Gesicht zu verbinden.

»Mrs. Fergusson, Mrs. Walter Fergusson«, half ihr die Frau auf die Sprünge.

»Ah! Oh! Aye, natürlich«, murmelte Eunice. »Entschuldigen Sie!«

»Sie sind die Haushälterin, habe ich recht?«

»Das ... das bin ich.«

»Das ist gut genug«, sagte Lucas' Mutter und schob sich ins Haus.

Der Umhang war wasserdicht und die Kapuze groß genug, um den Regen abzuhalten, aber das Kleidungsstück war dick und eng anliegend, sodass Rose schwitzte, während sie ins Stadtzentrum eilte. Sie ging zuerst zum Waisenhaus, um nach Dorothy zu sehen, die dem Tod offenbar nicht ganz so nahe war, wie Loon ihr erzählt hatte.

Das Mädchen saß auf einem Stuhl mit niedriger Lehne neben dem Herd, der den langen Raum beherrschte. Drei oder vier andere Leute waren außer ihr anwesend, doch als Rose von Mr. McFee, einem streng blickenden, aber freundlichen alten Burschen, hereingeführt wurde, huschten sie davon und ließen Rose mit ihrer kränkelnden kleinen Magd allein.

Die arme Dorothy sah blass und verschrumpelt aus, als hätte das Fieber sie ohne Übergang aus der Kindheit in ein verfrühtes Greisenalter geworfen. Sie trug ein geflicktes Nachthemd und ein Paar Männerstrümpfe, und eine saubere, aber zerschlissene Decke lag über ihren Schultern. Dorothy freute sich, Rose zu sehen, und nahm die Mitbringsel ihrer Herrin – ein Stück Zuckerkuchen und zwei Äpfel – dankbar entgegen, hatte jedoch nicht die Kraft, eine lange Unterhaltung zu führen. Rose brach bald wieder auf, denn sie hatte an jenem Nachmittag noch viel zu erledigen und nicht mehr viel Zeit dafür.

Sie eilte durch die Straße hinter dem Marktplatz und weiter die Gasse hinunter zur Brücke. Der Fluss stand hoch, und er war laut, aber in ihrer Hast bemerkte sie es kaum. Als sie auf den Weg einbog, der zu Tassie Landles' Laden führte, begegnete sie Tom Brodies Freund, Peter Frye, der sein Pferd vorsichtig am Vorderzügel den rutschigen Hang von dem Laden hinaufführte.

»Na, so was«, sagte er, »wenn das nicht Miss Hewitt ist. Was für eine angenehme Überraschung!«

Er sah gewiss nicht schlecht aus, fand Rose, doch er war nur ein, zwei Jahre älter als sie selbst und schien, verglichen mit Tom oder auch nur Lucas, fast noch ein Kind zu sein. Sie wäre lieber rasch weitergeeilt, aber das Pferd, ein edler Fuchshengst, versperrte ihr den Weg. Also blieb sie stehen, schlug die Kapuze zurück und entbot dem jungen Mann einen kühlen, knappen Gruß.

»Sind Sie hier, um sich wieder etwas weissagen zu lassen, Miss Hewitt?«, erkundigte sich Mr. Frye.

»Ich bin gekommen, um ein Heilmittel für unsere Haushälterin zu kaufen, die erkrankt ist.«

»Ist es das Fieber?«

»So ist es, Mr. Frye, das Fieber.« Sie hielt kurz inne. »Ist Tom ... ist Mr. Brodie heute zufällig mit Ihnen in der Stadt?«

»Heute nicht, leider«, antwortete Peter Frye. »Ich glaube, er düngt eines seiner Felder oder, wie ich vielleicht besser sagen sollte, der Felder Ihres Vaters.«

»Düngt?«

»Verteilt Jauche darauf«, erklärte Peter. »Dung.«

»Verstehe«, meinte Rose. »Mein Vater wird sich freuen, das zu hören.«

»Wird er das«, sagte Peter Frye, »oder wird er nur wissen wollen, wie Sie an diese Information gekommen sind?«

»In dem Punkt, Sir, haben Sie allerdings recht«, räumte Rose ein. »Waren Sie bei Miss Landles, um sich die Zukunft voraussagen zu lassen?«

»Wohl kaum«, erwiderte Peter. »Sie ist meine Tante, um genau zu sein. Ich habe ihr ein paar kleine Luxusdinge gebracht, um ihr eine kleine Freude zu machen. Sie ist nicht allzu begütert, wissen Sie.«

Das Pferd stampfte und schüttelte ungeduldig den Kopf, aber Mr. Frye schien es nicht eilig zu haben. Rose trat einen halben Schritt näher.

»Glauben Sie, dass Ihre Tante geheimnisvolle Kräfte besitzt?«, fragte sie.

»Ich bezweifle nicht, dass *sie* es glaubt.«

»Das war nicht meine Frage«, sagte Rose.

Er starrte einen langen Augenblick auf die Schaumkronen, die gegen die Brückenpfeiler schlugen. Peter öffnete den Mund, schloss ihn wieder und erklärte dann mit einem Seufzer: »Ja, das glaube ich – doch ich nehme ihre Weissagungen nicht allzu ernst.«

»Warum nicht?«

»Weil sie zu viele Interpretationen zulassen.« Er sah wieder auf den Fluss. »Hat Tom es Ihnen erzählt?«

»Was erzählt?«

Er schüttelte den Kopf. »Ach, nichts.«

Auf einmal hatte Rose es gar nicht mehr eilig. »Was für ein Geheimnis teilen Sie mit Mr. Brodie, von dem ich nichts weiß? Betrifft es mich?«

»Sie?«, sagte Peter. »Nein, nein.«

»Haben Sie kürzlich mit Tom gesprochen?«

»Ich habe ihn gestern Abend im Junggesellen-Club getroffen.«

»Hat er mich erwähnt?«

»Nur auf eine ganz allgemeine Art«, antwortete Peter.

»Sind Sie nicht sein Freund? Genießen Sie nicht sein Vertrauen?«

»Nun, das will ich doch hoffen.«

»Dann sagen Sie mir, bin ich für ihn mehr als nur ein Zeitvertreib?«

»Das vermag ich wirklich nicht zu entscheiden. Ich meine ...«

»Was meinen Sie, Mr. Frye?«, hakte Rose nach. »Sie waren schließlich bei ihm, als er sich mir zum ersten Mal näherte. Waren Sie nicht der Reiter, der mit ihm in jener Oktobernacht davongaloppiert ist, nachdem Mr. Brodie zu meinem Fenster hochgeklettert war und mir so lästig wurde?«

»Ich muss gestehen – ja, das war ich.«

»Dann müssen Sie doch wissen, was in ihm vorgeht.«

»Niemand weiß, was in Tom Brodie vorgeht«, entgegnete Peter. »Ich bin mir nicht einmal sicher, ob Tom selbst es weiß. Hören Sie, Miss Hewitt, ich bin diese Unterhaltung allmählich leid. Es steht mir nicht zu, Ihre Freundschaft mit Tom Brodie zu erörtern.«

»Ist Mr. Brodie mich leid?«

»Wirklich, Miss Hewitt, ich muss jetzt ...«

»Ihr seid doch alle gleich, ihr Junggesellen«, sagte Rose. »Ihr sorgt euch nur um euch selbst. Wenn Sie Ihren Freund das nächste Mal treffen, dann richten Sie ihm doch bitte aus, dass ich keinen Wert mehr auf seine Aufmerksamkeiten lege. Ich habe einen Antrag von einem anderen Gentleman erhalten.«

»Welchem anderen Gentleman?«

»Einem Gentleman von weitaus höherem Ansehen, als Tom Brodie es genießt.«

»Wer ist denn dieser Musterknabe? Wie lautet sein Name?«

»Sein Name ist mein Geheimnis, Sir, bis wir unsere Verlobung bekannt geben«, sagte Rose. »Wenn Sie nun bitte die Güte hätten, Ihr Pferd zu bewegen, Sie sind nicht der Einzige, der Besorgungen zu erledigen hat.«

Peter lenkte das Pferd zur Seite, um die hochnäsige junge Frau vorbeizulassen, und sah stirnrunzelnd zu, wie Toms Liebchen den rutschigen Weg hinuntertrippelte und in dem Laden verschwand.

»Wissen Sie«, sagte Flora Fergusson, »ich denke, es ist gar nicht schlecht, dass wir beide die Gelegenheit haben, uns in aller Ruhe ein bisschen zu unterhalten.«

»Und warum, bitte schön?«, fragte Eunice.

»Wenn ich mich nicht irre, sind Sie Nevilles Fels in der Brandung.«

»Nun«, Eunice war nicht zu erschöpft, um sich ein wenig in die Brust zu werfen, »nun, es ist sehr freundlich von Ihnen, das zu bemerken, Mrs. Fergusson.«

»Walter sagt mir, dass Sie mehr als nur Nevilles Ohr haben; Sie besitzen auch sein Vertrauen.«

»Es ist wahr, dass sich Nev... Mr. Hewitt in häuslichen Angelegenheiten auf meine Meinung stützt«, gab Eunice zu.

»Ist *sie* denn häuslich? Das Mädchen, die Tochter?«

»Rose? Oh, ja«, antwortete Mrs. Prole. »Rose ist sehr häuslich.«

»Wie hat sie die Fakten erworben?«

»Fakten?«

»Die Fakten der Natur, die alle jungen Mädchen sicher beherrschen müssen.«

»Ich habe ihr die Zyklen des Mondes natürlich erklärt.«

»Und das andere?«

»Und was wäre dieses ›andere‹, Mrs. Fergusson?«

»Babys.«

Mit leicht zitternden Händen nahm Eunice die silberne Teekanne und schenkte sich einen Fingerhut voll ein. Sie sah auf, lächelte matt und schüttelte die Kanne vor Mrs. Fergusson. »Noch einen Schluck?«

»Nein, danke.«

Eunice umklammerte die Kanne mit beiden Händen und stellte sie wieder auf dem Untersetzer ab. »Übrigens, Ihre Lauchpastete war ganz ausgezeichnet. Ich muss unbedingt das Rezept für ...«

»Weiß sie über Männer Bescheid?«, unterbrach Flora Fergusson sie.

»Sie ist vor ihnen gewarnt worden, wenn es das ist, was Sie meinen.«

»Ist sie geeignet, eine Ehefrau zu sein?«

»Nun, sie ist kerngesund und von guter Abstammung.«

»Aye, die Abstammung ist wichtig. Wie ist ihre Mammy gestorben?«

Allmählich dämmerte Eunice, dass Rose nach denselben Kriterien begutachtet wurde, die Walter Fergusson vielleicht bei der Auswahl einer Färse wichtig waren. Sie antwortete: »Schwindsucht.«

»Erblich?«

»Das vermag ich wirklich nicht zu sagen.«

»Ist ihre Großmama noch am Leben?«, erkundigte sich Mrs. Fergusson.

»Längst verstorben.«

Die Frau des Viehzüchters legte die Stirn in Falten, führte die Tasse mit beiden Händen an die Lippen und trank geräuschvoll von dem heißen Gebräu. Sie war ungewöhnlich klein, fast zwergenhaft. Eunice ging der Gedanke durch den Kopf, dass Walter seine Braut nicht dem Gewicht oder auch nur dem Aussehen nach ausgewählt hatte. »Wie dem auch sei«, erklärte Mrs. Fergusson, »mein Lucas hat es sich in den Kopf gesetzt zu heiraten.«

»Mr. Hewitts Tochter, Rose?«

»Im Augenblick ist er nicht sehr wählerisch, doch er scheint Ihrem Mädchen den Vorzug zu geben, aye.«

»Sie ist nicht ›mein Mädchen‹, Mrs. Fergusson.«

»Aber Sie haben sie großgezogen.«

»Ich habe dabei geholfen«, räumte Eunice ein.

»Und Sie haben Einfluss auf sie.«

»Ja, ich nehme es an«, sagte Eunice. »Aber falls Sie heute gekommen sind, um über eine Ehevereinbarung zu sprechen – es steht mir nicht zu ...«

»Es ist zu früh für ein Gespräch dieser Art«, warf Flora Fergusson ein. »Zuerst muss sie gewonnen werden.«

»Gewonnen?«, fragte Eunice. »Sie meinen, umworben?«

»Aye, das auch, doch es ist mehr als das«, erwiderte Mrs. Fergusson. »Sehen Sie, unser Lucas ist ein sensibler Junge. Man sieht es ihm vielleicht nicht an, aber er ist eine sanfte Seele und scheu wie ein Reh, trotz allem, was wir unternommen haben, um ihn zu korrigieren.«

»Er macht keinen scheuen Eindruck«, entgegnete Eunice sanft.

»Das ist er, glauben Sie mir, das ist er«, knurrte Mrs. Fergusson. »Er ist ...«, sie suchte nach dem richtigen Wort, »... beeinflussbar.«

Eunice nickte. »Leicht zu verführen.«

»Er braucht eine Frau, die ihm zeigt, wo es langgeht, eine Frau mit ein bisschen Mumm, die ihn durchs Leben steuert und sein sanftes Wesen nicht ausnutzt, weder im Schlafzimmer noch außerhalb davon.«

»Im Schlafzimmer?«

»Er hat Angst vor Frauen.«

»Ich dachte, er würde es mit ...« Eunice biss sich auf die Zunge.

»Und da er nun einmal so leicht zu verführen ist, müssen wir ihn an die Kandare nehmen, bevor er sich die Art Ärger einhandelt, die uns teuer zu stehen kommen würde.« Mrs. Fergusson stellte ihre Tasse ab, beugte sich vor, bis ihr Kinn fast auf der Tischdecke ruhte, und sah mit finsterer Miene zu der Haushälterin hoch. »Es gibt heutzutage allzu viele Verlockungen für einen jungen Mann, allzu viele derbe Mädchen, die ihn am liebsten an ... an der Nase packen und Anspruch auf ihn erheben wollen.

Anspruch auf ihn und auf einen Teil des Vermögens, das mein Walter aufgebaut hat.«

»Ja«, sagte Eunice, »ich verstehe Ihre Zwangslage durchaus, Mrs. Fergusson, doch wie kann ich Ihnen helfen? Ich meine, ich kann Rose nicht befehlen, Ihren Sohn zu heiraten. Rose Hewitt ist eine sehr entschlossene junge Dame, die ihren eigenen Kopf hat. Wenn sie auch nur eine Sekunde glaubt, dass sie von mir oder ihrem Papa zu einer Heirat gedrängt wird, dann wird sie sich mit Händen und Füßen dagegen sträuben.«

»Genau die Art junge Dame, die uns – ich meine, Lucas – sehr recht wäre.«

»Ich bin sicher, Mr. Hewitt würde das ganz ähnlich sehen«, stimmte Eunice ihr zu. »Es wäre eine große Erleichterung für uns ... für ihn, Rose los zu sein. Ich meine natürlich, sie mit einem anständigen jungen Mann wie Ihrem Lucas verheiratet zu sehen.«

Flora Fergusson richtete sich wieder auf, auch wenn der Größenunterschied kaum auffiel. Sie klopfte mit den Händen auf den Tisch. »Gut!«, sagte sie. »Dann müssen wir die beiden jetzt nur noch zur Vernunft bringen.«

»Und was schlagen Sie vor, wie wir das anstellen sollen?«, fragte Eunice.

»Bringen wir sie zusammen, lassen wir sie allein ...«

»Und der Natur ihren Lauf, meinen Sie?«

»Genau«, antwortete Flora Fergusson und hielt ihre Tasse ohne Untertasse hin, um sich noch einen Schluck einschenken zu lassen.

Tassie Landles war im Garten und fütterte die Hühner, als Rose Hewitt sie fand. Tassie war nicht sehr erfreut darüber, die Tochter des Flachsfabrikanten zu sehen, und erst recht nicht darüber, dass das Mädchen unangekündigt bei ihr hereinschneite, denn sie hatte es nicht gern, wenn Fremde durch ihr kleines Haus stolzierten. Sie war eben erst ihren Neffen Peter losgeworden, der immerhin so freundlich gewesen war, ihr eine neue Flasche Brandy mitzubringen, sie aber etwas zu eingehend darüber ausgefragt hatte, in welcher Gestalt »die Geister« erschienen und auf welche Weise sie sie ansprachen. Wenn es etwas gab, was Tassie mehr hasste als einen Skeptiker, dann war es ein Konvertit, der die Geheimnisse des Todes und des Lebens im Jenseits schwarz auf weiß haben musste, festgeschrieben und eingeteilt wie Tabellen in einem Lehrbuch.

»Rose Hewitt«, sagte Tassie. »Was verschafft mir das Vergnügen Ihres Besuchs?«

»Ich habe eine Frage«, begann das Mädchen.

Oh, aye, na bitte, dachte Tassie, noch eine, die in Tom Brodies schuldbeladenes Geheimnis eingeweiht wurde und gekommen ist, um mich mit Fragen zu bedrängen, die ich nicht beantworten kann.

Aber das Verhalten des Mädchens hatte sich verändert. Rose Hewitt war nicht mehr das verängstigte kleine Geschöpf, das vor ein paar Wochen wegen einer Weissagung hier erschienen war. Sie hatte jetzt ein stolzes Gehabe, das gebieterisch und schnippisch zugleich war, als hätte sie endlich ihre gehobene Stellung in der Weltenordnung erkannt und fühlte sich verpflichtet, sie sich zunutze zu machen.

Tassie streute eine letzte Hand voll Körner aus und schulterte den Korb, in dem sie das Futter aufbewahrte. »Und wie lautet nun Ihre Frage?«, seufzte sie.

»Die Weissagung, die Sie mir gegeben haben, die Prophezeiung, kann sie geändert werden?«

»Sie kann nicht geändert *werden*«, erklärte Tassie, »aber sie könnte sich von selbst ändern.«

»Sprechen Sie in Rätseln, weil Sie mir keine offene Antwort geben können?«

Tassie Landles ließ sich nicht gern von einem jungen Mädchen herausfordern, auch nicht von Rose Hewitt. »Ich spreche in Rätseln«, sagte sie, »weil die Zukunft ein Rätsel *ist.* Erst wenn die Zukunft zur Vergangenheit geworden ist und man auf sie zurückblickt, weiß man, ob man die Antwort gefunden hat, die man gesucht hat, ob jede kleine Entscheidung, die man während der Suche getroffen hat, die richtige oder die falsche war.«

»Das heißt«, erwiderte Rose, »das prächtige Haus, die Kinder, die Tränen – alles nur ausgedacht, um mich zu beschwichtigen?«

»Ich habe es mir nicht ausgedacht.«

»Woher ist es denn dann gekommen?«, sagte das Mädchen verächtlich. »Von der Katze?«

Wenn du nur bei mir sein könntest, wenn die Tür aufgeht, dachte Tassie, dann wärst du nicht mehr so freizügig mit deinem Spott. Wenn du auch nur einen Funken Verstand hättest, würdest du vielleicht begreifen, dass diese Welt und das Jenseits voller Schatten sind, die unser Schicksal verdunkeln, dass von einem Augenblick zum nächsten alles anders sein kann und dass die Zukunft uns immer überrumpeln wird. »Ich habe gesehen, was ich gesehen habe«, erklärte Tassie. »Was Sie daraus machen, liegt ganz bei Ihnen.«

»Haben Sie mich wirklich schluchzend unter einem Schleier ›gesehen‹?«

»Sind Sie sich unsicher, was Brodie betrifft? Ist es das, was Sie hierhergeführt hat?«

Bei diesen Worten offenbarte sich ein klein wenig von Rose' Innerstem; sie nickte demütig.

»Dazu haben Sie auch allen Grund, Mädchen«, sagte Tassie. »Es könnte Liebe geben, ein Herz, so heiß wie die Flamme in einem Brennofen, aber Tom Brodie wird Ihnen niemals Frieden bringen. Ist Frieden das, was Sie wollen, Frieden und Zufriedenheit, oder wollen Sie das Drama, das mit der Unsicherheit einhergeht? Ihre Zukunft ist im Plural geschrieben, Rose Hewitt, und es liegt bei Ihnen, die Antwort zu finden.«

»Eine Antwort nur«, fragte das Mädchen, »eine einzige richtige Antwort?«

»Wenn es nicht Brodie sein soll, dann wird es ein anderer sein«, antwortete Tassie. »Und wenn nicht dieser, dann wieder ein anderer, doch Sie werden sich nie sicher sein, ob Sie die richtige Entscheidung treffen, denn die Liebe ist selbst ein Rätsel, so geheimnisvoll wie jede Magie.«

»Aber hier ist keine Magie«, entgegnete Rose Hewitt, »nur ein Rätsel.«

»Aye, Mädchen, doch wenn das Rätsel verschwindet, dann verschwindet auch die Magie, und Ihnen bleibt nur noch ein verdorrtes Herz und nichts als Reue.«

»Eine düstere Aussicht«, bemerkte Rose. »Ist das meine Zukunft?«

»Eines Tages, eines Tages vielleicht«, sagte Tassie, »aber noch viele Jahre nicht. Und jetzt kommen Sie ins Haus, damit ich Ihnen ein Heilmittel für das Leiden der armen Eunice Prole zubereiten kann.«

»Woher wussten Sie, dass Mrs. Prole leidet?«

Tassie Landles kicherte. »Die Katze hat es mir erzählt.«

17

Betsys Füße und Hände pochten, eine Schlinge des Schmerzes hatte sich fest um ihre Stirn gelegt, und die Narbe unter ihrem Haaransatz brannte. Am Strand herrschte kein Frost, aber der Wind, der über die Dünen blies, war schneidend, und die Wellen, die an der ansteigenden Küste hochschlugen, umklammerten ihre Waden mit einem eisigen Griff. Nur ein Mann war bei Conn. Das Boot, auf dem die Fässer von dem holländischen Schiff an Land gebracht wurden, war zu klein für die Fracht und schlingerte wild, sodass mehrere Fässer in die Brandung geschleudert wurden. Conn rief Betsy und den Brodies zu, seine kostbare Fracht zu retten, und stürzte sich in das brusthohe Wasser. Dabei schwenkte er ein Ruder. Das einzige Licht war ein gespenstischer Schimmer, vor dem sich Conn, das Boot und die schaukelnden Fässer als schwarze Silhouetten abzeichneten. Betsy watete in die Brandung, während Henry und Tom neben ihr wild um sich schlugen, um sich die treibenden Fässer zu schnappen. Conns Mann, der auf dem schaukelnden Boot gefährlich balancierte, schleuderte die restliche Fracht ins flache Gewässer.

Völlig durchnässt, krabbelte Conn aus dem Meer und rief: »Wie viele, wie viele haben wir verloren? Haben wir sie alle?«, denn die Aussicht, dass mehrere Fässer mit unverdünntem französischem Brandy frei in der Förde trieben, war beängstigend.

Sie rollten die Fässer auf den Sand oberhalb der Gezeitenmarke, Conn zählte nach, und der Zufall wollte es, dass keines fehlte. Trotzdem kletterte der Ire wieder ins Boot, und er und der Mann ruderten in die Dunkelheit davon und überließen es Betsy und den Brodies, die Schmuggelfracht aufzuladen und wegzuschaffen.

Es war eine halbe Stunde nach der Melkzeit, als sie die Farm erreichten. Kühe muhten auf dem Feld, und die Jungochsen in ihrem Pferch brüllten. Die Hunde trugen mit ihrem Gebell zu dem ohrenbetäubenden Lärm bei. Ein strenger Frost hielt alles fest im Griff. Das Cottage und die Nebengebäude zeichneten sich weißlich vor der dunklen Hügelwand ab. Agnes lenkte den Wagen zur Scheune, wo Janet, die vorangegangen war, schon eine Laterne angezündet hatte, um ihnen den Weg zu weisen. Betsy hatte kaum noch genug Kraft, um die Fässer loszubinden und zu Boden zu lassen. Sie verspürte keine Erleichterung, keinen Triumph darüber, zu Hause zu sein. Fast eine Stunde brauchten sie, um die Fässer in die Scheune zu rollen und zu verstecken, und bis dahin war bereits die Sonne über dem Rand des Moores aufgegangen, und die Kühe brüllten lauter als je zuvor. Die Jungen waren nicht besser in Form als Betsy. Das Aufstapeln der Fässer war hauptsächlich ihre Aufgabe gewesen. Selbst die Pferde und Ponys taumelten vor Erschöpfung, als Tom sie in den Stall führte, damit sie etwas fressen und sich ausruhen konnten.

Betsy ließ sich neben den Rest des Misthaufens fallen, zu erschöpft, um sich noch ins Haus zu schleppen. Henry packte sie am Handgelenk und drückte ihr eine Whiskyflasche in die Hand.

»Trink das!«, sagte er.

Zitternd verschüttete sie einen Teil der brennenden Flüssigkeit über ihr Kinn, bevor sie sich mit Henrys Hilfe die Flasche an die Lippen führen konnte. Sie legte den Kopf in den Nacken und trank. Der Whisky breitete sich wie Feuer in ihrer Brust und ihrem Bauch aus. Sie stöhnte auf und lehnte sich mit der Stirn an Henrys Hüfte.

Auch er war durchnässt, und der Stoff seiner Hose klebte ihm an den Beinen. »Wenn ich die Kühe hole, wirst du dich dann um sie kümmern? Kannst du mir das abnehmen?«

»Aye«, antwortete sie matt.

»Braves Mädchen«, sagte er, »braves Mädchen.« Und dann half er ihr sanft hoch.

Eunice raffte ihren Morgenrock – seinen Morgenrock – um ihre Brüste, küsste Neville auf die frisch rasierte Wange und stellte einen Teller Rinderhack mit einem Spiegelei darüber auf den Frühstückstisch.

»Ah!«, sagte Neville. »Ah! Ausgezeichnet, Eunice, ganz ausgezeichnet. Ich hatte schon befürchtet, noch mindestens eine Woche auf deine Kochkünste verzichten zu müssen. Bist du dafür denn auch genug bei Kräften?«

»Oh ja, mein Lieber, oh ja – wenn auch nur knapp.«

»Wo ist Rose?«

»Schläft noch.«

»Dann werde ich sie wecken, sie hat Arbeit zu erledigen.«

»Lass sie, Neville! Ich muss mit dir über eine ernste Angelegenheit sprechen.«

»Eine Angelegenheit bezüglich deiner Gesundheit?«, fragte Neville besorgt.

»Nein, sie betrifft Rose. Ich hatte gestern, als sie außer Haus war, Besuch von Flora Fergusson. Ich habe gestern Abend nichts davon erwähnt, denn ich muss gestehen, ich war zu erschöpft, um die Angelegenheit zur Sprache zu bringen, als du ins Bett kamst.«

Neville nahm seinen Löffel und steckte sich einen Bissen Hackfleisch in den Mund, ohne den Blick von der Haushälterin abzuwenden. »Nun sag schon: Was wollte Mrs. Fergusson?«

»Sie will Rose für ihren Jungen, für Lucas.«

»Das überrascht mich nicht.«

»Hast du mit Mr. Fergusson die Möglichkeit einer solchen Heirat erörtert?«

»Auf Umwegen, aye, das haben wir.«

»Ist er hinter ihrer Mitgift her, Neville?«

»Mitgift? Ha! Von welcher Mitgift sprichst du? Nein, meine Liebe, unter uns gesagt, wir werden mehr Nutzen davon haben als Fergusson, wenn wir Rose mit seinem Sohn verkuppeln.«

»Flora Fergusson denkt, dass Rose eine gute Ehefrau abgeben wird.«

»Das wird sie gewiss«, stimmte Neville zu, »was ein Grund ist, weshalb ich nicht will, dass sie sich an irgendeinen rattengesichtigen Farmer verschleudert.«

»Brodie?«

»Brodie, natürlich Brodie. Schwänzelt er immer noch um sie herum?«

»Rose sagt, nein.«

»Glaubst du ihr?«

»Rose sagt, Brodie sei zu beschäftigt mit der Aussaat auf seinen Feldern, um sich mit ihr abzugeben.«

Neville richtete sich auf. »Wie ist sie denn an diese Information gekommen?«

Eunice runzelte die Stirn. »Das vermag ich wirklich nicht zu sagen.«

»Bist du nicht auf die Idee gekommen, sie zu fragen?«

»Ich habe nicht groß darauf geachtet«, räumte Eunice ein. »Sie hat ... sie hat es nur beiläufig im Gespräch fallen lassen.«

»Bist du sicher, dass sie Brodie nicht heimlich getroffen hat?«

»Sie hatte kaum die Gelegenheit, irgendjemanden zu treffen«, erklärte Eunice, »bis auf Lucas Fergusson, der uns, wie du weißt, mit einem Besuch beehrt hat. Außerdem, wenn Brodie tatsächlich mit der Aussaat beschäftigt ist ...« Sie zuckte die Schultern.

Neville schnalzte leise mit der Zunge. »Ich frage mich, ob das die Wahrheit ist«, murmelte er nachdenklich. »Und wenn es die Wahrheit ist, woher zum Teufel hat Brodie das Geld, um noch mehr Saatgut zu kaufen?«

»Nun, es gibt nur eine Möglichkeit, das herauszufinden«, erwiderte Eunice.

»Rose fragen?«

Eunice nickte. »Brodie fragen.«

Bis zum Mittag war die Sonne stark genug, um den Frost zu schmelzen, und der Himmel war klar und wolkenlos; in jeder Hinsicht ein idealer Tag, um Sibirischen Weizen zu säen. Mit Tom an der Sämaschine, ihm selbst an der Egge und den Mädchen mit den Saatbeuteln zwischen ihnen, so schätzte Henry, müsste die Arbeit an zwei Tagen zu schaffen sein, auch wenn er noch immer nicht überzeugt war, dass eine Aussaat vor Weihnachten eine gute Ernte – oder überhaupt eine Ernte – versprach. Doch angesichts der Umstände war die Überlegung müßig, denn er, Henry, war auf Hawkshill der Einzige, der wach war, und selbst die Pferde waren zu erschöpft, um an diesem Tag zu arbeiten.

Abgetrocknet, aufgewärmt und gesättigt, lagen die Frauen und sein Bruder in ihren Betten, schnarchten und schliefen tief und fest. Wäre er weniger gewissenhaft, dann wäre Henry ihnen ins Reich der Träume gefolgt, denn sein Rücken schmerzte, seine Beine zitterten, und er konnte kaum noch die Augen offen halten. Er hatte die Schafe zusammengetrieben und vom Moor zu der steil abfallenden Weide hinter der Scheune geführt, wo drei riesige Eichen einen gewissen Schutz boten. Henry hatte ihnen eine Schütte mit Heu hingestellt und ein paar Rüben gehackt, denn seiner Ansicht nach konnte ein Mutterschaf, das in den ersten Wochen seiner Trächtigkeit gut ernährt wurde, seinen Nachwuchs bis zum Schluss austragen, ganz gleich, was der Winter ihm abverlangte.

Im Allgemeinen hatte Henry Freude am Schafehüten, aber heute war er zu erschöpft, um sich an irgendetwas zu erfreuen. Als die Schafherde sicher untergebracht war, kletterte er über die Mauer und schlurfte an der Scheune vorbei und über den Hof, um vor dem Abendmelken ein Nickerchen zu machen. Er blinzelte in die Sonne, suchte die Kuppe des Hügels nach Mr. Dingles Planwagen ab, sah jedoch zu seiner Erleichterung kein Anzeichen davon. Nach einem kurzen Blick in die Scheune, um sich zu vergewissern, dass die Fässer sicher versteckt waren, taumelte er erschöpft zum Cottage. Er hatte eben die Hand ausgestreckt, um die Tür zu öffnen, als ihn irgendetwas herumschnellen ließ.

Das Pferd war an einem Zweig der Eberesche angebunden, der sich über die Dornenhecke am Ende des Weges neigte. Im ersten Augenblick dachte Henry, es wäre Toms Stute, und fragte sich, warum sein Bruder wohl so früh auf den Beinen war. Als er genauer hinsah, erkannte er jedoch, dass das Tier zu gut beschlagen und gesattelt war, um Toms Pferd zu sein, und er begriff, dass Hawkshill einen Besucher hatte.

Mit einem Schlag war Henry hellwach und auf der Hut.

Er hob die Hand, um an die Tür zu klopfen und seinen Bruder zu wecken, aber dann musste er an Toms erbärmlichen Zustand denken, und er riss sich los und rannte zu dem Ende des Hofes, von dem man den besten Ausblick über die Felder hatte.

Henry erreichte das Gatter, das zu dem Acker hinter dem Haus führte, im selben Augenblick wie Hewitt, der über die alte Weide kam. Die beiden Männer funkelten sich misstrauisch an, als sähen sie den jeweils anderen als Eindringling an. Neville Hewitt legte eine Hand auf das Gatter, und nach einem winzigen Augenblick des Zögerns öffnete Henry es und ließ ihn in den Hof.

Kühl, aber höflich erkundigte er sich, warum Mr. Hewitt über die Felder von Hawkshill schlendere und ob er ihm behilflich sein könne.

»Ich habe gehört, ihr sät aus«, antwortete Neville Hewitt.

»Nun, wie Sie sehen, stimmt das nicht: Ich bin ja hier«, sagte Henry.

»Aye, doch das lange Feld ist dafür umgegraben worden.«

»Das lange Feld musste längst umgegraben werden.«

»Umgegraben, geeggt und gedüngt im November?«, fragte Neville Hewitt. »Wofür sonst kann das sein, wenn nicht, um Sibirischen Weizen zu säen? Hofft ihr etwa wirklich, eine frühe Ernte zu verkaufen, um die geschuldete Pacht zu bezahlen? Wenn das eure Absicht ist, Brodie, dann lass dir sagen, der Ertrag wird zu gering sein, um bei der Mühle zehn Pfund zu erzielen, geschweige denn, dreißig.«

»Ich wusste gar nicht, dass Sie etwas von modernen Methoden der Landwirtschaft verstehen, Mr. Hewitt«, bemerkte Henry. »Aber vielleicht sollten Sie besser beim Flachs bleiben und die Auswahl des Getreides und die Methode der Aussaat uns überlassen.«

»Wo ist er?«

»Wer?«

»Dein Bruder.«

»Tom? Ich glaube, er ist in die Stadt geritten – nach Hayes, meine ich, nicht nach Drennan.«

»Um mehr Saatgut zu kaufen vielleicht?«

»Mehr Saatgut?« Henry zog die Augenbrauen hoch. »Nun, woher sollten wir denn das Geld haben, um auch nur einen Scheffel Saatgut zu kaufen, geschweige denn, noch mehr von dem Zeug?«

Neville Hewitt sah sich um. »Wo sind eure Frauen?«

»Im Haus, sie essen zu Mittag.«

»Ist es nicht ein bisschen spät fürs Mittagessen?«

»Hier halten wir uns nicht an die Zeiten der Stadt, Mr. Hewitt.«

Neville Hewitt schnaubte verächtlich. »Wo ist es, Brodie? Wo habt ihr es versteckt?«

Mit versteinerter Miene entgegnete Henry: »Was versteckt, Mr. Hewitt?«

»Ist es in der Scheune?«

»In der Scheune ist nichts als Heu und Stroh.«

»Als dein Grundbesitzer bin ich berechtigt, deine Gebäude zu inspizieren.«

»Da wäre ich mir nicht so sicher, Sir«, sagte Henry. »Darf ich fragen, was Sie in unserer Scheune zu finden glauben, das Sie nicht in jeder anderen Scheune in der Grafschaft finden würden?«

«Weizensaatgut.«

»Oh!«

»Hältst du mich für einen Narren, Brodie? Ich weiß, dass es keine drei Tage her ist, dass du in Mr. Fletchers Saathandlung zehn Beutel gekauft hast.«

»Woher wissen Sie das denn, Mr. Hewitt?«

»Diese Stadt ist zu klein, um Geheimnisse zu hüten, Brodie. Fletcher hat es mir erzählt. Und von ihm weiß ich auch, dass du in bar bezahlt hast.« Neville Hewitt grinste spöttisch. »Nun, wo ist dieses Saatgut, und woher hattest du das Geld, um es zu bezahlen?«

»Das Saatgut, Sir, lagert im Pferdestall.«

»Und das Geld?«

Henry überlegte schnell. »Mein Vater hatte etwas Geld beiseitegelegt.«

»Hatte er das, ja? Aber meine Pacht konnte er nicht bezahlen. Das könnte den Amtsrichter interessieren, meinst du nicht? Täuschung kommt einem Verbrechen sehr nahe.«

»Es ist kein Verbrechen«, widersprach Henry. »Das Geld wurde vor Jahren beiseitegelegt, in Form einer kleinen Leibrente aus dem Nachlass meines Großvaters. Mein Daddy hat es in einen Sterbefonds umgewandelt, der nicht vor seinem Tod angerührt werden konnte.«

»Sehr raffiniert«, bemerkte Neville Hewitt. »Und wo ruht diese praktische Summe, wenn ich fragen darf?«

»Auf der Farmer's Bank in Dundee.«

»Dundee?«

»Wo mein Vater her war, und sein Vater vor ihm.«

»Und die Farmer's Bank hat euch wie bezahlt?«

Henry begriff, dass er sich selbst eine Grube gegraben hatte. Wenn er behauptete, die Summe wäre mit einem Wechsel bezahlt worden, dann konnte Hewitt das vielleicht zurückverfolgen und als Lüge entlarven; aber andererseits würde keine Bank, schon gar keine im fernen Dundee, einen Kurier mit Bargeld im Beutel entsenden, es sei denn, die betreffende Summe war wirklich sehr hoch.

Er hatte allzu lange an Schlafmangel gelitten; seine Erfindungsgabe war völlig erschöpft. Einen Moment war er versucht, Hewitt in die Scheune zu zerren, das Stroh wegzureißen, ihm die Brandyfässer zu zeigen und zu rufen: »Da, verdammt noch mal! Daher ist unser Geld gekommen, Geld, um das Saatgut zu kaufen, das Sie uns vorenthalten haben.«

Er öffnete den Mund, stockte, und dann hörte er seinen Bruder rufen: »Zwanzig Pfund, Hewitt. Zwanzig Pfund würden Sie nicht zufriedenstellen. Zwanzig erbärmliche Pfund, die wie Unkraut aus den vier schottischen Pfund erwachsen, die sich mein Großvater verdient hat, indem er vor annähernd fünfundvierzig Jahren für den König gegen Charlie gekämpft hat. So hat dieses Jakobiten-Debakel wenigstens etwas genützt, auch wenn es lange genug gedauert hat, bis es etwas abgeworfen hat.«

Weder Henry noch Hewitt hatten Tom aus dem Cottage kommen sehen. Er war im Nachthemd, mit einer schmutzigen alten

Hose darüber, und barfuß. In einer Hand trug er einen Nachttopf – einen vollen Topf, wie es aussah –, der schwappte und spritzte, während Tom über den Hof auf das Feldgatter zustapfte.

»Sie würden uns nicht nur die Haut abziehen, Hewitt, sondern auch noch den letzten verdammten Halfpence abknöpfen, den wir auf dieser Welt haben, das Erbe meines Großpapas«, fuhr Tom fort, »seinen Lohn für seine treuen Dienste gegenüber der Krone – zwanzig verdammte Pfund, angespart in über vierzig Jahren, die Sie uns wegschnappen wollen? Nein, nein, nein!«

Hewitt wich einen Schritt zurück. Den jüngeren Brodie konnte er vielleicht zusammenstauchen und schikanieren, aber er hatte eine Heidenangst vor dem älteren, der in seinen Augen im Begriff war, dem Wahnsinn zu verfallen. Neville Hewitt hielt sich an der Stange des Gatters fest und wäre vielleicht darübergeklettert, wenn Henry nicht einen Arm ausgestreckt hätte, um seinen Bruder zurückzuhalten.

»Ruhig, Tom, ganz ruhig«, meinte Henry.

»Was zum Teufel will er denn jetzt schon wieder von uns?«, brüllte Tom.

»Er hat gehört, dass wir Saatgut haben. Er will es sehen.«

»Dann zeig ihm das verdammte Saatgut, und danach kann er wieder verschwinden.«

»Nein«, sagte Neville Hewitt. »Nein, nein. Jetzt, nachdem du es mir erklärt hast …« Er schloss die Augen und hielt sich die Hände vors Gesicht, während Tom Brodie auf einem Bein hüpfte, herumschnellte und den Inhalt des Nachttopfs in einem hohen Bogen von sich schleuderte, der für einen bizarren Augenblick einen kleinen Regenbogen vor den Sonnenstrahlen bildete, bevor er auf das Pflaster des Hofes spritzte.

»Verschwinden Sie und lassen Sie uns in Ruhe!«, knurrte Tom Brodie.

»Das … das werde ich«, sagte Neville unterwürfig. »Ich meine, ich war nur gekommen, um zu sehen, ob ihr … irgendetwas braucht.«

»Von Ihnen? Ha!«, rief Tom. »Zum Teufel, dafür ist es zu spät, Hewitt, viel zu spät.« Damit wandte er sich ab und stapfte auf das Cottage zu, wo die Tochter des Webers McBride mit vor der Brust verschränkten Armen in der offenen Tür stand. Ihr zerknautschtes Baumwollnachthemd, so dünn wie Pergamentpapier, klebte ihr an Bauch und Schenkeln, und Neville fand, dass auch sie so aussah, als wäre sie eben erst aus dem Bett gefallen.

»Ich denke, Sie sollten jetzt besser gehen, Mr. Hewitt«, sagte Henry.

»Da könnten Sie recht haben«, pflichtete Neville Hewitt ihm bei. Er machte einen weiten Bogen um Tom Brodie, ging hinter dem ehemaligen Misthaufen vorbei zu seinem Pferd und stieg auf. Er hielt nur lange genug inne, um einen Blick auf den Farmer und die dralle Magd zu werfen, die sich am Eingang der Scheune umarmten und lachten, und mit einem wissenden Knurren ritt er rasch davon.

DRITTER TEIL

KERZEN AM MITTAG

18

Es war spät im Jahr, als der erste Schnee fiel. Er kam von Südwesten, wehte über die Förde von Irland herüber – und von irgendwo dahinter, dachte Betsy, aus Amerika, auch wenn ihr Geografiewissen so verschwommen war, dass es genauso gut Holland hätte sein können oder jener geheimnisvolle Ort namens Nantes, an dem ihr Vetter seine Waren kaufte.

Aber woher Conn seine Fracht auch beschaffte, binnen eines Monats hatte er ihnen genug gebracht, um Mrs. Brodies Kasse zu füllen.

Von einer missglückten Anlandung ließ er sich nicht abschrecken. Zehn Tage nach dem Beinahedesaster in der Brandung von Port Cedric war er mit einem größeren Boot, mehr Helfern und einer Ladung Wein, Tabak und Tee wiedergekommen. Dann, in der ersten Woche des Weihnachtsmonats, als die Flut so hoch war, dass sie fast die Dünen erreichte, hatte er zwanzig Fässer Brandy angeliefert und die Brodies zu einer weiteren Nacht schweißtreibender Arbeit verurteilt.

Und schließlich, als die ersten Schneeflocken in der Dunkelheit tänzelten, hatte er eine Bootsladung mit Tee herangeschafft, die in Kisten verpackt, in Öltuch gewickelt und so fest verschnürt war, dass die kostbaren Blätter durch nichts als Hanf geschützt zu sein schienen.

Die Kisten waren klein, doch sehr schwer. Auf dem Hügel über der Zollschranke kamen die Pferde ins Schlittern, und Henry warf sicherheitshalber einen Teil der Fracht ab und ließ ihn, so riskant es auch war, am Wegesrand liegen, bis Tom und er bei Tagesanbruch mit dem Wagen wiederkamen, um ihn abzuholen.

Tee war Mr. Dingles bevorzugte Fracht. Über die Maßen hoch besteuert, erzielte er auf dem Schwarzmarkt mehr als Brandy. Um seine Dankbarkeit und, wie er behauptete, Zuneigung zu bekunden, überreichte Rufus Dingle der Witwe Brodie ein verfrühtes Neujahrsgeschenk, eine kleine, aber sehr kunstvolle Uhr, und Janet und Betsy je ein Musselintuch mit einem Pfauenmuster, das laut Mr. Dingle all die vornehmen Damen in Paisley trugen, damit der Wind nicht an ihre Hälse peitschte.

Überrumpelt von der Großzügigkeit des Lieferanten, gab Agnes ihm zehn frische Eier in einem kleinen Korb und ein Kännchen Milch, von dem die Sahne nicht abgeschöpft war. Dann stürzte sie zu ihrer Kasse und entnahm ihr vier Schillinge, die sie den Dingle-Mädchen überreichte, auch wenn eines von ihnen kichernd erklärte, es habe lieber einen Kuss von Mr. Brodie. Diesem Wunsch kam Tom großzügig nach, als eine Art Dividende nicht nur für das vorwitzige junge Mädchen, das darum gebeten hatte, sondern auch für die drei anderen Schwestern.

»Und was ist mit mir?«, rief Henry. »Was bekomme ich?«

Niemand schien geneigt zu sein, Henry irgendetwas zu geben, niemand bis auf Betsy, die ihn lachend an sich drückte, in die Luft hob und ihm unter dem Jubel der Dingle-Mädchen einen Kuss auf die Stirn drückte.

An jenem Abend versammelten sich die Brodies um den Tisch und rechneten ihren Gewinn für das ganze Jahr aus. Betsys Anteil betrug das Zweifache ihres Lohns. Am nächsten Morgen kämpfte sie sich durch kniehohe Schneeverwehungen nach Hayes durch, um einen Teil des Geldsegens ihrem Vater zu überbringen.

»Aye«, sagte Jock McBride, »und wie, wenn ich fragen darf, hast du dir das verdient, wenn die Brodies nicht einmal zwei braune Halfpennys zusammenkratzen können?«

Betsy, die auf diese Frage vorbereitet war, antwortete: »Der alte Mr. Brodie hatte einen Sterbefonds.«

»Und den haben sie mit dir geteilt?«, wollte ihr Vater skeptisch wissen.

Betsy saß an dem ovalen Tisch in der Küche und schlürfte Suppe. Es hatte aufgehört zu schneien, aber der Himmel war noch immer bleiern. Ihre Mutter hatte bereits zwei Kerzen angezündet, um etwas Licht in die Dunkelheit zu bringen. »Tom hat letzte Woche bei der Loge mit Mr. Rankine gesprochen«, sagte sie. »Der alte Johnny hat sich bereit erklärt, mich freizugeben. Ich werde von nun an bei den Brodies leben und arbeiten und von ihnen bezahlt werden. Deswegen habe ich jetzt dieses Geld.«

»Lüg uns nicht an, Betsy«, mischte sich ihre Mutter ein. »Wir wissen, was Conn im Schilde führt und warum er so oft in Hayes ist.«

Betsy zögerte. »Hat Conn es euch gesagt?«

»Conn musste es uns nicht sagen«, erwiderte ihre Mutter. »Wir wissen schon lange, was Conn McCaskie ist und womit er sein Geld verdient. Wenn er auf dieser Seite der Küste Zeit verbringt, kann das nur eines heißen.«

»Sei ehrlich zu mir, Mädchen«, forderte Jock, »beförderst du Schmuggelware für deinen Vetter?«

»Ich sage nicht, dass ich es tue, Daddy, und ich streite es nicht ab.«

»Es ist nicht recht, weißt du«, erklärte ihr Vater.

»Es ist nicht recht, wenn sie geschnappt wird«, entgegnete ihre Mutter. »Nun, Jock, wir wollen kein Wort mehr darüber verlieren. Je weniger wir wissen, desto besser, vor allem da eine Belohnung auf Conns Kopf ausgesetzt ist.«

»Auf seinen Kopf?«, rief Betsy bestürzt. »Sie würden ihn doch nicht hängen, oder?«

»Außer Landes schicken, vermutlich«, sagte ihre Mutter. »Ihn und seine Crew und seine Helfershelfer – jeden, den die Steuerbeamten mit unverzollten Waren erwischen.«

»Wer hat dich dazu überredet?«, fragte ihr Vater. »Conn oder Tom Brodie?«

»Niemand musste mich dazu überreden«, erklärte Betsy. »Ich habe selbst entschieden, dass es besser ist, sich mit dem Wind zu drehen, als bis zum Sankt-Nimmerleins-Tag Johnny Rankine zu dienen. Ich habe nicht das Bedürfnis, Rankines Bastard auszutragen und aus dem Heiratsmarkt ausgeschlossen zu werden. Aye, Daddy, du und Mam, ihr habt es schon immer gut verstanden, vor manchen Dingen die Augen zu verschließen, daher bitte ich euch jetzt um nichts, was ihr nicht bereits getan habt.«

»Davon habe ich nichts gewusst«, beteuerte ihr Vater. »Wenn ich gewusst hätte, was dieser Rüpel Rankine dir antut . . .«

»Nun, jetzt weißt du es«, entgegnete Betsy. »Ich will mein Glück lieber bei den Brodies versuchen als bei dem dreckigen alten Johnny Rankine. Wo ist eigentlich Effie?«

»Sie liefert Stoff aus«, sagte ihre Mutter. »Sie wird bald zurück sein.«

»An einem solchen Tag liefert sie Stoff aus?« Betsy schüttelte den Kopf. »Erfrieren wird sie.«

»Sie ist es gewohnt«, murmelte Jock McBride.

»Aye, wir sind es alle gewohnt, habe ich recht?«, meinte Betsy. »Nun, vielleicht ist es an der Zeit, sich an etwas Besseres zu gewöhnen. Willst du mein Geld – Connors Geld –, oder willst du weiter auf deinem hohen Ross sitzen?«

»Wie viel ist in dem Geldbeutel?«, fragte der Weber.

»Sechs Pfund.«

»Wie viele Stunden schweißtreibende Arbeit am Webstuhl würde es dich kosten, sechs Pfund zu verdienen, Jock?«, bemerkte ihre Mutter. »Bedank dich bei Betsy und lass sie zu Ende essen!«

Er schwieg einen Augenblick, dann beugte er sich vor und

drückte seiner Tochter einen Kuss auf den Kopf. »Ich dachte immer, du wärst ein braves Mädchen«, sagte er seufzend. »Nun ja, ich nehme an, das bist du – trotzdem.«

»Trotz was, Daddy?«

Aber ihr Vater war bereits gegangen, mit einer Träne im Augenwinkel, um die Arbeit an seinem Webstuhl zu beenden.

Der Wind hatte aufgefrischt, und es begann wieder zu schneien, während Betsy den Weg nach Hawkshill hochstieg. Zum Glück war sie inzwischen schon so nah, dass sie die Lichter im Cottage-Fenster sehen konnte. Der Anblick der Farm, die gut befestigt gegen das Wetter war, hatte etwas Tröstliches an sich. Die Kühe waren sicher im Stall untergebracht, und die Schafe konnten sich dank Henrys Umsicht unter den großen Bäumen in ihrem Pferch hinter der Scheune aneinanderkauern. Betsy stapfte über den Hof; das Schultertuch hatte sie sich über den Kopf gezogen und den hübschen Schal, den Mr. Dingle ihr geschenkt hatte, in den Kragen gesteckt.

Henry wartete auf sie, eine Laterne in der Hand. »Da bist du ja endlich!«, bemerkte er. »Ich wollte dich eben schon suchen gehen.« Er legte einen Arm um sie. »Ist bei deinem Vater alles gut gegangen?«

»Gut genug. Ich habe ihm gesagt, Mr. Rankine hätte mich gehen lassen.«

»Dann gehörst du jetzt uns, Betsy McBride?«

»So ist es, Mr. Brodie, ich gehöre jetzt ganz Ihnen«, antwortete sie und folgte ihm ins Haus und ans Feuer.

Drennan im Schnee war ein hübscher Anblick. Die kantigen Häuserdächer wirkten weicher, und die schiefen Ecken abgerundet. Selbst die Zecher am Spätnachmittag, allesamt alte Männer, die aus Caddy Crawfords Taverne torkelten, wurden ein wenig vom Zauber des Winters umfangen, einem Zauber, der sich bald in etlichen Frostbeulen und rissigen Händen auflösen würde.

Rose konnte sich nicht erinnern, wann sie das letzte Mal im Schnee draußen gewesen war. Im Winter hatte ihre Mutter sie immer dick eingepackt wie ein kostbares Ei. Später hatte ihr Vater eine Ausgangssperre verhängt, nicht um Rose vor nassen Füßen und geschwollenen Fingern zu schützen, sondern vor dem Verderben, das in Drennans Gassen lauerte, und vor den ruchlosen Verführern, die bei jedem Wetter durch die Straßen zogen, wie es schien.

Aber Lucas Fergusson war kein Verführer. Lucas wusste nicht, wie man flirtete, geschweige denn verführte. Er hatte sich zwar einmal in die Lage gebracht, sie intim zu berühren, und sie seitdem ein- oder zweimal geküsst, doch Rose sah im Sohn des Viehzüchters keine Bedrohung. In seiner Gesellschaft fühlte sie sich so entspannt – und überlegen –, dass sie sich einige der kindlichen Vergnügungen gestattete, die ihre behütete Erziehung ihr vorenthalten hatte.

Lucas und sie waren nicht die Einzigen, die Schneebälle auf das Denkmal in der Market Street schleuderten. Jeder kleine Junge in der Stadt und so manches Mädchen bewarf das alte Marktkreuz, und als dieser Zeitvertreib seinen Reiz verlor, lieferten sie sich gegenseitig Schneeballschlachten. Ehrenwerte Bürger huschten belustigt vorbei, bevor sie entdeckt und zu Zielscheiben erklärt werden konnten. Dorothy, die inzwischen von ihrer Beinahebegegnung mit dem Tod genesen war, tollte kreischend umher, wälzte sich im frischen Schnee und hielt immer wieder inne, um ihr Gesicht zu dem gleißenden Himmel zu recken und die süßen, kalten Schneeflocken auf ihrer Zunge zu schmecken. Niemand scherte sich darum, dass Rose die Tochter eines Flachsfabrikanten und Lucas der Sohn eines Viehzüchters war, als sie Rücken an Rücken wie Highland-Krieger dastanden und es mit allen neuen Wurftalenten aufnahmen. Waisenkinder und Dienstmädchen, Grabenbauer und Kuhhirten, Schuljungen und Mädchen, die so klein waren, dass sie gerade einmal ein Weihwasserbecken schrubben oder mit einem Wassereimer kämpfen konnten, waren vereint im Kampf, bis der Schnee zu dicht und die Kälte zu streng wurde, um sie auszuhalten, und sie alle nach Hause schlitterten.

»Seht euch nur an«, sagte Mrs. Prole, »wie zwei Eisbären schaut ihr aus. Schüttelt eure Mäntel aus, bevor ihr ... Ach, nein, kommt herein, kommt herein und lasst mich die Tür schließen, bevor der Teppich ruiniert wird. Lucas Fergusson, was denken Sie sich eigentlich?«

Wenn die Haushälterin gewusst hätte, was in Lucas' Kopf vor sich ging, dann wäre ihre Begrüßung gewiss weniger begeistert ausgefallen. Lucas dachte, noch nie jemanden oder etwas so Schönes wie Miss Rose Hewitt gesehen zu haben, mit ihren geröteten Wangen und den glänzenden Augen und einer kleinen Schneeflocke, die noch immer an ihrer Unterlippe haftete.

»Lucas?«, fauchte Eunice Prole. »Haben Sie mich gehört?«

»Hä?« Er blinzelte und wischte sich etwas Schnee von den Wimpern. »Aye, Mrs. Prole.«

»Rose, wo sind die Heringe, die zu kaufen ich dich geschickt habe?«

»Es gab keine«, sagte Rose. »Es waren nirgends welche zu bekommen.«

Die Haushälterin hatte die Hände in die Hüften gestemmt, aber sie schalt Rose nicht. Sie streckte eine Hand aus, um dem Mädchen den Mantel abzunehmen, und hängte ihn an den Haken. »Nun ja«, meinte sie, »ich kann nicht behaupten, dass mich das wundert. Die Boote werden im Hafen von Ayr Schutz gesucht haben und alle Fische, die es auf dem Markt gab, längst verkauft sein. Lucas?«

»Aye, Mrs. Prole.«

»Weiß Ihre Mutter, wo Sie sind?«

»Sie weiß, dass ich Rose besuchen gegangen bin.«

»Hat Ihr Vater Sie mit in die Stadt genommen?«

»Nein, ich bin zu Fuß gekommen.«

»Nun, zu Fuß werden Sie nicht wieder heimkehren können, so viel steht fest.« Mrs. Prole seufzte. »Vorausgesetzt, Ihre Mutter wird nicht denken, dass Sie erfroren in einem Graben liegen, sollten Sie die Nacht besser hier verbringen.«

»Sie wird wissen, wo ich bin«, sagte Lucas. »Sie wird wissen, dass ich in Sicherheit bin.«

»Natürlich wird sie das«, versicherte Rose, und dann nahm sie Lucas bei der Hand und führte ihn in den Salon, wo ein helles Feuer loderte und der Tisch zum Abendessen gedeckt war.

Neville Hewitt war früh von der Manufaktur zurückgekehrt. Als er seine Tochter in der Diele hörte, stützte er sich hastig mit einem Ellenbogen auf den Kaminsims, stellte einen Fuß auf den Rost und machte sich bereit, über seine Nase auf den Sohn des Viehzüchters hinunterzusehen. »Lucas«, sagte er feierlich, »willkommen in meinem Haus.«

»Danke, Mr. Hewitt.«

»Sie werden bei uns stets willkommen sein.«

»Nochmals danke, Mr. Hewitt.«

»Nun, junger Mann, werden Sie eine Erfrischung mit uns einnehmen?«

Lucas nickte. Er war zerzaust und durchnässt, und seine Stiefel tropften auf den Teppich, aber falls der Hausherr oder Mrs. Prole den Schaden bemerkten, waren sie zu höflich, um es zu erwähnen.

Besser als in genau diesem Augenblick würde Lucas vermutlich nie aussehen. Die kalte Luft und die körperliche Bewegung hatten seinen blassen Wangen einen gesunden Schimmer verliehen; sein helles Haar hatte sich zu festen kleinen Locken gelegt; seine langen Wimpern flatterten fast kokett, und sein unbeholfenes Benehmen strahlte eine liebenswerte Art aus, die eher wie Unschuld als wie Schwäche erschien.

Rose sah zu, wie ihr Vater Sherry aus einer Karaffe in vier Flötengläser schenkte. Er drückte den Stiel eines Glases genau zwischen Lucas' zitternde Finger, reichte das zweite Sherryglas Mrs. Prole und das dritte ihr selbst.

»Ein Abend wie dieser«, erklärte ihr Vater, »verlangt zweifellos nach einem Toast. Was meinst du, Lucas? Sollen wir einen Toast auf die Ankunft des Winters ausbringen oder das Glas auf meine entzückende Tochter erheben?«

Lucas antwortete ohne Zögern. »Die entzückende Tochter, Sir.«

»Dann auf Rose«, sagte Neville. »Auf Rose und ihr zukünftiges Glück.« Er trat vor, berührte mit dem Rand seines Glases nacheinander jedes der anderen Flötengläser und forderte dann mit einer Handbewegung seine Tochter und den Sohn des Viehzüchters auf, es ihm gleichzutun.

Draußen vor dem langen Fenster tobte der Schneesturm. Das Feuer zischelte, als Schneeflocken durch den breiten Kamin tänzelten. Auf dem Tisch flackerten die Kerzen in ihrem Leuchter. Es war warm im Zimmer, wunderbar warm und wunderbar hell. Über den Rand ihres Glases hinweg sah Rose in die himmelblauen Augen des jungen Mannes und hörte Mrs. Prole murmeln:

»Oh, Neville, geben sie nicht ein perfektes Paar ab?«

»Allerdings«, flüsterte ihr Papa. »Allerdings, meine Liebe, ein wunderbares Paar.«

Und in genau diesem Augenblick war Rose Hewitt fast geneigt, ihnen zuzustimmen.

Bis zum Morgengrauen hatte sich der Schneesturm gelegt, und im Laufe des Vormittags zeigte sich ein Hauch von Sonnenschein zwischen den rasch dahinziehenden Wolken. Das Land lag unter einer dichten Schneedecke mit bläulichen Schatten hier und da, so weit das Auge reichte. Tom knurrte, und Janet jammerte, aber Henry sagte, sie hätten so viel Sinn für Schönheit wie Kröten, und er selbst nehme ein bisschen Unbehagen gern in Kauf, um alles so schön neu und geschmeidig und frisch zu sehen.

Gewaltige Schneewälle türmten sich vor dem Pferde- und dem Kuhstall. Tom und Henry mühten sich fast eine Stunde mit ihren breiten Holzspaten ab, bevor Agnes, die selbst ernannte Schlichterin der Familie, die Arbeit für beendet erklärte und ihre Söhne losschickte, Heu herbeizuschaffen und Kohlköpfe und Rüben aus der Scheune zu holen.

Es war unmöglich, nach Hayes zu kommen. Schneewehen türmten sich heckenhoch auf dem Weg und den schmalen Pfaden zwischen den Feldern. Die Brodies hatten ausreichend Essen auf den Regalen und genügend Gemüse, um satt zu werden, und – sollte es zum Schlimmsten kommen – auch noch ein paar Hühner, die sie opfern konnten.

Die wenigen Stunden Tageslicht wurden genutzt, um das Vieh zu versorgen. Conns riesige, zottelige Jungochsen waren in ihrem Pferch von dem schlimmsten Schneegestöber verschont geblieben, aber jetzt starrten sie finster über die Pfosten des Gatters und bekundeten ihr Unbehagen über ihre Gefangenschaft, indem sie brüllten und mit den Köpfen gegen die Wand des Kuhstalls stießen. Erst eine Schütte Heu, die Henry mit Kohlstrünken und ein paar Tropfen Melasse angereichert hatte, brachte sie auf andere Gedanken.

Tom hingegen war nicht so leicht zu besänftigen. Der Schneefall hielt ihn davon ab, auf die Felder und zu seinen kleinen Vergnügungen in die Stadt zu gehen. Eine Logen-Versammlung würde mit Sicherheit ins Wasser fallen. Außerdem war nicht anzunehmen, dass die Familie am Sonntag den Gottesdienst würde besuchen können, und der arme Mr. Turbot würde seine Weihnachtspredigt vor leeren Kirchenbänken halten müssen.

Tom blieb den ganzen Vormittag rastlos. Henry und er führten hitzige Debatten über den Nährwert von Viehfutter und warfen sich Beleidigungen an den Kopf, die immer spitzer wurden, bis Agnes, die Ärger roch, den Söhnen Einhalt gebot und sich strittige Themen am Essenstisch verbat.

»Er schmachtet, das ist alles«, plapperte Janet drauflos. »Sein Herz ist gebrochen, weil er nicht nach Drennan kann, um mit seinem Schatz zu schmusen.« Sie kicherte. »Und er kann ihr nicht einmal schreiben, weil auf den Straßen keine Postboten unterwegs sind.«

»Ein Glück, dass wir keine Lieferung von Conn erwarten«, sagte Betsy. »Denkt bloß, was für eine Mühe es wäre, sich bei diesem Wetter damit von Port Cedric hochzukämpfen.«

Toms Miene verfinsterte sich.

»Aye«, meinte Henry, »und die zweite Aussaat hatten wir im Handumdrehen in der Erde, stimmt's? In den Furchen unter dem Schnee wird sie es schön warm haben.«

Sein Bruder blickte noch immer finster drein.

»Und wir haben genug Futter für die Tiere und genügend Essen für uns selbst«, sagte Agnes, »das heißt, wir können bei schlechtem Wetter ein, zwei Wochen hier ausharren, ohne zu leiden.«

»Aber Tom leidet«, warf Janet ein. »Seht euch nur seine säuerliche Miene an!«

»Lass ihn in Ruhe«, schimpfte Agnes. »Ihm geht viel durch den Kopf.«

Janet ballte die Faust, streckte den Ellenbogen und hob den Arm nur weit genug, um ihren Worten Nachdruck zu verleihen. »Aye, und wir wissen auch alle, was.«

»Herrgott noch mal!« Tom sprang auf. »Was ist denn los mit dir?« Er schlug mit der flachen Hand so fest auf den Tisch, dass die Teller und Tassen tanzten. »Daddy ist noch keine zwei Monate tot, und du sitzt selbstgefällig da und grinst. Wie viele Winter hat er denn Hunger gelitten, nur um uns satt zu bekommen? Hä? Hast du vergessen, wie es war, als wir nur eine Handvoll Hafer in der Tonne hatten und uns die Kohlstrünke mit dem Vieh geteilt haben?«

»Gerade weil wir das nicht vergessen haben, mein Sohn«, mischte Agnes sich ein, »freuen wir uns jetzt so über unsere verbesserte Lage.«

»Ha!«, brummte Tom. »Glaubst du etwa, das Geld, das wir haben, ist echt? Es ist nicht echter als ... als ein Märchen. Denkst du etwa, wir werden nie wieder Hunger leiden? Wenn du das annimmst, dann habe ich Mitleid mit dir. Hast du mich verstanden, ich habe Mitleid mit dir.« Und mit diesen Worten stapfte er zur Leiter, zog sich an den Armen hoch und verschwand auf dem Dachboden.

Janet sah ihre Mutter an und verzog das Gesicht. »Was hat er denn?«

»Ein schlechtes Gewissen«, sagte Henry.

»Ein schlechtes Gewissen?«, fragte seine Schwester. »Weswegen sollte er denn ein schlechtes Gewissen haben?«

»Er hat Daddy versprochen, sich um uns zu kümmern«, erklärte Henry.

»Es geht uns doch besser als je zuvor, oder?«, erwiderte Janet.

»Aye, aber das haben wir nicht ihm zu verdanken«, sagte Henry.

»Er fühlt sich betrogen«, ergänzte Agnes.

»Verstehe.« Janet blähte die Wangen. »Er muss der starke Mann sein, was? Er muss unser Retter sein?«

Henry nickte. »So ungefähr, ja.« Und dann, bevor seine Schwester allzu viele Fragen stellen konnte, tippte er Betsy am Arm an und bat sie, ihm zu helfen, die Schafe zu füttern, eine Einladung, die das Mädchen nur zu gern annahm.

Die Eichen hatten der Wucht des Windes Einhalt geboten, und die Schafe, die zumindest über einen Funken Verstand verfügten, hatten sich auf der windgeschützten Seite der gewaltigen Bäume zusammengekauert. Aber der Hunger hatte sie dazu getrieben, im Schnee herumzustöbern. Sie hatten im Pferch einen gelblichen Ring getrampelt, und dicke, klebrige Schneeklumpen hingen an ihrem Fell. Als Henry und Betsy auftauchten, blökten sie verzweifelt, warfen sich in die Schneewehe, die sich an der kleinen Mauer türmte, und versuchten, den Schäfer, oder vielmehr den Sack mit Heu und gehackten Rüben auf seinem Rücken, zu erreichen.

Auf dem Hügel stand noch immer Heidekraut, und Wild war von den Höhen der Lang Rocks heruntergekommen, um dort zu weiden. Betsy konnte die Tiere eben noch erkennen, als sie über die Hügelkuppe zogen. Sobald der Schnee schmolz, würde Henry die Schafböcke wieder zum Moor hochführen, denn Heidekraut war ein gutes Fressen für sie. Die lammenden Mutterschafe hingegen würde er füttern, bis sie warfen. Betsy hatte selbst schon erlebt, wie Nachlässigkeit eine Herde zugrunde richten konnte, und hatte oft gehört, wie Farmer bei einem schlechten Lämmerwurf ihr angebliches Pech verfluchten. Dabei hatten Glück oder Pech meist gar nichts damit zu tun. Aber Henry war ein guter Schäfer, und er behandelte all seine Schafe fast mit etwas wie Zuneigung, selbst diejenigen, die fürs Schlachtmesser gemästet wurden.

Sie sah zu, wie er an beiden Beinen ein glückloses Mutterschaf festhielt, das sich allzu tief in die höchste Schneewehe geworfen hatte. Er packte es bei den Schultern und zerrte an dem störrischen, blökenden Tier, bis er es schließlich aus seiner Zwangslage befreit hatte. Betsy war bis zu diesem Moment gar nicht bewusst gewesen, wie stark Henry war – er schien eher zierlich gebaut und gar nicht muskulös. Und als er den Schafen nun Futter in den ausgetretenen Ring schüttete, stießen sie ohne jede Angst gegen seine Beine und stupsten ihn an.

Er schüttete die Spreu aus dem Sack und warf ihn sich über die Schulter. »Damit werden sie bis morgen früh zufrieden sein«, sagte er. Henry sah zu dem Wild auf dem Hügel hoch, dann wandte er sich um, legte eine Hand schützend über die Augen und blinzelte zur Sonne hoch, die in diesem Augenblick zwischen den Inseln weit draußen im Meer versank. »Gott!«, murmelte er. »Liebst du es nicht auch, hier zu sein, Betsy?«

»Oh ja«, sagte sie, »manchmal jedenfalls.«

Er nahm ihren Arm und half ihr über die Mauer. Der Schnee war kalt an ihren Beinen, aber nicht allzu sehr. Unter ihrem Kleid war ihr warm, so warm vielleicht wie der Saat in den Furchen auf dem langen Feld. Henry legte Betsy die Hände um die Taille und hielt sie fest, und sein Atem vermischte sich in der kalten Luft mit ihrem.

»Wirst du bei uns bleiben, Betsy?«

»Ich werde so lange bleiben, wie Sie mich brauchen.«

»Tom zuliebe«, fragte Henry, »oder mir?«

»Es ist eine gute Arbeit, und ich bin zufrieden damit.«

»Das ist nicht die Antwort auf meine Frage.«

»Es ist die einzige Antwort, die ich zu geben habe, Mr. Brodie.«

»Dann«, sagte er und ließ sie nicht los, »ist es wegen Tom, habe ich recht? Noch immer Tom?«

»Ich weiß nicht, wovon Sie reden.«

»Aye, ich glaube, das weißt du sehr wohl, Betsy«, erwiderte Henry. »Hat meine Mutter dich nicht gewarnt, dass Tom nichts für dich ist?«

»Ich denke, das hat er selbst zu entscheiden.«

»Er ist nicht der Richtige für dich, Betsy. Er ist mein Bruder, und ich werde zu ihm stehen, aber nicht auf Kosten deines Glücks. Liebst du ihn?«

»Was ist das denn für eine Frage?«

»Eine wichtige Frage – jedenfalls wichtig für mich.«

»Tom ist nicht in mich verliebt, sondern in das Hewitt-Mädchen.«

»Tom dreht sich wie ein Wetterhahn, sobald der Wind umschlägt.«

»Ich bin nichts, verglichen mit Rose Hewitt.«

»Sie ist nur eine flüchtige Laune. Er glaubt, in sie verliebt zu sein, weil er sie nicht haben kann. Das ist unser Tom, Betsy«, erklärte Henry. »In Rose Hewitt verliebt zu sein wird ihn nicht davon abhalten, eine andere zu heiraten.«

»Wen denn?«, fragte Betsy. »Steht noch ein anderes Mädchen auf seiner Liste?«

»Aye«, meinte Henry. »Du.«

»Ich?«

»Er hat unserem Daddy auf dem Sterbebett versprochen, eine passende Frau zu heiraten«, sagte Henry. »Und du bist die passendste Frau, die er vermutlich je treffen wird.«

»Ist das alles, was ich für ihn bin?«, entgegnete Betsy. »Passend?«

»Es gibt Schlimmeres, was man sein könnte, glaub mir.«

»Aye, so viel haben mich fünf Jahre bei Johnny Rankine gelehrt.«

»Ich weiß alles über Rankines hässliche Gewohnheiten.«

»Und Tom?«

»Ich bin sicher, er weiß es auch.«

»Ist das der Grund, weshalb er mich eingestellt hat?«

»Er hat dich nicht eingestellt«, sagte Henry. »Er hat nur das Arrangement getroffen.«

»Erst bin ich ›passend‹, und jetzt auch noch ein ›Arrangement‹.«

»Wenn man so arm ist wie wir«, erklärte Henry, »dann ist ein passendes Arrangement manchmal das Beste, was man bekommen kann.«

»Heißt arm zu sein denn, dass man sich nicht verlieben kann?«

»Nein, aber dass man aufpassen muss, in wen man sich verliebt.«

»Nun«, sagte Betsy ein wenig von oben herab, »ich bin vielleicht arm, und ich bin vielleicht hässlich, doch bei Gott, ich lerne schnell, wie ich aufpassen muss.«

Sie hatte noch nie so lange so nah vor ihm gestanden, aber Henry schien nicht das Bedürfnis zu haben, sich zurückzuziehen. »Aye, Betsy«, sagte er, »die Sache ist die, jetzt sind wir nicht mehr arm. Das könnte einen Unterschied machen.«

»Einen Unterschied?«, fragte sie. »Für Tom, meinen Sie?«

»Er hat ein Versprechen am Hals, das er nicht halten kann«, erwiderte Henry.

»Wie will er das denn wissen, bevor er es nicht versucht hat?«

»Oh.« Henry kniff die Lippen zusammen. »So ist es also um das Land bestellt?«

»Um das Land geht es hier gar nicht.«

»Oh, doch, Mädchen. Hier geht es ausschließlich um das Land.«

»Ich meinte ... Sie wissen doch, was ich meine?«

»Oh, ja«, antwortete Henry, »leider weiß ich das. Sieh mal, die Sonne hat eben die Gipfel von Arran entflammt. In einer halben Stunde wird es dunkel sein.«

Unwillkürlich folgte Betsy seinem Blick. »Aye«, sagte sie, »wir sollten besser zusehen, dass wir nach Hause kommen.«

»Das sollten wir«, pflichtete Henry ihr bei, und dann nahm er ihren Arm und half ihr über die Schneewehe und hinunter in den matschigen Hof.

Es war bitterkalt auf dem Dachboden, aber sie schienen es gar nicht zu bemerken. Rose saß im Schneidersitz auf dem Bett, eine Decke über den Schultern, und Lucas hockte auf den nackten Dielen. Den Mantelkragen hatte er hochgeschlagen, um seine Ohren zu bedecken. Wir müssen, dachte Rose, wie zwei Waisenkinder aussehen, die auf den Stufen des Armenhauses kauern, oder wie Zigeuner, die darauf warten, dass irgendeine gute Seele ihnen das Kochfeuer entfacht.

»Bist du sicher, dass du nicht hinunter in die Küche gehen willst, Lukie?«

»Nein«, sagte er. »Ich will, dass ... dass du mir noch ein paar Melodien spielst.«

»Das sind keine echten Melodien, weißt du.«

»Für mich klingen sie echt genug.«

»Du bist sehr galant.«

»Wirklich?«, fragte Lucas. »So hat mich noch nie jemand genannt.«

»Wie nennt dich denn Nancy?«

»Sie sagt eigentlich nie viel.«

»Ach, nein? Ich habe gehört, sie soll ein rechtes Plappermaul sein.«

»Aber sie ... sie redet nicht so wie du.«

Rose nickte. »Ja. Das tun nur wenige.«

»Sing mir noch ein Lied, ja?«

»Welches Lied würdest du denn gern hören?«

»Egal – das von der Marmelade.«

»Marmelade?« Rose kicherte. »Ach, du meinst Abelard?«

»Aye, den.«

Das Licht im Zimmer war sehr seltsam. Kalte, blaue Spiegelungen des Schnees auf dem Fenstersims trennten Lucas' Gesichtszüge wie ein schlecht gedrucktes Muster in zwei Hälften. Sie schlug einen Akkord auf den Saiten ihrer Harfe an. »Weißt du eigentlich, Lucas«, sagte sie, »dass du der erste Mann bist, der je diese Treppe hochgestiegen und allein mit mir in meinem Schlafzimmer ist?«

»Ist das so?«

»So ist es allerdings«, erklärte Rose, »und es ist bemerkenswert.«

»Wie, bemerkenswert?«

»Bemerkenswert insofern, als wir, sollten wir es wünschen, die Tür schließen und uns zusammen aufs Bett legen könnten, ohne dass Papa oder Mrs. Prole irgendetwas davon ahnen würden.«

»Doch, das würden sie.«

»Warum sagst du das?«

»Weil sie hören würden, dass du nicht singst.«

»Aber jetzt singe ich doch auch nicht.«

Lucas dachte darüber nach. »Das stimmt.«

»Würdest du dich gern zu mir legen, Lucas?«

»Sehr gern.«

»Bist du gestern Nacht denn nicht auf die Idee gekommen, dich aus der Kammer der Haushälterin zu stehlen und hoch in mein schönes warmes Bett zu schlüpfen?«

»Du würdest nur schreien.«

»Bist du dir da sicher?«

»Aber das würdest du doch, oder?«

»Nun ja, Lukie«, Rose schlug noch einen wehmütigen Akkord auf den Saiten an, »es ist vielmehr so, dass ich bereit für dich war.«

»Wirklich, Rosie?«

»Ich wäre nicht gänzlich überrascht gewesen, wenn mein Papa dich aus deinem Bett in der Kammer gezerrt und nach oben begleitet hätte.«

»Ich verstehe nicht.«

»Natürlich nicht«, sagte Rose. »Ungeachtet deiner kürzlichen …

äh … Erfahrungen mit Nancy Ames bist du eine unschuldige Seele, Lucas. Ich befürchte, man hat dich zum Werkzeug einer Intrige gemacht, um mich zum Altar zu führen.«

»Zum Altar?« Lucas erhob sich und schlurfte näher an das Bett heran. »Du meinst, so wie beim Heiraten?«

Rose nickte. »Ja, so wie beim Heiraten.« Sie drückte sich die Harfe an die Brust und fuhr fort: »Ich habe nichts gegen das Heiraten an sich, Lucas, doch ich werde mich dafür nicht in eine Falle locken lassen. Ich ziehe es vor, meinen Ehemann selbst auszuwählen, wenn ich so weit bin.«

»Wähle mich aus«, schlug Lucas schüchtern vor. »Bitte wähle mich aus!«

»Wenn ich nicht mit dem Farmer Brodie geflirtet hätte«, erklärte Rose, »dann hätte mein Papa dich eher in einer Schneewehe ersticken lassen, bevor er dir erlaubt hätte, eine Nacht unter seinem Dach zu verbringen. Nein, Lucas, du bist ein Werkzeug, das ahnungslose Werkzeug einer Verschwörung, um mich zu verheiraten.«

»Es macht mir nichts aus, ein Werkzeug zu sein.«

»Nein, aber mir«, erwiderte Rose. »Dein Papa und meiner sind, befürchte ich, zu einer Übereinkunft gekommen, und sie werden sich durch nichts davon abhalten lassen, sie in die Tat umzusetzen.«

»Was denn für eine Übereinkunft?«

»Finanzieller Art, aller Wahrscheinlichkeit nach«, sagte Rose. »Die Bedingungen der Vereinbarung betreffen uns nicht, nur die Unterschrift; damit meine ich jenen Teil des Plans meines Papas, der dafür sorgen soll, dass ich weit außerhalb von Tom Brodies Reichweite gebracht werde.«

»Hast du … es mit Tom Brodie schon getan?«

»Das habe ich dir doch bereits gesagt, Lucas – nein.«

»Wirst du … wirst du es mit mir tun?«

Rose schwieg kurz, bevor sie antwortete: »Ich denke, die Erfahrung wäre vielleicht nicht unangenehm, Lucas, aber ich muss leider ablehnen. Unsere Eltern haben nicht nur die Absicht, uns zusammenzuführen, um eine Freundschaft zwischen uns anzubahnen, sondern um mich in eine Lage zu bringen, in der ich keine andere Wahl hätte, als dich zu heiraten.«

»Wäre diese Wahl denn so schlecht, Rosie?«

»Gar nicht schlecht, nein. Doch es wäre nicht *meine* Wahl, verstehst du? Wenn du gestern Nacht der Versuchung erlegen wärst, glaub mir, dann wären mein Vater oder Mrs. Prole oder beide zusammen zu uns ins Zimmer geplatzt und hätten Zeter und Mordio geschrien und darauf bestanden, dass du mich unverzüglich heiratest und eine ehrbare Frau aus mir machst.«

»Aber du bist eine ehrbare Frau.«

»Danke, Lukie«, sagte Rose aufrichtig, »doch ich bin alles andere als ehrbar. Wenn ich es wäre, dann würde ich dir das alles nicht erzählen.«

Lucas seufzte. »Du willst Brodie zum Ehemann, ist es das?«

»Nein, das ist es nicht«, versicherte ihm Rose. »Ich bin mir keineswegs sicher, ob ich Tom Brodie zum Ehemann haben möchte; und ebenso wenig bin ich mir sicher, ob Tom Brodie mich zur Ehefrau haben will. Ich möchte jedoch frei sein, meine eigene Entscheidung zu treffen, wenn ich bereit dafür bin, und mich nicht zu einer Ehe zwingen lassen, nur um es meinem Vater recht zu machen.«

Lucas hockte sich auf die Fersen und lachte. »Ich auch«, sagte er. »Ich auch.«

»Bist du denn nicht in Nancy Ames verliebt?«

»Nein.«

»Dann ist es eine doppelte Falle«, meinte Rose, »eine Falle, um zu verhindern, dass du dein Milchmädchen heiraten musst und dass ich frei bleibe, um Mr. Brodie zu heiraten.«

»So habe ich das noch nie gesehen ...«

»Natürlich nicht«, sagte Rose. »Dafür bist du viel zu ... romantisch.«

»So hat man mich auch noch niemals genannt«, gestand Lucas.

»Nun, jetzt, da wir einander verstehen, könnten wir uns vielleicht auf einen Kompromiss einigen«, schlug Rose vor. »Wir werden so tun, als spielten wir bei dem Spiel mit, das unsere Eltern sich für uns ausgedacht haben, während wir darauf achtgeben, nicht in die Falle zu tappen.«

»Was heißt das?«

»Das heißt, dass du in deinem Bett bleibst und ich in meinem.«

»Ich dachte mir schon, das könnte es heißen«, sagte Lucas.

»Sind wir uns also einig?«

»Aye, Rosie, das sind wir.«

»Soll ich dir nun das Marmelade-Lied singen?«

»Aye, aber ...«

»Aber was, Lukie?«

»Ich will dir ... dir zuerst einen Kuss geben.«

Rose warf einen Blick zur Tür, dann reckte sie das Kinn vor und schürzte die Lippen. Die Harfe hielt sie dabei noch immer an die Brust gedrückt. Lucas ließ sich nach vorn auf die Knie fallen und küsste Rose.

»Gott, Rosie«, sagte er, »du bist ja eiskalt.«

»Ja«, gab sie zu, »ich nehme an, das bin ich wirklich.«

19

Es war Heiligabend, als Lucas schließlich in den Schoß seiner Familie zurückkehrte, die sich ohne viel Taktgefühl prompt erkundigte, was er denn vier Tage und drei Nächte in Mr. Hewitts Haus getrieben habe, nur mit Miss Hewitt zur Gesellschaft.

Küsse und Liebkosungen tauschen, war die naheliegende Antwort, und der alte Lucas wäre vielleicht einfach mit der Wahrheit herausgeplatzt, aber Rosies Lektionen hatten den Charakter des jungen Mannes um ein Element des Feingefühls erweitert. Er schlenderte mit einem überlegenen Lächeln durch den Kälberstall und den Milchschuppen und wiederholte, sooft ihm die Frage gestellt wurde, den Satz, den Rosie ihm eingetrichtert hatte: »Aber, aber! Das darf man doch nicht verraten.«

Diese Antwort stellte niemanden zufrieden, am allerwenigsten Nancy Ames, deren Angebot eines intimen Akts im Heuschober von Lucas mit einer wegwerfenden Handbewegung abgelehnt wurde – eine Reaktion, die in ihr erst eine mörderische Wut auslöste und sie dann zu der bedrückenden Erkenntnis gelangen ließ, dass ihr Charme dem des Biestes aus der Thimble Row nicht gewachsen war und dass ihre Chancen, Herrin über das Gut der Fergussons zu werden, unter dem Schnee begraben worden waren.

Milde Winde und ein leichter Nieselregen hatten die Oberfläche der Zollschranke tauen lassen. In aller Eile wurde ein Korridor durch die Hawkshill-Verwehungen frei geschaufelt, und bald nach dem Mittagessen brach Tom auf zu *Souter Gordon's*, in der Hoffnung auf ein bisschen fröhliche Gesellschaft und Neuigkeiten aus Drennan.

Weihnachten bedeutete den braven Bürgern von Hayes herzlich wenig. In der muffigen kleinen Taverne des Ortes herrschte keine feierliche Stimmung. Wenn Tom auf ein feuchtfröhliches Beisammensein mit einem Haufen anderer Junggesellen gehofft hatte, dann wartete eine Enttäuschung auf ihn. Neuigkeiten aus Drennan gab es ebenfalls keine. Die Postkutschen waren auf den Straßen nach Norden stecken geblieben, und niemand in Souter Gordons Taverne hatte an jenem Nachmittag einen ausreichend guten Grund, um vier Meilen durch Matsch und Schlamm in die Stadt zu waten.

Tom hing vielleicht eine halbe Stunde in der Taverne herum, während er mit jeder Minute schwermütiger wurde. Dabei hatte er gar keinen Grund, so trübsinnig zu sein, sagte er sich. Er war jung, gesund und gut aussehend, die Familienkasse prall gefüllt, und Hawkshill war soeben gerettet worden. Er konnte Hewitt triumphierend ins Gesicht lachen, sich mit hocherhobenem Kopf in jeder Gesellschaft bewegen und sich eine Ehefrau nach seinem Geschmack und Status suchen – er musste nur geduldig genug sein. Dennoch belastete ihn das Versprechen, das er seinem Vater gegeben hatte. Weiß Gott, er hatte seinem Vater gegenüber so viele Versprechen gebrochen, als der alte Mann noch am Leben gewesen war, dass es allzu leicht sein würde, jetzt, da er tot war, noch eines zu brechen.

»Heda, Tom, ich habe gehört, ihr habt eine Saat in der Erde?«

»Aye, so ist es.«

»Weizen?«

»Weizen, so ist es.«

Der ältere Mann forderte Tom mit einer Handbewegung auf, sich zu ihm in die Kaminecke zu setzen, doch von einem Feuer im Kamin konnte kaum die Rede sein, und der Alte war ein berüchtigter Langweiler. Tom schüttelte den Humpen und wies zur Tür, um dem Mann zu verstehen zu geben, dass er eben gehen wollte.

Die Taverne war überfüllt und stank nach Bier. Die Alten hockten um das Feuer. Auf ein Fass gestützt, war Souter halb eingeschlafen. Der zottelige, ebenfalls betagte Schäferhund, der ausgestreckt im Durchgang lag, ließ einen Wind abgehen. Toms Schwermut verschlimmerte sich. Wo waren die Mädchen, wo die jungen Burschen? Wo waren Spaß und Gesang, eine Fiedler-Melodie, um das Blut in Wallung zu bringen? Wo waren all die Dinge, die die trostlosen, einsamen Stunden auf den Feldern, das frühe Aufstehen, die blutenden Blasen und die aufgeschlagenen Fersen rechtfertigten? Wo, dachte er, ist das Leben selbst? In Drennan vielleicht, aber nicht hier in dieser heruntergekommenen Hütte in dieser erbärmlichen kleinen Stadt.

»Verdammt!«, sagte er zu sich selbst, knallte den leeren Humpen auf den Tisch, schnappte sich seine Mütze und wandte sich zur Tür.

Einen Augenblick lang war er versucht, seine Schritte nach Drennan zu lenken. Vielleicht würde ja bei *Caddy Crawford's* die Hölle los sein und er mit offenen Armen empfangen werden. Möglicherweise würde ihm sogar Rose über den Weg laufen. Mit etwas Glück würde sie ihm dümmlich zulächeln und ihm sein ungehobeltes Benehmen verzeihen. Gegen jede Vernunft hoffte Tom sogar, dass sie sich in einer der verschneiten Gassen küssen würden und seine Liebe, seine Leidenschaft wieder hell auflodern würde.

Nicht eine Menschenseele war auf Hayes' verkümmerter Hauptstraße zu sehen. Regen tropfte aus der Wolkendecke und zerfurchte die Schneehaufen, die sich in den Gossen türmten. Das einzige Geräusch, das man hörte, war das Wasser, das in kleinen Rinnsalen unter dem Schnee vor sich hin sickerte.

Tom zögerte.

Vier Meilen hin und vier wieder zurück?

Für gar nichts, aller Voraussicht nach.

Tom schlenderte die Straße hinunter, die zu dem Weg nach Hawkshill führte. Er kam an der Schlachterei vorbei, die jetzt geschlossen war wie die Bäckerei; in der Saathandlung stand nichts als eine Kerze im Fenster; die Sattlerei – ebenfalls geschlossen – und das Zimmer darüber, Ort so vieler Fröhlichkeit, lagen dunkel wie die Nacht da.

Er erreichte die Ecke und sah zur Kirche hoch. Ihr schräges Dach war zum Teil verschneit, die stumpfe Turmspitze mit einer Schneehaube bedeckt, die wie Wachs wirkte, das auf einem Kerzenhalter getrocknet war. Der Friedhof wirkte trostlos mit seinen Grabsteinen, die aus zusammengeschrumpften Schneehügeln hervorragten. Tom stützte sich auf die Mauer und spähte hinüber zu den Gräbern; er suchte den Stein, der die Stelle kennzeichnete, an der sein Vater lag.

»Daddy?«, sagte er nicht sehr laut. »Daddy, bist du noch hier?«

Es kam keine Antwort – was darauf hinzudeuten schien, dass sein Vater weitergezogen oder, vermutlich eher, zu mürrisch war, um zu antworten. Auf einmal verlor Tom die Geduld mit seiner Fantasie, wandte sich ab und trat den Heimweg an.

Papa saß mit zurückgelegtem Kopf auf dem Stuhl im Salon und schlief mit offenem Mund. Rose fand, dass es kein allzu gemütlicher Stuhl war, aber andererseits war ihr Vater auch kein allzu gemütlicher Mann. Dennoch hatte er es geschafft, Arme und Beine an das Möbelstück anzupassen, und war nun völlig weggetreten, obwohl seine Schuhsohlen in der Hitze des Feuers zu dampfen begannen.

Lucas war bald nach dem Frühstück aufgebrochen. Heiligabend hin oder her, es war ein Tag gewesen, mit dem sie nichts Rechtes anzufangen wusste. In England geschahen nette Dinge.

Selbst die bescheidensten Häuser wurden mit Immergrün geschmückt, Hausherren und Dienstboten wünschten einander ein frohes Fest, Geschenke wurden getauscht, und am nächsten Tag würde es ein Festmahl, Tanz und Fröhlichkeit geben. In allen Kirchtürmen würden die Glocken läuten, und jedermann würde zur Kirche gehen, reichlich essen und trinken und ganz allgemein glücklich und zufrieden sein – was man von den Bewohnern von Drennan nicht behaupten konnte, für die es schon anstrengend genug war, sich auch nur zu einem Lächeln zu zwingen.

Rose ging der Gedanke durch den Kopf, dass das englische Weihnachtsfest, wie es in Büchern dargestellt wurde, vielleicht nicht unbedingt der Wirklichkeit entsprach, doch sie zog es vor, an die Fiktion zu glauben. Alles war besser als ein schottisches Neujahrsfest, das in Rose' Augen nichts weiter als eine Ausrede für ausschweifende Trinkgelage, aufgesetzte gute Laune und großspurige Reden über die angeborene Überlegenheit der Rasse war.

Den ganzen Nachmittag wanderte sie ruhelos durchs Haus, und erst bei Einbruch der Dämmerung wurde ihr allmählich bewusst, was ihr so zu schaffen machte und auf die Stimmung schlug. Dorothy hatte der Alltagstrott wieder eingeholt, Mrs. Prole hatte ihren Kampfgeist zurückgewonnen, und nachdem Lucas gegangen war, hatte Rose begonnen, über den Zustand der Nation nachzugrübeln, über den sie sehr wenig wusste, und über den Zustand ihres Herzens, der für sie ein noch größeres Rätsel war.

Da die Märkte geschlossen waren und die Fischerboote im Hafen festsaßen, hatte Mrs. Prole auf den Inhalt der Speisekammer zurückgreifen müssen. Sie hatte ein Gefäß mit eingemachten Kutteln zutage gefördert, das ekelhafte Zeug über Nacht eingeweicht und einen halben Tag lang gekocht. Jetzt war sie damit beschäftigt, den Kuhmagen in ein fürstliches Mahl zu verwandeln, indem sie großzügige Mengen gehackter Zwiebeln, ein bisschen verschrumpelten Sellerie und – ausgerechnet – einen Viertelliter saure Milch dazugab, während Dorothy die zähflüssige Masse im Topf mit einem Holzlöffel »aufrührte«, um es mit Mrs. Proles Worten auszudrücken.

Ein Taschentuch an die Nase gedrückt, schlenderte Rose in die Küche.

»Was ist denn mit dir los?« Mrs. Prole wandte sich um. »Sag mir nicht, dass bei dir ein Fieber im Anzug ist?«

»Nein«, antwortete Rose. »Ist das unser Abendessen?«

Grinsend tauchte Dorothy den Löffel in den Topf und holte ein triefendes Stück Kuhinnereien heraus, das Rose an einen alten Flanelllappen erinnerte.

»Es gibt nichts auszusetzen an einem schönen Teller Kutteln mit Zwiebeln«, sagte Mrs. Prole. »Dein Vater schwärmt sehr dafür. Und ich im Übrigen auch.«

»Nun, ich nicht«, erklärte Rose. »Ich werde mich mit einem Omelett bescheiden, vielen Dank, und einem kleinen Happen von dem gekochten Schinken.«

»Gekochter Schinken ist aus«, sagte Eunice Prole. »Und wenn du ein Omelett willst, dann kannst du dir selbst eines zubereiten.«

»Ich bin mir nicht sicher, ob ich weiß, wie man das macht.«

»Dann ist es höchste Zeit, dass du es lernst«, erwiderte Eunice Prole. »Wie willst du denn je in einer Küche zurechtkommen, wenn du nicht einmal Eier aufschlagen kannst?«

»In einer Küche zurechtkommen?«, fragte Rose. »Wieso sollte ich denn in einer Küche zurechtkommen wollen?«

»Wenn Sie verheiratet sind«, warf Dorothy ein, »dann kann ich Ihnen ein Omelett zubereiten.«

»Siehst du«, sagte Mrs. Prole, »Dorothy versteht es.«

»Versteht was?«

»Dass sich eine Frau in der Küche auskennen muss, wenn sie sich den Respekt ihrer Dienstboten zu verschaffen hofft. Das

Problem mit den jungen Männern heutzutage«, fuhr Eunice Prole fort, »ist, dass sie viel zu verhätschelt von ihren Müttern sind. Glaub mir, ein Mann wird dir im Schlafzimmer so manches nachsehen, doch am Essenstisch wird er keine Ausreden akzeptieren.«

»Loon sagt, ich werde eine großartige Köchin sein, und er wird mir zeigen, was ich im ...«

»Dorothy, halt den Mund!«, fuhr Rose sie an. Und an Eunice gewandt, sagte sie: »Soll ich das so auffassen, dass Sie mich darauf vorbereiten wollen, jemandes Ehefrau zu sein?«

Eunice Prole antwortete: »Ich bitte dich, Kind, wir haben doch alle Augen im Kopf. Es ist nur eine Frage der Zeit, bis Mr. Lucas Fergusson die Füße unter deinen Tisch streckt.«

»Wenn Sie glauben, dass ich auch nur das geringste Interesse daran habe, Lucas Fergusson zu heiraten, dann irren Sie sich leider«, erklärte Rose.

»Und warum«, fragte Eunice, »schmachtest du dann nach ihm?«

»Schmachten? Schmachte ich etwa? Natürlich schmachte ich nicht nach Lucas Fergusson.«

»Und nach wem schmachtest du dann?«, erkundigte sich Eunice.

»Nach niemandem.«

»Unsinn! Ich weiß es, wenn ich jemanden schmachten sehe.«

»Oh, Sie sind unmöglich!«, entfuhr es Rose. »Einfach unmöglich.« Sie winkte kurz mit dem Taschentuch und stolzierte davon, durch die Diele und weiter auf den Dachboden, wo der Schnee noch immer dick auf dem Fenstersims und die Temperatur kaum über dem Gefrierpunkt lag.

Als sie das Fenster hochschob, rutschte ein nasser kleiner Schneehaufen ins Zimmer. Rose zog den Ärmel herunter, wischte den Schneematsch beiseite und beugte sich hinaus in die feuchte Abendluft. Sie sah die Thimble Row hinunter zu dem kleinen

Ausschnitt der Market Street, wo sie und Lucas so viel Spaß gehabt hatten.

Sie, Rose, war schlauer gewesen, als gut für sie war. Ihre Finte hatte zu gut geklappt. Sie hatte Lucas unterhalten, war von ihm unterhalten worden und – ja – hatte ihn mit ein, zwei zögerlichen kleinen Küssen belohnt, die so ganz anders gewesen waren als die, die sie mit Tom Brodie getauscht hatte. Lucas' Küsse hatten ihren Lippen keine blauen Flecken zugefügt. Doch Rose war seltsam getröstet gewesen von Lucas' unbeholfenem Benehmen und bis zur Verlegenheit geschmeichelt, als er sie »sein Schneeglöckchen«, »seinen Blumenkohl«, »seine Osterglocke« und »seinen kleinen braunen Zaunkönig« genannt und ihr dabei ins Ohr gepustet hatte. Rose hatte sich nie als eines dieser Dinge gesehen, schon gar nicht als einen Blumenkohl, aber mit einem Schneeglöckchen und einem kleinen braunen Zaunkönig verglichen zu werden, das hatte ihr gefallen.

Nach dem Abendessen hatte Papa immer darauf bestanden, eine Partie Whist zu spielen, und sie hatte festgestellt, dass Lucas ein durchaus fähiger Partner war. Ihr Vater war eifrig bemüht gewesen, seinen Gast bei Laune zu halten, und hatte sie aufgefordert, die Harfe zu holen und zu singen. Rose hatte sich nicht zweimal bitten lassen. Sie hatte das ganze »Marmelade«-Lied gesungen, während Lukie zu ihrem Erstaunen leise mit eingestimmt und sich an jedes Wort erinnert hatte.

Heiligabend, Heiligabend! Rose streckte sich über den Fenstersims hinaus, hoffte halb, Lucas würde angesprungen kommen – und dann sah sie zu der Ecke, um die in jener stürmischen Herbstnacht vor nicht allzu langer Zeit Tom Brodie und sein Freund in den strömenden Regen davongaloppiert waren.

»Oh, Rose«, sagte sie laut. »Oh, Rose, du Närrin!« Und dann knallte sie das Fenster zu und stapfte die Treppe hinunter, um sich von Eunice zeigen zu lassen, wie man Eier aufschlug.

Tom war bei seiner Rückkehr aus Hayes nicht betrunken gewesen. Er hatte Janet angebrüllt, ihm ein Handtuch zu holen, und war sofort auf den Dachboden gestiegen, wo Henry gerade in eine trockene Hose und ein geflicktes altes Hemd schlüpfte. Betsy hatte die Brüder knurren hören und mit einem erneuten Streit beim Abendessen gerechnet.

Janet hatte ihr erzählt, Matthew Brodie hätte jedes Jahr an Heiligabend darauf bestanden, aus der Bibel vorzulesen, und sie alle um kurz vor Mitternacht auf dem Boden niederknien lassen. Dann hatte er ein Gebet zu Gott gesprochen und Ihm dafür gedankt, dass Er Seinen Sohn auf die Erde geschickt hatte, um die Menschen von ihren Sünden zu erlösen und ihnen, zumindest den Gerechten, einen Platz im Himmel zu versprechen.

»Ich frage mich, ob mein Daddy jetzt im Himmel ist«, sagte Janet. »Ob er zwischen den vielen Häusern des Herrn umherstreift, auf der Suche nach einem billigen Stück Land, das er pflügen kann.«

»Was ist mit ewiger Ruhe?«, schlug Betsy vor.

»Nicht für meinen Daddy«, antwortete Janet. »Nicht für ihn, niemals.«

Henry kam in die Küche herunter. Er fand eine der Tonpfeifen, die die Totenwache überlebt hatten, und stopfte sie mit Tabak aus einem Beutel. Als seine Mutter ihn fragte, ob er wisse, was Tom in Hayes getrieben hatte, zuckte er nur die Schultern. »Dort unten war alles wie ausgestorben, sagte Tom.«

»Dann hat er sich nicht mit seiner großen Liebe getroffen?«, erkundigte sich Janet.

»Ich glaube, er hat das Interesse an Miss Hewitt verloren«, antwortete Henry.

»Aber er würde sie doch nicht abweisen, oder?«

Henry stieß eine Rauchwolke aus. »Nein, meine Süße, das

würde er nicht. Ich bezweifle, dass er irgendein Mädchen abweisen würde, in der Laune, in der er im Augenblick ist.«

»Eine seiner Launen, ja?«, sagte Janet.

»Eine seiner Launen«, gab Henry ihr recht, und dann schlenderte er zum Kamin und spuckte etwas Tabaksaft zielsicher zwischen den Töpfen hindurch.

Etwas später ließ sich Tom blicken. Er hatte sich eine Flasche Rotwein unter den Arm geklemmt und hielt eine halb volle Flasche Brandy in der Hand. »Hier, Mädchen«, wandte er sich an Betsy, »kipp dir einen Schluck davon hinter die Binde!«

Betsy schüttelte den Kopf. »Keinen Brandy für mich, Tom, nicht vor dem Abendessen.«

»Oh, jetzt gibt sie sich ganz damenhaft, was? Ist es nicht erstaunlich, wie sehr ein paar Münzen in der Tasche einen Menschen verändern können?« Tom stellte den Brandy auf den Tisch und zog mit gespreizten Fingern den Korken fachmännisch aus dem Wein. »Trotzdem, auch wenn du kein Glas mit mir trinken willst, obliegt es mir, dir anlässlich des Weihnachtsfestes zu sagen, wie hinreißend du aussiehst mit deinem hübsch gekämmten Haar und dieser Schleife um den Hals.«

»Hinreißend?«, fragte Betsy. »Ich bin in meinem ganzen Leben noch nie ›hinreißend‹ genannt worden.«

»Und auch noch nie hingerissen worden, was?« Toms Humor war spröde, sein Blick hart. »Nun, meine Liebe, wenn du ›hinreißend‹ als Kompliment von einem Gentleman nicht annehmen willst, würdest du erröten, wenn ich dich ›ansehnlich‹ nennen würde?«

»Ansehnlich?« Henry schüttelte den Kopf. »Du brauchst dringend dein Abendessen, Thomas, wenn auch nur, um deinem Wortschatz Nahrung zu geben.«

»Findest du sie denn nicht ansehnlich, Henry? Sieh doch nur, wie sie den Kopf zurückwirft und wie heiß sie errötet.« Er hielt

Betsy an der Taille fest, bevor sie ihm entkommen konnte, zog sie an sich und kniff ihr mit Daumen und Zeigefinger in die Wange. »Kleine Rosen, kleine Rosen, siehst du, da?«, fragte er, und vielleicht hätte er noch mehr gesagt, wenn seine Mutter ihm nicht mit einem Löffel einen kräftigen Schlag auf den Hinterkopf gegeben hätte.

»Wenn du anfängst, sternhagelvoll im Haus herumzukrakeelen«, warnte Agnes ihn, »dann werde ich jede einzelne dieser Flaschen zerschlagen, die du dort oben versteckt hast.«

»Oooh«, sagte Henry, »Sie hat deinen Vorrat gefunden, Tom.«

Agnes nickte. »Aye, und die Flaschen im Pferdestall auch. Wie viele genau hast du Mr. McCaskie eigentlich gestohlen?«

»Oh, nein, nein«, widersprach Tom ohne jede Zerknirschung. »Ich bin vielleicht ein Dieb, Mam, wie ihr anderen auch, aber ich bestehle nur die Krone, nicht die Hand, die uns füttert. Der Brandy ist der Rest von Daddys Totenwache, und den Rotwein habe ich vom Junggesellen-Club mitgebracht, gekauft und bezahlt.«

Der Tisch war bereits mit Schüsseln, Löffeln und Gabeln gedeckt. Agnes kniete neben dem Feuer und rührte in einem deftigen Rindfleisch-Eintopf, der um diese magere Jahreszeit eine unvorstellbare Köstlichkeit war. Auf einen Stuhl gestützt, mit einem Nähkorb zu ihren Füßen und einer Nadel, die sie immer wieder im Mund hielt, suchte Janet eine ausgefranste Naht an einem zerschlissenen Unterrock und nähte sie sorgfältig wieder zusammen.

»Und was ist mit dem Whisky?«, wollte Janet wissen. »Woher hast du den Whisky?«

»Du hast mir also auch nachspioniert?«, stellte Tom fest.

»Der Whisky gehört mir«, schaltete sich Henry ein. »Es ist nur ein kleiner Krug, falls du denkst, dass ich ebenfalls dabei bin, vor die Hunde zu gehen.«

»Ebenfalls?«, fragte Tom.

»Auch«, sagte Henry.

Tom zog sich einen Stuhl heran und setzte sich rittlings darauf. Er wippte darauf wie auf einem Schaukelpferd und rutschte immer näher an Henry heran, der an seiner Pfeife zog und den Kopf seines Bruders absichtlich in eine Rauchwolke hüllte. »Grammatikalisch korrekt, wenn auch nicht inhaltlich«, sagte Tom. »Aber sag mir, Mann, hältst du mich wirklich für einen Trunkenbold, mit dem es ein schlimmes Ende nehmen wird, jetzt, da wir Reichtümer hinter unseren Träumen von Habgier haben?«

»Jenseits«, erwiderte Henry, »jenseits unserer Träume von Habgier; eine hübsche Redewendung, geprägt von Dr. Johnson, wie ich meine.«

»Ich bekenne mich zu meinem Fehler«, räumte Tom ein. »Aber wenn wir schon Haarspaltereien betreiben, wie würdest du das Wort ›tugendhaft‹ definieren?«

»Ich muss es gewiss nicht definieren, wenn ich so viele seiner Bedeutungen erfülle. Bin ich in deinen Augen denn nicht die Tugendhaftigkeit in Person, Tom?«

»Aye, Mann, das bist du.«

»Nüchtern, keusch und arbeitsam?«

»Hochnäsig, eingebildet und selbstgerecht«, erwiderte Tom.

»Betsy«, sagte Agnes scharf. »Hilf mir, den Topf an den Tisch zu tragen!«

»Warte, Betsy«, meinte Tom. »Lass dich von meinem tugendhaften Bruder einmal ansehen.«

»Sei nicht albern, Tom!«, sagte Henry. »Lass das Mädchen das Essen auftragen! Ich bin am Verhungern.«

»Nein, nein«, widersprach Tom. »Gib uns deine Einschätzung von unserer Betsy hier! Sag mir, was ein Tugendbold wie du wirklich von ihr hält.«

»Herrgott noch mal, Tom!«, rief Henry aus.

»Lasst Betsy in Frieden«, befahl Agnes, beharrte aber nicht darauf.

»Antworte mir, Henry!«, forderte Tom. »Antworte mir, wenn du dich traust!«

»Betsy ist die beste Arbeiterin ...«

»Ha!« Tom schlug sich aufs Knie. »Ich wusste, dass du das sagen würdest.«

»Die beste Arbeiterin und eine äußerst angenehme Gesellschaft«, ergänzte Henry.

»Angenehme Gesellschaft«, wiederholte Tom. »Ah, jetzt kommen wir der Sache schon näher. Siehst du, Betsy, wie er sich langsam an die Wahrheit heranschleicht? Du bist verliebt in das Mädchen, Henry, habe ich recht? Komm schon, sei wenigstens Manns genug, es zuzugeben.«

»Hört auf. Bitte hört auf!«, flehte Betsy.

»Ich habe großen Respekt vor Betsy«, erklärte Henry. »Großen Respekt.«

»Tugendbold!«

»Und ... und empfinde Zuneigung für sie.«

»Sie ist eine Magd, Mann, eine einfache Magd«, sagte Tom. »Bei Gott, Sir, ein Bursche in deiner Position sollte sich nicht in eine Bauernmagd vernarren.«

Henry klopfte sorgfältig den Tabakrest aus seiner Pfeife und legte sie auf das Regal über dem Kamin. Seine Miene war ausdruckslos, seine Bewegungen anmutig. Er ging um den Stuhl seiner Schwester. Tom beobachtete ihn argwöhnisch. Henry streifte Betsy und berührte sanft ihren Arm, dann trat er an den Tisch. Er zog sich seinem Bruder gegenüber einen Stuhl heran, griff nach der Brandyflasche und einem Glas und schenkte sich einen großzügigen Schluck des feurigen Getränks ein.

»Schon besser, Kumpel«, sagte Tom. »Ein bisschen angetrunkener Mut wird dir guttun.«

Mit einem Zeigefinger schob Henry das Glas über den Tisch. »Hier«, sagte er leise. »Trink das, Tom! Trink es aus und zeig uns, was für ein Prachtkerl du bist, denn *du* wirst allen Mut brauchen, den du aufbringen kannst, wenn du Miss Betsy McBride auch nur ein einziges Mal je wieder beleidigen solltest.«

»Oh, verstehe«, erwiderte Tom vorsichtig. »Und was, wenn ich es – sagen wir, versehentlich – doch tue?«

»Dann werde ich dich zusammenschlagen«, antwortete Henry. »Ich werde dich zusammenschlagen, ob betrunken oder nüchtern, bis du nicht mehr aufstehen kannst.«

Einen Augenblick lang schien es, als wollte Tom aufspringen und seinen Bruder an der Kehle packen, doch dann schlug seine Stimmung wie eine vorüberziehende Wolke auf einmal um. Er lehnte sich zurück und lachte. »Ach, Henry«, sagte er. »Verstehst du denn nicht? Ich bringe unserer Miss McBride ebenso viel Respekt – aye, und ebenso viel Zuneigung – entgegen wie du. Und dennoch, dennoch ...« Er griff nach dem Glas. »Nichts liegt mir ferner, als guten Brandy verkommen zu lassen. Willst du nicht einen Schluck mit mir trinken, Betsy? Es ist mehr als genug für uns zwei, da mein Bruder offenbar entschlossen ist, nüchtern zu bleiben.«

Er hob das Glas und schaute sie an. Die boshafte, berechnende Härte war aus seinem Blick gewichen. »Trink mit mir, meine Liebe, und lass uns zusammen fröhlich sein, so fröhlich, wie es Leute in unserer Lebenslage nur sein können!«

Da begriff sie, was er vorhatte, und sie fragte sich, wie er es anstellen würde, wie er sie von den anderen trennen würde.

»Betsy?« Er hielt ihr das Glas hin.

»Nein«, sagte sie schließlich, »nein.« Und dann sah sie mit einem leichten Schaudern zu, wie er das Glas leerte.

Vollgestopft mit Rindfleisch und Rotwein, nickte Janet bald nach dem Abendessen auf ihrem Nähstuhl ein. Sie schlief in einer eleganten Pose, die Knie aneinandergepresst, die Hände im Schoß gefaltet, während ihr das helle Haar in die Stirn fiel. Janet schnarchte nicht, aber von Zeit zu Zeit stieß sie ein unsicheres leises Wimmern aus, als träumte sie, dass sie verfolgt wurde, und könnte sich nicht entscheiden, ob sie geschnappt werden wollte oder nicht.

Von Conns Geld hatten sie sich ein schönes Weihnachtsessen leisten können, und als Henry einen Toast auf ihren irischen Wohltäter ausbrachte, stimmte sogar Tom ohne Genörgel mit ein. Betsy hatte den Verdacht, dass Tom sich so rasch wie möglich betrinken oder vielleicht einen Zustand vortäuschen wollte, in dem jeder Unsinn, den er trieb, und jede rüde Bemerkung auf das Teufelszeug zurückgeführt werden konnte. Aber es war nicht der Teufel in der Flasche, der Betsy ängstigte, sondern der Teufel in dem Mann. Tom stierte sie nicht an, starrte ihr nicht auf die Brüste und unternahm keinen Versuch, sie zu berühren. Dennoch wusste sie, dass er sie begehrte.

Um zehn Uhr zog sich Agnes zum Schlafen hinter den Vorhang zurück. Um fünf nach zehn wachte Janet auf, stolperte ins Hinterzimmer und schloss die Tür, vielleicht um in Ruhe ihrem Traum nachzujagen. Ein paar Minuten später legte Henry seine Pfeife beiseite, gähnte und ging hinaus, um sich zu erleichtern, während Tom mit ausgestreckten Beinen auf dem kippelnden Stuhl saß und Betsy unverhohlen musterte.

»Nun, Mädchen«, sagte er, »ist es für dich auch Schlafenszeit, oder wirst du noch eine Weile aufbleiben und mir Gesellschaft leisten?«

»Sind Sie denn gar nicht müde?«

»Nein.«

»Werden Sie die Flasche noch austrinken?«

»Nein, sie schläft schon. Ich werde sie nicht stören.«

»Wozu bleiben Sie dann noch auf, Tom? Wollen Sie Weihnachten willkommen heißen?«

»Weihnachten hat kein Willkommen von mir verdient«, antwortete er. »Neujahr, das ist die Zeit zum Feiern, wenn man all seine Sünden hinter sich lässt und einen neuen Anfang macht.«

»Was erhoffen Sie sich denn vom neuen Jahr?«, fragte Betsy.

»Besseres Wetter und eine reiche Ernte«, erklärte Tom. »Aye, ich weiß, Henry denkt, dass ich mir meinen Anteil an Conns Gewinnen nur hinter die Binde gießen werde, doch ich habe mehr Interesse an Hawkshill, als du dir vielleicht vorstellst.«

Henry kam wieder in die Küche. »Hast du schon wieder meinen Namen in den Schmutz gezogen, Thomas?«

»Wir reden vom kommenden Jahr«, sagte Tom. »Von unseren Plänen für die Zukunft.«

»Plänen?«, hakte Henry nach. »Was denn für Plänen?«

»Wann die beste Zeit ist, um die Wiese zu kalken, und ob wir ein paar zusätzliche Arbeitskräfte einstellen können, um den Sumpf um den See trockenzulegen«, erwiderte Tom. »Und die Frage, ob wir im Frühjahr junges Vieh kaufen oder lieber die Schafherde vergrößern sollten, muss auch noch erörtert werden. Was meinst du, Henry?«

Sein Bruder schüttelte den Kopf. Er konnte vor Müdigkeit kaum noch die Augen offen halten. Henry schloss die Tür, verriegelte sie und drückte Betsy als Gutenachtgruß die Schulter. Sie sah zu ihm hoch und lächelte.

»Gute Nacht, Henry«, sagte sie. »Schlafen Sie gut!«

»Aye, Mädchen, du auch.«

Betsy schaute ihm nach, wie er auf die Leiter zum Dachboden zuging. Sie wartete darauf, dass er, eine Hand auf der Sprosse, noch einmal innehalten und zu ihr und Tom zurücksehen würde, es sich dann anders überlegen und sich wieder zu ihnen in die Küche setzen würde. Aber das geschah nicht. Henry kletterte die

Leiter hoch und schloss die Luke, ohne sich noch einmal umzusehen.

Sie hatte ihren Beschützer verloren. Vielleicht hatte sie ihn nicht verloren, sondern vielmehr weggestoßen.

Jetzt war sie allein mit Tom – aber mit welchem Tom: dem kühlen, grüblerischen, undurchschaubaren Tom – oder dem anderen, dem groben und großspurigen, der sie ohne Gewissen nehmen würde? Nicht, dass es ihr gleichgültig war, das war es durchaus nicht. Denn die Sehnsucht, Tom Brodies Aufmerksamkeit zu gewinnen, hatte sie überhaupt erst nach Hawkshill geführt, und die Hoffnung, er könnte sich in sie verlieben, hatte sie hier ausharren lassen.

Als er sie zu sich winkte, ging sie hinüber. Sie blieb vor ihm stehen, während er ihr Gesäß umfasste und sie zwischen seine Knie zog. Sie war weder entgegenkommend noch abweisend; ein kleiner Teil von ihr stand abseits, wie ein Schatten, als gehörte ihr Körper gar nicht ihr. Tom löste die Schleife an ihrem Hals, öffnete den Knopf oben an ihrem Rock und schnürte die Bänder darunter auf. Er umfasste ihre Brüste und führte sie an seinen Mund. Anders als der alte Johnny tat er ihr nicht weh und biss sie nicht. Mit der Zungenspitze glitt er um ihre Brustwarzen und sah zu ihr hoch, als wollte er den Augenblick abpassen, in dem sie sich völlig hingeben würde.

Im Stall schnaubte ein Pferd. Hinter dem sackleinenen Vorhang stöhnte Agnes Brodie und rollte sich auf die andere Seite. Henrys Schritte knarrten über ihnen auf dem Dachboden. Das Bettgestell knirschte, als er sich hineinfallen ließ.

Tom glitt mit einer Hand unter ihre Röcke. Als er sie hochschlug, spürte Betsy seinen harten Körper an ihrem Bauch. Er küsste und streichelte sie und fand sie mit seinen Fingern. Sie war geschwollen und feucht. Seine Hand war verborgen, sein Handgelenk in ihrem Unterrock gefangen. Sie wiegte die Hüften und schob sich auf seine Finger.

»Nicht hier, Betsy«, sagte er. »Nicht hier.«

Einen Augenblick lang dachte sie, sie sei ihm nicht genug, sie hätte ihn enttäuscht. Betsy ließ sich von Tom aufrichten, der vornübergebeugt dasaß. Sein Atem ging in kurzen, abgehackten, eindringlichen Zügen. Er stand auf, schlich durch die Küche und tastete auf dem Regal nach einer Kerze und einer verbeulten Blechlaterne. Mit einem Wachsspan entfachte er die Kerze und steckte sie in die Laterne, danach nahm er Betsy bei der Hand und zog sie zur Tür. Er hielt kurz inne, um seinen Mantel vom Haken zu nehmen und ihn sich über die Schulter zu werfen, dann schob er, die Laterne in einer Hand, den Riegel zurück, öffnete die Tür und führte Betsy in den Hof hinaus.

Die Luft war kalt auf ihren Wangen und Brüsten. Sie eilten über den Hof wie an jenem Herbsttag, an dem sie zum ersten Mal hierhergekommen war. Betsy lief Tom voraus in die Scheune. Ein leises Rascheln kam aus dem Heu, als Mäuse, Ratten und Katzen bei ihrer nächtlichen Futtersuche gestört wurden und davonhuschten. Die hohe, stoppelige Wand aus Stroh, die von zu vielen Händen, die sich an ihr zu schaffen machten, gelockert war, ragte in der Dunkelheit auf und schimmerte im Laternenlicht.

Tom stellte die Laterne auf dem Boden ab, griff in die Wand aus Stroh und zog einen Arm voll heraus. Er verstreute es auf dem Boden und warf seinen Mantel darüber. Tom nahm Betsy nicht in seine Arme und küsste sie auch nicht. Er drückte sie auf den Mantel. Sie lag da und sah zu, wie er den Knopf an seiner Hose öffnete und die Bänder schnalzen ließ. Er war hager und behaart, und sein Gesicht wirkte in dem Licht, das von unten darauf schien, grimmig. Betsy raffte ihre Röcke. Sie spreizte die Beine, so weit sie konnte, sah, wie Tom die Faust schloss und sich selbst berührte, einmal, zweimal und schließlich, mit einem Nicken, ein drittes Mal.

Und dann fiel er wie ein Wolf über sie her, und sie schloss die Augen.

20

Drei Tage vor Silvester trafen sich die Hewitts und die Fergussons im Vorraum der Gemeindekirche in Drennan. Die Leute in den Kirchenbänken nickten einander vor dem Gottesdienst zu, und während der langen, anstrengenden Predigt über gute Vorsätze und Erlösung tauschten der Fergusson-Junge und das Hewitt-Mädchen Blicke – Blicke, die sich nach der überheblichen Ansicht des Pfarrers für diesen Anlass nicht geziemten.

Rose hatte viel Zeit damit verbracht, an ihren Haaren herumzubasteln. Auch Lucas hatte einige Aufmerksamkeit auf seine Frisur verwandt, auf die Krawatte, das Seidentaschentuch und den Malacca-Gehstock aber letztendlich verzichtet und sich anstelle der Ziegenlederhandschuhe für ein Paar wollene Fäustlinge entschieden, mit denen er nicht so sehr wie ein Schuljunge, sondern vielmehr wie ein Pensionär aussah. Er trug jedoch noch immer den hohen Hut, und als er durch die Pforte der Kirche trat und vor Rose stehen blieb, verbeugte er sich und ließ den Hut auf die Steinfliesen fallen.

Lukie wird immer etwas von einem Clown an sich haben, dachte Rose, doch sie konnte nicht umhin, das Licht zu sehen, das in seinen Augen glänzte, ein Licht, das von Liebe sprach, durchaus schlicht und durchaus ergreifend. »Lucas? Geht es dir gut?«

»Aye, Rosie. Und dir – geht es dir gut?«

»Sehr gut, danke.«

»Kein Fieber?«

»Nein, kein Fieber.«

»Ich auch nicht.«

»Oh, das ist gut, sehr gut.«

»Kannst du ein paar Schritte gehen?«, fragte er.

»Ich *kann* ein paar Schritte gehen«, sagte Rose, »und ich *werde* ein paar Schritte gehen, wenn du es wünschst?«

»Aye, ich wünsche es mir.«

»Wie weit möchtest du denn mit mir gehen, Lukie?«

Er zögerte und versuchte, so vermutete Rose, sich der Antwort zu entsinnen, die er sich aller Wahrscheinlichkeit nach schon zurechtgelegt hatte. »Bis zum ... bis zum Ende der Welt.«

Sie bot ihm den Arm. »Bis zum Ende der Thimble Row wird fürs Erste genügen«, erwiderte sie. »Ich glaube, du bist zum Tee bei uns eingeladen.«

»Tee?«

»Und Kuchen«, sagte Rosie.

»Oh, Kuchen!«, rief Lucas. »Lecker, lecker!«

Sie brauchte einen Augenblick, um zu begreifen, dass er sich über sich selbst lustig machte, was etwas war, zu dem Tom Brodie sich niemals würde hinreißen lassen.

Die beiden gingen zwischen der versammelten Gemeinde neben der Pforte hindurch und den rissigen Gehsteig hinunter in Richtung Market Street. Rose war bewusst, dass sich Nancy Ames irgendwo in der Menge aufhielt – und zweifellos mit ihren hässlichen Zähnen knirschte – und dass Papa und Mrs. Prole sich in Mr. Fergussons Kutsche zwängen und bald winkend an ihnen vorbeirollen würden. Aber Lucas und sie waren zu sehr mit sich beschäftigt, um auf die vorbeiziehende Menge rings um sie zu achten oder zu bemerken, dass an der Mauer von Caddy Crawfords Taverne die alte Hexe, Tassie Landles, lehnte und sie nicht aus den Augen ließ.

Tom hatte sie zweimal genommen, einmal schnell und dann ein zweites Mal mit langsamen, ruckartigen Bewegungen des Gesäßes; er hatte sie von dem Mantel hochgerissen und gegen die Wand aus losem Stroh gedrückt. Die ganze Zeit hatte er nicht gesprochen, und kränkenderweise hatte er auch seitdem kaum ein Wort mit ihr gewechselt. Selbst im düsteren Licht des Morgens danach – des Weihnachtsmorgens – brachte er es kaum über sich, ihr ein frohes Fest zu wünschen, und hatte sie seitdem gänzlich gemieden oder ignoriert.

Betsy hatte die Wildheit, mit der er sie genommen hatte und die weit entfernt von dem Gefummel des alten John Rankine gewesen war, aufgewühlt. Sie hatte sich in dem Augenblick zu sehr hinreißen lassen, um Tom richtig einzuschätzen. Als Betsy später darüber nachdachte – und sie dachte an kaum etwas anderes –, fand sie, dass er sie ohne eine Spur von Wärme genommen hatte. Für Tom Brodie, dachte sie, hätte ich jedes beliebige Mädchen sein können.

In dem beengten Cottage war es unmöglich, Toms feindselige Haltung vor der Familie zu verbergen. Betsy konnte sich nur mit größter Mühe beherrschen, an Henrys Schulter zu schluchzen oder mit der Wahrheit herauszuplatzen, als Agnes sie fragte:

»Was hat er denn angestellt, Liebes? Warum ist er so gekränkt?«

Zur Antwort hatte Betsy nur die Hände gehoben, die Augen weit aufgerissen und den Kopf geschüttelt, als wäre der Grund für Toms fürchterliche Laune ihr selbst ebenso rätselhaft wie allen anderen.

Am Sonntagmorgen ging Tom Brodie in aller Frühe und allein zur Kirche in Hayes.

Obwohl die mannshohen Schneeverwehungen etwas geschrumpft waren, türmten sie sich immer noch hoch genug, um den Weg für Wagen unpassierbar zu machen. Agnes wurde von Henry und Betsy gestützt, damit sie nicht ausrutschte und sich die Knochen brach, während Janet ein paar Schritte vorauslief, um sie vor vereisten Stellen zu warnen. Erst als sie die alte Zollstraße erreichten, fühlte sich Agnes sicher genug, um Arm in Arm mit ihrer Tochter zu gehen, und Henry und Betsy, die sich ein Stück zurückfallen ließen, hatten etwas Zeit allein.

»Komm schon, Betsy«, meinte Henry leise, »sag mir, was dich bedrückt!«

»Nichts. Es geht mir gut.«

»Nein, das stimmt nicht«, widersprach Henry. »Was war zwischen dir und Tom an Heiligabend?«

»Nichts, ich schwöre es.«

»Lüg mich nicht an, Betsy. Hat er sich dir aufgezwungen?«

»Nein«, antwortete Betsy, denn das war die Wahrheit.

»Tom sagt alle möglichen Dinge, wenn er getrunken hat«, erwiderte Henry. »Dinge, die er nicht wirklich so meint.«

»Gott!«, entfuhr es Betsy. »Gibt es kein anderes Thema als Tom?«

»Daddys Tod hat ihn sehr mitgenommen.«

»Er war auch Ihr Daddy.«

»Ja«, sagte Henry. »Aber für Tom ist es etwas anderes.«

»Warum müssen Sie ihn in Schutz nehmen?«

»Weil er ... ich weiß nicht ... so zerbrechlich ist.«

»Zerbrechlich!«, rief Betsy so laut, dass Agnes sich zu ihr umwandte. Sie dämpfte die Stimme. »Wenn er so zerbrechlich ist, wie Sie sagen, warum setzt er dann immer seinen Kopf durch? Und warum verfällt er, wenn er seinen Willen ein Mal nicht bekommt, in eine düstere Stimmung, als hätte sich die ganze Welt gegen ihn verschworen?«

»Ich weiß es nicht«, räumte Henry ein. »Das ist das Rätselhafte.«

»Wenn Sie mich fragen«, sagte Betsy, »ist er egoistisch und verzogen.«

»Von ihm wurde zu viel verlangt ... zu viel erwartet.«

»Ist es das, was seinem Daddy das Herz gebrochen hat?«

»Oh, das ist hart, Betsy, sehr hart.«

Sie beschleunigte ihre Schritte und ging ein paar Meter voran, aber Henry hatte sie bald eingeholt. Er hakte sie bei sich unter, und Betsy besaß nicht die Frechheit, sich ihm zu widersetzen. Außerdem war die Kirche jetzt schon zu sehen, und noch andere Leute waren auf der Straße unterwegs. In ein paar Minuten würden sie zu der sonntäglichen Gemeinde stoßen, und sie, Betsy, würde für eine Weile sicher vor Henrys bohrenden Fragen sein.

»Mädchen«, sagte er, »würdest du mir bitte eine einzige aufrichtige Antwort geben, und dann werde ich dich nicht länger mit meiner Neugier belästigen?«

»Eine Antwort, Henry, nicht mehr.«

»Hat Tom dich gebeten, ihn zu heiraten?«

Betsy war von der Frage völlig überrumpelt. »*Mich* zu heiraten? Tom denkt nicht daran, mich zu heiraten.«

»Hast du ihn abgewiesen?«

»Nein«, sagte Betsy.

»Tom hat dich *nicht* gebeten, ihn zu heiraten?«

»*Nein.*«

»Nun ja.« Henry tätschelte ihren Arm. »Nun ja, wenn es nicht das ist ...«

»Es muss etwas anderes sein«, erwiderte Betsy und rief ihrem Daddy einen Gruß zu, der neben der Friedhofspforte wartete, um ihr ein hübsches kleines Schmuckstück als vorgezogenes Neujahrsgeschenk zu überreichen.

Die Fryes und all ihre Dienstboten waren angetreten, um sich an Mr. Turbots düsterer Verabschiedung des alten Jahres zu erbauen, und trotz des Wetters war die kleine Kirche in Hayes fast zum

Bersten gefüllt. Peters Bruder David war aus Edinburgh nach Hause gekommen, und seine Schwestern und ihre Ehemänner und Kinder füllten die Bänke der Anwaltsfamilie. Eine Handvoll Dienstmädchen und Hausburschen hingegen, die sichtlich verärgert darüber waren, Schulter an Schulter mit dem Bauernvolk sitzen zu müssen, nahmen auf der Empore Platz.

Tom war dem großen Gedränge zuvorgekommen und hatte sich früh genug eingefunden, um sich einen Platz genau hinter der Loge des Grundbesitzers zu sichern. Er musste unbedingt mit Peter reden und konnte nicht mehr bis zum nächsten Treffen des Junggesellen-Clubs damit warten. Zum Glück entdeckte der Freund ihn und ergatterte einen Randplatz in der Loge seines Vaters. Mit einem Neffen und zwei kleinen, zappeligen Nichten neben sich gelang es ihm, während des Gottesdienstes ein, zwei Worte mit seinem Farmerfreund zu wechseln und nach dem Schlusssegen den Klauen seiner Familie lange genug zu entkommen, um Tom auf dem Kiesplatz zwischen Kirche und Friedhof zu treffen.

An diesem Sonntag waren die Unterschiede zwischen den beiden Männern so offensichtlich wie nie zuvor. Peter war wie ein Gentleman gekleidet und Tom wie ein verarmter Farmer. Er hatte kein Band im Haar, keinen Glanz auf den Stiefeln, und sein Gang ließ allen Stolz vermissen. Als Peter Frye um die Ecke bog, nahm Tom den Hut ab und hielt ihn mit beiden Händen wie ein Bittsteller.

»Großer Gott, Tom! Du siehst fürchterlich aus. Hast du wieder einmal zu tief ins Glas geschaut?«

»Nicht tief genug«, antwortete Tom grimmig. »Ich habe schon genug Ärger am Hals, auch ohne mir mit Trinken noch mehr einzuhandeln.«

»Geht es wieder ums Geld?«

»Nein, nicht ums Geld. Nicht nur ums Geld.«

»Dann muss es mit einer Frau zusammenhängen«, sagte Peter. »Vielleicht um Miss Hewitt?«

»Hast du sie in letzter Zeit gesehen?«, fragte Tom.

»Keine Spur.«

»Ich auch nicht.«

»Soll ich dir bei einer erneuten Fensterkletterei das Geleit geben?«, wollte Peter wissen. »Eine Neujahrsüberraschung für die Dame vielleicht?«

»Diesen Unsinn haben wir längst hinter uns gelassen«, entgegnete Tom. »Aus irgendeinem kleinlichen Grund grollt sie mir. Offen gestanden, Peter, bin ich geneigt, mich andernorts nach einer Ehefrau umzusehen.«

»Einer Ehefrau?«

»Es ist an der Zeit, dass ich sesshaft werde«, sagte Tom. »Jetzt, da mein Vater nicht mehr ist, habe ich Verpflichtungen geerbt, die ich nicht ignorieren kann, und bald werde ich eine treue und zuverlässige Ehefrau brauchen, die in den Stürmen des Lebens zu mir steht.«

»Den Stürmen des Lebens?«, fragte Peter. »Wirklich?«

»Meinst du, ich sollte heiraten?«

»Nun, ich ... ganz ehrlich, Tom, ich weiß nicht, was ich dir antworten soll. Hast du eine bestimmte Kandidatin ins Auge gefasst?«

»Betsy McBride.«

»Euer Milchmädchen?«

»Unsere Magd.«

Peter zögerte. »Nun, du wärst nicht der erste Farmer, der eine Magd heiratet – weiß Gott nicht –, und die betreffende junge Dame ist gewiss hübsch anzusehen. Sag mir, Tom, hast du in der Hinsicht schon einmal vorgefühlt?«

»Aye«, räumte Tom widerstrebend ein. »Das habe ich.«

»Und war sie ... befriedigend?«

»Das war sie.«

»Hat sie ein Kind?«, sagte Peter.

»Gott, nein! Zumindest habe ich nichts dergleichen gehört.«

»Hast du dem Mädchen gegenüber deine Absichten irgendwie angedeutet?«, erkundigte sich Peter. »Außer dass du sie gemäht hast, meine ich?«

»Nein.«

»Ist sie in dich verliebt, was denkst du?«

»Oh, ja«, sagte Tom. »Das ist sie. Warum sollte sie es nicht sein?«

»Warum nicht, in der Tat?«, stimmte Peter zu. »Hör zu, Tom, ich muss dich jetzt allein lassen. Mein Vater wird jeden Augenblick Späher ausschicken, und ich habe familiäre Verpflichtungen, denen ich gewissenhaft nachkommen muss.«

»Die Familie zuerst, was? Stets die Familie zuerst?«

»Lass uns bald nach Neujahr ein Treffen vereinbaren«, schlug Peter vor, »wenn wir Zeit haben, die Angelegenheit mit all ihren Konsequenzen ausführlicher zu besprechen.«

»Aye«, sagte Tom. »Nach Neujahr.«

Peter schlug dem Freund einmal sanft mit der Faust auf die Schulter. »Sei bis dahin vorsichtig, Tom, ich flehe dich an! Überstürze nichts!«

»Das würde ich niemals tun«, sagte Tom.

Eine schwere See toste am letzten Morgen des Jahres. Es kostete Conn viel Zeit, das Boot in Port Cedric auf den Strand zu setzen, und seine ganze Kraft, es über die Gezeitenmarke zu schleppen. Verzweiflung, kein tollkühner Mut, hatte ihn dazu getrieben, die Überfahrt von der Isle of Man in einem solch kleinen Boot zu wagen. Wenn er den Wind nicht im Rücken gehabt hätte, wäre er in den Gegenströmungen um den Mull of Galloway gewiss untergegangen. Aber so hatte Conn anhand des Sternenlichts und seines Kompasses gesteuert, und als im Osten die erste Morgendämmerung den Himmel erhellt hatte, hatte er die Flut genutzt, die rasch in die Förde strömte.

Er hatte einen Tag und eine Nacht hinter sich, die er am liebsten vergessen wollte – einen Tag und eine Nacht, in denen der gesamte Aufbau seines »Geschäftes« bis zum Äußersten strapaziert worden war, und nur rasches Überlegen und ein schnelles Pferd hatten ihn davor bewahrt, den Steuerbeamten in die Hände zu fallen.

Ein abgelegenes Fischer-Cottage sechs Meilen nördlich von Ramsey war fast fünf Jahre Conns Unterschlupf gewesen. Er hatte seine Mutter aus Irland hergeholt und dort einquartiert. Seine Schwester und ihr Mann lebten keine drei Meilen entfernt. Und dort hatte er sein Geld verstaut, in einer alten Seemannskiste, die nach den Worten seiner Mutter einmal Black Dog Donaldson gehört hatte, jenem berüchtigten Piraten, auch wenn Conn den Wahrheitsgehalt dieser Geschichte anzweifelte. Aber er hatte nicht nur Geld opfern müssen, um seine Flucht zu bewerkstelligen, sondern auch sechs große Fässer mit unverdünntem Brandy, die der Kapitän des holländischen Handelsschiffs *Rentier* eine Woche vor Weihnachten entladen hatte.

Die Isle of Man, nicht Nantes, war Conns Lager. Die lange Seereise zu der Stadt an der Loire – oder irgendeinem anderen europäischen Hafen – nahm er heutzutage nur noch selten auf sich. Sein Vater hatte die Handelskette ursprünglich aufgebaut. Conn hatte sie gesichert, indem er die Söhne und Enkel der ehemaligen Sklavenhändler für sich gewann, mit denen sein Vater fünfunddreißig oder vierzig Jahre zuvor Geschäfte gemacht hatte. Er hatte einen lukrativen Markt in Schottland erschlossen, wo großer Unmut über König George und seine »englischen« Steuern herrschte. Ganz gleich, was für dumme Geschichten seine Cousine Betsy und ihre Freundinnen glauben mochten, er hatte keine Ehefrau, keine Kinder und kein Kissen, auf das er sein Haupt betten konnte, nur Black Dog Donaldsons uralte Seemannskiste und das Silber, das sie enthielt. Und soweit Conn wusste, war die Kiste jetzt in den Händen des Kapitäns des Zollkutters *Wachmann*, zusammen mit sechs Fässern mit unverdünntem Schnaps.

Es war Essenszeit, als Conn in das Cottage auf Hawkshill stolperte.

»Conn! Mein Gott, Mann, was führt dich denn hierher?«, rief Tom.

Der Ire wirkte irgendwie kleiner als sonst. Hose, Stiefel und Ziegenlederweste waren fleckig vom Salzwasser, sein Haar verfilzt vom Sand. Er fand mit letzter Kraft den Stuhl, den Janet für ihn herangezogen hatte, dann schlug er alle Würde in den Wind, brach am Tisch zusammen und stützte den Kopf in beide Hände.

»Erledigt«, stöhnte Conn. »Ich bin erledigt.«

»Was ist denn los?« Betsy legte einen Arm um ihn. »Nun sag schon, bitte, was ist denn passiert?«

»Alles«, stöhnte Conn. »Sie haben mir alles genommen.«

»Wer denn?«, fragte Henry. »Die Steuer?«

»Aye, die Steuer. Irgendein Schuft hat mich verraten.«

»Großer Gott, Mann!«, sagte Henry. »Sind die Beamten dir hierher gefolgt? Werden wir alle verhaftet werden?«

»Wir haben nichts zu verbergen«, erklärte Betsy. »Oder?«

»Nur ihn«, sagte Tom zu ihr. »Wir sollten ihn von hier wegschaffen.«

Conn stützte sich auf einen Ellenbogen auf. »Es gibt keinen Grund zur Befürchtung«, versicherte er. »Es hat sich auf der Isle of Man zugetragen. Ich wurde auf dem Heimweg von dem Gasthaus in Ramsey überfallen. Sie hatten mir aufgelauert, nicht weit von meinem Cottage entfernt: sechs Männer zu Fuß, mit Musketen bewaffnet, angeführt von einem Offizier zu Pferd. Ich habe ihn von seinem Gaul gezerrt, bin aufgestiegen und davongeritten, als wollte ich zurück in die Stadt. Aber stattdessen bin ich zu dem langen Weg über den Klippen geritten und von dort hinunter zu einem Sandstrand, an dem ich das kleinste meiner Boote liegen hatte.«

»Sag mir nicht, dass du in der Dunkelheit von der Isle of Man herübergesegelt bist?«, rief Henry.

Conn nickte. »Es war keine Vergnügungsfahrt, das kannst du mir glauben.«

Henry schenkte ein Glas Whisky ein und drückte es dem Iren in die Hand. Sie sahen schweigend zu, wie er das Glas leerte und sich dann mit einem schweren Seufzer zurücklehnte. »Ich bin hierhergekommen«, sagte er, »weil ich wusste, dass ich unter Freunden sicher sein würde.«

»Das bist du, Conn«, antwortete Betsy. »Hier bist du sicher.«

»Halt dich ein, zwei Tage versteckt«, meinte Tom. »Ruh dich aus und erhol dich.«

»Ich ... ich kann euch nicht bezahlen«, wandte Conn ein.

»Was spielt das denn für eine Rolle?«, sagte Henry. »Du hast genug für uns getan, und es ist uns eine Freude – ich meine, ein Privileg, den Gefallen zu erwidern.«

»Ihr seid gut zu mir, so gut.« Conn drückte Betsys Hand, und einen verlegenen Augenblick lang schien es, als würde er gleich in Tränen ausbrechen. »Ich dachte, ich wäre sicher auf der Isle of Man. Und das war ich auch, bis die Krone dieses verdammte Kopfgeld auf mich ausgesetzt hat. Ich hätte den Ärger riechen sollen.«

»Wer hat dich verraten, Conn?«, fragte Betsy.

»Martin, mein verdammter Schuft von einem Schwager – möge seine Seele in der Hölle schmoren«, knurrte Conn. »Er wusste, dass ich Schmuggelware in meinem Cottage und keine andere Wahl hatte, als sie zu behalten, bis das Wetter sich bessert. Er hat Kathleen, meine Schwester, beschwatzt und auf ihr herumgehackt und auch auf meiner alten Mutter. Meiner Mutter, die nie irgendjemandem ein Leid angetan hat und die keine Ahnung hatte, was der Halunke im Schilde führte.«

»Tante Netta?«, entfuhr es Betsy. »Sie haben sie doch nicht etwa verhaftet?«

»Nein, nein«, sagte Conn. »Martin hat meine Schwester gestern früh geschickt, um Mam zu seiner Farm zu bringen, damit sie dort das neue Jahr begrüßen. Ich sollte Mam heute wieder abholen, das heißt, ich glaube, ich meine morgen.« Er fuhr sich mit einer Hand an die Stirn. »Ich weiß schon gar nicht mehr, welchen Tag wir haben.«

»Warum wollte dein Schwager, dieser Martin, dich denn an die Steuerbeamten verkaufen?«, fragte Janet. »Hast du ihm seinen Anteil nicht gegeben?«

»Seinen Anteil?« Conn war sein Zorn deutlich anzumerken. »Martin ist kein Schmuggler. Er hätte gar nicht den Mumm dazu. Er hockt auf seinen dreißig Acres, lutscht am Daumen und lässt seine Söhne die ganze Arbeit erledigen. Seine Söhne! Seine Sklaven! Zehn und zwölf Jahre sind sie alt und schon jetzt gebrochen von der harten Arbeit. Oh, ich habe Kathleen hin und wieder einen Schilling oder zwei zugesteckt, damit sie etwas in den Bauch bekommen, und ich habe ihm zwei Schweine abgekauft, als ihm die Zwangsräumung drohte – zwei Schweine, so verhungert, dass man ihre Rippen zählen konnte. Aber Martin konnte ja nie genug bekommen.«

»Wir hätten nicht gedacht, dass du so lebst, Conn«, bemerkte Janet.

»Nun, es ist alles die Wahrheit.« Conn massierte sich die Stirn. »Ich wusste ja, dass mein letztes Stündlein eines Tages schlagen würde. Die Beamten des Königs ziehen die Schlinge um die Küste immer enger. Als ich einen sicheren Anlandeplatz in Port Cedric gefunden hatte – und eine Familie, die bereit war, die Fracht für mich wegzuschaffen –, da packte mich die Gier, nehme ich an. Diese Gier war mein Untergang. Zu viele Überfahrten, zu viele Schmuggelfrachten, zu viele Risiken, um die Kiste mit Silber zu füllen, solange der Weg noch offen stand. Wenigstens hat dieser verfluchte Martin keinen Gewinn aus seinem Verrat geschlagen. Denn die Belohnung – dreißig englische Pfund – ist auf meinen Kopf ausgesetzt, und der sitzt noch immer auf meinen Schultern. Aber ich habe mein Geld verloren, das ganze Geld, das ich brauche, um Waren zu kaufen und meine Crews zu bezahlen. Und als wäre das nicht schon schlimm genug, sind auch noch sechs Fässer mit Brandy, gekauft und bezahlt, dabei draufgegangen.«

Henry stellte ihm noch ein Glas Whisky hin. Conn nickte zum Dank und leerte es in einem Zug. Seine Augen hatten ihr Feuer verloren, und seine Lider waren schwer. Als er wieder das Wort ergriff, schwankte seine Stimme. »Ich bin so, wie ihr mich seht, wie der vertriebene Adam, ohne einen Penny, den ich mein Eigen nennen kann.«

»Nicht ganz«, widersprach Henry. »Du hast zwei erstklassige Bullen, die bereit für den Schlachtklotz sind.«

»Oh!« Conns Miene hellte sich ein wenig auf. »Ach ja, richtig, die habe ich ja noch!«

»Und«, Agnes stellte die Kasse auf den Tisch, du hast auch noch das hier.«

»Das hier?« Conn runzelte die Stirn. »Was ist das?«

»An die einhundert Pfund«, sagte Agnes.

»Nein, Mrs. Brodie, ich kann Ihr Geld nicht annehmen.«

»Nun«, erwiderte die Frau, »es ist hier, falls Sie es je benötigen sollten, um wieder auf die Beine zu kommen. In der Zwischenzeit sind Sie bei uns willkommen, solange Sie wollen.«

»Was ich am dringendsten brauche«, bekannte Conn, »das ist ein Platz zum Schlafen.«

»Dann nimm mein Bett«, sagte Janet, und bevor irgendjemand sie davon abhalten konnte, führte sie den stämmigen Iren schon in das kleine Hinterzimmer.

Am Rand des langen Feldes war der Schnee geschmolzen, und Saat- und Rabenkrähen und Scharen kleiner, ausgehungerter Vögel waren auf den Acker herabgestoßen, um die Weizensaat aus der Erde zu picken. Die halbe Ernte konnte leicht an die gefiederten Räuber verloren gehen, bevor die Saatkörner auch nur die Chance hatten, Wurzeln zu schlagen. Jetzt würde es zu Betsys Aufgaben gehören, die Vögel zu verscheuchen. Doch an jenem düsteren Nachmittag, dem letzten des alten Jahres, hatten Henry und Tom ihre Meinungsverschiedenheiten beigelegt und waren zusammen hinausgegangen, um die Vögel mit Kreiseln zu verjagen und die Saat mit einer Hacke wieder zuzudecken, so gut es ging.

Die Kreisel waren fröhlich aussehende Dinger, die aus alten Seilen und Bindfäden gefertigt und mit Papierschleifen verziert worden waren. Jeder war an einem Griff befestigt, an dem die Männer sie über ihren Köpfen schwenkten, während sie durch die Furchen gingen. Außerdem hatten sie Hunde dabei, zwei muntere Collies, die bald hierhin, bald dorthin sprangen und schnappten und im Zickzack über das Feld liefen, um alle Krähen und Stare zu fangen, die töricht genug waren, ihr Futter wichtiger zu nehmen als ihre Sicherheit.

»Glaubst du die Geschichte des Iren?«, fragte Tom.

»Ich habe keinen Grund, an seinen Worten zu zweifeln, und du?«

»Keinen, nur dass es sich nicht mit dem deckt, was wir über ihn wissen.«

»Wir wissen gar nichts über ihn«, sagte Henry. »Selbst Betsy wurde im Dunkeln gelassen. Genau das, was man von einem

Mann erwarten würde, der seinen Lebensunterhalt außerhalb des Gesetzes verdient.«

Tom schwenkte den Kreisel über dem Kopf und sah zu, wie eine Schar Stare widerstrebend von den Furchen vor ihm aufflog. »Es war eben alles zu gut, um von Dauer zu sein. Habe ich dir nicht gesagt, dass es nur ein Traum ist, Henry? Ein Mann bekommt nur, wofür er mit ehrlicher Arbeit bezahlt.«

Henry klopfte etwas Erde mit der Klinge der Hacke flach. »Diese Frachten zu befördern war vielleicht nicht ehrlich, aber Arbeit war es, weiß Gott, genug.«

Tom lachte. »Aye, das stimmt allerdings.«

»Wir haben noch immer an die hundert Pfund«, sagte Henry. »Die Pacht für ein Jahr und ein dicker Batzen, um diese Farm so weit auf Vordermann zu bringen, dass sie Gewinn abwirft.«

»Nicht genug«, erwiderte Tom.

»Mehr, weitaus mehr als wir je zuvor im Leben hatten.«

»Trotzdem nicht genug«, beharrte Tom. »In achtzehn Monaten werden wir wieder mit fauligem Boden und unberechenbarem Wetter zu kämpfen haben und nicht besser dran sein als vor Daddys Tod, jedenfalls nicht viel.«

»Was braucht es eigentlich, um dich glücklich zu machen?«

»Mehr als Geld«, antwortete Tom.

»Hängst du noch immer Hewitts Tochter nach?«

»Nein, sie war nur eine flüchtige Laune.«

»Lügner.« Henry lächelte. »Hier, schwenk noch einmal den Kreisel, bevor uns die Krähen die Augen aushacken.«

Tom schlug mit den Knoten des Kreisels nach einer aufmüpfigen Rabenkrähe, die sich weigerte, sich von der Furche loszureißen. Der Vogel hüpfte, flog auf, fiel und hüpfte wieder weiter, doch er hielt sich stets knapp außer Reichweite. »Ich bin geneigt zu glauben, dass ich mich vielleicht näher bei uns zu Hause nach einer Ehefrau umsehen sollte«, sagte Tom.

»MacCreadies Tochter hat dich bereits abgewiesen.«

»Nicht MacCreadies Tochter, nein.«

Henry stützte sich auf die Hacke; den Kreisel hatte er sich über die Schulter geworfen. »Wer denn dann?«

»Betsy, unsere Betsy«, antwortete Tom.

Eine halbe Minute lang sagte Henry nichts, dann bemerkte er: »Es sind alle möglichen praktischen Schwierigkeiten zu klären, bevor sich einer von uns eine Frau nehmen kann.«

»Wie zum Beispiel?«

»Wo würden wir schlafen?«

»Das habe ich mir schon überlegt«, erwiderte Tom. »Mammy schläft bei Janet, du nimmst das große Bett, und Betsy – meine Frau – und ich haben den Dachboden für uns.«

»Und was, wenn ich beschließen sollte, mir auch eine Frau zu nehmen?«

»Dann hättet ihr das große Bett in der Küche.«

»Von Privatsphäre kann da aber kaum die Rede sein, oder?«

Am Rand des Feldes hetzte einer der Hunde einen Hasen vor sich her. Die Männer sahen der Verfolgungsjagd schweigend zu. Der Feldhase lief am Rand der Schneegrenze entlang, schoss bald in die eine, bald in die andere Richtung, bis der Collie trotz all seiner Erfahrung verwirrt war und laut bellend zu seinen Herrchen zurückkehrte.

»Das ist ein unsinniges Argument«, erklärte Tom, »da du gar nicht die Absicht hast zu heiraten.«

»Oh«, sagte Henry, »und ob ich die Absicht habe zu heiraten. Ich habe nur noch nicht die Richtige gefunden.«

»Das heißt, du hast kein Auge auf unsere Miss McBride geworfen?«

»Betsy würde mich nicht nehmen«, antwortete Henry.

»Aber mich würde sie doch nehmen, oder?«

»Oh, aye«, sagte Henry leise. »Dich würde sie zweifellos mit

Handkuss nehmen.« Und mit diesen Worten steckte er die Hacke in die Erde und ließ seinen Bruder einfach stehen. Er stapfte davon in Richtung See und schwenkte den Kreisel wild über dem Kopf, offenbar nichts Tiefgründigeres im Sinn, als Krähen von den Furchen zu verscheuchen und die Saat in der Erde zu schützen.

Schlag Mitternacht zog Agnes die drei Uhren im Haus auf, Tom schenkte Whisky aus dem Krug ein, und Janet warf sich tollkühn in Mr. McCaskies Arme und bedeckte sein Gesicht mit Küssen. Es gab Küsse und Umarmungen auf allen Seiten, aber Betsy, so bemerkte Henry, gab seinem Bruder nur ein flüchtiges Küsschen auf die Wange, und selbst das ohne jede Leidenschaft. Er selbst küsste Betsy, drückte sie ein, zwei Augenblicke an sich und genoss ihre Wärme und Weichheit. Dabei spürte er beglückt, dass das Mädchen sich in seine Armbeuge kuschelte.

Es gab Tränen um das Jahr, das vergangen war, das Jahr, das ihnen Matt Brodie genommen hatte, aber auch eine gewisse Freude über das neue Glück, das Mr. McCaskie ihnen beschert hatte.

Auf Janets Drängen hin bekam der dunkelhaarige »Fremde« ein Stück Kohle und eine Schale Hafergrütze in die Hand gedrückt und wurde in die Dunkelheit hinausgeschickt und die Tür hinter ihm geschlossen und verriegelt. Eine seltsame, erwartungsvolle Stille herrschte in der Küche, während ein, zwei Minuten verstrichen und dann ein Klopfen an der Tür die Anspannung löste und Henry lachend sagte:

»Wer mag das wohl sein? Wer ist gekommen, um als Erster in diesem Jahr den Fuß über unsere Türschwelle zu setzen? Und wird er uns Wohlstand bringen?« Und dann schob er mit einer feierlichen Geste den Riegel zurück, riss die Tür auf und bat

Conn, über die Schwelle zu treten und ihm die Hand zu schütteln.

Für den Iren war es kein glücklicher Beginn des neuen Jahres, schließlich war er obdachlos, mittellos und auf der Flucht, doch er spielte seine Rolle gut und aß und trank und ließ das Getue über sich ergehen, das um ihn gemacht wurde, als wäre er durch die raue See von der Isle of Man nur zu einem Zweck herübergesegelt: um das neue Jahr zusammen mit den Brodies zu begrüßen.

Es war auch das erste Neujahr seit einer ganzen Weile, an dem Tom nicht Hut und Mantel anzog und losritt, um seine Freunde zu treffen und mit ihnen bei Johnny Rankine als Erster den »Fuß über die Schwelle« zu setzen, sich mit halb beschwipsten Mädchen im Heu zu vergnügen und einen Tag später halb betrunken und keineswegs reumütig nach Hause zu torkeln, um den Zorn seines Vaters über sich ergehen zu lassen.

Toasts wurden ausgebracht und Ansprachen gehalten, Erinnerungen ausgetauscht und Hoffnungen kundgetan. Janet, die keine harten Getränke vertrug, schlief auf Conns Knie ein und wurde über seiner Schulter weggetragen wie ein Sack Mehl und auf dem Bett im Hinterzimmer abgelegt, das Connor für eine Decke und ein Kissen auf dem Dachboden geräumt hatte.

Um kurz nach zwei zog sich Agnes zum Schlafen zurück. Tom war zu nüchtern, als gut für ihn war. Er erkundigte sich beiläufig, ob Betsy mit ihm eine Runde über den Hof drehen würde, um den Pferden ein gutes neues Jahr zu wünschen. Und Henry, der ein letztes Glas mit Conn trank, legte den Kopf schräg und wartete. Er wagte kaum zu atmen, denn er wollte unbedingt Betsys Antwort hören.

»Ich werde morgen früh noch genug von den Pferden sehen, schönen Dank, Tom«, sagte Betsy und huschte davon, um sich zu Janet ins Bett zu legen.

Die Männer plauderten noch eine halbe Stunde, und Conn erläuterte seine Pläne, wie er wieder zu Geld kommen wollte. Danach erleichterten die drei sich im Hof, kletterten nacheinander die Leiter hoch und legten sich, ernüchtert und ein wenig bedrückt, schlafen.

Die beiden Brodie-Jungen genossen schon lange den Luxus eines eigenen Bettes, auch wenn es kaum Betten waren, sondern eher lange, schmale Schlafkojen, die aus alten Brettern gezimmert waren, die Matthew Brodie unter der steilen Dachschräge glatt gehobelt und zusammengenagelt hatte. Henry lag mit dem Kopf nach Norden, Toms Füße zeigten nach Osten, zwischen ihnen auf dem Boden stand eine Kerze, und ein Durcheinander von Kleidern und Stiefeln lag rings um sie verstreut. Ein wackeliger Tisch und ein angeknackster Stuhl waren bis ganz an den Giebel gerückt worden, um Platz für Conn zu schaffen. Dort streckte er sich gähnend aus, nachdem er sich wie ein Tümmler oder ein Wal in die graue Decke eingerollt und murmelnd eine gute Nacht gewünscht hatte.

Tom lag mit auf der Brust gefalteten Händen auf dem Rücken und starrte zu den Balken und Schindeln genau über seinem Kopf hinauf. Er kannte jeden Spalt und jede Ritze, jeden Knoten und jeden Splitter so gut wie seinen eigenen Körper, denn er hatte schon viele Nächte so dagelegen, gequält von lüsternen Gedanken oder, noch schlimmer, einem rasenden Gefühl von Ungerechtigkeit gegen seinen Vater und die Welt im Allgemeinen.

Irgendwann musste Tom dann doch eingeschlafen sein.

Er war gar nicht sicher, ob er schlief und träumte, aber im Laufe der Nacht kam sein Vater zu ihm, so echt und lebendig, wie er im wirklichen Leben gewesen war. Er stand entschlossen in seiner Arbeitskleidung an Toms Bett und bewegte die Hand nur ein paar Zoll vor der Nase seines Sohnes hin und her. All die Zweifel des Tages und die, die mit der Nacht kamen, jenes heftige kleine Flimmern und Funkeln, das Tom in einem fort quälte – alles war auf einmal beschwichtigt, und er wusste mit absoluter Gewissheit, dass es nur eine Möglichkeit gab, sich von dem Geist zu befreien: dem Geist zu geben, was er wollte, was immer das sein mochte.

Auf den Straßen von Drennan herrschte ungewöhnlich viel Trubel, denn der Neujahrstag war ein allgemeiner Feiertag, an dem die Familien zusammenkamen und Geschenke tauschten und Männer auf einen Schluck Whisky oder zwei zu *Caddy Crawford's* schlenderten und jedem die Hand schüttelten, der entschied, sich Nachbar oder Freund zu nennen.

Niemand, am allerwenigsten Rose, wunderte sich, Lucas Fergusson um kurz nach Mittag auf der Türschwelle hüpfen zu sehen. Er hatte für den Anlass seine auffällige Garderobe angelegt und sah, wie Rose fand, auf eine charmante Weise exzentrisch aus, als er mit einem Satz über die Schwelle sprang. Er balancierte drei Pakete, zwei große und ein eher kleines, auf seinen Armen und hätte sie in seinem Eifer, Rose' rubinrote Lippen zu küssen, womöglich auf dem Boden verstreut, wenn sie ihn nicht von seiner Last befreit hätte.

»Wer ist denn da?« Mrs. Prole steckte den Kopf aus der Küche. »Ist das Lucas?«

»Natürlich ist er das«, kam Papa Hewitts Stimme aus dem Salon. »Willkommen, mein Junge, willkommen und ein gutes neues Jahr dir und den Deinen.«

»Danke, Sir«, murmelte Lucas. Er küsste Rose hastig auf die Wange, bevor die Haushälterin oder Mr. Hewitt herbeistürzen konnten, um es zu verhindern. »Ich habe dir etwas mitgebracht, meine Liebste, etwas Schönes. Und ich habe es von meinem eigenen Geld gekauft. Der Käse ist für deinen Vater, und die Fäustlinge sind für die Frau, Mrs. Pro…«

»Pst, Lukie.« Rose legte ihm einen Finger an die Lippen. »Verdirb die Überraschung nicht!«

Sie half ihm aus dem langen Mantel, nahm ihm den hohen Hut ab und legte ihn sorgfältig auf dem Garderobenständer ab. Sie entfernte einen Fussel von seiner Weste und rückte ihm die Krawatte zurecht, während sie in einem fort zu ihm hochlächelte. Und als der Moment vorbei war, drehte sie ihn zu Eunice Prole um, die sich in diesem Augenblick die Hände an einem Geschirrtuch abtrocknete und aus der Küche eilte, um Lucas besitzergreifend zu umarmen. Einen Sekundenbruchteil später tauchte Neville aus dem Salon auf, schüttelte dem jungen Mann beide Hände und führte ihn weg, um vor dem Abendessen ein Glas Wein mit ihm zu trinken.

Der Käse wurde prompt ausgepackt, ein schönes, reifes, rundes Stück vom Besten, was Ayrshire zu bieten hatte. Die Fäustlinge aus hellblauer Wolle waren fein gestrickt und gehörten zu einem ebensolchen Schal, den Eunice Prole für entzückend erklärte. Das kleinere Paket, kleiner als eine Zunderbüchse, legte Lucas seiner Angebeteten ehrfurchtsvoll in die Hände, und sie packte es behutsam aus, während er neben ihr aufgeregt auf den Füßen wippte.

Rose sah mit glänzenden Augen auf. »Lucas«, sagte sie, »das ist wunderschön.«

»Habe ich selbst ausgesucht.«

Das silberne Herz, schlicht und rein, lag auf einem roten Samtkissen, eine feingliedrige Kette war darum geschlungen, und der Verschlusshaken so winzig, dass er fast unsichtbar war.

Rose nahm den Anhänger vorsichtig zwischen Daumen und Zeigefinger.

»Habe ich selbst bei Duke's in Ayr ausgesucht«, erklärte Lucas.

»Leg sie um, leg sie um!«, drängte Mrs. Prole.

»Nein«, sagte Neville Hewitt. »Überlass das Lucas!«

Rose ließ die Kette in seine Hand gleiten und wandte ihm den Rücken zu. Ausnahmsweise einmal stellte er sich nicht ungeschickt an. Sie spürte, wie seine Hände ihren Nacken streiften, und sah das silberne Herz auf ihre Brust hinuntergleiten.

Mammy hatte ihm gesagt, er müsse sich auf ein Knie fallen lassen, ihre Hand nehmen und so sprechen, als meinte er es ernst. Daddy hatte ihm geraten, zuerst ein Wort mit Mr. Hewitt zu wechseln, um sicherzustellen, dass es kein Hindernis gab. Aber all diese klugen Ratschläge verflogen aus Lucas Fergussons Kopf, als er hinter Rosie stand und ihren Duft einatmete und ihren anmutig geschwungenen Nacken und die Wölbungen ihrer Brüste sah.

Er legte ihr eine Hand um die Taille und die andere auf die Schulter, beugte sich zu ihr vor und flüsterte heiser: »Rosie, willst du mich heiraten?«

Und Rose schnellte mit einem Ruck herum und sagte: »Ja.«

21

Mr. Ogilvy konnte sich nicht denken, wieso an einem kalten grauen Nachmittag, an dem das neue Jahr erst drei Tage alt war, die Eierfrau von Drennan in seinem Hof erschien. Das Kaufen und Verkaufen von Kohle war kein allzu einträgliches Geschäft, vor allem da Mr. Ogilvy kein besonders rühriger Geschäftsmann war und keinen Versuch unternommen hatte, neue Märkte zu erschließen. Er hielt sich mit vier- bis fünfhundert Pfund im Jahr über Wasser, was ausreichte, um seinen betagten Vater und dessen neue Ehefrau zu unterstützen und sich selbst an Rindfleisch und Rotwein gütlich zu tun.

Er lebte in einer Wohnung über dem Büro, drei kleinen, etwas verstaubten Zimmern, verbrachte aber die meiste Zeit an einem Schreibtisch im Erdgeschoss, wo seine Kunden ihn finden konnten. Er beschäftigte einen Sekretär, ein paar Stallburschen und Fahrer. Mr. Ogilvy kaufte Kohle von Lord Craigiehall oder, genauer gesagt, dem Verwalter seiner Lordschaft und lieferte sie in Körben zu den Häusern und Farmen von Hayes und Drennan aus. Seine Buchhaltung war tadellos, und seine Akten und Unterlagen waren sein Stolz und seine Freude.

Robert Ogilvy war eben mit einer komplizierten dreispaltigen Rechnung befasst, als sein Sekretär, der in diesem Augenblick aus dem Fenster sah, warnend knurrte, und als Mr. Ogilvy den Blick hob, sah er die Frau, umrahmt von zwei kleinen Kohlehaufen, durch das Hoftor humpeln.

»Großer Gott!«, rief er aus. Er sprang von seinem hohen Hocker, schnappte sich Mantel und Hut und eilte hinaus, um Tassie

Landles zu begrüßen, bevor sie seinen Brennstoffvorrat mit einem Fluch belegen und die Kohleberge in Dreck verwandeln konnte.

»Madame«, sagte er herzlich, »was verschafft mir die Ehre? Sind Sie für einen Korb Kohle oder zwei gekommen, um Ihr bescheidenes Häuschen zu beheizen?«

»Ich habe Kohle«, erwiderte Tassie Landles. »Ich bin hier, um Ihnen Neuigkeiten zu überbringen, Mr. Ogilvy, da Sie Tom Brodies Freund sind.«

»Oh!« Robert Ogilvy zuckte leicht zusammen. »Geht es wieder um seinen Vater? Ich meine, haben Sie ... äh ... von dem ... äh ... verstorbenen Brodie gehört?«

»Nein«, sagte Tassie Landles, »in letzter Zeit nicht.«

»Bitte treten Sie ein«, forderte Mr. Ogilvy sie auf. »Wenn Sie eine Botschaft zu überbringen haben, sitzen wir drinnen gemütlicher.«

»Hier draußen geht es schon«, erwiderte Tassie Landles. »Ich werde nicht viel von Ihrer Zeit in Anspruch nehmen.«

»Nun«, sagte Mr. Ogilvy, »dann lassen Sie hören!«

»Er hat sie verloren.«

»Sie verloren?«

»Rose Hewitt. Sie ist mit Walter Fergussons Burschen verbandelt.«

»Ich denke, Tom weiß, dass der junge Fergusson ... sagen wir, im Rennen ist.«

»Es ist inzwischen mehr als nur ein Rennen«, erklärte Tassie Landles.

»Eine Verlobung, meinen Sie, ein Eheversprechen?«

»Aye, es sieht so aus.«

»Sind Sie an diese Information durch eine Trance gekommen, Madame?«

»Ich bin durch Hewitts Hausmädchen, Dorothy, an sie gekommen.«

»Verstehe«, sagte Mr. Ogilvy. »Ist das Kind zuverlässig?«

»Sie hat nicht genug Verstand, um mich zu belügen.«

»Mit anderen Worten, sie hat Angst vor Ihnen.«

»Ohne Grund«, versicherte Tassie. »Wie dem auch sei, ich habe Ihnen die Neuigkeit überbracht und überlasse es Ihnen, dafür zu sorgen, dass sie den Hügel hinauf bis zu Tom Brodie gelangt.« Sie wandte sich zum Gehen.

»Warten Sie«, sagte Mr. Ogilvy. »Mich würde doch interessieren, warum Sie so besorgt um Tom Brodie und seine Beziehung zu Hewitts Tochter sind. Was kümmert es Sie denn, wen das Mädchen heiratet?«

»Es geht nicht darum, wen *sie* heiratet«, erwiderte Tassie Landles, »sondern darum, wen Tom heiraten wird. Er hat seinem Daddy ein Versprechen gegeben, und ...«

»Ja, ja, ja.« Mr. Ogilvy hatte nicht das Bedürfnis, daran erinnert zu werden. »Ich denke, das wissen wir bereits.«

»Er ist ein heimgesuchter Mann, Tom Brodie, ein heimgesuchter Mann.«

»Er wird noch viel mehr heimgesucht werden, wenn er erfährt, dass er Rose Hewitt verloren hat.«

»Das mag schon sein«, räumte die alte Frau ein, »aber dann wird er wenigstens frei sein.«

»Frei von wem?«

»Erzählen Sie ihm einfach, was ich Ihnen gesagt habe«, erwiderte Tassie Landles.

»Soll ich Sie nach Hause fahren?«, bot Mr. Ogilvy an.

»Ich bin zu Fuß hierhergekommen, und zu Fuß werde ich wieder heimkehren«, antwortete die alte Frau, und dann wandte sie sich um und zuckelte davon zur Zollstraße, die sie zurück in die Stadt bringen würde.

»Verlobt?«, brüllte Tom. »Von wem hast du das denn erfahren?«

»Es ... es ist das Stadtgespräch, glaube ich«, sagte Mr. Ogilvy.

»Das Stadtgespräch, ach, ja?«, brummte Tom. »Hat sie es in der ganzen Stadt herumerzählt? Ich frage mich, ob sie nicht nackt durch die Straßen geritten ist und ihre verdammte Neuigkeit überall ausposaunt hat.«

»Tassie Landles hat es mir erzählt, wenn du es unbedingt wissen musst. Sie wusste es offenbar von Hewitts Hausmädchen. Tassie ist sofort zu mir gekommen«, sagte Mr. Ogilvy, »obwohl ich mir beim besten Willen nicht denken kann, warum.«

»Um mich zu verspotten!«

»Sie – die alte Frau – sagt, du seist ein heimgesuchter Mann.«

»Nun ja, bei Gott, da hat sie recht.«

Sie standen neben dem Scheunentor. Niemand sonst war zu sehen, was vielleicht ein Glück war, wie Mr. Ogilvy dachte. Irgendetwas an der Farm – und an dem jungen Farmer – jagte ihm mittlerweile Angst ein, und das Gerede von Heimsuchungen trug nicht dazu bei, seine Nerven zu beruhigen.

»Siehst du ... ich meine ... siehst du Gespenster?«

»Es sind keine Gespenster«, erwiderte Tom. »Es sind die Frauen, von denen ich heimgesucht werde.«

»Nun«, Robert Ogilvy bewegte sich langsam auf sein Pferd zu, »ich habe dir gesagt, was die alte Frau mir erzählt hat, Tom. Es tut mir leid, dass Miss Hewitt deine Erwartungen nicht erfüllt hat.«

»Oh, sie hat meine Erwartungen erfüllt, Robert, glaub mir«, gab Tom zurück. »Es ist eine Finte, siehst du das denn nicht? Rose hat nicht die Absicht, Lucas Fergusson zu heiraten. Sie rächt sich an mir dafür, dass ich sie ignoriere. Sie hat die Landles-Frau dafür angeheuert, das Gerücht in die Welt zu setzen, sie wäre mit diesem schwachköpfigen Fergusson verlobt. Und du wurdest zu einem Werkzeug gemacht, um ihr Glaubwürdigkeit zu verleihen.«

»Ich hoffe, du denkst nicht ...«

»Wofür hält sie mich eigentlich?«, schäumte Tom. »Für wie leichtgläubig hält sie mich, hä? Sie versucht, mich eifersüchtig zu machen, das ist alles. Nun, bei Gott, wenn das das Spiel ist, das sie spielen will, dann wird sie den Tag bereuen, an dem sie sich mit mir angelegt hat.«

Mr. Ogilvy zog sich noch ein paar Schritte weiter zu dem Geländer zurück.

Aber Tom war noch nicht fertig mit ihm. »Ich hatte vor, Rose Hewitt hinter mir zu lassen«, platzte er heraus, »und mich für eine andere Art Ehefrau zu entscheiden. Doch so wahr Gott mein Zeuge ist, ich werde mich nicht zum Narren machen lassen. Lucas Fergusson kann sich mit mir nicht messen, Robert. Jetzt werde ich es ihm beweisen, aye, und ihr. Wenn Fergusson sie will, dann soll er sie haben, aber erst, wenn ich mit ihr fertig bin.«

»Ich dachte, du wolltest sie heiraten?«

»Sie heiraten? Ich würde Rose Hewitt nicht einmal heiraten, wenn sie auf allen vieren über den Misthaufen angekrochen käme. Von mir wird sie keinen Ehering bekommen, Robert, sondern eine Lektion, eine Lektion wie keine andere.«

»Tom, bitte überstürze nichts!«

»Was habe ich den Junggesellen versprochen, Robert? Dass ich Rose Hewitt das Nachthemd abstreifen werde, bevor die Gerste das erste Grün zeigt.«

»Du hast gesagt, du hättest die Absicht, sie zu heiraten«, erinnerte ihn Mr. Ogilvy.

»Eine Guinee – nein, sagen wir, fünf – darauf, dass ich sie nackt haben werde, bevor der Januar zu Ende ist. Dann werden wir ja sehen, ob die Verlobung hält und ob Lucas Fergusson ihr noch gut genug ist, wenn sie erst einmal das Echte gekostet hat.«

Mr. Ogilvy war letztendlich doch kein solcher Feigling, und er baute sich vor dem wutschnaubenden jungen Farmer zu seiner ganzen Größe auf. »Tom«, sagte er, »eine solch unehrenhafte Wette werde ich gar nicht erst eingehen. Wir mögen Junggesellen sein und interessiert an den Damen, aber was du vorschlägst, ist nichts weniger als skandalös, nichts weniger als ...«

»Vergewaltigung?«, fragte Tom. »Hast du etwa Angst vor dem Wort, Mann, verschlägt es dir die Sprache bei der Vorstellung, ein süßes, behütetes Mädchen wie Rose Hewitt könnte darum betteln?«

»In deinen Augen, Tom, nur in deinen Augen.«

»Ich kann die Anzeichen lesen, Robert, selbst wenn du es nicht kannst.«

»Pass bloß auf, Tom! Es könnte gar kein Spiel sein, weißt du.«

»Liebe ist nur ein Spiel, ganz gleich, nach welchen Regeln es gespielt wird.«

»Aye, und eine falsch verstandene Liebe kann dich an den Galgen bringen.«

»Ach, fort mit dir!« Tom gab dem Pferd einen Klaps auf die Kruppe und führte es herum, damit Mr. Ogilvy aufsteigen konnte. »Fort mit dir, alter Mann, und überlass die Liebe und ihr Spiel denjenigen von uns, die noch den Saft dafür haben.«

Zutiefst besorgt stieg Mr. Ogilvy in den Sattel und ritt ohne ein weiteres Wort den Hawkshill-Weg hinunter.

Dorothy schlich aus der Küche herbei, sobald Rose zu einem späten Frühstück herunterkam.

»*Schauen Sie*«, sagte das Hausmädchen aus dem Mundwinkel. »*Schauen Sie.*«

»Sauer?«, sagte Rose verblüfft. »Wer ist sauer?«

»Nein, nein«, flüsterte Dorothy. »Sehen Sie. Hier. Ein Brief.« Sie drückte ihrer Herrin ein kleines Päckchen in die Hand, das sie zwischen den Falten ihrer Schürze versteckt gehabt hatte. »Das war heute Morgen auf dem Postamt ...«

»Ein Brief?« Rose' Herz schlug etwas schneller. »Für mich?«

»Aye.«

»Was hattest du denn auf dem Postamt zu schaffen?«

»Nach Ihren Briefen sehen. Sie haben mir nie gesagt, dass ich damit aufhören soll.«

»Das stimmt, das habe ich nicht.«

»Was ist denn dort draußen los?«, rief Mrs. Prole.

»Ach, nichts, nichts«, antwortete Rose.

Sie schubste Dorothy zurück in die Küche, versteckte sich mit hämmerndem Herzen in einer Ecke der Diele und untersuchte verstohlen die Schrift auf dem Päckchen: eine schnelle, steife, aufrechte Handschrift, die nur von einem einzigen Mann stammen konnte.

»Tom«, murmelte sie, »Tom.«

Schnell versteckte Rose das Päckchen in einer Tasche ihres Unterrocks, eilte in den Salon, um einen Muffin und ein gekochtes Ei zu verschlingen, und sah dann zu, dass sie wieder nach oben verschwand, so rasch es der Anstand zuließ.

Als Janet ihn fragte, wohin er wolle, brachte Conn es nicht übers Herz, sie zu belügen. Ihm war nicht entgangen, dass das Brodie-Mädchen für ihn schwärmte – die Tatsache, dass Janet immer wieder auf seinen Schoß kletterte, sprach Bände –, aber die Erfahrung hatte ihn gelehrt, dass es klug war, vernarrte Mädchen sitzen zu lassen, ohne ihre Gefühle zu verletzen oder, was noch wichtiger war, sie sich zu Feinden zu machen, die versucht sein könnten, ihn zu verraten. Conn war bewusst, dass diese Denkweise etwas Ironisches hatte, wenn man bedachte, dass es keine liebestolle Frau gewesen war, die ihn verpfiffen hatte, sondern sein verdammter Schwager und – zumindest stellvertretend – seine Schwester Kathleen.

Er hatte sich noch nie in einer solchen Lage befunden, abgeschnitten von dem Ort, den er inzwischen sein »Zuhause« nannte, abgeschnitten von den Mitteln, die er benötigte, um seine Geschäfte zu führen, und abgeschnitten von dem Geschäft, das die Grundlage seiner Existenz gewesen war, seit er sich erinnern konnte. Conn grinste Janet an, zwinkerte ihr zu und sagte, er wolle gehen und sich das Meer ansehen.

»Kann ich dich begleiten?«, fragte Janet eifrig.

»Hast du denn heute keine Arbeit zu erledigen?«

»Wie lange wirst du fort sein?«

»Oh, höchstens ein, zwei Stunden.«

»Ein, zwei Stunden wird man mich nicht vermissen«, sagte Janet, und dann fügte sie hinzu: »Wenn ich's mir recht überlege, bezweifle ich, dass man mich vermissen würde, wenn ich für eine ganze Woche verschwinden würde.«

Conn lachte. »Hol deinen Schal, und dann gehen wir hinunter nach Port Cedric und sehen nach, ob auch niemand mein Boot gestohlen hat.«

Janet Brodie war zwanzig, er vierunddreißig. Sie war die Tochter eines griesgrämigen Pachtfarmers und nie weiter gekommen als bis nach Ballantrae. Conn hingegen war fast von Geburt an ein Herumtreiber und Gesetzesbrecher gewesen, der in so manchem Hafen so manche Dame beglückt hatte. Von einigen war er geliebt worden, und andere hatte er selbst geliebt. Vor allem eine, Helene van Zelyn, die Ehefrau eines holländischen Kapitäns, hätte alles, einschließlich dreier Kinder, stehen und liegen lassen, um mit ihm durchzubrennen, wenn Conn nicht schweren Herzens die Affäre beendet hätte. Irgendetwas an Janet Brodie erinnerte ihn an Helene. Aber Janet war jünger, nicht so drall, und sie hatte nichts von der Kultiviertheit, die ihm an van Zelyns Frau so gut gefallen hatte, eine Kultiviertheit, die im Rückblick weniger kosmopolitisch als vielmehr korrupt gewesen war.

Janet nahm erst seinen Arm und dann seine Hand.

Conn ließ es geschehen.

Der Wind kam genau vom Meer, und man konnte die wogende Masse des Blasentangs riechen, den die Winterstürme von der Gezeitenmarke weggerissen hatten. Ein schneidender Wind peitschte die Brecher zu gewaltigen grünen Wogen auf, die den Stumpf der Mole überfluteten und nach den Dünen leckten.

Janet zog sich den Schal vom Kopf und reckte das Kinn, und der Wind erfasste ihr Haar und wehte es ihr mit einer Wucht aus dem Gesicht, als würde er ihr die Haut abreißen. Sie sah wie frisch gewaschen aus, fand Conn, wie frisch geprägt, und tatsächlich kein bisschen wie Helene van Zelyn.

Sie gingen zusammen den Weg zwischen den Dünen hinunter und wandten sich zu dem Schilfgestrüpp um, hinter dem Conn das Boot versteckt hatte.

Er legte den Arm um sie und drückte sie fest an sich.

»Heda, Sir«, erklang auf einmal eine Stimme aus dem Nichts. »Was haben Sie hier zu suchen?«

Auf dem Meer war kein Kutter zu sehen, keine Logger oder Slups, kein Schiff bis auf eine Handvoll Fischerschmacken, die sich zum Hafen von Ayr durchkämpften, keine Spuren von Beibooten oder Pferden am Strand, nichts und niemand zunächst bis auf den hochgewachsenen jungen Mann, der zwischen den Dünen aufragte. Er trug den Bortenhut eines Zolloffiziers und schwang mit einer Hand ein Schwert und mit der anderen eine Pistole.

»Wir schnappen ein bisschen frische Luft, Sir«, schaltete sich Janet ein, bevor Conn den Mund öffnen konnte. »Ist das jetzt etwa verboten?«

»Ist das Ihr Boot?«, fragte der Offizier, wobei er mit seinem Schwert auf den Bug klopfte.

»Mein Boot?«, sagte Janet. »Was sollte ich denn mit einem Boot anfangen?«

»Ist es Ihres, Sir? Reden Sie schon!«

Janet umarmte Conn und zupfte verspielt an seinem Kragen. »Du Schlingel, du«, flötete sie, »du hast ein Boot gekauft, damit du zur See fahren und mich sitzen lassen kannst?«

»Schön wär's«, entgegnete Conn. »Du würdest dir gewiss Flügel wachsen lassen und mir durch Wind und Wellen nachjagen wie ein Albatros.«

»Aye«, sagte Janet fröhlich, »jetzt, da ich dich habe, entkommst du mir nicht mehr.«

Der Offizier war nicht amüsiert von dem Geplänkel, und er fiel nicht gänzlich darauf herein. Er steckte das Schwert in die Scheide, behielt die gespannte Pistole jedoch in der Hand.

Janet wandte sich zu ihm um. »Nachdem wir Ihnen gesagt haben, wer wir sind, könnten Sie vielleicht die Güte haben, die Höflichkeit zu erwidern und uns ... äh ... zu erklären, weshalb Sie eine Waffe auf uns richten, denn das hier ist öffentliches Land, und wir tun nichts Unrechtes.«

»Das nicht, aber Sie haben mir nicht gesagt, wer Sie sind«, gab der Offizier zurück.

»Ich bin Matthew Brodies Tochter«, ergriff Janet wieder das Wort. »Und dieser gut aussehende Bursche ist mein Zukünftiger, der herübergekommen ist, um mich zu heiraten.«

»Herübergekommen von wo?«

»Cork«, antwortete Janet, ohne zu zögern.

Der Offizier funkelte Conn an. »Sagen Sie ihr, sie soll ihre Zunge im Zaum halten! Sie da, Name?«

»Dermot O'Donnell.« Conn griff den Namen aus der Luft, oder vielmehr aus den Tiefen seiner Erinnerung: Der arme Dermot war vor nunmehr zwanzig Jahren vom Fieber dahingerafft worden. »Was kümmert es Sie, wie man mich nennt? Ist es heute schon ein Verbrechen, Ire zu sein?« Unerschrocken löste er sich von Janet und trat vor, um einen Blick auf das Boot zu werfen. »Ein kleines Wrack ist es schon, finden Sie nicht? Wollen Sie es verkaufen, Sir?«

»Gehört es ihm überhaupt?«, rief Janet. »Ich würde von ihm nicht einmal eine Henne kaufen, Dermot. Er scheint mir ein Gauner zu sein. Komm fort, Liebster, komm fort!« Und dann schnellte sie in genau dem Augenblick herum, als drei weitere bewaffnete Männer hinter ihr auftauchten.

Sie trugen die weiten Kittel und groben Leinenhosen, die sie als Angehörige der Wasserpolizei kennzeichneten, und hatten alle eine ganze Reihe Pistolen im Gürtel stecken. Die drei waren weniger misstrauisch und unfreundlich als der hochgewachsene junge Offizier und machten Janet schöne Augen, während sie die Düne herunterschlenderten.

»Heute ist aber ein kalter Tag zum Turteln, Süße«, rief einer von ihnen.

»Zum Turteln ist es nie zu kalt«, gab Janet zurück, obwohl sie auf einmal nicht mehr ganz so selbstsicher war. »Nicht, wenn man einen schönen starken Mann an seiner Seite hat.«

»Wie lange halten Sie sich schon in der Grafschaft auf?«, wollte der Offizier wissen.

»Sieben Wochen«, antwortete Conn.

»Wie sind Sie hierhergekommen?«

»Mit dem Boot von Dublin.«

»Dublin? Und der Name des Bootes, das Sie hergebracht hat?«

»Der *Schwan*.«

»Ein Küstenhandelsschiff?«

»Ich habe meine Passage ehrlich und anständig bezahlt.«

»Was ist Ihr Beruf, Mr. ... äh ...«

»O'Donnell. Ich bin Segelmacher.«

»Haben Sie eine Anstellung hier in Schottland?«

»Ich hoffe eine Anstellung in Ayr oder vielleicht in Greenock zu finden.«

»Und wenn nicht, dann gehen wir zurück nach Cork, sobald wir verheiratet sind«, schaltete sich Janet wieder ein. »Ich war noch nie in Irland, und ich habe gehört, es soll ein gutes Land sein, um Kinder großzuziehen.«

»Und Sie, Mädchen«, sagte der Offizier, »wo wohnen Sie?«

»Oben auf dem Hügel: Hawkshill.«

»Wie weit ist das, Jockie?«, fragte der Offizier einen der Männer von der Wasserpolizei.

Jockie antwortete: »Zwei Meilen, vielleicht drei.«

»Dann reiten wir hoch und reden mit ihrem Vater.«

»Mein Vater ist tot. Er ist vor drei Monaten gestorben«, sagte Janet. »Das war die Zeit, als nach Dermot geschickt wurde. Er ist der Sohn des Vetters meines Vaters. Warum stellen Sie uns all diese Fragen? Sagen Sie uns, was Sie wollen, und dann lassen Sie uns unseres Weges gehen.«

»Wir wollen nichts von Ihnen, Süße«, erwiderte einer der Männer von der Wasserpolizei. »Wir suchen einen Mann namens McCaskie, der drüben auf der Isle of Man einen Offizier des Königs schwer verletzt hat.«

»Das reicht jetzt«, mischte sich der Offizier ein.

»Lassen Sie sie gehen, Sir. Das sind keine Schmuggler.«

»Schmuggler?«, fragte Janet. »Sie halten uns für Schmuggler?«

Der Offizier steckte die Pistole in den Gürtel. »Wenn es nicht Ihr Boot ist, O'Donnell, dann haben Sie doch sicher nichts dagegen, wenn wir es verbrennen.«

»Es kümmert mich einen feuchten Kehricht, was Sie damit anfangen.« Conn zuckte die Schultern und nahm wieder Janets Arm. »Fackeln Sie's ruhig ab, und zum Teufel mit Ihnen, wenn es einem Fischer gehört.«

»Warten Sie!«, meinte Janet. »Dieser Mann, McCloskie ... Ist eine Belohnung auf seinen Kopf ausgesetzt?«

»Dreißig englische Pfund«, antwortete Jockie. »Warum? Wissen Sie, wo er ist?«

»Schön wär's«, sagte Janet. »Das würde uns eine hübsche Mitgift bescheren, was, mein Liebster?« Und dann lächelte sie den Männern von der Wasserpolizei zu, verneigte sich leicht vor dem Offizier, legte einen Arm um Conns Taille und führte ihn weg.

Sie waren auf halbem Weg den Hügel hoch, als Conn murmelte: »Bei Gott, Brodie, du besitzt mehr Schlagfertigkeit und stärkere Nerven, als ich dir zugetraut hätte!«

»Jetzt sind sie nicht mehr ganz so stark, Conn.« Sie streckte eine Hand aus und zeigte ihm ihre zitternden Finger. »Ich bin nur froh, dass dir so schnell ein Name und eine passende Anstellung eingefallen sind.«

»Segelmacher?«, sagte Conn. »Nun, ich war einmal einer. Bald nachdem mein Vater gestorben war, hat meine Mutter darauf bestanden, dass ich ausziehe und ein ehrliches Handwerk erlerne.«

»Aber du hast das Schmuggeln vorgezogen?«

»Mehr Geld und mehr Spaß.«

Sie blieben stehen und sahen zum Strand hinunter. Eine dünne Rauchfahne stieg hinter den Dünen auf und verflog wie Atem im Wind. Einen Augenblick später folgte eine dunklere, dichtere Rauchwolke, die sich über dem Sand bauschte, bevor auch sie sich langsam auflöste.

»Ach, mein armes altes Boot«, sagte Conn. »Gott hab es selig! Es hat mir gute Dienste geleistet.«

»Jetzt sitzt du bei uns fest«, bemerkte Janet, »und es gibt kein Entkommen.«

»Nun, ich wüsste schlimmere Orte, an denen ich festsitzen könnte.« Conn zwinkerte ihr zu und küsste sie auf die Wange, um ihr dafür zu danken, dass sie ihn nicht verraten hatte.

Ich habe nun endlich, meine liebe Freundin, beschlossen, dir zu schreiben und jenes Lied in Worte zu fassen, das in meinem Herzen erklingt, ein Lied, wie es keine Drossel oder Amsel, ja nicht einmal die himmlische Lerche je mit einer solchen Aufrichtigkeit geschmettert hat: Ich liebe dich, Miss Hewitt, ich liebe dich. Schon längst hätte ich es dich wissen lassen, wäre ich nicht abgehalten worden von den entsetzlichen Erschwernissen der Trauer und den Anforderungen, die an mich als den neuen Vorstand meines Haushalts gestellt werden – eine Pflicht, der zu meinem Leidwesen der Vorrang vor der Liebe eingeräumt werden muss.

Rose saß am Fenster des Dachbodens, die Unterarme hatte sie auf den Sims gestützt. Im fahlen Winterlicht las sie den Brief und legte Seite um Seite in ihrem Schoß ab, wo sie ihn rasch in den Falten ihres Kleides würde verbergen können, sollte sie überrascht werden.

Aus der Überfülle hohler Komplimente, die eine heimtückische oder nichtssagende Tollheit diktieren könnte, will ich nur ein einziges herausgreifen. Dieses eine, meine geliebte Rose, ist nichts Geringeres als die Erklärung eines leidenschaftlichen Geistes und liebevollen Herzens, das in einem entsetzlichen Gemenge aus Ängstlichkeit und Reue schmachtet seit unserer letzten zufälligen Begegnung auf dem Pflaster von Drennan. Seitdem flattert meine Seele in ihrer Behausung umher wie ein wilder Fink, der im winterlichen Schnee gefangen und in einen Käfig geworfen wurde.

»Du liebe Güte!«, murmelte Rose und blätterte die zweite Seite auf.

Ich bin der festen Überzeugung, dass die Worte der Prophetin von der Brücke zu sehr eine Prophezeiung von Tränen und nicht genug von Liebe waren. Wenn meine Nachlässigkeit Groll in deinem Herzen erweckt hat, so möge Gott mir verzeihen!

Die Unmöglichkeit stellt ein unüberwindliches Hindernis selbst für die stolzeste und kühnste Vermessenheit dar, aber sei versichert, dass ich lieber in die feurigen Schlunde der Hölle blicken würde, als nie wieder der Göttin meiner Seele in die Augen zu sehen.

Komm schon, Tom, dachte Rose, sag mir einfach, wann und wo!

Sie blätterte ungeduldig in dem Bündel Papiere vor, bis sie die letzte Seite fand, presste sie gegen die Fensterscheibe und äugte darauf:

… aus diesem Grund, ma chère, *flehe ich dich an, mich an diesem Donnerstagnachmittag um drei Uhr in Crawfords Taverne zu treffen, wo ich meinen Herzschmerz zu lindern und dich zu versöhnen hoffe.*

Danach folgte ein schwungvoller Unterschriftenblock, in dem das Wort »Liebe« fünfmal vorkam.

Na, na, na, dachte Rose, am Donnerstagnachmittag um drei Uhr bei *Caddy Crawford's*: Ich frage mich, wie ein Mann wie Tom Brodie seinen Herzschmerz zu lindern gedenkt und wie genau er mich versöhnen wird.

Sie faltete die Blätter so klein wie möglich zusammen, versteckte das Bündel bei ihren anderen Schätzen unter dem Fuß der Harfe und ging dann mit gestärktem Appetit wieder hinunter, um noch einen Muffin und ein, zwei Eier zu verschlingen, bevor Eunice den Frühstückstisch abräumte.

Als ihre Blutung einsetzte, verspürte Betsy eine große Erleichterung. Schnell zog sie sich ins Hinterzimmer zurück, um sich um ihren Zustand zu kümmern. Sie konnte von Glück reden, dass ihr die monatliche Heimsuchung im Allgemeinen nicht sehr zu schaffen machte. Betsy litt nie an den schwächenden Krämpfen, unter denen sich ihre Schwester Effie ins Bett schleppte; ein leichter Kopfschmerz und eine gewisse Trägheit ihrer Gedanken – schlimmer wurde es eigentlich nie. Betsy wusch sich, fischte die Stofflappen heraus, zog ihren engen wollenen Schlüpfer an und war wieder im Hof, bevor irgendjemand bemerkte, dass sie überhaupt fort gewesen war.

Conn war mit Henry losgezogen, um die Vögel von dem langen Feld zu verscheuchen und den Weg im Auge zu behalten, falls die Wasserpolizei unangekündigt aufkreuzen sollte. Er hatte bereits Nachrichten – ohne Unterschrift – an Mr. Dingles Auftraggeber in Paisley und an die Tabakkäufer in Kilmarnock geschickt und es riskiert, auf einem geliehenen Pferd nach Ayr zu reiten, um einen Seekapitän zu warnen, der ein Boot im Hafen und Freunde in kontinentalen Häfen hatte. Connor hatte im Gegenzug für seinen Unterhalt keine landwirtschaftlichen Fähigkeiten anzubieten, doch er war mehr als bereit, Mist zu schaufeln, Futtersäcke zu schleppen, sich um den Maischkessel zu kümmern und unter Janets Führung über die winterlichen Weiden zu streifen.

Aber Conn war kein Mann, der sich freiwillig für ein Leben auf dem Lande entscheiden würde. Betsy befürchtete, dass Janet, die ihr Herz ganz offensichtlich an den Iren verloren hatte, eines Morgens aufwachen und feststellen würde, dass er gegangen war. In der Zwischenzeit sah sie zu, wie Janet gurrte und turtelte und Conn auf seine zurückhaltende Art darauf reagierte, und sie verspürte einen eifersüchtigen Stich, da sie niemanden hatte, den sie mit ihrer Liebe überschütten konnte, nachdem Tom sie erst genommen und dann abgewiesen hatte.

»Betsy, meine Liebe«, rief er, »wie schön du heute aussiehst!«

Tom hatte das größte der Pflugpferde zum Striegeln in den Hof geführt. Er sah winzig aus neben dem Pferd, und er kauerte darunter wie ein kleiner Junge und sah schelmisch zu ihr hoch, bemüht, ihre Aufmerksamkeit zu gewinnen. Aber sie konnte ihn jetzt nicht mehr ansehen, egal, welcher Laune er war, ohne an die kalte, ausgehungerte Art zu denken, auf die er sie genommen hatte, als wäre sie für ihn nicht mehr als eine Zuchtstute für einen Hengst oder eine Sau für einen Eber.

Da, im grauen Licht dieses Donnerstagmorgens, wusste sie, dass sie sich nie wieder zu ihm legen würde, egal, wie sehr er seinen Charme spielen ließ oder wie viele beiläufige Komplimente er ihr nachwarf. In Tom war keine Liebe, keine Zärtlichkeit. Sie war nicht länger gewillt, sich seinen launischen Bedürfnissen zu fügen.

Betsy trat auf das Pferd zu und streichelte seine Ohren, während Tom die Schulter des Tieres mit der Striegelbürste bearbeitete, um es vom Schmutz und Staub des Stalls zu befreien. Im Augenblick war er offenbar bester Laune und voller Tatendrang.

»Ziehst du heute nicht mit deinem Vetter los?«, fragte er.

»Nein«, antwortete Betsy. »Er ist mit Henry unterwegs.«

»Und Janet folgt ihm nicht auf den Fersen?«

»Sie fegt den Dachboden aus, glaube ich.«

Tom beugte sich über die Schulter des Pferdes. »Wie lange wird McCaskie bei uns wohnen, was meinst du?«

»Warum fragst du ihn nicht selbst?«

»Er ist nicht mein spezieller Freund und auch nicht mein Vetter.«

»Er wird bleiben, bis er es für sicher hält zu gehen, nehme ich an.«

»Sicher?«, sagte Tom. »Ich frage mich, was bedeutet dieses Wort?« Er kam um die Flanke des Tiers, das seinen riesigen Kopf zwischen ihnen hängen ließ, und grinste. »Wie hübsch du doch bist, Betsy McBride, wie reizend und hübsch! Geht es dir am ganzen Körper gut?«

Sie wusste, was er mit seinen liebenswürdigen Worten bezweckte. Er wollte herausbekommen, ob es ihr gefallen hatte, von ihm genommen zu werden, und ob es vielleicht nicht ohne Folgen geblieben war. Sie war versucht, ihm zu sagen, dass er nicht so potent war, wie er glaubte, und dass sie nicht ängstlich die Tage zählte, dass es keine beschämte Bekanntmachung und keine »Arrangements« geben würde. Und am liebsten hätte sie dann noch hinzugefügt, dass sie vielleicht eine Närrin war, aber nicht Närrin genug, um ein solches Risiko ein weiteres Mal einzugehen, egal, wie viel Vergnügen es vielleicht mit sich brachte.

»Nun, Betsy«, hakte er leise nach. »Ist es so?«

»Aye«, antwortete sie. »Es geht mir gut, Tom, sehr gut – am ganzen Körper.«

»Fein«, sagte er.

Er trat auf die andere Seite des riesigen Pferdes, als wäre er fertig mit Betsy. Und sie machte sich nur zu gern auf den Weg zum langen Feld, um sich etwas aufrichtigere Gesellschaft zu suchen, nämlich die Henrys und ihres Vetters Conn.

22

Caddy Crawford's war keineswegs die anrüchigste Spelunke in der Grafschaft von Ayr. Drüben bei Galston, an der alten Zollstraße nach Osten, gab es Tavernen, in denen Frauen nur willkommen geheißen wurden, wenn sie die Röcke über dem Kopf trugen und die Strümpfe um die Knöchel. Es gab unzählige andere Gasthäuser und Schankstuben, am Rande kleiner Städte und winziger Dörfer versteckt, wo Zigeuner es sich gut gehen ließen und selbst die derbsten Viehtreiber, die gern ein Glas Whisky hoben, lieber zweimal überlegten, bevor sie sich unter dem Türsturz hindurchduckten, um nicht einem Messer oder Knüppel in die Arme zu laufen.

Auch in Hafenstädten, in nach Fisch stinkenden Gassen und kloakenartigen Seitenstraßen, schenkten schäbige kleine Tavernen gestreckten Schnaps aus und befriedigten das Bedürfnis eines Mannes nach Beischlaf und das Bedürfnis einer Frau, sich ein paar Pennys zu verdienen. Dafür stellten sie ein Zimmer mit einer Pritsche oder einer zerschlissenen Strohmatratze zur Verfügung, in dem das Geschäft mit einem gewissen Maß – einem sehr bescheidenen Maß – an Privatsphäre abgewickelt werden konnte.

Selbst in Souter Gordons erbärmlicher kleiner Schenke in Hayes gab es ein Zimmer – kaum mehr als einen Wandschrank –, in dem ein Bursche gegen ein kleines Entgelt die intime Nähe eines der Küchenmädchen von Copplestone House suchen oder die eheliche Eignung einer Magd prüfen konnte. Und wenn sein Bedürfnis allzu dringend war, konnte er auch Erleichterung bei einer der beiden hiesigen »Damen« finden, die für ein paar Pennys und ein Glas Rum ein heimliches Geschäft anboten.

In Drennan, dem vornehmen Drennan, herrschte allenthalben Heuchelei. Während Caddy Crawfords Taverne Männern und Frauen gleichermaßen für einen Schluck zu trinken und ein Sonntagsessen offen stand, wurden die zwei Zimmer, die der Wirt stunden- oder nächteweise vermietete, dezent über einen Korridor betreten, der zugleich in den Garten führte. Folglich konnte man sich nie ganz sicher sein, wer Privatsphäre suchte und wer vielleicht nur ein Reisender war, der für eine Nacht ein Dach über dem Kopf brauchte.

Tom Brodie war nicht der einzige Junggeselle, der Caddys spartanische Räumlichkeiten genutzt hatte, wenn im Winter das Turteln zwischen Ginster und Adlerfarn zu gefährlich für die Befindlichkeit seiner edlen Teile wurde. Einmal hatte er ein Mädchen aus Pendicle dorthin gelockt, um anschließend damit zu prahlen. Und ein andermal, als er und Mr. Ogilvy zwei Schwestern kennengelernt hatten, alte Jungfern, die auf dem Weg nach Dumfries Station gemacht hatten, hatte er die jüngere mit seinem Charme so betört, dass sie sich ihm nur allzu bereitwillig hingegeben hatte. In der Zwischenzeit hatte Mr. Ogilvy unzählige Runden Cribbage mit der älteren der Schwestern ertragen, um sie von dem abzulenken, was im Zimmer nebenan vor sich ging.

Hier, in einer von Caddy Crawfords Kammern, plante Mr. Tom Brodie, an einem düsteren Donnerstagnachmittag um drei Uhr mit Miss Rose Hewitt zusammenzukommen – zu einer Vereinigung, die vielleicht nicht unbedingt gesegnet war, sich dem Mädchen aber ins Gedächtnis einbrennen und es, zumindest in Toms Augen, für alle Zeiten verderben würde.

Trotz seiner Prahlerei hatte er nicht die Absicht, Rose mit Gewalt zu nehmen; es gab diesbezüglich noch immer Gesetze.

Außerdem war er viel zu galant, um sich einer Frau je aufzudrängen, die nicht schon vorher wie eine Fiedel gestimmt worden war – Betsy McBride vielleicht ausgenommen.

So schüchtern sie auch sein mochte, hatte Tom doch keinen Zweifel, dass Rose Hewitt bereit für das Opfer war und dass das Zerwürfnis zwischen ihnen kein Hindernis für die Verführung sein, sondern ihr vielleicht sogar eine gewisse Würze verleihen würde.

Er hatte nicht vergessen, wie begierig Rose gewesen war, sich ihm an Arbuthnots Tanzabend ganz hinzugeben. Tatsächlich hatte er sich dafür verflucht, dass er so verdammt edel gewesen war, die Schlampe aufzufordern, auf die Befriedigung noch zu warten, bis er sie auf dem Brautbett nahm. Tom war noch immer erbost über ihre hochnäsige Haltung den Umständen gegenüber, die ihn von ihr ferngehalten hatten. Nach wie vor ärgerte er sich über Rose' mangelndes Verständnis dafür, dass die weibliche Besessenheit, sich einen Ehemann zu angeln, völlig wirklichkeitsfremd war und dass Tod und Steuern, Pacht und das Aufbringen derselben Dinge waren, die einem verantwortungsvollen Mann wichtiger waren, als dem Selbstwertgefühl eines jungen Mädchens zu schmeicheln.

Glaubte Rose allen Ernstes, die Bekanntgabe einer Verlobung mit Lucas Fergusson, einem feigen, verklemmten Idioten, könnte ihre Sehnsucht nach ihm, Tom, verschleiern und die Aussicht auf ein Luxusleben auf Walter Fergussons satten Weiden sie dafür entschädigen, dass sie einem solch heftigen, leidenschaftlichen Verlangen der Natur den Rücken gekehrt hatte?

Als Tom nach Drennan ritt, war er von hitzigen und grollenden Gefühlen erfüllt.

In der vergangenen Nacht hatte er wieder jenen Traum gehabt. Er hatte seinen Vater an seinem Bett stehen sehen, hatte die Knöchel des alten Mannes auf seiner Stirn gespürt und, wie das

Rascheln reifer Gerste im Wind, die Stimme des alten Mannes gehört, die ihn an seine Versprechen erinnerte.

Tom wusste jetzt, wie er diesen Traum abschütteln konnte. Wenn er Rose nahm, würde er ein für alle Mal davon befreit sein. Er würde an Neville Hewitt Rache dafür nehmen, dass er Daddy bis zum Tode drangsaliert hatte. Er würde an der kindlichen Rose Rache nehmen, aye, und auch an der alten Frau, dieser selbst ernannten Prophetin, die sich erdreistet hatte, sich in sein Schicksal einzumischen und der man nötigenfalls vielleicht auch die Schuld an dem geben konnte, was Rose Hewitt nun widerfahren würde. Und wenn es vorbei war, wenn er in Rose eingedrungen war und sie befriedigt hatte, würde er sie verlassen, gleichgültig, wie flehentlich sie um mehr betteln würde. Denn er hatte bereits entschieden, Betsy, die Frau, und nicht Rose, das Mädchen, zur Ehefrau zu nehmen.

Nicht früher als eine Minute vor drei band er das Pferd am Geländer an, gab ihm einen Futtersack und zog sich die Mütze schräg ins Gesicht. Er zupfte noch seinen kleinen Pferdeschwanz zurecht und betrat Caddy Crawfords Taverne durch die Vordertür.

Vier oder fünf alte Männer kauerten um das Feuer. Anders als gewöhnlich entboten sie ihm keinen Gruß, sondern wandten sich ab, zogen die Schultern hoch und waren auf einmal sehr interessiert am Zustand ihrer Stiefel. Caddy und sein Kellnerjunge wirkten nicht weniger abweisend. Sie hockten hinter dem Tresen, flüsterten miteinander und schauten rasch weg, als Tom hereinkam.

Im Gastraum hielten sich keine Junggesellen und keine Fremden auf, einzig die hübsche Kleine, Hewitts Tochter, hatte sich an einen Ecktisch gesetzt und eine Flasche von Caddys bestem Rotwein bezahlt. Als Brodie eintrat, hob sie ein Glas und rief: »Tom, hier bin ich. Siehst du, hier bin ich«, als hätte er sie übersehen können.

Sie war in Schwarz-Weiß gekleidet, ein bisschen wie eine Nonne, fand er. Ihr wollener schwarzer Umhang stand am Hals offen, die Kapuze war um die Schultern gerafft. Tom wurde der Anblick ihres gefalteten Mieders und eines kleinen silbernen Herzens gewährt, das auf der Wölbung ihrer Brust saß und sich dort an einem feinen Goldkettchen sanft hob und senkte.

»Tom, mein Lieber«, sagte sie. »Ich freue mich, dich zu sehen.«

»Was denn?«, erwiderte er lächelnd. »Dachtest du etwa, ich würde nicht kommen?«

»Dein Brief ...« Sie errötete. »Ich fürchtete, du würdest vielleicht wieder deinen Spott mit mir treiben.«

Tom nahm die Mütze ab und setzte sich Rose gegenüber auf die Bank. Caddy, der Kellnerjunge und die Alten am Feuer sahen ihm genau zu, aber jetzt, nachdem sein Vater gestorben war, kümmerte es Tom einen Dreck, welche Geschichten vielleicht zurück bis nach Hawkshill dringen sollten. Tatsächlich könnte es sogar von Nutzen sein, Zeugen zu haben, die seinen Bericht beim nächsten Treffen des Junggesellen-Clubs bestätigen konnten.

»Ich würde niemals meinen Spott mit dir treiben, meine liebste Rose, nicht um alles Geld der ...«

»Wein, ein Glas Wein?«

Er sah auf die Füllhöhe des Rebensafts in der Flasche und stellte fest, dass Rose noch nicht viel davon getrunken hatte. Natürlich würde es die Sache beschleunigen, wenn Rose ein wenig aufgelockert wurde, wenn auch nicht so weit abgefüllt, dass sie womöglich bestreiten könnte, aus freien Stücken mit ihm gegangen zu sein.

Tom nahm das Weinglas, beugte sich über den Tisch und verhakte seinen Arm unter ihrem. Dann trank er aus dem Glas, reckte dann das Kinn und berührte ihre feuchten Lippen mit seinen.

»Jedes Wort«, murmelte er. »Ich habe jedes Wort und jede

Silbe ernst gemeint, die aus meiner Feder geflossen sind. Ich habe die Seiten mit Tränen der Zerknirschung benetzt und hätte sie mit Zeichen meiner Liebe besprenkelt, wenn es in meiner Macht gestanden hätte. Dann hat dir mein Brief gefallen?«

»Ja. Oh ja, Tom. Ich habe noch nie zuvor einen solchen Brief erhalten.«

Und das wirst du auch nie wieder, dachte Tom, aber er behielt den Gedanken für sich. Er küsste sie noch einmal.

Sie schloss in Ekstase die Augen.

Er äugte hinunter auf den Anhänger, der sich auf ihrer Brust hob und senkte, und er sah, dass das kleine silberne Herz schon jetzt hart hämmerte.

Tom lehnte sich zurück.

Sie schlug die Augen auf. »Was denn? Was ist los?«

»Nein, Mädchen«, sagte er mit belegter Stimme. »Ich kann dir das nicht antun.«

»Mir was nicht antun?«, fragte Rose ängstlich. »Mich küssen, meinst du? Was hält dich denn ab? Ich bin für deine Küsse hierhergekommen, Tom, für deine ...«

Er legte ihr einen Finger an die Lippen. »Schscht jetzt, sonst werde ich vergessen, dass du eine Dame bist.« Er schwieg kurz, bevor er hinzufügte: »Und mit einem anderen verlobt.«

»Ach, das!«, sagte Rose.

»Das?«, fragte Tom. »Diese Neuigkeit war für mich wie ein Stich ins Herz!«

»Pah! Eine Bagatelle«, entgegnete das Mädchen, »nur eine List, eine Intrige, eine Finte, um meinen Vater abzuschütteln. Denkst du etwa, ich wäre so töricht, Lucas Fergusson zu heiraten, wenn ich dich haben kann?«

»Nun ja«, räumte Tom ein, »das nicht.«

Rose nahm seine Hand und zog ihn mit einem Ruck über die Tischplatte. »Hast du nicht versprochen, mit mir durchzubrennen? Hast du nicht gesagt, du würdest an erster Stelle mein Ehemann und an zweiter mein Geliebter sein?«

»Aye, das habe ich.«

Ihre Finger krallten sich in seinen Ärmel, und sie sagte: »Mein Vater wird mir niemals gestatten, dich zu heiraten, Tom, es sei denn ...«

»Es sei denn?«

»Wenn du zuerst mein Geliebter werden und mir ein Kind schenken würdest, welche Wahl hätte mein Papa dann noch, als einer Ehe zwischen uns zuzustimmen?«

»Rose, willst du etwa sagen ...«

Sie sah sich kurz um und dann wieder zu ihm zurück. »Ich habe gehört, hier soll es ein Zimmer geben, das man stundenweise mieten kann? Ist es nicht so?«

»So ... so ist es«, räumte Tom ein.

»Führ mich dorthin. Führ mich dorthin und tu es jetzt mit mir.«

»Was soll ich tun?«

»Schenk mir ein Kind.«

»Nun ja, ehrlich gesagt, wäre das vielleicht nicht ...«

»Willst du mich nicht, Tom? Ist es das?«

»Nein ... ja, ich meine, ich will dich. Natürlich will ich dich, aber ...«

»Willst du mich nicht als deine Ehefrau?«

Jetzt war es an Tom, sich kurz umzuschauen, jedoch nicht zum Korridor, sondern zu den Alten am Feuer und zu Caddy Crawford, der sich mit gespitzten Ohren hinter den Fässern versteckt hatte.

»Sag mir die Wahrheit, Tom Brodie!«

»Aye, ich will dich als meine Ehefrau.«

»Ist das denn nicht die Art, es zu tun?«

»Es ist eine Art, gewiss.«

»Dann nimm mich«, sagte Rose durchaus laut. »Nimm mich!« Und dann kam sie aus ihrer Ecke hervor und streckte die Hand aus.

Die alten Männer starrten inzwischen unverhohlen herüber, fasziniert davon, wie Tom Brodie, der Hawkshill-Bock, vor ihren Augen verführt wurde. Und als sich Tom von der Bank erhob, die Weste herunterzog und die Schultern durchdrückte, da war aus der Ecke des Feuers ein taktloser kleiner Jauchzer zu hören.

Ohne sich umzuwenden, sagte Tom: »Ein Zimmer, Caddy. Wie es scheint, brauche ich ein Zimmer.«

»Nimm die erste Tür«, erwiderte Caddy Crawford mürrisch. »Aye, die erste Tür«, und dann sah er mit offenem Mund zu, wie Matt Brodies lautstarker Junge wie ein Lamm weggeführt wurde.

»Die Sache ist die«, sagte Henry. »Ich hatte gehofft, wir könnten Hawkshill eines Tages von Hewitt kaufen und selbst besitzen.«

»Es ist der Traum eines jeden Mannes, etwas zu haben, was er sein Eigen nennen kann«, erwiderte Conn. »Es tut mir leid, dass ich dir nicht dazu verhelfen konnte, doch die Umstände sind etwas unerwartet meiner Kontrolle entglitten.«

»Bist du sicher, dass die Steuerbeamten deine Geldkassette mitgenommen haben?«, fragte Betsy.

»Wenn nicht sie, dann hat mein Schwager zugegriffen. Er kennt weder Skrupel noch Ehre.«

»Wird er sich um deine Mutter kümmern?«, wollte Henry wissen.

»Das schon. Meine Schwester würde ihn umbringen, wenn er es nicht täte.«

»Kannst du denn nicht nach Ramsey zurückkehren?«, erkundigte sich Betsy.

»Nicht, wenn jeder Zigeuner und Strandspaziergänger nach mir Ausschau hält«, antwortete Conn.

»Und was ist mit Irland?«, schlug Henry vor.

»Irland?« Conn nickte. »Aye, die Hoffnung besteht. Aber wie soll ich da hinkommen, wenn ich nicht einmal einen braunen Penny mein Eigen nenne?«

»Ich werde dein Vieh von dir zurückkaufen«, schlug Henry vor. »Ich werde dir so viel dafür geben, wie du uns bezahlt hast. Wäre das genug für deine Passage nach Dublin?«

»Mehr als genug.«

Sie schlenderten nebeneinander das Weizenfeld hinunter. Die kleinen Vögel waren noch immer schreckhaft, aber den Saatkrähen und Möwen jagte der Anblick von Menschen, ob mit oder ohne Kreisel, keine Angst mehr ein. Grüne Triebe waren noch nicht zu sehen, doch jetzt, da die Erde sich erwärmte und die Tage unmerklich wieder länger wurden, würde die Natur gewiss bald ihren Lauf nehmen.

»Kannst du in Dublin noch einmal neu anfangen?«, fragte Henry.

»Klein anfangen«, sagte Conn, »das kann ich, aber ich bin mir nicht sicher, ob ich das will.«

»Wovon würdest du denn leben?«, erkundigte sich Betsy.

Conn krauste die Stirn. »Handel treiben, das ist das Einzige, wovon ich etwas verstehe. Und meine Kontakte sind nicht alle auf der falschen Seite des Gesetzes. Wenn ich einen kleinen Batzen Kapital hätte, nur einen kleinen Batzen, dann würde ich einen Kredit von den Kapitänen auftreiben, um als Schiffsausrüster meinen eigenen bescheidenen Laden aufzumachen.«

»Wie viel Kapital ist denn ein ›kleiner Batzen‹?«, fragte Henry.

Conn zuckte die Schultern. »Vierzig Pfund, vielleicht fünfzig.«

»Es wäre schon ein Kampf, oder?«, sagte Henry.

»Das wäre es gewiss«, stimmte Conn ihm zu. »Aber habe ich

nicht mein Leben lang gekämpft und verdammt wenig dafür vorzuweisen?«

»Nicht einmal eine Ehefrau«, bemerkte Henry.

»Nein«, räumte Conn nach einer Pause ein, »nicht einmal eine Ehefrau.«

Sie blieb im Korridor stehen, außer Sichtweite des Wirtes, und gestattete es Tom, ihren Hals und Nacken zu küssen und an ihrem Ohrläppchen zu lecken, als wäre es ein Stück Zucker. Er legte ihr eine Hand um die Taille und schob sie dann hoch zu ihren Brüsten. Rose' zurückgeworfener Umhang wurde hinter ihr zerknautscht, als sie an die Wand gedrückt wurde. Tom glitt mit den Händen über ihre Brüste und küsste mit einer wütenden Leidenschaft ihren Mund, die trotz Rose' Abscheu einen Funken Zweifel in ihr entfachte. Als Tom seinen Schenkel zwischen ihre Beine stieß und ihre Röcke und Unterröcke zerdrückte, stöhnte sie leise auf, tastete hinter sich nach dem Eisenriegel und schob ihn mit den Fingerspitzen zurück, um die Tür aufschwingen zu lassen.

»Gott, Rose«, knurrte er, »jetzt bin ich bereit für dich.«

Dort hinter ihr war das Bett, eine schmale Holzpritsche, stabil genug gebaut, um das Gewicht von zweien – übereinander – zu tragen. Ein frisches Laken, eine karierte Decke und zwei feste Kissen waren im fahlen Licht zu sehen, das durch das geriffelte Fenster einfiel. Eine dicke Bienenwachskerze steckte in einem metallenen Kerzenhalter auf einem Spindeltisch, daneben befanden sich eine Zunderbüchse, ein Krug und eine Waschschüssel und sogar zwei ordentlich zusammengelegte leinene Handtücher. Außerdem stand ein einziger Stuhl mit einer Sitzfläche aus Binsengeflecht da.

Und auf dem Stuhl saß ein junger Mann, so eng zusammengerollt wie eine Sprungfeder.

Auf Tom Brodies Oberschenkel reitend, wurde Rose rückwärts ins Zimmer getragen. Toms Hände umklammerten ihr Gesäß unter dem zerknautschten Stoff. Mund und Nase hatte er in ihrem Nacken vergraben. Sie ließ die Beine schlaff herunterhängen, als wäre sie im Begriff, in Ohnmacht zu fallen, warf sich zur Seite und schrie: »Lucas!«

Tom Brodie wusste nicht, wie ihm geschah, nur dass die düstere kleine Kammer mit einem Mal in einem grellen weißen Licht erstrahlte. Blut quoll ihm aus der Nase, strömte durch seine Kehle und verwandelte sein verblüfftes »*Aaauuutsch*« in einen erstickten Schrei. Er sackte vornüber zusammen, Blut spritzte in alle Richtungen, und er begriff nicht, dass er sich schützen musste, als Lucas erneut zuschlug.

Es waren leichte Faustschläge mit den bloßen Knöcheln, aber dahinter lagen Gewicht und Wut. Der zweite Schlag traf Tom an der Kinnspitze. Er hörte seine Zähne brechen, spürte einen seltsam knirschenden Schmerz in seine Schädelknochen schießen, und dann taumelte er nach hinten und rutschte in eine dunkle Lache, die nur für einen Moment nach Melasse schmeckte.

»Ist er tot, Rosie? Habe ich ihn getötet?«

»Nein, nein, Lukie, da kannst du ganz unbesorgt sein.«

»Was ... was sollen wir jetzt mit ihm machen?«

»Stopf ihm ein Kissen hinter den Kopf, damit er nicht an seinem Blut erstickt.«

»Blut?«, sagte Lucas. »Aye, da ist aber viel Blut, oder?«

»Ich glaube, du hast ihm die Nase gebrochen.«

»Er wird mir doch nicht die Polizei auf den Hals hetzen, oder, Rosie?«

»Sei nicht albern«, meinte Rose. »Du hast nur deine Pflicht

getan, um die Ehre deiner Zukünftigen zu schützen. Und jetzt hol dieses Kissen!«

Gehorsam zerrte Lucas das Stoffkissen auf den Boden und stopfte es mit Rose' Hilfe unter Tom Brodies Schädel, wobei er den stummeligen kleinen Pferdeschwanz ein wenig zur Seite schob. Brodie hatte Blutblasen an den Nasenlöchern, aber er schien klar, wenn auch geräuschvoll, durch den Mund zu atmen.

Rose nickte. »So ist es gut.«

»Und jetzt was?«

»Jetzt lassen wir ihn schlafen.« Und dann nahm Rose ihren Liebsten bei der Hand, trat über die Blutlache in den Korridor und verschwand durch die Gartenpforte in die Straßen der Stadt.

23

Die braven Bürger von Hayes konnten es alle kaum erwarten zu sehen, wie ihr ungebärdiger Sohn zugerichtet war. Der starke Zustrom zu Mr. Turbots Gemeinde an jenem Sonntagvormittag beruhte nicht auf einer plötzlich vermehrten Frömmigkeit, sondern auf schlichter Neugier. Es war für alle eine herbe Enttäuschung, dass Tom Brodie sich nicht imstande sah, zu erscheinen und seine Wunden den urteilenden Blicken der Allgemeinheit zu offenbaren.

Die Gerüchte, die aus Drennan durchsickerten, waren bestenfalls vage. Sie reichten von einem Konflikt mit dem Huf eines Pferdes unter starkem Alkoholeinfluss – Brodies, nicht des Pferdes – bis zu einer mörderischen Keilerei mit den Stammgästen von Caddy Crawfords Taverne. Eine Befragung besagter Stammgäste durch den jungen Mr. Frye, begünstigt durch eine Krone, die Mr. Ogilvy Caddy Crawford in die Hand drückte, brachte eine gänzlich andere Geschichte ans Licht, eine, die so glaubhaft klang, dass die Herren Ogilvy und Frye im Namen der Freundschaft beschlossen, sie für sich zu behalten.

Als Johnny Rankine nach Hawkshill hochstapfte, um zu sehen, was Sache war, traf er einen Tom an, der außerstande war, auch nur ein Wort von sich zu geben. Sein Kiefer war geschwollen, seine Augen blau geschlagen, und seine Nase – nun ja, je weniger über seine Nase gesagt wurde, desto besser. Im Nachthemd und mit einem alten Mantel darüber saß er zusammengesunken auf einem Stuhl am Feuer und blickte finster aus violetten Augenschlitzen. Von Zeit zu Zeit leckte er sich mit einer knallroten Zunge die aufgesprungenen Lippen, was ihm eher Schmerzen als Linderung zu bereiten schien. Und als Johnny ihn einmal unbedacht am Arm berührte, stöhnte er so laut auf, dass der Milchfarmer fast von seinem Stuhl fiel und bald darauf hastig den Rückzug antrat.

Peter Frye und Mr. Ogilvy beschlossen, ihren Junggesellen-Bruder am Sonntagnachmittag gemeinsam aufzusuchen.

Henry kam ihnen im Hof entgegen und erklärte mit gedämpfter Stimme, der Schmerz habe die eher geselligen Seiten von Toms Charakter geschwächt, und sie seien gut beraten, so rasch wie möglich ihre Aufwartung zu machen und wieder Abschied zu nehmen.

»Großer Gott, Mann!«, rief Peter aus. »Was hat sie denn mit dir angestellt?«

Tom schielte um seine geschwollene Nase und antwortete mit einem Knurren. Ein, zwei Schritte hinter Toms Stuhl hielt sich Conn McCaskie eine Faust vor den Mund und hüstelte theatralisch. Toms Schwester Janet brachte Tee.

Mr. Ogilvy stellte seine Tasse und Untertasse auf dem Tisch ab, ohne einen Schluck zu trinken, und wandte sich an Agnes. »Hat Glendinning ihn versorgt?«

»Gleich als Erstes«, sagte sie. »Der Doktor hat ihn nach Hause gebracht.«

»Ist die Nase gebrochen?«

»Der Knochen, aye, aber Dr. Glendinning hat sie wieder zurechtgebogen.«

»Wird sie ordentlich verheilen?«

Agnes zuckte die Schultern und schüttelte mit einem Blick auf Tom den Kopf.

»Kann er etwas essen?«

»Haferschleim, einen Löffel klare Brühe«, antwortete Mrs. Brodie. »Nicht einmal einen Schnaps kann er kippen, denn der brennt ihm im Mund.«

»Noch irgendwelche anderen Verletzungen?«, wollte Mr. Ogilvy wissen.

»An seinem Stolz, nur an seinem Stolz«, murmelte Agnes. »Er weigert sich, uns zu erzählen, was passiert ist.«

»Wenn Sie mich fragen«, meldete sich Janet zu Wort, »hatte dieses Mädchen viel damit zu tun.«

Tom zog sich den Mantel bis zum Hals hoch und warf ihr einen vernichtenden Blick zu.

»Das hat ihm kein Mädchen angetan«, sagte Conn McCaskie. »Vom Pferd ist er gefallen.«

»Von irgendetwas ist er gefallen, so viel steht fest«, stimmte Janet ihm zu, die, so Mr. Ogilvys Verdacht, nicht nur Mitgefühl für das Leiden ihres Bruders empfand. »Ob es ein Pferd oder ein Mädchen war, das ist eine andere Frage.«

Peter kauerte sich neben seinen Freund. »Brauchst du irgendetwas, Tom, können wir dir irgendetwas bringen?«

»Nein.«

»Können wir in deinem Auftrag irgendeine Nachricht überbringen?«

»Wachich?«, brachte Tom zustande.

»Zum Beispiel den Brüdern im Club?«

»Nein!«

»Na schön«, seufzte Peter, »dann lassen wir dich jetzt allein, damit du dich ausruhen kannst, und kommen, wenn es dir recht ist, ein andermal wieder, wenn du mehr du selbst bist.«

Tom nickte, zuckte zusammen und schloss die Augen.

Im Hof sagte Henry: »Komm schon, Peter, ich habe den Verdacht, du verfügst über Informationen, die sich unserer Kenntnis bislang entziehen. Ich wäre dir dankbar, wenn du mir erzählen würdest, was du erfahren hast.«

Peter warf einen Blick auf Mr. Ogilvy, der sagte: »Er ist mit dem Hewitt-Mädchen in Caddys Hinterzimmer gegangen ...«

»Ist sie bereitwillig mitgegangen?«

»Offenbar.« Peter nickte. »Nach dem, was Robert und ich in Erfahrung gebracht haben, schien sie sogar sehr erpicht auf Toms Gesellschaft zu sein.«

»Teufel noch mal!«, murmelte Henry. »Ich hab's doch gewusst, dass eine Frau im Spiel war. Und Hewitts Tochter! Gott, manchmal glaube ich wirklich, mein Bruder hat völlig den Verstand verloren. Womit hat sie ihn geschlagen – einem Stuhl?«

»Das wissen wir nicht«, antwortete Peter. »Caddy Crawford hat einen kleinen Tumult gehört, aber entschieden, sich nicht einzumischen. Tom ist etwa zehn Minuten später aus dem Zimmer getaumelt und im Korridor zusammengebrochen. Caddy hat nach Glendinning geschickt, der Tom dann nach Hause gebracht hat.«

»Und das Mädchen?«

»Spurlos verschwunden«, sagte Mr. Ogilvy. »Es steckt mehr dahinter, als Crawford preisgeben will. Wenn du mich fragst, wurde er im Voraus bestochen, jemanden ins Zimmer zu lassen.«

»Aber wen?«, fragte Henry.

»Das wissen wir nicht.«

»Neville Hewitt?«, überlegte Henry laut.

»Möglich, aber nicht anzunehmen.«

»Aller Wahrscheinlichkeit nach kennen nur drei Leute die ganze Geschichte«, sagte Mr. Ogilvy. »Das Mädchen, der Angreifer und Tom.«

»Und Thomas ist zu gedemütigt, um sie irgendjemandem zu erzählen«, sagte Henry. »Nun, wie es scheint, hat mein lieber Bruder bekommen, worum er gebeten hat, und mit etwas Glück wird er eine Lehre daraus ziehen.«

»Darauf würde ich mich nicht verlassen, Henry«, murmelte Peter Frye.

Die Harfe spendete ihr nicht länger Trost, oder vielleicht brauchte sie auch gar keinen Trost mehr. Rose zupfte nachdenklich an den Saiten und versuchte angestrengt, keine Häme zu empfinden. Sie wusste jedoch, dass sie, selbst wenn sie hundert Jahre alt werden sollte, niemals vergessen würde, wie der tollpatschige Lucas Fergusson ohne Bedenken oder Fragen ihre Ehre verteidigt hatte. Er war im Grunde seines Herzens eine sanfte Seele, und nur wahre Liebe, geschürt von Empörung, hatte seine Faust geführt, und er war in jenem Augenblick ihr Tiger gewesen. Die Tatsache, dass sie ihn überhaupt erst in diese Lage gebracht hatte, schmälerte nicht seine Tapferkeit. Es war richtig von ihr gewesen, sich ein solch effektvolles Ende der Affäre, die keine war, auszudenken, Lucas zum Instrument ihres Schicksals zu machen und dem großspurigen Tom Brodie ein für alle Mal zu beweisen, dass ein Mann mehr zu bieten haben musste als einen stolzen Gang und eine blumige Ausdrucksweise.

Der derbe Hawkshill-Farmer hatte sie vielleicht an ihrem Fenster geküsst und auf der Tanzfläche durch die Luft gewirbelt, aber es lag in der Natur solcher Gesten, dass sie der Arglist Vorschub leisteten. Und ich besitze genug Arglist für zwei, dachte sie mit einem leichten Schulterzucken. Was ich brauche, ist ein aufrichtiger Mann, der mich lieben wird, ohne mich je wirklich zu durchschauen.

Sie hatte neben – oder vielmehr über – Tom Brodie gestanden, als er in Caddy Crawfords Hinterzimmer bewusstlos auf dem Boden gelegen hatte, und nur in einem Punkt hatte sich die alte Hexe getäuscht: Sie, Rose, hatte keine Tränen vergossen. Als Nächstes ging es jetzt um das Haus, das prächtige Haus am oberen Ende einer der großen Weiden, das Mr. Fergusson für sie und Lucas zu bauen versprochen hatte, ein Haus mit vielen Fenstern und Blick auf die Förde, und um die »Silbertruhe«, die im Gegenzug als Mitgift gegeben werden würde, auch wenn die Frage, wer wem was und in welcher Form bezahlen würde, Papas Angelegenheit war.

Rose strich ein letztes Mal über die Saiten ihrer Harfe, dann schob sie sie mit einem ungeduldigen leisen Seufzer beiseite und ging nach unten, um Papa mitzuteilen, dass es an der Zeit war, das Aufgebot zu verkünden.

Mitte der Woche war der Frühling in weite Ferne gerückt. Betsy und die Brodies hatten mit einem Kälteeinbruch zu kämpfen, und das Vieh zu versorgen nahm den Großteil ihrer Zeit in Anspruch. Tom, der den Invaliden spielte, lag ausgestreckt in seinem Bett auf dem Dachboden oder lümmelte sich auf dem Stuhl vor dem Feuer. Das Kauen fiel ihm noch immer schwer, aber Flüssigkeit konnte er inzwischen so gut aufnehmen, dass er alle Flaschen auf den Regalen leerte und nicht ein Tropfen Alkohol übrig war, um Henry und Conn zu wärmen, als sie von der Arbeit nach Hause trotteten.

In dieser Woche gab es weder Besucher – offenbar hatte Tom sie alle abgeschreckt – noch Neuigkeiten aus Hayes. Es war viel zu kalt, um sich ohne guten Grund in die Stadt zu wagen, und Agnes hatte genug Schlachterfleisch in der Speisekammer, um Suppen zu würzen und ihren Eintöpfen Substanz zu verleihen. Es sei fast wie in alten Zeiten, sagte Henry, natürlich bis auf das Geld in der Kasse unter dem Bett der Mutter.

Überall war es kalt, selbst im Haus, doch der schneidende Wind hielt wenigstens den Schnee in Schach. Die Arbeiten im Freien wurden im Nu erledigt, die Gänge zur Außentoilette auf das Notwendigste beschränkt. Da Tom den Platz am Kamin für sich in Anspruch nahm, gab es kaum eine Gelegenheit für vertrauliche Gespräche, und die Abende wurden mit oberflächlichem Geplauder vertrödelt.

»Ich weiß, was Conn jetzt, da er kein Geld hat, tun könnte«, sagte Janet.

»Was denn?«, fragte Henry.

»Er könnte mich heiraten«, erklärte Janet leichthin, wenn auch nicht leichthin genug, um irgendjemandem vorzumachen, sie habe nur gescherzt. »Du könntest mich heiraten, McCaskie, und mich mit nach Irland nehmen, damit ich dir dein Essen koche, deine Hemden wasche und deine Sklavin bin. Was hältst du davon?«

»Du könntest bestimmt etwas Besseres finden als einen mittellosen Seemann, Janet«, erwiderte Conn, hielt sie jedoch nicht davon ab, sich auf seinen Schoß zu setzen, der, wie sie behauptete, der wärmste Platz auf Hawkshill war. »Außerdem brauche ich keine Sklavin. Ich habe von hier bis Madagaskar in jedem Hafen Mädchen, die sich darum reißen, mir die Hemden zu waschen.«

»Ach, du alter Teufel!« Janet wickelte eine Locke seines Haars um ihren Finger und zog leicht daran. »Das glaube ich dir aufs Wort, aber nicht eine davon kann es mit einem braven, fleißigen, gottesfürchtigen Landmädchen wie mir aufnehmen, unberührt und unschuldig und süß wie eine Ähre grünes Korn.«

»Ha, ha, ha!« Conn blies ihr ins Ohr, sodass sie kichern musste. »Eher wie ein Sack alte Kartoffeln.«

Betsy entging nicht, wie Tom missbilligend die Lippen zusammenkniff. Diese Art zu flirten war anders als jede, die er je beherrscht hatte, denn Janet war vielleicht hingerissen von ihrem irischen Hausgast, aber Conn war zu vorsichtig, um ihre Vernarrtheit auszunutzen. Bald, das wusste Betsy, würde Conn wieder unterwegs sein mit nichts als seiner gammeligen Ziegenlederweste, um sich nachts zu wärmen.

Sie empfand Mitleid mit Janet und auch mit Conn, doch sie

hatte nicht einen Funken Mitleid übrig für Mr. Thomas Brodie, der unfähig war, irgendjemanden auch nur halb so sehr zu lieben wie sich selbst.

Nur Gott – und vielleicht Tassie Landles – wusste, was Tom Brodie veranlasste, Hawkshill zu verlassen, bevor seine Nase wieder festgewachsen oder seine blauen Flecken verblasst waren, und hinunter nach Hayes zu reiten, um bei der Neujahrsversammlung des Junggesellen-Clubs den Vorsitz zu führen.

Eingemummt bis zu den Augäpfeln, betrat er den Saal über der Sattlerei, wo Peter Frye eben im Begriff war, die Versammlung zur Ordnung zu rufen. Arktische Winde hatten die gelangweilten, heißblütigen Junggesellen nicht davon abhalten können, sich einzufinden, und jeder Stuhl war besetzt und jedes Glas gefüllt, bevor Tom den Saal betrat.

»Was ist denn hier los?«, fauchte er.

»Wie bitte?«

Tom warf seinen Hut auf den Tisch, verhakte einen Finger in dem Schal, der Nase und Mund bedeckte, und zog ihn ein klein wenig herunter. »›Was ist denn hier los?‹, habe ich gesagt.«

»Wer stellt denn diese Frage?«, meldete sich ein junger Witzbold zu Wort. »Wer steckt hinter dieser Maske? Ist Dick Turpin zurückgekommen, um uns heimzusuchen?«

»Hinter dem Rotwein ist er her, Jungs. Hände hoch und Geld her!«

»Nicht bevor er uns seine Pistole gezeigt hat.«

»Wenn er bei dem Wetter seine Pistole zückt, bei Gott, dann werden seine Steinschlösser abfallen.«

Gelächter wurde laut, und noch mehr Gelächter, eine ganze Welle. Peter legte Tom eine Hand auf den Arm und sagte leise:

»Ich dachte nicht, dass du dich heute Abend blicken lassen würdest.«

»Warum denn nicht?«

»Weil ... weil ...«, stammelte Peter. »Hör zu, es tut mir leid. Ich hatte nicht die Absicht, dir deinen Platz als Vorsitzender streitig zu machen. Jetzt, da du hier bist, werde ich natürlich das Feld räumen, aber mit deiner Erlaubnis würde ich zuvor gern etwas bekannt geben.«

»Etwas bekannt geben?«

»Ich trete als Sekretär zurück, Tom.«

»Wirklich? Warum?«

»Ich werde bald nach Edinburgh gehen, um meinem Bruder zu folgen und mein Studium der Rechtswissenschaften aufzunehmen«, sagte Peter. »Mit einem Wort, ich verlasse Hayes.«

»Verstehe«, murmelte Tom. »Du verlässt mich also auch, ja?«

»Tom, ich muss an meine Karriere denken – ich habe familiäre Erwartungen zu erfüllen bezüglich meiner Lebensführung.«

»Gib deine Erklärung ab«, brummte Tom, »und dann scher dich zum Teufel!« Er stand am Kopfende des Tisches, hielt Peter mit der flachen Hand zurück und wollte eben ankündigen, dass der Sekretär vor der Eröffnung der Versammlung ein paar Worte zu sagen habe. Er hatte jedoch kaum den Mund geöffnet, als die Witzbolde von Drennan wieder zum Angriff übergingen.

»Zeigen Sie Ihr Gesicht, Herr Vorsitzender!«

»Aye, leg den Schal ab, Tom! Zeig uns, was sie mit dir gemacht hat!«

Tom war nicht auf den Gedanken gekommen, Rose Hewitt könnte so gnadenlos sein, ihre Version der Affäre an die große Glocke zu hängen. Er hatte sich darauf gefasst gemacht, zu lügen und zu vertuschen, Frotzeleien zu ertragen, sich über sein eigenes Pech lustig zu machen und triumphierend seine Narben zu zeigen, als wollte er andeuten, er hätte Rose Hewitt wie versprochen genommen und sie gemäht, bevor sie sich im Überschwang der Ekstase aufgebäumt und ihm einen Nasenstüber verpasst hätte. Jetzt begriff Tom binnen Sekunden, dass selbst noch so viele schlüpfrige Details seine Junggesellen-Brüder nicht davon überzeugen würden, dass er die Wahrheit sagte.

»Mit der Erlaubnis des Vorsitzenden, ich ... ich habe eine Bekanntgabe zu machen.« Peter trat vor, um seinen Freund aus der peinlichen Lage zu erretten.

»Halt den Mund, Frye, und lass den Mann sprechen!«

»Aye, lass uns deine Ausrede dafür hören, Brodie, wieso du dich von einem Mädchen hast verprügeln lassen!«

»Zeig uns deinen Riecher, Tom!«

Langsam wickelte Tom den Schal von Kiefer und Wangen, ließ ihn auf den Tisch sinken und riss dann das letzte Ende mit einer schwungvollen Bewegung herunter, um seine misshandelten Züge und seine bläulich schwarz geprügelte, zerdrückte Nase zu zeigen, und schrie: »Bitte sehr!«

Das schallende Gelächter war ebenso gnadenlos wie Rose Hewitts Verrat. Ein seltsames Summen dröhnte in seinen Ohren. Wenn Peter nicht hinter ihm gestanden hätte, dann wäre er vielleicht davongetaumelt und nach unten geflohen.

Fragen prasselten von allen Seiten auf ihn ein.

»*Sie* war das? Hewitts Tochter?«

»Nein, nein, nicht sie – ihr Liebhaber!«

»Ich dachte, Tom wäre ihr Liebhaber. Wer ist denn dann ihr Liebhaber?«

»Fergussons Bursche.«

»Lucas Fergusson? *Der* war das?«

Jetzt war es heraus, alles, die schmutzige Wahrheit, die ganze abscheuliche Wahrheit, bezeugt, bestätigt und unanfechtbar.

»Aye«, krähte der Witzbold aus Drennan. »Mein alter Opa hat

es gesehen. Er war drinnen bei *Caddy Crawford's*, als es passiert ist.«

»Lucas Fergusson? Lucas Fergusson hat Tom die Nase gebrochen?«

»Hat ihn in flagranti ertappt, ja?«

»So weit ist er gar nicht gekommen, habe ich recht, Tom? Oder etwa doch?«

Er sah über den Tisch auf die fröhlichen jungen Schlingel, die er überhaupt erst zusammengebracht und drei glückliche Jahre lang angeführt hatte, und wusste, dass er sie nicht länger anführen würde. Egal, was er sagen würde, egal, welche Liebesabenteuer er künftig für sich verbuchen würde können, er würde nie wieder ihr Senator sein, ihr Held.

»Nein«, antwortete er nobel. »Nein, ich habe Miss Hewitt nicht das Nachthemd abgestreift, nicht einmal die Handschuhe. Ich habe beschlossen, den Pfad der Tugend einzuschlagen und mir meine moralische Integrität für meine künftige Braut zu bewahren.«

»Lügner, Lügner! Sie wird dich nicht heiraten, Tom Brodie.«

»Sie wird Fergusson heiraten.«

»Was?«, brüllte Tom. »Wann denn?«

»Das Aufgebot wurde am letzten Sonntag in der Kirche von Drennan verkündet.«

»In vier Wochen wird sie neben Lucas Fergusson vor dem Altar stehen.«

»In vier Wochen wird sie nicht mehr die Jungfrau aus der Thimble Row sein.«

Das Gelächter dröhnte in Toms Ohren und schmerzte ihn in den Gesichtsknochen. Seine Augen begannen zu tränen, und eine dünne Schleimspur sickerte aus seinen Nasenlöchern. Er wischte sie sich mit einem Ärmel von der Oberlippe. Und bevor er zusammenbrach, setzte er seinen Hut auf, schlang sich den Schal um den

Hals und verbeugte sich, verbeugte sich tief und lange. Dann drängte er sich mit dem letzten Rest seines Stolzes an Peter vorbei und überließ seine Junggesellen-Brüder ihrem Spott. In dem vollen Bewusstsein, dass er nie wieder mit ihresgleichen zusammenkommen würde, stürmte er die Treppe hinunter und ins Freie.

24

»Jamaika?«, sagte Conn. »Nein, Tom, auf den Westindischen Inseln bin ich nie gewesen.«

»Wie kommst du denn auf die Frage?«, wollte Henry wissen.

»Ein Bursche, den ich vor ein paar Monaten bei einem Freimaurer-Treffen kennengelernt habe, hat mich auf die Idee gebracht. Sein Leben ist so aus dem Ruder gelaufen, dass er eine Schiffspassage nach Kingston sucht, um dort noch einmal neu anzufangen.«

»Als was?«, fragte Betsy.

»Buchhalter auf einer Zuckerplantage«, antwortete Tom. »Auf den Westindischen Inseln gibt es mehr als genug Anstellungen für gebildete Männer.«

»Du bist kein Buchhalter«, wandte Henry ein. »Du bist durch und durch ein Farmer.«

»Ich kann so gut lesen, schreiben und rechnen wie jeder andere auch«, widersprach Tom. »Was hält mich noch hier? Hawkshill ist nicht groß genug, um uns alle zu ernähren.«

»Warum suchst du dir nicht eine eigene Farm?«

»Ohne Ehefrau?«, fragte Tom. »Das hat doch keinen Sinn.«

»Das heißt, in Ermangelung einer Ehefrau hast du es dir in den Kopf gesetzt, dein Glück auf den Westindischen Inseln zu versuchen?«, hakte Conn nach. »Wohl kaum ein triftiger Grund, wenn du meine Meinung hören willst.«

»Dieses Mädchen, Rose Hewitt, hat Tom mehr als nur die Nase gebrochen, als sie ihn abgewiesen hat«, warf Janet ein. »Sie heiratet stattdessen Lucas Fergusson.«

Walter Fergusson und Neville Hewitt hatten ihre Mittel zusammengelegt und planten eine große Hochzeitsfeier, eine Neuigkeit, die sich rasch bis nach Hayes herumgesprochen hatte. Es hieß, Mr. Arbuthnot sei einbestellt worden, um ein geselliges Fest in Fergussons größter Scheune auszurichten, die bereits geräumt und mit einem Fußboden ausgelegt worden war. Jeder Händler und Viehtreiber, mit dem Fergusson je Geschäfte gemacht hatte, würde eingeladen sein, und ein Dutzend handverlesene Milchmädchen – Nancy Ames war nicht darunter – würden Rose' Brautjungfern sein und einen Bogen aus Immergrün binden, unter dem das Paar nach dem Gottesdienst hindurchschreiten würde.

Jedes Mal, wenn Janet mit neuem Klatsch und Tratsch aus Hayes zurückkam, stürmte Tom schmollend davon, um allein über die Felder zu stapfen. Abends, zu Hause, war er seinem Bruder gegenüber wortkarg und voller Verachtung für Janets spöttisches Mundwerk. Höflich war er nur zu seiner Mutter und noch höflicher zu Betsy. Er unternahm jedoch keinen weiteren Versuch, sie nach Einbruch der Dunkelheit in die Scheune zu locken, und zollte ihr ein Maß an Respekt, das in Betsys Augen nicht als Zuneigung gelten konnte und so weit unten angesiedelt war, dass sie nicht zu sagen vermochte, ob sie ernsthaft umworben wurde.

Sie war verblüfft, als Tom ihnen eröffnete, er würde Schottland vielleicht verlassen. Er hatte sogar schon einen Agenten in Greenock angeschrieben, der von Plantagenbesitzern engagiert worden war, um geeignete »ehrliche, fleißige junge Männer« zu finden, die bereit waren, nach Jamaika zu kommen, jetzt, da der Krieg mit Amerika beendet und die Handelsbedingungen geregelt waren.

»Was wird dich die Passage kosten?«, fragte Agnes.

»Nicht einen Penny«, antwortete Tom. »Mein Arbeitgeber kommt für sie auf.«

»Für wie lange ist die Anstellung?«, erkundigte sich Conn.

»Fünf Jahre.«

»Und dann«, sagte Janet, »wirst du mit prall gefüllten Taschen nach Hayes zurückkommen, um vor Rose Hewitt damit zu prahlen und ihr zu zeigen, was ihr entgangen ist, indem sie Lucas dir vorgezogen hat, was?«

»Ich werde vielleicht gar nicht zurückkommen«, erwiderte Tom.

»Aye«, bemerkte Conn leise, »du könntest dort drüben am Sumpffieber sterben.«

»Steht dein Entschluss zu diesem Abenteuer schon fest, mein Sohn?«, fragte Agnes.

»Nein, aber ich ziehe es ernsthaft in Erwägung.«

»Was ist mit deinen Freunden?«, wollte Henry wissen.

»Ich habe keine Freunde.«

»Unsinn!«, sagte Henry. »Da ist erstens einmal Frye.«

»Er geht nächsten Monat nach Edinburgh, um Rechtswissenschaften zu studieren.«

»Dann Mr. Ogilvy?«

»Ogilvy zeigt mir die kalte Schulter«, antwortete Tom. »Ich bin nicht geneigt, die Flammen einer Freundschaft zu schüren, die nicht durch meine Schuld erloschen sind.«

»Nicht durch deine Schuld?«, sagte Janet. »Durch wessen Schuld denn dann?«

»Wenn du nicht gleich dein freches Mund…«, drohte Tom, doch dann besann er sich eines Besseren. »Mich hält hier nichts und niemand mehr.«

Henry, der allmählich die Geduld verlor, fuhr ihn an: »Das ist ja lächerlich! Du hast doch nicht wirklich vor, nach Jamaika zu segeln und uns hier ohne Arbeitskräfte sitzen zu lassen, wenn die Ernte ins Haus steht.«

»Heuere Tagelöhner an«, sagte Tom. »Ich bin leicht zu ersetzen.«

»Was ist mit Conn?«, erkundigte sich Janet. »Er wird bei der Ernte helfen.«

»Im Augenblick, Mädchen, im Augenblick«, stimmte Conn vorsichtig zu. »Aber viel länger werde ich auch nicht mehr bleiben. Ich bin euch lange genug zur Last gefallen.«

»Würdest du dich einfach davonmachen und mich hier sitzen lassen, Conn?«, fragte Janet.

»Irland ist nur übers Wasser. Ich werde nicht weit weg sein.«

»Doch, das wirst du«, sagte Janet unter Tränen. »Das wirst du. Niemand will mich, nicht einmal du.« Und dann stürzte sie ins Hinterzimmer und knallte die Tür zu.

Einen Augenblick lang sprach niemand ein Wort, dann erhob sich Agnes von ihrem Platz am Feuer und ging zum Alkoven, kniete sich hin und zerrte die Kasse unter dem Bett hervor. Sie trug sie mit beiden Händen an den Tisch und stellte sie ab. Dann zog sie sich einen Stuhl heran, krempelte die Ärmel hoch, setzte sich und öffnete die Kasse.

»Was tust du denn da, Mutter?«, erkundigte sich Henry.

»Ich suche nach einer Antwort«, sagte Agnes.

»Das ist eine Kasse, Mammy«, knurrte Tom, »keine Kristallkugel.«

Sie schüttete die Münzen auf den Tisch und verteilte sie mit den Händen. Mit geschickten Fingern suchte sie Kronen, Guineen und Schillinge heraus, und während alle um den Tisch versammelt saßen und ihr zusahen, bildete sie aus dem Inhalt der Kasse rasch drei ordentliche Haufen.

»So«, sagte sie, »hier ist eine Antwort, eine Antwort für jeden von euch.«

»Ist das ein Trick, Mutter?«, wollte Henry wissen.

»Wirst du es vor unseren Augen verschwinden lassen?«, fragte Tom.

»Genau das habe ich vor«, sagte Agnes. »Euer Daddy hätte

unseren unerwarteten Geldsegen ›die Wurzel allen Übels‹ genannt. Für ihn gab es keinen Gewinn, der nicht mit Leiden verbunden war. Ich habe euch nie davon erzählt, aber er hatte durchaus Gelegenheiten, aye, mehr, als ihr euch vielleicht vorstellen könnt, doch Stolz bedeutete ihm mehr als Fortschritt. Ein braver, gottesfürchtiger Mann, das dachten die Leute von ihm. Er war nichts dergleichen. Euer Vater hatte keinen Willen zu Veränderungen. Wenn ihm eine Veränderung aufgezwungen wurde«, sie warf einen Blick auf Tom, »dann war es für ihn immer eine Veränderung zum Schlechteren. Das musste es sein – um seine Ängste zu rechtfertigen.«

»Ängste?«, rief Tom. »Mein Daddy war der tapferste ...«

»Dein Daddy war ein Feigling«, fiel Agnes ihm ins Wort. »Er hat sich sein Leben lang hinter Voreingenommenheit und Ungerechtigkeit versteckt und sich eingeredet, er sei etwas Besseres, und seine Schicksalsergebenheit mache ihn erhaben. Nun, er hatte nichts Erhabenes an sich, wie ich zu meinem Bedauern sagen muss. Wenn er nicht gestorben wäre – aye, und gestorben ist er tapfer, das gebe ich zu –, dann wären wir dazu verurteilt, es ihm gleichzutun und für seine Prinzipien zu leiden.« Sie schlug leicht auf den Tisch. »Nun, hier ist Geld, bares Geld, hier sind Gewinne, so unrechtmäßig erlangt, dass wir deswegen vor Gericht enden könnten und euer Vater sich im Grab umdrehen würde. Aber hier ist auch eine Chance, eine Veränderung, eine Gelegenheit, das Blatt, das uns das Schicksal durch Mr. McCaskie zugeteilt hat. Ist es genug, um zu beweisen, was in euch steckt, und um ein Licht, wie eine Kerze am Mittag, auf das zu werfen, was ihr wirklich vom Leben wollt?«

»Freiheit«, platzte Betsy heraus, bevor sie sich bremsen konnte.

»Freiheit, genau das ist es.« Agnes sah zu der Weberstochter hoch und lächelte. »Freiheit – im Rahmen der Vernunft –, um eure Zukunft zu wählen. Ist euch dabei unwohl zumute?«

»Mir nicht, Mammy«, sagte Henry. »Ich weiß, was ich will.«

»Schönes Frühlingswetter und eine frühe Ernte? Diese Dinge liegen nicht in der Kasse, mein Sohn, aber die Pacht für ein halbes Jahr schon.«

»Dafür werde ich mich entscheiden«, erklärte Henry. »Fünfunddreißig Pfund sind mir genug.«

»Und Sie, Mr. McCaskie?«

»Sie schulden mir gar nichts, Mrs. Brodie. Was ich verloren habe, habe ich durch meine eigene Torheit verloren. Es liegt an mir, es wieder hereinzuholen, so gut ich kann. Mir steht gewiss kein Anteil des Geldes zu, er gehört Ihnen.«

»Nein, er gehört Janet.«

»Janet?«, sagte Tom.

»Dreißig Pfund sind Janets Mitgift«, erwiderte Agnes. »Ist das nicht eine lohnenswerte Summe für einen Mann in Ihrer angespannten Lage, Mr. McCaskie?«

»Sie liebt dich, Conn«, erinnerte Betsy ihn.

»Ich weiß«, sagte Conn, »aber wenn ich Janet mit nach Irland nehme, dann nicht um dreißig Pfund willen. Ich werde sie mitnehmen, weil ich weiß, dass sie mir eine gute Ehefrau sein wird.«

»Und wirst du sie mitnehmen?«

»Wisst ihr«, erklärte Conn, »ich denke, das werde ich wirklich.«

»Ha!«, rief Tom. »Und das nennst du Freiheit, ja?«

Seine Mutter wandte sich auf ihrem Stuhl um und packte ihn am Arm. »Und was ist mit dir, Thomas? Was willst du? Wie wirst du dein Leben für immer verändern? Hier sind dreißig Pfund für dich, und ein paar Schillinge sind noch übrig, und dann ist die Kasse leer.«

»Aye, und wir sind wieder genau da, wo wir angefangen haben«, sagte Tom.

»Oh, nein, das sind wir nicht«, widersprach Agnes. »Wir sind verändert, völlig verändert.«

»Ich denke, mein Daddy hatte schon recht.« Tom wand sich. »Dieses verdammte Geld *ist* die Wurzel allen Übels.«

»Weil es dich zwingt, eine Entscheidung zu treffen?«, warf Henry ein. »Ach, Tom, seit wann ist eine Gelegenheit denn ein Fluch? Sieh nur, was Mutter dir anbietet! Steck deine dreißig Pfund in einen Geldbeutel und nimm die Kutsche nach Greenock! Buch eine Passage auf dem nächsten Schiff nach Jamaika, werde Buchhalter oder Aufseher oder was immer du als Beruf ausüben willst. Oder, wenn dir das alles zu viel ist, kipp dir alles hinter die Binde und verhure es.«

»Oder such dir eine Ehefrau«, sagte Agnes, »und bleib.« Sie ließ Tom los, damit er vom Tisch aufstehen konnte.

Er verschränkte die Arme vor der Brust, legte den Kopf auf die Seite und fragte mit einem seltsamen leisen Lächeln in den Mundwinkeln: »Und wo, bitte schön, werde ich eine Ehefrau finden, die einen Mann wie mich nehmen wird?«

»Frauen zu finden, war doch noch nie dein Problem, Tom«, erwiderte Henry. »Eine zu behalten, das ist etwas anderes.«

»Sieh dir mein Gesicht an!«, sagte Tom. »Wer wird mich jetzt noch wollen?«

»Dein Gesicht ist schon ganz in Ordnung«, gab Henry zurück. »Oh, ich verstehe, nun hast du eine andere Ausrede gefunden, wählerisch zu sein.«

»Wählerisch?« Tom schüttelte den Kopf. »Nein, nein, ich bin nicht wählerisch.« Er drückte die Schultern durch und streckte die Brust vor. »Was ist mit dir, Miss Betsy McBride? Wirst du mich heiraten?«

Aus dem Augenwinkel sah Betsy, wie Henry sich versteifte. Sie bemerkte das selbstgefällige Lächeln, das über Agnes' Lippen huschte, und sie wusste, dass sie wieder einmal benutzt wurde.

»Oh, nein, Tom«, sagte sie völlig gelassen, »nicht in tausend Jahren.«

Henry war kein Pflüger, jedenfalls nicht nach Ansicht seines Bruders. Das kleine Feld an kalten, trockenen Februartagen für die Gerste vorzubereiten stellte Henrys Geduld auf eine harte Probe. Er hatte das Pflugmesser weit eingestellt, aber dennoch verklumpte die Schar, und die Pferde scheuten, wenn er sie nicht fest bei den Furchen hielt, während er den Lehm abkratzte.

Er hatte keinen Grund, das kleine Feld schon jetzt in Angriff zu nehmen. Der schottische Winter war noch keineswegs vorüber. Schnee konnte es noch im März oder April geben, und Tau und Regen konnten seine harte Arbeit zunichtemachen. Sein einziger Trost war, dass Betsy mitgekommen war, um ihm zu helfen. Mit den großen Pferden wusste sie gut umzugehen. Teils durch gutes Zureden, teils durch Strenge brachte sie sie dazu zu gehorchen. Auch für die Schafe hatte sie ein Händchen, und als Tom nach Greenock gefahren war, um seinen Namen für eine Passage nach Kingston registrieren zu lassen, hatte sie sich um die lammenden Mutterschafe gekümmert, sodass Henry in der Zeit seine Geschicklichkeit am Pflug hatte verbessern können.

Conn war nach Dublin aufgebrochen, aber sein Versprechen, bald wiederzukommen, war so ehrlich und aufrichtig gewesen, dass Janet sich nur die halbe Nacht an Betsys Schulter ausgeweint und sich am nächsten Morgen tapfer in all die zusätzlichen Arbeiten gestürzt hatte, die Toms Abwesenheit ihnen aufgebürdet hatte.

Henry bezweifelte nicht, dass sein Bruder aus Greenock zurückkommen würde. Er hatte nur fünf Pfund von seinem Anteil aus der Kasse mitgenommen, und auch wenn er versucht sein könnte, die Pferde, Hunde und seine Familie im Stich zu lassen, war sich Henry doch sicher, dass er niemals fünfundzwanzig Pfund auf dem Tisch liegen lassen würde. Außerdem war es gut möglich, dass Tom seinen Zorn auf Betsy und Rose Hewitt in den Bordellen der Hafenstadt abkühlen und bekehrt, wenn auch ohne ein Wort der Entschuldigung, nach Hawkshill zurückkehren würde, als hätte er nie von Jamaika gehört.

Henrys Erleichterung über Betsys glatte Weigerung, sich in Toms Arme zu werfen, war von Sorge überschattet. Er war sich alles andere als sicher, dass eine Atempause von sechs Monaten bezüglich der Pacht ausreichen würde, um die Farm mit Gewinn zu bewirtschaften. Wenn Tom Hawkshill tatsächlich verlassen sollte, dann würde er, Henry, Tagelöhner für die Ernte anheuern und einen Mann einstellen müssen, der ihm mit den Pferden und dem Vieh zur Hand ging. Außerdem würde seine Mutter Hilfe im Haus brauchen, wenn Janet mit Connor McCaskie nach Irland gehen sollte.

Das kleine Feld lag so nah bei dem Weideland hinter dem Haus, dass Henry beim Pflügen das Cottage und das Ende des Weges sehen konnte. Es war ein gleichmäßiges Feld, und obwohl es in den letzten fünf Jahren von keiner Pflugschar berührt worden war, war Henry durchaus bewusst, dass Tom nicht viel länger als einen Tag dafür benötigt hätte.

Er selbst war seit fast drei Tagen damit beschäftigt, als er eine Stunde nach Mittag seinen Bruder über das Gatter am Ende des Hofes klettern sah. Henry riss an den Zügeln und brüllte die Pferde an, um sie vorwärtszutreiben, aber Tom stand vor ihm, bevor er noch einen Meter des hartnäckigen Bodens umgegraben hatte.

»Nennst du das Pflügen?« Toms Ton war kritisch, nicht spöttisch. »Da habe ich ja schon Maulwürfe geradere Furchen ziehen sehen.«

»Du bist also wieder da?«

»Aye, ich bin wieder da.«

»Fertig gebucht, um über die sieben Meere zu segeln, ja?«

»So ist es.«

»Wann?«

»Sobald der Agent eine Fracht zusammenstellt.«

»Nächste Woche, nächsten Monat, nächstes Jahr?«

»Ende des Monats«, antwortete Tom.

»Oh!«, entfuhr es Henry. »Dann hast du dich wirklich entschieden, ja?«

»Das habe ich«, sagte Tom. »Ein Zuckerhändler auf einer Plantage in der Nähe von Kingston hat mich eingestellt.«

Henry ließ die Schultern sinken. Er stützte die Unterarme auf den Griff des Pflugs und starrte zu Boden. »Ich hätte nie gedacht, dass du das wirklich durchziehen würdest, Tom. Ich habe angenommen, dein Herz wäre hier.«

»Ich habe kein Herz«, erwiderte Tom. »Das hat Daddy dir doch oft genug gesagt.«

»Das heißt, wir haben ihm ganz umsonst beim Sterben geholfen.«

»Du hast immer noch die Farm. Ich werde dir meinen Anteil schriftlich übertragen, versiegelt und zugestellt. Von nun an wird es an dir liegen, diesem habsüchtigen Dreckskerl Hewitt die Stirn zu bieten; an dir, für Mammy zu sorgen und ...«

»Warum tust du das, Tom?«

»Weil es für mich hier nichts mehr gibt.«

»Hat dieses Mädchen dir wirklich so viel bedeutet?«

»Rose? Nein, nicht Rose.«

»Willst du etwa sagen, Betsy ...«

»Betsy?« Tom sammelte etwas Speichel in seinem Mund und spuckte ein schaumiges weißes Kügelchen auf die Erde. »Sie war Daddys Wahl, nicht meine. Als sie mich abgewiesen hat, galt mein Versprechen gegenüber Daddy nicht mehr. Jetzt kann ich ihn ein für alle Mal los sein, Gott sei Dank. Außerdem hat Betsy McBride nichts zu bieten bis auf ein Paar gute Schultern und kräftige Schenkel.«

»Das reicht, Tom. Ich werde mir nicht tatenlos anhören, wie du über sie herziehst.«

»Aye, ich dachte mir schon, du hättest selbst Lust, das Bett mit ihr zu teilen.«

»Ich möchte sie heiraten, Tom, wenn sie mich nimmt.«

»*Dich* wird sie niemals nehmen, Henry, und du wirst sie auch niemals nehmen, weder zur Ehefrau noch zur Geliebten. Sobald ich fort bin, wird sie dich verlassen. Du wirst noch an meine Worte denken, der einzige Grund, weshalb Rankines Hure es mit uns ausgehalten hat, war, um mich in die Finger zu kriegen. Nun, ich habe ihr gegeben, was sie wollte, und ich hätte ihr auch noch mehr davon gegeben, wenn sie die Mühe wert gewesen wäre – was sie im Übrigen nicht war.«

»Warum erzählst du mir das alles?«

»Eine Beichte, Henry, tut der Seele gut, heißt es.« Tom lachte. »Ich will nur nicht, dass du enttäuscht bist, falls du je zwischen ihre Beine kommen solltest, so unwahrscheinlich das auch ist. Unsere Miss McBride will mehr, als du ihr geben kannst, selbst wenn ein Anteil von McCaskies Geld und Mammys Segen dir dabei helfen werden. Ich war es, den Betsy wollte, und ich war es, den sie hatte. Sie wird sich jetzt nicht mit dem Zweitbesten zufriedengeben.«

Henrys Gesicht war kreidebleich, seine Lippen dunkelrot. Er wandte sich ab und sah auf den Rauch, der aus dem Schornstein des Cottage aufstieg. »Bist du nie auf die Idee gekommen, Thomas«, sagte er schließlich, »dass Betsy dich abgewiesen hat, weil sie enttäuscht von *dir* war, dass *du* für sie nur das Zweitbeste warst?«

»Was kannst du ihr denn schon bieten, was ich nicht konnte?«

»Liebe«, erwiderte Henry.

»Liebe?« Tom schnaubte verächtlich. »Faxen und Flausen, das ist Liebe.«

»Hast du das zu Rose Hewitt auch gesagt?«, fragte Henry. »Aye, kein Wunder, dass Lukie Fergusson dir eins auf die Schnauze gegeben hat.«

»Er hat mich überrumpelt, das ist alles.«

»Er hat auch Rose Hewitt überrumpelt, wie es aussieht«, bemerkte Henry. »Nun, vielleicht wirst du bei den Damen auf den Westindischen Inseln ja mehr Glück haben, Tom. Vielleicht wirst du lernen ... Ach, was soll's! Geh deines Weges mit deinem ganzen albernen Stolz und lass mich weiterpflügen.«

»Komm schon«, meinte Tom und streckte eine Hand aus, »gib mir die Zügel!«

»Den Teufel werde ich tun«, erwiderte Henry, schüttelte die Hand seines Bruders ab und trieb die Pferde weiter durch den lehmigen Boden.

Als Kind hatte Agnes Geschichten von Hexen und Zauberern gehört und war davor gewarnt worden, sich mit dem Teufel oder einem seiner listigen Handlanger einzulassen. Nachdem sie Matthew Brodie geheiratet hatte, hatte sie über das Wesen von Gut und Böse aus dem Alten Testament erfahren, aus dem ihr Ehemann ihr täglich vorgelesen hatte. Und sie hatte aufmerksam Mr. Turbot zugehört, der seinerseits ein Evangelium von Vergebung und Erlösung predigte. Aber da sie keine eifrige Leserin war, hatte sie nie von den griechischen Göttern gehört, und wie sie, um die Menschen zu bestrafen, die erste Frau, Pandora, erschaffen hatten, mit der Tom sie mit etwas zu viel Gehässigkeit verglichen hatte, um es als Kompliment zu meinen.

Agnes sorgte sich um Tom, und sie liebte ihn, wie nur eine Mutter einen solch verirrten Sohn lieben konnte, aber sie war nicht blind für seine Verfehlungen oder das unberechenbare Monster, das in ihm lauerte: seine Selbstsucht. Der Einzige, der ihren Erstgeborenen je im Griff gehabt hatte, war Matthew gewesen, denn er war auf seine Art nicht weniger stur und selbstsüchtig gewesen.

Sie hatte den Oktobernachmittag nicht vergessen, an dem sie sich um Matthews Krankenbett versammelt hatten, wie schockierend zärtlich dieser Augenblick gewesen war. Noch immer sah sie vor sich, wie Tom geschluchzt hatte, als sein Vater ihm ins Ohr geflüstert hatte, wie ihr Sohn Minuten später die Fäuste auf das Kissen gepresst hatte und wie Matthew in jenem letzten Akt seines Martyriums die Herrschaft über sie alle wiedergewonnen hatte. Und Agnes hatte auch keine Erklärung für die seltsam gemischten Gefühle, die sie ergriffen hatten, als das Kissen weggezogen worden war und sie in Matts leblose Augen und auf seinen Mund gestarrt hatte, merkwürdig verzerrt zu einer letzten kleinen verkrampften Abschiedsgrimasse, die fast wie ein Grinsen wirkte.

»Was«, fragte Janet jetzt, »wenn er nicht zurückkommt?«

»Dann bist du besser dran ohne ihn«, sagte Agnes.

»Aber ich liebe ihn, Mammy.«

»Aye, das hast du deutlich genug gemacht.«

Sie schrubbten Hemden in dem großen, hölzernen Bottich im Pferdestall. Wenn es aus der Trommel des Maischkessels gezogen wurde, roch das Wasser nach Hafer, und als Agnes ein Stück weiche braune Seife dazugab, schäumte es zu einer schleimigen Lauge.

»Hältst du ihn denn nicht für einen guten Mann?«

»Ich halte ihn für einen sehr guten Mann«, sagte Agnes. »Wenn es anders wäre, hätte ich ihm dann dreißig Pfund gegeben, damit er dich mir abnimmt? Und wenn du dir sicher bist, dass Conn McCaskie der Richtige für dich ist, dann spielt es ohnehin keine Rolle, was ich von ihm halte.«

»Was, wenn er geschnappt und ins Gefängnis gesteckt wird?«

»Dann wirst du zu ihm stehen.«

»Das werde ich, ganz bestimmt«, sagte Janet. »Aber was, wenn er getötet wird?«

»Es wird mehr brauchen als eine verirrte Kugel aus der Muskete eines Steuerbeamten, um McCaskie zu töten«, erwiderte Agnes. »Doch falls er ums Leben kommen sollte, falls er, sagen wir, ertrinken sollte, dann wirst du ihn in deinem Herzen bewahren können. Dann wirst du ihn immer bei dir haben.«

Janet runzelte die Stirn. »Ich habe dich noch nie so reden hören. Ich wusste gar nicht, dass du so schlau bist.«

»An mir ist nichts Schlaues«, entgegnete Agnes. »Wenn ich schlau wäre, meine Liebe, dann würde ich eine Möglichkeit finden, dich hier bei mir zu behalten, aber«, sie zuckte die Schultern, »dafür bin ich nicht schlau genug. Wenn Conn McCaskie der Richtige für dich ist und du keine Angst davor hast, mit ihm fortzugehen, um zu sehen, wohin das Leben dich führt, dann musst du es wagen.« Sie hockte sich auf die Fersen und bearbeitete mit dem Schläger die hervortretende Blase eines Hemdenschoßes. »Wer hätte vor einem halben Jahr gedacht, dass wir einmal so große Entscheidungen zu treffen haben würden? Dein Bruder Tom würde dir vielleicht sagen, dass das Schmugglergeld uns ruiniert hat, aber das ist seine Vorstellung, nicht meine – und auch nicht deine, hoffe ich.«

»Was wirst du denn ohne uns anfangen, Mammy? Was wird aus dir werden?«

Agnes lachte. »Wer weiß? Vielleicht wird eines Tages Mr. Dingle mit seinem klimpernden Wagen und seinen Mädchen den Hügel herunterkommen und mir noch eine Uhr schenken.«

»Noch eine Uhr?«, fragte Janet. »Reicht eine Uhr denn nicht?«

»Nicht, wenn man in meinem Alter ist, Liebes«, sagte Agnes, und dann krempelte sie die Ärmel hoch und nahm die schmutzige Wäsche mit ihrem Stock in Angriff.

Rose hatte eine Ewigkeit gebraucht, um ihren Vater zu überreden, ihn bei seinem Besuch auf Hawkshill begleiten zu dürfen. Sie hatte keine vernünftige Ausrede, um ihrer Bitte Nachdruck zu verleihen, und hatte ihn wie ein Kind anbetteln müssen. Zu ihrem Erstaunen hatte dies ihren Vater letztendlich umgestimmt.

Vielleicht hatte sie es zum Teil auch Eunice Prole zu verdanken. Rose hatte ihren Vater und die Haushälterin die Angelegenheit erörtern hören – eine Abwechslung von den endlosen Diskussionen über Brautkleider und Bouquets und darüber, ob es sich geziemen würde, dass Mrs. Prole in der Öffentlichkeit an Nevilles Arm gesehen wurde.

»Aber warum nur, warum? Sag mir das, Eunice! Warum will sie mit mir zu dieser trostlosen Farm hochfahren? Um sich in Brodies Arme zu werfen – oder um ihm ihre bevorstehende Heirat unter die hässliche Nase zu reiben? Oder hat sie, Gott behüte, etwa Zweifel, ob sie den jungen Fergusson heiraten soll?«

»Nein, Neville, das gewiss nicht.«

»Wie kannst du dir da so sicher sein?«

»Weil ich eine Frau bin.«

»Ach, diese alte Ausrede!«

»Neville, du kannst mir glauben, sie ist in Lucas Fergusson verliebt. Wenn sie in einem Anflug von Wehmut das Bedürfnis verspürt, Brodie ein letztes Mal zu sehen, dann wüsste ich nicht, was das schaden sollte. Ich denke, wenn ihr erst einmal klar wird, in welchem Dreck die Brodies hausen, wird sie vermutlich sogar aufseufzen vor Erleichterung über ihr knappes Entkommen und umso entschlossener zum Altar schreiten.«

»Hm! Da könntest du recht haben, Eunice.«

»Du wirst dich doch nicht mit Brodie anlegen, oder?«

»Nein, ich möchte nur gern mit eigenen Augen sehen, welche Verbesserungen er sich vorgenommen hat, und, falls möglich, herausfinden, woher das Geld dafür gekommen ist. Es ist schließlich immer noch mein Grund und Boden, und ich bin berechtigt, ihn von Zeit zu Zeit zu inspizieren.«

»Dann miete eine Kutsche und nimm das Mädchen mit!«

Rose, die in der Diele kauerte und die Ohren spitzte, murmelte: »Bitte, Papa, bitte!« Und als sie ihren Vater sagen hörte: »Nun gut, Eunice. Auf deine Verantwortung«, da spürte sie, wie ihr Herz einen kleinen Hüpfer vollführte – aber warum es so aufgeregt hüpfte, wenn sie doch mit Lucas verlobt war, das konnte sie sich nicht erklären.

Rose' Versprechen, Lucas zu heiraten und so das Vermögen der Hewitts mit dem der Fergussons zu verbinden, hatte ihren Vater milder gestimmt. Er hatte sich fast, wenn nicht sogar ganz damit abgefunden, die Brodies noch ein halbes Dutzend Jahre zu ertragen.

Eunice' Warnung, nicht die Beherrschung zu verlieren, noch in den Ohren, lenkte er nun die gemietete Kutsche in einem leichten Trab von Drennan nach Hayes und den steilen Weg nach Hawkshill hinauf.

Rose hatte ihr bestes Kleid angezogen, dazu den warmen blauen Umhang und einen kleinen, pilzförmigen Hut mit einer bescheidenen Feder, die nicht allzu störend vor ihren Augen wippen oder ihre Locken verbergen würde. Mit Eunice' Hilfe hatte sie einen Hauch Rouge auf ihre Wangen aufgetragen und ein klein wenig davon auf ihre Lippen getupft, nur so viel, um anzudeuten, dass sie kein Mädchen mehr war.

Die Kutsche zuckelte in den Hof. Neville Hewitt hielt das Pony mit einem lauten »Ho« an.

Rose saß ganz still und gefasst auf dem Sitzbrett, die Hände im Schoß, und spähte um den Rand ihrer Kapuze, als Henry Brodie aus dem Cottage trat und genau im selben Augenblick Tom aus der Scheune auftauchte.

Er sah völlig anders aus in dem schmuddeligen Mantel und den geflickten Hosen, so anders, dass Rose ihn im ersten Augenblick gar nicht erkannte und sich fragte, ob es noch einen dritten männlichen Brodie gab, einen Bruder, von dem sie nie gehört hatte, irgendeinen hageren Idioten, den die Familie bisher versteckt gehalten hatte.

Tom trat an die Kutsche und fauchte: »Sind Sie es, Hewitt? Was zum Teufel wollen Sie jetzt schon wieder von uns?«

»Ein wenig Höflichkeit würde mir erst einmal genügen«, gab Neville zurück, während er von der Kutsche stieg. »Ich habe gehört, ihr habt Verbesserungen vorgenommen und auch schon Sibirischen Weizen in der Erde. Es ist mein Recht ...«

»Ihr Recht?«, bellte Tom. »Welches Recht haben Sie ...«

Henry packte Tom beim Arm und zog ihn zurück. »Wie Sie sehr wohl wissen, Mr. Hewitt, haben wir in der Tat Weizen in der Erde und allen Grund, mit einer frühen Ernte zu rechnen. Ich führe Sie gern hin, wenn Sie es sich selbst anzusehen wünschen.«

Hewitt wandte sich zu seiner Tochter um und schüttelte den Kopf. Inzwischen waren drei Frauen in den Hof gekommen, zwei standen an der Tür eines Nebengebäudes und eine andere, Toms Mutter, auf der Stufe neben der Eingangstür des Cottage.

Sie traten nicht auf sie zu, und Rose nahm an, dass sie ihr keine Erfrischung anbieten würden, nicht einmal einen Tee. Die

Frauen sahen sie mit dem gleichen verblüfften, verständnislosen Blick an, den sie bei Kühen beobachtet hatte. Rose spürte, wie ihre Nervosität abflaute, wandte sich auf dem Sitzbrett um, musterte die Frauen genau und verstand: Sie war ihnen allen überlegen, selbst der großen, breitschultrigen, blonden jungen Frau, die mit Henry zu dem Tanzabend gekommen war und die sie nun mit in die Hüften gestemmten Händen anstarrte, ohne mit der Wimper zu zucken.

»Er ist nicht interessiert an Weizen, Henry«, sagte Tom. »Er hat Gerüchte über meine Abreise gehört und ist gekommen, um zu sehen, was an ihnen dran ist.«

»Deine Abreise?«, fragte Neville Hewitt. »Was soll das denn heißen?«

»Sieh ihn dir an, Henry! Hast du je eine solch erbärmlich gespielte Unschuld gesehen?«, sagte Tom. »Deswegen hat er sie hier angeschleppt, um mich zu erweichen und meine Zunge zu lösen. Nun, Mr. Hewitt, Sie haben keinen Grund zu einem solchen doppelten Spiel.«

Rose wandte sich unwillkürlich um, richtete sich auf und schaute Tom in die Augen. Er war nicht Tom Brodie, nicht der Tom Brodie, der sie beim Tanz durch die Luft gewirbelt hatte, nicht der Tom Brodie, der sie geküsst und versprochen hatte, sie bis ans Ende seiner Tage zu lieben. Er war ein anderer Mann, ein völlig anderer. Sie verspürte einen Hauch von Mitleid, wie einen winzigen Nadelstich, wegen der Verletzungen, die sie ihm zugefügt hatte, auch wenn die schiefe Nase ihm kein bisschen von seinem arroganten männlichen Gehabe nahm, bei dem ihr selbst jetzt noch der Atem stockte.

»Verlassen Sie uns denn, Mr. Brodie?«, hörte sie sich fragen.

»Das habe ich vor, Miss Hewitt. In etwa einer Woche werde ich unterwegs zu den Westindischen Inseln sein.«

»Ich … ich glaube nicht, dass wir davon gehört haben, nein.«

»Warum sind Sie denn dann hier?«

Wieder ging Henry dazwischen. »Mr. Hewitt ist berechtigt zu erfahren, wie es mit der Pacht weitergeht, Tom.«

»Was?«, fragte Hewitt schrill. »Gebt ihr die Pacht auf?«

»Nein«, antwortete Henry. »Ich übernehme sie.«

»Ich werde ein Dokument benötigen, einen Nachweis über die Alleinpacht«, erwiderte Neville Hewitt.

»Den werden Sie bekommen, seien Sie unbesorgt«, meinte Tom. »Sie können mich nicht aufhalten, von hier wegzugehen.«

»Das ist auch nicht meine Absicht«, erklärte Neville Hewitt. »Ganz im Gegenteil.«

»Was soll das denn heißen?«, fragte Tom. »Was kümmert es Sie denn, was ich mit meinem Leben anfange, jetzt, da Sie sie mit Fergussons Geld verheiratet haben?«

»Tom!«, sagte Henry entschieden. »Überlass das bitte mir!« Und während er in einem fort redete, ging er mit Mr. Hewitt über den Hof zu einem Gatter, das zu den Feldern führte.

Rose faltete wieder die Hände im Schoß und saß stocksteif da und wartete.

Tom kam auf sie zu, wie sie es gewusst hatte.

Er legte eine Hand auf den Haltegriff und stellte einen Fuß auf das Trittbrett. Einen Augenblick lang dachte sie schon, er würde aufspringen, sich die Zügel schnappen und mit ihr davonfahren.

Sie wandte den Kopf und sah zu ihm hinunter.

»Warum hast du nicht auf mich gewartet?«, wollte er leise wissen.

»Ich hätte mein ganzes Leben auf dich warten können.«

»Ist mein Versprechen für dich so wenig wert?«

»Versprechen sind allzu leicht zu geben und allzu leicht zu brechen.«

»Ha! Ich habe dir nicht genug Aufmerksamkeit geschenkt, nehme ich an. Ich habe dich nicht umschwänzelt wie der junge Fergusson.«

»Denk das, wenn du willst«, erwiderte sie. »Es ist alles andere als die Wahrheit.«

»Es war kein fairer Kampf, weißt du.«

»Oh ja«, sagte sie. »Das ist mir durchaus bewusst.«

»In einem fairen Kampf hätte ich ihn gründlich geschlagen.«

»Das bezweifle ich nicht«, räumte Rose ein. »Willst du mir etwa sagen, ich hätte dir das Herz gebrochen und dich dazu getrieben, dein Zuhause zu verlassen und zu den Westindischen Inseln zu fahren, um mich zu vergessen?«

Er lachte ironisch auf. »Und wenn es so wäre, würdest du mir glauben?«

»Gewiss nicht.«

»Ah, du bist keine Närrin, Miss Hewitt.«

»Verlässt du uns wirklich, Tom?«

»Sobald ich die Passage habe, aye.«

»Die alte Frau, Tassie Landles – weißt du, wen ich meine?«

Er nickte. »Ich kenne sie.«

»Ich habe mir vor nicht allzu langer Zeit eine Weissagung von ihr geben lassen. Ich habe sie um Antworten angefleht, aber sie wollte mir keine geben. Sie hat gesagt, alle Antworten lägen in mir, und ich müsse meine Zukunft selbst schreiben.«

»Nun, den Rat hast du ja offenbar befolgt«, stellte Tom fest.

»Ja«, sagte Rose. »Das habe ich.«

»Ohne mich?«

»Ohne dich.«

Tom blähte die Wangen und nahm den Fuß von der Kutsche. Er schaute zum Gatter hinüber, und als sie seinem Blick folgte, sah Rose, dass ihr Vater und Henry Brodie wiederkamen.

»Leb wohl, Rose«, sagte er.

»Leb wohl, Tom«, antwortete sie. Sie sah ihm nach, als er sich abwandte, und wusste, oder hoffte vielmehr, dass sie einander niemals wiedersehen würden.

25

Der Aufbruch, sagte Conn, sei mit einer gewissen Dringlichkeit verbunden, denn um zwei Uhr an jenem Nachmittag würde das Schiff beladen werden und bereit sein, vom Kai des Kohleunternehmens zum Norden des Hafens abzusegeln. Er plante ihre Ankunft in Ayr fast auf die Minute genau, da es in der Stadt von Zollbeamten nur so wimmelte, die auf einem Begleitboot von einem Kutter auf der Reede gekommen waren. Conn war nicht so eingebildet zu glauben, dass König George der Crew befohlen hatte, ihn zu jagen, schließlich war er nur ein kleiner Fisch im Schmugglerteich, aber er war vorsichtig, sehr vorsichtig jetzt, da er eine Braut im Schlepptau hatte und ein Neuanfang in Dublin auf ihn wartete.

Es war alles so überstürzt arrangiert worden, dass Agnes dem Iren noch immer Anweisungen zurief, während Henry und Betsy das Gepäck der errötenden künftigen Braut auf den Wagen verfrachteten und Tom das Pferd anschirrte.

Atemlos und mit wund gelaufenen Füßen war Conn bald nach dem Frühstück auf Hawkshill eingetroffen. Er hatte die Morgenkutsche von Ayr genommen und war von der Zollstraße den Hügel hochgerannt, so schnell ihn seine Seemannsbeine getragen hatten.

Seine gammelige Ziegenlederweste und die karierte Hose mit den Salzflecken hatte er durch einen schlichten, gebrauchten Mantel und eine dunkelbraune Hose ersetzt. Ein hoher Hut saß gefährlich schief auf seinen Locken, die zu Betsys Bestürzung so kurz geschoren waren, dass er fast kahl aussah. Ihr Piratenheld hatte sich in einen ehrbaren, wenn auch etwas heruntergekommenen Kaufmann verwandelt, der in jeder Stadt Europas unbemerkt bleiben konnte, wenn er sich ein wenig beugte.

Und er beugte sich wirklich – er kniete förmlich im Schlamm des Hofes. Er nahm Janets Hand und fragte sie, ob sie bereit sei, das Pferd gewissermaßen von hinten aufzuzäumen und ihn noch an diesem Nachmittag über die Irische See nach Dublin zu begleiten. Dort wollte er seinen feierlichen Eid als Schmuggler widerrufen und sie vor einem Friedensrichter oder auch in einer protestantischen Kirche, wenn dies ihr Wunsch sei, heiraten.

»Dich heiraten?«, erwiderte Janet mit finsterer Miene. »*Dich* heiraten?«

»Nun, ein anderer kniet hier nicht zu deinen Füßen, oder?«

»Das stimmt«, sagte Janet. »Lass mich darüber nachdenken.«

»Nun ja, dann denk rasch darüber nach, mein Schatz, denn am Kohlekai in Ayr ist eine Ketsch vertäut, und auch wenn sie kein Lastkahn voll mit glänzendem Gold ist, ist sie doch auf dem Weg nach Irland, mit einer Passage für uns beide.«

»Wenn ich dich abweise, McCaskie, wirst du dein Fahrgeld dann zurückbekommen?«

»Nein, das werde ich nicht.«

»Dann werde ich *Ja* sagen«, erklärte Janet. »*Ja, ja, ja!*« Und mit einem Aufschrei, der so laut war, dass die Hunde losbellten, warf sie sich in Conns Arme und stieß ihn um, sodass er rücklings auf sein breites Gesäß fiel.

Es war viele Jahre her, seit Betsy in Ayr gewesen war. Ihre Brüder hatten mit ihr einmal einen Ausflug dorthin unternommen, aber sie konnte sich kaum noch an den Tag erinnern, da es fast die ganze Zeit geregnet und sie sich hundeelend gefühlt hatte. An diesem Nachmittag jedoch herrschte weder Regen noch Sonnenschein. Die Stadt wirkte alles andere als fröhlich, als der Wagen über eine alte Brücke in eine Straße mit Lagerhäusern und auf einen hölzernen Kai rumpelte, der umgeben von Klüvern und Masten und gewaltigen Kohlebergen war.

Betsy erhaschte einen Blick auf das Meer und, über der Mündung eines Flusses, Sägegruben und eine Reihe stattlicher Häuser und dahinter irgendeine Art Festung. Aber sie hatte nicht die Gelegenheit, sich alles genau anzusehen, denn Conn brüllte: »Dort, dort, Mann, dort drüben!«

Einen Augenblick später zog Henry die Zügel an. »Ist es das?«, sagte er. »Ist das dein Boot?«

»Aye, macht schnell!« Conn half Janet herunter. »Seht, es ist schon bereit abzulegen.« Er klemmte sich das Gepäck unter die Arme und scheuchte Janet vor sich her, während er über die Landungsbrücke sprang, bevor Henry oder Betsy vom Wagen steigen konnten.

»Großer Gott!«, murmelte Henry. »Das ist ja nicht mehr als ein schwimmender Kohlehaufen.«

Betsy nickte. »Aye, aber sehen Sie sich den Namen am Bug an.«

Henry knurrte. »Die *Freude*. Wie passend!«

Die Planke wurde eingeholt, und Taue spritzten in das schlammige Wasser. Auf dem Deck unter dem Besanmast gab Conn einem kleinen Mann in einem Kulani und mit einer Wollmütze die Hand. Überall wuselten Crewmitglieder umher, sechs oder acht an der Zahl. Sie nahmen hastig ihre Positionen ein, und die Ketsch neigte sich träge ins Wasser und drehte mit dem Bug vom Kai ab. Die großen Segel blähten sich, und die kleinen über dem Bug füllten sich, und dann schwenkte die *Freude* ab und fuhr mit dem Wind aufs offene Meer hinaus.

Sicher in Conns Armen, lehnte sich Janet auf das Dollbord

und winkte, bis die Ketsch hinter der Landspitze verschwand und das Meer und der Himmel sie verschluckten.

»Oh Gott!«, sagte Henry. »Ach, du großer Gott!« Und dann sackte er über den Zügeln zusammen und bedeckte sein Gesicht mit den Händen.

Er fand sie im Garten hinter dem Cottage. Sie fütterte die Hühner, und auf ihrer Schulter saß eine pummelige weiße Taube, die aus ihrer Hand Körner pickte und wie ein Papagei an ihrem Ohr knabberte, wenn die Frau ihr keine Beachtung schenkte.

Kaum eine Brise bewegte die Bäume. Selbst das Rauschen des Flusses klang gedämpft an diesem ruhigen, kalten Februarnachmittag. Der Garten war bereits grün, zu grün für die Jahreszeit, und nicht zum ersten Mal fragte sich Peter, was für eine Art Zauber seine Tante eigentlich trieb.

Sein Erscheinen im Garten überraschte Tassie nicht.

Sie stupste die Taube leicht an, damit sie zurück zu ihrem Schlag flog. »Wo hast du die Flasche hingestellt?«, fragte sie.

»Drinnen auf den Tisch.«

»Brandy?«

»Ja.«

»Französischen?«

»Als solcher verkauft, ja.«

»Wie geht es deiner Mutter?«

»Es geht ihr gut. Ich bin gekommen, um dir zu sagen ...«

»Dass Tom Brodie unterwegs zu den Westindischen Inseln ist.«

»Woher weißt du das?«, fragte Peter. »Hat irgendein Geist es dir gesagt?«

»Aye, ein großer schwarzer Dämon ist auf einem Feuer speienden Hengst an meine Tür geritten, nur um mir zu erzählen, dass

Tom Brodie auf dem Weg zu den Zuckerplantagen ist.« Sie schüttelte den Kopf über die Leichtgläubigkeit ihres Neffen, warf die letzten Körner ins Gras und stellte die Futterschale beiseite. »Wofür genau hältst du mich eigentlich, Peter?«

»Ich weiß wirklich nicht, was du bist, Tantchen.«

»Ich bin eine arme alte Frau, die von ihrer Familie gemieden wird und die Eier verkauft, um Leib und Seele zusammenzuhalten. Ja, das bin ich.« Sie trat auf ihn zu und kniff ihn in die Wange. »Rose Hewitts Hausmädchen hat mir das mit Brodie erzählt. Ist das genug Geist für dich?«

»Und das ... das andere?«

»Was soll dieses ›andere‹ sein?«

»Oh, nein, Tante Tassie! Stell dich nicht ahnungslos, bitte! Du weißt genau, was dieses ›andere‹ ist, von dem ich rede. Was dir so viel Angst eingejagt hat, dass du an Halloween zu Fuß nach Hayes gelaufen bist, hatte weitaus dunklere Ursprünge als Rose Hewitts Hausmädchen.«

»Aye, du lässt dir so leicht nichts vormachen, Peter Frye«, räumte die alte Frau ein. »Aus dir wird eines Tages ein guter Anwalt werden. Wann brichst du auf?«

»Nein«, erwiderte Peter. »Ich werde mich von dir nicht ablenken lassen. Ich werde deine Frage erst beantworten, wenn du mir auf meine eine Antwort gegeben hast. Der Geist, das Gespenst, dieses ... dieses Ding aus dem Jenseits, hat es dich noch einmal aufgesucht?«

»Warum sollte es denn wieder zu mir kommen?«

»Tante Tassie, ist er gegangen?«

»Brodie? Noch nicht. Bald.«

»Ich meine nicht Tom. Ich meine ...«

»Fragst du mich, ob Tom Brodie Schottland in der Hoffnung verlässt, seinen Daddy hinter sich zu lassen?«

Peter nickte. »Das ist es im Wesentlichen.«

»Selbst wenn er bis ans Ende der Welt segelt«, antwortete Tassie, »wird er seinen Daddy niemals hinter sich lassen. Aber das ist nicht der Grund, weshalb er Schottland verlässt. Er wird nicht von einem Geist vertrieben.«

»Dann muss es das Mädchen sein, Rose Hewitt. Gott, ich wünschte, wir hätten nie den Plan ausgeheckt, die beiden zusammenzubringen! Sie hat ihm nichts als Unglück gebracht.«

»Aye«, sagte Tassie, »doch Tom Brodie hat *ihr* den Weg zum Glück aufgezeigt, habe ich recht? Außerdem, wenn es nicht die Tochter des Flachsmanns gewesen wäre, dann hätte irgendein anderes Mädchen Brodie zu Fall gebracht.«

Peter seufzte. »Ich fürchte, da könntest du recht haben, Tante Tassie.«

»Es wird ein anderes Mädchen geben, mehr als eines, um genau zu sein.«

»Ist das die Katze, die da spricht, oder hast du wieder von deinem Freund Jervis gehört?«

»Jarvis«, berichtigte Tassie ihn. »Nein, nein. Um diese Zeit des Jahres steht keine Tür weit genug offen, um diesen Schlingel hereinzulassen. Aber selbst ein Blinder mit Krückstock kann sehen, dass Rose Hewitt bei ihrem dämlichen Jungen besser aufgehoben ist, als sie es bei Brodie je wäre. Tom Brodie ist die Art Mann, den sich eine Frau vielleicht gern als Spielzeug hält, doch nur eine Frau, die so egoistisch ist wie er, würde je irrtümlich einen Ehemann in ihm sehen. Nach allem, was ich von deinem Freund Brodie gesehen und gehört habe, ist er auf den Westindischen Inseln vielleicht am besten aufgehoben.« Sie hakte sich bei ihrem Neffen unter und führte ihn zum Cottage. »Und nun, Peter, sag mir, wann brichst du nach Leiden auf, um dein Studium der Rechtswissenschaften aufzunehmen?«

»Edinburgh, Tante Tassie«, gab Peter zurück. »Es ist Edinburgh, nicht Leiden.«

»Ist das jetzt so?«, fragte die alte Frau. »Ist das wirklich so?« Und mit einem verstohlenen, wissenden Lächeln führte sie ihren Neffen auf einen Drink ins Haus.

Sie aßen gebratenen Fisch und tranken Ale in einer Taverne in der Nähe des Kais, bevor sie im schwindenden Tageslicht über die alte Zollstraße nach Drennan, Hayes und Hawkshill aufbrachen.

Henry war sehr schweigsam. Betsy konnte spüren, dass der überstürzte Aufbruch seiner Schwester in ein ungewisses Leben in Dublin ihn völlig unvorbereitet getroffen hatte. Auch Tom würde bald fort sein, und dann würde sich Henry allein um die Farm kümmern müssen, mit nur zwei Frauen, die ihm dabei halfen.

Sie wollte nicht darüber nachgrübeln, dass Henry vielleicht Tagelöhner würde anheuern müssen; auch an die Katastrophen, die die kommenden Monate überschatten konnten, wollte sie nicht denken. Betsy dachte lieber an die Mutterschafe in dem Pferch unter den Bäumen und daran, dass es in acht Wochen Lämmer geben würde, die es zu versorgen galt. Sie stellte sich vor, wie sie den Bullen von Braystocks Farm hochbringen würden und wie es zu gegebener Zeit Kälber geben würde, um die sie sich kümmern mussten. Dann dachte sie an die Scheune, die ohne Tom seltsam leer sein würde, und an den Dachboden über der Küche. Auch nachdem die Pacht bezahlt war, würde es nichts geben, worauf sie sich freuen konnten, außer immer nur noch mehr harte Arbeit und Sorgen.

Es war dunkel, bevor sie Drennan erreichten. Henry hielt an, um eine Laterne anzuzünden, die er an der Stange über der Kruppe des Pferdes befestigte. Als er wieder auf den Wagen stieg, legte Betsy ihm einen Arm um die Schulter.

»Wofür ist das denn?«, fragte er.

»Für den Fall, dass Sie denken, ich würde auch weggehen.«

»Ich würde es dir nicht verdenken, wenn du es tätest.«

»So leicht werden Sie mich nicht los, Mr. Brodie.«

»Ist das eine Drohung, Miss McBride?«

»Eher ein Versprechen«, antwortete Betsy und schlang den anderen Arm um seine Taille, um ihn zu halten, während der Wagen über die Ramshead-Brücke holperte.

»Ich habe einen Brief von dem Agenten bekommen«, sagte Tom. »Übermorgen werde ich aufbrechen und am Freitag mit der Morgenebbe aus Greenock absegeln.«

»Wann ist dieser Brief denn gekommen?«, fragte seine Mutter.

»Ich habe ihn vor einer Stunde am Fuß des Hügels von dem Zusteller entgegengenommen.«

»Zeig ihn mir!«

»Nein, nein.« Tom winkte ab. »Er würde dich nur zum Weinen bringen.«

»Sehe ich so aus, als bräche ich gleich in Tränen aus? Zeig ihn mir!«

»Es steht nichts darin, Mam«, sagte Tom. »Außerdem habe ich ihn bereits in meine Brieftasche in dem großen Koffer gesteckt.«

»Du packst schon?«, wollte Henry wissen. »Kannst du es nicht mehr erwarten, endlich aufzubrechen?«

»Jetzt, da die Entscheidung steht«, antwortete Tom, »gibt es keinen Grund, noch länger herumzutrödeln. Bist du fertig mit dem kleinen Feld?«

»Ja«, sagte Henry, »fürs Erste.«

»Wann wirst du säen?«

»März, wenn möglich.«

»Daddy hat immer dreimal gepflügt, bevor er Gerste gesät hat.«

»Dessen bin ich mir bewusst.«

»Vier Scheffel pro Acre werden genügen. Hast du Geld, um noch mehr Saatgut zu kaufen?«

»Und was, wenn ich Nein sage, Tom? Wirst du mir dann etwas von deinem Anteil dalassen?«

»Nein«, erklärte Tom. »Ich habe diese Fässer auch vom Strand hochgeschleppt, falls du dich erinnerst, und mir jeden Penny verdient. Dabei fällt mir ein, Mammy, ich hätte das Geld jetzt gern.«

»Zeig mir zuerst den Brief!«

»Fünfundzwanzig Pfund stehen mir noch zu«, sagte Tom. »Es ist, weiß Gott, kein hoher Preis, um mich los zu sein. Wenn Betsy mich nicht will, Henry, dann wird sie dich vielleicht nehmen, nun, da der Weg frei ist.«

»Aber du würdest nicht darauf wetten?«, fragte Henry.

»Nein, nein, das würde ich nicht. Mammy, mein Geld, bitte.«

»Wenn du mir den Brief gezeigt ...«

»Jetzt«, fauchte Tom. »Zähl es mir jetzt hin, du erbärmliches altes Miststück, sonst werde ich es mir selbst aus der Kasse nehmen.«

»Es gibt gar keinen Brief, habe ich recht?«, fragte Agnes Brodie.

»Natürlich gibt es einen verdammten Brief. Wenn ich nicht zu den Westindischen Inseln segeln würde, wofür bräuchte ich dann das Geld?«

Mit einem Blick auf Henry ging Agnes kopfschüttelnd zum Alkoven, holte die Kasse hervor, zählte fünfundzwanzig Pfund ab und legte sie auf den Tisch. Tom raffte die Münzen zusammen und steckte sie in seine Manteltasche.

»McCaskies zwei Bullen«, bemerkte er, »sind so fett, wie sie je sein werden, bei dem ganzen Futter, mit dem du sie gemästet hast. Sie werden das Dreifache von dem erzielen, was du ihm bezahlt hast, und noch mehr, wenn du sie noch einen Sommer auf der Weide lässt.«

»Ja.« Henry nickte. »Ich weiß.«

»Aber verkauf sie nicht Fergusson.«

»Ich werde sie dem verkaufen, der mir den höchsten Preis bezahlt.«

»Nicht Fergusson, verdammt, nicht Fergusson.«

»Vielleicht wird der alte Braystock sie nehmen.«

»Aye«, sagte Tom, »jeder, nur nicht Fergusson. Ich werde ihm nicht helfen, ihre verdammte Hochzeit zu bezahlen.«

In diesem Augenblick kam Betsy zum Essen herein, und Tom wandte sich auf dem Absatz um und kletterte die Leiter hoch auf den Dachboden, ohne auch nur zu nicken.

»Was hat er denn jetzt schon wieder?«, wollte Betsy wissen.

»Er segelt am Freitag nach Kingston ab«, sagte Henry. »Er hat vor einer Stunde einen Brief von seinem Agenten mit den Anweisungen für die Einschiffung bekommen.«

»Behauptet er zumindest«, brummte Agnes.

Sie nahmen das Abendessen früh ein. Die Unterhaltung am Tisch war sehr gedämpft, und bald nachdem die Teller abgeräumt waren, ging Betsy schlafen.

Das Bett kam ihr riesig und ungemütlich vor ohne Janet an ihrer Seite. Betsy wälzte sich eine Stunde oder länger hin und her und grübelte darüber nach, wie sie sich angesichts von Toms Abreise wirklich fühlte. Er hatte klargestellt, bei seinem Abschied kein Weinen und Wimmern zu dulden, und betont, dass er nicht die Absicht habe, irgendwelche seiner Freunde aufzusuchen, um ihnen rührselig Lebewohl zu sagen. Er wollte, wie er mit Nachdruck erklärt hatte, auch nicht, dass seine Mutter oder Henry in Greenock auftauchten, um ihm zum Abschied zu winken. Nein, er wollte in Würde aufbrechen, wie es sich für einen Mann geziemte, der von allen, denen er vertraute, verraten worden war – eine Bemerkung, über die Henry verächtlich geschnaubt und Agnes missbilligend den Kopf geschüttelt hatte.

Hinter Toms Flucht steckt mehr als nur verletzter Stolz, überlegte Betsy, auch wenn sie sich unwillkürlich fragte, ob ihre Zurückweisung vielleicht der Tropfen gewesen war, der das Fass zum Überlaufen gebracht hatte. Wenn schon eine mittellose Magd ihn abwies, welche Hoffnung gab es für ihn dann noch in Hayes? Doch sie verspürte keine Schuldgefühle und kein Mitleid mit dem gut aussehenden Tom Brodie, der sie so herzlos behandelt hatte. Wenn er nicht davon ausgegangen wäre, dass sie von seiner sexuellen Aufmerksamkeit geschmeichelt sein würde, dann hätte sie der verblassten, fernen Sehnsucht, die Ehefrau des Pächters von Hawkshill zu werden, vielleicht nachgegeben. Und wenn er, der großartige Tom Brodie, auch nur halb so schlau gewesen wäre, wie er zu sein glaubte, hätte er vielleicht bemerkt, dass sie sich in seinen Bruder verliebt hatte, während er damit beschäftigt gewesen war, zu leiden und sich selbst zu bedauern.

Als Betsy endlich einschlief, waren ihre Gedanken nicht bei Tom, sondern bei Henry.

Es war noch stockdunkel und sehr kalt, als sie wach wurde. Sie wäre überhaupt nicht aufgewacht, wenn Tom ihr nicht eine Hand auf den Mund gelegt, sich über sie gebeugt und ihren Namen geflüstert hätte.

Sie schlug die Augen auf. Einen Augenblick lang dachte sie schon, er würde sie wieder nehmen, aber dann raunte er:

»Ich gehe jetzt, Betsy. Ich vertraue dir, dass du die anderen nicht weckst. Ich stehle mich lieber davon, ohne viel Aufhebens oder Getue.«

Betsy nickte, und als er seine Hand fortnahm, sagte sie nichts.

»Dich werde ich vermissen«, fuhr er leise fort. »Wenn ich an zu Hause denke, wenn ich an Hawkshill im Sommersonnenlicht denke, dann werde ich dich vor Augen haben, Betsy McBride. Dich werde ich am allermeisten vermissen.« Er strich ihr mit der Hand übers Haar. »Vergiss jetzt nicht: kein Wort bis zum Morgen.«

Dann küsste er sie rasch und war verschwunden.

»Ist er dort oben?«, rief Agnes Brodie. »Liegt er noch im Bett?«

»Nein«, sagte Henry. »Da hat er nicht geschlafen.«

»In der Scheune, ist er nicht in der Scheune? Dort wird er gewiss sein.«

»Nein, Mammy, er ist fort, mit allem Gepäck – fort.« Henry kletterte halb angezogen die Leiter vom Dachboden herunter.

Ein Schultertuch über das Nachthemd geworfen, die Schlafmütze schief auf dem Kopf, stieß seine Mutter einen schrillen Schrei aus, der eher Zorn als Schmerz verriet. »Dieser kleine Halunke!«, rief sie. »Er hat es nicht einmal über sich gebracht, sich von mir zu verabschieden.« Sie stellte beide Füße auf den Boden und stemmte sich hoch. »Hast du nicht gehört, wie er gegangen ist, Henry?«

»Keinen Ton«, sagte er. »Er hat sich einfach ... einfach davongestohlen.«

»Davongestohlen?« Agnes ließ sich auf die Knie fallen, zog die Kasse unter dem Bett hervor und riss den Deckel auf, dann blähte sie die Wangen und hockte sich auf die Fersen. »Es ist noch da, Gott sei Dank, das Geld für die Pacht ist noch da.«

»Wenigstens das hat er uns dagelassen«, murmelte Henry.

»Und den ganzen anderen Dreck«, sagte Agnes. Sie schloss die Kasse und schob sie wieder unter das Bett.

Betsy öffnete vorsichtig die Schlafzimmertür und spähte in die Küche. »Was ist los?«

»Tom hat uns verlassen.« Henry zuckte die Schultern. »Auf und davon, ohne ein Wort.«

»Hast du in der Nacht irgendwelche Geräusche gehört, Mädchen?«, fragte Agnes.

Betsy zog sich die Decke, die sie um sich geschlungen hatte, bis zur Brust hoch. »Nein, gar nichts.«

Agnes stampfte mit einem Fuß auf. »Verdammt, ich hätte nicht schlecht Lust, ihm nachzulaufen und ihn mit meinen Tränen zu beschämen.«

»Wohin denn nachlaufen?«, wandte Henry ein. »Wir wissen ja nicht einmal, mit welchem Schiff er absegelt. Er wollte uns den Brief des Agenten nicht zeigen, erinnerst du dich?«

Seine Mutter schnaubte. »Falls es überhaupt einen Brief gab!«

»Was?«, sagte Henry. »Du glaubst, er fährt gar nicht zu den Westindischen Inseln?«

»Wenn du mich fragst, mein Sohn«, antwortete Agnes, »hat er sich einfach davongemacht.«

»Mit Rose Hewitt vielleicht?«, warf Betsy ein.

»Großer Gott!«, rief Henry. »Auf die Idee bin ich noch gar nicht gekommen.«

Es war kurz nach sechs, als die Kutsche in die Market Street einbog. Im trüben Halbdunkel eines Wintermorgens lag Drennan fast verlassen da. Der Rattenfänger und sein Junge waren unterwegs, und ein, zwei in Schals eingemummte Milchmädchen trotteten an ihnen vorbei, ohne die beiden eines zweiten Blickes zu würdigen. Nebel hüllte die Häuser in der Thimble Row ein, und in keinem der Fenster brannte Licht.

Tom hatte in der Nacht kein Auge zugetan und war zu Fuß von Hayes gekommen, den Koffer auf den Rücken geschnallt, und doch fühlte er sich seltsam frisch und kein bisschen müde. Er hatte gerade noch genug Gefühl in sich, um die Hoffnung zu hegen, Rose könnte seine Anwesenheit in der Stadt spüren und weinend und wehklagend aus dem Haus kommen, um ihm tränenreich Lebewohl zu sagen.

Einen Mantel über dem Nachthemd und die Schlafmütze auf dem Kopf, entriegelte Caddy Crawford die Tür der Taverne und reichte Tom mit nicht mehr als einem Grunzen zum Gruß die halbe Fahrkarte, die Tom im Voraus gekauft hatte. Der Wirt wartete, bis die vierspännige Kutsche vor der Tavernentür hielt, dann trat er auf den Gehsteig, gab dem Burschen des Kutschers die andere Hälfte von Toms Fahrkarte und schlurfte mit einem mürrischen »Guten Morgen« zurück ins Haus.

»Oben oder unten?«, fragte der Kutscher.

»Unten«, erwiderte sein Junge.

»Ist das Ihr ganzes Gepäck, Sir?«

»Das ist es«, sagte Tom.

»Dann behalten Sie es bei sich, dort drinnen ist genug Platz.«

Der Junge sprang herunter und öffnete die Tür.

Tom wuchtete den Koffer in die Kutsche. Einen Fuß auf dem Trittbrett und eine Hand auf dem Haltegriff, hielt er noch einmal inne, um einen letzten Blick zur Thimble Row zu werfen. Dann atmete er aus, führte die Fingerspitzen an seine Lippen und blies einen Kuss in die Luft, in der Hoffnung, er möge irgendwie den Weg zu Rose Hewitt finden.

»Wir müssen uns beeilen, Sir«, drängte der Junge.

Tom stemmte sich in das feuchte, dunkle Innere der Kutsche hoch und hörte, wie die Tür hinter ihm zugeschlagen wurde. Er schob den Koffer mit dem Fuß über den Boden und tastete nach einem Platz.

»He, Sir«, sagte eine Stimme, »das ist mein Knie, auf dem Sie Ihre Finger haben.«

Tom riss die Hand rasch fort, auch wenn das Gefühl von Seide und Satin auf seiner Handfläche haften blieb.

»Ich glaube nicht, dass Sie es sehr behaglich finden würden«, fuhr die Stimme fort. »Haben Sie einen Feuerstein in Ihrer Tasche?«

Die Kutsche setzte sich mit einem Ruck in Bewegung. Tom hielt sich mit einer Hand am Dach fest. »Und ob ich einen Feuerstein in meiner Tasche habe! Madame, wo sind Sie?«

»Hier«, antwortete die Stimme.

Eine behandschuhte Hand zupfte ihn am Ärmel und zog ihn auf die gepolsterte Bank. Unversehens wurde er in eine Parfümwolke gehüllt, ein kräftiger, aromatischer Duft, kein bisschen blumig. Er griff in seine Manteltasche, fand die Zunderbüchse, klappte sie auf und kratzte mit dem Feuerstein über den Stahl. Der Funke entfachte den losen kleinen Wollbausch und die Hobelspäne auf dem Boden der Büchse und bildete rasch eine hübsch geformte Flamme.

Tom hielt eine Hand darüber und stand auf. Mit gespreizten Beinen fand er den Kerzenhalter an der Wand, hob den Trichter und hielt die Flamme an den Docht. Die Zunderbüchse wurde heiß in seiner Hand. Er blies kräftig darauf, um die Flamme zu löschen, und sah dann hinunter.

Die Frau war genau unter ihm, umrahmt von seinen Beinen; eine kleine Frau mit scharfen Gesichtszügen, großen braunen Augen und einem rosigen Mund, der Belustigung verriet – interessierte Belustigung, dachte Tom. Als er sich umsah, erkannte er, dass sie allein in der Kutsche waren – und es bleiben würden, bis in Gartmore die Pferde gewechselt wurden, wo sie mit etwas

Glück zusammen frühstücken würden. Tom steckte die Zunderbüchse in die Manteltasche zurück und nahm schwungvoll die Mütze ab.

»Tom Brodie, Madame«, stellte er sich vor, »oder heißt es ›Mademoiselle‹?«

»Madame«, antwortete sie. »Ich bin seit Kurzem verwitwet.«

»Es tut mir leid, das zu hören«, sagte er und widerstand der Versuchung, ihre Hand zu tätscheln.

Er mochte die Art, wie sie zu ihm hochstarrte und seine Haltung bewunderte. Sie war sehr jung, um eine Witwe zu sein, fand er, denn wenn ihr nicht die Schatten schmeichelten, dann konnte sie nicht einen Tag älter als dreißig sein. Nach dem Schnitt und der Qualität ihrer Kleidung zu urteilen, war sie von ihrem verstorbenen Ehemann nicht mittellos zurückgelassen worden.

»Wäre es forsch von mir, Madame, Sie zu fragen, mit welchem Namen ich Sie ansprechen darf?«, sagte Tom. »Mir scheint, wir werden eine ganze Weile hier beisammensitzen und haben die Förmlichkeit bereits hinter uns gelassen.«

»Christina«, erwiderte sie. »Mrs. Christina Goddard oder, wenn Ihnen der alte Stil lieber ist, Mrs. Andrew Goddard.« Sie hielt ihm die Hand hin. Tom ergriff sie, und als die Kutsche wieder schlingerte, setzte er sich neben sie. Sie unterzog ihn einer eingehenden Musterung, und zu seiner Erleichterung schien sie nicht abgestoßen von der Form seiner Nase zu sein.

Sie lächelte. »Ich bin ja so froh, Mr. Brodie, dass Sie nicht einer dieser aufdringlichen alten Bauernlümmel ohne Manieren und mit einer allzu hohen Meinung von sich selbst sind. Es ist schon unbequem genug, zu so früher Stunde mit der Kutsche zu reisen, auch ohne um die eigene Ehre fürchten zu müssen.«

»Ihre Ehre, Mrs. Goddard, ist bei mir sicher.«

»Was sind Sie, Sir? Ein Kapitän zur See auf dem Weg nach Greenock vielleicht?«

»Gewiss kein Kapitän zur See, nein. Die Verwaltung des Landes ist mein Beruf.«

»Oh! Sie haben Grundbesitz in Ayrshire?«

»Gewissermaßen. Mein Bruder hat ein Stück Land in der Nähe von Hayes.«

»Ich habe auch einen kleinen Grundbesitz, nicht weit von Perth gelegen«, entgegnete Mrs. Goddard. »Bescheidene sechshundert Acres, doch ich bin etwas ratlos, was ich damit anfangen soll.«

»Haben Sie keine Söhne, keine Kinder?«

»Kein einziges.« Sie verzog kurz den Mund. »Ich habe einen Onkel in Dumfries und habe ihn dort aufgesucht, um ihn um Rat zu fragen. Ich habe eine entsetzliche Nacht in Ayr hinter mir, und ich bin sicher, ich werde eine ähnliche in Glasgow verbringen. Darf ich Sie fragen, wohin Ihr Weg Sie führt, Mr. Brodie?«

»Glasgow«, antwortete Tom, ohne zu zögern. »Darf ich mich erkundigen, welche Art Rat Ihr Onkel Ihnen gegeben hat?«

»Er hat mir empfohlen, einen Verwalter einzustellen, einen ehrlichen, erfahrenen Burschen, der sich um meinen Grundbesitz kümmert.«

»Der sich Ihrer Bedürfnisse im Allgemeinen annimmt, meinen Sie?«

»Ganz recht«, erwiderte Christina Goddard. »Aber wo, frage ich mich, mag ein solcher Mann zu finden sein?«

»Wer weiß?«, sagte Tom beiläufig. »Wer weiß?« Und dann ließ er seine Hand ganz zufällig wieder zu ihrem Knie wandern.

Anfangs schien es, als hätte Henry das Interesse an Hawkshill verloren. Er schlich ein, zwei Tage fast tatenlos über den Hof, während seine Mutter ihn anfuhr, er solle sich an die Arbeit machen, und in der Stille des Pferdestalls Tränen um ihren verlorenen Sohn vergoss, der vielleicht oder vielleicht auch nicht auf dem Weg zu einer Zuckerplantage am anderen Ende der Welt war. Es blieb Betsy überlassen, die Schafe und Rinder zu versorgen und sich um die Pferde und Ponys zu kümmern.

Der Freitag kam und ging, ebenso der Samstag, ohne Nachricht von Tom, ohne einen Brief mit Erklärungen oder Abschiedsworten. Aber auch Neville Hewitt kam nicht mit lautstarken Beschuldigungen den Hügel hochgestürmt. Daher konnte man wohl davon ausgehen, dass Tom letztendlich doch nicht mit der Tochter des Flachsfabrikanten durchgebrannt war.

Am Sonntag begleitete Betsy Agnes zur Kirche, während Henry zu Hause blieb. Er hatte Betsy gegenüber zugegeben, er könne es nicht über sich bringen, die Geschichte zu verbreiten, Tom sei nach Jamaika aufgebrochen, wenn sein Bruder jeden Augenblick nach Hause geschlendert kommen könnte, mittellos und ohne Reue wie der verlorene Sohn.

Agnes hegte keine solchen Skrupel. Als sie von den Klatschmäulern an der Kirchenpforte umringt wurde, erzählte sie ihnen die Wahrheit, wie sie sie kannte: dass Tom ins Ausland gegangen war, um sich auf anständige Weise seinen Lebensunterhalt zu verdienen, und es Henry überlassen hatte, Hawkshill zu bewirtschaften. So dreist die Damen von Hayes auch sein mochten, waren sie doch nicht frech genug, um sich bei Mrs. Brodie zu erkundigen, wie viele vaterlose Bälger Tom nun eigentlich zurückgelassen hatte oder welche hübsche Maid vielleicht noch einen kleinen Brodie in ihrem Schoß trug. Aber sie musterten Betsy eingehend und tuschelten über ihren weiten Mantel, der nach Ansicht einiger dieser Drachen eine Vielzahl von Sünden oder, vermutlich eher, nur eine einzige verbergen konnte.

Eine Woche verstrich, dann noch eine. Henry schüttelte seine Depression ab und machte sich daran, das kleine Feld ein zweites

Mal zu pflügen, und während Betsy den Wagen lenkte, verteilte er großzügige Mengen Pferdemist in den Furchen.

Es war die falsche Jahreszeit, um Tagelöhner anzuheuern, und in ganz Hayes waren keine Arbeitskräfte zu finden. Henry ließ kundtun, dass auf Hawkshill ein auf dem Hof lebender Viehtreiber gesucht wurde, und ritt sogar zu Johnny Rankine hinüber, in der Hoffnung, der alte Mann könnte einen Knecht entbehren. Doch Johnny war Henry keine Hilfe. Er sah in dem jüngeren der Brodie-Brüder keinen echten Kerl, denn ein solcher war in Johnnys Augen ein Mann mit einem unstillbaren Durst nach hartem Schnaps und dem Willen, alles zu mähen, was Röcke trug. Betsy nahm an, dass die Begegnung mit wilden Anschuldigungen geendet hatte, aber Henry weigerte sich, genau auszuführen, was geredet worden war. Auch sagte er ihr nicht, er habe gegenüber Rankine die Beherrschung verloren, um ihren guten Namen zu verteidigen.

Das erste Anzeichen, dass der Winter noch nicht vorüber war, gab es in den letzten Februartagen, als eine trockene Kälte heulende Stürme und Fluten von Eisregen ankündigte.

Betsy und Henry stapften zum Moor hoch, um die Schafböcke von der Heide zu holen und sie zu den lammenden Mutterschafen in den Schutz des Pferchs zu treiben.

Der Schafspferch bestand jetzt nur noch aus aufgeweichtem schwarzem Schlamm, den die Hufe der unruhigen Mutterschafe aufgewühlt hatten. Der Wind peitschte durch die Zweige über ihnen und schleuderte das Stroh in alle Richtungen, das Henry herbeigeschafft hatte, um den Boden zu festigen. Mit brennenden Wangen und laufender Nase sammelte Betsy so viel loses Stroh ein, wie sie konnte, jagte ihm an der Mauer hinterher und trampelte es im Pferch fest, um den Schafen mehr Halt und eine anständige Schlafstatt zu geben, auf die sie sich legen konnten. Um drei Uhr war der Himmel bereits stockfinster, und eine gewaltige dunkle Wolkenwand erstreckte sich über den Horizont und schob sich langsam über den Rand des Moors.

»Bei Gott, das bedeutet Schnee«, brummte Henry. »Oje, nicht noch so ein Frühling wie letztes Jahr!«

Betsy war mit Strohhalmen übersät, ihr lief die Nase, ihre Lippen waren aufgesprungen und ihre Hände durchgefroren.

Der arme Henry war um keinen Deut besser dran, seine Stiefel waren verkrustet wie Elefantenhaut, sein zerschlissener alter Mantel flatterte ihm wie wild um die Beine, und sein Mund hing herunter wie ein Fisch an einem Haken. Henry stemmte sich gegen den beißenden Wind, und die Schafe drückten sich gegen ihn. Mit der Handfläche nach oben streckte er eine Hand aus und fing die erste körnige Schneeflocke auf. Er betrachtete die Flocke, wandte sich um und sagte: »Das ist doch Schnee, oder, Betsy?«

Sie stützte sich mit einem Unterarm ab, während sie die körnige Flocke mit der Zungenspitze aus seiner Hand pickte. Nachdenklich sah Betsy erst in die eine, dann in die andere Richtung, grübelte über den Geschmack und die Struktur nach und verkündete schließlich mit ernster Stimme ihr Urteil.

»Aye, Henry, das ist Schnee.«

Er starrte sie einen Augenblick lang ausdruckslos an, dann lachte er schallend auf und schubste und jagte sie durch den Morast und über die Mauer. Und während die harten kleinen Flocken um sie herum dick und schnell fielen, holte er sie ein und drückte sie gegen den Giebel der Scheune. In einer Geste, die fast geckenhaft war, hob er die Hand, und Betsy wischte sich gehorsam die Nase an seinem Ärmel ab, bevor er sie küsste.

»Für zwei Nadeln, Betsy McBride«, sagte er, »würde ich dich heiraten.«

»Ich habe keine zwei Nadeln.«

»Was hast du denn dann?«

»Frostbeulen und aufgesprungene Lippen.«

»Ist das das Beste, was du zu bieten hast?«

»Nein«, antwortete sie, »aber der Rest ist mein Geheimnis.«

Eine wilde Schneeböe wirbelte um sie herum, als Betsy sich unter seinen Arm duckte und dicht gefolgt von Henry zur Tür des Cottage eilte, die Agnes weit aufgerissen hatte, um die beiden zu begrüßen.